HEYNE <

Das Buch

Als Admiral Padorin, der höchste Politoffizier der russischen Marine, erfährt, dass ›Roter Oktober‹, das modernste russische Raketen-U-Boot, mit seinen 26 Feststoffraketen und 8 Atomsprengköpfen in den Westen überzuwechseln droht, ist er für einen Augenblick wie paralysiert. Dann aber reagiert er prompt: Innerhalb kürzester Zeit machen sich 30 Kriegsschiffe und 58 Jagd-U-Boote an die Verfolgung von ›Roter Oktober‹, um das Boot noch in letzter Sekunde zu stoppen. Doch Marko Ramius, der Kommandant von ›Roter Oktober‹, ist einer der erfahrensten Kapitäne der russischen U-Boot-Flotte. Vor allem aber hat sein Boot ein revolutionäres Antriebsystem, das eine Ortung beinahe unmöglich macht. Und Ramius wird unterstützt von den amerikanischen Seestreitkräften, die, als sie zu ahnen beginnen, was er vorhat, alles daran setzen, ihn bei seiner Flucht zu unterstützen. So entwickelt sich in den Tiefen des Meeres ein atemberaubendes Katz-und-Maus-Spiel zwischen den Großmächten.

Der Autor

Tom Clancy hat seit ›Jagd auf Roter Oktober‹ 10 weitere große Romane geschrieben, die alle auf Platz eins der Bestsellerlisten landeten. Zudem stammen von ihm die TB-Serien ›OP Center‹, ›Net Force‹ und ›Power Plays‹. Zuletzt ist bei Heyne der Roman *Im Zeichen des Drachen* (43/174) erschienen.

TOM CLANCY

Jagd auf Roter Oktober

Roman

Aus dem Amerikanischen
von Hardo Wichman

WILHELM HEYNE VERLAG
MÜNCHEN

HEYNE ALLGEMEINE REIHE
Nr. 01/12551

Die Originalausgabe
THE HUNT FOR RED OCTOBER
erschien 1984 bei the United States Navel
Institute Annapolis, Maryland

Umwelthinweis:
Dieses Buch wurde auf
chlor- und säurefreiem Papier gedruckt.

Taschenbuchausgabe 06/2004

Printed in Germany 2004
Umschlagillustration: Picture Press/ Chris Oxley
Umschlaggestaltung: Nele Schütz Design, München
Druck und Bindung: GGP Media, Pößneck

ISBN: 3-453-87466-8

http: / /www.heyne.de

Erster Tag

Freitag, 3. Dezember

Roter Oktober

Kapitän Ersten Ranges Marko Alexandrowitsch Ramius von der Sowjetmarine war entsprechend den arktischen Witterungsverhältnissen gekleidet, die bei dem U-Boot-Stützpunkt Polyarniji der Nordflotte normalerweise herrschten: Er steckte unter fünf Schichten Wolle und Ölzeug. Ein schmutziger Hafenschlepper bugsierte den Bug seines Unterseebootes nordwärts, in Richtung Kanal. Das Trockendock, in dem sein *Roter Oktober* zwei endlose Monate lang gelegen hatte, war nun ein gefluteter Betonkasten, einer der vielen, die eigens gebaut worden waren, um strategische Raketen-U-Boote vor den Elementen zu schützen. Am Dockrand sah eine Ansammlung von Matrosen und Werftarbeitern dem Auslaufen seines Bootes teilnahmslos zu.

»Langsam voraus, Kamarow«, befahl er. Der Schlepper glitt aus dem Weg, und Ramius warf einen Blick zum Heck, wo die beiden Bronzeschrauben das Wasser aufwühlten. Der Kapitän des Schleppers winkte. Ramius erwiderte den Gruß. *Roter Oktober,* ein Boot der *Typhoon*-Klasse, lief nun mit eigener Kraft auf den Hauptschifffahrtskanal des Kola-Fiords zu.

»Dort ist die *Purga,* Genosse Kapitän.« Gregorij Kamarow wies auf den Eisbrecher, der sie hinaus aufs offene Meer begleiten sollte. Ramius nickte. Die zweistündige Kanaldurchfahrt würde nicht seine Seemannschaft, wohl aber seine Geduld auf die Probe stellen. Ein kalter Nordwind wehte. Der Spätherbst war erstaunlich mild gewesen, es hatte kaum geschneit, aber vor einer Woche war ein großer Wintersturm über die Murmansk-Küste hinweggefegt und hatte Brocken vom Packeis gerissen. Der Eisbrecher war keine Formsache. Die *Purga* sollte Eisberge, die über Nacht in den Kanal getrieben sein konnten, beiseite schieben.

Das Wasser im Fjord war kabbelig, getrieben von der steifen Brise. Es begann nun, über den runden Bug von *Oktober* zu schwappen und rollte dann über das flache Raketendeck vor dem hohen schwarzen Turm. Auf der Oberfläche trieb Öl aus dem Bilgenwasser zahlloser Schiffe, das bei den niedrigen Temperaturen nicht verdunsten konnte und am Fjordufer einen schwarzen Rand bildete.

»Fahrt auf ein Drittel steigern«, sagte Ramius. Kamarow wiederholte den Befehl am Brückentelefon. Das Wasser wallte heftiger auf, als *Roter Oktober* sich hinter die *Purga* setzte. Kapitänleutnant Kamarow, der Navigationsoffizier, hatte bisher als Lotse für die großen Kriegsschiffe gedient, die beidseits des breiten Sunds stationiert waren. Die beiden Offiziere behielten den dreihundert Meter vor ihnen laufenden bewaffneten Eisbrecher scharf im Auge. Auf dem Achterdeck der *Purga* stampfte eine Hand voll Besatzungsmitglieder in der Kälte herum, die Zeuge der ersten Dienstfahrt von *Roter Oktober* werden wollten.

»Und so, Genosse Kapitän, stechen wir aufs Neue in See, um dem Vaterland zu dienen und es zu schützen!« Kapitän Zweiten Ranges Iwan Jurijewitsch Putin steckte den Kopf durch die Luke – wie üblich, ohne um Genehmigung gebeten zu haben – und kletterte unbeholfen wie eine Landratte die Leiter hinauf. In dem winzigen Ausguck war es auch ohne ihn schon eng genug. Putin war der Politoffizier des Schiffes.

»So ist's, Iwan Jurijewitsch«, erwiderte Ramius mit gezwungener Heiterkeit. »Zwei Wochen auf See. Tut wohl, aus dem Dock rauszukommen. Ein Seemann gehört aufs Meer und nicht in den Hafen, wo Bürokraten und Arbeiter mit schmutzigen Stiefeln auf ihm herumtrampeln. Und warm bekommen wir's auch.«

»Finden Sie es denn kalt?«, fragte Putin ungläubig.

Zum hundertsten Male sagte sich Ramius, dass Putin der perfekte Politoffizier war: Stimme zu laut, Humor zu gekünstelt. Nie ließ er einen vergessen, wer er war. Und als perfekter Politoffizier war er ein gefürchteter Mann.

»Ich fahre schon so lange auf U-Booten, mein Freund, dass ich mich an gemäßigte Temperaturen und ein ruhiges Deck unter den Füßen gewöhnt habe.« Putin merkte die versteckte Beleidigung nicht. Zu den U-Booten war er versetzt worden, nachdem seine Dienstzeit bei den Zerstörern wegen chronischer Seekrankheit ein verfrühtes Ende gefunden hatte – und vielleicht auch, weil ihn die Enge in den Booten, die andere Männer nur schwer ertragen konnten, nicht störte.

»Ah, Marko Alexandrowitsch, in Gorki blühen an einem Tag wie heute die Blumen!«

»Und was für Blumen wären das, Genosse Politoffizier?« Ramius suchte durchs Fernglas den Fjord ab. Jetzt, um die Mittagszeit, stand die Sonne nur knapp überm Südosthorizont und warf oranges Licht und lila Schatten auf die Fjordwände.

»Eisblumen natürlich«, versetzte Putin und lachte laut. »An einem Tag wie heute haben die Frauen und Kinder rosa Gesichter, und der Wodka schmeckt besonders gut. So schön ist's nur in Gorki!«

Es war ungewöhnlich, dass ein Nichtrusse an Bord eines Schiffes der Roten Marine eine Funktion hatte oder es gar kommandierte. Markos Vater, Alexander Ramius, war ein Parteiheld gewesen, ein glühend überzeugter Kommunist, der Stalin treu gedient hatte. Als die Sowjets Litauen 1940 erstmals besetzten, hatte Ramius senior entscheidend beim Zusammentreiben von Abweichlern, Ladenbesitzern, Priestern und anderen, die dem neuen Regime im Wege standen, mitgewirkt. Alle wurden verschleppt und über ihr Schicksal kann heutzutage selbst Moskau nur Vermutungen anstellen. Ein Jahr später, nach dem deutschen Einfall, kämpfte Alexander heldenhaft als politischer Kommissar und zeichnete sich später bei der Schlacht um Leningrad aus. 1944 kehrte er mit dem Stoßkeil der Elften Gardearmee in seine Heimat zurück, um blutige Rache an tatsächlichen oder angeblichen Kollaborateuren zu nehmen. Alexander Ramius war ein Held der Sowjetunion gewesen – und Marko schämte sich seiner. Die endlose Belagerung von Leningrad hatte die Gesundheit seiner Mutter ruiniert, sodass sie seine Geburt nicht überlebte. Marko wuchs bei seiner Großmutter in Litauen auf, während sein Vater im Zentralkomitee der Partei herumstolzierte und auf Beförderung und Versetzung nach Moskau wartete. Die bekam er auch und war Kandidat des Politbüros, als ein Herzschlag seiner Karriere ein Ende setzte.

Markos Scham hatte allerdings ihre Grenzen. Immerhin hatte die Berühmtheit seines Vaters ihm Gelegenheit gegeben, sein gegenwärtiges Ziel ins Auge zu fassen. Marko plante, persönlich an der Sowjetunion Rache zu nehmen; und zwar gründlich, um auch Vergeltung für jene Zahllosen zu üben, die vor seiner Geburt ermordet worden waren.

»Wo wir hinfahren, Iwan Jurijewitsch, wird's noch kälter sein.«

Putin schlug seinem Kapitän auf die Schulter. War seine Freundschaft echt oder gespielt? Vermutlich echt, sagte sich Ramius; dieser laute Ochse schien doch ein paar menschliche Seiten zu haben.

»Wie kommt es eigentlich, Genosse Kapitän, dass es Sie immer so freut, in See zu stechen und die Heimat zurückzulassen?«

Ramius lächelte hinter seinem Fernglas. »Ein Seemann hat ein Vaterland, Iwan Jurijewitsch, aber zwei Frauen. Das werden Sie nie verstehen. Ich bin nun unterwegs zu meiner zweiten Frau, der kalten, herzlosen See, der meine Seele gehört.« Ramius schwieg. Sein Lächeln verschwand. »Sie ist jetzt meine einzige Frau.«

Putin blieb zur Abwechslung einmal still. Der Politoffizier war bei der Einäscherung gewesen und hatte echte Tränen geweint, als der Sarg ins Krematorium gerollt war. Für Putin war Natalia Bogdanowa Ramius' Tod ein Trauerfall gewesen, der Akt eines gleichgültigen Gottes, dessen Existenz er ansonsten hartnäckig leugnete. Für Ramius war er ein Verbrechen gewesen, begangen vom Staat.

Ein überflüssiges, monströses Verbrechen, das bestraft werden musste.

»Eis!«, meldete der Ausguck.

»Loses Packeis an Steuerbord, vielleicht vom Ostgletscher gekalbt. Passieren wir«, sagte Kamarow.

»Käpt'n!«, klang es metallisch aus dem Brückenlautsprecher. »Nachricht vom Flottenhauptquartier.«

»Bitte verlesen.«

»Übungsgebiet klar. Keine Feindschiffe in der Nähe. Entsprechend Order verfahren. Gezeichnet: Korow, Flottenkommandant.«

»Verstanden«, sagte Ramius. Es klickte im Lautsprecher. »Also keine *Amerikanski in* der Nähe?«

»Glauben Sie dem Flottenkommandanten nicht?«, fragte Putin.

»Ich hoffe, dass er sich nicht irrt«, erwiderte Ramius aufrichtiger, als seinem Politoffizier lieb war. »Vergessen Sie die Geheimdienstinformationen bei der Einsatzbesprechung nicht.«

Putin trat von einem Fuß auf den anderen. Vielleicht spürte er die Kälte.

»Es geht um die amerikanischen U-Boote der *688*- oder *Los-Angeles*-Klasse. Wissen Sie noch, was einer ihrer Offiziere unserem Spion über sie erzählte? Sie können sich an einen Wal heranmachen und ihn vögeln, ehe er etwas merkt.« Der Kapitän grunzte erheitert. »Vor den *Los-Angeles*-Booten der Amerikaner und den *Trafalgars* der Briten müssen wir uns in Acht nehmen. Die sind eine Bedrohung.«

»Die Amerikaner mögen gute Ingenieure haben, Genosse Kapitän«, meinte Putin, »aber unsere Technologie ist besser.«

Ramius nickte versonnen. Politoffiziere sollten eigentlich etwas von den Schiffen verstehen, die sie überwachten, so wie es die Parteidoktrin vorschrieb.

»Wie ich bei der Politischen Hauptverwaltung sagte«, sprach Putin und schlug Ramius erneut auf die Schulter, »ist *Roter Oktober* in den besten Händen!«

Du Schwein! dachte der Kapitän, prahlst vor meinen Männern, dass *du* über meine Tauglichkeit befindest! Ein Mann, dem man kein Schlauchboot in der Flaute anvertrauen würde! Schade, dass du keine Gelegenheit bekommen wirst, diese Worte zu bereuen, Genosse Politoffizier, und wegen einer Fehlentscheidung den Rest deines Lebens im Gulag verbringen musst. Das wäre es fast wert, dich am Leben zu lassen.

Die nächste Stunde verging rasch. Die See ging höher, als sie sich dem offenen Meer näherten, und ihr Eisbrecher begann, sich in der Dünung zu wälzen. Ramius besah sich das Schiff mit Interesse. Er hatte seine gesamte Dienstzeit auf Unterseebooten verbracht und war noch nie auf einem Eisbrecher gewesen. U-Boote hatten mehr Annehmlichkeiten, waren aber gefährlicher. An Gefahren war er jedoch gewöhnt, und seine langjährige Erfahrung kam ihm jetzt zustatten.

»Boje in Sicht, Käpt'n.« Kamarow wies auf eine rot beleuchtete Boje, die auf den Wellen tanzte.

»Kontrollraum, bitte Lotung«, fragte Ramius übers Brückentelefon.

»Hundert Meter unterm Kiel, Käpt'n.«

»Fahrt auf zwei Drittel steigern, zehn Grad nach Backbord.« Ramius sah Kamarow an. »Signalisieren Sie der *Purga* unsere Kursänderung.«

Kamarow griff nach der kleinen Signallampe, die unter der Brückenkimming verstaut war. *Roter Oktober,* ein 30 000 Tonnen großer Koloss, begann langsam Fahrt aufzunehmen. Allmählich wuchs die Bugwelle zu einem drei Meter hohen Wasserbogen an; Brecher rollten übers Raketendeck und wurden vom Turm zerteilt. Die *Purga* änderte ihren Kurs nach Steuerbord und ließ das U-Boot vorbeiziehen.

Ramius schaute zu den Steilhängen des Kola-Fjords hinüber. Vor Urzeiten hatte ihnen der unbarmherzige Druck der Gletscher ihre Form gegeben. Wie oft während seiner zwanzigjährigen Dienstzeit in der Nordflotte »Rotes Banner« hatte er diese weite, offene U-Form gesehen?

Nun ruhte sein Blick zum letzten Mal auf ihr. Was auch geschah, für ihn gab es keine Rückkehr. Wie würde es ausgehen? Ramius gestand sich, dass ihn das wenig scherte. Es gab kein Zurück. Er hatte einen Brief in den letzten Postsack geworfen, der vorm Auslaufen von Bord gegangen war.

»Kamarow, signalisieren Sie an *Purga:* Tauchen um –«, er sah auf die Uhr, »13 Uhr 20. Übung OKTOBERFROST beginnt planmäßig. Wir geben Sie für Ihre anderen Pflichten frei. Wir kehren planmäßig zurück.«

Kamarow blinkte den Spruch hinüber. Die *Purga* antwortete sofort, und Ramius entzifferte die Lichtsignale ohne fremde Hilfe: »WENN EUCH DIE WALE NICHT FRESSEN! VIEL GLÜCK ROTER OKTOBER!«

Ramius griff nach dem Hörer, drückte den Knopf für den Funkraum und ließ den Spruch ans Flottenhauptquartier in Seweromorsk senden. Dann setzte er sich mit dem Kontrollraum in Verbindung.

»Lotung?«

»Einhundertvierzig Meter, Käpt'n.«

»Fertigmachen zum Tauchen.« Er befahl den Ausguck unter Deck.

»Brücke klar. Übernehmen Sie, wenn Sie unten sind, Gregorij.« Kamarow nickte und verschwand in der Luke.

Ramius, nun allein, suchte noch einmal sorgfältig den Horizont ab. Achtern war die Sonne kaum noch sichtbar, der Himmel bleiern, die See schwarz, abgesehen von den Wellenkämmen. Ist das mein Abschied von der Welt? fragte er sich. Falls ja, hätte er eine heiterere Szenerie vorgezogen.

Ehe er nach unten glitt, inspizierte er die Dichtung der Luke, zog sie mit einer Kette zu und stellte sicher, dass der automatische Mechanismus richtig funktionierte. Anschließend kletterte er im Turm acht Meter tief hinunter zum Druckkörper und dann weitere zwei zum Kontrollraum. Ein *Mitschman* (Decksoffizier) schloss die zweite Luke und drehte mit kräftigem Schwung das Verschlussrad bis zum Anschlag.

»Gregorij?«, fragte Ramius.

»Alles klar«, sagte der Navigator knapp und wies auf das Taucharmaturenbrett. Alle den Druckkörper betreffenden Kontrolllampen leuchteten grün. »Alle Systeme justiert und tauchbereit. Druckausgleich eingeleitet. Wir sind bereit zum Tauchen.«

Der Kapitän inspizierte selbst noch einmal alle mechanischen, elektrischen und hydraulischen Instrumente. Auf sein Nicken hin betätigte der *Mitschman* vom Dienst die Tauchventile.

»Tauchen«, befahl Ramius und trat ans Periskop, um Wassilij Borodin, seinen *Starpom* (Ersten Offizier), abzulösen. Kamarow löste den Tauchalarm aus, und ein lautes Summen hallte durch den Bootsrumpf.

»Hauptballasttanks fluten. Tiefenruder anstellen, zehn Grad abwärts.« Kamarow gab seine Befehle mit wachen Augen und überzeugte sich davon, dass jedes Besatzungsmitglied seine Aufgabe genau erledigte. Ramius lauschte aufmerksam, schaute aber nicht hin. Kamarow war der beste junge Seemann, den er je kommandiert hatte. Er vertraute ihm.

Roter Oktobers Rumpf wurde vom Geräusch ausströmender Luft erfüllt, als Ventile an der Oberseite der Ballasttanks geöffnet wurden und Wasser, das von unten einströmte, die Auftrieb verleihende Luft verdrängte. Das war ein langwieriger Prozess, da das U-Boot über viele solcher Tanks verfügte, jeder in zahlreiche Zellen aufgeteilt. Ramius verstellte den Winkel des Periskopobjektivs und sah, wie sich das schwarze Wasser kurz in Schaum verwandelte.

Roter Oktober war das größte und beste Boot, das Ramius je befehligt hatte, aber es hatte einen entscheidenden Nachteil. Es hatte starke Maschinen und ein neuartiges Antriebssystem, das, wie er hoffte, amerikanische und sowjetische U-Boote verwirren würde, aber es war so groß, dass es sich unter Wasser verhielt wie ein waidwunder Wal: langsam beim Auftauchen, noch langsamer beim Abtauchen.

»Periskop einziehen.« Ramius trat nach einer scheinbar langen Pause von dem Instrument weg.

»Vierzig Meter«, meldete Kamarow.

»Bei hundert Meter abfangen.« Ramius besah sich nun seine Mannschaft. Beim ersten Tauchen konnten erfahrene Männer ins Zittern geraten, und die Hälfte seiner Crew setzte sich aus jungen Bauern zusammen, frisch vom Ausbildungslager. Der Rumpf knackte und knirschte unter dem Wasserdruck. Daran musste man sich gewöhnen. Unter den Männern wurden einige blass, blieben aber stocksteif stehen.

Kamarow begann die Prozedur des Abfangens in der gewünschten Tiefe. Ramius sah mit väterlichem Stolz zu, wie der Kapitänleutnant präzise die erforderlichen Befehle gab. Er war der erste Offizier, den Ramius rekrutiert hatte. Die Männer im Kontrollraum führten seine Anweisungen zackig aus. Fünf Minuten später verlangsamte das U-Boot bei neunzig Metern seine Sinkgeschwindigkeit und pendelte sich dann bei hundert Metern ein.

»Gut gemacht, Kapitänleutnant. Sie führen das Boot. Lassen Sie die Sonar-Männer an allen passiven Systemen lauschen.« Ramius schickte sich an, den Kontrollraum zu verlassen, und bedeutete Putin mit einer Geste, ihm zu folgen.

Und so begann es.

Ramius und Putin gingen nach achtern zur Messe des U-Boots. Der Kapitän hielt dem Politoffizier die Tür auf und schloss sie dann hinter sich ab. Die vor der Kombüse und hinter den Offizierskabinen gelegene Messe war für U-Boot-Verhältnisse recht geräumig. Ihre Wände waren schalldicht, und ihre Tür hatte ein Schloss, weil die Konstrukteure berücksichtigt hatten, dass nicht alles, was Offiziere reden, für die Ohren der Mannschaft bestimmt ist. Sie war so groß, dass alle Offiziere von *Oktober* gemeinsam essen konnten – obwohl das nie vorkam, da drei immer Dienst hatten. Der Safe mit den Befehlen für das Boot stand hier und nicht in der Kommandantenkajüte, wo ein Mann die Einsamkeit nutzen und versuchen konnte, ihn allein zu öffnen. Er hatte zwei Skalen. Ramius kannte eine Kombination, Putin die andere, was eigentlich überflüssig war, da Putin zweifellos wusste, wie die Befehle lauteten. Auch Ramius war informiert, aber nicht in allen Einzelheiten.

Putin schenkte Tee ein, als der Kapitän seine Armbanduhr mit dem Chronometer am Schott verglich. In fünfzehn Minuten konnte er den Panzerschrank öffnen.

»Zwei Wochen lang eingesperrt«, bemerkte der Politoffizier und rührte seinen Tee um.

»Die Amerikaner bleiben zwei *Monate* lang auf See, Iwan. Aber ihre Boote sind natürlich komfortabler.« Die Mannschaftsunterkünfte von *Oktober* waren trotz der gewaltigen Größe des Bootes recht spartanisch. Fünfzehn Offiziere waren achtern in recht ordentlichen Kajüten untergebracht, aber die hundert Seeleute mussten in Klappkojen schlafen, die überall im Bug vor den Raketensilos in Ecken und Winkel gezwängt waren. *Oktobers* Größe täuschte. Das Innere des Doppelrumpfs war mit Raketen, Torpedos, einem Kernreaktor und seinen Zusatzaggregaten, einem riesigen Diesel als Hilfsmaschine und einer Menge von Nickel-Kadmium-Batterien voll gestopft, letztere außerhalb des Druckkörpers und zehnmal so groß wie auf vergleichbaren amerikanischen Booten. Trotz weitgehender Automation, die es zum modernsten Schiff der sowjetischen Marine machte, war seine Bedienung und Wartung eine Riesenaufgabe für eine so kleine Mannschaft. Die Hälfte seiner Mannschaft bestand aus Wehrpflichtigen auf ihrer ersten Einsatzfahrt und selbst die erfahreneren Leute wussten herzlich wenig. Anders als bei westlichen Kriegsmarinen bildeten nicht die *Glawniji Starschini* (Bootsmänner), sondern die elf *Mitschmani* (Decksoffiziere) das Rückgrat der Mannschaft. Jeder Einzelne war darauf gedrillt, genau das zu tun, was die Offiziere befahlen. Und die Offiziere hatte Ramius selbst ausgewählt.

»Möchten Sie denn gerne zwei Monate lang kreuzen?«, fragte Putin.

»Auf Diesel-U-Booten habe ich das getan. Ein Unterseeboot gehört aufs Meer, Iwan. Unsere Aufgabe ist es, die Imperialisten das Fürchten zu lehren. Erreicht wird das nicht, wenn wir die meiste Zeit in unserem Stall in Polyarniji verbringen, aber wir können halt nicht länger als zwei Wochen auf See bleiben, weil sonst die Tauglichkeit der Mannschaft nachlässt. In zwei Wochen wird aus dieser Kinderbande ein Haufen abgestumpfter Roboter.« Darauf baute Ramius.

»Und sollen wir dieses Problem mit kapitalistischem Luxus lösen?«, höhnte Putin.

»Ein wahrer Marxist ist objektiv, Genosse Politoffizier«, wies Ramius, der seine letzte Meinungsverschiedenheit mit Putin genoss, zurecht. »Und objektiv gesehen ist das, was uns bei unserer Aufgabe hilft, gut, und das, was uns behindert, schlecht. Widrigkeiten sollen unsere Sinne und Fähigkeiten schärfen, nicht abstumpfen. Das Leben auf einem U-Boot ist auch so schon hart genug.«

»Für Sie offenbar nicht, Marko.« Putin grinste über seine Teetasse hinweg.

»Ich bin Seemann. Unsere Männer nicht und die meisten werden es auch niemals werden. Das ist ein Haufen Bauern und Jungen, die am liebsten in der Fabrik arbeiten würden. Wir müssen uns den Zeiten anpassen, Iwan. Diese Jugend ist anders als wir früher.«

»Da haben Sie allerdings Recht«, stimmte Putin zu.

Beide Männer wussten genau, weshalb sowjetische Raketen-U-Boote nur so wenig ihrer Zeit – gerade fünfzehn Prozent – im Einsatz verbrachten, und mit mangelndem Komfort hatte das nichts zu tun. *Roter Oktober* trug sechsundzwanzig SS-N-20-»Seahawk«-Raketen, jede mit acht unabhängig steuerbaren Atomsprengköpfen (MIRVs), Sprengkraft 500 Kilotonnen, bestückt; genug, um zweihundert Städte auszulöschen. Landgestützte Bomber konnten jeweils nur ein paar Stunden fliegen und mussten dann zu ihren Horsten zurückkehren. Landgestützte Raketen entlang des russischen Ost-West-Schienensystems waren immer in Reichweite von paramilitärischen

Truppen des KGB, die eingreifen konnten, falls einem Regimentskommandeur seine Macht zu Kopfe stieg. Raketen-U-Boote aber waren per Definition von Land aus nicht zu kontrollieren. Ihre einzige Rolle war zu verschwinden.

Angesichts dieser Tatsache überraschte es Marko, dass seine Regierung überhaupt welche gebaut hatte. Den Mannschaften solcher Boote musste man vertrauen können. Und so kam es, dass sie seltener in See stachen als ihre westlichen Gegenstücke, und wenn, dann mit einem Politoffizier an Bord, der neben dem Kommandanten stand, gleichsam mit einem zweiten Kapitän, der jede Handlung gutzuheißen hatte.

»Brächten Sie es fertig, Marko, zwei Monate lang mit diesen Dorfjungen zu kreuzen?«

»Wie Sie wissen, ziehe ich halb ausgebildete Jungs vor. Denen braucht man nicht so viel abzugewöhnen. Dann kann ich sie auf meine Art zu ordentlichen Seeleuten machen. Ist das Persönlichkeitskult?«

Putin steckte sich lachend eine Zigarette an. »Das höre ich über Sie nicht zum ersten Mal, Marko. Aber Sie sind halt unser bester Ausbilder und für Ihre Zuverlässigkeit bekannt.« Das stimmte. Ramius hatte Hunderte von Offizieren und Matrosen ausgebildet und auf andere Unterseeboote geschickt, zu dankbaren Kommandanten. Putin hob einen Zeigefinger. »Sie sollten eine unserer Marineakademien kommandieren, Kapitän. Dort würden Ihre Talente dem Staat besser nützen.«

»Ich bin und bleibe Seemann, Iwan Jurijewitsch, und kein Schulmeister. Der Weise kennt seine Grenzen.« Und der Kühne ergreift eine Gelegenheit, wenn sie sich bietet. Alle Offiziere an Bord hatten schon unter Ramius gedient, abgesehen von drei Leutnants, die gehorchen würden wie jeder Leichtmatrose, und dem Arzt, der harmlos war.

Das Chronometer schlug vier Glasen.

Ramius erhob sich und stellte die dreistellige Zahlenkombination ein. Putin folgte seinem Beispiel, und der Kapitän drückte auf die Klinke der runden Panzerschranktür. Drinnen lagen ein brauner Umschlag sowie vier Bücher mit Codes und Zielkoordinaten für die Raketen. Ramius nahm den Umschlag heraus, schloss den Safe und drehte an den Skalen, ehe er sich wieder setzte. Er erbrach das Siegel und zog den vierseitigen Einsatzbefehl heraus, las ihn rasch durch. Kompliziert war die Aufgabe nicht.

»Wir haben uns zum Quadrat 54-90 zu begeben und uns dort mit Jagd-U-Boot *W. K. Konowalow* zu treffen – das ist Kapitän Tupolews neues Boot. Kennen Sie Wiktor Tupolew? Nein? Wiktor wird kapitalistische Eindringlinge abhalten, während wir eine viertägige Such- und Verfolgungsübung abhalten, bei der er uns jagt – falls er es fertig bringt.« Ramius lachte in sich hinein. »Die Jungs im Direktorat der Jagd-U-Boote wissen noch immer nicht, wie unser neues Antriebssystem aufzuspüren ist. Und die Amerikaner bestimmt auch nicht. Wir haben die Operation auf Quadrat 54-90 und die unmittelbar angrenzenden Quadrate zu beschränken. Das macht Tupolews Aufgabe etwas leichter.«

»Sie wollen sich aber nicht von ihm finden lassen?«

»Gewiss nicht!«, schnaubte Ramius. »Lassen? Tupolew war einmal mein Schüler. Einem Feind schenkt man nichts, Iwan, auch bei einer Übung nicht. Die Imperialisten geben uns bestimmt keinen Pardon! Auf der Suche nach uns kann er auch das Aufspüren von feindlichen strategischen U-Booten üben. Seine Chancen, uns auszumachen, stehen nicht schlecht, denn die Übung ist auf neun Quadrate, vierzigtausend Quadratkilometer, beschränkt. Mal sehen, was er gelernt hat, seit er mit uns fuhr – Moment, damals dienten Sie ja noch nicht mit mir. Zu dieser Zeit fuhr ich die *Suslow*.«

»Sind Sie enttäuscht von der Aufgabe?«

»Eigentlich nicht. Die Übung mit der *Konowalow* wird eine interessante Abwechslung.« Idiot, dachte er, du kennst den Befehl doch längst – und Tupolew auch. Lügner. Es war Zeit.

Putin trank seinen Tee aus, ehe er aufstand. »Ich habe

also wieder die Ehre, den meisterhaften Kapitän bei der Arbeit bewundern zu dürfen wie ein staunender Schuljunge.« Er wandte sich zur Tür. »Ich glaube–«

Ramius trat ihm die Beine weg, als er sich vom Tisch löste. Putin fiel nach hinten. Ramius sprang auf und packte mit kräftigen Seemannshänden den Kopf des Politoffiziers, schlug ihn gegen die Kante des metallbeschlagenen Tisches. Gleichzeitig presste er sich gegen die Brust des Mannes. Das war überflüssig. Mit einem hässlichen Knirschen brach Iwan Putins Genick am zweiten Halswirbel – eine perfekte Henkersfraktur.

Dem Politoffizier blieb keine Zeit zum Reagieren. Die Nervenverbindung zwischen Kopf und Körper war unterbrochen. Putin wollte schreien, etwas sagen, doch sein Mund ging ohne einen Ton auf und zu. Vergeblich versuchte er nach Luft zu schnappen wie ein Fisch auf dem Trockenen. Dann sah er mit vor Entsetzen geweiteten Augen zu Ramius auf – er schien keine Schmerzen, sondern nur Überraschung zu empfinden. Der Kapitän legte ihn sanft auf den Boden.

Ramius sah, wie in dem Gesicht eine Erkenntnis aufflackerte, aber dann wurde es fahl. Er tastete nach Putins Puls. Der Herzstillstand trat erst nach zwei Minuten ein. Als Ramius sicher war, dass sein Politoffizier nicht mehr lebte, nahm er die Teekanne vom Tisch, goss gut zwei Tassen auf den Boden und ließ auch etwas auf die Schuhe des Mannes tropfen. Dann riss er die Tür auf.

»Dr. Petrow! Sofort in die Messe!«

Der Schiffsarzt war in der Nähe und kam sofort, gefolgt von Wassilij Borodin, der aus dem Kontrollraum eilte.

»Er rutschte aus, wo ich meinen Tee verschüttet habe!«, stieß Ramius hervor und massierte Putins Brust. »Ich wollte ihn noch auffangen, aber er fiel mit dem Kopf gegen die Tischkante.«

Petrow schob den Kapitän beiseite, drehte die Leiche herum und kniete sich über sie. Er riss das Hemd auf und sah sich dann Putins Augen an. Beide Pupillen waren geweitet und starr. Der Arzt tastete den Kopf des Mannes ab, ließ dann die Hände am Hals hinuntergleiten, hielt inne. Langsam schüttelte er den Kopf.

»Genosse Putin ist tot. Genickbruch.« Der Arzt ließ die Hände sinken und drückte dann dem Politoffizier die Augen zu.

»Nein!«, schrie Ramius. »Vor einer Minute hat er doch noch gelebt!« Der Kommandant schluchzte. »Es war meine Schuld. Ich wollte ihn festhalten, schaffte es aber nicht. Alles meine Schuld!« Er ließ sich auf einen Stuhl fallen und vergrub das Gesicht in den Händen.

Petrow legte dem Kapitän die Hand auf die Schulter. »Es war ein Unfall, Genosse Kapitän. So etwas kann selbst erfahrenen Männern passieren. Machen Sie sich keine Vorwürfe, Genosse.«

Ramius stieß einen unterdrückten Fluch aus und fasste sich wieder. »Können Sie denn nichts tun?«

Petrow schüttelte den Kopf. »Selbst im besten Krankenhaus könnte man da nichts machen. Der Tod trat so gut wie auf der Stelle ein – und auch schmerzlos«, fügte er tröstend hinzu.

Ramius richtete sich auf und holte mit starrem Gesicht tief Luft. »Genosse Putin war ein guter Schiffskamerad, ein treues Parteimitglied und ein erstklassiger Offizier.« Aus dem Augenwinkel sah er Borodins Mundwinkel zucken. »Genossen, der Einsatz geht weiter! Dr. Petrow, tragen Sie die Leiche unseres Genossen in den Kühlraum. Ich weiß, das ist grausig, aber er verdient eine Bestattung mit allen militärischen Ehren und wird sie auch bekommen, sobald wir wieder im Hafen sind.«

»Melden wir das dem Flottenhauptquartier?«, fragte Petrow.

»Das geht nicht. Laut Befehl müssen wir strikte Funkstille wahren.« Ramius zögerte, dann sagte er: »Borodin, Sie sind mein Zeuge: Ich nehme dem Genossen Politoffizier vorschriftsmäßig den Schlüssel zum Abfeuern der Raketen vom Hals«, sagte Ramius und steckte Schlüssel und Kette ein.

»Ich habe es mit angesehen und werde es ins Logbuch

eintragen«, erklärte der stellvertretende Kommandant ernst.

Petrow rief seinen Sanitäter. Gemeinsam trugen sie Putin ins Lazarett und legten ihn in einen Leichensack, der dann vom Sanitäter und zwei Matrosen durch den Kontrollraum nach vorne zu den Raketensilos getragen wurde. Der Eingang zum Kühlraum befand sich auf dem unteren Raketendeck. Während zwei Köche hastig Lebensmittel aus dem Weg räumten, wurde die Leiche pietätvoll in eine Ecke gelegt. Achtern stellten der Arzt und der stellvertretende Kommandant die erforderliche Liste der persönlichen Gegenstände Putins zusammen – eine Ausfertigung fürs Logbuch, eine für die Ablage des Arztes, eine dritte für eine versiegelte und verschlossene Kiste.

Vorn übernahm Ramius das Kommando in dem Kontrollraum, wo betretenes Schweigen herrschte. Er befahl Kurs 290 Grad, *westnordwest.*

Quadrat 54-90 lag im Osten.

Zweiter Tag

Samstag, 4. Dezember

Roter Oktober
Es war bei der Roten Marine Sitte, dass der Kapitän den Einsatzbefehl des Schiffes verlas und die Mannschaft ermahnte, ihn treu auszuführen. Anschließend wurde der Befehl zur allgemeinen Inspiration vor dem Lenin-Raum des Schiffes ausgehängt. Auf großen Schiffen war dies ein Saal für politische Schulung, *Roter Oktober* aber hatte nur eine schrankgroße Bibliothek nahe der Messe, wo Bücher und ideologisches Material aufbewahrt wurden. Ramius gab den Einsatzbefehl einen Tag nach dem Auslaufen bekannt, um der Mannschaft Gelegenheit zu geben, sich an die Bordroutine zu gewöhnen. Zugleich hielt er eine anfeuernde Rede, eine seiner Stärken. Übung hatte er genug gehabt. Um acht Uhr betrat er den Kontrollraum und nahm einige Karteikarten aus der Innentasche.

»Genossen!«, sprach er ins Mikrophon, »hier spricht der Kapitän. Ihr alle wisst, dass unser lieber Freund und Genosse Kapitän Iwan Jurijewitsch Putin gestern bei einem tragischen Unfall ums Leben kam. Unser Einsatzbefehl lässt eine Meldung ans Flottenhauptquartier nicht zu. Genossen, wir werden unsere Anstrengungen dem Andenken an den Genossen Iwan Jurijewitsch Putin widmen – einem guten Schiffskameraden, ehrenhaften Parteimitglied und mutigen Offizier.

Genossen! Offiziere und Matrosen von *Roter Oktober!* Wir haben unseren Einsatzbefehl vom Oberkommando der Nordflotte und er ist dieses Bootes und seiner Mannschaft würdig!

Genossen! Unser Auftrag ist die Erprobung unseres neuen geräuschlosen Antriebssystems. Wir fahren nach *Westen,* vorbei an der Nordspitze Norwegens, und wenden uns dann nach Südwesten zum Atlantik. Wir werden alle feindlichen Sonarnetze passieren, ohne erfasst zu werden. Dies ist die erste echte Prüfung für unser Boot und seine Fähigkeiten. Unsere eigenen Schiffe werden im Rahmen einer Großübung versuchen, uns auszumachen und gleichzeitig die arroganten imperialistischen Marinen zu verwirren. Unsere erste Aufgabe ist es, uns von niemandem entdecken zu lassen. Wir werden den Amerikanern eine Lektion über sowjetische Technologie erteilen, die sie nicht so rasch vergessen werden! Laut Befehl sollen wir weiter auf Südwestkurs bleiben und vor der amerikanischen Küste entlangfahren, um ihre neuesten und besten Jagd-U-Boote herauszufordern und zu schlagen. Dann laufen wir bis nach Kuba, wo wir das erste Schiff sein werden, das einen neuen, hochgeheimen Stützpunkt für Atom-U-Boote benutzt, an dem seit zwei Jahren gebaut worden ist – unbemerkt von den Imperialisten. Ein Versorgungsschiff ist bereits unterwegs und wird sich dort mit uns treffen.

Genossen! Wenn es uns gelingt, von den Imperialisten unbemerkt nach Kuba zu gelangen – und das schaffen wir! –, winkt Offizieren und Männern des Bootes eine Woche Landurlaub auf der schönen Insel. Ich war schon einmal dort, Genossen, und ihr werdet vorfinden, was ihr gelesen habt – ein Tropenparadies, Palmen, Kameradschaft.« Mit »Kameradschaft« meinte Ramius Frauen. »Danach kehren wir auf demselben Weg in die Heimat zurück. Bis dahin werden die Imperialisten natürlich von ihren hinterhältigen Spionen und feigen Aufklärungsflugzeugen erfahren haben, wer und was wir sind. Das ist auch beabsichtigt, denn auch auf dem Rückweg werden wir uns der Erfassung entziehen. Dann wissen die Imperialisten, dass mit den Männern der Roten Armee nicht zu scherzen ist, dass wir nach Belieben an ihre Küste heranfahren können und dass sie die Sowjetunion respektieren müssen!

Genossen! Lasst uns die erste Dienstfahrt von *Roter Oktober* zu einer denkwürdigen machen!«

Ramius sah von seinem Redemanuskript auf. Die Wachhabenden im Kontrollraum grinsten einander zu. Es kam nicht oft vor, dass ein sowjetischer Matrose ein fremdes

Land besuchen durfte, und ein Auslandsbesuch eines Atom-U-Bootes war so gut wie noch nie da gewesen. Mehr noch, für die Matrosen war Kuba ein Märchenland mit weißen Stränden und braunen Mädchen. Ramius wusste das besser. Er hatte Artikel über die Freuden einer Dienstzeit auf Kuba im *Roten Stern* und anderen Zeitschriften gelesen. Außerdem war er selbst dort gewesen.

Ramius nahm sich eine neue Karte vor. Soweit die guten Nachrichten.

»Genossen! Offiziere und Männer von *Roter Oktober!*« Nun kamen die schlechten Nachrichten, auf die alles wartete. »Dies ist kein leichter Auftrag. Er verlangt, dass wir unser Bestes geben. Wir müssen absolute Funkstille wahren und perfekte Arbeit leisten. Belohnt werden nur diejenigen, die es auch verdient haben. Jeder Offizier und Mann an Bord, vom Kapitän bis zum jüngsten Matrosen, muss seine Pflicht tun, und zwar tadellos. Wenn wir kameradschaftlich zusammenarbeiten, ist uns der Erfolg sicher. Und unseren jungen, seeunerfahrenen Genossen möchte ich sagen: Folgt euren Offizieren, *Mitschmani* und *Starschini.* Lernt eure Pflichten gut und führt sie exakt aus. Unwichtige Arbeiten gibt es auf diesem Schiff nicht. Jeder Genosse hat das Leben aller anderen in der Hand. Tut eure Pflicht, befolgt die Befehle, dann werdet ihr am Ende dieser Fahrt echte sowjetische Seeleute sein. Das wäre alles.« Ramius nahm den Daumen vom Mikrophonschalter und hängte das Gerät ein. Keine üble Rede, entschied er – eine große Karotte und ein kleiner Knüppel.

In der Kombüse blieb ein Maat mit einem warmen Laib Brot im Arm verblüfft stehen und schaute neugierig den Wandlautsprecher an. Waren die Pläne denn geändert worden? Der *Mitschman* schickte ihn zurück an die Arbeit und dachte grinsend an die Woche auf Kuba.

»Ob wohl amerikanische U-Boote in der Nähe sind?«, fragte Ramius im Kontrollraum nachdenklich.

»In der Tat, Genosse Kapitän«, erwiderte Kapitän Zweiten Grades Borodin, der Wache hatte. »Sollen wir die Raupe einschalten?«

»Ja, Genosse.«

»Maschinen Stopp«, befahl Borodin.

»Maschinen Stopp.« Der Steuermannsmaat, ein *Starschina,* stellte an der Signaltafel die HALT-Position ein. Gleich darauf wurde der Befehl auf der inneren Skala bestätigt, und wenige Sekunden später verstummte das dumpfe Grollen der Maschinen.

Borodin griff zum Hörer und drückte den Knopf für den Maschinenraum. »Genosse Chefingenieur, Inbetriebnahme der Raupe vorbereiten.«

Der offizielle Name für das neue Antriebssystem war dies nun nicht, denn es hatte bisher nur eine Projektnummer. Den Spitznamen »Raupe« hatte ihm ein an der Entwicklung beteiligter junger Ingenieur gegeben. Warum, wussten weder Ramius noch Borodin, aber die Bezeichnung hatte sich durchgesetzt.

»Bereit, Genosse Borodin«, meldete der Chefingenieur kurz darauf.

»Bug- und Heckluken öffnen«, befahl Borodin dann.

Ein *Mitschman* trat an die Kontrolltafel und legte vier Schalter um. Vier rote Leuchten verloschen, vier grüne gingen an. »Luken offen, Kapitän.«

»Raupe einschalten. Fahrt langsam auf dreizehn Knoten steigern.«

»Langsam auf eins-drei Knoten, Genosse«, bestätigte der Ingenieur.

Im Rumpf, wo es vorübergehend still geworden war, vernahm man nun ein neues Geräusch. Der Maschinenlärm klang leiser und ganz anders. Das Reaktorgeräusch, das vornehmlich von den Umwälzpumpen des Kühlwassersystems stammte, war kaum wahrzunehmen. Die Raupe benötigte für ihre Leistung nicht sehr viel Kraft. Auf der Station des *Mitschman* begann die Nadel des Fahrtanzeigers, die auf fünf Knoten gefallen war, langsam wieder zu steigen.

»Raupe funktioniert normal, Genosse Kapitän«, meldete Borodin.

»Sehr gut. Steuermann, gehen Sie auf Kurs zwei-sechs-null«, befahl Ramius.

»Zwei-sechs-null, Genosse.« Der Steuermann drehte das Ruder nach links.

USS Bremerton

Dreißig Meilen weiter nordöstlich lief *USS Bremerton* auf Kurs 225 und war gerade unter dem Packeis hervorgekommen. Das Jagd-U-Boot der *688*-Klasse hatte sich auf einer ELINT-Mission befunden, also elektronische Daten gesammelt, als es nach Westen zur Kola-Halbinsel beordert worden war. Eigentlich hätte das russische Raketen-U-Boot erst nächste Woche auslaufen sollen, dachte der Skipper der *Bremerton* und ärgerte sich über diesen jüngsten Schnitzer der Nachrichtendienste. Er würde zur Stelle gewesen sein, wenn *Roter Oktober* wie geplant ausgelaufen wäre. Aber die amerikanischen Sonar-Männer hatten das sowjetische U-Boot vor wenigen Minuten ausgemacht, obwohl die *Bremerton* vierzehn Knoten lief.

»Brücke, hier Sonar.«

Commander Wilson griff zum Hörer. »Brücke.«

»Kontakt verloren, Sir. Lässt sich vermutlich langsam treiben. Wir schleichen uns an ihn heran. Bleiben Sie wach, Chief.« Darüber dachte Commander Wilson nach, als er zwei Schritte zum Kartentisch machte. Die beiden Offiziere von der Feuerleitgruppe, die den Kontakt gerade ausgemacht hatten, sahen den Kommandanten fragend an.

»Ich würde an seiner Stelle dicht über Grund gehen und ungefähr hier langsam Kreise fahren.« Wilson machte auf der Karte einen Kreis um die Position von *Roter Oktober.* »Schleichen wir uns also heran. Wir verringern die Fahrt auf fünf Knoten und sehen zu, dass wir seine Reaktorgeräusche orten.« Wilson wandte sich an den Dienst habenden Offizier. »Fahrt auf fünf Knoten verringern.«

»Aye, Skipper.«

Seweromorsk, UdSSR

Im Hauptpostamt von Seweromorsk sah ein Sortierer säuerlich zu, wie ein Lkw-Fahrer einen großen Leinwandsack auf den Tisch warf und sich dann wieder entfernte. Er kam zu spät – na, so spät auch wieder nicht, verbesserte sich der Beamte; dieser Idiot war in fünf Jahren nicht einmal pünktlich gekommen. Mürrisch, weil er am Samstag arbeiten musste, zog er die Schnur auf und leerte den Sack aus. Mehrere kleine Beutel fielen heraus. Zur Eile bestand kein Anlass. Es war erst Monatsanfang, und sie hatten noch jede Menge Zeit, ihr Quantum an Post von einer Hälfte des Gebäudes zur anderen zu befördern.

Der Beamte machte einen kleinen Sack auf und entnahm ihm einen amtlich aussehenden Umschlag, der für die politische Hauptverwaltung der Marine in Moskau bestimmt war. Der Mann hielt inne, befingerte den Umschlag. Vermutlich kam er von dem U-Boot-Stützpunkt Polyarniji auf der anderen Seite des Fjordes. Was steht da wohl drin? dachte er. Die Ankündigung, dass alles für den entscheidenden Angriff auf den imperialistischen Westen bereit war? Eine Liste von Parteimitgliedern, die mit ihrem Beitrag im Rückstand waren? Eine Anforderung auf Klopapier?

Der Sortierer warf den Umschlag nachlässig in Richtung des Sackes für die Post nach Moskau am Ende des Tisches, verfehlte die Öffnung. Der Brief landete auf dem Zementboden und würde den Zug mit eintägiger Verspätung erreichen. Dem Sortierer war das gleich. Am Abend stand ein Hockeyspiel an, Zentralarmee gegen Luftwaffe. Er hatte einen Liter Wodka auf die Luftwaffe gesetzt.

Morrow, England

»Halseys größter Öffentlichkeitserfolg war zugleich sein schwerster Irrtum. Indem er sich mit legendärer Aggressivität als Volksheld profilierte, verstellte er nachfolgenden Generationen den Blick auf seine beeindruckenden geistigen Fähigkeiten und seinen gerissenen Spielerinstinkt –« Jack Ryan runzelte die Stirn und schaute auf den Computerschirm. Das las sich zu sehr wie eine Dissertation, die er bereits hinter sich hatte. Er erwog, die ganze Passage aus dem Speicher zu kippen, entschied sich aber dagegen. In der Einführung musste dieses Argument auftauchen. Es war zwar nicht

brillant, deutete aber an, was er sagen wollte. Warum fiel ihm das Vorwort zu einem historischen Text immer am schwersten? Drei Jahre lang saß er jetzt an *Der Seemann und Kämpfer,* einer autorisierten Biographie von Flottenadmiral William Halsey, und fast das ganze Buch war auf einem halben Dutzend Disketten gespeichert, die neben seinem Apple-Computer lagen.

»Papi?« Ryans kleine Tochter schaute zu ihm auf.

»Und wie geht's meiner kleinen Sally heute?«

»Gut.«

Ryan nahm sie auf den Schoß und rollte seinen Stuhl vom Tastenfeld weg. Sally war Feuer und Flamme für Computerspiele und Lernprogramme und bildete sich gelegentlich ein, auch mit dem Wordstar hantieren zu können, was einmal zum Verlust von zwanzigtausend elektronisch gespeicherten Wörtern geführt hatte. Und zu einer Abreibung.

Sally legte den Kopf an Vaters Schulter.

»Du guckst aber traurig. Was fehlt dir denn?«

»Tja, Papi, es ist doch bald Weihnachten, und ich frage mich, ob Santa Claus auch weiß, wo wir sind. Letztes Jahr haben wir anderswo gewohnt.«

»Aha. Und du hast Angst, dass er nicht hierher kommt?«

»Ja, Papi.«

»Warum hast du das nicht früher gesagt? Natürlich kommt er zu uns, das verspreche ich dir.«

»Ehrenwort?«

»Ehrenwort.«

»Gut.« Sie küsste ihren Vater und lief aus dem Zimmer. Ryan war für die Unterbrechung dankbar. Er musste noch ein paar Einkäufe machen, ehe er nach Washington flog. Aus der Schublade nahm er eine Diskette und schob sie ins zweite Laufwerk. Nachdem er seinen Schirm freigemacht hatte, erschienen die unerledigten Positionen der Geschenkliste. Auf einen simplen Befehl hin druckte der danebenstehende Printer die Liste aus. Ryan riss die Seite aus dem Gerät und steckte sie in die Brieftasche. Große

Lust zur Arbeit hatte er an einem Samstagvormittag nicht und beschloss, lieber mit seinen Kindern zu spielen. Immerhin saß er für den größten Teil der kommenden Woche in Washington fest.

W. K. Konowalow

Das russische Unterseeboot *W. K. Konowalow* kroch mit drei Knoten über den harten Sandgrund der Barents-See. Es befand sich in der Südwestecke von Quadrat 54-90 und war im Lauf der vergangenen zehn Stunden auf einer Nord-Süd-Achse hin- und hergependelt, in Erwartung von *Roter Oktober* und des Beginns der Übung OKTOBERFROST. Kapitän Zweiten Ranges Wiktor Alexejewitsch Tupolew schritt langsam um den Periskopstand im Kontrollraum seines kleinen, schnellen Jagd-U-Bootes herum. Er wartete auf seinen alten Mentor, damit er ihm ein paar Streiche spielen konnte. Zwei Jahre hatte er unter dem Ausbilder gedient, zwei gute Jahre. Er hielt seinen früheren Kommandanten zwar für einen Zyniker, besonders, was die Partei betraf, würde aber ohne Zögern Ramius' Geschick und Gerissenheit bezeugen.

Eigenschaften, die auch ihm nicht abgingen. Tupolew, nun seit drei Jahren Kommandant, war einer von Ramius' Musterschülern gewesen. Sein derzeitiges Schiff war ein brandneues *Alfa*, das schnellste U-Boot, das je gebaut worden war. Vor einem Monat, als Ramius *Roter Oktober* nach den letzten Probefahrten fürs Auslaufen klargemacht hatte, war Tupolew mit dreien seiner Offiziere eingeflogen, um sich das Modell anzusehen, mit dem das neue Antriebssystem erprobt worden war. Das Modell-U-Boot, zweiunddreißig Meter lang und mit dieselelektrischem Antrieb, lag im Kaspischen Meer, den Blicken imperialistischer Spione entzogen und in einem abgedeckten Dock auch vor Spähsatelliten geschützt. Ramius war an der Entwicklung der Raupe beteiligt gewesen, und Tupolew erkannte die Handschrift des Meisters. Es würde teuflisch schwer sein, dieses Boot zu orten, aber nicht unmöglich. Nachdem er dem Modell eine Woche lang mit einem elektrischen Schnellboot, das Russlands modernste Sonar-Sensoren geschleppt hatte, in der Nordhälfte des Kaspischen Meeres nachgefahren war, glaubte er, eine Schwäche entdeckt zu haben. Nichts Ernstes, aber einen Punkt, an dem er ansetzen konnte.

Natürlich war der Erfolg nicht garantiert. Er nahm es nicht nur mit einer Maschine auf, sondern auch mit dem Kapitän, der das Kommando führte. Tupolew kannte sich in diesen Gewässern bestens aus. Das Wasser war fast perfekt isotherm; thermische Schichten, unter denen sich ein U-Boot verstecken konnte, fehlten. Sie waren so weit von den Süßwasserläufen an der Nordküste Russlands entfernt, dass sie sich keine Gedanken um »Wände« und »Seen« von variablem Salzgehalt machen mussten, die bei der Sonar-Suche stören konnten. *Konowalow* war mit den besten Sonar-Systemen ausgerüstet, die die Sowjetunion bisher gebaut hatte – eine Kopie des französischen DUUV-23, aber leicht verbessert, wie die Ingenieure beim Hersteller behaupteten.

Tupolew plante, die amerikanische Taktik zu kopieren, sich so langsam treiben zu lassen, dass die Steuerwirkung gerade noch erhalten blieb, und ganz leise zu warten, bis *Roter Oktober* seinen Pfad kreuzte. Anschließend wollte er seiner Beute dicht auf den Fersen bleiben und jede Kurs- und Geschwindigkeitsänderung ins Logbuch eintragen, damit sein Lehrer später, wenn sie ihre Aufzeichnungen verglichen, erkennen musste, dass sein ehemaliger Schüler mit Erfolg seine eigenen Methoden angewandt hatte. Es wurde auch langsam Zeit.

»Neues vom Sonar?« Tupolew, ein ungeduldiger Mensch, wurde nervös.

»Nein, Genosse Kapitän.« Der *Starpom* klopfte auf das X, das die Position von *Rokossowski* markierte, eines strategischen U-Boots der *Delta*-Klasse, dem sie seit mehreren Stunden im Übungsgebiet nachgespürt hatten. »Unser Freund fährt immer noch langsam Kreise. Ist es denkbar, dass *Rokossowski* versucht, uns zu verwirren? Könnte es sein, dass Kapitän Ramius das Boot hierher beordert hat, um uns unsere Aufgabe zu erschweren?«

Dieser Gedanke war Tupolew auch schon gekommen. »Vermutlich nicht. Die Übung wurde von Korow persönlich geplant. Unser Befehl war versiegelt, und Markos doch wohl auch. Andererseits ist Admiral Korow ein alter Freund unseres Marko.« Tupolew legte eine Pause ein und schüttelte den Kopf. »Nein, Korow ist ein ehrenhafter Mann. Ich glaube, dass Ramius so langsam wie möglich auf uns zufährt. Er will uns nervös machen, Zweifel in uns wecken. Mag sein, dass er aus einer unerwarteten Richtung ins Quadrat eindringt – oder uns das weismacht. Er weiß, dass wir auf der Jagd nach ihm sind, und wird seine Pläne dementsprechend einrichten. Wir werden noch vier Stunden wie bisher weiterpatrouillieren. Wenn wir ihn bis dahin nicht geortet haben, fahren wir zur Südostecke des Quadrates und arbeiten uns von dort aus zur Mitte vor.«

Mit leichtem Spiel hatte Tupolew nie gerechnet. Es war noch keinem Kommandanten eines Jagd-U-Bootes gelungen, Ramius hereinzulegen. Er war fest entschlossen, der Erste zu sein, und die Schwierigkeit der Aufgabe würde sein Können nur noch unterstreichen.

Dritter Tag

Sonntag, 5. Dezember

Roter Oktober

Auf *Roter Oktober* war Zeit bedeutungslos, denn man sah nie das Tageslicht, und die Tage vergingen gleichförmig. Anders als Überwasserschiffe, die ihre Uhren der jeweiligen Ortszeit anpassten, hielten Unterseeboote meist eine einzige Standardzeit ein. Auf amerikanischen Booten war dies Zulu- oder Greenwich-Zeit, *Roter Oktober* richtete sich nach Moskauer Zeit, Zulu-Zeit plus drei Stunden.

Am späten Vormittag betrat Ramius den Kontrollraum. Ihr Kurs war nun fünf-zwei-null, Fahrt dreizehn Knoten, und das U-Boot fuhr dreißig Meter überm Grund am westlichen Ende der Barents-See. Wenige Stunden noch, dann würde der Grund zu einer Tiefebene absinken und ein tieferes Abtauchen möglich machen. Ramius schaute sich erst die Seekarte, dann die zahlreichen Instrumententafeln an beiden Seitenschotts des Raumes an. Zuletzt machte er eine Eintragung in das Befehlsbuch.

»Leutnant Iwanow!«, sagte er scharf zu einem jungen Wachoffizier.

»Jawohl, Genosse Kapitän!« Iwanow, der grünste Offizier an Bord, kam frisch von der Lenin-Komsomol-Schule in Leningrad und war ein dürres, blasses, diensteifriges Bürschchen.

»Ich rufe die ranghöheren Offiziere zu einer Besprechung in der Messe zusammen. Sie sind nun der Wachhabende. Dies ist Ihre erste Fahrt, Iwanow. Wie gefällt es Ihnen?«

»Besser, als ich gehofft hatte, Genosse Kapitän«, erwiderte Iwanow mit größerem Selbstvertrauen, als er empfand.

»Gut, Genosse Leutnant. Ich pflege jungen Offizieren so viel Verantwortung wie möglich zu überlassen. Was Sie wissen müssen, haben Sie beigebracht bekommen, und meine Anweisungen stehen im Befehlsbuch. Falls wir ein anderes U-Boot oder Überwasserschiff orten, informieren Sie mich auf der Stelle und leiten sofort ein Ausweichmanöver ein. Irgendwelche Fragen?«

»Nein, Genosse Kapitän.« Iwanow stand stramm.

»Gut.« Ramius ging zum Lazarett.

»Guten Morgen, Doktor.«

»Guten Morgen, Genosse Kapitän. Ist es Zeit für unsere politische Versammlung?« Petrow hatte in der Gebrauchsanweisung des neuen Röntgengeräts gelesen.

»Ja, Genosse, aber ich möchte nicht, dass Sie daran teilnehmen, weil ich eine andere Aufgabe für Sie habe. Es haben nämlich im Kontrollraum und an den Maschinen drei Jungen Wache.«

»Wirklich?« Petrow machte große Augen. Er war seit Jahren zum ersten Mal wieder auf einem U-Boot.

Ramius lächelte. »Keine Sorge, Genosse. Wie Sie wissen, kann ich von der Messe aus den Kontrollraum in zwanzig Sekunden erreichen, und Genosse Melechin kommt ebenso schnell an seinen geliebten Reaktor. Früher oder später müssen unsere jungen Offiziere lernen, auf eigenen Beinen zu stehen. Aber ich möchte, dass Sie sie im Auge behalten. Die Jungs wissen, was sie zu tun haben. Ich will nur sehen, ob sie den rechten Charakter haben. Wenn Borodin oder ich ihnen auf die Finger sehen, verhalten sie sich nicht normal. Fällt diese Aufgabe nicht in Ihr Fach?«

»Sie möchten also, dass ich beobachte, wie sie auf die Verantwortung reagieren.«

»Ja, frei von dem Druck der Anwesenheit eines höheren Offiziers«, sagte Ramius.

Dann ging er zur Messe, wo er von den anderen Offizieren erwartet wurde. Ein Steward hatte mehrere Kannen Tee und Schwarzbrot mit Butter gebracht. Ramius warf einen Blick auf die Tischecke. Der Blutfleck war weggewischt worden, aber er wusste noch genau, wie er ausgesehen hatte. Er schloss die Tür ab, ehe er sich setzte.

Normalerweise fand die politische Schulung auf See am

Sonntag statt. In der Vergangenheit hatte Putin die Versammlung geleitet, Artikel aus der *Prawda* vorgelesen, Lenin zitiert und dann eine Diskussion über das Gehörte in Gang gebracht.

Nach dem Tod des Politoffiziers war dies nun Aufgabe des Kommandanten, doch Ramius bezweifelte, dass die Verfasser der Dienstvorschriften vorausgesehen hatten, welches Thema heute auf der Tagesordnung stand. Jeder anwesende Offizier war Teil der Verschwörung. Ramius gab einen kurzen Überblick über ihre Pläne – es waren leichte Änderungen erforderlich gewesen, die er bisher noch niemandem verraten hatte. Dann berichtete er von dem Brief.

»Es gibt also kein Zurück«, merkte Borodin an.

»Wir waren uns alle einig, was wir tun wollten. Nun sind wir festgelegt.« Ihre Reaktion auf seine Worte war so, wie er es erwartet hatte – nüchtern. Alle waren ledig, niemand hatte Frau oder Kind daheim. Alle waren gute Parteimitglieder. Und allen war eine tiefe Unzufriedenheit, in manchen Fällen sogar ein Hass auf die sowjetische Regierung gemeinsam.

Mit dem Planen hatte er kurz nach dem Tod seiner Frau Natalia begonnen. Der Zorn, den er fast unbewusst ein Leben lang unterdrückt hatte, brach mit einer Gewalt und Leidenschaft hervor, die er nur mit Mühe bezähmen konnte. Ein von Selbstbeherrschung bestimmtes Leben hatte es ihm möglich gemacht, seine Wut zu verbergen, und seine Marinelaufbahn versetzte ihn in die Lage, ihr ein angemessenes Ventil zu wählen.

Noch vor seiner Einschulung hörte er von anderen Kindern, was sein Vater in Litauen 1940 und nach der Befreiung von den Deutschen 1941 getan hatte. Ein kleines Mädchen erzählte ihm eine Geschichte, die sie bei ihren Eltern aufgeschnappt hatte, und Marko erwähnte sie bei seinem Vater. Zum Entsetzen des Jungen verschwand der Vater der Kleinen spurlos. Und wegen dieses unabsichtlichen Fehlers wurde Marko zum Denunzianten gestempelt.

Während seiner Entwicklungsjahre, als sein Vater über

das Zentralkomitee der Partei in Litauen herrschte, wohnte der Junge bei seiner Großmutter mütterlicherseits, die ihn heimlich katholisch taufen ließ.

Großmutter Hilda erzählte ihm Gutenachtgeschichten aus der Bibel, die allesamt eine Moral hatten: Gut und Böse, Tugend und Belohnung. Als Kind fand er sie lediglich unterhaltsam, erwähnte sie aber nie bei seinem Vater, da er schon damals wusste, dass Alexander das nicht billigen würde. Und als der ältere Ramius wieder über das Leben seines Sohnes bestimmte, verblasste Markos Erinnerung an seine religiöse Unterweisung.

Als Junge ahnte Ramius nur, dass der Sowjetkommunismus ein grundlegendes menschliches Bedürfnis ignorierte. Als Heranwachsender hatte er schon konkretere Zweifel. Gewiss, das Wohl des Volkes war ein lobenswertes Ziel, doch der Marxismus verleugnete die Existenz der Seele und beraubte den Menschen seiner Würde und Individualität. Schon als sehr junger Erwachsener hatte Marko seine eigenen Vorstellungen von gut und böse, die mit denen des Staates nicht übereinstimmten. Mit ihrer Hilfe beurteilte er eigene und fremde Handlungen. Diese Wertvorstellungen waren ein Anker für seine Seele und wie ein solcher tief unter der Oberfläche verborgen.

Dass der Junge mit ersten Zweifeln an seinem Land zu kämpfen hatte, konnte niemand ahnen. Wie alle russischen Kinder trat er erst den kleinen Oktobristen, dann den jungen Pionieren bei, marschierte in blanken Stiefeln und blutrotem Halstuch bei Kriegerdenkmälern auf und stand todernst mit einer unbrauchbar gemachten Maschinenpistole am Grab eines unbekannten Soldaten Wache. Als Knabe war Marko überzeugt, dass die tapferen Männer, deren Gräber er so feierlich bewachte, mit jenem selbstlosen Heldenmut in den Tod gegangen waren, den er aus den endlosen Kriegsfilmen im Kino kannte. Und besonders stolz war er, weil er einen hohen Parteifunktionär zum Vater hatte. Die Partei, das hatte er schon vor seinem fünften Lebensjahr hundertmal gehört, war die Seele des Volkes; die Einheit von Partei, Volk und Nation war die Dreifaltigkeit der Sowjetunion. Sein Vater entsprach ganz den Partei-Apparatschiks, die er aus dem Kino kannte: ein strenger, aber fairer Mann, auf bärbeißige Art gütig, der häufig fort war, seinem Sohn Geschenke mitbrachte und dafür sorgte, dass er alle Privilegien genoss, die dem Sprössling eines Parteisekretärs zustanden.

Nach außen hin war Marko ein Musterkind, innerlich aber fragte er sich, warum das, was er von seinem Vater und in der Schule lernte, im Widerspruch zu den anderen Lektionen seiner Kindheit und Jugend stand. Warum ließen manche Eltern ihre Kinder nicht mit ihm spielen? Warum zischten seine Klassenkameraden »Denunziant«, wenn er vorbeiging?

Irgendetwas stimmte nicht – aber was? Die Antwort musste er selbst finden. Aus freier Wahl begann Marko selbständig zu denken und beging so unwissentlich die für einen Kommunisten schwerste Sünde. Nach außen hin blieb er der Mustersohn eines Parteimitglieds, spielte überall mit und hielt sich an die Vorschriften. Und im Lauf der Jahre lernte er, die Handlungen seiner Mitbürger und -offiziere mit kühler Distanz zu beurteilen und sich seine Schlussfolgerungen nicht anmerken zu lassen.

Im Sommer seines achten Lebensjahres hatte er eine Begegnung, die sein Leben beeinflussen sollte. Wenn niemand mit dem »kleinen Denunzianten« spielen mochte, strolchte er hinunter zum Fischerhafen des kleinen Dorfes, in dem seine Großmutter wohnte. Jeden Morgen fuhr ein Sammelsurium alter Holzboote hinaus, unweigerlich abgeschirmt von Patrouillenbooten mit Männern vom MGB, wie das KGB damals hieß. Ihr bescheidener Fang besserte die proteinarme Kost auf und gab den Fischern einen winzigen Nebenverdienst. Kapitän eines Bootes war der alte Sascha. Als Offizier in der Marine des Zaren hatte er bei der Meuterei auf dem Kreuzer *Aurora* mitgemacht und so geholfen, eine Kette von Ereignissen auszulösen, die die Welt veränderten. Erst viele Jahre später erfuhr Marko, dass die Männer der *Aurora* mit Lenin gebrochen hatten – und von den Roten Garden brutal zusammengeschossen worden waren. Sascha hatte seine Rolle in dieser kollektiven Indiskretion mit zwanzig Jahren Arbeitslager gebüßt und war erst am Anfang des Großen Vaterländischen Krieges entlassen worden.

Als Marko ihn kennen lernte, war Sascha über sechzig, ein fast kahler Mann mit Muskeln wie Stricke, einem scharfen Seemannsauge und einem Talent für Geschichten, bei denen dem Jungen der Atem stockte. Er ließ Marko mit hinausfahren und brachte ihm die Grundlagen der Seemannschaft bei. Der noch nicht Neunjährige erkannte, dass seine Zukunft auf See lag. Dort gab es eine Freiheit, die er an Land niemals würde genießen können. Dort gab es eine Romantik, die den heranwachsenden Mann in dem Jungen ansprach. Zwar gab es auch Gefahren, doch Sascha brachte dem Buben mit einer Reihe simpler, wirksamer Lektionen im Lauf eines Sommers bei, dass man mit Bereitschaft, Können und Disziplin mit jeder Gefahr fertig wird.

Am Ende jenes langen Ostseesommers erzählte Marko seinem Vater von Sascha und stellte ihm den alten Seebären sogar vor. Ramius senior war von ihm und dem, was er seinem Sohn beigebracht hatte, so begeistert, dass er ihm durch Beziehungen ein neues, größeres Boot beschaffte und ihn an die Spitze der Warteliste für Wohnungen beförderte. Fast glaubte Marko nun, die Partei könne tatsächlich Gutes tun – dass er selbst seine erste gute und mannhafte Tat getan hatte, doch der alte Sascha starb im folgenden Winter, und aus der guten Tat wurde nichts.

Mit dreizehn ging Marko nach Leningrad, wo er die Nachimow-Schule für angehende Seeleute besuchte. Die Rolle der sowjetischen Marine war damals noch vorwiegend auf die Küstenverteidigung beschränkt, aber Marko wollte unbedingt zu ihr gehören. Sein Vater riet ihm zu einer Parteikarriere, versprach ihm rasche Beförderung, Luxus und Privilegien, doch Marko wollte sich seine Sporen selbst verdienen und nicht als Anhängsel des »Befreiers von Litauen« gelten. Die Marine hatte kaum Tradition. Marko spürte, dass er sich hier entfalten konnte, und merkte, dass viele angehende Kadetten ähnlich waren wie er: Einzelgänger, soweit das in einer so streng kontrollierten Gesellschaft möglich ist. Und bei diesem ersten Kameradschaftserlebnis blühte der Junge auf.

Kurz vor Schulabschluss wurden seiner Klasse verschiedene Einheiten der russischen Flotte gezeigt. Ramius verliebte sich auf der Stelle in die U-Boote. Die damaligen Boote waren eng, schmutzig und stanken, weil die Matrosen die offene Bilge als Latrine benutzten, doch andererseits stellten sie die einzigen Offensivwaffen der Marine dar, und Ramius wollte von Anfang an ganz vorne stehen. Er hatte genug Marinegeschichte gelernt, um zu wissen, dass Unterseeboote zweimal beinahe Englands Seereich stranguliert und erfolgreich Japans Wirtschaft geschwächt hatten.

Von der Nachimow-Schule ging er als Klassenerster und im Besitz des goldenen Sextanten für hervorragende Leistungen in theoretischer Navigation ab. Als Jahrgangsbester stand ihm die Wahl der nächsten Ausbildungsstätte frei. Er entschied sich für die Marinehochschule für Unterwassernavigation, nach Lenins Komsomol VVMUPP genannt und noch heute die bedeutendste U-Boot-Schule der Sowjetunion.

Die fünf Jahre an der VVMUPP waren die anstrengendsten seines Lebens, denn er wollte nicht nur erfolgreich sein, sondern glänzen. Jahr für Jahr schnitt er in allen Fächern als Klassenbester ab. Sein Aufsatz über die politische Bedeutung sowjetischer Seemacht wurde an Sergej Georgijewitsch Gorschkow, damals Oberkommandant der Ostseeflotte und eindeutig ein kommender Mann, weitergeleitet. Gorschkow hatte dafür gesorgt, dass die Arbeit in *Morskoi Sbornik,* dem führenden Marinejournal, veröffentlicht wurde.

Inzwischen war Markos Vater Kandidat des Präsidiums, wie das Politbüro damals hieß, und sehr stolz auf seinen Sohn. Und dank seines Einflusses machte Marko rasch Karriere.

Mit dreißig befehligte er sein erstes Schiff und war verheiratet. Natalia Bogdanowa war die Tochter eines Präsidiumsmitglieds, dessen diplomatische Pflichten die Familie in viele Länder geführt hatten. Die Gesundheit des Mädchens war nie robust gewesen; die Ehe blieb nach drei Fehlgeburten kinderlos. Natalia war eine hübsche, zierliche Frau, für russische Verhältnisse recht weltläufig, die das passable Englisch ihres Mannes mit amerikanischen und britischen Büchern verbesserte – selbstverständlich nur politisch akzeptablen Titeln von westlichen Linken, aber auch gelegentlich mit Literatur von Hemingway, Mark Twain und Upton Sinclair. Zusammen mit seiner Karriere war Natalia der Mittelpunkt seines Lebens gewesen. Ihre Ehe war glücklich.

Als die erste Klasse sowjetischer Unterseeboote mit Atomantrieb auf Kiel gelegt wurde, fand man Marko auf den Werften, wo er lernte, wie die stählernen Haie entwickelt und gebaut wurden. Bald war er als ein junger Qualitätsinspektor bekannt, dem man es nicht so leicht recht machen konnte. Ihm war klar, dass sein eigenes Leben von der Arbeit der oft betrunkenen Schweißer und Monteure abhing. Er wurde Kernkraftexperte, diente zwei Jahre als *Starpom* und erhielt dann sein erstes Kommando auf einem Boot mit Atomantrieb. Es handelte sich um ein Jagd-U-Boot der *November*-Klasse, den ersten unausgereiften Versuch der Sowjets, ein gefechtstaugliches Angriffsboot mit großem Aktionsradius zu bauen, das die westlichen Marinen und Nachschublinien bedrohen konnte. Keinen Monat später hatte ein Schwesterboot vor der norwegischen Küste einen schweren Reaktorunfall, und Marko war als erster zur Stelle. Befehlsgemäß rettete er die Besatzung und versenkte dann das Wrack, damit seine Geheimnisse dem Westen verborgen blieben. Beide Aufgaben erledigte er fachmännisch und geschickt; eine Glanzleistung für einen jungen Kommandanten. Der Flottenkommandant honorierte sie mit einer Beförderung: Ramius bekam ein Boot der neuen *Charlie-I*-Klasse.

Es waren Männer wie Ramius, die die Amerikaner und Briten herauszufordern wagten. Marko gab sich nur wenigen Illusionen hin. Die Amerikaner hatten, wie er wusste, lange Erfahrung in der Seekriegführung. Die Fähigkeit ihrer U-Boot-Kommandanten war Legende, und Ramius sah sich den letzten Amerikanern mit Weltkriegserfahrung gegenüber. Doch ganz ohne Siege blieb er nicht.

Nach und nach lernte Ramius, nach amerikanischen Regeln zu spielen, und bildete seine Offiziere und Männer sorgfältig aus. Selten waren seine Männer so kompetent, wie er es sich gewünscht hätte, aber wo andere Kommandanten ihre Leute wegen ihrer Mängel verfluchten, half Marko ihnen auf die Beine. Bald war sein erstes *Charlie*-Boot als die »Akademie« bekannt, denn Offiziere kamen halb ausgebildet zu ihm und verließen ihn reif für eine Beförderung und später ein Kommando. Dies galt auch für die Matrosen. Schikanen und Brutalitäten ließ er nicht zu. Er sah es als seine Aufgabe an, aus Wehrpflichtigen Seeleute zu machen, und erreichte eine größere Zahl von freiwilligen Weiterverpflichtungen als jeder andere U-Boot-Kommandant. Ein ganzes Neuntel der *Mitschmani* auf den U-Booten der Nordflotte waren von Ramius ausgebildete Profis. Jeder Kommandant nahm nur zu gerne seine *Starschini* an Bord, von denen nicht wenige zur Offiziersschule gingen.

Nach achtzehn Monaten harter Arbeit und eifrigen Übens waren Marko und seine »Akademie« zu einem Katz-und-Maus-Spiel bereit.

Bei Norwegen kam er *USS Triton* in die Quere und hetzte das Boot zwölf Stunden lang gnadenlos. Später sollte er mit nicht geringer Zufriedenheit erfahren, dass *Triton* kurz darauf außer Dienst gestellt worden war, da das übergroße Boot, wie es hieß, nicht mehr in der Lage sei, es mit neueren sowjetischen Baumustern aufzunehmen. Die dieselgetriebenen U-Boote der Norweger und Briten, die ihm gelegentlich in den Weg kamen, verfolgte er rücksichtslos und ließ sie oft seine Sonar-Peitsche spüren. Einmal ortete er sogar ein amerikanisches Raketen-U-Boot und hielt fast zwei Stunden lang Kontakt, bis es wie ein Gespenst im schwarzen Wasser verschwand.

Seine Erfolge als Kommandant führten zu seiner Berufung als Dozent an die Militärakademie. Und diese Ehre, für die sein hoch gestellter Vater nicht verantwortlich war, hatte er sich aus eigener Kraft verdient.

Der Leiter der Marineabteilung stellte Marko gerne als »Testpilot unserer U-Boote« vor. Seine Vorlesungen wurden zu einer Attraktion, nicht nur für die Marineoffiziere an der Akademie, sondern auch für viele andere, die eigens kamen, um sich seine Ausführungen über U-Boot-Operationen und Seestrategie anzuhören. An den Wochenenden, die er in der Dienst-Datscha seines Vaters im Dorf Schukowa verbrachte, verfasste er Handbücher zur Bedienung von U-Booten und der Ausbildung ihrer Mannschaften und arbeitete Spezifikationen für das seiner Ansicht nach ideale Angriffs-U-Boot aus. Manche seiner unkonventionellen Vorschläge verprellten Gorschkow, seinen ehemaligen Gönner, der inzwischen Oberkommandierender der Marine geworden war – aber ungehalten gab sich der alte Admiral nicht.

Ramius schlug vor, U-Boot-Offiziere sollten über Jahre hinaus in der gleichen Klasse oder, besser noch, auf dem gleichen Boot dienen, damit sie ihr Handwerk und die Fähigkeiten ihrer Boote besser beherrschten. Fähige Kapitäne, argumentierte er, sollten nicht auf Schreibtischposten gezwungen werden. Er lobte die Praxis der Roten Armee, einen Feldkommandeur so lange auf seinem Posten zu belassen, wie er wollte, und stellte dies in betonten Gegensatz zu der bei den imperialistischen Marinen üblichen Rotationspraxis. Manche seiner Vorschläge stießen beim Oberkommando auf offene Ohren, andere aber nicht, und Ramius musste sich mit der Tatsache abfinden, dass er wohl nie Admiral werden würde. Doch das kümmerte ihn inzwischen nicht mehr. Er liebte seine U-Boote zu sehr, um sie für das Kommando über eine Schwadron oder gar eine Flotte zu verlassen.

Nach der Akademie wurde er tatsächlich zum Testpiloten der Unterseeboote. Marko Ramius, mittlerweile Kapitän Ersten Ranges, fuhr mit dem Prototyp jeder neuen

Klasse aus, um ihn auf seine Stärken und Schwächen zu prüfen und Bedienungsprozeduren und Ausbildungsleitlinien zu entwickeln. Die ersten *Alfas* kamen in seine Hand, ebenso die ersten *Deltas* und *Typhoons*. Von einem außergewöhnlichen Missgeschick auf einem *Alfa* abgesehen, war seine Karriere eine ununterbrochene Erfolgsgeschichte.

Und im Lauf der Jahre wurde er zum Mentor vieler junger Offiziere. Oftmals fragte er sich, was Sascha wohl denken würde, wenn er Dutzenden eifriger Männer die schwierige Kunst der U-Boot-Führung beibrachte. Viele hatten inzwischen ihre eigenen Boote, mehr noch hatten es nicht geschafft. Ramius war ein Kommandant, der gut für jene sorgte, die ihn zufrieden stellten – und sich auch um jene kümmerte, denen das nicht gelang. Ein weiterer Grund, aus dem er es nicht zum Admiral bringen konnte, war seine Weigerung, Offiziere zu befördern, die zwar einflussreiche Väter, aber nur ungenügende Leistungen aufzuweisen hatten. Diese Art von Integrität gewann ihm das Vertrauen des Flottenkommandos. Wenn eine wirklich harte Aufgabe anstand, wurde Ramius gewöhnlich als Erster in Erwägung gezogen.

Im Lauf der Jahre hatte er um sich auch eine Anzahl junger Offiziere versammelt, die von ihm und Natalia praktisch adoptiert worden waren, einen Ersatz für die Familie bildeten, die dem kinderlosen Paar verwehrt blieb. Ramius nahm Männer unter seine Fittiche, die ihm selbst sehr ähnlich waren, lange unterdrückte Zweifel an der Führung des Landes hegten. Er war ein Mann, mit dem man reden konnte, er hatte sich bewährt.

Und dann starb seine Frau. Ramius war damals im Hafen gewesen, nicht ungewöhnlich für den Kommandanten eines strategischen U-Boots. Er besaß seine eigene Datscha, einen privaten Lada, den ihm zustehenden Dienstwagen mit Chauffeur und andere Annehmlichkeiten. Als Mitglied der Parteielite war es selbstverständlich gewesen, Natalia, die über Leibschmerzen klagte, in eine Klinik zu bringen, die nur Privilegierte aufnahm. Zuletzt hatte er seine Frau gesehen, wie sie ihm zulächelte und dann zum Operationssaal geschoben wurde.

Der Chirurg vom Dienst traf zu spät und angetrunken im Krankenhaus ein und genehmigte sich zur Ausnüchterung reinen Sauerstoff, ehe er an die Entfernung eines entzündeten Blinddarms ging. Der geschwollene Appendix barst, als er Gewebe beiseite zog, um an ihn heranzukommen. Es entwickelte sich eine Bauchfellentzündung, noch kompliziert durch eine Darmperforation, die der Chirurg bei dem ungeschickten Versuch, den Schaden hastig zu reparieren, verursacht hatte.

Natalia wurde auf Antibiotika gesetzt, doch Medizin war gerade knapp; die ausländischen – meist französischen – Arzneimittel, die in den Kliniken für Privilegierte benutzt werden, waren ausgegangen. Statt ihrer verordnete man sowjetische, »Plan«-Pharmazeutika aus einer Partie, die weder inspiziert noch getestet worden war. *Die Kanülen hatten kein Antibiotikum, sondern destilliertes Wasser enthalten,* erfuhr Marko tags darauf. Natalia fiel in ein Koma, dem der Tod folgte, ehe die Serie von Kunstfehlern korrigiert werden konnte.

Zur Bestattung erschienen die Offiziere seines Bootes und hundert andere Marineleute, mit denen er im Lauf der Jahre Freundschaft geschlossen hatte, dazu Natalias Familie und Vertreter des örtlichen Zentralkomitees der Partei.

Marko Ramius sah den Sarg zu den Klängen eines Requiems in die Verbrennungskammer rollen und wünschte sich, für Natalias Seele beten zu können, hoffte, dass Großmutter Hilda Recht gehabt hatte, dass es wirklich jenseits der Stahltür und des Flammenmeers noch etwas gab. Erst dann traf ihn die ganze Wucht des Ereignisses: *Der Staat hatte ihm nicht nur seine Frau genommen, sondern ihn auch aller Möglichkeit beraubt, seinen Gram im Gebet zu lindern; ließ ihn bar jeder Hoffnung – oder auch nur Illusion –, sie jemals wiederzusehen.* Seit jenem Ostseesommer war die liebe, gütige Natalia sein einziges Glück gewesen. Und das hatte er nun für immer verloren.

Natalia Bogdanowa Ramius war unter den Händen eines Chirurgen gestorben, der während der Dienstbereitschaft getrunken hatte – darauf steht bei der sowjetischen Marine Kriegsgericht – aber Marko konnte ihn nicht seiner Strafe zuführen. Auch der Chirurg war Sohn eines Parteihäuptlings. Korrekte Medikation hätte sie retten können, doch es hatten nicht genug ausländische Mittel zur Verfügung gestanden, und russische Arznei war unzuverlässig. Den Doktor konnte er nicht bestrafen lassen, die Arbeiter in der pharmazeutischen Fabrik konnte er nicht büßen lassen – diese Gedanken gingen ihm im Kopf herum und fachten seinen Zorn an, bis er entschied, dass der Staat würde büßen müssen.

Diese Idee nahm über Wochen hinweg Gestalt an und war das Resultat einer Karriere, in der Üben und Vorausplanen vorangestanden hatten. Als die Arbeit an *Roter Oktober* nach zweijähriger Unterbrechung wieder aufgenommen wurde, wusste Ramius, dass er das Kommando haben würde. Er ließ sich von seinem Posten ablösen, um sich ganz auf Bau und Ausrüstung von *Roter Oktober* konzentrieren und im vornhinein die Offiziere ausbilden zu können, damit das Raketen-U-Boot früher einsatzbereit war. Der Kommandant der Nordflotte entsprach seiner Bitte.

Seine Offiziere kannte Ramius bereits – alles Absolventen der »Akademie«, viele »Söhne« von Marko und Natalia; Männer, die ihre Stellung und ihren Rang Ramius verdankten.

Ramius schaute am Tisch in die Runde. Vielen seiner Offiziere war trotz Tüchtigkeit und Parteimitgliedschaft ihr Karriereziel verwehrt worden. Harmlose Missetaten in der Jugend – in einem Fall mit acht Jahren begangen – hatten zur Folge, dass man zweien nie wieder Vertrauen schenkte. Beim Raketenoffizier lag es an seiner jüdischen Abstammung, obwohl seine Eltern überzeugte Kommunisten gewesen waren. Der ältere Bruder eines anderen Offiziers hatte 1968 gegen die Invasion der Tschechoslowakei demonstriert und die ganze Familie in Misskredit gebracht.

Melechin, Chefingenieur und ranggleich mit Ramius, sah den Weg zu einem eigenen Kommando versperrt, weil seine Vorgesetzten wollten, dass er Ingenieur blieb. Und Borodin, der reif für sein eigenes Boot war, hatte einmal einen Politoffizier der Homosexualität bezichtigt. Der Mann, den er angezeigt hatte, war der Sohn des ranghöchsten Politoffiziers der Nordflotte. Es führen viele Wege zum Verrat.

»Und wenn sie uns finden?«, spekulierte Kamarow.

»Ich bezweifle, dass selbst die Amerikaner uns finden, wenn die Raupe läuft. Unseren U-Booten gelingt es mit Sicherheit nicht. Genossen, ich habe am Entwurf dieses Bootes mitgearbeitet«, sagte Ramius.

»Und was wird aus uns?«, murmelte der Raketenoffizier.

»Erst müssen wir die anstehende Aufgabe erledigen. Ein Offizier, der zu weit vorausschaut, stolpert über die eigenen Füße.«

»Man wird nach uns suchen«, meinte Borodin.

»Gewiss«, versetzte Ramius lächelnd, »aber bis man weiß, wo man suchen muss, ist es zu spät. Genossen, unsere Mission ist, nicht entdeckt zu werden. Und das schaffen wir.«

Vierter Tag

Montag, 6. Dezember

CIA-Zentrale
Ryan schritt durch den Korridor im Obergeschoss der CIA-Zentrale in Langley, Virginia. Drei verschiedene Sicherheitskontrollen hatte er bereits hinter sich, ohne die abgeschlossene Aktentasche, die er nun unterm Mantel trug, öffnen zu müssen.

Für seine Garderobe war vorwiegend seine Frau verantwortlich: ein teurer Anzug, in der Savile Row erstanden, weder konservativ noch modisch. In seinem Kleiderschrank hing nach Farben geordnet eine ganze Reihe solcher Anzüge, zu denen er weiße Hemden und gestreifte Krawatten trug. Sein einziger Schmuck bestand aus einem Trauring und dem Siegelring seiner Universität.

Körperlich war er nicht sehr beeindruckend. Er war über einsachtzig groß und seine Figur litt um die Taille herum an Bewegungsmangel. Seine blauen Augen wirkten täuschend leer; oft war er in Gedanken versunken und stellte sein Gesicht gewissermaßen auf Autopilot, wenn er an Daten oder Material für das Buch herumrätselte, an dem er gerade schrieb. Beeindrucken wollte er nur Leute, die er kannte; die anderen waren ihm ziemlich gleich. Ehrgeiz, zur Prominenz zu zählen, hatte er nicht. Sein Leben, fand er, war auch so schon komplizierter als nötig – und sehr viel komplizierter, als viele ahnten. Es schloss eine Frau ein, die er liebte, zwei Kinder, die er vergötterte, einen Beruf, der seinen Intellekt forderte, und ein Maß an finanzieller Unabhängigkeit, das es ihm erlaubte, sich seinen eigenen Weg zu wählen. Jack Ryan hatte sich für den CIA entschieden. Das Motto der Behörde lautet: »Die Wahrheit macht frei.« Der Kniff ist, diese Wahrheit zu finden, sagte er sich mindestens einmal täglich, und obwohl er bezweifelte, diesen begnadeten Zustand jemals zu erreichen, war er doch ein wenig stolz auf seine Fähigkeit, sich ihm durch Kleinarbeit zu nähern.

Das Dienstzimmer des stellvertretenden Direktors, Kürzel DDI, nahm eine ganze Ecke des Obergeschosses ein, das Aussicht über das baumbestandene Tal des Potomac bot. Ryan musste eine weitere Kontrolle über sich ergehen lassen.

»Guten Morgen, Dr. Ryan.«

»Hi, Nancy.« Ryan lächelte. Nancy Cummings war seit zwanzig Jahren hier Sekretärin, hatte acht DDIs gedient und vermutlich ein ebenso gutes Gespür für Geheimdienstangelegenheiten wie die von Politikern ernannten Herren im Büro nebenan. Das war in jeder großen Firma so – die Bosse kamen und gingen, aber eine gute Chefsekretärin hält sich ewig.

»Sie können gleich rein, Dr. Ryan.«

»Danke, Nancy.« Ryan drehte den elektronisch geschützten Türknopf und betrat das Büro des DDI.

Vizeadmiral James Greer saß zurückgelehnt in einem hohen Richtersessel und blätterte in einer Akte. Sein riesiger Mahagonischreibtisch war mit säuberlich gestapelten Kladden bedeckt, die rot gerändert und mit Codenamen beschrieben waren.

»Hi, Jack!« rief er durchs Zimmer. »Kaffee?«

»Ja, danke, Sir.«

James Greer, sechsundsechzig, Marineoffizier jenseits des Pensionsalters, hielt seine Stellung ähnlich wie einst Admiral Hyman Rickover nur dank brutaler Kompetenz. Er war ein »Mustang«; ein Mann, der als Matrose zur Marine gekommen war und sich erst die Marineakademie und dann über vierzig Jahre hinweg eine Flagge mit drei Sternen verdient hatte, erst als Kommandant von U-Booten, dann als Geheimdienstspezialist. Greer war ein anspruchsvoller Chef, aber einer, der für Leute sorgte, die ihn zufrieden stellten. Zu diesen gehörte Ryan.

Zu Nancys Kummer zog Greer es vor, sich seinen Kaffee mit der Maschine selbst zu brauen, in Reichweite seines Arbeitsplatzes. Ryan goss sich einen Marinebecher ohne Henkel ein. Auch der Kaffee schmeckte nach Marine – stark, mit einer Prise Salz.

»Was zu essen, Jack?« Greer zog einen Behälter aus einer Schreibtischschublade. »Ich hab hier was Süßes.«

»Gerne, Sir. Im Flugzeug konnte ich nicht viel zu mir nehmen.« Ryan nahm sich ein Stück und eine Papierserviette.

»Immer noch Angst vorm Fliegen?« Greer war amüsiert.

Ryan setzte sich gegenüber hin. »Langsam sollte ich mich ja dran gewöhnen. In der Concorde fühle ich mich wohler als in den Großraumjets. Da braucht man nur halb so lange zu zittern.«

»Was macht die Familie?«

»Danke, alles in Ordnung. Sally gefällt es in der ersten Klasse. Und der kleine Jack läuft schon.«

Der Admiral setzte sich auf. »Nun, was führt Sie hierher?«

»Bilder vom neuen sowjetischen Raketenboot *Roter Oktober«*, merkte Ryan beiläufig an.

»Oho! Und was verlangen unsere britischen Vettern dafür?«, fragte Greer misstrauisch.

»Einen Blick auf Barry Somers' Bildauflösungsprozess. Nicht die eigentlichen Geräte, sondern vorerst das Endprodukt. Ich halte das für einen fairen Tausch, Sir.« Ryan wusste, dass der CIA kein Bild des neuen U-Bootes besaß. Es fehlte ein Agent auf der Werft in Swerodwinsk und ein zuverlässiger Mann beim Stützpunkt Polyarniji. »Wir haben zehn Photographien, Schrägaufnahmen, jeweils fünf von Bug und Heck, eine aus jeder Perspektive unentwickelt, die Somers von Grund auf bearbeiten kann. Wir haben uns zwar nicht festgelegt, Sir, aber ich sagte zu Sir Basil, Sie würden es sich durch den Kopf gehen lassen.«

Der Admiral grunzte. Sir Basil Charleston, Chef des britischen Geheimdienstes, war ein Meister des *quid pro quo,* der gelegentlich Quellen mit seinen reicheren Vettern teilte und einen Monat später eine Gegenleistung verlangte. Bei den Geheimdiensten ging es oft zu wie auf einem Bazar. »Für das neue System brauchen wir die Kamera, mit der die Aufnahmen gemacht wurden, Jack.«

»Ich weiß.« Ryan zog den Apparat aus der Jackentasche. »Es ist ein modifiziertes Kodak-Disk-Modell. Sir Basil meint, das sei die Spionage-Kamera der Zukunft, schön klein und flach. Diese hier war in einem Tabaksbeutel versteckt.«

»Woher wissen Sie eigentlich, dass wir die Kamera brauchen?«

»Weil Somers Laser benutzt, um –«

»Ryan!«, schnappte Greer. »Was wissen Sie davon?«

»Moment, Sir. Im Februar war ich hier bei einer Besprechung über die neuen SS-20-Stellungen an der chinesischen Grenze. Auch Somers war dabei, und Sie baten mich, ihn zum Flughafen zu fahren. Unterwegs fing er an, von der tollen neuen Idee zu schwatzen, an der er arbeitete. Viel verstanden habe ich nicht, aber es scheint, als schicke er Laserstrahlen durch die Kameralinse, um ein mathematisches Modell des Objektivs zu erstellen. Mit dessen Hilfe, nehme ich an, kann er das Bild auf dem Negativ in die – äh, Lichtstrahlen zerlegen, die es bei der Aufnahme trafen. Das Resultat gibt er in einen Computer ein, schickt es durch eine computererzeugte theoretische Linse, und bekommt am Ende ein perfektes Bild. Wahrscheinlich habe ich das falsch verstanden.« Greers Miene war zu entnehmen, dass Ryan richtig lag.

»Somers schwatzt zu viel.«

»Das sagte ich ihm auch, Sir, aber Sie kennen ihn ja. Wenn der erst einmal in Fahrt ist –«

»Und was wissen die Briten?«, fragte Greer.

»Das kann ich leider nicht beurteilen, Sir. Sir Basil erkundigte sich nach dem Prozess, aber ich sagte, er habe sich an den falschen Mann gewandt – ich habe Wirtschaftswissenschaften und Geschichte studiert, nicht Physik. Dass wir die Kamera haben müssen, wusste er bereits, denn er holte sie aus dem Schreibtisch und warf sie mir zu. Ich habe nichts preisgegeben, Sir.«

»Wer weiß, wo Somers sonst noch geredet hat. Diese

Genies! Werkeln in ihrer eigenen verrückten Welt. Somers benimmt sich manchmal wie ein kleines Kind. Und Sie kennen ja die erste Sicherheitsregel: Die Wahrscheinlichkeit, dass ein Geheimnis platzt, ist dem *Quadrat* der Eingeweihten proportional.« Das war Greers Lieblingsspruch.

Sein Telefon summte. »Greer ... in Ordnung.« Er legte auf. »Auf Ihren Vorschlag hin ist Charlie Davenport zu uns unterwegs, Jack. Sollte schon vor einer halben Stunde hier sein. Muss wohl am Schnee liegen.« Der Admiral wies zum Fenster. Draußen lagen fünf Zentimeter Schnee. »Wenn hier nur eine Flocke fällt, kommt alles zum Stillstand.«

Ryan lachte.

»Nun, Jack, ist es den Preis wert?«

»Sir, auf diese Bilder waren wir schon lange scharf, weil unsere Daten über das U-Boot so widersprüchlich sind. Natürlich liegt die Entscheidung bei Ihnen und dem Richter, aber ich finde, dass sie ihren Preis wert sind. Diese Aufnahmen sind hoch interessant.«

»Wir sollten unsere eigenen Leute auf dieser verdammten Werft haben«, grollte Greer. Ryan wusste nicht, weshalb die Operationsabteilung hier gepatzt hatte. Für Außeneinsätze hatte er nur wenig Interesse. Ryan war Analytiker. Auf welche Weise die Daten auf seinen Tisch kamen, ging ihn nichts an. »Vermutlich hat Ihnen Sir Basil auch nicht gesagt, wer dort für ihn arbeitet.«

Ryan schüttelte lächelnd den Kopf. »Nein, und ich habe mich auch nicht erkundigt.« Greer nickte zustimmend.

»Morgen, James!«

Ryan drehte sich um und sah Konteradmiral Charles Davenport, Direktor des Marine-Nachrichtendienstes, mit einem Captain im Kielwasser.

»Hi, Charlie. Kennen Sie Jack Ryan?«

»Tag, Ryan.«

»Wir kennen uns«, sagte Ryan.

»Dies ist Captain Casimir.«

Ryan gab beiden Männern die Hand. Davenport war er vor einigen Jahren im Naval War College in Newport begegnet. Ryan hatte dort ein Referat gehalten und war anschließend von dem Admiral mit unbequemen Fragen genervt worden. Davenport, ein ehemaliger Pilot, der auf einem Flugzeugträger Bruch gemacht und deshalb die Flugerlaubnis verloren hatte, galt als unangenehmer Vorgesetzter.

»Das Wetter in England ist bestimmt so miserabel wie hier, Ryan«, meinte Davenport.

»Es ist tolerabel, Sir.«

»Himmel, der klingt ja schon wie ein Brite! James, es ist Zeit, dass wir den Jungen heimholen.«

»Seien Sie nett zu ihm, Charlie. Er hat ein Präsent für Sie. Fassen Sie einen Kaffee.«

Casimir füllte seinem Chef eilends einen Becher und setzte sich dann zu seiner Rechten hin. Ryan ließ sie einen Augenblick warten, ehe er die Aktentasche öffnete und ihr vier Hefter entnahm. Drei teilte er aus, den vierten behielt er.

»Ich höre, dass Sie gute Arbeit leisten, Ryan«, bemerkte Davenport. Jack kannte ihn als unberechenbaren Mann, der erst liebenswürdig und dann plötzlich spröde sein konnte, vermutlich, um seine Untergebenen in Trab zu halten. »Und – Donnerwetter!« Davenport hatte seinen Hefter aufgeschlagen.

»Meine Herren, hier haben Sie *Roter Oktober,* mit den besten Empfehlungen vom britischen Geheimdienst«, erklärte Ryan förmlich.

Die acht Abzüge im Format 10 × 10 waren paarweise eingeklebt. Die nächste Seite zeigte Vergrößerungen im Format 25 × 25.

»Meine Herren, wie Sie sehen, waren die Lichtverhältnisse nicht gerade perfekt. Benutzt wurde eine Taschenkamera mit Farbfilm, Empfindlichkeit 400 ASA. Das erste Paar wurde zur Feststellung der Lichtintensität normal entwickelt, das zweite mit konventionellen Methoden etwas aufgehellt. Das dritte Paar wurde zwecks besserer Farbauflösung digital verarbeitet, das vierte im Hinblick auf Umrissauflösung digital prozessiert. Je ein unentwickeltes Negativ habe ich für Somers zum Spielen zurückbehalten.«

Davenport sah auf. »Wie nett von den Briten. Was kostet das?« Greer verriet es ihm. »Zahlen Sie. Die Bilder sind es wert.«

»Das meinte Jack auch.«

»Typisch«, spottete Davenport. »Im Grunde arbeitet er ja auch für die Briten.«

Das ärgerte Ryan. Er mochte die Engländer und arbeitete gerne mit ihnen zusammen, vergaß aber nicht, woher er stammte. Davenport stachelte zu gerne andere auf. Wenn Ryan jetzt reagierte, hatte Davenport gewonnen.

»Ich nehme an, dass Sir John Ryan nach wie vor die besten Verbindungen auf der anderen Seite des Atlantiks hat«, stichelte Davenport weiter.

Ryan war zum Ritter geschlagen worden, weil er im St. James's Park unwissentlich einen Terroristenanschlag auf zwei prominente Persönlichkeiten verhindert hatte. Das hatte ihn, der damals nur Tourist gewesen und noch nicht vom CIA rekrutiert worden war, bekannter gemacht, als ihm lieb war, ihm aber auch eine Menge nützlicher Kontakte in England eingetragen. Diese Beziehungen waren so wertvoll, dass er vom CIA gebeten wurde, einer amerikanisch-britischen Verbindungsgruppe beizutreten. Auf diese Weise begründete er sein gutes berufliches Verhältnis mit Sir Basil Charleston.

»Wir haben dort drüben viele gute Freunde, Sir, und einige waren so freundlich, mir diese Bilder zu überlassen«, erwiderte Ryan kühl.

Davenport wurde sanfter. »Na gut, Jack, Sie haben mir einen Gefallen getan. Revanchieren Sie sich gelegentlich. Die Aufnahmen sind allerhand wert. So, und was haben wir da genau?«

Dem ungeschulten Betrachter zeigten die Photographien ein normales Atom-U-Boot. Der Stahlrumpf hatte einen stumpfen Bug und ein sich verjüngendes Heck. Werftarbeiter dienten zum Größenvergleich – das Boot war riesig. Links und rechts des platten Anhängsels am Heck, das die

Russen laut Geheimdienstberichten einen Biberschwanz nannten, waren zwei Bronzeschrauben angebracht. Bis auf eine Einzelheit sah das Heck mit den beiden Schrauben ganz normal aus.

»Wozu sind diese Luken?«, fragte Casimir.

»Hmm, Mordsbrocken.« Davenport hatte die Frage offenbar überhört. »Sieht aus, als wäre er zwölf Meter länger als erwartet.«

»Rund dreizehn Meter.« Ryan konnte Davenport nicht leiden, aber der Mann verstand sich auf sein Fach. »Somers kann das exakt kalibrieren. Und das Boot ist auch zwei Meter breiter als die anderen *Typhoons.* Zweifellos eine Weiterentwicklung der Typhoon-Klasse, aber –«

»Sie haben Recht, Captain!«, unterbrach Davenport. »Was sind das für Luken?«

»Deswegen bin ich hier.« Ryan hatte sich schon gefragt, wann Davenport schalten würde. Ihm selbst waren sie innerhalb der ersten fünf Sekunden aufgefallen. »Das weiß ich nicht, und die Briten haben auch keine Ahnung.«

Roter Oktober hatte am Bug und Heck zwei fast runde Luken, deren Durchmesser rund zwei Meter betrug. Sie waren während der Aufnahme geschlossen gewesen und nur auf dem vierten Bilderpaar gut zu erkennen.

»Torpedorohre? Nein – da gibt's vier innenbords.« Greer holte ein Vergrößerungsglas aus dem Schreibtisch, ein im Zeitalter computererzeugter Bilder reizender Anachronismus, wie Ryan fand.

»James, Sie sind doch U-Boot-Fahrer«, merkte Davenport an.

»Das war vor zwanzig Jahren, Charlie.« Greer war Anfang der sechziger Jahre vom Dienst auf See zum Geheimdienst gewechselt. Captain Casimir trug, wie Ryan feststellte, die Schwingen eines Piloten und hielt klugerweise den Mund. Von Atom-U-Booten verstand er nichts.

»Torpedorohre sind es also nicht. Die haben wir hier am Bug, unter diesen Öffnungen, vier Stück. Könnten es Abschussrohre für neue Cruise Missiles sein?«

»Das meint die Royal Navy. Aber ich glaube das nicht«,

sagte Ryan. »Warum eine Anti-Schiff-Waffe auf einer strategischen Plattform montieren? Wir tun das nicht und unsere strategischen Boote operieren sehr viel weiter vorn als ihre.« Ryan schüttelte den Kopf. »Ich glaube, das ist etwas Neues. Deshalb wurde der Bau so lange unterbrochen. Sie ließen sich etwas Neues einfallen und bauten in den vergangenen zwei Jahren die *Typhoon*-Konfiguration entsprechend um. Beachten Sie, dass auch sechs Raketen hinzugekommen sind.«

»Das ist Ihre Meinung«, warf Davenport ein.

»Dafür werde ich bezahlt.«

»Gut, Jack. Was meinen Sie, was das ist?« fragte Greer.

»Keine Ahnung. Ich bin kein Ingenieur.«

Admiral Greer musterte seine Gäste kurz, lächelte dann und lehnte sich zurück. »Meine Herren, wir haben geballte neunzig Jahre Marineerfahrung in diesem Raum versammelt, und dazu diesen jungen Amateur.« Er wies auf Ryan. »Gut, Jack, Sie haben etwas vor. Warum sind Sie persönlich gekommen?«

»Weil ich die Bilder jemandem zeigen wollte.«

»Wem denn?« Greer legte misstrauisch den Kopf schief.

»Skip Tyler. Kennt ihn hier jemand?«

»Ja, ich.« Captain Casimir nickte. »Er war in Annapolis ein Jahr unter mir. Ist ihm nicht etwas passiert?«

»Leider«, meinte Ryan. »Er verlor vor vier Jahren bei einem Verkehrsunfall ein Bein. Sollte das Kommando auf der *Los Angeles* übernehmen, aber dann fuhr ihm ein Betrunkener in die Seite. Nun lehrt er Ingenieurwissenschaften an der Akademie und arbeitet als Berater für Sea Systems Command – technische Analysen, Entwurfsprüfung. Er hat beim Massachusetts Institute of Technology seinen Dr. ing. gemacht und kann unkonventionell denken.«

»Wie steht es mit seiner Sicherheitseinstufung?« fragte Greer.

»Seit seiner Arbeit für *Crystal City* ›Top secret‹, Sir.«

»Einwände, Charlie?«

Davenport runzelte die Stirn. Tyler gehörte nicht zum

Geheimdienst. »Stammt von diesem Mann das Gutachten über die neue *Kirow*?«

»Jawohl, Sir, das fiel mir gerade wieder ein«, sagte Casimir. »Von ihm und Saunders von Sea Systems.«

»Das war saubere Arbeit. Gut, lassen wir ihn ran.«

»Wann möchten Sie ihn sprechen?«, fragte Greer Ryan.

»Heute noch, wenn es Ihnen recht ist. Ich muss sowieso in Annapolis etwas aus dem Haus holen und – na ja, ein paar Weihnachtseinkäufe erledigen.«

»Ach was? Püppchen?«, spöttelte Davenport.

Ryan sah dem Admiral fest in die Augen. »Jawohl, Admiral, meine Kleine wünscht sich eine Barbie-Puppe mit Skiausrüstung. Haben Sie jemals den Weihnachtsmann gespielt, Sir?«

Davenport sah ein, dass Ryan sich nun nichts mehr bieten ließ. Mit diesem Untergebenen war nicht so leicht Schlitten zu fahren. Ryan konnte jederzeit den Job hinwerfen. Er wechselte das Thema. »Hörten Sie dort drüben, dass *Roter Oktober* schon letzten Freitag auslief?«

»Wirklich?« Das traf Ryan unvorbereitet. »Ich dachte, sie sollte erst diesen Freitag losfahren.«

»Wir auch. Ihr Skipper heißt Marko Ramius. Schon von ihm gehört?«

»Nur aus zweiter Hand. Den Briten zufolge ist er recht gut.«

»Das ist untertrieben«, stellte Greer fest. »Er ist der beste U-Boot-Fahrer, den sie haben, ein echter Draufgänger. Wir haben eine ansehnliche Akte über ihn. Wer ist denn auf ihn angesetzt, Charlie?«

»*Bremerton* bekam den Auftrag. Sie war zwar nicht in Position und mit ELINT beschäftigt, als Ramius auslief, wurde aber umbeordert. Der Skipper ist Bud Wilson. Erinnern Sie sich noch an seinen Vater?«

Greer lachte laut auf. »Red Wilson? Das war ein U-Boot-Fahrer mit Mumm! Taugt der Sohn etwas?«

»Wie ich höre, ja. Ramius ist bei den Russen der Beste, aber Wilson hat ein *688*-Boot. Bis zum Wochenende können wir zum Thema *Roter Oktober* ein neues Buch anfangen.« Davenport stand auf. »Wir müssen zurück, Jack.« Casimir holte hastig seinen Mantel. »Kann ich die Bilder behalten?«

»Meinetwegen, Charlie. Aber halte sie unter Verschluss. Und Sie wollen sich auch verabschieden, Jack?«

»Ja, Sir.«

Greer hob den Hörer ab. »Nancy, Dr. Ryan braucht in fünfzehn Minuten einen Wagen mit Fahrer.« Er legte auf und wartete, bis Davenport gegangen war. »Wäre ja schade, wenn Sie sich auf den verschneiten Straßen den Schädel einrennen würden. Außerdem fahren Sie nach einem Jahr in England bestimmt auf der falschen Straßenseite.«

»Nicht auszuschließen. Vielen Dank, Sir. Kann ich die Aufnahmen bei Tyler lassen?«

»Hoffentlich schätzen Sie ihn richtig ein. Gut, meinetwegen kann er sie behalten, wenn er sie ordentlich verwahrt.«

»Versteht sich, Sir.«

»Kommen Sie doch auf dem Rückweg bei mir vorbei, Ryan. Ich möchte noch ein paar Dinge mit Ihnen besprechen.«

»Gut, Sir. Noch mal vielen Dank für den Wagen.« Ryan stand auf.

»Dann gehen Sie mal Ihre Puppen kaufen, Sohn.«

Greer schaute ihm nach. Ihm gefiel, dass Ryan keine Angst hatte, seine Meinung zu sagen. Zum Teil war das darauf zurückzuführen, dass er Geld besaß und Geld geheiratet hatte. Unabhängigkeit dieser Art hatte ihre Vorteile. Ryan ließ sich nicht kaufen, bestechen oder schikanieren, denn er konnte sich jederzeit ganz seinen Geschichtsbüchern widmen. Sein Vermögen hatte er innerhalb von vier Jahren als Börsenmakler gemacht, sein eigenes Geld auf riskante Weise höchst profitabel eingesetzt und sich dann plötzlich zurückgezogen, weil er sein Glück nicht weiter auf die Probe stellen wollte. Greer nahm ihm das nicht ab. Er nahm an, dass Jack das Geldverdienen langweilig geworden war. Er schüttelte den Kopf. Der Verstand, der mit untrüglicher Sicherheit die richtigen Aktien ausgesucht hatte, arbeitete nun für den CIA. Ryan entwickelte sich rasch zu einem von Greers Staranalytikern und war wegen seiner britischen Kontakte doppelt wertvoll. Dieser Mann hatte die Fähigkeit, aus einem Haufen Daten die drei oder vier relevanten Fakten herauszusieben. Dies war beim CIA selten. Nach Greers Auffassung gab die Behörde noch immer zu viel Geld fürs Sammeln und zu wenig fürs Verarbeiten von Daten aus. Analytikern fehlte der Kino-Glamour eines Geheimagenten im fremden Land, aber Jack verstand sich aufs Analysieren der Berichte solcher Männer und der Daten aus technischen Quellen.

US-Marineakademie
Die Amputation des linken Beines überm Knie hatte Oliver Wendell Tyler weder seine Attraktivität noch die Lebenslust genommen, was seine Frau bezeugen konnte. Seit er vor vier Jahren aus dem aktiven Dienst ausgeschieden war, hatten sie ihren zwei Kindern drei weitere hinzugefügt; ein sechstes war unterwegs. Ryan fand ihn am Schreibtisch in einem leeren Vorlesungssaal der Rickover Hall vor, wo Natur- und Ingenieurwissenschaften gelehrt wurden. Er korrigierte Examensarbeiten.

»Wie geht's, Skip?« Ryan lehnte sich an den Türrahmen. Sein CIA-Fahrer wartete im Korridor.

»He, Jack! Ich dachte, du wärst in England.« Tyler sprang aufs Bein, wie er sich ausdrückte, und hopste zu Ryan, um ihm die Hand zu drücken. Seine Prothese endete nicht in einem imitierten Fuß, sondern in einem quadratischen Gummiklotz. Tyler war Football-Stürmer gewesen, und der Rest seines Körpers war ebenso hart wie das Aluminium und Fiberglas in seinem künstlichen Bein. Bei seinem Händedruck hätte ein Gorilla das Gesicht verzogen. »Und was treibst du hier?«

»Ich musste rüberfliegen, um einen Job und ein paar Einkäufe zu erledigen. Wie geht's Jean und deinen ... fünf?«

»Fünf zwei Drittel.«

»Schon wieder eins? Ehrlich, Jean sollte dich kastrieren lassen.«

»Sagt sie ja auch, aber mir fehlt so schon genug.« Tyler lachte. »Entschädigung für die jahrelange Enthaltsamkeit im U-Boot, schätze ich. Komm, setz dich.«

Ryan ließ sich auf die Tischkante nieder und öffnete die Aktentasche, reichte Tyler einen Hefter. »Ich wollte dir ein paar Bilder zeigen.«

»Fein.« Tyler klappte den Hefter auf. »Was – ein Russe! Mordsklotz. Die grundlegende *Typhoon*-Konfiguration mit einem Haufen Modifikationen. Sechsundzwanzig statt zwanzig Raketen. Sieht länger aus. Rumpf wirkt flacher. Verbreitert?«

»Ja, um zwei oder drei Meter.«

»Ich höre, du arbeitest für den CIA. Kannst nicht darüber reden, ja?«

»So ungefähr. Und du hast diese Bilder nie zu Gesicht bekommen, Skip. Verstanden?«

»Klar.« Tyler zwinkerte. »Und was soll ich mir da *nicht* ansehen?«

Ryan zeigte ihm die Vergrößerungen. »Diese Luken an Bug und Heck.«

»Hmmm. Ziemlich groß. Zwei Meter oder so, an Bug und Heck paarweise angeordnet. Entlang der Längsachse, scheinbar symmetrisch. Doch nicht etwa für Cruise Missiles?«

»Packt man so etwas in ein strategisches Raketen-U-Boot?«

»Jack, die Russkis sind ein komischer Verein, der manchmal ganz eigenwillig konstruiert. Von denen stammt die *Kirow* mit Kernreaktor *und* ölbefeuertem Dampfkessel. Hmmm ... Doppelschrauben. Für Sonar-Sensoren können die Luken nicht bestimmt sein. Das Schlepptau käme in die Schrauben.«

»Und wenn man eine Schraube abstellt?«

»Das tut man bei Überwasserschiffen, um Treibstoff zu sparen, und gelegentlich auch bei Jagd-U-Booten. Aber die Bedienung eines Raketenboots mit Doppelschraube, bei dem nur ein Propeller läuft, ist bestimmt trickreich. Die *Typhoon*-Klasse soll ohnehin Steuerprobleme haben, und Boote, die in dieser Beziehung kritisch sind, reagieren empfindlich auf Variationen im Antrieb. Am Ende muss man so viel herumfummeln und kompensieren, dass man kaum Kurs halten kann. Merkst du, dass die Luken am Heck konvergieren?«

»Das war mir noch nicht aufgefallen.«

Tyler sah auf. »Pest noch mal! Hätte ich doch gleich sehen sollen! Das ist ein Antriebssystem. Hättest mich nicht beim Korrigieren erwischen sollen. Da wird einem das Gehirn zu Wackelpudding.«

»Ein Antriebssystem?«

»Damit haben wir uns vor zwanzig Jahren beschäftigt, als ich hier studierte. Kam aber nichts dabei heraus. Zu ineffizient.«

»Gut, erzähl mir mehr.«

»Man nannte es einen Tunnel-Antrieb. Wie du weißt, haben wir im Westen der USA eine Menge Wasserkraftwerke, größtenteils Dämme. Das Wasser fällt auf Schaufelräder, die Generatoren treiben. Nun gibt es aber ein paar neue Anlagen, bei denen dieses Prinzip umgekehrt worden ist. Sie zapfen unterirdische Flüsse an, und das Wasser treibt Flügelräder an, nicht modifizierte Mühlräder. Ein Flügelrad sieht aus wie ein Propeller, wird aber vom Wasser getrieben und nicht umgekehrt. Außerdem gibt es noch ein paar unwichtige technische Unterschiede. Soweit klar?

Bei dieser Konstruktion stellt man dieses Prinzip auf den Kopf. Am Bug wird Wasser angesaugt und von den Flügelrädern am Heck ausgestoßen, und das treibt das Schiff.« Tyler runzelte die Stirn. »Soweit ich mich entsinnen kann, braucht man pro Tunnel mehr als ein Flügelrad. Anfang der sechziger Jahre kam man bis zum Modellstadium, ehe man die Idee fallen ließ. Unter anderem fand man heraus, dass ein Flügelrad nicht so wirksam ist wie mehrere, was etwas mit dem Rückstau zu tun hat. Das war ein neues Phänomen, mit dem nicht gerechnet worden war. Am Ende setzte man vier ein, glaube ich, und das

Ganze sah aus wie der Gebläsesatz in einem Düsentriebwerk.«

»Und warum gaben wir auf?« Ryan machte sich rasch Notizen.

»Hauptsächlich aus Leistungsgründen. Die Wassermenge, die man durch ein Rohr drücken kann, ist begrenzt und lässt sich auch durch erhöhte Motorleistung nicht steigern. Zudem brauchte dieses Antriebssystem eine Menge Platz. Diesem Problem kam man teilweise mit neuartigen Induktionsmotoren bei, aber das bedeutete eine Menge zusätzlicher Maschinerie im Rumpf. Und soviel Extraraum gibt es auf U-Booten nicht, selbst nicht auf diesem Monster. Die Höchstgeschwindigkeit sollte rund zehn Knoten betragen, und das reichte einfach nicht aus. Andererseits fiel der Kavitationslärm so gut wie weg.«

»Was ist Kavitation?« fragte Ryan.

»Wenn sich eine Schraube mit hoher Geschwindigkeit im Wasser dreht, entsteht an der Rückkante der Schaufeln Unterdruck, der zu Bläschenbildung führt. Diese Blasen sind wegen des Wasserdrucks nur kurzlebig, und wenn sie in sich zusammenfallen, schlägt das Wasser gegen die Schaufeln. Das hat drei Auswirkungen. Erstens verursacht es Lärm, den wir U-Boot-Fahrer hassen. Zweitens führt es zu Vibrationen, die wir ebenfalls nicht mögen. Die alten Ozeandampfer zum Beispiel wackelten ganz schön mit dem Heck, schlugen nur wegen Kavitation und Schlupf um mehrere Zentimeter aus. Um ein 50 000-Tonnen-Schiff zum Vibrieren zu bringen, müssen enorme Kräfte auftreten; diese Kräfte sind destruktiv. Drittens macht es die Schrauben kaputt. Die großen Schiffspropeller hielten nur ein paar Jahre. Deshalb goss man früher die Schrauben nicht aus einem Stück, sondern befestigte die Schaufeln mit Bolzen an der Nabe. Vibration wirkt sich vorwiegend bei Überwasserschiffen störend aus, und dem Schraubenverschleiß wurde man mittels verbesserter Metallurgie Herr.

Bei diesem Tunnelsystem nun tritt Kavitation als Problem nicht auf. Sie existiert zwar, doch der Lärm verliert sich fast ganz im Tunnel. Das klingt günstig. Der Haken ist nur, dass man nicht genug Fahrt erreichen kann, ohne die Tunnel übermäßig breit zu machen. Während ein Team sich mit diesem Problem beschäftigte, arbeitete ein anderes an verbesserten Schrauben. U-Boote haben heute verhältnismäßig große Schrauben mit hohem Wasserdurchsatz, die sich daher bei jeder gegebenen Geschwindigkeit langsamer drehen. Je niedriger die Umdrehungszahl, desto geringer die Kavitation. Tiefe dämpft das Problem übrigens. Bei ein paar hundert Metern unterdrückt der höhere Wasserdruck die Blasenbildung.«

»Warum kopieren die Sowjets dann unsere neu entwickelten Schrauben nicht?«

»Aus mehreren Gründen, vermute ich. Da eine Schraube eigens für eine bestimmte Kombination aus Rumpf und Maschine entworfen wird, würde den Russen eine von unseren nicht automatisch nützen. Zudem steckt noch viel empirische Arbeit darin, viel Herumprobieren. Eine Schiffsschraube ist sehr viel schwieriger zu berechnen als ein Flugzeugpropeller, weil sich der Schaufelquerschnitt von einem Punkt zum anderen radikal ändert. Außerdem vermute ich, dass ihre Metallurgie nicht so gut ist wie unsere – aus diesem Grund sind ja auch ihre Jet- und Raketentriebwerke weniger effizient. Für Neuentwicklungen dieser Art sind hochfeste Legierungen sehr wichtig. Dies ist aber ein Spezialgebiet, das ich nur allgemein überblicke.«

»Gut, du meinst also, wir hätten es mit einem lautlosen Antriebssystem und einer Höchstgeschwindigkeit von zehn Knoten zu tun?« Ryan wollte zu diesem Punkt Klarheit haben.

»Reine Vermutung. Klar sehe ich erst, wenn ich ein paar Modelldaten in den Computer gegeben habe. Die Daten liegen vermutlich noch im Taylor-Laboratorium herum.« Tyler bezog sich auf das Entwicklungszentrum am Nordufer des Severn. »Sie sind wahrscheinlich immer noch geheim und nicht sehr zuverlässig.«

»Wieso?«

»Ach, das ist alles zwanzig Jahre alt, und es wurde auch

nur ein Fünf-Meter-Modell gebaut – kümmerlich für so ein Projekt. Vergiss nicht, dass man damals auf das neue Rückstau-Phänomen stieß. Wer weiß, was da sonst noch drinsteckt. Ich nehme an, dass sie einige Computermodelle ausprobierten, aber das Verfahren mit mathematischen Modellen war damals noch relativ primitiv. Um das Programm nachzuvollziehen, brauche ich die alten Daten, um sie genau zu überprüfen. Dann muss ich ein neues Programm schreiben, das auf dieser Konfiguration basiert.« Er klopfte auf die Photographien. »Und wenn das fertig ist, muss ich Zugang zu einem großen Mainframe-Computer haben.«

»Du traust es dir also zu?«

»Sicher. Ich brauche noch die genauen Abmessungen des Bootes, aber ich mache so etwas nicht zum ersten Mal. Der Haken ist nur die Computerzeit. Ich brauche nämlich eine große Maschine.«

»Ich kann dir wahrscheinlich Zugang zu unserer verschaffen.«

Tyler lachte. »Zu klein, Jack. Dies ist eine hochspezialisierte Geschichte. Ich rede von einem Cray-2, einer der größten Anlagen. Ich muss nämlich mathematisch das Verhalten von Millionen kleiner Wasserteilchen simulieren, die Strömungsverhältnisse am – und in diesem Fall auch im – ganzen Rumpf. Ähnlich wie das, was die NASA für die Raumfähre erledigen musste. Die eigentliche Arbeit ist simpel – aber der *Umfang* macht's. Es müssen pro Sekunde Millionen Berechnungen ausgeführt werden. Das geht nur auf einem großen Cray, und von denen gibt's nur ein paar. Die NASA hat, glaube ich, einen in Houston stehen. Bei der Navy laufen ein paar in Norfolk, aber die können wir gleich vergessen, weil sie ausgelastet sind. Die Air Force hat einen im Pentagon, und der Rest ist in Kalifornien.«

»Du könntest es aber übernehmen?«

»Sicher.«

»Gut, dann geh an die Arbeit, und ich will sehen, dass ich dir die Computerzeit verschaffe. Wie lange brauchst du?«

»Kommt auf die Qualität der alten Daten an. Vielleicht eine Woche, vielleicht auch weniger.«

»Was willst du dafür haben?«

»Lass doch, Jack!« Tyler winkte ab.

»Skip, heute ist Montag. Wenn du uns die Daten bis Freitag lieferst, sind zwanzigtausend Dollar für dich drin. Wir wissen, was du wert bist und brauchen die Informationen. Abgemacht?«

»Einverstanden.« Sie gaben sich die Hand. »Kann ich die Bilder behalten?«

»Nur, wenn du sie sicher verwahrst. Niemand darf sie zu Gesicht bekommen, Skip. *Niemand.*«

»Der Superintendent hat einen hübschen Panzerschrank im Büro stehen.«

»Gut, aber er darf sie nicht sehen.« Der Superintendent war ein ehemaliger U-Boot-Fahrer.

»Das wird ihm aber nicht passen«, meinte Tyler.

»Dann soll er Admiral Greer anrufen«, sagte Ryan. »Hier, unter dieser Nummer.« Er gab ihm eine Karte. »Dort erreichst du auch mich, wenn du mich brauchst. Wenn ich nicht da bin, verlangst du den Admiral.«

»Wie wichtig ist das eigentlich?«

»Wichtig genug. Du bist der Erste, dem eine vernünftige Erklärung für diese Luken eingefallen ist. Es würde uns viel helfen, wenn du berechnen könntest, was dieses Boot leistet. Skip, noch einmal: Das ist streng geheim. Wenn du es jemandem zeigst, bin ich erledigt.«

»Aye aye, Jack. Du hast mir einen Termin gesetzt, und ich mache mich besser an die Arbeit. Bis später.« Nachdem er Ryan die Hand gegeben hatte, zog Tyler einen Block aus dem Schreibtisch und begann eine Liste zusammenzustellen. Ryan verließ mit seinem Fahrer das Gebäude. Er entsann sich, auf dem Hinweg ein Spielzeuggeschäft gesehen zu haben, und wollte Sally ihre Puppe kaufen.

CIA-Zentrale

Am Abend um acht war Ryan zurück beim CIA und kam rasch durch die Kontrollen vor Greers Büro.

»Nun, haben Sie Ihre Surf-Barbie gefunden?«, meinte Greer und sah auf.

»Eine Ski-Barbie«, verbesserte Ryan. »Jawohl, Sir. Haben Sie denn nie Weihnachtsmann gespielt?«

»Meine Kinder sind so rasch groß geworden, Jack. Selbst meine Enkel sind über dieses Alter hinaus.« Er drehte sich um und goss sich Kaffee ein. Ryan fragte sich, ob der Mann jemals Schlaf fand.

»Es gibt übrigens Neuigkeiten zum Thema *Roter Oktober.* Die Russen inszenieren in der nordöstlichen Barents-See ein großes Anti-U-Boot-Manöver, an dem sechs Suchflugzeuge, ein Schwarm Fregatten und ein Jagd-U-Boot der *Alfa*-Klasse teilnehmen.«

»Vermutlich eine Ortungsübung. Skip Tyler meint, die Luken gehören zu einem neuen Antriebssystem.«

»Wie interessant.« Greer lehnte sich zurück. »Schießen Sie los.«

Ryan gab mit Hilfe seiner Notizen wieder, was er bei dem Schnellkurs in U-Boot-Technologie gelernt hatte. »Skip kann eine Computersimulation der vermutlichen Leistung herstellen«, schloss er.

Greer zog die Brauen hoch. »Bis wann?«

»Zum Wochenende. Ich habe ihm zwanzigtausend geboten, wenn er es bis Freitag schafft. Finden Sie das angemessen?«

»Gibt uns Tylers Studie wichtige Aufschlüsse?«

»Ja, Sir, vorausgesetzt, er kommt an die Daten heran. Skip ist helle, Sir. Am MIT werden keine Doktortitel verschenkt, und an der Akademie gehörte er zu den besten fünf.«

»Und das soll zwanzigtausend aus unserem Etat wert sein?« Greers Sparsamkeit war berüchtigt.

Darauf wusste Ryan die rechte Antwort. »Sir, wenn wir den Dienstweg einhalten, geben wir den Auftrag einem der Beltway-Banditen –«, damit meinte er die Beratungsfirmen am Stadtrand von Washington, »– bezahlen fünf- oder zehnmal so viel und bekommen die Daten mit Glück zu Ostern. Aber Skip könnte sie liefern, solange das Boot noch auf See ist. Schlimmstenfalls übernehme ich die Kosten selbst. Ich dachte mir halt, Sie brauchen diese Informationen rasch, und der Job fällt genau in Tylers Fachgebiet.«

»Sie haben Recht.« Ryan hatte den Dienstweg nicht zum ersten Mal abgekürzt und war in der Vergangenheit damit recht erfolgreich gewesen. Und Greer war ein Mann, dem es auf die Resultate ankam. »Schön, die Sowjets haben also ein Raketen-U-Boot mit geräuschlosem Antrieb. Was bedeutet das für uns?«

»Nichts Gutes. Wir verlassen uns auf unsere Fähigkeit, ihre strategischen Boote mit unseren Jagd-U-Booten zu beschatten. Deshalb stimmten die Russen ja auch vor Jahren unserem Vorschlag zu, Raketen-U-Boote eine Distanz von fünfhundert Meilen zur gegnerischen Küste einhalten zu lassen, und aus diesem Grund liegen ihre Boote meist im Hafen. Diese Neuentwicklung könnte die Spielregeln ändern. Woraus besteht übrigens der Rumpf von *Roter Oktober?«*

»Aus Stahl. Bei dieser Größe käme ein Titaniumrumpf zu teuer. Sie wissen ja, was die *Alfas* kosten.«

»Viel zu viel für das, was sie bieten. Wer gibt schon so viel Geld für eine superfeste Hülle aus und baut dann einen lauten Antrieb ein? Blödsinn.«

»Mag sein. Die Geschwindigkeit ist aber beträchtlich. Wie auch immer, wenn dieses lautlose Antriebssystem wirklich funktioniert, könnten sie sich unbemerkt aufs Kontinentalschelf schleichen.«

»Flache Flugbahn«, sagte Ryan. In einem der hässlicheren Atomkriegs-Szenarien wurden seegestützte Raketen nur wenige hundert Kilometer vom Ziel entfernt abgefeuert. Washington ist in der Luftlinie nur hundertsechzig Kilometer vom Atlantik entfernt. Eine tief fliegende Rakete büßt zwar viel von ihrer Zielgenauigkeit ein, doch wenn mehrere gestartet und nach fünf Minuten über Washington zur Explosion gebracht wurden, blieb dem Präsidenten nicht genug Zeit zum Reagieren. Wenn es den Sowjets gelang, den Präsidenten so rasch auszuschalten, gab ihnen die unweigerliche Unterbrechung der Befehlskette mehr als genug Zeit, die landgestützten Raketen zu zerstören – es existierte nämlich niemand, der befugt war, den Befehl zu ihrem Start zu geben. Dieses Szenario ist die strategische Parallele zu einem gewöhnlichen Straßenraub, dachte Ryan. Ein Straßenräuber greift nicht die Arme seines Opfers an, sondern den Kopf. »Glauben Sie, dass *Roter Oktober* zu diesem Zweck gebaut wurde?«

»Der Gedanke ist ihnen bestimmt gekommen«, bemerkte Greer. »Wir hätten ihn bestimmt erwogen. Nun, wir haben ja die *Bremerton* zur Beobachtung angesetzt, und wenn Ihre Daten wirklich nützlich sind, fällt uns vielleicht eine Antwort ein. Wie fühlen Sie sich?«

»Ich bin seit halb sechs Londoner Zeit auf den Beinen, Sir. Es war ein langer Tag.«

»Kann ich mir denken. Genehmigen Sie sich eine Mütze Schlaf, Sohn.«

»Aye aye, Sir.« Ryan nahm seinen Mantel. »Gute Nacht.«

Sosus Control

Wenn nicht alle Anwesenden Uniform getragen hätten, könnte ein Besucher den Raum mit einem Kontrollzentrum der NASA verwechselt haben. Er enthielt sechs lange Reihen von Konsolen mit Bildschirmen, Tastenfeldern, Leuchtknöpfen, Skalen, Kopfhörerbuchsen, analogen und digitalen Instrumenten. An Konsole fünfzehn saß Senior Chief Deke Franklin, ozeanographischer Techniker.

Die Einrichtung hieß Sosus Atlantic Control (Sonar-Überwachungssystem Atlantik) und befand sich in einem unauffälligen Verwaltungsgebäude mit fensterlosen Betonmauern, einer großen Klimaanlage auf dem Flachdach und einem blauen Schild mit dem Namen der Dienststelle auf dem gepflegten Rasen. Bewaffnete Marineinfanteristen bewachten unauffällig die drei Eingänge. Im Keller standen, von zwanzig Wissenschaftlern umsorgt, zwei Cray-2-Supercomputer, und hinter dem Gebäude ragten drei Satelliten-Bodenstationen auf. Die Männer an den

Konsolen waren elektronisch über Satellit und über Kabel mit dem Sosus-System verbunden.

Überall auf dem Grund der Weltmeere und insbesondere in den Meerengen, die sowjetische U-Boote auf dem Weg zur offenen See passieren mussten, hatten die USA und andere NATO-Länder hoch empfindliche Sonar-Empfänger aufgestellt. Hunderte von Sosus-Sensoren empfingen eine unvorstellbare Masse von Informationen und gaben sie weiter, und um dem Bedienungspersonal des Systems beim Einordnen und Auswerten zu helfen, musste eine völlig neue Generation von Rechnern gebaut werden – die Supercomputer. Sosus erfüllte seinen Zweck hervorragend. Kaum etwas konnte die Barrieren unentdeckt überqueren. Selbst die ultraleisen amerikanischen und britischen Jagd-U-Boote wurden meist ausgemacht. In regelmäßigen Abständen wurden die Sensoren am Meeresboden auf den neuesten Stand gebracht; viele waren nun mit ihren eigenen Signalprozessoren ausgerüstet, die die empfangenen Daten vorsortierten, die Zentralcomputer entlasteten und eine raschere und akkuratere Klassifizierung der Ziele zuließen.

Chief Franklins Konsole empfing Daten von einer Sensorenkette vor der isländischen Küste. Er war für einen vierzig Seemeilen breiten Sektor verantwortlich, der sich mit den benachbarten überschnitt, sodass drei Operatoren theoretisch jedes Segment der Barriere konstant überwachten. Bekam er einen Kontakt, verständigte er sofort die beiden Kollegen und gab einen Kontaktbericht in sein Computer-Terminal ein, der dann auf dem Schirm der Hauptkontrollkonsole im Hintergrund des Raumes auftauchte. Der Offizier vom Dienst hatte die häufig ausgeübte Befugnis, einem Kontakt mit einer ganzen Reihe von Maßnahmen nachzugehen; hierzu gehörte der Einsatz von Überwasserschiffen und Anti-U-Boot-Flugzeugen. In zwei Weltkriegen hatten amerikanische und britische Offiziere gelernt, wie wichtig die Offenhaltung der Seewege ist.

Franklin lehnte sich in seinen Drehsessel zurück und schmauchte nachdenklich seine alte Bruyèrepfeife. Im

Raum herrschte Totenstille, aber seine speziellen Kopfhörer hätten ihn ohnehin von der Außenwelt abgeschnitten. Franklin hatte seine gesamte sechsundzwanzigjährige Karriere auf Zerstörern und Fregatten verbracht. Für ihn waren U-Boote und ihre Männer der Feind, ganz gleich, welche Flagge sie führten oder welche Uniform sie trugen.

Er hob eine Augenbraue und legte seinen fast kahlen Kopf auf die Seite. Mit der rechten Hand schaltete er die Signalprozessoren ab, um das Geräusch ohne Einmischung des Computers hören zu können. Aber das nützte nichts. Die Hintergrundgeräusche waren zu laut. Er schaltete die Filter wieder ein. Dann änderte er die Azimuteinstellung. Die Sosus-Sensoren nahmen Peilungen mittels elektronisch steuerbarer Rezeptoren vor. Nach einer ersten Peilung konnte mithilfe einer benachbarten Rezeptorengruppe die Position des Objekts trigonometrisch bestimmt werden. Der Kontakt war schwach, aber nicht zu weit entfernt, schätzte Franklin und beugte sich über sein Computer-Terminal. Ah, dort war *USS Dallas* im Einsatz. *Hab ich dich!* sagte er mit einem kleinen Lächeln. Ein weiteres Geräusch kam durch, ein Niederfrequenz-Dröhnen, das nur wenige Sekunden lang anhielt und sich dann verlor. Nicht besonders leise, dachte er. Warum habe ich das nicht vor der Azimutjustierung gehört? Er legte die Pfeife hin und begann an seiner Instrumententafel Einstellungen vorzunehmen.

»Chief?«, erklang eine Stimme in seinem Kopfhörer – der Chef.

»Ja, Commander?«

»Kommen Sie bitte einmal in die Hauptkontrolle. Ich möchte Ihnen etwas vorspielen.«

»Schon unterwegs, Sir.« Franklin stand leise auf. Commander Quentin, ehemals Kapitän eines Zerstörers, tat nach siegreichem Kampf gegen den Krebs wieder beschränkt Dienst. Ein Pyrrhussieg, sagte sich Franklin. Chemotherapie hatte zwar die Krebszellen abgetötet, ihn aber fast alle Haare gekostet und seine Haut in eine Art durchsichtiges Pergament verwandelt.

Die Hauptkontrolle war etwas erhöht, damit man alle Arbeitsplätze und die taktische Anzeigetafel an der Wand übersehen konnte. Dank einer gläsernen Trennwand konnte man sich dort unterhalten, ohne die Operatoren zu stören. Franklin fand Quentin in seiner Kommandostation, von der aus er die Vorgänge an jeder Konsole überwachen konnte.

»Wie geht's, Commander?« Franklin stellte fest, dass der Offizier wieder ein wenig zugenommen hatte. Es war auch Zeit. »Was haben Sie für mich, Sir?«

»Etwas vom Netz in der Barents-See.« Quentin reichte ihm einen Kopfhörer. Franklin lauschte einige Minuten lang.

»Da ist ja allerhand los. Ich höre zwei *Alfas*, ein *Charlie*, ein *Tango* und ein paar Überwasserschiffe. Was gibt's, Sir?«

»Es fährt auch ein *Delta* herum, aber das ist gerade aufgetaucht und hat die Maschine abgestellt.«

»Aufgetaucht, Skipper?«

»Ja. Sie setzten ihm ziemlich hart mit aktivem Sonar zu, und dann sprach es ein Zerstörer an.«

»Aha. Ortungsübung, bei dem das U-Boot den Kürzeren zog.«

»Kann sein.« Quentin rieb sich die Augen. Der Mann sah übermüdet aus. Er gönnte sich zu wenig Ruhe und hatte nicht mehr so viel Stehvermögen wie früher. »Die *Alfas* pingen aber noch und laufen inzwischen in westlicher Richtung, wie Sie gehört haben.«

»So?« Franklin sann kurz nach. »Dann suchen sie nach einem anderen Boot, dem *Typhoon* vielleicht, das kürzlich ausgelaufen sein soll.«

»Das dachte ich mir auch – nur fuhr es nach Westen, und das Übungsgebiet liegt nordwestlich vom Fjord. Den Sosus-Kontakt mit ihm haben wir gestern verloren. Inzwischen ist *Bremerton* angesetzt worden.«

»Argwöhnischer Skipper«, entschied Franklin. »Hat die Maschinen abgestellt und lässt sich treiben.«

»Meine ich auch«, stimmte Quentin zu. »Gehen Sie an die Konsolengruppe für die Nordkap-Barriere und versuchen Sie ihn zu finden, Chief. Unsere Leute, die diesen Sektor überwachen, sind ein bisschen zu jung. Ich setze jemand anders an Ihre Konsole.«

»Gut, Skipper.« Franklin nickte.

»Haben Sie *Dallas* gehört?«

»Ja, Sir. Sehr schwach nur, aber ich glaube, sie hat auf Nordwestkurs meinen Sektor durchquert. Wenn wir ihr eine Orion-Maschine hinterherschickten, könnten wir sie vielleicht festnageln. Dürfen wir ein bisschen an ihrem Käfig rütteln?«

Quentin lachte in sich hinein. Auch er hatte nicht viel für U-Boote übrig. »Nein, Chief. Wir halten das nur fest und geben dem Skipper Bescheid, wenn er zurückkommt. Haben Sie aber gut gemacht. Sie kennen ja *Dallas'* Ruf. Eigentlich sollten wir sie überhaupt nicht hören.«

»Wer's glaubt«, schnaubte Franklin.

»Melden Sie sich, wenn Sie etwas haben, Deke.«

»Aye aye, Skipper.«

Fünfter Tag

Dienstag, 7. Dezember

Moskau
Es war zwar nicht das prachtvollste Büro im Kreml, aber es genügte seinen Ansprüchen. Admiral Jurij Iljitsch Padorin kam wie üblich um sieben zur Arbeit. Durch die großen Fenster sah er die Kremlmauer. Padorin war der höchste Politoffizier der sowjetischen Marine.

Im Vorzimmer nickte er knapp seinem vierzigjährigen Sekretär zu. Der Verwaltungsunteroffizier sprang auf, folgte seinem Vorgesetzten in sein Dienstzimmer und half ihm aus dem Mantel. An Padorins marineblauem Rock prangten zahlreiche Ordensbänder und die höchste Auszeichnung der russischen Streitkräfte, Held der Sowjetunion, die er sich als sommersprossiger Zwanzigjähriger bei Stalingrad verdient hatte.

Auf Padorins Schreibtisch warteten ein Stapel Post und eine Kanne Tee. Er setzte sich und sah sich zuerst die Berichte der Nachrichtendienste an, Kopien der Meldungen, die täglich morgens und abends an die Kommandostellen der Marine gingen.

Als Nächstes kam die amtliche Post von den Volkskommissariaten von Marine und Verteidigungsministerium. Zum Schriftwechsel der ersten Stelle hatte er uneingeschränkten Zugang, während die Korrespondenz der zweiten sorgfältig gesiebt war, da die sowjetischen Teilstreitkräfte so wenige Informationen wie möglich austauschen. Viel Post gab es heute von beiden Ämtern nicht. Der Wochenplan war bei der üblichen Besprechung am Montagnachmittag festgelegt worden, und Padorin hatte fast alles, was ihn anging, inzwischen delegiert. Er schenkte sich eine zweite Tasse Tee ein und öffnete eine Packung Zigaretten ohne Filter. Dann warf er einen Blick auf den Terminkalender. Gut, kein Besucher vor zehn.

Unten im Stoß lag ein Umschlag von der Nordflotte. Laut Kennnummer in der linken oberen Ecke stammte er von *Roter Oktober.* Hatte er nicht gerade etwas über dieses Boot gelesen?

Padorin sah sich seine Berichte noch einmal an. Ah, Ramius war also nicht in seinem Übungsgebiet aufgetaucht. Er zuckte die Achseln. Raketen-U-Boote sollten schwer auffindbar sein, und es würde den alten Admiral überhaupt nicht überraschen, wenn Ramius sich ein paar Streiche erlaubte.

Roter Oktober, wenn das nun kein passender Name für ein sowjetisches Kriegsschiff war! Er stand nicht nur für die Revolution, die die Weltgeschichte verändert hatte, sondern auch für die in Stalingrad so erbittert umkämpfte Traktorfabrik. Da auf dem Umschlag »vertraulich« stand, hatte sein Sekretär ihn ungeöffnet gelassen. Der Admiral holte seinen Brieföffner aus dem Schreibtisch.

»Genosse Admiral«, begann der Brief in Maschinenschrift – aber die Anrede war durchgestrichen und durch »Lieber Onkel Jurij« ersetzt worden. So hatte Ramius im Scherz zu ihm gesagt, als er noch Politoffizier der Nordflotte war. »Besten Dank für das Vertrauen und die Chance, die Sie mir mit dem Kommando auf diesem großartigen Schiff gegeben haben!« Ramius hat auch Grund zur Dankbarkeit, dachte Padorin. Leistung hin und her, so ein Kommando gibt man nicht jedem.

Waaas? Padorin hörte auf zu lesen und begann von vorn. Als er am Ende der ersten Seite angelangt war, hatte er die im Aschenbecher verqualmende Zigarette vergessen. Das musste ein Witz sein. Ramius war für seine Scherze bekannt, aber für diesen würde er büßen müssen. Das ging nun wirklich zu weit! Er drehte den Bogen um.

»Onkel Jurij, das ist kein Scherz. Marko.«

Padorin schaute aus dem Fenster. In der Kremlmauer waren an dieser Stelle die treuesten Diener der Partei beigesetzt, darunter auch Ramius senior. Ich muss den Brief missverstanden haben, dachte Padorin und las ihn noch einmal von vorn. Seine Hände begannen zu zittern.

Er hatte eine Direktleitung zu Admiral Gorschkow und brauchte keinen Sekretär einzuschalten.

»Genosse Admiral, hier Padorin.«

»Guten Morgen, Jurij«, erwiderte Gorschkow freundlich.

»Ich muss Sie sofort sprechen. Wir haben hier eine Krisensituation.«

»Was für eine Krisensituation?«, fragte Gorschkow argwöhnisch.

»Das kann ich Ihnen nur persönlich sagen. Ich komme gleich zu Ihnen.« Am Telefon konnte er es nicht besprechen; er wusste, dass es abgehört wurde.

USS Dallas
Sonar-Mann Zweiter Klasse Ronald Jones war, wie sein Leutnant feststellte, wieder einmal in Trance. Der junge College-Aussteiger hing mit geschlossenen Augen schlaff über seinem Instrumententisch, und sein Gesicht hatte jenen leeren Ausdruck, den er aufsetzte, wenn er eine seiner zahlreichen Bach-Kassetten hörte. Jones war ein kritischer Hörer, der seine Bänder in Fehlerkategorien einteilte – Klavier holprig, Flöte schludrig, Flügelhorn zaudernd. Den Unterwassergeräuschen lauschte er ebenso scharf und aufmerksam. In allen Marinen der Welt galten U-Boot-Männer als eigenwilliger Verein, und diese wiederum fanden Sonar-Männer kauzig. Doch über ihre Exzentrizitäten sah man mehr als anderswo beim Militär hinweg. Der stellvertretende Kommandant erzählte gerne von einem Sonar-Chief, mit dem er zwei Jahre lang gedient hatte, einem Mann, der praktisch seine ganze Karriere auf Raketen-U-Booten in einem bestimmten Seegebiet verbracht hatte. Er wurde mit den Buckelwalen, die dort den Sommer verbrachten, so vertraut, dass er ihnen Namen gab. Nach der Pensionierung arbeitete er fürs ozeanographische Institut Woods Hole, wo man auf seine Fähigkeiten nicht amüsiert, sondern mit Ehrfurcht reagierte.

Vor drei Jahren war Jones mitten im ersten Jahr vom California Institute of Technology geflogen. Er hatte sich einen jener einfallsreichen Streiche geleistet, für die Cal-Tech-Studenten zu Recht berühmt sind, und war erwischt worden. Nun diente er in der Navy, um seine Rückkehr an die Uni zu finanzieren und einen Doktortitel in Kybernetik zu erwerben. Später wollte er dann im Forschungslabor der Marine arbeiten. Lieutenant Thompson glaubte ihm das. Als er vor sechs Monaten auf die *Dallas* gekommen war, hatte er sich die Akten aller Besatzungsmitglieder angesehen. Jones hatte einen Intelligenzquotienten von 158, bei weitem den höchsten auf dem Boot. Jones hatte ein sanftes Gesicht und traurige braune Augen, die Frauen unwiderstehlich fanden. Am Strand war er nie ohne Gesellschaft. Lieutenant Thompson verstand das einfach nicht. Er selbst war ein Football-Held gewesen. Jones war ein dürrer Knabe, der Bach hörte.

USS Dallas, ein Jagd-U-Boot der *688*-Klasse, fuhr vierzig Meilen vor Island auf seine Patrouillenstation zu, die den Codenamen »Zollhaus« trug – um zwei Tage verspätet. Vor einer Woche hatte sie an dem NATO-Manöver FLINKER DELPHIN, das wegen der schlechtesten Wetterverhältnisse seit zwanzig Jahren verschoben worden war, teilgenommen. Bei dieser Übung war *Dallas* zusammen mit HMS *Swiftsure* unter dem Deckmantel des miserablen Wetters in die simulierte Feindformation eingedrungen und hatte dort Verheerung angerichtet; eine erneute Bestleistung der *Dallas* und ihres Skippers, Commander Bart Mancuso, einem der jüngsten U-Boot-Kommandanten der US-Navy. Nun hatten sie einen anderen Auftrag im Zusammenhang mit einer neuen U-Boot-Taktik im Atlantik. Im Lauf der nächsten drei Wochen sollte *Dallas* über Verkehr auf der Roten Route Eins berichten.

Seit vierzehn Monaten hatten sich neuere russische U-Boote mittels einer sonderbaren, aber wirksamen Methode ihrer amerikanischen und britischen Beschatter entledigt. Südwestlich von Island jagten die sowjetischen Boote an der Reykianes-Kette entlang, die wie ein Finger hinaus ins Atlantikbecken wies und deren zwischen einem und acht Kilometer voneinander entfernte Berge aus hartem Eruptivgestein sich mit den Alpen messen konnten. Ihre Gipfel lagen rund dreihundert Meter unter der stürmischen Oberfläche des Nordatlantik. Bis zu den späten sechziger Jahren konnte sich ein U-Boot kaum den gewaltigen Unterwasserbergen nähern, geschweige denn in ihre zahllosen Täler wagen. Während der siebziger Jahre waren Vermessungsschiffe der Sowjetmarine beim Patrouillieren an der Kette gesichtet worden – zu allen Jahreszeiten, bei jedem Wetter hatten sie das Gebiet in Tausenden von Fahrten durchstreift. Dann, vor vierzehn Monaten, war *USS Los Angeles* einem sowjetischen Jagd-U-Boot der *Victor-II*-Klasse auf den Fersen gewesen. Das Victor hatte die isländische Küste umfahren und war kurz vor der Bergkette tief abgetaucht, gefolgt von *Los Angeles,* um sich dann mit acht Knoten Fahrt den als »Thors Zwillinge« bekannten ersten beiden Bergen zu nähern. Und ganz plötzlich ging sie auf Höchstgeschwindigkeit und entfernte sich in südwestlicher Richtung. Der Skipper der *Los Angeles* war ihr entschlossen gefolgt, was ihn einige Nerven kostete. Obwohl die Boote der *688*-Klasse schneller sind, hatte der Russe die Fahrt einfach nicht verringert – fünfzehn Stunden lang, wie sich später herausstellte.

Anfangs war die Verfolgungsjagd nicht so gefährlich gewesen. U-Boote verfügen über hoch akkurate Trägheitsnavigationssysteme, mit deren Hilfe sie ihre Position von einer Sekunde auf die andere bis auf einige hundert Meter bestimmen können. Das *Victor* aber fegte an Steilwänden entlang, als könne ihr Skipper sie *sehen,* wie ein Kampfflugzeug, das in einem engen Tal Flugabwehrraketen zu entkommen sucht. Und die *Los Angeles* verlor die Übersicht. Bei Geschwindigkeiten über zwanzig Knoten waren ihre passiven und aktiven Sonar-Systeme einschließlich des Echolots nutzlos. So kam es, dass die *Los Angeles* völlig blind navigierte. Es war, berichtete der Skipper später, als säße man in einem Wagen mit undurchsichtigen Scheiben und steuerte nach Karte und Kompass. Dies ist zwar theoretisch möglich, aber der Kapitän erkannte bald, dass das Trägheitsnavigationssystem eine Missweisung von mehreren hundert Metern hatte; diese wurde durch Gravitationsstörungen noch verschlimmert. Ärger noch, seine Seekarten waren für Überwasserschiffe bestimmt. Es ist bekannt, dass Objekte in großer Tiefe oft Meilen von ihrem tatsächlichen Standort eingezeichnet sind, was bis kürzlich niemanden störte. Der Abstand zwischen den Bergen war rasch geringer geworden als die mögliche Missweisung – früher oder später musste das U-Boot mit über dreißig Knoten gegen einen Berghang rasen. Der Kapitän gab auf. Das *Victor* entkam.

Ursprünglich ging man von der Theorie aus, die Russen hätten eine besondere Route ausgekundschaftet, die ihre U-Boote mit großer Geschwindigkeit befahren konnten. Russische Kapitäne waren für ihre waghalsigen Manöver bekannt, und vielleicht verließ man sich auf eine Kombination auf die Route geeichter Trägheitssysteme und Magnet- und Kreiselkompasse. Diese Theorie hatte nie viele Anhänger gefunden, und nach wenigen Wochen stand fest, dass die sowjetischen U-Boote auf einer Vielzahl von Routen durch die Bergkette jagten. Amerikanischen und britischen Booten blieb nichts anderes übrig, als periodisch anzuhalten, die Position durch Sonar zu bestimmen und dann hastig wieder aufzuholen. Da die sowjetischen Boote ihre Fahrt jedoch nie verlangsamten, fielen die *688* und *Trafalgar* zurück.

Dallas war auf ihrer Zollhaus-Station, um vorbeifahrende russische U-Boote zu erfassen, die Zufahrt der Passage zu bewachen, die bei der US-Navy nun Rote Route Eins hieß, und auf externe Hinweise auf ein neues Gerät zu lauschen, das es den Sowjets ermöglichte, so kühn in der Bergkette herumzurasen. Ehe die Amerikaner es kopieren konnten, hatten sie drei unangenehme Alternativen: weiterhin Kontakt mit den Russen verlieren; wertvolle Jagd-U-Boote an den bekannten Ausgängen der Route stationieren; oder eine ganz neue SOSUS-Barriere aufbauen.

Jones' Trance dauerte zehn Minuten – länger als üblich. Normalerweise identifizierte er einen Kontakt viel rascher. Nun setzte er sich zurück und zündete eine Zigarette an.

»Ich hab was, Mr. Thompson.«

»Und was?« Thompson lehnte sich ans Schott.

»Keine Ahnung.« Jones reichte seinem Offizier einen Kopfhörer. »Hören Sie mal hin, Sir.«

Thompson war selbst Elektroingenieur und Experte für Sonarsysteme. Er kniff die Augen zu und konzentrierte sich auf das Geräusch, ein sehr schwaches, niederfrequentes Dröhnen oder Sausen. Er lauschte einige Minuten lang, setzte dann den Kopfhörer ab und schüttelte den Kopf.

»Das erwischte ich vor einer halben Stunde über die laterale Kette«, sagte Jones. Damit meinte er ein Subsystem des multifunktionalen Sonars BQQ-5. Seine Hauptkomponente war ein über fünf Meter messender Dom im Bug, der für aktive und passive Ortungen benutzt wurde. Neu war eine sechzig Meter lange Reihe passiver Sensoren an beiden Seiten des Rumpfes, sozusagen das mechanische Gegenstück zu den Sinnesorganen in der Haut eines Haies. »Ich habe es zweimal verloren und wieder aufgefangen«, fuhr Jones fort. »Es ist weder Schraubengeräusch noch Wal oder Fisch, sondern klingt eher nach Wasser in einem Rohr – abgesehen von diesem an- und abschwellenden Dröhnen. Wie auch immer, die Richtung ist zwei-fünf-null. Demnach befindet sich das Objekt zwischen uns und Island und kann also nicht sehr weit entfernt sein.«

»Machen wir das einmal sichtbar.«

Jones nahm ein Kabel mit zwei Steckern von einem Haken. Einer kam in eine Steckdose an seiner Sonar-Konsole, der andere in die Eingangsbuchse eines Oszilloskops. Die beiden Männer verbrachten einige Minuten an den Bedienungselementen des Sonars, bis sie das Signal isoliert hatten. Es erschien als unregelmäßige Sinuskurve, die sie jeweils nur wenige Sekunden lang halten konnten.

»Unregelmäßig«, merkte Thompson an.

»Komisch, nicht? Hört sich regelmäßig an, sieht aber nicht so aus. Wissen Sie, was ich meine, Mr. Thompson?«

»Nein, Sie haben bessere Ohren.«

»Weil ich nur gute Musik höre, Sir. Sie machen sich mit Ihrem Rock die Ohren kaputt.«

Thompson wusste, dass er Recht hatte, aber ein Absolvent der Marineakademie Annapolis braucht sich das von einem Mannschaftsgrad nicht sagen zu lassen. Seine alten Janis-Joplin-Bänder gingen nur ihn etwas an. »Nächster Schritt.«

»Jawohl, Sir.« Jones zog den Stecker aus dem Oszilloskop und steckte ihn in ein links neben der Sonar-Konsole eingebautes Schaltbrett mit Computer-Terminal.

Während ihrer letzten Überholung hatte die *Dallas* ein ganz besonderes, zu ihrem BQQ-5-Sonarsystem passendes Spielzeug erhalten. Es lief unter der Bezeichnung BC-10 und war der leistungsfähigste Rechner, der je auf einem Unterseeboot installiert worden war. Er hatte zwar nur die Größe eines Schreibtischs, kostete aber über fünf Millionen Dollar und führte pro Sekunde achtzig Millionen Rechenschritte durch. Integriert waren die neuesten 64-K-Mikroprozessoren und Schaltungen. Sein Magnetblasenspeicher hatte genug Kapazität für ein ganzes Rudel U-Boote. In fünf Jahren sollte jedes Jagd-U-Boot der Flotte damit ausgerüstet sein. Seine Aufgabe war mit der des viel größeren Sosus-Systems identisch: Verarbeiten und Analysieren von Sonar-Signalen; der BC-10 eliminierte Umgebungsgeräusche und andere natürlich erzeugte Unterwassertöne, um dann vom Menschen erzeugten Schall zu identifizieren und klassifizieren. Er war in der Lage, Schiffe anhand ihrer akustischen Signatur mit Namen zu identifizieren, ähnlich, wie man durch Fingerabdrücke und Stimmcharakteristik die Identität eines Menschen feststellt.

So wichtig wie der Computer selbst war seine Software. Vor vier Jahren hatte ein Doktorkandidat im geophysikalischen Laboratorium von Cal Tech ein aus sechshunderttausend Schritten bestehendes Programm zur Vorhersage von Erdbeben abgeschlossen. Das Problem, mit dem er sich auseinandergesetzt hatte, lautete »Signal in Relation zu Störgeräusch«. Das Programm überwand Schwierigkeiten, mit denen Seismologen zu kämpfen hatten, wenn sie Zufallsgeräusche, die konstant von Seismographen festgehalten werden, von echt ungewöhnlichen, ein Erdbeben ankündigenden Signalen unterscheiden wollten.

Zu Verteidigungszwecken war das Programm erstmals von der US Air Force zur weltweiten Überwachung von Kernexplosionen im Rahmen von Rüstungskontrollverträgen benutzt worden. Auch das Forschungslabor der Marine schrieb es für seine Zwecke um. Für die Erdbebenvorhersage erwies es sich zwar als unzulänglich, eignete sich aber vorzüglich zur Analyse von Sonar-Signalen. Bei der Marine war es als SAPS (algorithmisches Signalverarbeitungssystem) bekannt.

»SAPS SIGNAL INPUT«, gab Jones in das VDT (Video display terminal) ein.

»READY «, antwortete der BC-10 sofort.

»RUN.«

Trotz der unglaublichen Geschwindigkeit des BC-10 brauchten die von zahlreichen GOTO-Schleifen durchsetzten sechshunderttausend Schritte ihre Zeit, als die Maschine natürliche Geräusche eliminierte und sich auf anomale Signale konzentrierte. Das dauerte zwanzig Sekunden, für Computerbegriffe eine Ewigkeit. Die Antwort erschien auf dem VDT. Jones drückte auf eine Taste und ließ den Matrix-Drucker eine Kopie auswerfen.

»Hmmph.« Jones riss das Blatt heraus. »›ANOMALES SIGNAL ALS MAGMA-DISLOKATION EVALUIERT.‹ Das ist SAPS' Art zu sagen: ›Nehmen Sie zwei Aspirin und kommen Sie morgen wieder.‹«

Thompson musste lachen. Trotz des großen Geschreis bei der Einführung des neuen Systems war es in der Flotte nicht sehr beliebt. »Sahen wir das nicht in England in der Zeitung? Seismische Aktivität bei Island wie damals, als eine neue Insel auftauchte?«

Jones steckte sich eine neue Zigarette an. Er kannte den Studenten, der diese Missgeburt namens SAPS erfunden hatte. Zum einen hatte sie die unangenehme Angewohnheit, das falsche Signal zu analysieren – und dem Resultat sah man nicht an, dass etwas nicht stimmte. Und da es zum anderen ursprünglich auf seismische Vorkommnisse abgestimmt war, hegte Jones den Verdacht, dass das Programm dazu neigte, Anomalien als seismischen Ursprungs zu interpretieren. Ihn störte diese eingebaute Tendenz, die, wie er fand, im Forschungslaboratorium nicht völlig beseitigt worden war. Computer als Werkzeug zu benutzen, war eine Sache; ihnen das Denken zu überlassen, eine andere. Außerdem stieß man immer wieder auf neue Unterwassergeräusche, die noch kein Mensch gehört, geschweige denn klassifiziert hatte.

»Sir, zunächst einmal stimmt die Frequenz nicht – sie ist viel zu niedrig. Soll ich mir dieses Signal mal übers BQR-15 anhören?« Jones meinte die Batterie passiver Sensoren, die *Dallas* bei niedriger Geschwindigkeit hinter sich herschleppte.

In diesem Augenblick kam Commander Mancuso mit seinem unvermeidlichen Kaffeebecher in der Hand herein. Wenn eines am Captain furchteinflößend ist, dachte Thompson, dann ist es sein Talent, immer dann aufzutauchen, wenn etwas los ist. Hatte er das ganze Boot verwanzt?

»Wollte nur mal reinschauen«, sagte er beiläufig. »Was tut sich an diesem schönen Tage?« Der Captain lehnte sich ans Schott. Er war ein kleiner Mann, nur einssiebzig, der sein ganzes Leben lang um seine Figur gekämpft und sie nun wegen guten Essens und Bewegungsmangel auf einem U-Boot verloren hatte. Um die dunklen Augen hatte er Lachfältchen, die tiefer wurden, wenn er einem anderen Schiff einen Streich spielte.

War es wirklich Tag? fragte sich Thompson. Nach dem sechsstündigen Wachturnus ließ es sich zwar gut arbeiten, aber nach einigen Ablösungen musste man an der Armbanduhr erst auf den Knopf drücken und das Datum ablesen, ehe man seine Eintragung ins Logbuch machte.

»Skipper, Jones hat über die Lateralsensoren ein eigenartiges Signal aufgefangen. Laut Computer ist es Magma-Dislokation.«

»Aber Jones ist anderer Meinung.« Mancuso brauchte das nicht erst als Frage zu formulieren.

»Ja, Sir. Ich weiß zwar nicht, was es ist, aber eine Magma-Verschiebung ist ausgeschlossen.«

»Also mal wieder Ihr Wort gegen die Maschine?«

»Skipper, das SAPS funktioniert meistens ganz gut, aber ab und an ist es echt Schrott. Zuerst einmal stimmt die Frequenz nicht.«

»Gut. Was meinen Sie?«

»Keine Ahnung, Captain. Schraubenlärm ist es nicht, und ein natürliches Geräusch dieser Art habe ich noch nie gehört. Abgesehen davon …« Auch nach drei Jahren auf Atom-U-Booten fand Jones es erstaunlich, wie formlos er sich mit dem Kommandanten unterhalten konnte. Die Crew der *Dallas* war wie eine große Familie, in der jeder hart anpacken musste. Der Captain war der Vater. Der stellvertretende Kommandant, da waren sich alle einig, fungierte als Mutter. Die Offiziere waren die älteren, die Mannschaftsgrade die jüngeren Kinder. Entscheidend war, dass der Captain zuhörte, wenn man etwas zu sagen hatte. Für Jones fiel das ins Gewicht.

Mancuso nickte nachdenklich. »Nun, bleiben Sie dran. Lassen Sie das teure Gerät nicht ungenutzt herumstehen.«

Jones grinste. Einmal hatte er dem Captain ganz präzise erklärt, wie seine Instrumente zur besten Stereoanlage der Welt umzurüsten seien. Kein Kunststück, hatte der Skipper versetzt; das Sonar-Gerät in diesem Raum koste über zwanzig Millionen Dollar.

»Herrje!« Ein Techniker setzte sich kerzengerade auf. »Da tritt einer mächtig aufs Gas!«

Jones hatte bei dieser Wache Aufsicht. Die beiden anderen Sonar-Männer hielten das neue Signal fest, und Jones stöpselte seinen Kopfhörer in die Buchse der geschleppten Sonar-Batterie. Die beiden Offiziere hielten sich zurück. Jones schrieb die Zeit auf einen Notizblock, ehe er an seinen Instrumenten zu drehen begann. Das BQR-15 war das empfindlichste Sonar-Gerät an Bord, doch für diesen Kontakt wurde seine hohe Sensibilität nicht gebraucht.

»Verdammt«, murmelte Jones leise.

»Ein *Charlie*«, sagte der Techniker.

Jones schüttelte den Kopf. »Nein, eindeutig *Victor*-Klasse. Fährt mit dreißig Knoten Kreise, wühlt wild das Wasser auf – starker, stoßweiser Kavitationslärm. Richtung null-fünf-null. Skipper, das Signal ist schwach. Sehr nahe ist er nicht.« Eine nähere Distanzbestimmung konnte Jones nicht geben. »Sehr nahe«, das hieß zehn Meilen oder mehr. Er wandte sich wieder seinen Bedienungselementen zu. »Ich glaube, den kennen wir. Hat eine verbogene Schraubenschaufel. Klingt, als wäre eine Kette darin verheddert.«

»Schalten Sie auf Lautsprecher um«, sagte Mancuso zu Thompson. Der Lieutenant tippte den Befehl bereits in den BC-10 ein.

Der Wandlautsprecher hätte wegen der Klarheit und Dynamik seiner Wiedergabe in jedem Stereogeschäft einen vierstelligen Preis erzielt. Auf U-Booten der *688*-Klasse war nur das Beste verwendet worden. Als Jones die Feineinstellung vornahm, vernahmen sie das jaulende Zwitschern der Schraubenkavitation, das mit einer verbogenen Schaufel einhergehende dünne Kreischen und das tiefe Rumpeln der Reaktoranlage eines *Victor* unter Volllast. Als Nächstes hörte Mancuso den Drucker.

»*Victor*-I-Klasse, Nummer sechs«, verkündete Jones.

Mancuso steckte den Kopf in den Durchgang und sprach Lieutenant Pat Mannion an. »Pat, alarmieren Sie den Feuerleittrupp.«

»Aye, Captain.«

»Moment!« Jones hob die Hand. »Ich hab noch einen!« Er drehte an Knöpfen. »*Charlie*-Klasse, wühlt ebenfalls Löcher ins Wasser. Weiter östlich, Richtung null-sieben-drei, fährt mit achtundzwanzig Knoten Kreise. Ist uns auch bekannt. Aha, *Charlie II*, Nummer elf.« Jones schob sich den Kopfhörer von einem Ohr und sah zu Mancuso auf. »Skipper, haben die Russkis für heute U-Boot-Rennen angesetzt?«

»Mir haben sie nichts davon gesagt, aber wir bekommen ja hier den Sportteil nicht.« Mancuso lachte, schwenkte den Kaffee im Becher herum und ließ sich seine wirklichen Gedanken nicht anmerken: Was ging hier vor? »Ich gehe mal nach vorne und sehe mir das an. Gute Arbeit, Jungs.«

Nach wenigen Schritten zum Bug hin hatte er das Angriffszentrum erreicht, wo Mannion mit einem Decksoffizier und sieben Männern Wache hatte. Ein Mann vom Feuerleittrupp gab Daten aus einem Zielbewegungsanalysator in den Feuerleitcomputer Modell 117 ein. Ein weiterer Offizier trat ein, um das Kommando über die Ortungsübung zu übernehmen. Diese Prozedur war nicht ungewöhnlich. Die ganze Wachmannschaft erledigte ihre Arbeit wach, aber mit dem entspannten Verhalten, das man nach Jahren der Ausbildung und Erfahrung entwickelt. Während die anderen Teilstreitkräfte bei ihren Manövern routinemäßig gegen alliierte oder eigene Kräfte, die Ostblocktaktiken nachahmten, antraten, spielten die Jagd-U-Boote der Marine gegen den echten Gegner – und unablässig. U-Boot-Fahrer operieren grundsätzlich so, als stünden sie auf dem Kriegsfuß.

»Wir haben also Gesellschaft«, bemerkte Mannion.

»Nicht sehr nahe«, kommentierte Lieutenant Charles Goodman. »Die Positionen haben sich nicht geändert.«

»Hier Sonar«, erklang Jones' Stimme. Mancuso nahm selbst ab.

»Was gibt's, Jones?«

»Noch ein Boot, Sir. *Alfa 3,* Richtung null-fünf-fünf. Läuft mit Höchstfahrt. Klingt wie ein Erdbeben, aber schwach.«

»*Alfa 3?* Unser alter Freund Politowski. Sind ihm schon lange nicht mehr begegnet. Sonst noch etwas?«

»Nur eine Vermutung, Sir. Der Ton dieses Kontakts flatterte und wurde dann wieder gleichmäßig, als hätte er abgedreht. Ich glaube, er kommt auf uns zu, bin aber nicht ganz sicher. Außerdem gibt es im Nordosten weitere Geräusche, aber vorerst für eine Auswertung zu konfus. Wir arbeiten daran.«

»Gut gemacht, Jones. Bleiben Sie dran.«

»Klar, Captain.«

Mancuso legte lächelnd den Hörer auf und schaute hinüber zu Mannion. »Manchmal frage ich mich, Pat, ob Jones übernatürliche Fähigkeiten hat.«

Mannion betrachtete sich die Kurven, die Goodman zur Ergänzung des computergesteuerten Zielverfahrens auf Papier zeichnete. »Er ist recht helle. Der Haken ist nur, dass er sich einbildet, wir arbeiteten für ihn.«

»Das tun wir im Moment auch.« Jones war ihr Auge und Ohr. Mancuso war froh, ihn zu haben.

»Richtung aller Kontakte noch immer konstant, Sir.« Was wahrscheinlich bedeutete, dass sie auf die *Dallas* zuhielten. Außerdem bedeutete es, dass es *Dallas* an Abstand mangelte, um die Feuerleitdaten zu entwickeln. Es wollte zwar auf niemanden schießen, aber der Zweck der Übung war eine richtige Zielortung.

»Pat, schaffen wir uns ein bisschen Bewegungsfreiheit. Steuern Sie uns zehn Meilen nach Osten«, befahl Mancuso lässig. Hierfür hatte er zwei Gründe. Erstens ließ sich aus größerer Entfernung die Entfernung zum Ziel leichter berechnen. Zweitens herrschten in tieferem Wasser günstigere akustische Verhältnisse, die ihrem Sonar die entfernten Konvergenzzonen offen legten. Der Captain betrachtete sich die Seekarte und schätzte die taktische Lage ab, während sein Navigator die nötigen Befehle gab.

Bartolomeo Mancuso war der Sohn eines Frisörs, der jeden Herbst seinen Salon in Cicero, Illinois, zumachte, um in Michigan Rotwild zu jagen. Bart hatte seinen Vater auf diesen Jagdausflügen begleitet, mit zwölf seinen ersten Hirsch erlegt und anschließend Jahr für Jahr Wild vor die Flinte bekommen, bis er zur Marineakademie ging. Von diesem Zeitpunkt an hatte er die Jagd aufgegeben, denn als Offizier auf einem Atom-U-Boot pirschte es sich aufregender – die Jagd galt Menschen.

Zwei Stunden später ertönte im Funkraum eine Alarmglocke am ELF-Gerät. Wie alle Atom-U-Boote schleppte *Dallas* eine sehr lange, auf die ELF (etwa: Ultralangwellen)-Frequenz eines Senders im Zentralgebiet der USA abgestimmte Antenne hinter sich her. Die Bandbreite des Kanals war frustrierend schmal. Anders als ein Fernsehkanal,

UHF oder VHF, der Tausende von Daten-Bits per Bild und dreißig Bilder pro Sekunde übermittelte, gab ELF die Daten nur langsam weiter, alle dreißig Sekunden einen Buchstaben. Der Funker vom Dienst wartete geduldig, während der Spruch auf Band aufgenommen wurde. Als er beendet war, ließ der Mann das Band mit hoher Geschwindigkeit zurücklaufen, übertrug die Nachricht und reichte sie dem Funkoffizier, der mit seinem Codebuch wartete.

Eigentlich war das Signal nicht in Code, sondern in einer Chiffre abgefasst. Ein alle sechs Monate erscheinendes Buch, das an alle Atom-U-Boote verteilt wurde, enthielt eine nach der Randommethode erzeugte Umsetzung für jeden Buchstaben des Spruches. Jede verwürfelte Drei-Buchstaben-Gruppe stand für ein vorher ausgewähltes Wort oder eine Wortgruppe, die in einem anderen Buch zu finden waren. Nach der Entzifferung des Spruches von Hand, die knapp drei Minuten in Anspruch nahm, wurde die Nachricht dem Captain in seinen Befehlsstand gebracht.

NHG JPR YTR
VON COMSUBLANT AN LANTSUBS AUF SEE BEREITHALTEN
OPY TBD QEQ
MOEGLICHE GRUNDLEGENDE UMGRUPPIERUNG
GER MAL ASF
GROSSANGELEGTE UNERWARTETE ROTFLOTTEN OPERATION
NME TYQ
HAT BEGONNEN ZWECK UNBEKANNT
ORV HWZ
NAECHSTER ELF SPRUCH UEBER SSIX

COMSUBLANT – Kommandant der U-Boote im Atlantik – war Mancusos höchster Vorgesetzter, Vizeadmiral Vincent Gallery. Offenbar erwog der Alte eine Umgruppierung aller seiner Kräfte, was keine Kleinigkeit war. Auf das nächste Alarmsignal, AAA – selbstverständlich verschlüsselt – hin würden sie auf Periskopantennentiefe gehen, um über SSIX genauere Anweisungen zu erhalten. SSIX ist ein ausschließlich von U-Booten benutzter Nachrichtensatellit in einer geosynchronen Umlaufbahn.

Die taktische Lage wurde nun klarer, aber ihre strategische Bedeutung konnte Mancuso nicht beurteilen. Die Absetzbewegung zehn Meilen weiter östlich hatte es ihnen ermöglicht, adäquate Abstandsinformationen über die ersten drei Kontakte und ein wenige Minuten später hinzugekommenes *Alfa* zu sammeln. *Victor 6*, der erste Kontakt, war nun im Feuerbereich. Ein Torpedo Mark 48 war auf ihn eingestellt, und der russische Kapitän konnte von der Gegenwart der *Dallas* unmöglich wissen. Der Hirsch stand im Fadenkreuz – aber es war Schonzeit.

Die *Dallas* und ihre Schwesterboote waren zwar kaum schneller als die *Victors* und *Charlies* und zehn Knoten langsamer als die kleineren *Alfas*, aber sie bewegten sich bei fast zwanzig Knoten so gut wie lautlos. Dies war ein Triumph der Ingenieurkunst, das Ergebnis jahrzehntelanger Arbeit. Doch sich unbemerkt bewegen, war für den Jäger nur sinnvoll, wenn er dabei seine Beute ausmachen konnte. Sonar-Geräte verlieren mit zunehmender Geschwindigkeit ihrer Träger an Wirksamkeit. Das BQC-5 der *Dallas* war bei zwanzig Knoten nur noch zu zwanzig Prozent effektiv, nicht gerade berauschend. U-Boote, die mit hoher Geschwindigkeit von einem Punkt zum anderen fuhren, waren blind und harmlos, was zur Folge hatte, dass sie sich im Gefecht verhielten wie ein Infanterist. Bei der Infanterie hieß das vorstürmen und in Deckung gehen; bei U-Booten spurten und treiben lassen. Nach der Zielortung jagte ein U-Boot in eine günstigere Position, verhielt, um die Beute erneut auszumachen, raste dann weiter in eine Feuerposition. Das Opfer bewegte sich natürlich auch, und wenn das Jagd-U-Boot sich vor ihm in Position setzen konnte, brauchte es ihm nur aufzulauern wie eine Raubkatze.

Als U-Boot-Fahrer brauchte man mehr als nur Können. Es wurde Instinkt verlangt, eine künstlerische Ader; monomanisches Selbstvertrauen und die Aggressivität eines Berufsboxers. Mancuso verfügte über alle diese Eigenschaften.

U-Boot-Fahrer lebten unter einem simplen Motto: Es gibt zwei Arten von Schiffen, U-Boote und ... Ziele. Wem würde *Dallas* nachstellen? Russischen U-Booten? Nun, wenn die Russen weiter so herumtobten, sollte er leichtes Spiel haben. Er und *Swiftsure* hatten gerade ein Team von Anti-U-Boot-Experten der NATO deklassiert, Männer, auf deren Fähigkeit, die Seewege offen zu halten, ganze Länder angewiesen waren. Mehr als sein Boot und seine Mannschaft leisteten, konnte niemand verlangen. Mit Jones hatte er einen der zehn besten Sonar-Männer der Flotte. Mancuso war bereit, was immer auch gespielt werden sollte. Und wie am ersten Tag der Jagdzeit wurde alles andere unwichtig. Aus Mancuso wurde eine Waffe.

CIA-*Zentrale*
Es war 4:45 Uhr früh, und Ryan schlief unruhig im Fond des CIA-Chevy, der ihn von seinem Hotel nach Langley brachte. In den Staaten war er seit wann? Zwanzig Stunden? Genug Zeit, seinen Chef aufzusuchen, mit Skip zu reden, Geschenke für Sally zu besorgen und im Haus, das er an einen Ausbilder der Marineakademie vermietet hatte, nach dem Rechten zu sehen. Von einem anderen Mieter hätte er fünfmal so viel bekommen, aber Ryan wollte keine wilden Partys in seinem Haus. Der Mann war als religiöser Fundamentalist aus Kansas ein akzeptabler Haushüter.

Wie viele Stunden Schlaf in den vergangenen dreißig Stunden? Fünfeinhalb. Er war zu müde, um auf die Uhr zu schauen. Das war unfair. Mangel an Schlaf beeinträchtigt die Urteilsfähigkeit. Aber das scherte den Admiral keinen Deut.

Fünf Minuten später betrat er Greers Büro. »Tut mir Leid, Sie geweckt zu haben, Jack.« »Macht nichts, Sir«, gab Ryan die Lüge zurück. »Was gibt's?« »Holen Sie sich einen Kaffee. Das wird ein langer Tag.«

Ryan warf seinen Mantel aufs Sofa und goss sich einen Becher mit dem Navy-Gebräu voll. Milch und Zucker ließ er weg.

»Kann ich mich hier irgendwo rasieren, Sir?«

»Badtür ist in der Ecke.« Greer reichte ihm ein Telex. »Sehen Sie sich das mal an.«

TOP SECRET
I02200Z+++++38976
NSA SIGINT BULLETIN
ROTMARINE OPERATIONEN
NACHRICHT FOLGT
UM 0831 145Z ZEICHNETEN DIE NSA-ABHOER-STATIONEN (GETILGT), (GETILGT) UND (GETILGT) EINEN VON DER ELF-EINRICHTUNG SEMIPOLI-PINSK AUSGEHENDEN ELF SPRUCH AUF XX
SPRUCHDAUER 10 MINUTEN XX
6 ELEMENTE XX
ELF-SPRUCH WIRD ALS BEREITSCHAFTSSIGNAL AN U-BOOTE ROTFLOTTE AUF SEE GEWERTET XX
UM 0900 000Z ERGING SPRUCH »AN ALLE SCHIF-FE« VON ROTFLOTTE ZENTRALER BEFEHLSSTEL-LE TULA UND SATELLITEN DREI UND FUENF XX
BENUTZTE BAENDER: HF VHF UHF XX
SPRUCHDAUER 39 SEKUNDEN MIT ZWEI WIE-DERHOLUNGEN IDENTISCHEN INHALTS UM 0910 000Z UND 0920 000Z XX 475
CHIFFRE-GRUPPEN AUS FUENF ELEMENTEN XX
SIGNAL BETRAF OPERATIONSGEBIETE NORD-FLOTTE OSTSEEFLOTTE UND MITTELMEERGE-SCHWADER XX
ZUR BEACHTUNG FERNOSTFLOTTE VON DIESEM SPRUCH NICHT WIEDERHOLE NICHT BETROF-FEN XX
VON EMPFAENGERN IN DEN OBEN ERWAEHN-TEN GEBIETEN GINGEN ZAHLREICHE BESTAETI-GUNGEN AUS XX
URSPRUNG UND FUNKVERKEHRSANALYSE FOLGEN XX
AUSWERTUNG NOCH NICHT ABGESCHLOSSEN XX

AB 1000 000Z REGISTRIERTEN NSA-ABHOERSTATIONEN (GETILGT) (GETILGT) UND (GETILGT) ZUNEHMENDEN HF UND VHF FUNKVERKEHR VON ROTFLOTTE STUETZPUNKTEN POLYARNIJI SEWEROMORSK PETSCHENGA TALINN KRONSTADT UND OESTL MITTELMEER XX
ZUSAETZLICHE SIGNALE VON ROTFLOTTE EINHEITEN AUF SEE HF UND VHF XX
NAEHERES FOLGT XX
BEWERTUNG: GROSSANGELEGTE UNGEPLANTE ROTFLOTTEN OPERATION AUSGELOEST XX
FLOTTENEINHEITEN MELDEN VERFUEGBARKEIT UND BEREITSCHAFTSGRAD XX
ENDE BULLETIN
NSA SENDET
1022 15Z
ENDE ENDE

Ryan sah auf die Armbanduhr. »Da hat die Nationale Sicherheitsbehörde (NSA) aber schnell gearbeitet.« Er trank seinen Kaffee aus und füllte seinen Becher wieder. »Wie sieht die Analyse des Funkverkehrs aus?«

Greer reichte ihm ein zweites Fernschreiben.

Ryan überflog es. »Eine Menge Schiffe. Müssen fast alle sein, die sie auf See haben. Hier steht aber kaum etwas über die im Hafen.«

»Wer im Hafen liegt, den kann die Befehlsstelle in Moskau über Landkabel erreichen«, merkte Greer an. »Das sind übrigens wirklich alle Schiffe, die sie in der westlichen Hemisphäre haben. Was halten Sie davon?«

»Mal sehen. Hier haben wir zunehmende Aktivität in der Barents-See. Sieht aus wie eine mittelgroße Anti-U-Boot-Übung. Damit ist allerdings die Hektik in Ostsee und Mittelmeer nicht erklärt. Ist vielleicht ein Manöver angesetzt?«

»Nein. ROTER STURM ging erst vor einem Monat zu Ende.«

Ryan nickte. »Ja, gewöhnlich brauchen sie zwei Monate zur Auswertung aller Daten – und wer will schon da oben um diese Jahreszeit Kriegsspiele inszenieren? Haben die Russen jemals im Dezember ein Großmanöver durchgeführt?«

»Ein großes nicht, aber diese Empfangsbestätigungen stammen von U-Booten, Sohn, und denen ist das Wetter ziemlich wurst.«

»Nun, wenn noch andere Bedingungen hinzukämen, würde ich das sehr ominös finden. Vom Inhalt des Funkspruchs haben Sie keine Ahnung?«

»Nein. Sie benutzen computererzeugte Chiffren wie wir auch. Und wenn die Burschen bei der NSA sie lesen können, verraten sie mir nichts.« Theoretisch unterstand die Nationale Sicherheitsbehörde dem CIA-Direktor. In der Praxis war sie völlig unabhängig. »Das ist ja der Zweck der Funkanalyse, Jack. Man versucht Absichten zu erraten, indem man feststellt, wer mit wem spricht.«

»Gewiss, Sir, aber wenn jeder mit jedem redet –«

»Eben.«

»Wer ist sonst noch im Alarmzustand? Die Armee? Die Luftabwehr?«

»Nein, nur die Flotte. U-Boote, Schiffe, Marineflieger.«

Ryan reckte sich. »Dann klingt es nach einer Übung, Sir. Wir brauchen aber weitere Daten über ihre Aktivitäten. Haben Sie mit Admiral Davenport gesprochen?«

»Das ist der nächste Schritt, für den ich noch keine Zeit hatte.« Greer setzte sich und stellte den Tischlautsprecher an, ehe er die Nummer eintippte.

»Vizeadmiral Davenport.« Die Stimme klang barsch.

»Morgen, Charlie, hier James. Haben Sie das NSA-976 bekommen?«

»Sicher, aber deswegen bin ich nicht aus dem Bett geholt worden. Unser Sosus-Netz spielte vor ein paar Stunden verrückt.«

»So?« Greer sah erst das Telefon, dann Ryan an.

»Praktisch alle ihre U-Boote sind mit Volldampf losgerauscht, und zwar gleichzeitig.«

»Mit welcher Absicht, Charlie?«, hakte Greer nach.

»Da rätseln wir noch herum. Sieht so aus, als liefe eine

Menge Boote auf den Nordatlantik zu. Ihre Einheiten im Norwegischen Meer rasen nach Südwesten. Drei aus dem westlichen Mittelmeer fahren ebenfalls in diese Richtung, aber da sehen wir noch nicht ganz klar.«

»Was haben die Russen denn vor unserer Küste, Sir?« fragte Ryan.

»Ah, Sie sind auch geweckt worden, Ryan? Gut. Zwei alte *November*. Eins hat einen ELINT-Auftrag und schnüffelt vor dem Kap herum, das andere liegt vor King's Bay und fällt uns auf die Nerven.

Außerdem ist da noch ein *Yankee*-Boot tausend Meilen südlich von Island«, fuhr Davenport fort, »und ersten Berichten zufolge auf Nordkurs. Stimmt wahrscheinlich nicht. Falsche Peilung, Übertragungsfehler oder so etwas. Wir prüfen das nach. Jemand muss gepennt haben, denn es fuhr vor kurzem noch nach Süden.«

Ryan sah auf. »Was treiben ihre anderen Raketen-Boote?«

»Die *Deltas* und *Typhoons* sind wie üblich in der Barentssee und im Meer von Ochotsk. Von ihnen gibt es keine Nachrichten. Gewiss, wir haben Jagd-U-Boote dort oben, aber Gallery will nicht, dass sie die Funkstille brechen. Im Augenblick haben wir nur die Meldung über das verirrte *Yankee*-Boot.«

»Was unternehmen wir, Charlie?« fragte Greer.

»Gallery hat alle seine Boote in Alarmzustand versetzt. Sie stehen bereit, falls wir umgruppieren müssen. Wie ich höre, hat NORAD eine etwas höhere Alarmstufe.« NORAD war das Frühwarnzentrum der USA. »Bei den Oberkommandos der Atlantik- und Pazifikflotten herrscht wilde Aufregung. Sie können sich vorstellen, dass die Stäbe bei CINCLANT und CINCPAC im Dreieck springen. Von Island aus operieren zusätzliche P-3-Maschinen. Ansonsten gibt's im Augenblick nicht viel. Wir müssen erst einmal herausbekommen, was sie vorhaben.«

»Gut, halten Sie mich auf dem Laufenden.«

»Roger. Wenn wir etwas erfahren, sage ich Bescheid und verlasse mich –«

»Tun wir.« Greer unterbrach die Verbindung. Dann drohte er Ryan. »Schlafen Sie mir bloß nicht ein!«

»Bei diesem Gebräu?«

»Sie machen sich anscheinend keine Sorgen.«

»Sir, dazu besteht noch kein Anlass. Wie spät ist es jetzt in Moskau? Ein Uhr nachmittags. Vermutlich ist einem Admiral, vielleicht sogar Sergej Gorschkow selbst, eingefallen, seine Jungs ein bisschen aufzuscheuchen. Wie ich höre, war er mit dem Ergebnis von ROTER STURM nicht sehr zufrieden und beschloss, ein paar Leuten einmal einzuheizen – und uns natürlich auch. Vergessen Sie nicht, ihre Armee und Luftwaffe sind nicht in Alarmbereitschaft. Wenn die Marine etwas Hässliches vorhätte, müssten die anderen Teilstreitkräfte davon wissen. Wir müssen die Entwicklung im Auge behalten, aber bisher sehe ich keinen Anlass –« Ryan hätte beinahe »zu schlaflosen Nächten« gesagt.

»Vergessen Sie Pearl Harbor nicht. Damals wurden wir auch überrascht.«

»Gewiss, Sir, aber heute sind unsere Nachrichtendienste besser gerüstet. Ich glaube kaum, dass die Russen uns überraschen können.«

»Trotzdem, es gefällt mir nicht, dass so viele U-Boote in den Atlantik fahren.«

»Mich beruhigt, dass die *Yankee* nach Norden läuft«, meinte Ryan. »Davenport wird das erst glauben, wenn Bestätigung vorliegt. Wenn Iwan es auf eine Kraftprobe ankommen lassen wollte, wäre diese *Yankee* nach Süden unterwegs. Die Reichweite der Raketen auf diesen alten Booten ist nicht sehr groß. Also bleiben wir wach und passen auf. Zum Glück kochen Sie einen vorzüglichen Kaffee, Sir.«

Kurz vor sieben rief Davenport an. »Es ist eindeutig: Alle Raketen-Boote sind auf Heimatkurs, zwei *Yankees*, drei *Deltas* und ein *Typhoon*. *Memphis* meldete sich, als ihr *Delta* plötzlich mit zwanzig Knoten abrauschte, nachdem sie fünf Tage auf Station gewesen war. Gallery setzte sich mit

Queenfish in Verbindung – die gleiche Geschichte; es sieht so aus, als wären sie alle unterwegs in den Stall. Außerdem kam gerade ein Bild von einem Big-Bird-Satelliten, der überm Fjord, der ausnahmsweise einmal nicht wolkenverhangen war, hinwegzog. Dort haben wir eine Menge Überwasserschiffe mit hellen Infrarot-Signaturen, als machten sie Dampf.«

»Und *Roter Oktober?«*, fragte Ryan.

»Von der keinen Ton. Vielleicht hatten wir falsche Informationen, und das Boot lief gar nicht aus. Passierte nicht zum ersten Mal.«

»Könnte doch nicht verloren gegangen sein?«, dachte Ryan laut.

Daran hatte Davenport auch schon gedacht. »Damit wäre die Aktivität im Norden erklärt. Aber was geht in Ostsee und Mittelmeer vor?«

»Vielleicht doch eine Übung. Auf jeden Fall sieht es längst nicht mehr so gefährlich aus wie vor zwei Stunden«, meinte Ryan. »Wenn sie etwas gegen uns planten, würden sie doch nicht ihre strategischen Boote zurückziehen, oder?«

»Ihr Ryan guckt mal wieder in die Kristallkugel, James«, höhnte Davenport.

»Dafür wird er bezahlt, Charlie«, versetzte Greer.

»Sonderbar, warum rufen sie alle ihre Raketen-Boote zurück?«, kommentierte Ryan. »Ist das schon einmal vorgekommen? Was tun ihre strategischen Boote im Pazifik?«

»Von denen haben wir noch nichts gehört«, erwiderte Davenport. »Ich habe CINPAC um Daten gebeten, aber noch keine Antwort bekommen. Was die andere Frage betrifft: Nein, alle ihre strategischen Boote haben sie noch nie zurückgerufen, aber gelegentlich ändern sie die Positionen von allen zugleich. Damit haben wir es wahrscheinlich hier zu tun. Ich sagte, dass sie auf ihre Heimathäfen zusteuern, aber drin sind sie noch nicht. Genaueres wissen wir erst in zwei Tagen.«

»Könnten sie befürchten, dass sie eins verloren haben?«, schlug Ryan vor.

»Zu schön, um wahr zu sein«, spottete Davenport. »Seit

jenem Golf, das wir vor Hawaii hoben, haben sie kein strategisches Boot verloren. Damals drückten Sie noch die Schulbank, Ryan. Nein, Ramius ist zu erfahren. Dem passiert so was nicht.«

Das hatte man über Kapitän Smith von der *Titanic* auch gesagt, dachte Ryan.

»Danke für die Information, Charlie«, sagte Greer und legte auf. »Sie scheinen Recht gehabt zu haben, Jack. Noch kein Grund zur Sorge.«

Nach dem Mittagessen kam durch Boten ein Päckchen von der Nationalen Aufklärungsstelle NRO. Es enthielt Photographien, die ein KH-II-Satellit am Morgen bei zwei aufeinander folgenden Durchgängen gemacht hatte. Dies waren für eine Weile die letzten Aufnahmen, da Orbitalmechanik und das meist miserable Wetter über der Kola-Halbinsel die Aufklärungsmöglichkeiten beschränkten. Die ersten Lichtbilder, die eine Stunde nach dem dringenden Spruch aus Moskau an die Flotte aufgenommen worden waren, zeigten die Schiffe vor Anker oder an Docks vertäut. Auf Infrarotbildern aber leuchtete eine Reihe von ihnen wegen innerer Hitzeentwicklung hell auf – ein Hinweis, dass ihre Kessel oder Gasturbinen in Betrieb waren. Die zweite Serie war beim nächsten Vorbeiflug aus einem sehr spitzen Winkel aufgenommen worden.

Ryan studierte die Vergrößerungen. »Donnerwetter! *Kirow, Moskwa, Kiew,* drei *Karas,* fünf *Krestas,* vier *Kriwaks,* acht *Udalojs* und fünf *Sowremennijs.*«

»Von wegen Such- und Rettungsaktion, eh?« Greer sah Ryan fest an. »Sehen Sie mal da unten. Jeder verfügbare schnelle Öltanker folgt ihnen. Da haben wir es mit dem Großteil der Nordflotte zu tun, und wenn sie Tanker brauchen, haben sie vor, eine Zeit lang auf See zu bleiben.«

»Davenport hätte sich exakter ausdrücken können. Aber ihre strategischen Boote sind nach wie vor auf dem Rückzug. Es sind übrigens keine Landungsschiffe oder Truppentransporter dabei, sondern nur Kampfeinheiten. Und ausschließlich neue, schnelle Schiffe mit großer Reichweite.«

»Und den besten Waffen.«

»Hmm.« Ryan nickte. »Innerhalb weniger Stunden losgeschickt. Sir, wenn dieses Unternehmen geplant gewesen wäre, hätten wir davon erfahren müssen. Die Entscheidung muss erst heute gefallen sein. Interessant.«

»Sie haben sich englisches Understatement angewöhnt, Jack.« Greer stand auf und streckte sich. »Ich möchte, dass Sie einen Tag länger hier bleiben.«

»Gut, Sir.« Ryan sah auf die Uhr. »Kann ich meine Frau anrufen? Ich möchte sie nicht umsonst zum Flughafen fahren lassen.«

»Sicher, und wenn Sie fertig sind, gehen Sie runter zum DIA und sprechen mit jemandem, der früher einmal für mich gearbeitet hat. Sehen Sie zu, wie viele harte Daten Sie bei diesem Ausfall erbeuten können. Wenn wir es nur mit einer Übung zu tun haben, erfahren wir das bald genug. Ihre Surf-Barbie können Sie auch morgen noch mit heimnehmen.«

Es war eine Ski-Barbie, aber Ryan verkniff sich einen Kommentar.

Sechster Tag

Mittwoch, 8. Dezember

CIA-Zentrale
Ryan war schon mehrmals im Büro des Direktors des CIA gewesen, um Lageberichte und manchmal persönliche Botschaften von Sir Basil Charleston zu überbringen. Es war größer als das von Greer, bot eine bessere Aussicht über den Potomac und war offenbar im Hinblick auf die Herkunft des Chefs eingerichtet worden. Arthur Moore war früher Richter am Obersten Gericht von Texas gewesen. Er saß mit Admiral Greer auf einem Sofa am Fenster. Greer winkte Ryan zu sich und gab ihm eine Akte.

Ryan schlug die Akte auf. Er sah die Fotokopie eines auf einer mechanischen Schreibmaschine abgefassten Berichtes, in dem so oft übertippt worden war, dass er nicht von einer richtigen Sekretärin geschrieben worden sein konnte. Wenn ihn also noch nicht einmal Nancy Cummings und die anderen Elitedamen zu sehen bekommen hatten … Ryan sah auf.

»Schon gut, Jack«, meinte Greer. »Sie haben ab sofort WILLOW, den Status höchster Geheimhaltung.«

Ryan lehnte sich zurück und begann, das Dokument langsam und sorgfältig zu lesen.

Der Codename des Agenten lautete CARDINAL, und der Mann war der höchstplatzierte »Maulwurf«, den der CIA je gehabt hatte. Rekrutiert worden war er vor zwanzig Jahren von Oleg Penkowski, der damals Oberst bei der GRU gewesen war, dem Nachrichtendienst des sowjetischen Militärs, einem größeren und aktiveren Gegenstück zu Amerikas CIA. Dank seiner Stellung hatte er Zugang zu täglichen Informationen über alle Aspekte der sowjetischen Streitkräfte, von der Befehlsstruktur der Roten Armee bis zum Bereitschaftsgrad der Interkontinentalraketen. Was er über seinen britischen Kontaktmann Greville

Wynne aus dem Land schmuggelte, war von so hohem Wert, dass der Westen sich darauf zu verlassen begann – zu sehr, wie sich bald erweisen sollte. Penkowski wurde 1962 während der Kubakrise enttarnt. Es waren seine Daten gewesen, die, unter starkem Zeitdruck angefordert und abgeliefert, Präsident Kennedy verrieten, dass die sowjetischen strategischen Systeme nicht kriegsbereit waren. Diese Information versetzte Kennedy in die Lage, Chruschtschow in eine Ecke zu drängen, aus der es keinen einfachen Ausweg gab. Das berühmte, Kennedys unerschütterlichen Nerven zugeschriebene Augenzwinkern konnte sich der Präsident nur leisten, weil er seinem Gegenspieler in die Karten geguckt hatte. Aber Penkowskis Reaktion auf die dringende Anfrage aus Washington war zu übereilt und wurde ihm zum Verhängnis – man hatte ihn ohnehin schon im Verdacht gehabt –, und er musste für den Verrat mit dem Leben bezahlen. CARDINAL hatte festgestellt, dass Penkowski überwacht wurde, und warnte ihn, aber zu spät. Als dem Obersten klar wurde, dass er nicht mehr aus der Sowjetunion herausgeholt werden konnte, forderte er selbst CARDINAL auf, ihn zu verraten. Dass sein eigener Tod die Karriere eines Agenten, den er persönlich rekrutiert hatte, fördern würde, war sozusagen die letzte Ironie eines Spions.

CARDINALS Position war notwendigerweise so geheim wie sein Name. Als Berater und Vertrauter eines Mitglieds des Politbüros agierte er oft beim sowjetischen Militär als dessen Vertreter und hatte so Zugang zu politischen und militärischen Informationen höchsten Ranges. Dies machte seine Nachrichten für den CIA außergewöhnlich wertvoll – und, paradoxerweise, höchst suspekt. Die wenigen CIA-Beamten, die von ihm wussten, mochten nicht glauben, dass er nicht irgendwann von einem der Tausenden von Gegenspionageexperten des KGB umgedreht worden war. Aus diesem Grunde wurde CARDINAL-codiertes Material mit Berichten anderer Spione und Quellen verglichen. Doch CARDINAL hatte viele kleine Fische unter den Agenten überlebt.

Den Decknamen CARDINAL kannten in Washington nur die drei leitenden Männer des CIA. Am Ersten jeden Monats wurde für seine Nachrichten ein neues Codewort ausgewählt, das nur die höchsten Beamten erfuhren. Diesen Monat lautete es WILLOW. Bevor CARDINAL-Material, wenn überhaupt, an Außenseiter weitergegeben wurde, wusch man es so sorgfältig, wie die Mafia ihre Einkünfte wusch, um seine Herkunft zu verschleiern. Es existierte auch eine Reihe von Sicherheitsmaßnahmen, die nur zum Schutz dieses Agenten dienten. CARDINAL-Material wurde nur von Hand weitergegeben, niemals über Funk oder Kabel. So wurde die Aufdeckung seiner Identität durch kryptographische Methoden vermieden. CARDINAL selbst war ein überaus vorsichtiger Mann – Penkowskis Schicksal war ihm eine Lehre gewesen. Seine Informationen erreichten nur über mehrere voneinander abgeschottete Zwischenstationen den Chef der CIA-Stelle in Moskau.

Als Ryan die Meldung durchgelesen hatte, sah er sich die zweite Seite noch einmal an und schüttelte langsam den Kopf. Dann klappte er die Akte zu und gab sie an Greer zurück.

»Mein Gott, Sir!«

»Jack, eigentlich brauche ich das nicht zu sagen, aber was Sie gerade gelesen haben, erfährt niemand ohne die Genehmigung des Direktors – nicht der Präsident, nicht Sir Basil und auch nicht der liebe Gott, falls er sich erkundigen sollte. Ist das klar?«, sagte Greer im Kommandoton.

»Jawohl, Sir.«

Richter Moore zog eine Zigarre aus dem Jackett, zündete sie an und schaute Ryan an der Flamme vorbei in die Augen. »Nun, Dr. Ryan, was halten Sie davon?« In diesem Augenblick kam der stellvertretende Direktor für Operationen herein. »Hi, Bob, kommen Sie rüber«, rief Moore. »Wir haben Ryan gerade die Akte gezeigt.«

»So?« Ritter zog sich einen Sessel heran und drängte Ryan geschickt in eine Ecke. »Und was hat des Admirals blonder Knabe dazu zu sagen?«

»Meine Herren, ich gehe davon aus, dass Sie alle diese

Informationen für echt halten«, begann Ryan vorsichtig. Rundum wurde genickt. »Sir, selbst wenn sie vom Erzengel Michael abgeliefert worden wären, könnte ich sie nur schwer glauben – aber da Sie sie für zuverlässig halten …« Man wollte seine Meinung hören. Der Haken war nur, dass seine Schlussfolgerung zu unglaublich schien. Nun, sagte er sich, bisher bin ich mit Ehrlichkeit gut gefahren …

Ryan holte tief Luft und legte seine Einschätzung der Lage dar.

»Gut, Dr. Ryan.« Richter Moore nickte weise. »Sagen Sie mir erst, welche anderen Möglichkeiten Sie noch sehen, und dann verteidigen Sie Ihre Analyse.«

»Sir, über die nächstliegende Alternative wollen wir gar nicht erst nachdenken. Immerhin hätten sie die seit Freitag ergreifen können.« Ryan bemühte sich, ruhig und objektiv zu sprechen. Er ging vier Alternativen durch und legte jede in ihren Einzelheiten dar. Dies war nicht der Anlass für meinungsgefärbtes Denken. Er sprach zehn Minuten lang.

»Richter, es besteht vermutlich noch eine weitere Möglichkeit«, schloss er. »Es könnte sich um Desinformation handeln, deren Zweck die Enttarnung dieser Quelle ist.«

»Daran haben wir auch schon gedacht«, versetzte Moore. »Gut, da Sie nun schon so weit gegangen sind, können Sie uns noch verraten, wie Sie das durchführen würden.«

»Sir, die Meinung der Navy wird der Admiral vertreten.«

»Na so was!« Moore lachte. »Und was meinen Sie?«

»Richter, ein Optionspapier wird nicht leicht zu erstellen sein – zu viele Variablen, zu viele denkbare Eventualitäten. Aber ich würde es befürworten. Wenn es möglich ist, wenn wir die Details ausarbeiten können, sollten wir es versuchen. Die entscheidendste Frage ist die Verfügbarkeit unserer Einheiten. Stehen unsere Schachfiguren am richtigen Platz?«

Nun antwortete Greer. »Besonders günstig sieht es da nicht aus. Ein Träger, die *Kennedy.* Die *Saratoga* liegt mit Maschinenschaden in Norfolk. Andererseits war HMS *In-*

vincible gerade erst zum NATO-Manöver hier und lief am Montagabend aus Norfolk aus. Soweit ich weiß, befehligt Admiral White eine kleine Kampfgruppe.«

»Lord White, Sir?«, fragte Ryan. »Der Earl of Weston?«

»Kennen Sie ihn?«, wollte Moore wissen.

»Jawohl, Sir. Unsere Frauen sind befreundet. Ich war vergangenen September mit ihm in Schottland auf Moorhuhnjagd. Er klingt, als verstünde er sein Handwerk, und hat einen guten Ruf.«

»Finden Sie, wir sollten uns ihre Schiffe borgen, James?«, fragte Moore. »Wenn ja, müssen wir sie einweihen. Aber erst kommt unsere Seite dran. Um eins tritt der Nationale Sicherheitsrat zusammen. Ryan, Sie werden ein Memorandum verfassen und selbst vortragen.«

Ryan blinzelte. »Die Zeit ist knapp, Sir.«

»James behauptet, Sie könnten unter Zeitdruck arbeiten. Beweisen Sie es.« Er sah zu Greer hinüber. »Lassen Sie eine Kopie seines Memorandums anfertigen und bereiten Sie sich auf einen Flug nach London vor. Die Entscheidung hängt vom Präsidenten ab. Wenn wir die Schiffe der Briten haben wollen, müssen wir ihnen auch verraten, warum. Das bedeutet die Unterrichtung der Premierministerin, und das ist Ihr Job. Bob, bestätigen Sie diesen Bericht. Tun Sie, was zu tun ist.«

»Gut«, erwiderte Ritter.

Moore schaute auf die Armbanduhr. »Wir treffen uns, falls die Sitzung bis dahin vorbei ist, um drei Uhr dreißig hier wieder. Ryan, Sie haben neunzig Minuten Zeit. Gehen Sie ran.«

Welches Maß wird mir hier angelegt? fragte sich Ryan. Beim CIA ging die Rede, Richter Moore würde bald auf einen angenehmen Botschafterposten umsatteln, vielleicht sogar in London, ein angemessener Lohn für einen Mann, der hart an der Wiederherstellung der engen Zusammenarbeit mit den Briten gearbeitet hatte. Wenn der Richter ging, zog wahrscheinlich Admiral Greer in sein Büro um. Zu den Vorzügen des Admirals gehörte, dass er alt war und nicht lange auf dem Posten bleiben würde – und

Freunde im Kongress hatte. Ritter war zu jung und hatte im Kapitol eine Menge Feinde.

Diese Veränderungen an der Spitze und der plötzliche Zugang zu neuen und unglaublichen Informationen … Was hat das für mich zu bedeuten? fragte sich Ryan. Man hatte ihn doch nicht etwa zum neuen DDI ausersehen? Er wusste, dass ihm die Erfahrung für einen solchen Job fehlte – aber in fünf oder sechs Jahren …

Reykjanes-Kette

Ramius sah auf seine Instrumente. *Roter Oktober* fuhr in südwestlicher Richtung auf Gleis acht, der westlichsten Route von »Gorschkows Eisenbahn«, wie die U-Boot-Fahrer der Roten Flotte sagten. Seine Geschwindigkeit betrug dreizehn Knoten, und sie würden diesen Kurs und diese Fahrt noch weitere zwanzig Stunden lang einhalten. Direkt hinter ihm saß Kamarow an der Instrumententafel des Gravitometers und hatte eine große gerollte Seekarte hinter sich. Der junge Kapitänleutnant rauchte beim Abhaken ihrer Position auf der Karte nervös eine Zigarette nach der anderen. Ramius störte ihn nicht. Kamarow verstand sich auf seine Arbeit und würde in zwei Stunden von Borodin abgelöst werden.

Im Kiel von *Roter Oktober* war ein hoch empfindliches Gerät eingebaut, das Gravitometer hieß, im Grundprinzip zwei schwere, hundert Meter voneinander entfernte Bleigewichte. Ein Laser-Computer-System maß den Abstand zwischen ihnen bis auf den Bruchteil genau. Distanzveränderungen oder laterale Bewegungen der Gewichte deuteten auf Variationen im örtlichen Gravitationsfeld hin. Der Navigator verglich diese hoch exakten örtlichen Werte mit den Werten auf seiner Karte und konnte so mit Hilfe des Gravitometers und des Trägheitsnavigationssystems die Position des Schiffes bis auf hundert Meter genau bestimmen, das war eine halbe Bootslänge.

Dieser Massen-Sensor wurde in alle Boote eingebaut, die es aufnehmen konnten. Jüngere Kommandanten von Jagd-U-Booten waren, unterstützt von diesem System, mit hoher Geschwindigkeit die »Eisenbahn« entlanggerast. Gut für das Ego des Kommandanten, fand Ramius, aber eine Nervenprobe für den Navigator. Ihn drängte es nicht zu verwegenen Taten. Vielleicht war der Brief ein Fehler gewesen ... Nein, er hatte Zweifel verhindert. Und die Sensoranlagen auf Jagd-U-Booten waren zur Ortung von *Roter Oktober* nicht empfindlich genug, was Ramius genau wusste, denn er hatte sie alle benutzt. Er würde sein Ziel erreichen und tun, was er vorhatte, und niemand, nicht seine eigenen Landsleute und noch nicht einmal die Amerikaner, konnte ihn daran hindern. Deshalb hatte er gelächelt, als vor einer Weile ein *Alfa* dreißig Meilen weiter östlich vorbeigefahren war.

Weißes Haus
Richter Moores Wagen bog von der Pennsylvania Avenue ins Gelände des Weißen Hauses ein. Der Chauffeur hielt auf einem VIP-Parkplatz und sprang heraus, um die Türen aufzureißen, nachdem der Leibwächter sich scharf umgesehen hatte. Der Richter stieg als erster aus, und Ryan ertappte sich zur Linken des Mannes, einen halben Schritt zurück, so wie man es ihm bei der Marineinfanterie beigebracht hatte. Dabei kam ihm zu Bewusstsein, wie untergeordnet er eigentlich war.

»Waren Sie schon einmal hier, Jack?«

»Nein, Sir.«

Moore war amüsiert. Ein Marineinfanterist hielt ihnen die Tür auf. Drinnen trug ein Mann vom Secret Service sie ein. Moore nickte und ging weiter.

»Findet es im Kabinettsraum statt, Sir?«

»Nein, unten im Lageraum. Der ist bequemer und besser ausgestattet. Ihre Dias liegen schon bereit. Nervös?«

»Allerdings, Sir.«

Moore lachte in sich hinein. »Immer mit der Ruhe, mein Junge. Der Präsident will Sie schon seit einer Weile kennen lernen. Ihm gefiel der Terrorismus-Report, den Sie vor ein paar Jahren gemacht haben, und ich habe ihm auch andere Beispiele Ihrer Arbeit gezeigt, die Studien über russische strategische U-Boote und das Management in der Rüstungsindustrie. Im Großen und Ganzen werden Sie ihn recht umgänglich finden. Aber passen Sie auf, wenn er Fragen stellt. Er nimmt jedes Wort auf, das Sie sagen, und kann Ihnen ganz schön zusetzen, wenn er will.« Sie gingen drei Treppen hinunter und kamen durch eine Tür in einen Korridor. Der Richter wandte sich nach links und ging zu einer weiteren Tür, vor der ein Secret-Service-Mann stand.

»Guten Tag, Richter. Der Präsident wird gleich hier sein.«

»Danke. Dies ist Dr. Ryan. Ich verbürge mich für ihn.«

»Gut.« Der Mann winkte sie hinein.

Der Raum war längst nicht so spektakulär, wie Ryan erwartet hatte. Der Lageraum war vermutlich kaum größer als das Oval Office, das Arbeitszimmer des Präsidenten. Ryans Rednerpult stand rechts vor einem rautenförmigen Tisch. Dahinter befand sich die Projektionsleinwand. Einem Zettel auf dem Pult zufolge war der Diaprojektor bereits bestückt und scharfgestellt. Auch die Reihenfolge der von der Nationalen Aufklärungsstelle zur Verfügung gestellten Dias wurde genannt.

Die meisten Sitzungsteilnehmer waren bereits anwesend – die Stabschefs und der Verteidigungsminister. Ebenfalls am Tisch saßen General Thomas Hilton, Vorsitzender der Stabschefs, und Jeffrey Pelt, der Sicherheitsberater des Präsidenten, ein aufgeblasener Mann, dem Ryan vor Jahren im Zentrum für strategische und internationale Studien der Georgetown-Universität begegnet war. Pelt sah Papiere und Meldungen durch. Die Stabschefs schwatzten freundlich miteinander. Dann schaute der Kommandant des Marinekorps auf und entdeckte Ryan. Er stand auf und kam zu ihm herüber.

»Sind Sie Jack Ryan?«, fragte General David Maxwell.

»Ja, Sir.« Maxwell war ein kleiner, strammer Mann, in dessen Bürstenhaarschnitt die aggressive Energie Funken zu schlagen schien. Ehe er Ryan die Hand gab, sah er ihn von oben bis unten an.

»Nett, Sie kennen zu lernen. Fein, was Sie da in London geleistet haben. Gut fürs Korps.« Maxwell bezog sich auf den Terroristenzwischenfall, bei dem Ryan beinahe ums Leben gekommen wäre. »Da haben Sie rasch und entschieden gehandelt, Lieutenant.«

»Danke sehr, Sir. Ich hatte Glück.«

»Das braucht ein guter Offizier auch. Wie ich höre, haben Sie interessante Neuigkeiten für uns.«

»Sie werden sich nicht langweilen, Sir.«

»Nervös?« Der General sah die Antwort und lächelte schwach. »Immer mit der Ruhe. Hier zieht jeder die Hosen genauso an wie Sie.« Er gab Ryan mit dem Handrücken einen Klaps auf die Brust und ging zurück an seinen Platz. Dort flüsterte er Admiral Daniel Foster, dem Chef der Marine, etwas zu. Der Admiral musterte Ryan kurz.

Eine Minute später traf der Präsident ein. Alles erhob sich, als er zu seinem Platz ging. Er warf dann dem DCI einen Blick zu.

»Meine Herren, Richter Moore hat Neuigkeiten für uns.«

»Vielen Dank, Mr. President. Meine Herren, es liegt eine interessante Entwicklung im Zusammenhang mit der gestern begonnenen sowjetischen Marineoperation vor. Ich habe Dr. Ryan gebeten, Sie einzuweihen.«

Der Präsident wandte sich zu Ryan, der sich taxiert fühlte. »Sie haben das Wort.«

»Vielen Dank, Mr. President. Gentlemen, mein Name ist Jack Ryan, und das Thema dieser Besprechung sind die jüngsten Aktivitäten der sowjetischen Marine im Atlantik. Ehe ich näher darauf eingehe, muss ich Ihnen aber erst kurz den Hintergrund erläutern. Haben Sie bitte einige Minuten Geduld und unterbrechen Sie mich, wenn Sie Fragen haben.« Ryan schaltete den Projektor ein. Die Deckenlampen über der Leinwand wurden automatisch dunkler.

»Diese Bilder wurden uns von den Briten überlassen«, sagte Ryan. Nun wurde alles aufmerksam. »Was Sie hier sehen, ist das sowjetische Raketen-U-Boot *Roter Oktober*, aufgenommen von einem britischen Agenten im U-Boot-

Stützpunkt Polyarniji bei Murmansk in Nordrussland. Sie werden erkennen, dass es sich um ein sehr großes Schiff handelt, rund zweihundert Meter lang, ungefähr fünfundzwanzig Meter breit, Wasserverdrängung in getauchtem Zustand 32 000 Tonnen. Das entspricht ungefähr den Maßen eines Schlachtschiffes aus dem Ersten Weltkrieg.«

Ryan ließ einen Lichtzeiger aufflammen. »*Roter Oktober* ist nicht nur beträchtlich größer als unsere Trident-U-Boote der *Ohio*-Klasse, es unterscheidet sich auch technisch von ihnen. Das Boot trägt sechsundzwanzig Raketen, die *Ohios* nur vierundzwanzig. Es stellt eine Weiterentwicklung der *Typhoon*-Klasse dar, die zwanzig an Bord hat. *Oktober* ist mit der neuen SS-N-20 ›Seahawk‹ ausgerüstet, einer Feststoffrakete mit sechstausend Seemeilen Reichweite, die acht unabhängig steuerbare Atomsprengköpfe (MIRV) zu je fünfhundert Kilotonnen Leistung trägt.

Wie Sie sehen, sind die Abschussrohre vor dem Turm eingebaut und nicht achtern wie auf unseren U-Booten. Die vorderen Tiefenruder sind einziehbar am Rumpf angebracht und nicht am Turm. Das Boot hat zwei Schrauben, unsere nur eine. Und schließlich ist sein Rumpf nicht rund, sondern oben und unten deutlich abgeflacht.«

Ryan ließ das nächste Dia erscheinen. Es zeigte Bug- und Heckansicht überlagert. »Diese Aufnahmen erreichten uns unentwickelt und wurden von der nationalen Aufklärungsstelle aufgearbeitet. Bitte achten Sie auf die Luken an Bug und Heck. Da die Briten mit diesen nichts anzufangen wussten, gestatteten sie mir, die Bilder hierher zu bringen. Auch wir beim CIA konnten ihre Funktion zunächst nicht klären und entschieden daher, einen Außenberater hinzuzuziehen.«

»Wer hat das entschieden?«, fragte der Verteidigungsminister erbost. »Ich habe die Bilder ja selbst noch nicht gesehen!«

»Sie sind erst seit Montag hier, Bert«, sagte Richter Moore besänftigend. »Und die beiden auf der Leinwand sind gerade vier Stunden alt. Ryan schlug einen Experten vor, und James Greer war einverstanden. Ich billigte das.«

»Sein Name ist Oliver W. Tyler«, sprach Ryan weiter. »Dr. Tyler, ein ehemaliger Marineoffizier, ist nun Dozent an der Marineakademie und Berater bei Sea Systems. Er ist Experte für sowjetische Marinetechnologie. Dr. Tyler kam zu dem Schluss, dass es sich bei diesen Öffnungen um Ein- und Auslass eines neuen, lautlosen Antriebssystems handelt. Im Augenblick ist er mit der Entwicklung eines Computermodells des Systems beschäftigt, das, wie wir hoffen, bis zum Ende der Woche vorliegen wird. Das System selbst ist recht interessant.« Ryan erklärte kurz Tylers Analyse.

»Gut, gut, Dr. Ryan.« Der Präsident beugte sich vor. »Sie haben uns gerade erzählt, dass die Sowjets ein Raketen-U-Boot konstruiert haben, das für uns nur schwer zu orten sein soll. Das ist nicht gerade sensationell. Fahren Sie fort.«

»Kommandiert wird *Roter Oktober* von Marko Ramius, einem Litauer. Er ist der Sohn eines hohen Parteifunktionärs und der beste U-Boot-Kommandant, den sie haben. Seit zehn Jahren ist er derjenige, dem jeweils das erste Boot einer neuen Klasse anvertraut wird.

Roter Oktober lief vergangenen Freitag aus. Mit welchem Auftrag, wissen wir nicht genau, doch gewöhnlich bleiben ihre strategischen Boote – zumindest jene mit den neuen, weitreichenden Raketen – in der Barents-See und den angrenzenden Gebieten, wo sie von Anti-U-Boot-Flugzeugen, Überwasserschiffen und Angriffs-U-Booten vor unseren Subkillern geschützt sind. Am Sonntag, um die Mittagszeit, stellten wir verstärkte Suchaktivität in der Barents-See fest. Zu diesem Zeitpunkt hielten wir das für eine örtlich begrenzte U-Boot-Abwehr-Übung, und am Montagabend sah es so aus, als sollte das Antriebssystem von *Roter Oktober* geprüft werden.

Wie Sie alle wissen, begann die Aktivität der sowjetischen Marine gestern früh gewaltig zuzunehmen. Fast alle Hochseeschiffe der Nordflotte sind inzwischen auf See, begleitet von der Hälfte aller schnellen Versorgungsschiffe der Flotte. Weitere Hilfseinheiten nähern sich von Ostsee und Mittelmeer her. Beunruhigender noch ist die Tatsache, dass fast jedes verfügbare Atom-U-Boot der Nordflotte in den Nordatlantik zu laufen scheint, eingeschlossen drei aus dem Mittelmeer, da diese zur Nord- und nicht zur Schwarzmeerflotte gehören. Und wir glauben nun zu wissen, wodurch dies alles ausgelöst wurde.« Ryan ließ das nächste Dia erscheinen. Es zeigte den Nordatlantik vom Nordpol bis Florida; sowjetische Schiffe waren rot markiert.

»An dem Tag, an dem *Roter Oktober* auslief, schickte Kapitän Ramius offenbar einen Brief an Admiral Jurij Iljitsch Padorin ab. Padorin ist der Chef der politischen Hauptverwaltung der russischen Marine. Was in dem Brief stand, wissen wir nicht, aber das Resultat haben wir vor Augen. Diese Aktion begann vier Stunden, nachdem der Brief geöffnet worden war. Achtundfünfzig Unterseeboote mit Atomantrieb und achtundzwanzig große Kampfschiffe kommen auf uns zu. Für einen Zeitraum von nur vier Stunden eine bemerkenswerte Reaktion. Und heute früh haben wir erfahren, wie ihr Befehl lautet.

Gentlemen, diese Schiffe haben Order, *Roter Oktober* ausfindig zu machen und, falls erforderlich, zu versenken.«

Ryan legte eine Kunstpause ein. »Wie Sie sehen, befinden sich die sowjetischen Überwasserkräfte zwischen Island und dem europäischen Festland. Ihre U-Boote, besonders diese Gruppe, halten allesamt auf die Küste der USA zu. Beachten Sie bitte, dass nirgendwo im Pazifik ungewöhnliche Aktivität herrscht. Es liegen uns allerdings Informationen vor, denen zufolge die strategischen U-Boote der sowjetischen Flotte auf *beiden* Ozeanen in ihre Heimathäfen zurückbeordert worden sind.

Obwohl wir nicht genau wissen, was Kapitän Ramius schrieb, können wir aus diesen Maßnahmen bestimmte Rückschlüsse ziehen. Es hat den Anschein, als wäre er zu uns unterwegs. Wenn man seine Geschwindigkeit auf zehn bis dreißig Knoten schätzt, müsste er sich irgendwo zwischen diesem Punkt südlich von Island und unserer Küste befinden. Ich darf Sie darauf hinweisen, dass er sich auf jeden Fall erfolgreich der Ortung durch alle vier Sosus-Barrieren entzogen hat –«

»Moment. Sie sagten, die Sowjets hätten den Befehl zur Versenkung ihres eigenen U-Boots gegeben?«

»Ja, Mr. President.«

Der Präsident warf dem DCI einen Blick zu. »Beruht das auf verlässlichen Informationen, Richter?«

»Jawohl, Mr. President, wir halten die Quelle für solide.«

»Gut, Dr. Ryan. Was hat dieser Ramius vor?«

»Mr. President, unserer Einschätzung nach will *Roter Oktober* zu uns überlaufen.«

Mit einem Schlag wurde es still im Raum. Ryan konnte das Kühlgebläse des Projektors rauschen hören, als der Sicherheitsrat über diese Enthüllung nachdachte. Er hielt sich am Pult fest, damit die zehn Männer, die ihn anstarrten, nicht sahen, wie seine Hände zitterten.

»Ein sehr interessanter Rückschluss, Dr. Ryan.« Der Präsident lächelte. »Begründen Sie ihn.«

»Mr. President, mit den vorliegenden Daten lässt sich kein anderer Rückschluss vereinbaren. Der entscheidende Aspekt ist selbstverständlich der Rückruf der strategischen U-Boote. Das haben die Sowjets bisher noch nie getan. Fügen wir hinzu, dass sie die Versenkung ihres neuesten Raketen-Bootes befohlen haben und ihre Marine in unsere Richtung schicken – da ist doch nur zu folgern, dass sie der Auffassung sind, *Roter Oktober* habe die Reservation verlassen und sei unterwegs zu uns.«

»Akzeptiert. Andere Möglichkeiten?«

»Sir, er könnte gedroht haben, seine Raketen abzufeuern. Auf uns, auf sie, auf die Chinesen.«

»Und das halten Sie für unwahrscheinlich?«

»Jawohl, Mr. President. Die SS-N-20 hat eine Reichweite von sechstausend Seemeilen. Demnach hätte Ramius sofort nach Verlassen des Hafens jedes Ziel in der nördlichen Hemisphäre angreifen können. Dazu hatte er sechs Tage Zeit, er tat aber nichts. Darüber hinaus, sollte er gedroht haben, seine Raketen loszulassen, müsste er mit der Möglichkeit rechnen, dass die Sowjets unsere Hilfe in Anspruch nehmen, um ihn zu orten und zu versenken, denn wenn unsere Frühwarnsysteme den Start einer Rakete mit Atomsprengkopf registrieren, wird die Lage sehr rasch äußerst gespannt.«

»Ihnen ist klar, dass er seine Raketen in beide Richtungen starten und einen dritten Weltkrieg auslösen könnte?«, warf der Verteidigungsminister ein.

»Ja, aber in diesem Fall hätten wir es mit einem Irren zu tun – genauer gesagt, mit mehreren. Auf unseren strategischen Booten müssen fünf Offiziere im Einverständnis und zugleich handeln, um ihre Raketen abzuschießen. Bei den Sowjets ist das ebenso, nur dass die Prozedur aus politischen Gründen noch strenger gehandhabt wird. Fünf oder mehr Leute, die alle die Welt zerstören wollen?« Ryan schüttelte den Kopf. »Höchst unwahrscheinlich, Sir, und gerade in einem solchen Fall wären die Russen gut beraten, uns zu informieren und um Hilfe zu bitten.«

»Glauben Sie denn wirklich, dass man uns informieren würde?«, fragte Dr. Pelt. Sein Ton verriet, was er dachte.

»Sir, das ist eine psychologische Frage. Ich befasse mich vorwiegend mit technischem Geheimdienstmaterial. Einige Männer in diesem Raum haben ihre sowjetischen Gegenspieler persönlich kennen gelernt und sind daher besser qualifiziert. Meine Antwort auf Ihre Frage lautet allerdings: ja. Das wäre für die Sowjets der einzig vernünftige Schritt. Sie mögen zwar für unsere Begriffe nicht immer rational handeln, für ihre eigenen aber wohl. Und zu derart riskanten Handlungen neigen sie nicht.«

»Wer will auch schon den Weltuntergang provozieren?«, bemerkte der Präsident. »Weitere Möglichkeiten?«

»Ja, Mr. President, mehrere. Es könnte sich um ein Großmanöver handeln, dessen Zweck es ist, ihre Fähigkeit zum Blockieren der Seewege und unsere Reaktion zu testen, beides ohne Vorwarnung. Diese Erklärung verwerfen wir aus mehreren Gründen. Die Aktion findet zu rasch nach ihrer Herbstübung ROTER STURM statt und es nehmen nur Atom-U-Boote, keine mit Dieselantrieb teil. Geschwindigkeit ist bei dieser Operation offenbar entscheidend. Zudem zeigt die Erfahrung, dass die Russen um diese Jahreszeit keine Großmanöver veranstalten.«

»Wie kommt das?«, fragte der Präsident.

Admiral Foster antwortete für Ryan. »Mr. President, das Wetter dort oben ist im Augenblick äußerst schlecht. Selbst wir setzen unter solchen Verhältnissen keine Übungen an.«

»Wenn ich mich recht entsinne, haben wir gerade eine NATO-Übung abgehalten, Admiral«, merkte Pelt an.

»Gewiss, Sir, südlich von Bermuda, wo die Witterung sehr viel angenehmer ist. Abgesehen von dem Anti-U-Boot-Manöver bei den britischen Inseln fand FLINKER DELPHIN auf unserer Seite des Atlantik statt.«

»Gut, zurück zu dem, was die russische Marine vorhat«, befahl der Präsident.

»Nun, Sir, es könnte sich nicht um eine Übung, sondern um den Ernstfall handeln, den Beginn eines konventionellen Krieges gegen die NATO und seinen ersten Schritt, die Unterbrechung der Seewege. Sollte das der Fall sein, haben sie einen totalen strategischen Überraschungseffekt erreicht und nun vergeudet, indem sie so offen vorgehen, dass wir gezwungen sind, Notiz zu nehmen und energisch zu reagieren. Überdies ist bei ihren anderen Teilstreitkräften keine vergleichbare Aktivität festgestellt worden. Ihre Armee und Luftwaffe – abgesehen von Aufklärungsflugzeugen der Marine – führen lediglich routinemäßige Trainingsoperationen durch.

Und schließlich könnte es sich um den Versuch handeln, uns zu provozieren oder abzulenken, unsere Aufmerksamkeit mit diesem Unternehmen zu fesseln, während anderswo eine Überraschung vorbereitet wird. Wenn das zutrifft, gehen die Russen sehr merkwürdig vor. Wenn man jemanden provozieren will, tut man das nicht vor seiner Haustür. Und der Atlantik, Mr. President, ist immer noch unser Meer. Wie Sie auf dieser Karte sehen, haben wir Stützpunkte hier in Island, auf den Azoren, entlang unserer Küste und daher auf dem ganzen Atlantik Luftüberlegenheit, wenn wir das wünschen. Die sowjetische Marine ist zahlenmäßig stark und uns auf manchen kritischen Gebieten sogar überlegen, kann aber ihre Kräfte nicht in dem Maß über größere Entfernungen hinweg zum Einsatz bringen wie unsere; dazu fehlen vorerst noch die Flugzeugträger und die logistischen Voraussetzungen. Und direkt vor unserer Küste hat sie keine Chance.« Ryan trank einen Schluck Wasser.

»Wir haben also ein sowjetisches strategisches U-Boot auf See, während alle anderen auf beiden Ozeanen zurückbeordert worden sind. Sie haben ihre Flotte auf See mit dem Befehl, dieses U-Boot zu versenken, und es hat den Anschein, als jagte es in unsere Richtung. Wie ich schon sagte, ist dies der einzige Rückschluss, der sich mit den vorliegenden Daten vereinbaren lässt.«

»Wie viele Männer sind auf diesem Boot, Dr. Ryan?«, fragte der Präsident.

»Wir schätzen die Kopfstärke der Besatzung auf hundertzehn, Sir.«

»Es fassen also hundertzehn Männer gleichzeitig den Entschluss, zu den USA überzulaufen. Keine üble Idee«, merkte der Präsident sarkastisch an, »aber nicht sehr wahrscheinlich.«

Darauf war Ryan vorbereitet. »Es existiert ein Präzedenzfall, Sir. Am 8. November 1975 versuchte die Storoschewoj, eine sowjetische Raketenfregatte der *Kriwak*-Klasse, von Riga in Lettland nach Schweden zu fliehen. Der Politoffizier an Bord, Walerij Sablin, führte eine Meuterei der Mannschaftsgrade an. Sie sperrten die Offiziere in ihre Kabinen, fuhren mit Volldampf aus dem Hafen und hätten es fast geschafft. Luft- und Flotteneinheiten griffen die Fregatte an und zwangen sie fünfzig Meilen außerhalb schwedischer Gewässer zum Beidrehen. Sablin und sechsundzwanzig andere wurden von einem Kriegsgericht zum Tod durch Erschießen verurteilt. Seither erreichten uns Berichte über Meutereien auf mehreren sowjetischen Schiffen und besonders U-Booten. 1980 kam ein Jagd-U-Boot der Echo-Klasse vor Japan an die Oberfläche. Der Kapitän behauptete, ein Feuer an Bord zu haben, doch von unseren und japanischen Aufklärungsflugzeugen gemachte Bilder zeigen weder Rauch noch verkohlte Trümmer, die man nach einem Brand doch wohl über Bord geworfen hätte. Besatzungsmitglieder an Deck aber wiesen Verletzungen auf, die die Vermutung, es habe eine Meuterei stattgefunden, unterstützten. Ähnliche, weniger detaillierte Meldungen gehen uns seit Jahren zu. Es existieren also Präzedenzfälle.«

Admiral Foster griff in seine Jacke und holte eine Zigarre mit Plastikmundstück heraus. Seine Augen funkelten. »Wissen Sie, das nehme ich Ihnen fast ab.«

»Dann sagen Sie uns doch bitte, warum«, meinte der Präsident. »Ich bin nämlich noch immer skeptisch.«

»Mr. President, die meisten Meutereien werden von Offizieren angeführt, nicht von Mannschaftsgraden, da letztere nicht navigieren können. Zudem wissen Offiziere aufgrund ihres Bildungsgrades, dass erfolgreiche Meutereien durchaus möglich sind. Beide Faktoren treffen auf die sowjetische Marine ganz besonders zu. Nehmen wir einmal an, dass nur die Offiziere meutern.«

»Und der Rest der Mannschaft macht einfach mit?«, fragte Pelt. »Obwohl sie weiß, was mit ihr und ihren Familien wird?«

Foster zog einige Male an seiner Zigarre. »Waren Sie jemals auf See, Dr. Pelt? Nein? Nehmen wir einmal an, Sie machen eine Kreuzfahrt, sagen wir, auf der *Queen Elizabeth.* Eines schönen Tages finden Sie sich mitten auf dem Stillen Ozean – aber wissen Sie genau, wo Sie sind? Nein. Sie wissen, was die Offiziere Ihnen sagen. Gewiss, wenn Sie ein wenig von Astronomie verstehen, können Sie vielleicht den Breitengrad bis auf wenige hundert Meilen genau bestimmen. Mit einer guten Armbanduhr und einigen Kenntnissen in sphärischer Trigonometrie mag Ihnen das sogar auch mit dem Längengrad gelingen. Sie befinden sich aber auf einem Schiff, von dem aus Sie den Himmel sehen können.

Diese Männer sind auf einem Unterseeboot. Viel sieht man da nicht. Wie soll die Mannschaft wissen, was vorgeht, wenn die Offiziere meutern und einen anderen Kurs einschlagen?« Foster schüttelte den Kopf. »Sie hat keine Chance. Sie kann es einfach nicht merken. Selbst unsere Matrosen brächten das kaum fertig, und die sind besser ausgebildet. Vergessen Sie bitte nicht, dass die russischen Seeleute fast alle Wehrpflichtige sind. Auf einem Unterseeboot ist man völlig von der Außenwelt abgeschnitten. Kein Radio, abgesehen von ELF und VLF, und Sprüche auf diesen Frequenzen sind alle verschlüsselt und gehen über den Funkoffizier. Der muss also beteiligt sein. Das Gleiche gilt für den Navigator. Die Russen verwenden so wie wir Trägheitsnavigationssysteme. Wir verfügen über eines ihrer Geräte aus dem Boot der Golf-Klasse, das wir vor Hawall gehoben haben. Seine Daten sind ebenfalls verschlüsselt. Der Steuermann liest Ziffern an der Maschine ab, und der Navigator findet die Position in einem Buch. In der Roten Armee gelten schon Landkarten als geheim. Bei der Marine ist das genauso. Mannschaftsgrade bekommen keine Seekarten zu sehen und werden auch nicht dazu ermuntert, sich über die Position Gedanken zu machen, besonders, wenn sie auf einem Raketen-U-Boot sind. Man tut schlicht seine Pflicht und verlässt sich darauf, dass alle anderen es auch so halten. Das ist der Zweck der Disziplin auf See.« Foster streifte die Zigarrenasche ab. »Ja, Sir, wenn sich die Offiziere zusammentun, könnte das klappen. Zehn oder zwölf Dissidenten lassen sich leichter versammeln als hundert.«

»Leichter, aber kaum leicht, Dan«, wandte General Hilton ein. »Sie haben doch mindestens einen Politoffizier an Bord, und dazu Maulwürfe von einem ihrer Abwehrdienste. Glauben Sie wirklich, ein Parteihengst würde da mitziehen?«

»Warum nicht? Sie hörten, was Ryan sagte – Anführer der Meuterei auf der Fregatte war der Politoffizier.«

»Schon, aber das betreffende Direktorat ist seither total auf den Kopf gestellt worden«, erwiderte Hilton.

»Zu uns laufen immer wieder KGB-Leute über, alles gute Parteimitglieder«, sagte Foster.

Der Präsident hörte sich das alles an und wandte sich dann an Ryan. »Dr. Ryan, Sie haben mich überzeugt. Ich sehe Ihr Szenario als theoretische Möglichkeit. Und was sollen wir nach Ansicht des CIA nun unternehmen?«

»Mr. President, ich bin Analytiker und kein –«

»Was Sie sind, weiß ich, Dr. Ryan. Ich habe mehrere Ihrer Arbeiten gelesen. Aber ich sehe, dass Sie eine Meinung haben. Und die will ich hören.«

Ohne zu Richter Moore hinüberzusehen, erklärte Ryan: »Wir schnappen uns das Boot.«

»Einfach so?«

»Nicht ganz, Mr. President. Es ist aber möglich, dass Ramius in ein, zwei Tagen vor Virginia auftaucht und um politisches Asyl bittet. Darauf sollten wir gefasst sein, Sir, und ihn, meiner Meinung nach, mit offenen Armen empfangen.« Ryan sah alle Stabschefs nicken. Endlich war jemand auf seiner Seite.

»Sie haben sich da ziemlich exponiert«, bemerkte der Präsident freundlich.

»Sir, Sie baten um meine Meinung. Ganz einfach wird es vermutlich nicht werden. Diese *Alfas* und *Victors* rasen auf unsere Küste zu, bestimmt in der Absicht, einen Sperrgürtel zu bilden – was effektiv auf eine Blockade unserer Atlantikküste hinausläuft.«

»Blockade«, sagte der Präsident. »Ein hässliches Wort.«

»Richter Moore«, meinte General Hilton, »ich nehme an, Sie haben erwogen, dass dies auch eine Desinformation sein könnte, deren Ziel die Enttarnung des hochplatzierten Verfassers dieser Meldung ist?«

Richter Moore rang sich ein müdes Lächeln ab. »Jawohl, General. Doch für einen faulen Zauber hat dieses Unternehmen zu gewaltige Ausmaße. Dr. Ryan hatte Anweisung, sein Memorandum unter der Annahme vorzubereiten, dass diese Information echt ist. Sollte das nicht der Fall sein, liegt die Verantwortung bei mir. Wie auch immer, meine Herren, wir müssen auf diese sowjetische Aktivität reagieren, ob unsere Analyse nun korrekt ist oder nicht.«

»Werden Sie die Information aus anderen Quellen bestätigen?«, fragte der Präsident Moore.

»Jawohl, Sir, wir sind dabei.«

»Gut.« Der Präsident richtete sich auf, und seine Stimme wurde schärfer. »Der Richter hat Recht. Wir müssen reagieren, ganz gleich, was immer sie vorhaben. Gentlemen, die sowjetische Marine hält auf unsere Küste zu. Was unternehmen wir?«

Admiral Foster antwortete als erster. »Mr. President, unsere Flotte sticht im Augenblick in See. Alles, was Fahrt machen kann, hat den Hafen bereits verlassen oder wird das morgen tun. Wir haben unsere Träger aus dem Südatlantik abberufen und gruppieren unsere Atom-U-Boote um. Seit heute Morgen überwachen wir den Luftraum über dem russischen Flottenverband mit P-3C-Patrouillenflugzeugen, unterstützt von britischen Nimrod-Maschinen, die von Schottland aus operieren. General?« Foster wandte sich an Hilton.

»Im Augenblick lassen wir E-3a-Sentry-Flugzeuge, eine Art AWACS, den Verband umkreisen, beide begleitet von auf Island stationierten Kampfflugzeugen F-15 Eagle. Freitag um diese Zeit operiert eine Staffel B-52-Bomber vom Stützpunkt Loring, Maine. Letztere sind mit Harpoon-Luft-Boden-Raketen bewaffnet und lösen sich bei der Beschattung der Sowjets ab. Selbstverständlich ohne aggressive Gesten.« Hilton lächelte. »Nur um ihnen zu zeigen, dass wir neugierig sind. Sollten sie weiter auf uns zuhalten, werden wir taktische Lufteinheiten an die Ostküste verlegen und mit Ihrer Genehmigung ganz unauffällig Einheiten der Nationalgarde und der Reserve mobilisieren.«

»Wie wollen Sie das unauffällig zuwege bringen?«, erkundigte sich Pelt.

»Dr. Pelt, für eine Anzahl unserer Gardeeinheiten sind ab Sonntag Routineübungen in Nellis, Nevada, geplant. Diese Truppen werden einfach nach Maine verlegt anstatt nach Nevada. Die Stützpunkte dort sind groß und gehören zum Strategischen Luftkommando SAC. Die Sicherheitsvorkehrungen dort sind vorzüglich.«

»Wie viele Träger stehen zur Verfügung?«, fragte der Präsident.

»Im Augenblick leider nur einer, Sir, die *Kennedy.* Auf der *Saratoga* fiel letzte Woche eine Hauptturbine aus, deren Austausch einen Monat dauert. *Nimitz* und *America* sind derzeit im Südatlantik; *America* auf dem Rückweg vom Indischen Ozean, *Nimitz* auf Kurs zum Pazifik. Pech. Können wir einen Träger aus dem östlichen Mittelmeer abberufen?«

»Nein.« Der Präsident schüttelte den Kopf. »Dazu ist die Zypern-Situation noch zu heikel. Brauchen wir eigentlich überhaupt Träger? Werden wir mit ihren Überwassereinheiten nicht mit dem fertig, was zur Verfügung steht, falls etwas ... Unangenehmes passiert?«

»Jawohl, Sir!«, rief General Hilton sofort. »Wie Dr. Ryan sagte; der Atlantik ist unser Meer. Allein die Luftwaffe wird über fünfhundert Maschinen für diese Operation bereitstellen, weitere drei- oder vierhundert kommen von der Marine. Wenn geschossen wird, hat die sowjetische Marine ein aufregendes und *kurzes* Leben.«

»Das werden wir selbstverständlich zu vermeiden suchen«, sagte der Präsident leise. »Heute früh tauchten die ersten Presseberichte auf. Kurz vor dem Mittagessen rief Bud Wilkins von der *New York Times* hier an. Wenn das amerikanische Volk das Ausmaß dieser Geschichte zu früh erfährt ... Jeff?«

»Mr. President, nehmen wir einmal an, dass Ryans Analyse korrekt ist. Ich sehe keine Möglichkeit, etwas zu unternehmen.«

»Was?«, platzte Ryan heraus. »Äh, Entschuldigung, Sir.«

»Wir können doch nicht einfach ein russisches Raketen-U-Boot stehlen.«

»Warum denn nicht?«, fuhr Foster dazwischen. »Wir haben doch auch ihre Panzer und Flugzeuge.« Die anderen Generalstabschefs stimmten zu.

»Ein Flugzeug mit einer ein- oder zweiköpfigen Besatzung lässt sich nicht mit einem Atom-U-Boot mit sechsundzwanzig Raketen und über hundert Mann vergleichen, Admiral. Offizieren gewähren wir natürlich Asyl.«

»Sie sagen also, dass wir das Ding zurückgeben sollen, wenn es nach Norfolk eingefahren kommt!«, mischte sich Hilton ein. »Zum Donner, es hat *zweihundert* Kernsprengköpfe an Bord, die womöglich eines Tages gegen uns eingesetzt werden. Und die wollen Sie zurückgeben?«

»Das Boot ist Milliarden wert, General«, sagte Pelt, ein wenig unsicher.

»Sicher, das Boot ist wertvoll, wie Jeff schon sagte«, meinte der Präsident nachdenklich, »und es ist rechtmäßiger Besitz der Russen. Wir sind uns wohl alle einig, dass nicht die ganze Mannschaft beteiligt sein kann. Wenn das der Fall ist, werden jene, die nicht an der Meuterei oder Baratterie oder was sonst teilgenommen haben, in ihre Heimat zurückkehren wollen. Und wir müssen sie ziehen lassen, nicht wahr?«

»Müssen?« General Maxwell malte auf seinem Block herum. »Wirklich?«

»General«, sagte der Präsident mit Entschiedenheit, »es kommt nicht, ich wiederhole, *nicht* in Frage, dass Männer, die nur nach Hause und zu ihren Familien wollen, eingesperrt oder umgebracht werden. Ist das klar?« Er sah in die Runde. »Sowie die Russen wissen, dass wir das Boot haben, werden sie es zurückverlangen. Und wo sollten wir dieses Riesending überhaupt verstecken?«

»Das könnten wir einrichten«, meinte Foster zurückhaltend, »aber, wie Sie sagten, die Mannschaft ist der Dollpunkt. Ich nehme doch an, dass wir Gelegenheit bekommen, uns das Boot anzusehen?«

»Sie meinen, eine Quarantäneinspektion durchführen, es auf Seetüchtigkeit inspizieren und nach Drogen durchsuchen?« Der Präsident grinste. »Das ließe sich arrangieren. Aber wir eilen zu weit voraus. Bis dahin muss noch allerhand erledigt werden. Was sagen wir unseren Alliierten?«

»Die Engländer hatten gerade einen ihrer Träger hier. Könnten Sie den gebrauchen, Dan?«, fragte General Hilton.

»Ja, wenn sie ihn zur Verfügung stellen. *Invincible,* ihre vier Begleitschiffe und drei Torpedoboote könnten wir gut gebrauchen. Das Geschwader hat aber bereits kehrtgemacht und läuft mit Volldampf zurück.«

»Wissen Sie über diese Entwicklung Bescheid, Richter?«, fragte der Präsident.

»Es muss ihre eigene Entscheidung gewesen sein. Die Information ist erst wenige Stunden alt.« Moore enthüllte nicht, dass Sir Basil sein eigenes Ohr im Kreml hatte. Auch Ryan wusste nur gerüchteweise davon. »Falls Sie es genehmigen, Sir, würde ich Admiral Greer bitten, nach London zu fliegen und die Premierministerin zu unterrichten.«

»Warum schicken wir nicht einfach –«

Richter Moore schüttelte den Kopf. »Mr. President, diese Information darf – sagen wir, nur von Hand übergeben werden.« Überall in der Runde wurden Augenbrauen hochgezogen.

»Wann kann er fliegen?«

»Noch heute Abend, wenn Sie es wünschen. Es gehen zwei VIP-Flüge vom Andrews-Luftstützpunkt ab. Kongressflüge.« Die üblichen Vergnügungsreisen zum Ende der Sitzungsperiode. Weihnachten in Europa als Informationsreise auf Staatskosten kaschiert.

»General, haben wir nichts Schnelleres?«, wandte sich der Präsident an Hilton.

»Wir könnten eine VC-141 bereitstellen, Lockheed Jet-Star … Wäre in einer halben Stunde startklar.«

»Tun Sie das.«

»Jawohl, Sir. Ich veranlasse es sofort.« Hilton stand auf und ging an ein Telefon in der Ecke.

»Richter, lassen Sie Greer seinen Koffer packen. Ich schicke ihm ein Schreiben an die Premierministerin zum Flugzeug. Admiral, wollen Sie die *Invincible?*«

»Gerne, Sir.«

»Dann werde ich sie Ihnen besorgen. So, und was sagen wir unseren Männern auf See?«

»Wenn *Oktober* einfach angefahren kommt, nichts, aber wenn wir Verbindung mit ihr aufnehmen müssen …«

»Entschuldigen Sie, Richter«, sagte Ryan, »aber das wird wahrscheinlich erforderlich sein. Vermutlich werden die russischen Jagd-U-Boote vor unserer Küste sein, bevor *Oktober* eintrifft. In diesem Fall müssen wir sie warnen, um die desertionswilligen Offiziere zu retten. Die sowjetische Marine hat den Befehl, *Oktober* ausfindig zu machen und zu *versenken.*«

»Wir haben das Boot doch selbst noch nicht geortet. Warum sollten sie dazu in der Lage sein?«, meinte Foster.

»Die Russen haben es gebaut und wissen daher mehr als wir, Admiral.«

»Klingt plausibel«, sagte der Präsident. »Das heißt, jemand muss hinausfliegen und die Flottenkommandanten unterrichten. Über Funk können wir das nicht durchgeben, Richter?«

»Mr. President, diese Quelle ist zu wertvoll, als dass wir sie auf irgendeine Weise gefährden dürften. Mehr kann ich hier nicht sagen, Sir.«

»Gut, es fliegt also jemand hinaus. Anschließend müssen wir die Geschichte mit den Sowjets besprechen. Im Augenblick können sie noch behaupten, in eigenen Gewässern zu operieren. Wann passieren sie Island?«

»Morgen Nacht, sofern sie nicht den Kurs ändern«, antwortete Foster.

»Gut, geben wir ihnen einen Tag Zeit, das Unternehmen abzublasen. Wenn sie bis morgen um Mitternacht nicht abgedreht haben, lasse ich mir am Freitagvormittag Botschafter Arbatow kommen.« Er wandte sich an die Generalstabschefs. »Gentlemen, bis morgen Nachmittag möchte ich Pläne sehen, die alle Eventualitäten berücksichtigen. Wir treffen uns um zwei wieder. Und noch etwas: Es darf kein Wort durchsickern! Ohne meine persönliche Genehmigung darf niemand außerhalb dieser Runde etwas erfahren. Wenn diese Geschichte in die Presse gelangt, rollen Köpfe. Ja, General?«

»Mr. President, bei der Aufstellung dieser Pläne müssen wir mit unseren Stabskommandeuren zusammenarbeiten. Ganz bestimmt brauchen wir Admiral Blackburn.«

Blackburn war CINCLANT, oberster Befehlshaber der Atlantikstreitkräfte.

»Lassen Sie mich darüber nachdenken. Ich setze mich in einer Stunde mit Ihnen in Verbindung. Wie viele Leute sind beim CIA unterrichtet?«

»Vier, Sir. Ritter, Greer, Ryan und ich, Sir.«

»Lassen wir das so.« Der Präsident wurde seit Monaten von undichten Stellen in der Verwaltung geplagt.

»Jawohl, Mr. President.«

»Die Sitzung ist vertagt.«

Der Präsident erhob sich. Moore ging um den Tisch herum, um ihn zurückzuhalten. Auch Dr. Pelt blieb stehen, als der Rest den Raum verließ. Ryan schüttelte draußen Hände.

»Gut gemacht!« General Maxwell packte seine Hand. Er wartete, bis sich die anderen entfernt hatten, ehe er fortfuhr. »Sie sind nicht ganz bei Trost, Sohn, aber dem Dan Foster haben Sie echt Feuer unterm Arsch gemacht!« Der kleine General lachte. »Und wenn wir das Boot erst mal haben, überlegt es sich der Präsident vielleicht doch noch und erlaubt uns, die Mannschaft verschwinden zu lassen. Sie wissen ja, dass sich der Richter mal so was geleistet hat.« Bei diesem Gedanken fröstelte Ryan. Maxwell stolzierte den Korridor entlang.

»Jack, kommen Sie bitte einen Augenblick rein«, rief Moore.

»Sie sind Historiker, nicht wahr?«, fragte der Präsident und ging seine Notizen durch. Ryan hatte noch nicht einmal gemerkt, dass er mitgeschrieben hatte.

»Ja, Mr. President. In diesem Fach habe ich promoviert.« Ryan gab ihm die Hand.

»Sie haben ein feines Gespür für Dramatik, Jack. Hätten einen guten Strafverteidiger abgegeben.« Der Präsident hatte sich als scharfer Staatsanwalt einen Namen gemacht und am Anfang seiner Karriere einen Mordanschlag der Mafia überlebt, was seine politischen Ambitionen aber nicht gedämpft hatte. »Sehr ordentlicher Vortrag.«

»Vielen Dank, Mr. President.« Ryan strahlte.

»Vom Richter höre ich, dass Sie den Kommandanten des britischen Kampfverbandes kennen.«

»Jawohl, Sir. Ich war mit Admiral White auf der Jagd, und unsere Frauen sind befreundet. Das Paar kennt die königliche Familie gut.«

»Vorzüglich. Jemand muss unseren Flottenkommandanten auf See unterrichten und dann weiter zu den Briten fliegen, damit wir ihren Träger bekommen, womit ich rechne. Der Richter schlägt vor, Sie und Admiral Davenport zu schicken. Sie fliegen also heute Abend zur *Kennedy* und dann zur *Invincible.*«

»Mr. President, ich –«

»Zieren Sie sich nicht, Dr. Ryan«, unterbrach ihn jetzt Pelt. »Sie eignen sich bestens. Sie hatten bereits Zugang zu dem Geheimdienstmaterial, kennen den britischen Kommandanten und sind Spezialist für nachrichtendienstliche Marineangelegenheiten. Sie sind der richtige Mann. Sagen Sie, wie scharf ist Ihrer Ansicht nach die Marine auf dieses Boot *Roter Oktober?*«

»Es besteht selbstverständlich großes Interesse, Sir. Man würde es gerne ansehen oder besser noch Probe fahren, auseinander nehmen, wieder zusammensetzen und weiter erproben. Das wäre der größte Geheimdienstcoup aller Zeiten.«

»Wohl wahr. Aber die Navy kommt mir zu übereifrig vor.«

»Ich verstehe nicht ganz, was Sie meinen, Sir«, sagte Ryan, obwohl er genau wusste, worum es ging. Pelt war der Favorit des Präsidenten, aber im Pentagon verhasst.

»Sie könnte mehr Risiken eingehen, als uns lieb ist.«

»Dr. Pelt, wenn Sie damit sagen wollen, dass ein Offizier seine Befugnisse –«

»Das will er nicht behaupten. Ich fände es nur nützlich, wenn wir dort draußen jemanden hätten, der mir vom Standpunkt eines Zivilisten einen unabhängigen Bericht geben kann«, sagte der Präsident.

»Aber Sir, Sie kennen mich doch gar nicht.«

»Ich weiß mehr über Sie, als Sie ahnen.« Der Präsident

lächelte. Man sagte von ihm, er könne seinen strahlenden Charme ein- und ausknipsen wie einen Scheinwerfer. Ryan merkte, dass er geblendet wurde, und konnte nichts dagegen tun. »Ihre Arbeit gefällt mir. Sie haben ein gutes Gespür für Fakten, scharfe Urteilsfähigkeit. Und da Urteilsfähigkeit meine Stärke ist, weiß ich, dass Sie der rechte Mann sind für das, was ich im Sinn habe. Die Frage ist nur, wollen Sie es übernehmen oder nicht?«

»Was soll ich tun, Sir?«

»Bleiben Sie ein paar Tage auf See und erstatten Sie mir direkt Meldung – unter Umgehung des Dienstweges. Ich werde dafür sorgen, dass Sie die notwendige Unterstützung bekommen.«

Ryan war sprachlos. Er war gerade vom Präsidenten per Dekret zum Spion gemacht worden. Schlimmer noch, zum Spion gegen seine eigene Seite.

»Aha, Ihnen missfällt, über Ihre eigenen Leute berichten zu müssen. Ganz so schlimm wird es nicht. Ich möchte lediglich die unabhängige Meinung eines Zivilisten hören. Wir würden zwar einen erfahrenen Geheimdienstoffizier vorziehen, möchten aber die Zahl der Beteiligten so gering wie möglich halten. Ritter oder Greer fielen dort draußen zu sehr auf, aber Sie sind relativ –«

»Unbedeutend?«, fragte Jack.

»Was die Sowjets angeht, ja«, warf Richter Moore ein. »Dort existiert eine Akte über Sie. Ich habe Auszüge gesehen. Man hält Sie für eine Drohne aus der Oberschicht, Jack.«

Bin ich auch, dachte Jack, von der implizierten Herausforderung unberührt. Jedenfalls in diesem Kreis.

»Einverstanden, Mr. President. Bitte verzeihen Sie mein Zögern. Dies wäre mein erster Außeneinsatz.«

»Ich verstehe.« Der Präsident war ein großmütiger Sieger. »Noch etwas. Warum ist Ramius nicht einfach losgefahren, ohne etwas zu sagen? Warum hat er ihnen einen Tipp gegeben? Wozu der Brief? Mir kommt das unsinnig vor.«

Nun konnte Ryan lächeln. »Sind Sie einmal einem U-

Boot-Fahrer begegnet, Sir? Nein? Oder einem Astronauten?«

»Sicher, ich kenne die Mannschaften der Raumfähren.«

»Der gleiche Typ, Sir. Für den Brief gibt es zwei Gründe. Erstens ärgert er sich über etwas. Was das ist, erfahren wir erst, wenn wir ihn haben. Zweitens glaubt er, dass er schafft, was er sich vorgenommen hat, ganz gleich, was man auch einsetzt, um ihn daran zu hindern. Und das wollte er ihnen unter die Nase reiben. Mr. President, U-Boot-Fahrer sind aggressiv, selbstsicher und sehr, sehr helle. Und sie legen andere für ihr Leben gern rein, zum Beispiel Männer auf Überwasserschiffen.«

»Stimmt, Jack. Noch ein Punkt für Sie. Die Astronauten, die ich kennen gelernt habe, sind normalerweise recht bescheiden, aber sobald sie abgehoben haben, halten sie sich für Götter.«

Der Präsident wandte sich an Pelt. »Zurück an die Arbeit, Jeff. Jack, Sie halten mich auf dem Laufenden.«

Ryan schüttelte ihm noch einmal die Hand. Nachdem der Präsident und sein Sicherheitsberater gegangen waren, fragte er Richter Moore: »Richter, was haben Sie ihm über mich erzählt?«

»Nur die Wahrheit, Jack.« Eigentlich hatte Moore den Auftrag einem hohen CIA-Mann geben wollen, doch der Plan war vom Präsidenten durchkreuzt worden. Moore nahm das gelassen hin. »Jack, mit Ihnen geht es mächtig aufwärts, wenn Sie diesen Job ordentlich machen. Wer weiß, vielleicht macht er Ihnen sogar Spaß.«

Ryan bezweifelte das und er sollte Recht behalten.

CIA-Zentrale

Auf der Rückfahrt nach Langley blieb er schweigsam. Der Wagen fuhr in die Tiefgarage, wo sie einen Aufzug betraten, der sie direkt zu Moores Büro brachte. Die Aufzugtür war als Wandpaneel getarnt, was Ryan praktisch, aber auch ein wenig übertrieben fand. Der DCI ging sofort an seinen Schreibtisch und griff zum Telefon.

»Bob, ich brauche Sie sofort.« Er warf Ryan, der mitten

im Zimmer stand, einen Blick zu. »Darauf freuen Sie sich, was, Jack?«

»Sicher, Richter«, erwiderte Ryan, aber ohne Begeisterung.

»Ich weiß, was Sie von Spionage gegen die eigenen Leute halten, aber diese Situation könnte sich sehr explosiv entwickeln. Sie sollten sich geschmeichelt fühlen, dass man Ihnen das anvertraut hat.«

Ryan verstand die feine Anspielung. Ritter kam herein.

»Was gibt's, Richter?«

»Wir starten eine Operation. Ryan fliegt mit Davenport zur *Kennedy,* um die Flottenkommandanten über diese *Oktober*-Geschichte zu informieren. Der Präsident teilt unsere Einschätzung.«

»Sieht so aus. Greer ist gerade zum Luftstützpunkt Andrews gefahren. Ryan fliegt also raus?«

»Ja. Jack, Sie können den Flottenkommandanten und Davenport informieren, aber sonst niemanden. Bei den Briten weihen Sie nur den Admiral ein. Klar?«

»Ja, Sir«, erwiderte Ryan. »Jemand hat dem Präsidenten wohl klargemacht, dass es nicht einfach ist, etwas zustande zu bringen, wenn kein Mensch weiß, was eigentlich los ist. Besonders die Männer, die die eigentliche Arbeit tun.«

»Ich weiß, Jack. Wir müssen den Präsidenten zu einer Meinungsänderung bewegen. Das schaffen wir schon, aber bis dahin vergessen Sie nicht, dass er der Boss ist. Bob, wir müssen Jack etwas zum Anziehen besorgen, damit er in den Verein passt.«

»Eine Marineuniform? Machen wir ihn zum Commander, drei Streifen, die üblichen Orden.« Ritter musterte Ryan. »Größe zweiundvierzig, würde ich sagen. In einer Stunde ist alles bereit, nehme ich an. Hat diese Operation einen Namen?«

»Das kommt als Nächstes dran.« Moore griff wieder nach dem Hörer und tippte fünf Ziffern ein. »Ich brauche zwei Wörter ... hm, danke.« Er schrieb etwas auf. »Gut, wir nennen das Unternehmen MANDOLINE. Sie, Ryan, sind Kaspar. Vor Weihnachten leicht zu merken; ein Weiser aus dem Morgenland. Wir lassen uns eine Reihe dazu passender Codewörter einfallen, während Sie zur Anprobe gehen. Bob, nehmen Sie ihn mit nach unten. Ich rufe Davenport an und lasse ihn den Flug bestellen.«

Ryan folgte Ritter zum Aufzug. Es ging zu schnell, alle Beteiligten kamen sich zu schlau vor. Operation MANDOLINE wurde rasant gestartet, ehe man überhaupt wusste, *was* man erreichen wollte, geschweige denn wie. Und seinen Codenamen fand Ryan eigenartig unpassend. Ein Weiser war er bestimmt nicht. Vielleicht ein Narr?

Siebter Tag

Donnerstag, 9. Dezember

Nordatlantik

Als der berühmte Samuel Johnson ein Schiff mit einem »Kerker mit Aussicht aufs Ertrinken« verglich, konnte er sich zum Trost wenigstens in einer sicheren Kutsche zum Hafen begeben, dachte Ryan. Er ging nun auf See, doch ehe er sein Schiff erreichte, hatte er die Aussicht, bei einem Flugzeugabsturz zu Mus zerquetscht zu werden. Jack saß gekrümmt in einer Grumman Greyhound des Typs, mit dem die Marine ihre Träger versorgt, einem fliegenden Lieferwagen also. Die Sitze waren gegen die Flugrichtung und so dicht eingebaut, dass Ryan die Knie unterm Kinn hatte. Für Fracht war die Kabine besser geeignet als für Passagiere, denn sie war unbeheizt und hatte keine Fenster. Eine dünne Aluminiumhaut trennte ihn von einem Zweihundert-Knoten-Sturm, der im Verein mit den beiden Turbinen heulte. Am schlimmsten aber war, dass sie in nur fünftausend Fuß Höhe durch ein Unwetter flogen, in dem die Maschine herumgeschleudert wurde wie auf einer verrückten Achterbahn. Angenehm ist nur die schlechte Beleuchtung, dachte Ryan, da sieht man wenigstens nicht, wie grün ich bin. Direkt hinter ihm saßen die beiden Piloten und unterhielten sich laut. Den Kerlen schien das noch Spaß zu machen!

Der Lärm wurde scheinbar gedämpfter. Genau konnte Ryan das nicht beurteilen, denn man hatte ihm Ohrschützer aus Schaumstoff gegeben, zusammen mit einer gelben aufblasbaren Schwimmweste und Anweisungen für den Notfall. Man musste nicht sonderlich helle sein, um sich die Chancen auszurechnen, die man bei einem Absturz in einer solchen Nacht hatte. Ryan hasste fliegen. Er war einmal Second Lieutenant bei der Marineinfanterie gewesen, aber seine aktive Karriere hatte schon nach drei Monaten ein Ende gefunden, als der Hubschrauber seines Zuges bei einer NATO-Übung auf Kreta abstürzte. Er erlitt eine Rückenverletzung, die ihn um ein Haar für den Rest seines Lebens zum Krüppel gemacht hätte; und seitdem mied er Flugzeuge, wann immer es ging.

Das Flugzeug senkte die Nase. Nun kam die Landung, das gefährlichste Manöver auf einem Flugzeugträger. Das Deck war regennass und hob und senkte sich; ein schwarzes Loch, umgeben von Lichtern. Eine Landung auf einem Flugzeugträger ist wie ein kontrollierter Absturz. Zur Dämpfung des Schocks beim Aufsetzen waren massive Fahrwerkstreben und Stoßdämpfer erforderlich. Das Flugzeug schoss weiter, bis es von einem Fangseil mit einem Ruck zum Stehen gebracht wurde. Sie waren gelandet. Sie waren in Sicherheit. Nach kurzer Pause begann die Grumman Greyhound zu rollen. Ryan hörte merkwürdige Geräusche und erkannte erst jetzt, dass im Augenblick die Tragflächen hochgeklappt wurden. Dann kam die Maschine endlich zum Stillstand, und die Ladeklappe am Heck ging auf.

Ryan ließ den Gurt aufschnappen, sprang hastig auf und stieß mit dem Kopf an die niedrige Decke. Er wartete nicht auf Davenport, sondern drückte seine Leinwandtasche an die Brust und eilte hinaus. Er schaute sich um und wurde von einem grellgelb gekleideten Mitglied der Deckmannschaft zum Brückenanbau der *Kennedy* gewiesen. Es regnete heftig, und er spürte, mehr als er sah, dass der Träger sich tatsächlich durch die fünf Meter hohen Seen bewegte. Er rannte auf eine fünfzehn Meter entfernte, beleuchtete Öffnung zu. Dort musste er auf Davenport warten. Der Admiral schritt gemessen und würdevoll einher, wie es sich für einen Flaggoffizier ziemt. Ryan vermutete, dass er sich ärgerte, weil er wegen dieser praktisch geheimen Ankunft um die ihm zustehende Zeremonie mit Bootsmannspfeifen und angetretenen Matrosen kam. Im Eingang stand ein Marinesoldat, der salutierte und sie an Bord willkommen hieß.

»Corporal, ich möchte zu Admiral Painter.«

»Der Admiral ist in seiner Kajüte, Sir. Brauchen Sie eine Eskorte?«

»Nein, Sohn, ich war einmal Kommandant auf diesem Schiff. Kommen Sie, Jack.« Ryan trug auf einmal beider Taschen.

»Mein Gott, Sir, haben Sie sich früher wirklich auf diese Weise Ihr Geld verdient?«

»Mit Nachtlandungen auf Trägern? Klar, habe vielleicht zweihundert hinter mir. Nichts dabei.« Davenport schien von Ryans Bewunderung überrascht zu sein. Jack war sicher, dass er nur so tat.

In der *Kennedy* sah es ähnlich aus wie in der *USS Guam*, dem großen Hubschrauber-Landungsschiff, auf dem Ryan während seiner kurzen Militärkarriere gedient hatte: das übliche Labyrinth aus stählernen Schotten und Röhren, alles in einer Art Höhlengrau gestrichen. Die Röhren trugen Farbringe und Abkürzungen in Schablonenschrift, die der Mannschaft wohl etwas sagten. Für Ryan waren sie ebenso aufschlussreich wie steinzeitliche Höhlengemälde. Davenport führte ihn einen Gang entlang, um eine Ecke, eine steile Treppe hinunter, durch einen weiteren Durchgang und um noch eine Ecke. Inzwischen hatte Ryan total die Orientierung verloren. Sie kamen an eine Tür, vor der ein Marinesoldat postiert war. Der Sergeant salutierte und machte ihnen die Tür auf.

Ryan folgte Davenport hinein – und war verblüfft. Die Kapitänskajüte der *Kennedy* hätte komplett aus einem herrschaftlichen Haus in Beacon Hill hierher transportiert worden sein können. Rechts von sich sah er ein Wandgemälde, groß genug für einen Salon. Die edelholzgetäfelten Wände zierte ein halbes Dutzend Ölgemälde; eines stellte den Namenspatron des Schiffes dar, Präsident John Fitzgerald Kennedy. Der Raum war mit dickem rotem Teppichboden ausgelegt, und die Einrichtung war äußerst zivil – Stilmöbel, Eiche und Brokat. Nur die üblichen grauen Röhren an der Decke erinnerten daran, dass man sich auf einem Schiff befand.

»Hi, Charlie!« Konteradmiral Painter kam aus dem Nebenzimmer und trocknete sich die Hände. »Wie war der Anflug?«

»Ein bisschen wacklig«, gestand Davenport zu und gab ihm die Hand. »Dies ist Jack Ryan.«

Ryan kannte Painter vom Hörensagen. Er war im Vietnamkrieg Phantom-Pilot gewesen und hatte ein Buch über die Luftkriegführung geschrieben: *Bomben auf Reisfelder;* ein Tatsachenbericht, mit dem er sich viele Feinde gemacht hatte. Er war ein kleiner, energischer Mann, der kaum mehr als sechzig Kilo wiegen konnte. Painter galt als begabter Taktiker und war ein Mann von puritanischer Integrität.

»Einer von Ihren, Charlie?«

»Nein, Admiral, ich arbeite für James Greer und bin auch kein Marineoffizier. Bitte entschuldigen Sie die Maskerade. Die Uniform war nicht meine Idee«, sagte Ryan.

Painter runzelte die Stirn. »Aha, so ist das. Dann sind Sie wohl derjenige, der mir verrät, was der Iwan vorhat. Gut. Wenigstens einer, der Bescheid weiß, hoffe ich.«

Die Doppeltür zum Korridor ging wenig später auf, und zwei Stewards kamen herein, einer mit einem Essenstablett, der andere mit zwei Kannen Kaffee. Die drei Männer wurden ihrem Rang entsprechend bedient. Das Essen, das auf Tellern mit Silberrand serviert wurde, war schlicht, für Ryan, der seit zwölf Stunden nichts zu sich genommen hatte, aber verlockend. Er nahm sich einen Salat aus Weißkraut und Karotten mit Mayonnaise, Kartoffelsalat und zwei Sandwiches, Corned Beef auf Roggenbrot.

»Danke, das wäre vorerst alles«, sagte Painter. Die Stewards standen stramm, ehe sie gingen. »Gut, zur Sache.«

Ryan verschlang ein halbes belegtes Brot. »Admiral, diese Information ist erst vierundzwanzig Stunden alt.« Er nahm zwei Akten aus seiner Tasche und teilte sie aus. Sein Vortrag dauerte zwanzig Minuten, in deren Verlauf er es fertig brachte, die beiden Sandwiches und den größten Teil des Salats zu verspeisen und Kaffee auf seine handschriftlichen Notizen zu verschütten. Die beiden Flaggoffiziere unterbrachen ihn nicht ein einziges Mal, warfen ihm aber hin und wieder ungläubige Blicke zu.

»Guter Gott«, rief Painter aus, als Ryan geendet hatte. Davenport starrte ausdruckslos vor sich hin und dachte wohl über die Gelegenheit nach, ein russisches Raketen-U-Boot von innen zu betrachten. Painter sprach weiter. »Glauben Sie das wirklich?«

»Jawohl, Sir.« Ryan schenkte sich eine zweite Tasse Kaffee ein.

Painter lehnte sich zurück und sah Davenport an. »Charlie, raten Sie Greer, dem Jungen da ein paar Lektionen zu erteilen – zum Beispiel, dass sich ein Bürokrat nicht zu weit vorwagen sollte. Finden *Sie* das nicht ein bisschen weit hergeholt?«

»Ryan ist der Mann, der letzten Juni die Studie über Patrouillen-Schemata sowjetischer Raketen-U-Boote verfasste«, sagte Davenport.

»So? Hm, gute Arbeit. Bestätigte, was ich seit zwei oder drei Jahren predige.« Painter stand auf und schaute auf die stürmische See. »Und was sollen wir tun?«

»Die Einzelheiten der Operation sind noch nicht festgelegt worden. Ich nehme an, dass man Sie anweisen wird, *Roter Oktober* zu orten und Verbindung mit dem Kapitän aufzunehmen. Und anschließend müssen wir versuchen, das Boot an einen sicheren Platz zu lotsen. Der Präsident glaubt nämlich nicht, dass wir es behalten können – falls wir es überhaupt erwischen.«

»Was?« Painter fuhr herum. Ryan erklärte ihm die Lage.

»Das kann doch nicht wahr sein! Erst stellen Sie mir eine unmögliche Aufgabe, und dann sagen Sie mir, dass wir das verdammte Ding zurückgeben müssen, falls wir erfolgreich sind!«

»Admiral, ich empfahl dem Präsidenten auf seine Frage hin, das Boot zu behalten. Auch die Generalstabschefs und der CIA sind dieser Auffassung. Wenn aber, wie zu erwarten steht, die Besatzung nach Hause will, werden die Sowjets erfahren, dass wir das Boot haben. Was die praktischen Aspekte angeht, kann ich den Standpunkt der anderen

Seite verstehen. Das Schiff ist eine Menge Geld wert und ihr Eigentum. Und wo sollten wir ein dreißigtausend Tonnen großes Unterseeboot verstecken?«

»Auf dem Grund des Meeres!«, rief Painter zornig. »Wo es hingehört. ›Ihr Eigentum!‹ Das ist doch kein Vergnügungsdampfer, sondern eine Mordmaschine!«

»Admiral, ich stehe auf Ihrer Seite«, sagte Ryan leise. »Sir, Sie sprachen von einer unmöglichen Aufgabe. Wieso unmöglich?«

»Ryan, ein Raketen-U-Boot aufzuspüren, das nicht gefunden werden will, ist nicht gerade die einfachste Sache der Welt. Wir üben gegen unsere eigenen und versagen fast jedes Mal. Und Sie sagen, *Roter Oktober* habe bereits alle SOSUS-Barrieren im Nordosten passiert. Der Atlantik ist ziemlich groß, die Geräuschspur eines strategischen Bootes sehr klein.«

»Ja, Sir.« Ryan sagte sich, dass er die Erfolgschancen womöglich zu optimistisch eingeschätzt hatte.

»Sind Sie einigermaßen in Form, Josh?«, fragte Davenport.

»Nicht übel. Beim Manöver FLINKER DELPHIN hat alles gut geklappt. Oder zumindest fast alles«, verbesserte Painter. »Auf der anderen Seite des Atlantik hat DALLAS allerhand Aufruhr gemacht. Aber meine Anti-U-Boot-Mannschaft spurt vorzüglich. Wie werden wir unterstützt?«

»Als ich das Pentagon verließ, prüfte man gerade die Verfügbarkeit von im Pazifik stationierten P-3. Sie können also mit mehr Maschinen dieses Typs rechnen. Alles, was Dampf machen kann, sticht in See. Da Sie den einzigen Träger haben, bekommen Sie den taktischen Oberbefehl. Nur Mut, Josh, Sie sind unser bester Anti-U-Boot-Mann.«

Painter goss sich Kaffee ein. »Gut, wir haben also einen Träger. Verdammt, *Nimitz* und *America* können frühestens in einer guten Woche zu uns stoßen. Ryan, Sie sagten, Sie seien unterwegs zur *Invincible.* Bekommen wir die auch?«

»Der Präsident trug sich mit dem Gedanken. Möchten Sie sie haben?«

»Sicher. Admiral White hat eine gute Nase für U-Boote,

und seine Jungs hatten bei FLINKER DELPHIN allerhand Glück. Versenkten zwei von unseren Jagd-U-Booten. Vince Gallery war stinkwütend. Aber Glück gehört halt dazu. Gut, dann hätten wir also zwei Träger. Meinen Sie, wir bekämen noch ein paar S-3?« Painter meinte trägergestützte Anti-U-Boot-Flugzeuge vom Typ Lockheed Viking.

»Wieso?«, fragte Davenport.

»Ich kann meine F-18 an Land verlegen und so Platz für zwanzig Vikings schaffen. Ich gebe zwar nur ungern die Schlagkraft der Jäger auf, aber wir brauchen halt eine höhere Anti-U-Boot-Kapazität. Das bedeutet mehr Maschinen vom Typ S-3. Jack, wenn Sie sich irren, werden wir mit dem russischen Überwasser-Verband alle Hände voll zu tun bekommen. Wissen Sie, wie viele Boden-Boden-Raketen er mitführt?«

»Nein, Sir.«

»Wir sind nur ein einziger Träger und daher das Hauptziel. Wenn die zu schießen anfangen, wird es hier sehr einsam – und dann ungeheuer aufregend.« Das Telefon klingelte. »Hier Painter. Ja, danke. Nun, *Invincible* hat gerade kehrtgemacht. Gut, wir bekommen sie also, und zwei Zerstörer dazu. Die anderen Begleitschiffe und die drei U-Boote fahren weiter in Richtung Heimat.« Er runzelte die Stirn. »Kann ich ihnen nicht verdenken. Das bedeutet, dass wir *Invincible* ein paar Schiffe als Eskorte abgeben müssen, aber der Handel ist fair. Ich kann das zweite Flugdeck gut gebrauchen.«

»Kann Ryan nicht mit dem Hubschrauber zur *Invincible* gebracht werden?« Ryan fragte sich, ob Davenport wusste, was der Präsident ihm befohlen hatte. Dem Admiral schien daran gelegen zu sein, ihn so rasch wie möglich von der *Kennedy zu* entfernen.

Painter schüttelte den Kopf. »Zu weit für einen Chopper. Vielleicht holen ihn die Briten mit einem Harrier ab.«

»Der Harrier ist ein Kampfflugzeug, Sir«, merkte Ryan an.

»Sie haben ein zweisitziges Versuchsmodell für den Anti-U-Boot-Einsatz gebaut, das sich außerhalb des Aktionsradius ihrer Hubschrauber recht gut bewährt hat. Es erwischte eines unserer Jagd-U-Boote, dessen Kommandant sich in Sicherheit wiegte.« Painter trank seinen Kaffee aus.

»Gut, Gentlemen, gehen wir mal runter in den ASW-Kontrollraum und überlegen uns, wie wir diesen Zirkusakt aufziehen. CINCLANT wird wissen wollen, was ich vorhabe. Das entscheide ich am besten für mich allein. Wir rufen dann auch gleich die *Invincible* und lassen einen Vogel für Ryan rüberschicken.«

Ryan folgte den beiden Admiralen aus der Kajüte. Dann schaute er zwei Stunden lang zu, wie Painter Schiffe auf dem Ozean herumschob wie ein Schachmeister seine Figuren.

USS Dallas

Bart Mancuso hatte seit über zwanzig Stunden in der Angriffszentrale Dienst getan und danach nur wenige Stunden geschlafen. Ernährt hatte er sich von Sandwiches, Kaffee und zwei Tassen Suppe.

»Captain?« Das war Robert Thompson, der Sonar-Offizier.

»Ja, was gibt's?« Mancuso löste sich von der taktischen Schautafel, auf die er sich seit mehreren Tagen konzentrierte. Thompson stand hinten im Raum. Neben ihm erschien Jones, der einen Blockhalter und ein Bandgerät in der Hand hatte.

»Sir, Jones möchte Ihnen etwas vorführen.«

Eigentlich wollte Mancuso ungestört bleiben – langer Dienst stellte seine Geduld immer auf die Probe. Aber Jones sah ungeduldig und aufgeregt aus. »Na gut, kommen Sie an den Kartentisch.«

Der Kartentisch der *Dallas* war ein neues, an das BC-10 angeschlossenes Gerät, das eine Seekarte des gerade durchfahrenden Gebiets auf einen großen TV-Monitor projizierte. Die optische Anzeige bewegte sich mit der *Dallas.* Seekarten hielt man aber trotzdem parat, denn Papier hat keine Funktionsstörungen.

»Danke, Skipper«, sagte Jones bescheidener als gewöhnlich. »Ich weiß, dass Sie viel zu tun haben, aber ich bin da auf etwas gestoßen. Dieser anomale Kontakt, den wir gestern hatten, ließ mir keine Ruhe. Ich musste ihn zunächst links liegen lassen, weil die anderen Russki-Boote so einen Krach machten, konnte ihn aber später noch dreimal ausmachen. Beim vierten Versuch war er verschwunden. Ich würde Ihnen gerne zeigen, was ich dazu ausgearbeitet habe. Könnten Sie bitte unseren damaligen Kurs in diesen Kasten eingeben, Sir?«

Der elektronische Kartentisch war über den BC-10 mit SINS, dem Trägheitsnavigationssystem, verbunden. Mancuso gab den Befehl selbst ein. Es war so weit gekommen, dass kaum noch die Klospülung ohne Computerbefehl funktionierte … Der Kurs der *Dallas* erschien als gewundene, in Fünfzehn-Minuten-Abständen markierte rote Linie.

»Irre!«, kommentierte Jones. »Hab ich noch nie gesehen. Los geht's.« Er zog eine Hand voll Bleistifte aus der Hüfttasche. »Den ersten Kontakt bekam ich um 0215 oder so, und die Peilung war rund zwei-sechs-neun.« Er legte einen Bleistift so auf den Schirm, dass das Radiergummiende auf der Position der *Dallas zu* liegen kam und die Spitze auf das Ziel wies. »Um 0230 war er Richtung zwei-sechs-null; Um 0248 zwei-fünf-null. Die Peilungen können etwas abweichen, Captain, denn das Signal war schwach und nicht leicht anzupeilen, aber der Durchschnittswert sollte ziemlich korrekt sein. Zu diesem Zeitpunkt entwickelten die anderen Boote ihre wilde Aktivität, und ich musste mich um sie kümmern, aber um 0300 bekam ich den Kontakt wieder, Richtung zwei-vier-zwei.« Jones legte einen weiteren Bleistift auf die Ost-West-Linie, die von der *Dallas* beim Abdrehen von der isländischen Küste befahren worden war. »Um 1015 war es zwei-drei-vier, um 1030 zwei-zwei-sieben. Die beiden letzten Peilungen sind etwas zweifelhaft, weil das Signal sehr schwach war.« Jones sah auf. Er schien nervös zu sein.

»So weit, so gut. Immer mit der Ruhe, Jones. Stecken Sie sich eine an.«

»Danke, Captain.« Jones zündete sich eine Zigarette an. Es war das erste Mal, dass er so einfach beim Captain auftauchte. Er wusste, dass Mancuso ein toleranter, umgänglicher Kommandant war – wenn man etwas zu sagen hatte. Mancuso hasste es, wenn man seine Zeit vergeudete. »Gut, Sir, wir müssen annehmen, dass er nicht zu weit von uns entfernt war. Ich meine, er muss zwischen uns und Island gewesen sein. Sagen wir mal ungefähr in der Mitte. Dann müsste er diesen Kurs gefahren sein.« Jones legte weitere Bleistifte auf die Karte.

»Langsam, Jones. Wo haben Sie den Kurs her?«

»Ach ja, der Kurs.« Jones blätterte in seinem Block. »Gestern früh oder nacht, wann immer, hab ich mir nach der Wache Gedanken gemacht und unseren Kurs von Island weg als Basislinie für eine Kursberechnung benutzt.« Jones zog einen Taschenrechner und eine mit Notizen und Bleistiftlinien bedeckte National-Geographic-Karte heraus. »Wollen Sie meine Berechnungen nachprüfen, Sir?«

»Später. Im Augenblick glaube ich Ihnen. Was ist das für eine Karte?«

»Skipper, ich weiß, es verstößt gegen die Vorschriften, aber das ist meine private Unterlage zu unseren Kontakten mit gegnerischen Booten. Die Karte verlässt das Boot nicht, glauben Sie mir. Ganz exakt mag es nicht sein, aber alle Daten weisen auf einen Kurs zwei-zwei-null und eine Fahrt von zehn Knoten hin. Das heißt, der Kontakt bewegt sich auf den Beginn von Route eins zu. Klar?«

»Weiter.« Das hatte sich Mancuso auch schon ausgerechnet. Jones war auf etwas Interessantes gestoßen.

»Na ja, und weil ich anschließend nicht schlafen konnte, bin ich zurück ins Sonar und hab mir das Band mit dem Kontakt geholt. Ich musste es ein paar Mal durch den Computer schicken, um den ganzen anderen Mist herauszufiltern – Seegeräusche, andere Boote –, und dann hab ich es mit zehnfacher Geschwindigkeit ablaufen lassen und kopiert.« Er legte seinen Kassettenrecorder auf den Kartentisch. »Hören Sie sich das mal an, Skipper.«

Das Band hatte eine Menge Nebengeräusche, aber alle

paar Sekunden war ein Schramm zu vernehmen. Nach zweiminütigem Hinhören ließ sich feststellen, dass der Zeitabstand regelmäßig rund fünf Sekunden betrug. Inzwischen schaute Lieutenant Mannion über Thompsons Schulter, lauschte aufmerksam und nickte.

»Skipper, das muss ein von Menschen erzeugtes Geräusch sein. Für alles andere ist es schlicht zu regelmäßig. Bei Normalgeschwindigkeit machte es nicht viel Sinn, aber als ich es beschleunigte, hatte ich's im Kasten.«

»Schon gut, Jones, kommen Sie zum Ende«, meinte Mancuso.

»Captain, was Sie gerade hörten, war die akustische Signatur eines russischen U-Boots. Es war auf dem küstennahen Kurs unterwegs zu Route eins. Darauf können Sie wetten, Skipper.«

»Roger, was meinen Sie?«

»Er hat mich überzeugt, Captain«, erwiderte Thompson.

Mancuso sah sich den Kurs noch einmal an und suchte nach einer Alternative. Es gab keine. »Mich auch. Roger, Jones ist hiermit zum Sonar-Mann Erster Klasse ernannt. Ich will zur nächsten Wachablösung die erforderlichen Papiere sehen, zusammen mit einem unterschriftsreifen netten Belobigungsbrief. Ron«, er stieß Jones an, »großartig. Verdammt gut gemacht!«

»Danke, Skipper.« Jones grinste breit.

»Pat, rufen Sie bitte Lieutenant Butler.«

Mannion ging ans Telefon und sprach mit dem Chefingenieur.

»Irgendeine Idee, was das ist, Jones?« Mancuso drehte sich um.

Der Sonar-Mann schüttelte den Kopf. »Kein Schraubengeräusch. So was hab ich noch nie gehört.« Er spulte das Band zurück und ließ es noch einmal laufen.

Zwei Minuten später kam Lieutenant Earl Butler in die Angriffszentrale. »Ja, Skipper?«

»Hören Sie sich das mal an, Earl.« Mancuso stellte das Gerät auf Rücklauf und spielte das Band ein drittes Mal ab.

»Was soll das sein?«, fragte Butler.

»Jones hält es für ein russisches U-Boot. Ich glaube, er hat Recht.«

»Erzählen Sie mir einmal etwas über dieses Band«, sagte Butler zu Jones.

»Sir, es ist mit zehnfacher Geschwindigkeit überspielt und zwecks Reinigung fünfmal durch den BC-10 geschickt worden. Bei Normalgeschwindigkeit klingt es nicht so, als sei etwas Besonderes drauf.« Jones verschwieg mit uncharakteristischer Bescheidenheit, dass ihm bereits beim ersten Hinhören etwas aufgefallen war.

»Irgendeine Harmonische vielleicht? Will sagen, wenn das eine Schraube wäre, müsste sie einen Durchmesser von dreißig Metern haben, und wir würden jede Schaufel einzeln hören.« Butler zog eine Grimasse. »Das regelmäßige Intervall lässt auf eine Harmonische schließen. Aber was erzeugt sie?«

»Was immer es war, es hielt auf diesen Punkt zu.« Mancuso tippte mit seinem Bleistift auf Thors Zwillinge.

»Dann ist es ein Russe«, stimmte Butler zu. »Das heißt, sie haben etwas Neues. Schon wieder mal.«

»Mr. Butler hat Recht«, meinte Jones. »Es klingt wie ein harmonisches Dröhnen. Eigenartig, da war auch ein Geräusch im Hintergrund, das klang, als liefe Wasser durch ein Rohr. Leider kam das nicht aufs Band. Der Computer muss es weggefiltert haben. Es war ohnehin sehr schwach – wie auch immer, das ist nicht mein Fachgebiet.«

»Schon gut, für heute haben Sie genug geleistet«, sagte Mancuso. »Wie fühlen Sie sich?«

»Ein bisschen müde, Skipper. Ich habe eine Zeit lang an diesem Problem gesessen.«

»Können Sie dieses Boot ausmachen, wenn wir wieder in seine Nähe kommen?« Mancuso konnte sich die Antwort denken.

»Aber sicher, Captain! Seit ich weiß, worauf ich achten muss, entwischt er mir nicht.«

Mancuso schaute auf den Kartentisch. »Gut, wenn er zu den Zwillingen unterwegs war und dann mit, sagen wir, achtundzwanzig oder dreißig Knoten die Route befuhr, um dann wieder seinen Grundkurs und eine Geschwindigkeit von zehn Knoten oder so einzuhalten ... muss er sich ungefähr hier befinden. Weit weg. Wenn wir jetzt mit Höchstfahrt loszischen und sie achtundvierzig Stunden lang einhalten, landen wir dort, direkt vor ihm. Pat?«

»Würde ich auch sagen, Skipper«, bestätigte Lieutenant Mannion. »Sie nehmen an, dass er die Route mit voller Fahrt hinter sich bringt und dann langsam kreuzt. Klingt wahrscheinlich. In dem Labyrinth der Bergkette kann er so viel Lärm machen, wie er will. Dort hat er vierhundert oder fünfhundert Meilen freie Fahrt und kann unbesorgt aufdrehen. Ich würde das an seiner Stelle auch tun.«

»Und wir ebenfalls. Ich bitte über Funk um Genehmigung, Station Zollhaus zu verlassen und diesen Burschen festzunageln. Jones, solange wir mit Höchstgeschwindigkeit fahren, habt ihr Sonar-Leute nichts zu tun. Spielen Sie das Band von diesem Kontakt über den Simulator ab und sorgen Sie dafür, dass alle mit dem Geräusch vertraut gemacht werden. Und gönnen Sie sich etwas Schlaf. Das gilt auch für alle anderen.«

»Keine Angst, Captain, den kriegen wir schon. Darauf können Sie wetten. Möchten Sie mein Band behalten?«

»Ja, gerne.« Mancuso betätigte den Bandauswurf und starrte überrascht die Kassette an. »Haben Sie deswegen einen Bach gelöscht?«

»Keinen besonders guten, Sir. Ich habe eine Version dieses Stückes von Christopher Hogwood, die ist viel besser.«

Mancuso steckte die Kassette ein. »Danke, Jones. Gut gemacht.«

»War ein Vergnügen, Captain.« Jones verließ die Angriffszentrale und rechnete sich aus, was ihm die Beförderung zusätzlich einbrachte.

»Roger, sorgen Sie dafür, dass unsere Männer sich im Lauf der nächsten zwei Tage gut ausruhen. Wenn wir erst diesem Boot nachspüren, geht es hart auf hart.«

»Aye, Captain.«

»Pat, gehen Sie auf Periskoptiefe. Wir melden den Kontakt sofort an Norfolk. Earl, machen Sie sich Gedanken, was dieses Geräusch erzeugen könnte.«

»Jawohl, Captain.«

Während Mancuso seinen Funkspruch aufsetzte, brachte Lieutenant Mannion die *Dallas* auf Periskopantennentiefe. Das Boot brauchte fünf Minuten, um aus einhundertfünfzig Meter Tiefe die sturmgepeitschte Oberfläche zu erreichen. Nun war das U-Boot der Welleneinwirkung ausgesetzt, die im Vergleich zu Überwasserschiffen zwar milde war, aber von der Mannschaft wahrgenommen wurde. Mannion fuhr Periskop und ESM-Antenne (ESM: elektronische Hilfsmaßnahmen) aus. Letztere war an einen Breitbandempfänger angeschlossen, mit dessen Hilfe etwaige Radaremissionen festgestellt werden konnten. Es war nichts in Sicht – er konnte ungefähr fünf Meilen weit sehen – und die ESM-Geräte zeigten nichts an außer Radargeräten auf Flugzeugen, die weit entfernt und daher harmlos waren. Anschließend fuhr Mannion zwei weitere Masten aus: eine Stabantenne für UHF-Empfang und einen neuartigen Laser-Transmitter. Dieses Gerät rotierte am Mast und stellte sich selbsttätig auf das Trägerfrequenzsignal von Atlantic SSIX ein, dem ausschließlich von U-Booten benutzten Nachrichtensatelliten. Über den Laserstrahl konnte man hochverdichtete Nachrichten senden, ohne die Position des U-Boots preiszugeben.

»Alles bereit, Sir«, meldete der Funker vom Dienst.

»Senden.«

Der Funker drückte auf einen Knopf. Das im Bruchteil einer Sekunde gesendete Signal wurde von Photozellen empfangen, ging an einen UHF-Sender weiter und wurde von einer Parabolantenne zurück zur Erde und zur Nachrichtenzentrale der Atlantikflotte geschossen. In Norfolk stellte ein anderer Funker den Empfang fest und sendete mit einem Knopfdruck dasselbe Signal über den Satelliten zurück zur *Dallas*. Das war eine simple Methode, den Text auf Verstümmelungen zu prüfen.

Der Funker auf der *Dallas* verglich das empfangene Signal mit dem, das er gerade gesendet hatte. »Klarer Text, Sir.«

Mancuso wies Mannion an, alle Ausfahrgeräte außer ESM und UHF-Antenne einzufahren.

Nachrichtenzentrale der Atlantikflotte

In Norfolk wies die erste Zeile der Meldung auf Seite und Zeile der Chiffrensequenz hin, die in der Hochsicherheitsabteilung des Nachrichtenkomplexes auf Magnetband gespeichert war. Ein Offizier gab die entsprechenden Ziffern in ein Computer-Terminal ein und die Maschine erzeugte im Nu einen Klartext. Nachdem ihn der Offizier noch einmal auf Entstellungen überprüft hatte, trug er den Ausdruck zum anderen Ende des Raumes, wo ein Verwaltungsunteroffizier am Fernschreiber saß. Der Offizier reichte ihm die Meldung.

Der Verwaltungsunteroffizier tippte die korrekte Anschrift ein und sendete die Nachricht über Landkabel an die eine Meile entfernte Befehlsstelle von COMSUBLANT. Es handelte sich um ein in Stahlrohr unter einer asphaltierten Straße verlegtes Glasfaserkabel, das dreimal wöchentlich aus Sicherheitsgründen inspiziert wurde. Selbst die Atomgeheimnisse der USA wurden nicht so streng gehütet wie diese täglichen Nachrichten.

Befehlsstelle COMSUBLANT

Bei COMSUBLANT ertönte eine Klingel, als die Nachricht im »heißen« Drucker erschien. Ihr ging ein Z voraus, was auf Blitzpriorität hinwies.

Z090414ZDEC
TOP SECRET THEO
VON: USS DALLAS
AN: COMSUBLANT
CC: CINCLANTFLT
//N00000//
ROTFLOTTE U-OPERATIONEN
1. MELDEN ANOMALEN SONARKONTAKT 0300Z 7

DEZ. NACH ZUNAHME U-AKTIVITAET ROTFLOTTE KONTAKT VERLOREN. KONTAKT DARAUFFOLGEND ALS ROTFLOTTE STRATEGISCHES U-BOOT BEWERTET. PASSIERTE ISLAND KUESTENNAH UND HIELT AUF ROUTE EINS ZU. KURS SUEDWEST FAHRT ZEHN TIEFE UNBEKANNT.
2. KONTAKT WIES UNGEWOEHNLICHE WIEDERHOLE UNGEWOEHNLICHE AKUSTISCHE EIGENSCHAFTEN AUF. SIGNATUR MIT KEINEM ANDEREN BEKANNTEN U ROTFLOTTE VERGLEICHBAR.
3. ERBITTE ERLAUBNIS ZOLLHAUS ZWECKS VERFOLGUNG UND AUFKLAERUNG ZU VERLASSEN. VERMUTE NEUES ANTRIEBSSYSTEM. SEHE GUTE WAHRSCHEINLICHKEIT ORTUNG UND IDENTIFIZIERUNG.

Ein Oberleutnant trug den Spruch ins Büro von Vizeadmiral Vincent Gallery. COMSUBLANT war seit den ersten Bewegungen der sowjetischen U-Boote auf den Beinen und übler Laune.

»Ein Blitzspruch von *Dallas*, Sir.«

»Aha.« Gallery griff nach dem gelben Bogen und las die Nachricht zweimal durch. »Was hat das Ihrer Meinung nach zu bedeuten?«

»Schwer zu sagen, Sir. Sieht so aus, als hätte er etwas gehört, eine Zeit lang darüber nachgedacht und wollte es noch einmal nachprüfen. Er scheint sich einzubilden, auf etwas Ungewöhnliches gestoßen zu sein.«

»Gut, was soll ich ihm sagen? Raus mit der Sprache, Mister, vielleicht sind Sie eines Tages selbst Admiral und müssen Entscheidungen treffen.« Unwahrscheinliche Aussicht, dachte Gallery.

»Sir, *Dallas* ist in einer günstigen Position, die russischen Überwasserschiffe zu beschatten, wenn sie Island erreichen. Wir brauchen sie dort, wo sie ist.«

»Typische Lehrbuchantwort.« Gallery lächelte zu dem jungen Mann auf, bereit, ihm den Teppich unter den Füßen wegzuziehen. »Andererseits wird *Dallas* von einem recht kompetenten Mann befehligt, der uns kaum belästigen würde, wenn er nicht sicher wäre, auf etwas Wichtiges gestoßen zu sein. Auf die Einzelheiten geht er nicht ein, weil sie wahrscheinlich für einen Blitzspruch zu kompliziert sind und weil er damit rechnet, dass wir uns auf sein Urteil verlassen. ›Neues Antriebssystem, ungewöhnliche akustische Eigenschaften.‹ Das mag Quatsch sein, aber er ist der Mann vor Ort und will eine Antwort haben. Und wir sagen: Ja.«

»Aye aye, Sir.« Der Oberleutnant fragte sich, ob der »dürre alte Bock« seine Entscheidungen mit einer Münze ausknobelte, wenn niemand hinsah.

USS Dallas

Z09043ZZDEC
TOP SECRET
VON: COMSUBLANT
AN: USS DALLAS
A. USS DALLAS Z090414ZDEC
B. COMSUBLANT INST 2000.5
ZUWEISUNG OPERATIONSGEBIET //N04220//
1. ERSUCHEN PUNKT A STATTGEGEBEN.
2. GEBIETE BRAVO ECHO GOLF PUNKT B UNBESCHRAENKT ZU OPERATION FREIGEGEBEN VON 090500Z BIS 140001Z. BEI BEDARF MELDUNG.
VADM GALLERY.

»Teufel!« Mancuso lachte in sich hinein. Das musste man dem »dürren alten Bock« lassen: Wenn man ihn um etwas bat, bekam man eine eindeutige Antwort, ja oder nein, ehe man die Antenne eingefahren hatte. Andererseits würde er einiges zu erklären haben, falls Jones sich geirrt hatte und sie einem Phantom nachjagten. Gallery hatte mehr als nur einen Skipper zu einem Posten an Land verdonnert.

Auf den auch Mancuso unaufhaltsam zusteuerte, ganz gleich, was er auch leistete. Schon im ersten Jahr in Annapolis hatte er nichts anderes gewollt als das Kommando über ein Schiff. Das hatte er erreicht und von nun an konnte es mit seiner Karriere nur noch abwärts gehen. In der restlichen Navy war das erste Kommando lediglich das, ein erstes Kommando. Man konnte die Rangleiter erklimmen und am Ende sogar eine Flotte befehligen, wenn man Glück hatte und aus dem rechten Holz geschnitzt war. Bei den U-Booten war das anders. Ob er sich auf der *Dallas* nun bewährte oder nicht, er würde sie bald abgeben müssen. Dies war seine erste und einzige Chance. Und was dann? Äußerstenfalls konnte er auf den Befehl über ein Raketen-U-Boot hoffen. Er hatte auf diesen gedient und war sicher, dass selbst das Kommando auf einem neuen *Ohio*-Boot schlicht langweilig war. Die strategischen Boote hatten den Auftrag, sich versteckt zu halten. Mancuso aber wollte der Jäger sein, die spannungsreiche Seite des Berufes genießen. Und was stand ihm nach dem Raketen-U-Boot zu? Ein »wichtiges Überwasserkommando« – vielleicht auf einem hübschen Tanker –, das war, als stiege man von einem Vollblut auf eine Kuh um. Oder er konnte Geschwaderkommandant werden, auf einem Tender hocken und Papierkrieg führen. In dieser Position kam er bestenfalls einmal im Monat auf See, da es seine Hauptaufgabe war, U-Boot-Kapitänen, die ihn zum Teufel wünschten, auf die Nerven zu gehen. Es könnte ihm auch ein Schreibtischposten im Pentagon winken – wie aufregend! Mancuso verstand, weshalb manche Astronauten nach der Rückkehr vom Mond durchgedreht hatten. Auch er hatte jahrelang geschuftet, um dieses Kommando zu bekommen – und in zwölf Monaten würde er es los sein. Er musste dann die *Dallas* an einen anderen abgeben. Vorerst aber hatte er sie noch.

»Pat, fahren wir alle Maste ein und tauchen wir auf vierhundert Meter ab.«

»Aye aye, Sir. Masten einfahren«, befahl Mannion. Ein Maat betätigte die Hebel der hydraulischen Anlage.

»ESM- und UHF-Masten eingefahren«, meldete der Elektriker vom Dienst.

»Tauchoffizier, gehen Sie auf vierhundert Meter.«

»Vierhundert Meter, aye«, erwiderte der Tauchoffizier. »Tiefenruder fünfzehn Grad abwärts.«

»Fünfzehn Grad abwärts, aye.«

»Dann mal zu, Pat.«

»Aye, Skipper. Volle Fahrt voraus.«

»Volle Fahrt voraus.« Der Steuermann griff nach dem Maschinentelegraphen und stellte ihn entsprechend ein.

Mancuso schaute seiner Mannschaft bei der Arbeit zu. Sie erledigten ihre Aufgabe mit mechanischer Präzision. Doch Maschinen waren sie nicht, sondern Männer. Seine Jungs.

Achtern im Maschinenraum ließ Lieutenant Butler seine Maschinisten den Befehl bestätigen und gab die erforderlichen Befehle. Die Kreiselturbopumpen arbeiteten schneller. Zunehmend mehr heißes Wasser wurde in den Wärmetauscher gedrückt, wo es seine Hitze an den Dampf im Sekundärkreislauf abgab. Wenn die Flüssigkeit kühler und daher dichter in den Reaktor zurückkehrte, führte sie zu einer höheren Neutronenkonzentration im Reaktorkern, was eine heftigere Reaktion und höhere Leistungsabgabe zur Folge hatte. Weiter hinten trat der Sattdampf des nichtradioaktiven Sekundärkreislaufs des Wärmetauschsystems durch eine Gruppe von Ventilen aus und traf die Schaufeln der Hochdruckturbine. Die mächtige Bronzeschraube der *Dallas* begann sich rascher zu drehen und trieb sie voran und abwärts.

Die Ingenieure verrichteten gelassen ihren Dienst. Der Lärm im Maschinenraum nahm beträchtlich zu, als die Anlage mehr Leistung abzugeben begann, und die Ingenieure überwachten diesen Vorgang ständig auf den zahlreichen Anzeigeinstrumenten. Die Prozedur verlief leise und exakt. Es gab weder Privatunterhaltungen noch Ablenkungen. Im Maschinenraum eines Atom-U-Boots geht es disziplinierter zu als in einem Operationssaal.

Weiter vorne beobachtete Mannion, wie die Nadel des Tiefenanzeigers über die Zweihundert-Meter-Marke kletterte. Der Tauchoffizier würde bei dreihundert Metern die Anstellung der Tiefenruder verringern, um das Boot dann in exakt der befohlenen Tiefe abzufangen. Commander Mancuso wollte *Dallas* unterhalb der Thermoklinalen haben, der Grenze zwischen Wasserschichten von unterschiedlicher Temperatur. Wasser lagert sich in isothermischen Schichten ab. Die verhältnismäßig plane Grenze zwischen wärmerem Oberflächenwasser und kälterem Tiefseewasser stellt eine halbdurchlässige Barriere dar, die Schallwellen zu reflektieren neigt. Jene Wellen, die die Thermoklinale dennoch durchdringen, bleiben meist unter ihr gefangen. So kam es, dass die *Dallas* zwar mit über dreißig Knoten unter der Thermoklinalen lief und maximalen Lärm entwickelte, aber trotzdem von Oberflächen-Sonar nur schwer zu orten war. Außerdem fuhr sie weitgehend blind, aber in dieser Tiefe gab es nicht viel, mit dem man zusammenstoßen konnte.

Mancuso griff nach dem Mikrophon der Bordsprechanlage. »Hier spricht der Captain. Wir haben gerade eine Schnellfahrt begonnen, die achtundvierzig Stunden dauern wird. Wir halten auf einen Punkt zu, an dem wir hoffen, ein russisches U-Boot, das uns vor zwei Tagen passierte, auszumachen. Dieser Russki benutzt anscheinend ein neues, sehr leises Antriebssystem, das bisher niemandem untergekommen ist. Es ist unsere Absicht, vor ihm in Position zu gehen und uns an seine Fersen zu heften, wenn er uns passiert. Da wir diesmal wissen, worauf wir zu hören haben, werden wir uns ein deutliches Bild von ihm machen können. Gut, ich möchte, dass sich die gesamte Mannschaft ordentlich ausruht. Wenn wir am Ziel sind, können wir uns auf eine schwere, lange Jagd gefasst machen. Ich erwarte, dass jeder hundertprozentig fit ist. Das wird bestimmt ein interessantes Unternehmen.« Er schaltete das Mikrophon ab. »Welchen Film gibt's heute Abend?«

Der Tauchoffizier wartete, bis die Nadel des Tiefenanzeigers zum Stillstand gekommen war, ehe er antwortete. Als erster Maschinist des Bootes war er auch für die TV-Anlage verantwortlich. Von drei Videorecordern in der Messe wurden über Kabel Fernsehgeräte in der Messe und mehreren Mannschaftsunterkünften versorgt. »Sir, Sie haben die Wahl zwischen *Rückkehr der Jedi-Ritter* oder zwei Football-Bändern: Oklahoma gegen Nebraska und Miami gegen Dallas. Beide Spiele fanden statt, als wir beim Manöver waren, und sind für uns praktisch live.« Er lachte. »Komplett mit Werbespots. Die Köche machen schon das Popcorn.«

»Gut. Die Männer sollen sich einen entspannten Abend machen.«

»Morgen, Skipper.« Wally Chambers, der stellvertretende Kommandant, kam in die Angriffszentrale. »Was liegt vor?«

»Kommen Sie mit in die Offiziersmesse, Wally. Ich möchte Ihnen etwas vorspielen.« Mancuso nahm die Kassette aus der Brusttasche seines Hemds und führte Chambers nach achtern.

W. K. Konowalow

Zweihundert Meilen nordöstlich der *Dallas* jagte *Konowalow* auf Südwestkurs durch das Norwegische Meer. Kapitän Tupolew saß allein in der Offiziersmesse, las noch einmal die Eilmeldung durch, die er vor zwei Tagen erhalten hatte, und empfand abwechselnd Wut und Trauer. Was hatte sein Lehrer da getan? Er war wie vor den Kopf geschlagen.

Aber was konnte er tun? Tupolew hatte einen eindeutigen Befehl, den er befolgen musste, ganz besonders, wie sein Politoffizier angedeutet hatte, angesichts der Tatsache, dass er ein ehemaliger Schüler des Verräters Ramius war. Auch er selbst konnte in eine sehr unangenehme Lage kommen, wenn Ramius Erfolg hatte.

Marko hatte also alle ausgetrickst, nicht nur *Konowalow*. Tupolew war wie ein Tölpel in der Barents-See herumgekrochen, während Marko in die entgegengesetzte Richtung fuhr und sich wahrscheinlich über alle anderen kaputtlachte. Welcher Verrat, welch grässliche Bedrohung gegen den Sowjetstaat. Es war einfach unvorstellbar – und doch wieder nicht zu überraschend. Marko genoss so viele

Privilegien: eine Vierzimmerwohnung, eine Datscha, einen privaten Lada. Tupolew hatte noch kein Auto. Er hatte sich zum Kommandanten hochgedient, aber jetzt war alles gefährdet – von dieser Situation. Nur mit Glück würde er bewahren können, was er erreicht hatte.

Ich muss einen Freund töten, dachte er. Einen Freund? Ja, gestand er sich ein, Marko war ein guter Freund und Lehrer gewesen. Warum war er auf Abwege gekommen?

Wegen Natalia Bogdanowa.

Ja, sie musste der Grund sein. Der Fall war ein Skandal gewesen. Wie oft war er bei ihnen eingeladen gewesen, wie oft hatte Natalia über ihre großen, starken Söhne gelacht. Eine prächtige Frau, die wegen der Inkompetenz eines Chirurgen hatte sterben müssen. Und da dessen Vater im Zentralkomitee saß, konnte man nichts gegen ihn unternehmen. Ein Skandal, dass so etwas nach drei Generationen Aufbau am Sozialismus noch immer möglich war, aber Markos unglaubliche Tat war durch nichts zu rechtfertigen.

Tupolew beugte sich über die Seekarte, die er mitgebracht hatte. In fünf Tagen würde er auf Station sein; rascher noch, wenn die Antriebsanlage das Tempo durchhielt. Und Marko hatte es nicht eilig. Marko war ein Fuchs, kein Bulle. Tupolew wusste, dass die anderen *Alfas* vor ihm eintreffen würden, aber das störte ihn nicht. Er würde sich vor Marko setzen und ihm auflauern. Marko würde versuchen, sich an ihm vorbeizuschleichen, doch *Konowalow* würde bereit sein. Und das war das Ende von *Roter Oktober.*

Nordatlantik

Der britische Sea Harrier AS-1 erschien eine Minute früher als geplant, schwebte kurz an Steuerbord der *Kennedy,* als sich der Pilot den Landeplatz ansah und Windgeschwindigkeit und Seegang abschätzte. Er hielt eine stetige Geschwindigkeit von dreißig Knoten ein, um sich der Fahrt des Trägers anzupassen, ließ sein Kampfflugzeug geschickt seitlich weggleiten und setzte es dann sanft kurz vor der Kommandobrücke der *Kennedy* genau in der Mitte des Flugdecks auf. Sofort rannten Decksmannschaften auf die Maschine zu, drei mit schweren Metallkeilen für die Räder und einer mit einer Leiter, die er am Cockpit anlegte, dessen Haube gerade angehoben wurde. Ein Viererteam schleppte eifrig einen Schlauch auf den Jäger zu, um zu demonstrieren, wie rasch bei der US-Navy Flugzeuge gewartet wurden. Der Pilot trug einen orangen Overall und eine gelbe Schwimmweste. Er legte seinen Helm auf den hinteren Sitz, stieg die Leiter herunter, blieb kurz stehen, um sich davon zu überzeugen, dass seine Maschine in kompetenten Händen war, und sprintete dann hinüber zur Kommandobrücke. Am Eingang traf er Ryan.

»Sind Sie Ryan? Ich bin Tony Parker. Wo kann man hier mal?« Nachdem ihm Ryan die entsprechenden Hinweise gegeben hatte, flitzte der Pilot weg und ließ Ryan in seiner Kombination und mit der Tasche in der Hand etwas verwirrt stehen. In der linken Hand hatte er einen Fliegerhelm aus weißem Kunststoff. Er sah zu, wie die Besatzungsmitglieder den Harrier auftankten, und hoffte, dass sie auch wussten, was sie taten.

Drei Minuten später kam Parker zurück. »Commander«, meinte er, »eines, was sie nie in einen Jäger einbauen, ist ein verdammtes Klo. Erst wird man mit Tee und Kaffee voll getankt und dann losgeschickt. Und man weiß nicht, wohin damit.«

»Ich kenne das Gefühl. Haben Sie sonst noch etwas zu tun?«

»Nein, Sir. Ihr Admiral sprach auf dem Herweg über Funk mit mir. Sieht so aus, als hätten Ihre Leute meinen Vogel aufgetankt. Sollen wir loszischen?«

»Was fange ich damit an?« Ryan hob seine Tasche, da er erwartete, sie auf dem Schoß halten zu müssen. Seine Unterlagen hatte er unterm Overall an der Brust.

»Das stecken wir natürlich in den Kofferraum. Kommen Sie mit, Sir.«

Parker marschierte unbeschwert auf seinen Harrier zu. Die Morgendämmerung war kümmerlich. Die ein- oder zweitausend Fuß hohe Wolkendecke war dicht. Es sah nach Regen aus. Die noch immer zwei bis drei Meter hoch gehende See war eine graue, knittrige, mit Schaumkronen übersäte Fläche. Ryan spürte, wie die *Kennedy* sich sanft wiegte, und wunderte sich, dass ein so großes Schiff überhaupt schaukeln konnte. Als sie die Maschine erreicht hatten, nahm Parker ihm die Tasche ab und betätigte einen versenkten Griff am Bauch des Jägers. Eine Luke ging auf und gab den Blick auf einen ungefähr kühlschrankgroßen Raum frei. Parker stopfte die Tasche hinein, schlug die Luke zu und stellte sicher, dass der Verschluss eingerastet war. Ein Mann der Decksbesatzung in einem gelben Overall besprach sich mit dem Piloten. Achtern kam der Motor eines Hubschraubers auf Touren, und ein Tomcat-Jäger rollte auf ein Startkatapult mittschiffs zu. Und dazu pfiff ein Dreißig-Knoten-Wind. Auf einem Flugzeugträger ist es ziemlich laut.

Parker winkte Ryan zur Leiter. Jack, der für Leitern ungefähr so viel übrig hatte wie fürs Fliegen, landete wie ein Sack auf seinem Sitz. Mit Mühe nahm er die richtige Position ein, während er von einem Besatzungsmitglied den Vierpunkt-Gurt angelegt bekam. Der Mann setzte Ryan den Helm auf und wies auf die Buchse für die Bordsprechanlage. Neben der Buchse war ein Schalter. Ryan legte ihn um.

»Hören Sie mich, Parker?«

»Ja, Commander. Alles klar bei Ihnen?«

»Es sieht so aus.«

»Gut.« Parker drehte den Kopf und warf einen Blick auf die Lufteinläufe der Triebwerke. »Wir starten die Triebwerke.« Ganz in der Nähe standen drei Männer mit großen CO_2-Feuerlöschern bereit, vermutlich für den Fall, dass ein Triebwerk explodierte. Ein Dutzend Männer sah zu, wie die Pegasus-Triebwerke des sonderbaren Flugzeugs ansprangen und schrill zu lärmen begannen. Nun wurde die Kabinenhaube geschlossen.

»Bereit, Commander?«

»Bereit.«

Der Harrier war kein großer Jäger, aber der lauteste,

den Ryan jemals erlebt hatte. Er spürte die Vibrationen des Triebwerklärms am ganzen Körper, als Parker die Schubvektor-Kontrollen verstellte. Die Maschine wackelte ein wenig, senkte die Nase, erhob sich dann zögernd in die Luft. Ryan sah, wie ein Mann auf Deck gestikulierte. Der Harrier glitt seitwärts nach Backbord, entfernte sich von der Kommandobrücke und gewann dabei an Höhe.

»Nicht übel«, bemerkte Parker. Er veränderte die Stellung der Schubkontrollen, und der Harrier begann vorwärts zu fliegen. Beschleunigung war kaum zu spüren, aber Ryan sah, dass die *Kennedy* rasch zurückfiel. Wenige Sekunden später hatten sie den inneren Ring der Begleitschiffe hinter sich.

»Gehen wir über diese Suppe.« Parker zog den Steuerknüppel zurück und hielt auf die Wolkendecke zu. Im Nu waren sie in ihr, und Ryans Sichtweite wurde augenblicklich von fünf Meilen auf einen Meter reduziert.

Er sah sich im Cockpit um. Die Steuer- und Anzeigeinstrumente befanden sich hinten. Ihre Fahrt betrug hundertfünfzig Knoten und nahm zu, ihre Höhe war vierhundert Fuß. Dieser Harrier war eindeutig ein Trainer gewesen, dessen Instrumentenbrett umgebaut worden war, um Platz für die Anzeiger einer bei Bedarf unterm Rumpf montierbaren Sensorkapsel zu schaffen. Er nahm an, dass der TV-ähnliche Schirm die Anzeige des FLIR war, eines vorwärts gerichteten Infrarot-Sensors. Laut Geschwindigkeitsmesser betrug ihre Fahrt nun dreihundert Knoten, und laut Steigfluganzeiger war ihr Steigwinkel zwanzig Grad. Ihm kam es steiler vor.

»Wir sollten gleich oben sein«, meinte Parker. »Jetzt!«

Der Höhenmesser zeigte sechsundzwanzigtausend Fuß an, als Ryan jäh von greller Sonne getroffen wurde. Er hatte sich nie daran gewöhnen können, dass man beim Fliegen immer in die Sonne kommt, ganz gleich, wie miserabel das Wetter am Boden auch sein mag. Das Licht blendete, aber die Farbe des Himmels war deutlich dunkler als das sanfte Blau, das man vom Boden aus sieht. Der Jäger glitt so ruhig dahin wie ein Passagierflugzeug, als er die tiefer liegenden Turbulenzen hinter sich hatte. Ryan hantierte an seinem Blendschutz.

»Ist das besser so, Sir?«

»Großartig, Lieutenant. Besser, als ich erwartet hatte.«

»Wieso, Sir?«, fragte Parker.

»Man sieht mehr als in einem Passagierflugzeug. Das hilft.«

»Schade, dass wir nicht genug Treibstoff für ein paar Flugkunststückchen haben. Der Harrier schafft fast alles, was man von ihm verlangt.«

»Danke, das macht nichts.«

»Dabei behauptete Ihr Admiral, Sie hätten etwas gegen das Fliegen«, fuhr Parker im Plauderton fort.

Ryan klammerte sich verzweifelt an die Armlehnen, als der Harrier drei komplette Rollen vollführte. Zu seiner Überraschung lachte er auf. »Ah, der britische Humor.«

»Befehl Ihres Admirals, Sir«, meinte Parker halb entschuldigend. »Sie sollten nicht glauben, der Harrier sei ein lahmer Vogel.«

Welcher Admiral wohl, dachte Ryan, Painter oder Davenport? Vermutlich beide. Die Wolkendecke sah aus wie ein gleißend weißes Baumwollfeld. Beim Blick durch das winzige Fenster einer Verkehrsmaschine war ihm seine Schönheit noch nie aufgefallen. Auf dem Hintersitz kam er sich fast so vor, als säße er im Freien.

»Darf ich etwas fragen, Sir?«

»Gerne.«

»Was soll die ganze Aufregung?«

»Was meinen Sie damit?«

»Erst macht mein Schiff plötzlich kehrt. Dann bekomme ich Anweisung, eine VIP von der *Kennedy* zur *Invincible zu* fliegen.«

»Schon gut, Parker. Kann ich leider nicht verraten. Ich soll Ihrem Chef eine Nachricht überbringen und bin nur so eine Art Postbote«, log Ryan.

»Entschuldigen Sie, Commander, aber meine Frau erwartet kurz nach Weihnachten unser erstes Kind. Ich hoffe, dass ich bis dahin wieder daheim bin.«

»Wo wohnen Sie?«

»In Chatham, das liegt –«

»Ich weiß. Ich lebe zur Zeit selbst in England, in Marlow, nordwestlich von London. Dort wurde mein zweites Kind auf Kiel gelegt.«

»Ist es dort geboren?«

»Nein, auf Kiel gelegt worden. Meine Frau sagt, das liegt an den Hotelbetten. Auf jeden Fall stehen Ihre Chancen recht gut, Parker. Das erste Kind kommt sowieso immer mit Verspätung an.«

»Sie wohnen also in Marlow.«

»Ja, unser Haus ist Anfang des Jahres fertig geworden.«

»Jack Ryan – John Ryan? Sind Sie der Mann, der –«

»Korrekt. Aber ich muss Sie bitten, das für sich zu behalten, Lieutenant.«

»Verstanden, Sir. Ich wusste nicht, dass Sie Marineoffizier sind.«

»Aus diesem Grund sollen Sie es für sich behalten.«

»Jawohl, Sir. Bitte entschuldigen Sie die Luftakrobatik.«

»Schon gut. Admirale machen sich halt einmal gerne einen Spaß. Wie ich höre, hat euer Verein mit unseren Jungs geübt.«

»Allerdings. Commander, ich habe eines Ihrer U-Boote versenkt. Die *Tullibee.* Das heißt, mein System-Operator und ich. Wir erwischten es nachts mit dem FLIR an der Oberfläche und warfen ringsum kleine Bomben ab. Sie müssen wissen, dass wir niemandem etwas von unserem neuen Gerät verraten haben. Im Krieg ist alles fair. Wie ich höre, war der U-Boot-Kommandant stinkwütend. Ich hatte gehofft, ihn in Norfolk zu treffen, aber er kam erst zurück, als wir schon beim Auslaufen waren.«

»Haben Sie sich in Norfolk gut amüsiert?«

»Und ob, Commander. Wir konnten einen Tag lang an der Ostküste der Chesapeake-Bucht jagen.«

»Wirklich? Das habe ich früher auch oft getan. Hatten Sie Erfolg?«

»Nicht übel. Erwischte binnen einer halben Stunde drei Gänse. Mehr durften wir nicht schießen – schade.«

»Sie sind so einfach angekommen und haben so spät im Jahr drei Gänse vom Himmel geholt?«

»Mit Zielen und Schießen verdiene ich mir meinen Lebensunterhalt, Commander«, meinte Parker bescheiden.

»Ich war letzten September mit Ihrem Admiral auf der Moorhuhnjagd, und man zwang mich, eine doppelläufige Schrotflinte zu benutzen. Wenn man mit einer Jagdwaffe ankommt, wie ich sie bevorzuge – ich benutze eine Remington Automatic – wird man angeguckt, als wäre man ein Terrorist. Fünfzehn Vögel habe ich erwischt, aber die Jagdweise kam mir ziemlich träge vor – ein Mann lud mir die Flinte, und ein Zug Treiber scheuchte das Wild auf mich zu. Den Vogelbestand haben wir praktisch ausradiert.«

»Bei uns gibt es mehr Wild als bei Ihnen.«

»Das sagte der Admiral auch. Wie weit noch zur *Invincible?*«

»Vierzig Minuten.«

Ryan warf einen Blick auf die Treibstoffanzeigen. Die Tanks waren nur noch halb voll. Bei einem Auto würde er jetzt ans Auffüllen denken. In einer halben Stunde so viel Treibstoff verbraucht! Nun, Parker schien das kalt zu lassen.

Die Landung auf der *Invincible* war anders als der Anflug zur *Kennedy.* Das Flugzeug reagierte bockiger, als Parker im Sinkflug durch die Wolkendecke ging, und Ryan erkannte, dass sie sich in der Front desselben Tiefdrucksystems befanden, von dem er am Vorabend gebeutelt worden war. Regenschlieren bedeckten das Kabinendach, und er hörte Tausende von Tropfen auf den Rumpf trommeln – oder waren es Hagelkörner? Ein Blick auf die Instrumente verriet ihm, dass Parker den Jäger bei tausend Fuß und noch in den Wolken abfing und nun langsamer zu sinken begann, bis sie bei hundert Fuß wieder freie Sicht hatten. Die *Invincible* hatte kaum ein Drittel der Größe der *Kennedy.* Er sah sie munter auf den vier Meter hohen Wellen tanzen. Parker wandte beim Anflug die gleiche Technik wie zuvor an. Er schwebte kurz an Backbord des Trägers, glitt dann nach rechts und setzte den Harrier mitten in einem aufgemalten Kreis ab. Die Landung war hart, aber Ryan war auf sie vorbereitet gewesen. Das Kabinendach ging sofort auf.

»Sie können hier aussteigen«, meinte Parker. »Ich muss zum Flugzeugaufzug rollen.«

Die Leiter war bereits angelegt worden. Ryan schnallte sich los und stieg aus. Ein Besatzungsmitglied hatte bereits seine Tasche aus dem Gepäckfach geholt. Ryan folgte ihm und wurde von einem Lieutenant empfangen.

»Willkommen an Bord, Sir.« Der Mann konnte kaum älter als zwanzig sein. »Darf ich Ihnen aus Ihrer Kombination helfen?«

Ryan zog den Reißverschluss auf und nahm Helm und Schwimmweste ab. Er zog seine Mütze aus der Tasche und fiel dabei mehrere Male gegen das Schott. Wind von vorne, See von hinten? Im Nordatlantik war um diese Jahreszeit alles möglich. Der Offizier griff nach seiner Tasche, Ryan hielt seine Unterlagen fest.

»Gehen Sie voraus, Lieutenant«, sagte Ryan. Der junge Mann schoss drei Leitern hoch. Ryan blieb schnaufend zurück und dachte an sein Laufpensum, zu dem er keine Zeit fand. Die Schiffsbewegungen und sein vom vielen Fliegen mitgenommenes Innenohr gaben ihm ein Gefühl der Benommenheit. Er stieß immer wieder an Wände und Geländer. Wie wurden Berufspiloten mit diesen Erscheinungen fertig?

»Hier ist die Flaggbrücke, Sir.« Der Lieutenant hielt ihm die Tür offen.

»Hallo, Jack!« dröhnte die Stimme von Vizeadmiral John White, achter Earl von Weston. Er war ein hoch gewachsener, gut gebauter Mann mit einem roten Gesicht, das von seinem weißen Halstuch noch betont wurde. Jack hatte ihn zu Anfang des Jahres kennen gelernt, und seine Frau und Antonia White waren anschließend zu guten Freundinnen geworden, Mitglieder eines Kreises von Amateurmusikern. Cathy Ryan spielte Klavier, Toni White, eine attraktive Mittvierzigerin, besaß eine Violine von Guarneri. Jack ging zu dem Admiral hinüber und gab ihm die Hand.

»Tag, Admiral.«

»Wie war der Flug?«

»Ganz erstaunlich. Ich war noch nie in einem Jäger, und schon gar nicht in einem, der Ambitionen hat, einen Kolibri zu begatten.« Ryan lächelte. Die Brücke war überheizt und das tat ihm wohl.

»Fein. Gehen wir nach achtern in meine Kajüte.« White entließ den Lieutenant, der Jack seine Tasche übergab, ehe er sich zurückzog. Der Admiral führte ihn durch einen kurzen Korridor nach achtern und in eine kleine Kabine.

Angesichts der Tatsache, dass die Engländer ihren Komfort lieben und White ein Peer war, machte sie einen überraschend asketischen Eindruck. Es gab zwei Bullaugen mit Gardinen, einen Schreibtisch und zwei Sessel. An Privates erinnerte nur eine Farbaufnahme von Whites Frau. Die Backbordwand bedeckte eine Karte des Nordatlantik.

»Sie sehen müde aus, Jack.« White wies ihm den Polstersessel zu.

»Und ob ich müde bin. Ich bin seit – Moment – gestern um sechs Uhr früh auf den Beinen und weiß noch nicht einmal, wie viel Uhr es hier ist. Meine Armbanduhr zeigt noch Greenwich-Zeit an.«

»Ich habe eine Nachricht für Sie.« White nahm einen Zettel aus der Tasche und reichte ihn Ryan.

»›Greer an Ryan. Willow bestätigt‹«, las Ryan. »›Basil lässt grüßen. Ende.‹« Jemand hatte also Willow bestätigt. Wer? Vielleicht Sir Basil, vielleicht Ritter. Jack steckte das Papier ein. »Gute Nachrichten, Sir.«

»Was soll die Uniform?«

»Das war nicht meine Idee, Admiral. Sie wissen ja, für wen ich arbeite. Man meinte, ich fiele so weniger auf.«

»Wenigstens sitzt sie ordentlich.« Der Admiral nahm den Telefonhörer ab und bestellte einen Imbiss. »Wie geht's der Familie, Jack?«

»Danke, gut. Einen Tag vor dem Abflug habe ich den Musikabend bei Nigel Ford verpasst. Wenn Cathy und

Toni sich noch verbessern, sollten wir eine Schallplatte aufnehmen lassen. Es gibt nur wenige Violinisten, die besser sind als Ihre Frau.«

Ein Steward erschien mit einem Teller Sandwiches. Jack hatte nie verstehen können, weshalb die Briten Geschmack an Gurkenscheiben auf Brot fanden.

»Nun, was soll die ganze Aufregung?«

»Admiral, die Nachricht, die Sie mir gerade gegeben haben, bedeutet, dass ich Sie und drei weitere Offiziere einweihen kann. Die Angelegenheit ist sehr heiß, Sir. Sie werden Ihre Wahl dementsprechend treffen wollen.«

»Auf jeden Fall ist sie heiß genug, um meine kleine Flotte zur Umkehr zu zwingen.« White sann kurz nach, ehe er zum Telefon griff und drei Offiziere in seine Kajüte befahl. Dann legte er auf. »Captain Carstairs, Captain Hunter und Commander Barclay – *Invincibles* Kapitän, mein Einsatzoffizier und mein Nachrichtenoffizier.«

»Kein Stabschef?«

»Der flog wegen eines Todesfalls in der Familie nach Hause. Etwas zum Kaffee?« White holte eine Flasche Brandy aus der Schreibtischschublade.

»Gerne, Admiral.« Er war dankbar für das Angebot. Dem Kaffee konnte ruhig ein wenig nachgeholfen werden. Er sah zu, wie der Admiral ihm einen kräftigen Schluck eingoß, vermutlich in der geheimen Absicht, ihm die Zunge zu lösen.

Die drei Offiziere trafen gemeinsam ein. Zwei trugen Klappstühle.

»Admiral«, begann Ryan, »Sie können die Flasche ruhig auf dem Tisch lassen, denn wenn Sie meine Geschichte gehört haben, brauchen wir vielleicht alle einen herzhaften Schluck.« Er teilte seine beiden verbliebenen Hefter aus und sprach aus dem Gedächtnis fünfzehn Minuten lang.

»Gentlemen«, schloss er, »ich muss darauf bestehen, dass diese Informationen streng vertraulich bleiben. Im Augenblick darf sie außer den Anwesenden niemand erfahren.«

»Schade«, meinte Carstairs. »Gäbe ein vorzügliches Seemannsgarn ab.«

»Und unser Auftrag?« White sah sich die Bilder an. Er goss Ryan eine zweite Portion Brandy ein, musterte die Flasche kurz und legte sie dann zurück in die Schublade.

»Danke, Admiral. Im Augenblick lautet er, *Roter Oktober* ausfindig zu machen. Was dann geschieht, steht noch nicht fest. Ich kann mir vorstellen, dass uns schon die Ortung nicht sehr leicht fallen wird.«

»Höchst treffende Bemerkung«, sagte Hunter.

»Ein Trost ist, dass Admiral Painter CINCLANT gebeten hat, Ihnen mehrere Schiffe der US-Navy zuzuweisen, wahrscheinlich drei Fregatten der 1052-Klasse und zwei *Perry* FFG 7, die alle miteinander einen oder zwei Hubschrauber an Bord haben.«

»Nun, Geoffrey?«, fragte White.

»Für den Anfang nicht übel«, meinte Hunter.

»Sie werden in ein bis zwei Tagen eintreffen. Admiral Painter bat mich, Ihnen sein Vertrauen in Ihre Gruppe und deren Besatzung auszusprechen.«

»Ein leibhaftiges russisches Raketen-U-Boot ...«, sagte Barclay in sich hinein. Ryan lachte.

»Das gefällt Ihnen wohl, Commander.« Endlich hatte er jemanden bekehrt.

»Was wird, wenn das Boot auf Großbritannien zuhält? Kommt die Operation dann automatisch unter britische Leitung?«, fragte Barclay betont.

»Theoretisch ja, aber ein Blick auf die Karte sagt mir, dass Ramius schon angekommen sein müsste, wenn er unterwegs nach England wäre. Ich bekam eine Kopie des Präsidentenbriefes an Ihre Premierministerin zu sehen. Um uns für Ihre Hilfe erkenntlich zu zeigen, werden wir der Royal Navy Zugang zu allen bei diesem Unternehmen gewonnenen Daten gewähren. Gentlemen, wir stehen auf derselben Seite. Die Frage ist nur, können wir es schaffen?«

»Nun, Hunter?«, fragte der Admiral.

»Hm, wenn die nachrichtendienstlichen Informationen korrekt sind, stehen unsere Chancen nicht schlecht – fünfzig Prozent vielleicht. Einerseits haben wir es mit einem U-Boot zu tun, das sich der Ortung entziehen will. Andererseits steht eine große Zahl von Anti-U-Boot-Einheiten bereit, und dieser Ramius kann als Ziel nur wenige bestimmte Orte haben, Kriegshäfen nämlich. Norfolk selbstverständlich, dann Newport, Groton, King's Bay, Port Everglades, Charleston. Einen Zivilhafen wie New York können wir meiner Ansicht nach ausschließen. Das Problem ist nur, dass alle die *Alfas*, die der Iwan auf Ihre Küste losgeschickt hat, vor *Oktober* eintreffen werden. Mag sein, dass sie einen bestimmten Zielhafen im Auge haben. Das werden wir morgen wissen. Ich würde also sagen, dass ihre Erfolgschance fünfzig Prozent beträgt. Sie werden weit genug vor Ihrer Küste operieren müssen, um Ihrer Regierung keine rechtliche Handhabe zum Einspruch zu geben. Insgesamt finde ich, dass die Sowjets im Vorteil sind. Sie sind besser über die Fähigkeiten des U-Bootes informiert und haben einen klareren Auftrag. Damit sind ihre weniger empfindlichen Sensoren mehr als ausgeglichen.«

»Warum kommt Ramius nicht schneller voran?«, fragte Ryan. »Das ist mir unverständlich. Wenn er erst einmal die SOSUS-Barrieren vor Island hinter sich hat, ist er klar im Tiefseebecken. Warum dreht er nicht einfach auf und fährt mit Höchsttempo auf unsere Küste zu?«

»Aus mindestens zwei Gründen«, antwortete Barclay. »Wie viele nachrichtendienstliche Einsatzdaten bekommen Sie zu sehen?«

»Ich bearbeite einzelne Aufträge, was bedeutet, dass ich von einem Gebiet zum anderen springe. Zum Beispiel weiß ich allerhand über ihre strategischen Boote, aber kaum etwas über die Jagd-U-Boote.« Ryan brauchte nicht erst klarzustellen, dass er beim CIA war.

»Nun, Sie wissen ja, wie sehr die Sowjets im Schubladendenken befangen sind. Vermutlich weiß Ramius nicht, wo sich die Jagd-U-Boote befinden. Wenn er nun also einfach herumrast, läuft er Gefahr, aus Zufall einem *Victor* in die Quere zu kommen und versenkt zu werden – ohne überhaupt zu wissen, wie ihm geschieht. Zweitens: was, wenn die Sowjets um amerikanischen Beistand bitten, vielleicht unter dem Vorwand, eine meuternde Mannschaft maoistischer Konterrevolutionäre habe ein Raketen-U-Boot in ihre Gewalt gebracht – und dann entdeckt Ihre Marine ein strategisches U-Boot, das mit Höchstgeschwindigkeit durch den Nordatlantik auf die amerikanische Küste zufährt? Was würde Ihr Präsident da wohl tun?«

»Sie haben Recht«, meinte Ryan nickend. »Er würde es versenken lassen.«

»Da haben Sie's. Ramius betreibt sein Handwerk auf verstohlene Weise«, schloss Barclay. »Und unglücklicher- oder glücklicherweise versteht er sich sehr gut darauf.«

»Wie bald bekommen wir Daten über die Leistung des neuen geräuschlosen Antriebssystems?«, wollte Carstairs wissen.

»Im Lauf der nächsten zwei Tage, hoffen wir.«

»Wo will uns Admiral Painter haben?«, fragte White.

»Er hat einen Plan vorgelegt, demzufolge Sie die rechte Flanke übernehmen. Die *Kennedy* will er in Küstennähe postieren, um gegebenenfalls die Bedrohung der russischen Überwasserkräfte abzuwehren. Ihre Flotte will er weiter draußen haben. Painter sieht nämlich die Möglichkeit, dass Ramius durch die G-I-U.K.-Gap – die Durchfahrten zwischen Grönland und Island und Island und Großbritannien – direkt nach Süden ins Atlantikbecken fährt und dort erst einmal abwartet. Dort stehen seine Chancen, nicht entdeckt zu werden, gut, und wenn die Sowjets eine ganze Flotte hinter ihm herschicken, hat er genug Zeit und Vorräte, um abzuwarten, bis diese Flotte sich wieder von unserer Küste zurückziehen muss – aus technischen und politischen Gründen. Außerdem will er unsere Schlagkraft hier draußen haben, wo sie die Flanke der sowjetischen Verbände bedroht. Doch dieser Plan muss erst noch vom Oberbefehlshaber der Atlantikflotte gutgeheißen werden, und viele Einzelheiten bedürfen noch der Klärung. Zum Beispiel hat Painter zu Ihrer Unterstützung einige E-3-Sentry-Maschinen angefordert.«

»Im Winter einen Monat mitten im Atlantik?« Carstairs verzog das Gesicht. Er war im Falklandkrieg stellvertretender Kommandant der *Invincible* gewesen und für endlose Wochen auf dem Südatlantik herumgeworfen worden.

»Freuen Sie sich über die E-3.« Der Admiral lächelte. »Hunter, ich will Einsatzpläne für die Schiffe, die wir von den Amerikanern bekommen, sehen. Wie decken wir das größtmögliche Gebiet ab? Barclay, arbeiten Sie aus, was unser Freund Ramius Ihrer Einschätzung nach tun wird. Nehmen Sie an, dass er noch immer der gerissene Fuchs ist, den wir kennen und lieben gelernt haben.«

»Aye aye, Sir.« Barclay stand mit den beiden anderen Offizieren auf.

»Jack, wie lange bleiben Sie bei uns?«

»Kann ich nicht sagen, Admiral. Bis man mich auf die *Kennedy* zurückruft, denke ich. Für meinen Geschmack ist diese Operation zu schnell gestartet worden. Kein Mensch weiß, was er eigentlich tun soll.«

»Na, überlassen Sie das uns einmal für eine Weile. Sie sehen erschöpft aus. Legen Sie sich schlafen.«

»Wohl wahr, Admiral.« Ryan begann die Wirkung des Alkohols zu spüren.

»Im Schrank ist ein Feldbett. Ich lasse es aufschlagen, und Sie können vorerst hier kampieren. Wenn eine Nachricht für Sie eintrifft, wecke ich Sie.«

»Nett von Ihnen, Admiral.« White war ein angenehmer Mann, dachte Ryan. Zehn Minuten später lag er auf seinem Feldbett und war eingeschlafen.

Roter Oktober

Alle zwei Tage sammelte der *Starpom* die Strahlungsdosimeter ein, und zwar im Rahmen einer allgemeinen Inspektion. Nachdem er sich davon überzeugt hatte, dass die Stiefel jedes Besatzungsmitglieds blank poliert, die Kojen ordentlich gemacht und die Spinde vorschriftsmäßig aufgeräumt waren, nahm der stellvertretende Kommandant die zwei Tage alten Dosimeter, teilte neue aus und ermahnte die Matrosen, sich zusammenzureißen und gute Sowjetmenschen zu sein. Borodin hatte diese Prozedur perfektioniert. Auch heute dauerte die Inspektion genau zwei Stunden. Als er fertig war, trug er an der linken Hüfte einen Beutel mit alten Dosimetern und an der rechten einen leeren, der die neuen enthalten hatte. Den vollen Beutel trug er zum Schiffsarzt.

»Genosse Petrow, ich habe Ihnen etwas mitgebracht.« Borodin stellte dem Arzt den Lederbeutel auf den Schreibtisch.

»Gut.« Der Doktor lächelte zum stellvertretenden Kommandanten auf. »Unsere Männer sind so gesund, dass ich nur meine Fachzeitschriften zu lesen brauche.«

Borodin verließ den Raum, und Petrow ging an die Arbeit. Erst sortierte er die Dosimeter, die flachen, viereckigen Broschen glichen, nach ihren dreistelligen Nummern. Die erste Ziffer stand für die Serie, damit im Fall einer Strahlungsverseuchung der Zeitpunkt festgestellt werden konnte. Die zweite Ziffer zeigte, wo der Matrose arbeitete, die dritte, wo er schlief.

Der Entwicklungsprozess war einfach. Zunächst schaltete Petrow das Licht aus und eine rote Dunkelkammerleuchte an. Dann schloss er die Tür ab. Anschließend nahm er einen Filmhalter von der Wand, brach die Kunststoffkapseln der Dosimeter auf, entnahm ihnen die Filmstreifen und klemmte sie an den Filmhalter.

Petrow trug den Filmhalter ins Laboratorium nebenan und hängte ihn an den Griff eines Karteischrankes. Dann füllte er drei große Schalen mit Chemikalien. Silbernitrat kam in Schale Nummer eins, ein Fixiermittel in Schale Nummer zwei, Wasser in Nummer drei.

Petrow stellte den Kurzzeitwecker auf fünfundsiebzig Sekunden ein und tauchte die Filmstreifen in die erste Schale. Auf das Zeitsignal hin nahm er sie wieder heraus, schüttelte sie sorgfältig, senkte sie dann in die zweite Schale und stellte wieder den Wecker. Nachdem es geschellt hatte, kamen sie in Bad drei. Petrow nahm dann den Filmhalter heraus und hielt ihn gegen einen Röntgenschirm.

»*Nitschewo!*«, hauchte Petrow. Der Filmstreifen aus seinem Dosimeter war geschwärzt. Seine Nummer lautete 3-4-8: Serie drei, Negativ vierundfünfzig (Schiffsarzt, Kombüsensektion), Offiziersunterkünfte achtern.

Die zwei Zentimeter breiten Filmstreifen waren in Abschnitte von unterschiedlicher Strahlungsempfindlichkeit aufgeteilt. Mit Hilfe von zehn vertikal angeordneten Säulen ließ sich das Ausmaß der Bestrahlung feststellen. Petrow sah, dass sein Streifen bis zu Säule vier geschwärzt war. Bei den Männern aus dem Maschinenraum wurde Säule fünf erreicht, und bei der Torpedomannschaft, die sich nur im Bug aufhielt, lediglich Segment eins.

»Verflucht noch mal!« Die Empfindlichkeitsgrade kannte er auswendig. Dennoch schlug er im Handbuch nach. Er war zwölf *rad* ausgesetzt gewesen, die Ingenieure zwischen fünfzehn und fünfundzwanzig. Zwölf bis fünfundzwanzig *rad* in zwei Tagen, gefährlich war das noch nicht. Trotzdem … Petrow ließ die Filme im Labor zurück, ging in sein Zimmer und ans Telefon.

»Kapitän Ramius? Hier Petrow. Könnten Sie bitte einmal kommen?«

»Schon unterwegs, Doktor.«

Ramius ließ sich Zeit. Er wusste, worum es ging. Am Tag vor dem Auslaufen, als Petrow an Land den Bestand seines Medizinschranks aufgefüllt hatte, waren Borodin und er an das Röntgengerät gegangen, um die Dosimeter zu kontaminieren.

»Ja, Petrow? Was gibt's?« Ramius machte die Tür hinter sich zu.

»Kapitän, wir haben ein Strahlungsleck.«

»Ausgeschlossen. Unsere Instrumente hätten das sofort angezeigt.«

Petrow holte die Filme aus dem Laboratorium und zeigte sie dem Kapitän. »Bitte, sehen Sie selbst.«

Ramius hielt sie ins Licht und runzelte die Stirn. »Wer weiß davon?«

»Nur Sie und ich, Kapitän.«

»Sagen Sie niemandem etwas.« Ramius machte eine

Pause. »Besteht die Möglichkeit, dass die Filme – dass Sie beim Entwickeln einen Fehler machten?«

Petrow schüttelte entschieden den Kopf. »Nein, Kapitän. Nur Sie, Genosse Borodin und ich haben Zugang zu ihnen. Und wie Sie wissen, habe ich vorm Auslaufen jeder Serie Stichproben entnommen und sie geprüft.« Petrow gab natürlich nicht zu, dass er wie jeder andere auch die Proben nur der obersten Schicht im Kasten entnommen hatte, was man nicht gerade als Stichprobe bezeichnen konnte.

»Wie ich sehe, beträgt die Höchstbestrahlung hier zehn bis zwanzig.« Ramius untertrieb. »Wer ist das?«

»Bulganin und Surzpoi. Die Torpedomannschaft im Bug liegt durchweg bei drei *rad.*«

»Hm, wir haben es hier vermutlich mit einem unbedeutenden – ich wiederhole, Petrow, unbedeutenden Leck im Reaktorraum zu tun. Schlimmstenfalls entweicht Gas. Das passiert nicht zum ersten Mal, und es ist auch noch keiner dabei umgekommen. Wir werden die undichte Stelle ausfindig machen und reparieren. Und dieser Vorfall bleibt geheim. Es besteht kein Anlass, die Mannschaft nervös zu machen.«

Petrow nickte zustimmend. Allerdings wusste er, dass 1970 bei einem Unfall auf dem U-Boot *Woroschilow* einige Menschen ums Leben gekommen waren, und mehr noch auf dem Eisbrecher *Lenin.* Doch beide Vorkommnisse lagen lange zurück, und er war sicher, dass Ramius mit dem Problem fertig werden würde.

Pentagon

Der E-Ring war der äußerste und größte des Pentagons, und da seine Außenfenster Besseres zu bieten hatten als Blick auf finstere Innenhöfe, hatten hier die meisten höheren Beamten ihre Dienstzimmer. Eines von diesen gehörte dem Operationsdirektor der Generalstabschefs. Er befand sich jedoch nicht hier, sondern in einem Kellerraum, den man den »Tank« nannte, weil seine Stahlwände mit elektronischen Störsendern gegen Abhörgeräte übersät waren.

Er hatte sich seit vierundzwanzig Stunden hier aufgehalten, was ihm und seiner Uniform aber nicht anzusehen war. Lieutenant General Edwin Harris war weder Diplomat noch Absolvent einer Militärakademie, aber er spielte trotzdem den Friedensstifter; eine seltsame Stellung für einen Angehörigen der Marineinfanterie.

»Verdammt noch mal!«, rief Admiral Blackburn, CINCLANT. Anwesend war auch dessen Operationsoffizier, Konteradmiral Pete Stanford. »Zieht man so eine Operation auf?«

Die Generalstabschefs waren zur Stelle und seiner Meinung.

»Blackie, ich habe Ihnen ja gesagt, woher der Befehl stammt«, sagte General Jack Hilton, Vorsitzender der Generalstabschefs. Er klang müde.

»Das ist mir klar, General, aber es handelt sich doch hier vorwiegend um eine U-Boot-Operation. Ich möchte Vince Gallery hinzuziehen und hier sollte sich Sam Dodge um die Sache kümmern. Dan und ich sind Flieger, Pete ist Anti-U-Boot-Experte. Wir brauchen hier noch einen U-Boot-Fahrer.«

»Gentlemen«, sagte Harris gelassen, »vorerst hat sich der Plan, den wir dem Präsidenten vorlegen wollen, nur mit der Bedrohung durch die sowjetische Flotte zu befassen. Klammern wir das angeblich desertierende Raketen-U-Boot doch einmal aus.«

»Einverstanden.« Stanford nickte. »Im Augenblick haben wir auch so schon genug Kummer.«

Die sechs Flaggoffiziere wandten ihre Aufmerksamkeit dem Kartentisch zu. Achtundfünfzig russische U-Boote, achtundzwanzig Kriegsschiffe und eine Gruppe von Tank- und Versorgungseinheiten hielten eindeutig auf die amerikanische Küste zu. Dem hatte die US-Navy nur einen Flugzeugträger entgegenzustellen, die *Kennedy,* denn die *Invincible* wurde nicht als solcher eingestuft. Die Bedrohung war nicht von der Hand zu weisen. Die sowjetischen Schiffe hatten über dreihundert Cruise Missiles an Bord. Diese galten zwar vorwiegend als Anti-Schiff-Waffen, doch es wurde angenommen, dass ein Drittel mit Kernsprengköpfen ausgerüstet war, die die Städte der amerikanischen Ostküste verwüsten konnten. Von einer Position vor New Jersey aus lag von Boston im Norden bis Norfolk im Süden alles in ihrer Reichweite.

»Josh Painter schlägt vor, die *Kennedy* in Küstennähe zu halten«, sagte Admiral Blackburn. »Er möchte die Anti-U-Boot-Maßnahmen von seinem Träger aus steuern, seine leichten Angriffsgeschwader an Land verlegen und sie durch S-3 ersetzen. Die *Invincible* will er an seiner Seeflanke haben.«

»Gefällt mir nicht«, murrte General Harris. Auch Pete Stanford hatte Einwände, und sie hatten bereits beschlossen, dass der Generalstab einen Gegenplan aufstellen würde. »Gentlemen, wenn uns nur ein Flugdeck zur Verfügung steht, sollten wir einen richtigen Flugzeugträger haben und keine überdimensionierte Anti-U-Boot-Plattform.«

»Weiter, Eddie«, sagte Hilton.

»Verlegen wir die *Kennedy* dorthin.« Er schob ein Schiffsmodell auf eine Position westlich der Azoren. »Josh behält seine Kampfgeschwader. *Invincible* verschieben wir in Küstennähe und lassen sie die Anti-U-Boot-Maßnahmen übernehmen. Zu diesem Zweck haben die Briten sie schließlich gebaut. *Kennedy* ist eine Offensivwaffe, und es ist ihre Aufgabe, eine Bedrohung darzustellen. Gut, und wenn wir sie so einsetzen, ist sie das auch. Von hier aus kann sie außerhalb der Reichweite der Boden-Boden-Raketen gegen die russischen Überwasserschiffe operieren –«

»Besser noch«, unterbrach Stanford und wies auf eine Gruppe von Schiffen auf der Karte, »wenn sie diese Nachschubkräfte bedroht. Verlieren die Sowjets diese Tanker, kommen sie nicht heim. Um sich dieser Bedrohung zu stellen, müssten sie umgruppieren. Zunächst einmal müssten sie die *Kiew* weit vor der Küste positionieren und die Luftabwehr gegen die *Kennedy* übernehmen lassen. Die übrigen S-3 können wir von Land aus operieren lassen. So fliegen sie immer noch das gleiche Gebiet ab.« Er zog eine fünfhundert Meilen von der Küste entfernte Parallele.

»Dann steht *Invincible* aber ziemlich nackt da«, bemerkte Admiral Foster.

»Josh bat um E-3-Deckung für die Briten.« Blackburn warf General Claire Barnes, dem Stabschef der Luftwaffe, einen Blick zu.

»Wer Hilfe braucht, bekommt sie auch«, meinte Barnes. »Ab morgen bei Tagesanbruch operiert eine Sentry über der *Invincible,* und wenn Sie den Träger in Küstennähe verlegen, können wir die Patrouille rund um die Uhr aufrechterhalten. Ich lege auch noch ein Geschwader F-16 dazu, wenn Sie wollen.«

»Und was wollen Sie als Gegenleistung, Max?«, fragte Foster.

»Es sieht so aus, als stünden sämtliche Kampfflugzeuge der *Saratoga* untätig herum. Gut, bis Samstag habe ich von Dover bis Loring fünfhundert taktische Jäger einsatzbereit. Meine Jungs verstehen zwar nicht viel von Anti-Schiff-Einsätzen, aber sie werden halt rasch dazulernen müssen. Ich will, dass sich Ihre Jungs mit meinen zusammensetzen, und ich brauche auch Ihre Tomcats. Die Kombination aus Jägern und mit Raketen bestückten Kampfflugzeugen gefällt mir. Lassen wir ein Geschwader von Island, das andere von Neuengland aus operieren und die Bear-Bomber beschatten, die der Iwan womöglich auf uns loslässt. Wenn Sie wollen, schicke ich ein paar Tankflugzeuge nach Lajes, damit die Vögel der *Kennedy* in der Luft bleiben.«

»Blackie?«, fragte Foster.

»Einverstanden.« Blackburn nickte. »Es stört mich nur, dass die Anti-U-Boot-Kapazität der *Invincible* nicht sehr groß ist.«

»Also besorgen wir Verstärkung«, meinte Stanford. »Admiral, was hielten Sie davon, wenn wir die *Tarawa* aus Little Creek holten, sie der *New Jersey* und ihren Begleitschiffen zuordneten und ihnen ein Dutzend Anti-U-Boot-Hubschrauber und sieben oder acht Harrier mitgäben?«

»Gute Idee«, sagte Harris rasch. »Dann stellen wir den

russischen Verbänden zwei Baby-Träger mit bemerkenswerter Schlagkraft gegenüber, und ihre Flanke bedrohen im Osten die *Kennedy* und im Westen einige hundert Kampfflugzeuge. Somit sind sie von drei Seiten eingeschlossen. Und für uns wird obendrein eine größere Anti-U-Boot-Kapazität frei.«

»Kann die *Kennedy* den Auftrag allein erfüllen?«, fragte Hilton.

»Darauf können Sie sich verlassen«, erwiderte Blackburn. »Binnen einer Stunde versenken wir einen, wenn nicht zwei der vier Verbände. Was in Küstennähe kommt, fällt in Ihr Ressort, Max.«

»Wie lange habt ihr diesen Dialog schon geprobt?«, fragte General Maxwell, Kommandant des Marinekorps. Es entstand allgemeine Heiterkeit.

Roter Oktober

Chefingenieur Melechin ließ den Reaktorraum räumen, ehe er die Suche nach der undichten Stelle begann. Außer Ramius und Petrow waren die Ingenieure vom Dienst und ein junger Leutnant namens Swijadow anwesend. Drei Offiziere trugen Geigerzähler.

Der Reaktorraum war ziemlich groß, da er die mächtige, fassförmige Stahlhülle aufnehmen musste. Die Hülle war handwarm, obwohl der Reaktor derzeit nicht in Betrieb war. In jeder Ecke des Raumes gab es rot eingerahmte automatische Strahlungsmessgeräte. Weitere waren an den vorderen und hinteren Schotten befestigt. Von allen Räumen im Boot war dies der sauberste. Boden, Wände und Decke waren weiß gestrichen und fleckenlos. Der Grund hierfür lag auf der Hand: selbst das geringfügigste Kühlmittelleck musste sofort sichtbar sein, falls alle Messgeräte versagten.

Swijadow stieg über eine Aluminiumleiter auf die Reaktorhülle, um mit dem abnehmbaren Zählrohr seines Geigerzählers über jede Schweißnaht an den Rohren zu fahren. Der Lautstärkeregler an dem Gerät war voll aufgedreht, damit alle Anwesenden mithören konnten;

Swijadow trug zudem einen Ohrhörer. Der Leutnant, ein junger Mann von einundzwanzig, war nervös. Nur ein Narr wiegte sich bei der Suche nach einem Strahlungsleck in Sicherheit. In der sowjetischen Marine erzählte man sich folgenden Witz: Wie erkennt man einen Matrosen von der Nordflotte? Er leuchtet im Dunkeln. Bei Kameradschaftsabenden hatte Swijadow das komisch gefunden, nun aber nicht. Er wusste, dass man ihn nur mit der Suche beauftragt hatte, weil er der jüngste, unerfahrenste und entbehrlichste Offizier war.

Ganz stumm blieb der Zähler nicht. Swijadow krampfte sich jedes Mal der Magen zusammen, wenn ein vereinzeltes Partikel das ionisierte Gas im Zählrohr durchdrang und ein Knacken im Gerätelautsprecher auslöste. Alle paar Sekunden fiel sein Blick auf das Ableseinstrument, das die Intensität der Strahlung anzeigte. Die Nadel war im sicheren Bereich und schlug kaum aus. Die Reaktorhülle setzte sich aus vier mehrere Zentimeter starken Edelstahlschichten zusammen, deren Zwischenräume jeweils mit Barium-Wasser-Gemisch, Blei und Polyäthylen ausgefüllt waren, um Neutronen und Gammastrahlung am Entweichen zu hindern. Diese Kombination aus Stahl, Barium, Blei und Kunststoff dämmte die bei der Kernreaktion auftretenden gefährlichen Strahlen ein und ließ nur schwache Hitze entweichen. Swijadow stellte zu seiner Erleichterung fest, dass die Strahlungsintensität niedriger war als am Strand in Sotschi. Den höchsten Wert las er nahe einer Glühbirne ab.

»Alle Werte normal«, meldete der Leutnant.

»Wiederholen Sie die Prozedur«, befahl Melechin. »Ganz von vorne.«

Zwanzig Minuten später kam Swijadow nass geschwitzt und mit steifen Gliedern heruntergeklettert und meldete erneut einen negativen Befund.

»Genehmigen Sie sich eine Zigarette«, schlug Ramius vor. »Das haben Sie gut gemacht.«

»Danke, Genosse Kapitän. Die Lampen und Kühlmittelrohre entwickeln da oben eine ganz schöne Hitze.« Der

Leutnant reichte Melechin den Geigerzähler. Das untere Ableseinstrument zeigte einen niedrigen Gesamtwert an.

»Wahrscheinlich verseuchte Dosimeter«, kommentierte der Chefingenieur säuerlich. »Wäre nicht das erste Mal. Wer daran schuld ist, hat eine Kugel verdient.«

Ramius lächelte. »Erinnern Sie sich noch an den Unfall auf der *Lenin?*« Er bezog sich auf den atomgetriebenen Eisbrecher, der wegen eines Reaktorzwischenfalls zwei Jahre lang ungenutzt im Hafen gelegen hatte. »Ein Smutje hatte verkrustete Töpfe, und ein wahnwitziger Ingenieur schlug ihm vor, sie doch mit heißem Dampf zu reinigen. Und dieser Idiot marschierte doch tatsächlich zum Dampferzeuger, drehte ein Inspektionsventil auf und hielt seine Töpfe darunter!«

Melechin verdrehte die Augen. »Und ob ich mich daran erinnere! Der Kapitän hatte unbedingt einen Koch aus Kasachstan haben wollen –«

»Weil er gerne Pferdefleisch aß«, warf Ramius ein.

»– und dieser Idiot hatte natürlich keine Ahnung von einem Schiff. Brachte sich selbst und drei andere um und verseuchte den ganzen Raum für zwölf Monate. Der Kapitän wurde erst letztes Jahr aus dem Straflager entlassen.«

»Die Töpfe sind aber bestimmt sauber geworden«, merkte Ramius an.

»Allerdings, Marko Alexandrowitsch – und in fünfzig Jahren vielleicht auch wieder verwendbar.« Melechin lachte rau. Dann wandte er sich an den von dieser Unterhaltung etwas eingeschüchterten Leutnant. »So, jetzt prüfen wir die Rohre im Generatorraum. Kommen Sie, Swijadow, wir brauchen Ihre jungen Beine.«

Der nächste, achtern gelegene Raum enthielt Wärmetauscher, Dampferzeuger, Wechselstrom-Turbogeneratoren und Hilfsmaschinen. Die Hauptturbinen waren im nächsten Raum und standen still, solange die elektrisch angetriebene Raupe lief. Sie wurden von Dampf aus dem Sekundärkreislauf angetrieben, der keine Radioaktivität enthielt. Radioaktiv war nur der Primärkreislauf. Das Kühlmittel, das kurzlebige, aber gefährliche Radioaktivität mitführte, verdampfte nie. Dampf wurde nur im Sekundärkreislauf aus Frischwasser erzeugt. Aufeinander trafen die beiden Kreisläufe im Wärmetauscher, wo ein Leck wegen der zahlreichen Rohrverbindungen und Ventile am wahrscheinlichsten war.

Es dauerte fünfundfünfzig Minuten, bis das komplexe Röhrensystem überprüft war. Da es nicht so gut isoliert war wie das im Reaktorraum, verbrannte Swijadow sich zweimal beinahe die Finger, und sein Gesicht war nach der ersten Inspektion schweißgebadet.

»Alle Werte normal, Genossen.«

»Gut«, sagte Melechin. »Kommen Sie runter und ruhen Sie sich aus, ehe Sie das System noch einmal durchprüfen.«

Swijadow folgte und bekam von Melechin eine Zigarette. Der Chefingenieur war ein grauhaariger Perfektionist, der sich anständig um seine Männer kümmerte.

»Man sollte diese Rohre isolieren«, meinte Ramius. Melechin schüttelte den Kopf.

»Dann wären sie zu umständlich zu inspizieren.« Er reichte dem Kapitän den Geigerzähler.

»Völlig sicher«, sagte Ramius nach einem Blick auf die Skala. »Beim Unkrautjäten bekommt man mehr Strahlung ab.«

»Richtig«, meinte Melechin. »Bergleute sind höherer Strahlung ausgesetzt, weil Radon aus dem Flöz austritt. Es muss an den Dosimetern liegen. Warum holen wir nicht eine ganze Partie heraus und prüfen sie?«

»Das ginge schon, Genosse«, antwortete Petrow. »Dann müssten wir aber wegen der Länge unserer Fahrt für mehrere Tage auf ihre Verwendung verzichten. Und das ist leider vorschriftswidrig.«

»Sie haben Recht. In jedem Fall sind die Dosimeter ja nur eine zusätzliche Sicherheitsmaßnahme. Entscheidend sind unsere Instrumente.« Ramius wies auf die rot gerahmten Strahlungsmesser überall im Raum.

Eine Stunde später war die zweite Inspektion abgeschlossen. Petrow nahm Swijadow mit in sein Zimmer, um ihn mit Salztabletten und Tee zu rehydrieren. Die Offiziere gingen und Melechin ließ den Reaktor wieder in Betrieb nehmen.

Die Mannschaftsgrade kehrten auf ihre Posten zurück und warfen sich viel sagende Blicke zu. Ihre Offiziere hatten gerade die »heißen« Räume mit Geigerzähler geprüft. Nicht nur ein Maschinist befingerte nervös sein Dosimeter und schaute immer wieder auf die Uhr, um zu sehen, wie lange es noch bis zur Ablösung war.

Achter Tag

Freitag, 10. Dezember

HMS Invincible
Als Ryan erwachte, war es dunkel. Die Gardinen vor den beiden kleinen Bullaugen der Kabine waren zugezogen. Er schüttelte sich, um einen klaren Kopf zu bekommen, und machte Bestandsaufnahme. Die *Invincible* schaukelte, aber nicht so stark wie zuvor. Er stand auf, ging an ein Bullauge und sah unter dahinjagenden Wolken das letzte Glühen der versinkenden Sonne. Er schaute auf die Armbanduhr, stellte eine ungeschickte Kopfrechnung an und kam zu dem Schluss, dass es achtzehn Uhr Ortszeit sein musste, was bedeutete, dass er sechs Stunden lang geschlafen hatte. Er fühlte sich ausgeruht.

Nachdem er sich rasiert und gewaschen hatte, ging er auf die Brücke.

»Nun, Jack, fühlen Sie sich besser?« Admiral White wies auf ein Tablett voller Tassen. Sie enthielten nur Tee, aber das war immerhin ein Anfang.

»Danke, Admiral. Die paar Stunden haben mir gut getan. Ich tauche wahrscheinlich gerade rechtzeitig zum Abendessen auf.«

»Zum Frühstück«, korrigierte White lachend.

»Wie bitte, Admiral?« Ryan schüttelte sich. Er war noch immer ein wenig benommen.

»Ja, Commander, das ist der Sonnenaufgang. Übrigens ist der Befehl geändert worden. Wir sind wieder nach Westen unterwegs. Die *Kennedy* läuft mit Höchstfahrt nach Osten, und wir sollen in Küstennähe in Position gehen.«

»Wer hat das befohlen, Sir?«

»CINCLANT. Joshua hat das gar nicht gefallen. Da Sie vorerst bei uns bleiben sollen, fand ich es angemessen, Ihnen Ihren Schlaf zu gönnen. Sie schienen ihn nötig zu haben.«

Ich habe also achtzehn Stunden geschlafen, dachte Ryan. Kein Wunder, dass ich steif bin.

White stand auf, nahm Ryan beim Arm und führte ihn nach achtern. »Nun zum Frühstück. Ich habe schon auf Sie gewartet. Captain Hunter wird Sie über Ihre revidierten Instruktionen informieren. Wie ich höre, soll das Wetter für ein paar Tage aufklaren. Man hat unsere Eskorten umdisponiert. Nun operieren wir zusammen mit Ihrem *New-Jersey*-Verband. In zwölf Stunden beginnen wir im Ernst mit den Anti-U-Boot-Maßnahmen. Gut, dass Sie ausgeruht sind. Es wird allerhand Rummel geben.«

Das Flaggquartier der *Invincible* war nicht ganz so luxuriös wie das der *Kennedy*. White hatte ein privates Esszimmer. Ein Steward in weißer Livree servierte geschickt und legte ein drittes Gedeck für Hunter auf, der nach wenigen Minuten eintraf. Ehe sie zu reden begannen, schickte White den Steward fort.

»In zwei Stunden treffen wir uns mit zwei Fregatten der *Knox*-Klasse. In sechsunddreißig Stunden stoßen zwei 1052, ein Tanker und zwei *Perrys* zu uns. Mit unserer eigenen Eskorte stehen uns dann neun Kriegsschiffe zur Verfügung. Nicht übel, würde ich sagen. Wir operieren fünfhundert Meilen vor der Küste, der *New-Jersey-Tarawa*-Verband zweihundert Meilen westlich von uns«, erklärte Hunter.

»Die *Tarawa*? Wozu brauchen wir denn ein Regiment Marinesoldaten?«, fragte Ryan.

Hunter klärte ihn kurz auf. »Keine schlechte Idee. Komisch finde ich nur, dass die *Kennedy zu* den Azoren rast und uns die amerikanische Küste bewachen lässt.« Hunter grinste. »Das tut die Royal Navy zum ersten Mal – jedenfalls, seit Amerika uns gehört.«

»Womit haben wir es zu tun?«

»Die ersten *Alfas* werden morgen Ihre Küste erreichen. Vier sind allen anderen voraus. Die sowjetischen Überwasserschiffe passierten vergangene Nacht Island. Es handelt sich um drei Verbände. Einer ist um den Träger *Kiew,* zwei Kreuzer und vier Zerstörer gruppiert; der zweite um *Ki-*

row, vermutlich das Flaggschiff, und drei Kreuzer und sechs Zerstörer; und den Mittelpunkt des dritten bildet *Moskwa,* unterstützt von drei Kreuzern und sieben Zerstörern. Ich vermute, dass die Sowjets die Verbände um *Kiew* und *Moskwa* in Küstennähe einsetzen wollen und *Kirow* den Schutz nach See hin übernehmen lassen – aber die Verlegung der *Kennedy* wird sie zum Umdenken zwingen. Wie auch immer, die Gesamtstreitmacht trägt eine beträchtliche Anzahl von Boden-Boden-Raketen, und wir sind potenziell sehr exponiert. Zu unserer Unterstützung hat uns Ihre Air Force eine E-3 Sentry zugewiesen, die in wenigen Stunden hier eintreffen und mit unseren Harrier-Jägern üben soll. Wenn wir erst einmal weiter westlich sind, bekommen wir zusätzlich landgestützte Luftunterstützung. Im Großen und Ganzen ist unsere Lage nicht beneidenswert, doch der Iwan ist noch schlechter dran. Und was die Frage der Ortung von *Roter Oktober* betrifft?« Hunter zuckte die Achseln. »Die Natur unserer Suchaktion wird von Iwans Formation abhängen. Im Augenblick führen wir Ortungsübungen durch. Die in Führung liegende *Alfa* ist im Augenblick achtzig Meilen nordwestlich von uns, fährt über vierzig Knoten und wird von einem unserer Hubschrauber verfolgt – und das wär's fürs Erste«, schloss Hunter. »Möchten Sie mit nach unten kommen?«

»Admiral?« Ryan wollte sich den Gefechtsstand der *Invincible* gerne einmal ansehen.

»Aber sicher.«

Dreißig Minuten später stand Ryan in einem stillen, dunklen Raum, dessen Wände mit elektronischen Instrumenten und Glastafeln bedeckt waren. Im Atlantik wimmelte es von russischen U-Booten.

Weißes Haus

Der sowjetische Botschafter betrat das Oval Office zu früh, um 10.59 Uhr. Er war ein kleiner, übergewichtiger Mann mit einem breiten, slawischen Gesicht und Augen, auf die ein professioneller Pokerspieler hätte stolz sein können, denn sie gaben nichts preis. Er war Karrierediplomat, hatte in mehreren westlichen Hauptstädten gedient und war seit dreißig Jahren im Außenministerium.

»Guten Morgen, Mr. President, guten Morgen, Dr. Pelt.« Alexej Arbatow nickte den beiden höflich zu. Ihm fiel sofort auf, dass der Präsident an seinem Schreibtisch saß. Normalerweise stand er auf, schüttelte ihm die Hand und setzte sich dann neben ihn.

»Bitte nehmen Sie sich eine Tasse Kaffee, Mr. Ambassador«, sagte Pelt. Arbatow kannte den Sicherheitsberater des Präsidenten gut. Jeffrey Pelt war ein Akademiker vom Zentrum für strategische und internationale Studien der Georgetown University – gewiss, ein Feind, aber ein wohlerzogener, *kulturnij* Feind. Heute blieb Pelt neben seinem Chef stehen und schien nicht gewillt zu sein, dem Bären zu dicht auf den Pelz zu rücken. Arbatow nahm sich keine Tasse.

»Mr. Ambassador«, begann Pelt, »wir haben eine beunruhigende Zunahme sowjetischer Marineaktivitäten im Nordatlantik feststellen müssen.«

»So?« Arbatow zog in gespielter Überraschung die Brauen hoch. »Davon weiß ich nichts. Wie Sie wissen, war ich nie auf See.«

»Mr. Ambassador, könnten wir uns das Gerede sparen?«, sagte der Präsident. Arbatow ließ sich von dieser Grobheit nicht ins Bockshorn jagen. »Im Augenblick operieren fast hundert Ihrer Schiffe im Nordatlantik oder sind dorthin unterwegs. Generalsekretär Narmonow und mein Vorgänger einigten sich schon vor Jahren, solche Aktionen nicht ohne vorherige Meldung durchzuführen. Der Zweck dieser Übereinkunft war, wie Sie wohl wissen, die Verhinderung von Aktionen, die auf die andere Seite provozierend wirken könnten. Dieses Abkommen ist auch eingehalten worden – bis jetzt.

Von meinen Militärberatern höre ich, dass sich etwas abspielt, das wie eine Kriegsübung aussieht oder gar das Vorspiel zu einem Krieg sein könnte. Wie sollen wir den Unterschied feststellen? Ihre Schiffe passieren derzeit Island und werden bald in der Lage sein, unsere Handelsrouten nach Europa zu bedrohen. Dies ist bestenfalls beunruhigend und schlimmstenfalls eine schwere, grundlose Provokation. Das Ausmaß der Aktion ist noch nicht publik gemacht worden. Dies wird sich ändern, Alex, und dann wird das amerikanische Volk fordern, dass ich etwas unternehme.« Der Präsident legte eine Pause ein, erwartete eine Reaktion, erntete aber nur ein Nicken.

Nun fuhr Pelt an seiner Stelle fort. »Mr. Ambassador, Ihr Land fand es angemessen, ein Abkommen zu verletzen, das über Jahre hinweg als Modellfall für Ost-West-Kooperation galt. Sind wir nicht gezwungen, dies als Provokation zu betrachten?«

»Mr. President, Dr. Pelt, darüber bin ich wirklich nicht unterrichtet«, log Arbatow mit größter Gelassenheit. »Ich werde mich sofort mit Moskau in Verbindung setzen und den Sachverhalt feststellen. Wünschen Sie, dass ich bei diesem Anlass eine Nachricht übermittle?«

»Ja. Sie und Ihre Vorgesetzten in Moskau werden verstehen«, sagte der Präsident, »dass wir Schiffe und Flugzeuge zur Beobachtung Ihrer Verbände einsetzen. Die Vernunft gebietet das. Es ist nicht unser Wunsch, uns in etwaige legitime Operationen einzumischen. Es ist nicht unsere Absicht, eine Provokation zu begehen, aber gemäß den Bedingungen des Abkommens haben wir das Recht, über Vorgänge dieser Art informiert zu sein, Mr. Ambassador. Solange wir nicht wissen, was vorgeht, können wir unseren Männern keine entsprechenden Anweisungen geben. Ihre Regierung wäre gut beraten, in der Nähe so vieler Schiffe und Flugzeuge beider Seiten eine potenzielle Gefahrensituation zu sehen. Zwischenfälle ereignen sich leicht. Aktionen einer Seite, die unter normalen Umständen harmlos scheinen, könnten in ganz anderem Licht gesehen werden. Auf diese Weise sind schon Kriege ausgebrochen, Mr. Ambassador.« Der Präsident lehnte sich zurück, um diesen Satz wirken zu lassen. Dann sprach er in verbindlicherem Ton weiter. »Selbstverständlich betrachte ich diese Möglichkeit als entfernt, aber ist es nicht unverantwortlich, ein solches Risiko einzugehen?«

»Mr. President, Sie argumentieren wie immer überzeugend, aber wie Sie wissen, ist die Freiheit der Meere –«

»Mr. Ambassador«, unterbrach Pelt, »stellen wir doch einmal einen simplen Vergleich an. Ihr Nachbar macht auf einmal in seinem Garten mit einer geladenen Schrotflinte die Runde, während in Ihrem Garten Ihre Kinder spielen. In diesem Land handelte er durchaus legal. Aber hätten Sie nicht trotzdem Anlass zur Besorgnis?«

»Gewiss, Dr. Pelt, doch die von Ihnen beschriebene Situation unterscheidet sich völlig –«

Nun unterbrach der Präsident. »Allerdings. Die derzeitige Situation ist sehr viel gefährlicher. Sie stellt den Bruch eines Abkommens dar, und das finde ich ganz besonders beunruhigend. Ich hatte gehofft, am Beginn einer neuen Ära sowjetisch-amerikanischer Zusammenarbeit zu stehen. Wir haben unseren Handelsdisput geschlichtet. Wir haben gerade neue Weizenlieferungen vereinbart. Wir haben Fortschritte gemacht, Mr. Ambassador – hat dies nun ein Ende?« Der Präsident schüttelte emphatisch den Kopf. »Das hoffe ich nicht, aber die Wahl liegt bei Ihnen. Die Beziehungen zwischen unseren Ländern können nur auf gegenseitigem Vertrauen basieren.

Mr. Ambassador, ich hoffe, Sie nicht beunruhigt zu haben. Wie Sie wissen, ist es meine Gewohnheit, im Klartext zu sprechen. Für diplomatische Heuchelei habe ich nicht viel übrig. In Zeiten wie dieser müssen wir schnell und klar kommunizieren. Wir haben es mit einer gefährlichen Situation zu tun und sollten rasch zusammenarbeiten, um sie zu entschärfen. Meine Militärs sind sehr besorgt, und ich muss noch heute wissen, was Ihre Marine beabsichtigt. Andernfalls werde ich über den heißen Draht von Moskau eine Erklärung verlangen.«

Arbatow stand auf. »Mr. President, ich werde Ihren Standpunkt sofort weiterleiten. Bedenken Sie aber bitte den Zeitunterschied zwischen Washington und Moskau, der –«

»Ich weiß, das Wochenende hat gerade begonnen, und die Sowjetunion ist bekanntlich das Paradies der Werktätigen, aber irgendwo wird doch wohl ein Verantwortlicher am Schreibtisch sitzen. Nun möchte ich Sie nicht länger aufhalten. Guten Tag.«

Pelt geleitete Arbatow hinaus, kam dann zurück und setzte sich.

»Vielleicht bin ich ein wenig zu grob mit ihm umgesprungen«, sagte der Präsident.

»Ja, Sir.« Viel zu grob, dachte Pelt. »Man kann aber wohl behaupten, dass Sie Ihren Standpunkt deutlich klargelegt haben.«

»Er weiß genau Bescheid.«

»Ja. Er weiß aber nicht, dass wir es auch wissen.«

»Das bilden wir uns ein.« Der Präsident zog eine Grimasse. »Was für ein verrücktes Spiel! Ich habe ihm einen Köder hingeworfen. Meinen Sie, er beißt an?«

»›Legitime Operation?‹ Haben Sie gesehen, wie seine Hand dabei zuckte? Er wird zuschnappen wie ein Hecht.« Pelt stand auf und goss sich eine halbe Tasse Kaffee ein. »Als was werden sie es wohl ausgeben? Legitime Operation ... wahrscheinlich eine Rettungsaktion. Wenn sie es als Flottenübung bezeichnen, geben sie eine Verletzung des Abkommens zu. Eine Rettungsaktion hingegen rechtfertigte die große Zahl der Einheiten, die Geschwindigkeit, mit der alles in Gang gebracht wurde, und die Nachrichtensperre. Die russische Presse berichtet über derlei Zwischenfälle ja nie. Ich würde jedenfalls erwarten, dass man es als Rettungsaktion ausgibt, erklärt, ein U-Boot sei vermisst, und es womöglich sogar als strategisches Boot identifiziert.«

»Nein, so weit gehen sie bestimmt nicht. Es besteht nämlich auch ein Abkommen, demzufolge unsere Raketen-U-Boote einen Fünfhundert-Meilen-Abstand von der Küste einzuhalten haben. Vermutlich hat Arbatow seine Instruktionen zum Umgang mit uns längst erhalten, aber er wird versuchen, so viel Zeit wie möglich herauszuschinden. Es besteht auch die entfernte Möglichkeit, dass er selber im Dunkeln tappt. Wir wissen ja, wie geizig die Sowjets mit Informationen umgehen. Glauben Sie, dass wir zu viel in seine Verschleierungstaktik hineininterpretieren?«

»Nein, Sir. Es ist eines der Grundprinzipien der Diplomatie, dass einen Teil der Wahrheit kennen muss, wer überzeugend lügen will«, bemerkte Pelt.

Der Präsident lächelte. »Nun, für dieses Spiel hatten sie genug Zeit. Ich kann nur hoffen, dass meine verspätete Reaktion sie nicht enttäuscht.«

CIA-Zentrale

»Cardinal ist in Schwierigkeiten, Richter.« Ritter setzte sich.

»Wundert mich nicht.« Moore setzte die Brille ab und rieb sich die Augen. Was Ryan nicht gesehen hatte, war das Begleitschreiben des CIA-Chefs in Moskau. Ihm zufolge hatte Cardinal bei der Weiterleitung seiner letzten Nachricht die Kurierkette zwischen Kreml und amerikanischer Botschaft um die Hälfte verkürzt. Der Agent wurde auf seine alten Tage tollkühn. »Was meldet unser Mann exakt?«

»Angeblich liegt Cardinal mit Lungenentzündung im Krankenhaus. Mag stimmen, aber –«

»Er ist nicht mehr der Jüngste, und drüben ist Winter, aber wer glaubt schon an Zufälle?« Moore senkte den Blick. »Was passiert ihm, wenn er entdeckt worden ist?«

»Er wird unauffällig verschwinden. Man wird ihn ein paar Wochen lang ins Verhör nehmen und ihn dann ohne viel Aufhebens beseitigen. Ein öffentlicher Prozess könnte ihnen nur schaden.«

Richter Moore runzelte die Stirn. »Sagen Sie unserem Mann in Moskau, er soll die Finger davon lassen. Keinerlei Ermittlungen in Richtung Cardinal. Wenn er wirklich nur krank ist, hören wir bald wieder von ihm. Wenn nicht, erfahren wir es bald genug.«

Es war Ritter gelungen, Bestätigung für Cardinals Bericht zu finden. Ein Agent hatte gemeldet, dass die Flotte mit zusätzlichen Politoffizieren ausgelaufen war, ein anderer, dass die Überwasserstreitmacht von einem Schreibtischstrategen und Kumpan Gorschkows kommandiert wurde, der nach Seweromorsk geflogen und wenige Minuten vorm Auslaufen an Bord der *Kirow* gegangen war. Anscheinend wurde er von dem Schiffbauer, der *Roter Oktober* entworfen hatte, begleitet. Ein britischer Agent sandte die Nachricht, dass Zünder für die verschiedenen Waffen an Bord der Überwasserschiffe hastig aus ihren Depots geholt und an Bord genommen worden waren. Und schließlich existierte die unbestätigte Meldung, dass Admiral Korow, Kommandant der Nordflotte, nicht auf seinem Posten war; Aufenthaltsort unbekannt. Zusammen genommen reichte dies zur Bestätigung der WILLOW-Meldung aus und es gingen ständig weitere Nachrichten ein.

Marineakademie der USA
»Skip?«

»Hallo, Admiral. Wollen Sie mir Gesellschaft leisten?« Tyler wies auf einen freien Stuhl an seinem Tisch.

»Ich habe eine Nachricht vom Pentagon für Sie.« Der Superintendent der Marineakademie, ein ehemaliger U-Boot-Offizier, nahm Platz. »Sie haben heute Abend um halb acht einen Termin. Mehr hat man mir nicht verraten.«

»Großartig!« Tyler verzehrte gerade die Reste seines Mittagessens. Seit Montag hatte er praktisch rund um die Uhr an seinem Programm für die Computersimulation gearbeitet. Der Termin bedeutete, dass er heute Zugang zum Cray-2 der Air Force bekommen würde. Sein Programm war so gut wie fertig.

»Worum geht es eigentlich?«

»Das darf ich leider nicht sagen, Sir. Sie wissen ja, wie das ist.«

Weißes Haus
Um vier Uhr am Nachmittag kam der sowjetische Botschafter zurück. Um ihn den Blicken der Reporter zu entziehen, hatte man ihn ins Finanzministerium bestellt und von dort aus durch einen Tunnel, von dessen Existenz nur wenige wussten, ins Weiße Haus geführt.

»Mr. President«, begann Arbatow, »meine Regierung

hat mich angewiesen, Ihnen ihr Bedauern auszudrücken, weil Sie aus Zeitmangel nicht früher informiert werden konnten. Eines unserer Atom-U-Boote ist vermisst und könnte verloren gegangen sein. Wir führen eine Rettungsaktion durch.«

Der Präsident nickte nüchtern und wies dem Botschafter einen Sitzplatz an. Pelt nahm neben ihm Platz.

»Mir ist das etwas peinlich, Mr. President. In unserer Marine wie auch in Ihrer ist der Dienst auf einem Atom-U-Boot von größter Bedeutung und aus diesem Grund werden für ihn nur unsere besten und vertrauenswürdigsten Männer ausgewählt. Im vorliegenden Fall sind mehrere Besatzungsmitglieder – das heißt, die Offiziere – Söhne hoch gestellter Parteimitglieder. Einer ist sogar der Sohn eines Mitglieds des Zentralkomitees – seinen Namen kann ich natürlich nicht nennen. Es ist daher verständlich, dass die Sowjetunion bei der Suche nach ihren Söhnen solche Anstrengungen unternimmt.« Arbatow täuschte kunstvoll Verlegenheit vor und tat so, als gäbe er ein Familiengeheimnis preis. »Es hat sich also eine Großaktion entwickelt, die, wie Sie zweifellos wissen, praktisch über Nacht in Gang gesetzt wurde.«

»Ich verstehe«, sagte der Präsident mitfühlend. »Das beruhigt mich, Alex. Jeff, es ist spät genug. Würden Sie uns bitte etwas zu trinken richten? Bourbon, Alex?«

»Gerne, Sir.«

Pelt ging an einen Rosenholzschrank, der eine kleine Bar und einen Eisbehälter enthielt. Kurz darauf kam er mit drei Gläsern zurück.

»Um ganz ehrlich zu sein, wir hatten schon vermutet, dass es sich um eine Rettungsaktion handelt«, sagte Pelt.

»Ich verstehe nicht, wie wir unsere Männer zu diesem gefährlichen Dienst bringen.« Der Präsident trank einen kleinen Schluck. Arbatow sprach seinem Bourbon herzhafter zu. Auf Cocktailpartys erklärte er öfters, ihn dem Wodka vorzuziehen. »Soweit ich weiß, haben wir selbst zwei Atom-U-Boote verloren. Wie viele sind es jetzt bei Ihnen? Drei oder vier?«

»Das weiß ich nicht. Sie sind da wahrscheinlich besser informiert als ich«, erwiderte Arbatow. Da hast du heute zum ersten Mal die Wahrheit gesagt, dachte der Präsident.

»Wie viele Männer sind an Bord, Alex?«, fragte der Präsident.

»Keine Ahnung. Rund hundert, denke ich mir. Ich war noch nie auf einem Kriegsschiff.«

»Vermutlich halbe Kinder, wie unsere Mannschaften auch. Es ist traurig und bezeichnend für unsere beiden Länder, dass wir so viele unserer besten jungen Männer solchen Gefahren aussetzen müssen. Doch – wie könnte es anders sein?« Der Präsident legte eine Pause ein, drehte sich um und schaute aus dem Fenster. Auf dem Rasen schmolz der Schnee. Zeit, das nächste Thema anzuschneiden.

»Vielleicht könnten wir helfen«, bot der Präsident nachdenklich an. »Ja, vielleicht können wir anlässlich dieser Tragödie die Gelegenheit ergreifen, das gegenseitige Misstrauen etwas abzubauen. Wir könnten demonstrieren, dass sich unsere Beziehungen in der Tat gebessert haben.« Der Präsident sah den Botschafter fest an. »Mr. Ambassador, ich biete Ihnen hiermit die Unterstützung der Vereinigten Staaten bei der Suche nach Ihren verschollenen Landsleuten an.«

»Das ist sehr freundlich von Ihnen, Mr. President, aber –«

Der Präsident hob die Hand. »Kein aber, Alex. Wenn wir hierbei nicht zusammenarbeiten können, wie soll es uns dann in ernsteren Angelegenheiten gelingen? Wenn ich mich recht entsinne, stürzte vergangenes Jahr eines unserer Patrouillenflugzeuge bei den Aleuten ab, und einer Ihrer Fischdampfer« – es hatte sich um einen mit Elektronik voll gestopften Geheimdienst-Trawler gehandelt – »nahm die Besatzung auf und rettete ihr das Leben. Alex, wir stehen in Ihrer Schuld, einer Ehrenschuld. Die Vereinigten Staaten sollen sich nicht der Undankbarkeit zeihen lassen.« Er legte eine Kunstpause ein. »Vermutlich sind sie alle tot. Die Überlebenschancen bei einem U-Boot-Unfall sind nicht besser als bei einem Flugzeugabsturz. Aber wir wollen den Angehörigen wenigstens Gewissheit verschaffen. Jeff, verfügen wir über die entsprechenden Rettungsgeräte?«

»Das sollte man bei dem vielen Geld, das uns die Navy kostet, wohl erwarten«, meinte Pelt. »Ich setze mich mit Foster in Verbindung.«

»Gut«, sagte der Präsident. »Alex, wir können nicht erwarten, dass das gegenseitige Misstrauen über einer solchen Kleinigkeit schwindet. Dagegen steht Ihre und unsere Geschichte. Aber lassen Sie uns hier einen Anfang machen. Wenn wir uns im Weltraum oder in Wien am Konferenztisch die Hände reichen können, warum dann nicht hier? Ich werde meinen Kommandanten sofort die entsprechenden Anweisungen geben.«

»Verbindlichsten Dank, Mr. President.« Arbatow verbarg sein Unbehagen.

»Und übermitteln Sie bitte Generalsekretär Narmonow meine besten Empfehlungen und den Familien der Vermissten meine Anteilnahme. Ich weiß seine – und Ihre – Bemühungen, uns diese Information zukommen zu lassen, zu schätzen.«

»Jawohl, Mr. President.« Arbatow erhob sich und ging, nachdem er beiden die Hand gegeben hatte. Was führten die Amerikaner wirklich im Schilde? Er hatte Moskau gewarnt: Wenn wir es als Rettungsaktion bezeichnen, werden die Amerikaner uns ihre Hilfe aufdrängen. Es war der reine Wahnsinn, der Aktion kein anderes Etikett zu geben – und zum Teufel mit dem Protokoll.

»So«, sagte der Präsident, nachdem sich die Tür hinter dem Botschafter geschlossen hatte, »jetzt können wir sie schön im Auge behalten und sie dürfen sich nicht beschweren. Wir wissen, dass sie lügen – aber das wissen sie nicht. Und wir lügen auch, was sie gewiss vermuten, aber weshalb wir lügen, wissen sie nicht. Heiliger Strohsack! Und ich habe ihm heute früh erzählt, Nichtwissen sei gefährlich! Jeff, ich habe mir Gedanken gemacht. Es gefällt mir nicht, dass der Großteil ihrer Marine vor unserer Küste operiert. Ryan hatte Recht, der Atlantik ist unser Meer.

Air Force und Navy sollen dafür sorgen, dass die Russen das nicht vergessen.« Der Präsident leerte sein Glas. »Und was das U-Boot betrifft, möchte ich, dass unsere Leute es sich genau ansehen, und jedem Besatzungsmitglied, das zu uns überlaufen will, soll Asyl gewährt werden. Unauffällig, versteht sich.«

»Selbstverständlich. Wenn die Offiziere zu uns kämen, wäre das ein genauso großer Coup wie die Aufbringung des Bootes selbst.«

»Das die Navy nach wie vor behalten will.«

»Wie sollen wir das zuwege bringen, ohne die Mannschaft auszuschalten? Und das ist ausgeschlossen«, sagte Pelt.

»Finde ich auch.« Der Präsident rief über die Sprechanlage seine Sekretärin. »Verbinden Sie mich mit General Hilton.«

Pentagon

Die Computerzentrale der Air Force befand sich im zweiten Kellergeschoss des Pentagons. Die Lufttemperatur in dem klimatisierten Raum betrug gerade zwanzig Grad. Tyler fröstelte.

Er saß an einer Kontrollkonsole und hatte gerade einen Probe-Run seines Programms beendet, das er nach der bösartigen Muräne, die Ozeanriffe bewohnt, MORAY getauft hatte. Tyler war auf seine Fähigkeiten als Programmierer stolz. Er hatte das uralte Programm aus dem Archiv des Taylor-Laboratoriums geholt, es in die im Pentagon übliche Computersprache ADA übertragen und dann gestrafft. Nun gab er die achtzehn Leistungsvariablen ein, die alle denkbaren Antriebsmaschinen berücksichtigten. Der Cray-2 nahm das alles auf und sortierte die Zahlen ein. Er war bereit.

»Okay«, rief er dem Operator zu, einem Master Sergeant der Air Force.

»Roger.« Der Sergeant tippte »XQT« in sein Terminal. »EXECUTE.« Der Cray-2 ging an die Arbeit.

Tyler trat an die Konsole des Sergeants.

»Da haben Sie aber ein sehr langes Programm eingegeben, Sir.« Der Sergeant legte einen Zehn-Dollar-Schein auf die Konsole. »Wetten, dass mein Baby es in zehn Minuten durchgekaut hat?«

»Ausgeschlossen.« Tyler legte eine Note neben die des Sergeants. »Sagen wir fünfzehn.«

»Und den Unterschied teilen wir uns.«

»Abgemacht. Wo ist hier die Toilette?«

»Im Korridor rechts, dritte Tür links.«

Tyler humpelte hinaus und durch den Korridor.

»He, Skip? Skip Tyler!«

Der ehemalige U-Boot-Fahrer drehte sich schwerfällig um und sah einen Marineoffizier auf sich zueilen.

»Johnnie Coleman! Wie geht's?«

Coleman war inzwischen Captain, wie Tyler feststellte. Sie hatten zweimal zusammen gedient, ein Jahr auf der *Tecumseh,* ein anderes auf der *Shark.*

Sie schüttelten sich begeistert die Hand. »Wie ich höre, lehrst du in Annapolis«, sagte Coleman.

»Ja, und verdiene mir mit Ingenieurjobs etwas dazu.«

»Was treibst du hier?«

»Habe im Computer der Air Force ein Programm laufen. Checke für Sea Systems eine neue Schiffskonfiguration aus.« Die Legende war akkurat genug. »Und was machst du?«

»Ich bin Admiral Dodges Stabschef.«

»Ehrlich?« Tyler war beeindruckt. Dodge war der derzeitige OP-02, stellvertretender Chef der Unterseeboot-Operationen, ein Posten, der administrative Kontrolle über alle Aspekte des U-Boot-Einsatzes bedeutete. »Hält dich wohl auf Trab, was?«

»Kann man wohl sagen. Im Augenblick ist die Kacke echt am Dampfen.«

»Wieso?« Tyler hatte seit Tagen weder Zeitung gelesen noch Nachrichten gehört.

Coleman sah im Korridor auf und ab. Sie waren allein. »Na, dir kann ich es wohl sagen. Unsere russischen Freunde haben eine riesige Flottenübung gestartet. So gut wie die gesamte Nordflotte ist auf See. Und ihre U-Boote sind überall.«

»Wozu?«

»Können wir noch nicht mit Sicherheit sagen. Sieht nach einer großen Such- und Rettungsaktion aus. Die Frage ist nur, was suchen sie? Vier *Alfas* fahren mit Höchstgeschwindigkeit auf unsere Küste zu, und ein ganzer Haufen *Victors* und *Charlies* kommt hinterhergetobt. Anfangs meinten wir, sie wollten die Handelsrouten blockieren, aber an denen sind sie vorbeigezischt. Sie halten aber eindeutig auf unsere Küste zu. Wir kriegen tonnenweise Informationen.«

»Was ist denn unterwegs?«, fragte Tyler.

»Achtundfünfzig Atom-U-Boote und rund dreißig Überwasserschiffe.«

»Pest noch mal! CINCLANT springt bestimmt im Dreieck!«

»Kann man wohl sagen, Skip. Unsere Flotte ist auf See, jedes verfügbare U-Boot wird hastig umgruppiert, jede Lockheed P-3, die je vom Band lief, ist entweder über dem Atlantik oder dorthin unterwegs.« Coleman machte eine Pause. »Du bist doch noch für deine alte Geheimhaltungsstufe zugelassen, oder?«

»Sicher, schließlich arbeite ich für Crystal City. Ich habe an der Evaluierung der neuen *Kirow* mitgearbeitet.«

»Dachte ich mir's doch. Der Alte schwärmt immer noch von deinem Job auf der *Tecumseh.* Vielleicht lässt er dich mal bei uns rein, damit du siehst, was läuft. Klar, ich frage ihn einfach. Wann bist du hier unten fertig?«

»In einer halben Stunde.«

»Ruf mich an, wenn du soweit bist. Nebenstelle *78730.* Bis später.«

Tyler sah seinem alten Freund nach, ging dann in Richtung Toilette und fragte sich, was einen Admiral und seinen Captain so spät an einem vorweihnachtlichen Freitag im Dienst hielt.

»Elf Minuten, 53.18 Sekunden, Sir«, meldete der Sergeant und steckte beide Scheine ein.

Der Computerausdruck war über zweihundert Seiten lang. Das erste Blatt zeigte Geschwindigkeitsauflösungen in einer groben Glockenkurve, darunter wurde in einer Kurve die voraussichtliche Geräuschentwicklung ausgedruckt. Die Einzellösungen folgten auf den restlichen Bögen. Die Kurven sahen wie erwartet unordentlich aus. Die meisten Geschwindigkeitsauflösungen schwankten zwischen zehn und zwölf Knoten, und die Geräuschkurve war überraschend flach.

»Sergeant, kann ich einmal telefonieren?«

»Sicher. Wo Sie wollen.«

»Danke, Sergeant.« Tyler griff zum nächsten Apparat. »Ach ja, und löschen Sie das Programm.«

»Gut.« Der Mann gab einige Anweisungen ein. »MORAY ist weg. Hoffentlich haben Sie eine Kopie behalten, Sir.«

Tyler nickte und wählte.

»OP-022A, Captain Coleman.«

»Johnnie, hier Skip.«

»He, der Alte will dich sehen. Kannst gleich hochkommen.«

Tyler legte den Computerausdruck in seinen Aktenkoffer und schloss ihn ab. Er bedankte sich noch einmal bei dem Sergeant, ehe er hinaushumpelte. An der Tür warf er dem Cray-2 einen sehnsüchtigen Blick zu.

Kurz darauf hatte er einen Wachtposten passiert und stand nun vor Vizeadmiral Dodge, einem kleinen, angriffslustigen Mann, der auf der Schreibtischkante saß und Kopien von Telex-Meldungen durchlas. Dodge hatte zuerst drei U-Boote kommandiert, dann die Entwicklung der *Los-Angeles*-Klasse überwacht und war nun der »Groß-Delphin«, der alle Schlachten mit dem Kongress ausfocht.

»Skip Tyler! Gut sehen Sie aus, Junge!« Dodge warf einen verstohlenen Blick auf Tylers Bein, als er auf ihn zukam, um ihm die Hand zu geben. »Wie ich höre, leisten Sie an der Akademie gute Arbeit.«

Nach einigem Geplänkel kam Tyler zur Sache. »Wie ich höre, treiben die Russkis neue Spielchen.«

Dodge wurde sofort ernst. »Das kann man wohl sagen.

Achtundfünfzig Jagd-Boote – jedes Atom-U-Boot der Nordflotte – sind mit einem großen Überwasserverband zu uns unterwegs, gefolgt vom Großteil ihrer Versorgungsschiffe.«

»Und wozu?«

»Das können Sie mir vielleicht verraten. Kommen Sie mit in mein Allerheiligstes.« Tyler wurde in einen Raum geführt, in dem er ein neues Gerät entdeckte: eine optische Anzeigevorrichtung in Form eines Projektionsschirms, auf dem der Nordatlantik vom Wendekreis des Krebses bis zum Polareis dargestellt war. Es waren Hunderte von Schiffen zu sehen. Handelsschiffe waren weiß und entsprechend ihrer Nationalität mit Flaggen gekennzeichnet; sowjetische Schiffe waren rot und unterschieden sich in der Form je nach Typ; amerikanische und alliierte Schiffe kennzeichnete Blau. Auf dem Ozean herrschte ein ziemliches Gedränge.

»Du meine Güte.«

»Gut gesagt«, knurrte Dodge. Tyler nickte grimmig. »Für welche Geheimhaltungsstufe sind Sie zugelassen?«

»Top secret und einige Sonderstufen, Sir. Ich bekomme alles zu sehen, was wir über sowjetische Technik erfahren, und arbeite nebenbei viel für Sea Systems. Sind diese beiden *Alfas* nach Norfolk unterwegs?«

»Sieht so aus. Und sie beeilen sich mächtig.« Dodge deutete auf ein Symbol. »Dieses hier läuft auf den Long-Island-Sund zu, als wollte es die Zufahrt zu New London blockieren, und das andere hat wahrscheinlich Boston zum Ziel. Und diese *Victors* da liegen nicht weit zurück. Die meisten britischen Häfen haben sie bereits abgedeckt. Bis Montagmorgen sitzen vor jedem unserer wichtigen Häfen zwei oder mehr russische U-Boote.«

»Das gefällt mir nicht, Sir.«

»Mir auch nicht. Wie Sie sehen, haben wir selbst inzwischen fast hundert Prozent der verfügbaren Boote auf See. Mir ist nur unerklärlich, was die Russen eigentlich wollen. Ich –« Captain Coleman kam herein.

»Ah, Sie haben den verlorenen Sohn eingelassen, Sir«, meinte Coleman.

»Seien Sie nett zu ihm, Johnnie. Er war ein guter U-Boot-Fahrer. Wie auch immer, anfangs sah es so aus, als wollten sie unsere Nachschubwege sperren, aber an denen sind sie vorbeigefahren. Doch mit diesen *Alfas* könnten sie versuchen, unsere Küste zu blockieren.«

»Was tut sich im Pazifik?«

»Absolut nichts. Nur Routineaktivität.«

»Das macht einfach keinen Sinn«, wandte Tyler ein. »Man ignoriert doch nicht einfach eine halbe Flotte. Und wenn man einen Krieg anfangen will, bindet man das dem Gegner doch auch nicht auf die Nase, indem man jedes Boot mit Höchstfahrt lostoben lässt.«

»Skip, die Russen sind ein komischer Verein«, gab Coleman zu bedenken.

»Admiral, wenn wir anfangen, auf sie zu schießen –«

»Dann werden sie einiges abbekommen«, sagte Dodge. »Sie machen so viel Lärm, dass wir sie praktisch alle erfasst haben. Das müssen sie übrigens selbst wissen, und aus diesem Grund nehme ich an, dass sie nichts Ungutes vorhaben. Sie sind immerhin klug genug, sich nicht so auffällig zu verhalten – es sei denn, es handelt sich um ein Ablenkungsmanöver.«

»Haben sie sich dazu geäußert?«, fragte Tyler.

»Ihr Botschafter behauptet, ein Boot sei verloren gegangen, und da es ein paar Söhne von Parteibossen an Bord habe, sei diese Großaktion gestartet worden. Wer's glaubt –«

Tyler stellte seinen Aktenkoffer ab und trat näher an den Schirm heran. »Die Grundzüge einer Such- und Rettungsaktion kann ich erkennen, aber wozu blockieren sie unsere Häfen?« Er schwieg und dachte angestrengt nach. »Sir, ich sehe kein einziges strategisches Boot.«

»Die sind in ihren Häfen – alle miteinander, im Atlantik wie im Pazifik. Die letzte *Delta* machte vor ein paar Stunden fest. Auch das kommt mir sonderbar vor«, meinte Dodge und schaute wieder auf den Schirm.

»Wirklich alle, Sir?«, fragte Tyler so beiläufig wie möglich. Ihm war nämlich gerade etwas aufgefallen. Auf der

Tafel erschien *Bremerton* in der Barents-See, nicht aber das Boot, das sie zu beschatten hatte. Er wartete einige Sekunden lang auf eine Antwort. Da er keine bekam, drehte er sich um und stellte fest, dass die beiden Offiziere ihn scharf ins Auge gefasst hatten.

»Warum fragen Sie?«, sagte Dodge leise. Wenn Sam Dodge sanft wurde, bedeutete das eine Warnung.

Darüber dachte Tyler kurz nach. Er hatte Ryan sein Wort gegeben. Konnte er eine Antwort formulieren, ohne es zu brechen, und trotzdem herausfinden, was er wissen wollte? Ja, entschied er.

»Admiral, haben die Russen ein neues strategisches Boot auf See?«

Dodge richtete sich kerzengerade auf. »Wo haben Sie diese Information her, Commander?«, fragte er eisig.

Tyler schüttelte den Kopf. »Bedaure, Admiral, das darf ich nicht sagen. Ich finde aber, dass Sie Bescheid wissen sollten, und will versuchen, mich wieder bei Ihnen zu melden.«

Dodge versuchte es nun auf andere Weise. »Sie haben einmal für mich gearbeitet, Skip.« Der Admiral war unzufrieden. Er hatte eine Vorschrift umgangen, um seinem ehemaligen Untergebenen etwas zu zeigen, weil er ihn gut kannte und ihn bedauerte, dass er wegen eines Unfalls das ersehnte Kommando nicht bekommen hatte. Genau genommen war Tyler Zivilist, auch wenn er marineblaue Anzüge trug. Besonders unangenehm war, dass Tyler selbst etwas wusste. Dodge hatte ihm Informationen gegeben, aber Tyler wollte sich nicht revanchieren.

»Sir, ich habe mein Wort gegeben«, entschuldigte sich Skip. »Ich will versuchen, Ihnen zukommen zu lassen, was ich weiß. Das ist ein Versprechen, Sir. Darf ich mal telefonieren?«

»Draußen im Vorzimmer«, sagte Dodge tonlos.

Tyler ging hinaus und setzte sich an den Schreibtisch der Sekretärin. Dann nahm er sein Notizbuch aus der Jackentasche und wählte die Nummer, die Ryan ihm gegeben hatte.

»Hektar«, sagte eine Frauenstimme.
»Könnte ich bitte Dr. Ryan sprechen?«
»Dr. Ryan ist im Augenblick nicht hier.«
»Dann geben Sie mir bitte Admiral Greer.«
»Moment, bitte.«
»James Greer?« Dodge stand hinter ihm. »Arbeiten Sie für Greer?«
»Hier Greer. Sind Sie Skip Tyler?«
»Jawohl, Sir.«
»Haben Sie die Unterlagen für mich?«
»Ja, Sir.«
»Wo sind Sie?«
»Im Pentagon, Sir.«
»Gut, kommen Sie sofort hierher. Kennen Sie den Weg? Die Wachen am Haupttor erwarten Sie. Nichts wie los, Sohn.« Greer legte auf.
»Arbeiten Sie für den CIA?«, fragte Dodge.
»Sir, das darf ich nicht beantworten. Und wenn Sie mich nun entschuldigen würden – ich habe Informationen zu übermitteln.«
»*Meine* etwa?«, herrschte der Admiral.
»Nein, Sir. Ich hatte sie bereits, als ich hierher kam. Das ist die Wahrheit, Admiral. Ich will zusehen, dass Sie eingeweiht werden.«
»Rufen Sie mich an«, schnauzte Dodge. »Wir bleiben die ganze Nacht über hier.«

CIA-Zentrale

Tyler kam auf dem alten George-Washington-Parkway rascher voran, als er erwartet hatte. Er bog rechts ab und erreichte nach einer Weile den Wachposten an der Haupteinfahrt des CIA-Komplexes. Die Schranke war geschlossen.
»Ist Ihr Name Tyler, Oliver W.?«, fragte der Posten. »Ausweis, bitte.« Tyler reichte ihm seinen Passierschein fürs Pentagon.
»In Ordnung, Commander. Fahren Sie bitte zum Haupteingang. Sie werden dort erwartet.«

Nach einer Fahrt von wenigen Minuten über fast leere Parkplätze erreichte Tyler den Haupteingang. Der bewaffnete Posten wollte ihm aus dem Wagen helfen, aber er schüttelte ihn ab. Im Eingang wartete ein zweiter Mann, der ihn sofort zum Aufzug führte.

James Greer saß in seinem Büro vorm Kamin und schien sich im Halbschlaf zu befinden. Skip konnte nicht wissen, dass der DDI erst vor wenigen Stunden aus England zurückgekehrt war. Der Admiral kam zu sich und schickte den Wachmann in Zivil hinaus. »Sie müssen Skip Tyler sein«, sagte er dann. »Kommen Sie rüber und setzen Sie sich.«

»Ein schönes Feuer haben Sie da, Sir.«

»War ein Fehler. Wenn man ins Feuer guckt, wird man nur müde. Nun, was haben Sie mir mitgebracht?«

»Darf ich fragen, wo Jack ist?«

»Sie dürfen. Jack ist nicht da.«

»Ah.« Tyler schloss seinen Aktenkoffer auf und entnahm ihm den Ausdruck. »Sir, ich habe ein Leistungsmodell dieses russischen U-Boots durch den Computer laufen lassen. Darf ich seinen Namen erfahren?«

Greer lachte. »Gut, das haben Sie sich verdient. Das Boot heißt *Roter Oktober.* Entschuldigen Sie meine schlechten Manieren, aber ich bin etwas übermüdet. Jack sagt, Sie seien ziemlich gut. Das steht auch in Ihrer Personalakte. Also sagen Sie mir, was *Roter Oktober* leistet.«

»Nun, Admiral, es lag ein breites Datenspektrum vor, und –«

»Bitte die Kurzversion, Commander. Ich spiele nicht mit Computern. Dafür habe ich meine Leute.«

»Zwischen sieben und achtzehn Knoten, wahrscheinlich zehn bis zwölf. Innerhalb dieses Fahrtbereiches kann mit einem Geräuschpegel gerechnet werden, der dem einer *Yankee* bei sechs Knoten entspricht. Dabei bleiben allerdings die Reaktorgeräusche unberücksichtigt. Hinzu kommt, dass das erzeugte Geräusch grundlegend anders sein wird. Diese Flügelräder erzeugen keinen normalen Antriebslärm, sondern ein unregelmäßiges harmonisches

Dröhnen. Hat Jack das erwähnt? Es liegt am Rückstau in den Tunnels, der der Strömung entgegenwirkt und so das Dröhnen herbeiführt. Dies lässt sich offenbar nicht vermeiden. Unsere Leute suchten zwei Jahre lang nach einem Ausweg und fanden nichts außer einem neuen Prinzip der Hydrodynamik. Das Wasser verhält sich fast so wie die Luft in einem Strahltriebwerk bei niedriger Belastung oder im Leerlauf – der Haken ist nur, dass Wasser sich nicht komprimieren lässt wie Luft. Unsere Leute werden also etwas zu hören bekommen, aber es wird ungewöhnlich klingen. Man muss sich an eine völlig neue akustische Signatur gewöhnen. Fügen Sie dem die geringere Signalstärke zu, und Sie haben ein Boot, das schwerer auszumachen ist als alles, was derzeit taucht.«

»Das steht also alles hier drin.« Greer blätterte den Computerausdruck durch.

»Ja, Sir. Ich schlage vor, dass Ihre Leute sich das noch einmal ansehen. Das Modell – das Programm, meine ich – ist verbesserungsbedürftig. Ich hatte nicht viel Zeit. Jack sagte, Sie hätten es eilig. Darf ich Sie etwas fragen, Sir?«

»Nur zu.« Greer lehnte sich zurück und rieb sich die Augen.

»Ist *Roter Oktober* im Augenblick auf See? Darum geht es doch, oder? Versuchen wir gerade, das Boot ausfindig zu machen?«, fragte Tyler unschuldig.

»Hm, so ähnlich. Wir wussten nur nicht, was es mit diesen Luken auf sich hatte. Ryan meinte, Sie könnten das ausknobeln, und da hatte er wohl auch Recht. Sie haben sich Ihr Honorar verdient, Commander. Mit Hilfe Ihrer Daten mag es uns gelingen, das Boot zu finden.«

»Admiral, ich habe das Gefühl, dass *Roter Oktober* vorhat, zu den Vereinigten Staaten zu desertieren.«

Greers Kopf fuhr herum. »Wie kommen Sie denn darauf?«

»Die Russen führen im Augenblick ein gewaltiges Flottenmanöver durch. Ihre U-Boote sind überall im Atlantik, und es sieht so aus, als wollten sie unsere Häfen blockieren. Das Ganze ist angeblich eine Suchaktion nach einem vermissten Boot. Gut, aber am Montag zeigte mir Jack Bilder von einem neuen Raketen-U-Boot – und heute höre ich, dass sie alle ihre anderen *strategischen* Boote zurückbeordert haben.« Tyler lächelte. »Seltsamer Zufall, nicht wahr?«

Greer wandte sich ab und starrte ins Feuer.

»*Roter Oktober* wird also zu uns überlaufen?«, drängte Tyler.

Wenn der Admiral nicht so übermüdet gewesen wäre, hätte er sich nun herausgeredet. So aber beging er einen Fehler. »Haben Sie das von Ryan erfahren?«

»Sir, mit Ryan habe ich seit Montag nicht mehr gesprochen. Das ist die Wahrheit.«

»Wo haben Sie dann diese Information her?«, schnauzte Greer.

»Admiral, ich trug früher selbst die blaue Uniform, und fast alle meine Freunde stecken noch drin. Man schnappt halt hier und dort etwas auf«, erwiderte Tyler ausweichend. »Vor einer Stunde sah ich plötzlich klar. Es war noch nie da, dass die Russen alle ihre strategischen Boote auf einmal zurückrufen. Das weiß ich selbst – schließlich habe ich sie gejagt.«

Greer seufzte. »Ryan denkt wie Sie. Er ist im Augenblick draußen bei der Flotte. Wehe, wenn Sie auch nur einen Ton verlauten lassen, Tyler.«

»Aye aye, Sir. Und was fangen wir mit dem Boot an?« Tyler lächelte bei dem Gedanken, dass er als wichtiger Berater von Sea Systems bestimmt die Chance bekommen würde, sich ein echtes russisches U-Boot anzusehen.

»Wir geben es zurück. Selbstverständlich erst, nachdem wir es genau inspiziert haben. Es kann aber auch gut sein, dass wir es nie zu Gesicht bekommen.«

Es dauerte eine Weile, bis Tyler begriff, was er gerade gehört hatte. »Zurückgeben? Zum Teufel, weshalb denn?«

»Tyler, für wie wahrscheinlich halten Sie dieses Szenario eigentlich? Meinen Sie, die gesamte Mannschaft hätte beschlossen, zu uns überzulaufen?« Greer schüttelte den Kopf. »Wahrscheinlich ist, dass es sich nur um die Offiziere handelt, vielleicht noch nicht einmal alle, die zu uns wollen, ohne dass die Mannschaft etwas merkt.«

»Hmm.« Tyler dachte darüber nach. »Klingt plausibel. Aber warum sollten wir das Boot zurückgeben? Wir sind doch nicht in Japan. Wenn jemand hier eine MiG-25 landet, behalten wir die doch auch.«

»Es geht hier nicht um einen verirrten Jäger, sondern um ein Boot, das eine Milliarde Dollar wert ist. Und noch mehr, wenn man die Raketen und Sprengköpfe hinzurechnet. Und wie der Präsident sagt, ist es vor dem Gesetz das Eigentum der Russen. Wenn sie also herausfinden, dass wir es haben, werden sie es zurückverlangen. Gut, woher wissen sie, dass wir es haben? Jene Besatzungsmitglieder, die nicht um Asyl bitten, werden nach Hause wollen. Wer heim will, den lassen wir auch heim. Und als Nächstes fragen Sie mich jetzt bestimmt, weshalb wir die Crew nicht einfach verschwinden lassen.«

»Das ist mir in der Tat durch den Kopf gegangen«, sagte Tyler.

»Uns auch. Aber das kommt nicht in Frage. Hundert Menschen verschwinden lassen? Selbst wenn wir das wollten, könnten wir es heutzutage nicht geheim halten. Das brächten noch nicht einmal die Sowjets fertig. Und zu Friedenszeiten tut man so etwas einfach nicht.«

»Wenn also die Mannschaft nicht wäre, würden wir das Boot behalten ...«

»Ja, wenn wir es verstecken könnten. Und wenn eine Sau Flügel hätte, könnte sie fliegen.«

»Verstecke gibt es genug, Admiral, zum Beispiel hier in der Chesapeake Bay. Oder wir schaffen es ums Kap Hoorn und bringen es in einem kleinen Atoll unter. Die gibt's zu Millionen.«

»Tyler, die Mannschaft wird aber Bescheid wissen und ihren Vorgesetzten davon erzählen, wenn sie wieder daheim ist«, erklärte Greer geduldig. »Und dann wird Moskau sein Boot zurückverlangen.«

»Trotzdem, es wäre besser, wenn wir es behielten, erprobten und auseinander nähmen –«, sagte Tyler leise und starrte in die Flammen der Eichenscheite. Wie schaffen wir das? dachte er. Und dann kam ihm ein Gedanke. »Admiral, wie wär's, wenn wir die Besatzung von Bord holten, ohne dass sie merkt, dass wir das U-Boot haben?«

»Lautet Ihr voller Name Oliver Wendell Tyler? Nun, Sohn, wenn Sie nach dem Entfesselungskünstler Houdini und nicht nach einem Bundesrichter getauft worden wären, nähme ich Ihnen das ja ab –« Greer sah den Ingenieur scharf an. »Was schwebt Ihnen denn vor?«

Greer lauschte gespannt. Tyler erklärte.

»Wenn wir das schaffen wollen, müssen wir sofort die Navy hinzuziehen, Sir. Ganz besonders sind wir auf die Unterstützung von Admiral Dodge angewiesen. Sofern ich die Geschwindigkeit dieses Bootes richtig berechnet habe, müssen wir uns beeilen.«

Greer stand auf und ging einige Male um die Couch herum, um seinen Kreislauf wieder in Gang zu bringen. »Hm, interessant. Der Zeitfaktor macht es aber so gut wie unmöglich.«

»Dass es einfach ist, habe ich nicht behauptet, Sir. Aber wir haben eine Chance.«

»Rufen Sie daheim an und richten Sie Ihrer Frau aus, dass sie heute Nacht auf Sie verzichten muss, Tyler. Wenn ich mir die Nacht um die Ohren schlage, können Sie das ruhig auch tun. Die Kaffeemaschine steht hinter dem Schreibtisch. So, ich rufe jetzt erst den Richter an und dann reden wir mit Sam Dodge.«

USS Pogy

»Pogy, hier Schwarze Möwe 4. Unser Treibstoff wird knapp. Müssen zurück ins Nest«, meldete der taktische Koordinator in der *Orion* und reckte sich. Er hatte zehn Stunden lang an der Konsole gesessen. »Sollen wir euch was mitbringen? Over.«

»Klar, zwei Kasten Bier«, erwiderte Commander Wood. Dies war der neueste Witz, den sich die Männer in der P-3C mit den U-Boot-Besatzungen machten. »Danke für die Daten. Out.«

Die *Orion* drehte auf und wandte sich nach Südwesten. Beim Abendessen würde ihre Besatzung für die Freunde auf dem U-Boot ein oder zwei Bier zusätzlich stemmen.

»Mr. Dyson, gehen Sie auf sechzig Meter. Ein Drittel Fahrt.«

Der Wachhabende gab den Befehl weiter. Commander Wood trat an den elektronischen Kartentisch, der die taktische Lage darstellte.

USS Pogy lag dreihundert Meter nordöstlich von Norfolk und erwartete die Ankunft zweier sowjetischer U-Boote der *Alfa*-Klasse, deren Weg schon von Island her von Anti-U-Boot-Flugzeugen verfolgt worden war. *Pogy* war nach einem Unterseeboot benannt, das sich im Zweiten Weltkrieg ausgezeichnet hatte. Sie war seit achtzehn Stunden auf See und hatte eine Generalüberholung hinter sich. Praktisch jeder Gegenstand an Bord war entweder fabrikneu oder von Grund auf instand gesetzt worden, was aber nicht bedeutete, dass alles einwandfrei funktionierte.

Bei den ersten Probeläufen nach der Überholung hatte *Pogy* ihre Höchstgeschwindigkeit von dreiunddreißig Knoten erreicht. Damit war sie langsamer als die *Alfas*, auf die sie lauschte, aber wie alle amerikanischen U-Boote war sie darauf spezialisiert, verstohlen zu operieren. Die *Alfas* konnten nicht wissen, wo sie sich befand und dass sie ein leichtes Ziel für ihre Waffen abgeben würde, insbesondere, da die *Orion* der *Pogy* exakte Entfernungsbestimmungen übermittelt hatte, die sich sonst bei einer Sonar-Ortung nur mit Verzögerung berechnen lassen.

Lieutenant Commander Tom Reynolds, der stellvertretende Kommandant und Koordinator der Feuerleitung, stand lässig am elektronischen Kartentisch. »Sechsunddreißig Meilen zum nahen, vierzig zum entfernten Objekt.« Auf dem Schirm wurden sie als *Pogy*-Köder 1 und 2 bezeichnet.

»Fahrt zweiundvierzig Knoten?«, fragte Wood.

»Ja, Captain.« Reynolds hatte den Funkverkehr übernommen, bis Schwarze Möwe 4 zu ihrem Stützpunkt zurückgeflogen war. »Sie holen alles aus ihren Booten heraus und rauschen direkt auf uns zu. Wir haben sie klar im Visier. Was haben die vor?«

»Laut CINCLANT eine Suchaktion nach einem vermissten Boot.« Sein Tonfall verriet, was er von dieser Behauptung hielt.

»Wer's glaubt –« Reynolds zuckte die Achseln. »Ich habe noch nie gehört, dass ein *Alfa* so dicht vor unserer Küste operiert. Sie, Sir?«

»Nein.« Wood runzelte die Stirn. *Alfas* waren schnell und laut. Die sowjetische taktische Doktrin schien ihnen vorwiegend Verteidigungsaufgaben zuzuweisen; als Abfang-U-Boote konnten sie die strategischen Boote schützen und dank ihrer Schnelligkeit amerikanische Jagd-U-Boote angreifen, um sich dann einer Gegenattacke zu entziehen. Wood hielt diese Doktrin für unvernünftig, aber das konnte ihm nur recht sein.

»Womöglich wollen sie Norfolk blockieren«, schlug Reynolds vor.

»Da haben Sie vielleicht nicht Unrecht«, meinte Wood. »Wir verhalten uns auf jeden Fall ruhig und lassen sie vorbeirasen. Wenn sie den Kontinentalsockel erreichen, müssen sie das Tempo sowieso drosseln, und dann zuckeln wir ihnen schön leise hinterher.«

»Ave«, sagte Reynolds.

Wenn sie feuern mussten, dachten beide Männer, würden sie herausfinden, wie hart die Titaniumhüllen der *Alfas* wirklich waren und ob sie tatsächlich dem Explosionsdruck von mehreren hundert Kilo hoch brisanten Sprengstoffs standhielten. Zu diesem Zweck war für den Torpedo Mark 48 eigens ein speziell geformter Sprengkopf entwickelt worden, der auch mit der ebenso starken Typhoon-Hülle fertig werden sollte. Beide Offiziere verwarfen diese Gedanken. Ihr Auftrag lautete: Erfassen und Beschatten.

E. S. Politowski

Pogy-Köder 2 war in der sowjetischen Marine als *E. S. Politowski* bekannt. Das Jagd-U-Boot der *Alfa*-Klasse hieß nach dem Chefingenieur der russischen Flotte, die im russisch-japanischen Krieg um die ganze Welt gefahren war, nur um in der Meerenge von Tschuschima versenkt zu werden. Eugenij Sigismondowitsch Politowski hatte dem Zaren so tüchtig und treu wie jeder andere berühmte Offizier gedient, aber in seinem Tagebuch, das erst Jahre nach seinem Tod in Leningrad auftauchte, die Exzesse und Korruption des Zarenregimes heftig gegeißelt. Dies machte ihn zu einem angemessenen Vorbild für sowjetische Seeleute und der Staat hatte eine seiner größten Ingenieurleistungen nach ihm benannt.

Die akustische Signatur der *Politowski* war von den Amerikanern mit der Bezeichnung *Alfa 3* versehen worden, was nicht korrekt war, denn sie war das Erste in der Serie der Alfa-Boote. Schon bei der Jungfernfahrt hatte das kleine, spindelförmige U-Boot dreiundvierzig Knoten erreicht. Eine Minute darauf wurde die Fahrt von einem unglaublichen Missgeschick unterbrochen: Dem Boot war ein tonnenschwerer Wal in die Quere gekommen, und Politowski hatte das arme Tier breitseits gerammt. Der Aufprall hatte zehn Quadratmeter Bugplatten eingedrückt, den Sonardom zerstört, ein Torpedorohr verbogen und beinahe den Torpedoraum geflutet. Hinzu kamen schwere innere Schäden, die alles – von den elektronischen Geräten bis zum Kombüsenherd – in Mitleidenschaft gezogen hatten, und es ging die Rede, dass das Boot verloren gewesen wäre, wenn nicht Marko Ramius das Kommando gehabt hätte. In der Offiziersmesse von Seweromorsk hing nun eine Rippe des Wals und zeugte von der Unverwüstlichkeit sowjetischer Unterseeboote. Die Reparatur allerdings hatte über ein Jahr in Anspruch genommen, und als *Politowski* wieder in See stach, waren bereits zwei weitere *Alfas* in Dienst gestellt worden. Am zweiten Tag der Probefahrten fiel die Hochdruckturbine aus und war nicht zu reparieren. Der Austausch des Aggregats dauerte sechs Monate. Und da es in der Folge noch drei weitere Missgeschicke gegeben hatte, galt das U-Boot als vom Pech verfolgt.

Chefingenieur Wladimir Petschukotschow war treues Parteimitglied und überzeugter Atheist, aber auch Seemann und daher zutiefst abergläubisch. Früher wäre sein Schiff beim Stapellauf und dann bei jedem Auslaufen gesegnet worden: bärtige Popen, Weihrauch und Gesänge. Er hatte ohne Zeremonie losfahren müssen und bedauerte das. Ein bisschen Glück hatte er nämlich nötig, denn der Reaktor machte ihm Kummer.

Der Reaktor des *Alfa*-Bootes war klein, weil er in einen relativ engen Rumpf passen musste. Seine Leistungsabgabe war im Verhältnis zu seiner Größe hoch und seit vier Tagen bei hundert Prozent gehalten worden. Sie jagten mit 42,3 Knoten auf die amerikanische Küste zu, so schnell, wie der acht Jahre alte Reaktor es erlaubte. Petschukotschow fand es unverantwortlich, das Boot so hart zu treiben, selbst wenn noch alles einwandfrei funktionierte. Kein *Alfa*-Reaktor war je solchen Belastungen ausgesetzt worden, nicht einmal ein neuer.

Die Kühlmittelpumpe des Primärkreislaufs begann bedrohlich zu vibrieren, was dem Ingenieur ganz besonderen Kummer machte. Es gab zwar eine Ersatzpumpe, doch deren Einsatz würde einen Fahrtverlust von acht Knoten bedeuten. Die hohe Leistungsausbeute des *Alfa*-Reaktors wurde nicht mittels eines Natrium-Primärkreislaufs erzielt, wie die Amerikaner annahmen, sondern durch einen wesentlich höheren Betriebsdruck als auf jedem anderen Schiffsreaktor und durch einen revolutionären Wärmetauscher, der den Wärmewirkungsgrad auf einundvierzig Prozent hochtrieb – ein Wert, der weit über dem in Reaktoren anderer U-Boote lag.

Dieser Sachverhalt und die vibrierende Pumpe beunruhigten den Chefingenieur immer mehr; vor einer Stunde hatte er dem Kapitän vorgeschlagen, die Fahrt zu vermindern, damit seine Ingenieure Reparaturen vornehmen konnten. Es lag wahrscheinlich nur an einem ausgeschlagenen Lager und Ersatzteile waren genug an Bord. Die Pumpe war reparaturfreundlich. Der Kapitän hatte geschwankt und wollte dem Ersuchen schon stattgeben, doch dann hatte sich der Politoffizier eingemischt und auf ihren dringenden und eindeutigen Befehl hingewiesen – sie sollten ihre Position so rasch wie möglich erreichen. Jede Abweichung sei »politisch unverantwortlich«.

Petschukotschow fluchte in sich hinein. Er stand allein am Hauptsteuerpult, das sich im Maschinenraum befand, achtern von dem Raum, der Reaktor, Wärmetauscher und Dampferzeuger enthielt. Der Druck im Reaktor betrug zwanzig Kilogramm pro Quadratzentimeter, wurde aber nur zu einem Bruchteil von der Pumpe erzeugt. Der Hochdruck führte zu einem höheren Siedepunkt des Kühlmittels. In diesem Fall wurde das Wasser auf 900 Grad Celsius erhitzt, mehr als genug zur Dampferzeugung. Oben in der Reaktorhülle bildete sich eine Dampfblase, die erheblichen Druck auf das darunter stehende Wasser ausübte und weitere Dampfbildung verhinderte. Wasser- und Dampfdruck standen in feinem Gleichgewicht. Das Wasser war wegen der in den Brennstäben stattfindenden Reaktion gefährlich radioaktiv. Die Brennstäbe regulierten die Reaktion. Auch hier war die Steuerung heikel; die Stäbe nahmen bestenfalls knapp ein Prozent des Neutronenflusses auf, aber dies reichte aus, um eine Reaktion entweder in Gang zu bringen oder zu verhindern.

Petschukotschow vermochte das alles im Schlaf herzusagen. Er konnte aus dem Gedächtnis ein akkurates Schema der ganzen Reaktoranlage aufzeichnen und sofort feststellen, was die kleinste Abweichung der Instrumentenanzeige bedeutete. Er stand kerzengerade am Steuerpult, behielt die zahllosen Instrumente im Auge, hatte eine Hand am Schnellschlussschalter und die andere an den Bedienungselementen für das Notkühlsystem.

Die Vibration war nun hör- und spürbar. Es musste sich um ein ausgeschlagenes Lager handeln, das sich zunehmend selbst zerstörte. Wenn die Kurbelwellenlager schadhaft waren, würde sich die Pumpe festfressen, was Anhalten und Auftauchen bedeutete, ein Notfall, aber kein wirklich gefährlicher. Die Reparatur der Pumpe, falls überhaupt möglich, würde dann Tage anstatt Stunden dauern und wertvolle Zeit und Ersatzteile kosten. Das war an sich schon schlimm genug. Was Petschukotschow nicht wusste, war, dass die Vibration zugleich Druckwellen im Kühlmittelkreislauf erzeugte.

Zur Ausnutzung des neuen Wärmetauschers musste das Wasser sehr rasch durch die zahlreichen Rohre und an den Lamellen vorbei gepumpt werden. Hierzu war eine Hochdruckpumpe erforderlich, die fast siebzig bar des Gesamtdrucks erzeugte – ein Wert, der zehnmal so hoch war wie jener, der in westlichen Reaktoren als sicher galt. Wegen dieser Hochleistungspumpe herrschte in dem gesamten Maschinenraumkomplex, der bei Volllast ohnehin schon laut war, ein Getöse wie in einer Kesselschmiede, und die Vibrationen der Pumpe beeinträchtigten die Funktion der Überwachungsinstrumente, ließen die Zeiger weit ausschlagen. Petschukotschow stellte das fest, aber er war im Irrtum. In Wirklichkeit pendelten die Zeiger der Druckmesser, weil bereits ein Überdruck von vierzehn bar durch das System pulste. Der Chefingenieur erkannte das nicht. Er stand schon zu lange Wache.

In der Reaktorhülle näherten sich diese Druckwellen der Eigenfrequenz einer bestimmten Komponente. Ungefähr in der Mitte der Reaktorhülle befand sich ein Fitting aus Titanium, das zum Notkühlsystem gehörte. Für den Fall eines Kühlmittelverlustes und *nach* einem erfolgreich durchgeführten Schnellschluss sollten sich Ventile innerhalb und außerhalb der Hülle öffnen und den Reaktor entweder mit einem Barium-Wasser-Gemisch oder als letzte Notmaßnahme mit Seewasser kühlen – wobei allerdings der ganze Reaktor unbrauchbar gemacht wurde. Diese kostspielige Maßnahme war einmal von einem jungen Ingenieur ergriffen worden, der so eine Katastrophe auf einem Boot der *Victor*-Klasse durch Reaktorzerschmelzung verhindert hatte.

Heute war das innere Ventil geschlossen, zusammen mit der entsprechenden Armatur an der Außenhülle. Die Ventile bestanden aus Titanium, da sie auch nach langem Betrieb unter extrem hohen Temperaturen zuverlässig funktionieren mussten; Titanium ist sehr unempfindlich gegen Korrosion – und sehr heißes Wasser ist mörderisch korrosiv. Nicht berücksichtigt hatte man die Tatsache, dass das Metall auch intensiver radioaktiver Strahlung ausgesetzt war und dass die verwendete Titaniumlegierung unter fortgesetztem Neutronenbeschuss zur Instabilität neigte. Kurz: Das Metall war im Lauf der Jahre ermüdet. Die hydraulischen Druckwellen hämmerten gegen die Drosselklappe des Ventils, und die Pumpenvibration näherte sich der Eigenfrequenz der Klappe, die zunehmend heftiger gegen ihren Führungsring zu schlagen begann. An ihren Kanten traten Risse auf.

Ein *Mitschman* am Bugende des Maschinenraumes hörte es zuerst – ein leises Summen, das durchs Schott drang. Erst hielt er es für eine Rückkopplung in der Bordsprechanlage – und wartete zu lange, bis er Alarm schlug. Inzwischen brach die Drosselklappe ab und fiel in die Ausströmöffnung des Ventils. Sehr groß war sie nicht; ihr Durchmesser betrug zehn Zentimeter, ihre Stärke fünf Millimeter. Hätte sie aus Edelstahl bestanden, wäre sie wohl zum Boden der Reaktorhülle gesunken. Da sie aber aus Titanium war, das leichter und härter als Stahl ist, wurde sie vom Kühlmittel mitgerissen.

Das Wasser schwemmte die Klappe in das Rohr, dessen innerer Durchmesser fünfzehn Zentimeter betrug. Das Rohr bestand aus Edelstahl und war aus zwei Meter langen Stücken zusammengeschweißt, um in dem engen Raum den Austausch zu erleichtern. Die Drosselklappe wurde rasch auf den Wärmetauscher zugetragen. Kurz vor diesem hatte das Rohr eine rechtwinklige Biegung, in der sich die Klappe vorübergehend verklemmte. Hierdurch wurde das Rohr zur Hälfte blockiert, und ehe der Druck das Hindernis losreißen konnte, geschahen zu viele Dinge auf einmal. Im Rohrsystem entstand ein Rückstau, der den Druck jäh auf eintausendfünfhundert bar hochtrieb. Dieser dehnte das Rohr um wenige Millimeter. Der Überdruck, die Zugbelastung einer Schweißnaht und die durch jahrelange Hitzeeinwirkung hervorgerufene Materialermüdung wirkten zusammen, und es entstand ein Leck von der Größe einer Bleistiftspitze. Das austretende Wasser verdampfte sofort und löste im Reaktorraum und anderen Abteilen Alarm aus. Der Dampf fraß das Metall weg und vergrößerte das Leck rapide, bis Kühlmittel hervorbrach wie aus einem Springbrunnen. Ein Dampfstrahl zerstörte die Kabel der Reaktorsteuerung.

Ein katastrophaler Reaktorunfall begann seinen Lauf zu nehmen.

Der Druckverlust im Reaktor war binnen drei Sekunden total. Über hundert Liter Kühlmittel verdampften in die Hülle hinein. Am Steuerpult ging ein Dutzend Alarmsignale gleichzeitig los und Petschukotschows ärgster Alptraum war jäh Wirklichkeit geworden. Die automatische Reaktion des Ingenieurs war die Betätigung des Schnellschlussschalters, aber der Dampf in der Reaktorhülle hatte den Steuerantrieb lahm gelegt, und an eine Reparatur war nicht zu denken.

Petschukotschow wusste, dass sein Boot verloren war. Als Nächstes schaltete er die Notkühlung ein und ließ Seewasser in den Reaktorbehälter einströmen. Diese Maßnahme löste automatisch überall im Boot Alarm aus.

Vorne im Kontrollraum erkannte der Kapitän sofort die Notlage. *Politowski* fuhr in hundertfünfzig Meter Tiefe. Er musste sofort auftauchen und befahl infolgedessen, alle Ballasttanks auszublasen und die Tiefenruder maximal anzustellen.

Der Ablauf des Reaktorunfalls wurde nun von den Gesetzen der Physik bestimmt. Da kein Kühlmittel mehr vorhanden war, das die Hitze der Uranstäbe aufnehmen konnte, kam die Reaktion zum Stillstand – es fehlte das Wasser zur Dämpfung des Neutronenflusses. Dies war aber keine Lösung, da die Resthitze ausreichte, um alles in der Umgebung zum Schmelzen zu bringen. Das von See her eintretende Wasser wirkte zwar kühlend, drängte aber die Neutronen im Reaktorkern zusammen. Dies führte zu einer unkontrollierten Reaktion, die noch mehr Hitze erzeugte. Was als Kühlmittelleck begonnen hatte, wurde nun noch schlimmer: ein Kaltwasserunfall. Es war nur noch eine Frage von Minuten, bis der gesamte Kern schmolz. Und so lange würde Politowski brauchen, um an die Oberfläche zu gelangen.

Petschukotschow blieb auf seinem Posten im Maschinenraum und tat, was er konnte. Dass sein Leben verloren war, wusste er, aber er konnte versuchen, seinem Kapitän Gelegenheit zum Auftauchen zu geben. Für einen solchen Notfall gab es bestimmte Verhaltensregeln. Er brüllte die entsprechenden Befehle, machte damit aber alles noch schlimmer.

Sein Elektriker schaltete die Notstromversorgung ein, weil der verbliebene Dampfdruck die Wechselstromgeneratoren nur noch wenige Sekunden lang treiben konnte. Gleich darauf wurde das Netz des Bootes nur noch von Batterien gespeist.

Im Kontrollraum fiel die elektrische Steuerung der Trimmklappen an den Hinterkanten der Tiefenruder aus, die automatisch auf elektrohydraulische Steuerung umgeschaltet wurden. Diese betätigte aber nicht nur die Klappen, sondern die Tiefenruder insgesamt. Die Betätigungshebel stellten sich sofort auf einen Steigwinkel von fünfzehn Grad ein – und das Boot machte noch neununddreißig Knoten Fahrt. Da Pressluft inzwischen das Wasser aus seinen Ballasttanks verdrängt hatte, war es sehr leicht und jagte empor wie ein Flugzeug im Steigflug. Innerhalb von Sekunden spürte die Mannschaft im Kontrollraum verwirrt einen Steigwinkel von fünfundvierzig Grad, der zunehmend steiler wurde. Kurz darauf waren die Männer zu sehr mit Festhalten beschäftigt, um sich des Problems annehmen zu können. Das *Alfa*-Boot raste nun mit einer Geschwindigkeit von fünfzig Kilometern in der Stunde fast senkrecht der Wasseroberfläche entgegen. Alles, was nicht niet- und nagelfest war, stürzte nach achtern.

Im Maschinenraum prallte ein Mann gegen den Hauptschaltkasten und löste mit seinem Körper einen Kurzschluss aus, der zu einem totalen Stromausfall an Bord führte. Ein Koch, der vorne im Torpedoraum Rettungsgerät überprüft hatte, kroch in den Rettungsschacht und wand sich hastig in einen Schutzanzug. Trotz nur einjähriger Erfahrung verstand er, was die Alarmsignale und das ungewöhnliche Verhalten des Bootes zu bedeuten hatten. Er zerrte die Luke zu und betätigte die Hebel, wie er es auf der U-Boot-Schule gelernt hatte.

Politowski durchbrach die Oberfläche wie ein springender Wal und ragte zu drei Vierteln ihrer Länge aus dem Wasser, ehe sie donnernd zurückstürzte.

USS Pogy
»Kontrollraum? Hier Sonar.«

»Kontrollraum, aye. Kapitän.«

»Skipper, hören Sie mit. Auf Köder 2 ist gerade etwas passiert.« Wood war binnen Sekunden im Sonar-Raum, setzte einen Kopfhörer auf und stöpselte ihn in ein Tonbandgerät, das mit zweiminütiger Verzögerung wiedergab. Commander Wood hörte ein lautes Rauschen. Der Maschinenlärm verstummte. Kurz darauf wurde explosionsartig Pressluft freigesetzt, und es erklang ein Stakkato von Rumpfgeräuschen, als ein Boot rasch seine Tauchtiefe veränderte. »Was geht da vor?«, fragte Wood rasch.

E. S. Politowski
Im Reaktor der Politowski hatte die unkontrollierte Reaktion inzwischen das einströmende Seewasser verdampfen lassen und die Brennstäbe zerstört. Ihre Überreste sammelten sich am rückwärtigen Schott. Im Nu hatte sich eine metergroße Pfütze aus Uran gebildet, die ihre eigene kritische Masse erreichte. Die Reaktion ging unvermindert weiter und griff nun den Edelstahl der Reaktorhülle an, der einer Temperatur von fünftausend Grad nicht lange standhalten konnte. Nach zehn Sekunden war die Hülle durchgeschmolzen. Die Uraniummasse fiel gegen das nächste Schott.

Petschukotschow wusste, dass er praktisch tot war. Die Farbe am Schott vor ihm verfärbte sich schwarz, und das Letzte, was er sah, war eine von einem blauen Leuchten umgebene dunkle Masse. Gleich darauf verflüchtigte sich sein Körper, und das Uranium landete auf dem nächsten Schott.

Die Senkrechtstellung des Bootes begann inzwischen abzunehmen. Pressluft trat aus den Ballasttanks aus, Seewasser flutete ein. Das Boot tauchte langsam unter. In seinem Inneren herrschte Panik. Der Kapitän kämpfte sich trotz eines gebrochenen Beins hoch und versuchte die Situation unter Kontrolle und seine Männer von Bord zu bekommen, ehe es zu spät war, doch das Pech verließ die *Politowski* nicht. Nur ein Mann entkam. Der Koch öffnete die Luke des Rettungsschachts und kletterte hinaus. Wie er es gelernt hatte, begann er die Luke zu schließen, damit andere nach ihm den Schacht benutzen konnten, doch das Boot begann übers Heck zu sinken. Eine Welle spülte ihn vom Rumpf.

Im Maschinenraum hatte der veränderte Winkel zur Folge, dass der geschmolzene Reaktorkern auf den Boden fiel. Die heiße Masse griff erst den Stahlboden an und fraß sich dann durch den Titaniumrumpf. Fünf Sekunden später war der Maschinenraum zur See offen. Der größte Raum des Bootes füllte sich rasch mit Wasser. Der verbliebene Auftrieb war nun dahin. Das Boot ging wieder in die Vertikale und begann seine letzte Tauchfahrt.

Gerade als die Mannschaft im Kontrollraum begonnen hatte, wieder auf die Befehle des Kapitäns zu hören, sank das Heck weg. Der Kapitän fiel mit dem Kopf gegen eine Instrumentenkonsole, und mit ihm starb die letzte schwache Hoffnung für die Besatzung. *Politowski* sank dem Meeresgrund entgegen.

USS Pogy

»Skipper, ich war neunundsechzig auf der *Chopper«*, sagte der Chief der *Pogy* und meinte einen grässlichen Unfall auf einem Boot mit Dieselantrieb.

»So hört es sich auch an«, meinte sein Kapitän, der nun die durchs Sonar eingehenden Geräusche direkt abhörte. Es konnte kein Zweifel bestehen: Das U-Boot lief voll. Sie hörten, wie Innenräume geflutet wurden. Aus kürzerem Abstand hätten sie die Schreie der Männer in diesem dem Untergang geweihten Boot vernehmen können. Wood war dankbar für die Distanz. Das anhaltende Rauschen des Wassers klang schon schlimm genug. Dort drüben starben Männer, Gegner gewiss, aber doch Seeleute wie er, und er konnte nichts für sie tun.

Köder 1 fuhr, wie er feststellte, einfach weiter und schien nicht gemerkt zu haben, was seinem Schwesterboot zugestoßen war.

E. S. Politowski

Es dauerte neun Minuten, bis *Politowski* sechshundert Meter Tiefe hart auf den Grund aufschlug. Alle Räume vom Reaktorraum bis zum Heck liefen voll, und die Hälfte der Besatzung ertrank, aber die Abteilungen im Bug hielten dicht. Doch selbst dies war mehr Fluch als Segen. Da die Luftvorräte achtern nicht erreichbar waren und zum Antrieb der komplexen Klimaanlage nur die Notbatterien zur Verfügung standen, blieb den vierzig Männern nur noch wenig Luft zum Atmen. Dem raschen Tod unter dem gewaltigen Druck des Wassers waren sie entgangen – und mussten nun langsam ersticken.

Neunter Tag

Samstag, 11. Dezember

Pentagon
Ein weiblicher Verwaltungsunteroffizier hielt Tyler die Tür auf. Er trat ein und fand General Harris allein an einem großen Kartentisch vor, wo er über der Platzierung winziger Schiffsmodelle brütete.

Harris sah auf. »Sie müssen Skip Tyler sein.«

»Jawohl, Sir.« Tyler stand so stramm, wie seine Beinprothese es erlaubte. Harris kam rasch auf ihn zu und gab ihm die Hand.

»Sie lehren also in Annapolis?«

»Ja, Sir.«

»Und Sie wollen uns heute Morgen erzählen, wie wir uns das abtrünnige russische U-Boot unter den Nagel reißen können?«

»Ja, Sir.«

»Dann schießen Sie mal los.« Die beiden Männer setzten sich an einen Tisch in der Ecke, auf dem eine Kaffeekanne stand. Harris hörte dem jüngeren Mann fünf Minuten lang zu.

»Starkes Stück«, bemerkte Harris, als Tyler geendet hatte, stand auf und ging an den Kartentisch. »Sehr interessant. Ihr Plan hängt also von einer Art Taschenspielertrick ab. Und während wir das durchziehen, müssen wir uns die Russen vom Leib halten. Ungefähr hier, würde ich sagen.« Er tippte auf die Seekarte.

»Ja, General. Da die Russen sich in Küstennähe zu konzentrieren scheinen, sollten wir die Aktion seewärts abwickeln.«

»Und einen doppelten Verwandlungsakt hinlegen. Das gefällt mir. Aber Dan Foster wird nur ungern eines *unserer* Boote opfern wollen.«

»Ich halte den Aufwand für gerechtfertigt.«

»Ich auch«, sagte Harris. »Aber es sind halt nicht meine Boote. Und wo verstecken wir unsere Prise – falls wir sie erwischen?«

»General, schon hier in der Chesapeake Bay gibt es ein paar hübsche Plätze. Im Mündungsbereich von York- und Patuxent-Fluss sind zwei tiefe Stellen, die der Navy gehören und auf Seekarten als Sperrgebiet ausgewiesen sind. Ein U-Boot ist getaucht praktisch unsichtbar. Man sucht sich einfach eine tiefe Stelle und flutet die Tanks. Damit wäre das Problem der Aufbewahrung fürs Erste gelöst. Später suchen wir uns dann einen permanenten Liegeplatz, vielleicht in einem abgelegenen Atoll im Pazifik. Da kämen Truk oder Kwajalein infrage.«

»Und den Russen würde es nicht auffallen, dass dort ganz plötzlich ein U-Boot-Tender und hundert Techniker auftauchen?«, wandte Harris ein. »Außerdem vergessen Sie, dass uns diese Inseln nicht mehr gehören.«

Tyler hatte sich diesen Mann nicht als begriffsstutzig vorgestellt. »Gut, dann riechen die Russen vielleicht in ein paar Monaten Lunte. Na und? Was können sie schon groß tun? Es in die ganze Welt hinausposaunen? Glaube ich kaum. Bis dahin haben wir alle Informationen, die wir brauchen, und können außerdem die Offiziere in einer Pressekonferenz der Öffentlichkeit vorstellen. Wie stünden die Russen dann da? Außerdem finde ich, dass wir das Boot nach einer Weile ausschlachten sollten. Den Reaktor schicken wir zum Testen nach Idaho. Raketen und Sprengköpfe nehmen wir von Bord. Die Elektronik geht nach Kalifornien, und CIA, Nationale Sicherheitsbehörde und Navy werden sich um die Chiffrieranlagen prügeln. Und die ausgeschlachtete Hülle versenken wir an einer tiefen Stelle. Wir brauchen das nicht ewig geheim zu halten.«

Harris stellte seine Kaffeetasse ab. »Verzeihen Sie, dass ich des Teufels Advokat gespielt habe. Sie scheinen das genau durchdacht zu haben. Gut, überprüfen wir Ihren Vorschlag. Die Koordinierung der erforderlichen Einheiten wird nicht einfach sein, lässt sich aber mit unseren gegenwärtigen Operationen vereinbaren. Meine Stimme haben Sie, Tyler.«

Kurz darauf erschienen die Generalstabschefs. Tyler hatte noch nie so viele Sterne auf einmal gesehen.

»Sie wollten uns alle sehen, Eddie?«, fragte General Hilton.

»Jawohl, General. Dies ist Dr. Tyler.«

Admiral Foster schüttelte ihm als Erster die Hand. »Wir sind gerade über die Leistungsdaten von *Roter Oktober* informiert worden. Gut gemacht, Tyler.«

»Dr. Tyler findet, wir sollten das Boot behalten, sofern wir es erwischen«, sagte Harris, ohne eine Miene zu verziehen. »Und er scheint auch zu wissen, wie wir das zuwege bringen können.«

»Wir hatten schon erwogen, die Mannschaft verschwinden zu lassen«, erklärte General Maxwell. »Aber das lässt der Präsident nicht zu.«

»Gentlemen«, begann Tyler, »ich sehe eine Möglichkeit, die Besatzung heimzuschicken, ohne dass sie weiß, dass wir ihr Boot in unseren Besitz gebracht haben. Dazu müssen wir die *Avalon* haben, die sich derzeit an der Westküste befindet. *Mystic* ist bereits an Bord der *Pigeon* im Hafen von Charleston. Außerdem brauchen wir ein altes Raketen-U-Boot, für das es keine Verwendung mehr gibt. Das wären die erforderlichen Einheiten. Knifflig ist nur der Zeitfaktor – und außerdem muss *Roter Oktober* gefunden werden. Das dürfte uns nicht so leicht fallen.«

»Wer weiß?«, meinte Foster. »Admiral Gallery meldete heute früh, dass *Dallas* dem Boot möglicherweise auf der Spur ist. Die akustischen Merkmale des Kontakts decken sich mit den Daten Ihres Computermodells. In ein paar Tagen wissen wir mehr. Fahren Sie fort.«

Tyler sprach weiter und beantwortete Fragen. Als er nach zehn Minuten geendet hatte, setzte sich General Barnes mit der Befehlsstelle Lufttransport in Verbindung. Foster verließ den Raum, um in Norfolk anzurufen, und Hilton machte sich auf den Weg zum Weißen Haus.

Abgesehen von den Wachhabenden waren alle Offiziere in der Messe versammelt. Mehrere Kannen Tee standen unberührt auf dem Tisch und die Tür war wieder geschlossen.

»Genossen«, meldete Petrow, »der zweite Posten Dosimeter war ebenso kontaminiert, und zwar schlimmer als der erste.«

»Unbrauchbare Dosimeter«, fauchte Melechin. »Entweder ein verdammter Witzbold in Seweromorsk – oder ein imperialistischer Spion. Wenn wir den Kerl erwischen, knalle ich ihn persönlich ab – ganz gleich, wer er auch ist! Das ist Hochverrat!«

»Die Dienstvorschriften zwingen mich, das zu melden«, stellte Petrow fest, »auch wenn die Instrumentenanzeige im sicheren Bereich liegt.«

»Ihr Verhalten ist korrekt, Genosse«, meinte Ramius. »Und die Vorschriften verlangen nun eine weitere Prüfung. Melechin, ich wünsche, dass Sie und Borodin das persönlich übernehmen. Zuerst prüfen Sie die Strahlungsmesser. Sollten diese einwandfrei arbeiten, können wir sicher sein, dass die Dosimeter mangelhaft sind – oder dass jemand an ihnen manipuliert hat. Ist das der Fall, werde ich in meiner Meldung verlangen, dass Köpfe rollen. Genossen, meiner Meinung nach besteht kein Anlass zur Sorge. Wenn ein Leck existierte, hätte Genosse Melechin es schon vor Tagen entdeckt. So, und nun zurück an die Arbeit.«

Eine halbe Stunde später versammelten sie sich wieder in der Offiziersmesse. Vorbeigehenden Besatzungsmitgliedern entging das nicht und es wurde bereits getuschelt.

»Genossen«, erklärte Melechin, »wir haben ein ernstes Problem.«

Besonders die jüngeren Offiziere sahen ein wenig blass aus. Auf dem Tisch lag ein zerlegter Geigerzähler, daneben ein Strahlungsmesser aus dem Reaktorraum, dessen Rückwand abgenommen worden war.

»Sabotage!«, zischte Melechin. In der Messe wurde es

totenstill. Ramius fiel auf, dass Swijadow sich um Haltung bemühte.

»Genossen, technisch sind diese Geräte recht simpel. Wie Sie wissen, hat dieser Geigerzähler zehn verschiedene Einstellungen. Wir haben die Wahl zwischen zehn verschiedenen Empfindlichkeitsgraden, je nachdem, ob wir ein kleines oder großes Leck feststellen wollen. Eingestellt wird die Empfindlichkeit mit diesem Drehschalter, der Kontakt mit einem von zehn Widerständen zunehmender Impedanz herstellt.« Der Chefingenieur wies auf die Rückseite der Skala. »Im vorliegenden Fall wurden die serienmäßigen Widerstände entfernt und andere eingelötet. Die Einstellungen von eins bis acht haben die gleiche Impedanz, was bedeutet, dass das Gerät so gut wie unbrauchbar ist. Alle unsere Geigerzähler wurden drei Tage vorm Auslaufen vom gleichen Techniker in der Werft inspiziert. Hier ist der Beleg mit seiner Unterschrift.« Melechin warf das Papier verächtlich auf den Tisch.

»Es hat also entweder er oder ein Spion alle Geigerzähler unbrauchbar gemacht. Ein ausgebildeter Mann benötigt dazu weniger als eine Stunde. Und was dieses Instrument hier angeht«, Melechin drehte den Strahlungsmesser um, »sehen Sie, dass die Stromversorgung der Elemente unterbrochen wurde – abgesehen vom Testkreis, dessen Schaltschema jemand verändert hat. Borodin und ich nahmen das Gerät vom vorderen Schott. Der Verantwortliche war kein Amateur. Genossen, ich habe den Verdacht, dass unser Boot von einem imperialistischen Agenten sabotiert wurde. Erst machte er unsere Instrumente zur Strahlungsüberwachung unbrauchbar, dann verursachte er wahrscheinlich ein winziges Leck im Primärkreislauf. Genossen, es hat den Anschein, dass Genosse Petrow Recht hatte. Wir haben tatsächlich ein Leck. Ich muss Ihnen Abbitte leisten, Doktor.«

Petrow nickte ruckartig. Auf derlei Komplimente konnte er verzichten.

»Wie hoch ist die totale Bestrahlung, Genosse Petrow?«, fragte Ramius.

»Am meisten haben natürlich die Maschinisten abbekommen. Höchstwert fünfzig *rad* bei den Genossen Melechin und Swijadow, zwischen zwanzig und fünfundvierzig bei den anderen Männern aus dem Maschinenraum. Je weiter man sich dem Bug nähert, desto geringer werden die Werte. Die Torpedomannschaft hat nur fünf *rad* oder weniger, die meisten Offiziere zwischen zehn und fünfundzwanzig.« Petrow legte eine Pause ein und rang sich eine positive Erklärung ab. »Genossen, diese Dosen sind nicht tödlich. Man kann bis zu hundert *rad* ohne unmittelbaren Schaden überstehen und mehrere hundert *rad* überleben. Wir haben es zwar mit einer ernsten Situation zu tun, aber noch nicht mit einer lebensgefährlichen.«

»Melechin?«, fragte der Kapitän.

»Für die Maschine bin ich verantwortlich. Noch können wir nicht mit Sicherheit sagen, dass es eine undichte Stelle gibt. Ich werde mit Borodin die Strahlungsmesser reparieren und alle Reaktorsysteme gründlich inspizieren. Fürs Erste schlage ich vor, dass wir den Reaktor stilllegen und mit Batteriekraft weiterfahren. Die Inspektion wird höchstens vier Stunden dauern. Ich empfehle auch, die Reaktorwache auf zwei Stunden zu reduzieren. Einverstanden?«

»Sicher, Genosse. Es gibt nichts, was Sie nicht reparieren können.«

»Verzeihung, Genosse Kapitän«, ließ sich Iwanow vernehmen, »sollten wir den Vorfall nicht dem Flottenhauptquartier melden?«

»Wir haben den Befehl, Funkstille zu wahren«, erinnerte Ramius.

»Wenn die Imperialisten unsere Instrumente sabotieren konnten – was, wenn sie unseren Befehl schon kennen und uns nur verleiten wollen, das Radio zu benutzen, damit sie uns orten können?«, fragte Borodin.

»Nicht ausgeschlossen«, meinte Ramius. »Stellen wir erst einmal fest, ob überhaupt ein Schaden vorliegt und wie ernst er ist. Genossen, wir haben eine vorzügliche Mannschaft und die besten Offiziere der Flotte. Wir werden unsere Probleme identifizieren, überwinden und dann unseren Auftrag weiter ausführen. Wir haben eine Verabredung in Kuba, die ich einzuhalten gedenke – zum Teufel mit den imperialistischen Machenschaften!«

»Wohl gesprochen«, sagte Melechin.

»Genossen, wir halten das geheim. Es besteht kein Grund, die Mannschaft unnötig zu beunruhigen.«

Petrow war weniger zuversichtlich und Swijadow gab sich alle Mühe, nicht zu zittern. Er hatte in der Heimat eine Freundin und wollte einmal Kinder haben. Dem jungen Leutnant war sorgfältig beigebracht worden, was im Reaktorraum vor sich ging und was im Störungsfall zu tun war. Es war ihm ein Trost, dass einige Mitverfasser des Reaktorhandbuches im Raum saßen, aber er konnte sich nicht an den Gedanken gewöhnen, dass etwas Unsichtbares in seinen Körper eindrang.

Die Sitzung wurde geschlossen. Melechin und Borodin gingen nach achtern ins Ersatzteillager, begleitet von einem Elektriker, der ihnen die benötigten Komponenten heraussuchen sollte. Dem Elektriker fiel auf, dass sie in einer Reparaturanleitung für Strahlungsmesser lasen. Nach dem Ende seiner Wache wusste die gesamte Mannschaft, dass der Reaktor erneut stillgelegt worden war. Der Elektriker besprach sich mit seinem Kojennachbarn, einem Raketenwartungstechniker, und die beiden kamen zu dem Schluss, dass Reparaturen an einem halben Dutzend Geigerzählern und anderen Instrumenten kein gutes Omen waren.

USS New Jersey

Commodore Zachary Eaton hatte sich noch immer nicht ganz an den Gedanken gewöhnt, dass er in der Badewanne Schiffchen gespielt hatte, als sein jetziges Flaggschiff auf Kiel gelegt worden war. Damals waren die Russen noch Alliierte gewesen, wenn auch nur aus Gründen der Zweckdienlichkeit.

Die *New Jersey* hatte mehrere angenehme Seiten. Sie war so groß, dass man trotz der drei Meter hohen Dünung gerade noch spürte, dass man auf See und nicht am Schreibtisch war. Die Sichtweite betrug zehn Meilen, und irgendwo dort draußen, rund achthundert Meilen weit, lag die russische Flotte, der sein Schlachtschiff entgegenlief wie in der Ära vor dem Aufkommen der Flugzeugträger. Links und rechts waren in fünf Meilen Entfernung die Zerstörer *Caron* und *Stump* in Sicht. Weiter vor der *New Jersey* fuhren die Kreuzer *Biddle* und *Wainwright* auf Radarpatrouille. Sein Gefechtsverband ließ sich Zeit, anstatt so zügig voranzukommen, wie er es sich gewünscht hätte. Von der Küste von New Jersey her waren das Hubschrauber-Landungsschiff *Tarawa* und zwei Fregatten zu ihm unterwegs und brachten zehn AV-8-B-Harrier-Kampfflugzeuge und vierzehn Anti-U-Boot-Hubschrauber mit. Für Eaton war das Fluggerät wichtig, aber nicht entscheidend. Inzwischen operierten die Flugzeuge der *Saratoga* von Maine aus, gemeinsam mit einer ansehnlichen Zahl von Vögeln der Air Force, deren Piloten rasch das Handwerk der Marineflieger paukten. Zweihundert Meilen östlich von ihm führte HMS *Invincible* aggressive Anti-U-Boot-Patrouillen durch, und achthundert Meilen östlich dieses Verbandes lag die *Kennedy* unter einer Schlechtwetterfront verborgen.

Die Russen hatten nun drei Gruppen gebildet. Im Osten stand der Träger *Kiew* dem Geschwader der *Kennedy* gegenüber, die *Invincible* würde sich mit der *Kirow* abgeben müssen, und Eaton rechnete damit, den Verband der *Moskwa* zu übernehmen. Er wurde kontinuierlich mit Daten über alle drei versorgt, die von seinem Einsatzstab verarbeitet wurden.

Was hatten die Russen vor?

Eaton wusste, dass sie angeblich nach einem vermissten U-Boot suchten, mochte das aber nicht glauben. Vermutlich wollen sie vor unserer Küste ihre Stärke demonstrieren, dachte er, ihre Hochseeflotte vorführen und eine Art Präzedenzfall schaffen.

Das gefiel ihm überhaupt nicht.

Auch seinem Auftrag konnte er nicht viel abgewinnen, denn er hatte zwei Aufgaben, die miteinander im Widerspruch standen. Es war an sich schon schwer genug, ihre U-Boote im Auge zu behalten. Trotz seiner Bitte operierten die Vikings der *Saratoga* nicht in seinem Gebiet, und die meisten Orions waren der *Invincible* zugeteilt worden. Seine eigenen Anti-U-Boot-Kräfte reichten gerade zur Verteidigung aus, aber nicht zur aktiven U-Boot-Jagd. Das würde sich mit dem Eintreffen der *Tarawa* zwar ändern, doch auch seinen Begleitschiffen mehr abverlangen. Seine zweite Mission war, Sensor-Kontakt mit dem *Moskwa*-Verband aufzunehmen, zu halten und jede ungewöhnliche Aktivität sofort an den Oberkommandierenden der Atlantikflotte CINCLANTFLT zu melden. Damit war er zufriedener. Sollten die russischen Überwasserschiffe sich etwas erlauben, verfügte Eaton über die entsprechenden Mittel. Gegenwärtig wurde entschieden, wie dicht er sie zu beschatten hatte.

Es stellte sich die Frage, ob er nahe oder weiter entfernt operieren sollte. Nahe, das bedeutete zwanzig Meilen, also im Feuerbereich der Geschütze. Die *Moskwa* verfügte über zehn Begleitschiffe, von denen keines mehr als zwei Treffer seiner Sechzehn-Zoll-Projektile überstehen konnte. Über zwanzig Meilen hatte er die Wahl zwischen vollem oder Subkaliber, das von einem auf dem Hauptturm montierten Lasergerät ins Ziel gesteuert wurde. Bei Tests im vergangenen Jahr war festgestellt worden, dass er alle zwanzig Sekunden einen Schuss abgeben konnte und dass der Laser das Feuer von einem Ziel zum anderen lenkte, bis sie alle versenkt waren. Über diese Distanz waren die *New Jersey* und ihre Eskorten allerdings russischem Raketen- und Torpedofeuer ausgesetzt.

Wenn er sich weiter zurückzog, konnte er immer noch aus fünfzig Meilen Entfernung Spezialgeschosse abfeuern und die Ziele von einem Lasergerät an Bord eines Hubschraubers ausmachen lassen. Hierbei geriet der Hubschrauber allerdings in den Bereich von Luftabwehrraketen und mochte von sowjetischen Hubschraubern angegriffen werden. Zur Unterstützung brachte die *Tarawa* zwei Kampfhubschrauber vom Typ Apache mit, die

Laser, Luft-Luft-Raketen und Luft-Boden-Raketen an Bord hatten; es handelte sich um ein Panzerabwehrsystem, das auch gegen kleine Kriegsschiffe wirksam sein sollte.

Seine Schiffe würden mit Raketenfeuer zu rechnen haben, doch für sein Flaggschiff fürchtete er nicht. Solange die Russen keine Kernsprengköpfe einsetzten, konnten ihre Raketen sein Schiff nicht ernsthaft beschädigen – die B-Klasse-Panzerung der *New Jersey* war bis zu dreißig Zentimeter stark. Allerdings würden sie seine Radar- und Kommunikationseinrichtungen böse zurichten und auf seine dünnwandigen Begleitschiffe tödlich wirken. Seine Schiffe hatten Anti-Schiff-Raketen vom Typ Harpoon und Tomahawk an Bord, aber nicht so viele, wie er sich gewünscht hätte.

Und wenn ihnen ein russisches U-Boot nachstellte? Eaton war bisher keins gemeldet worden, aber man wusste ja nie, wo einem aufgelauert wurde. Ein U-Boot konnte die *New Jersey* versenken, aber nicht mit nur einem Torpedo. Und wenn die Russen Ernst machten, blieb Eaton genug Zeit, seine Raketen zu starten, ein paar Granaten abzufeuern und um Luftunterstützung zu bitten – alles, da war er sicher, recht unwahrscheinlich.

Er entschied, dass die Russen auf einer Art Angelausflug waren. Seine Aufgabe war es, ihnen zu zeigen, wie gefährlich die Fische in diesen Gewässern waren.

Luftstützpunkt der Marine, North Island, Kalifornien

Der übergroße Sattelschlepper fuhr im Kriechgang unter den wachsamen Blicken des Lademeisters, zweier Piloten und sechs Marineoffizieren in den Rumpf einer Transportmaschine vom Typ C-5A Galaxy. Seltsamerweise waren nur die Männer der Marine, die selbst nicht flogen, in der Prozedur geübt. Der Schwerpunkt des Fahrzeugs war exakt markiert, und die Offiziere sahen zu, wie er sich einer Nummer auf dem Boden des Laderaums näherte. Hier musste präzise gearbeitet werden. Jeder Fehler konnte die Trimmung des Flugzeugs schwer beeinträchtigen.

»Stopp!«, rief ein Offizier. Der Fahrer ließ den Zündschlüssel stecken, zog die Bremsen an und legte einen Gang ein, ehe er ausstieg. Der Lademeister und sechs Flieger zogen zur Sicherung Stahlseile durch Ringbolzen am Chassis von Schlepper und Auflieger. Ladungsverschiebungen überlebte ein Flugzeug nur selten, und die C-5A war nicht mit Schleudersitzen ausgerüstet.

Der Lademeister überzeugte sich davon, dass seine Bodenmannschaft ordentlich arbeitete, ehe er hinüber zum Piloten schlenderte. Es war ein fünfundzwanzigjähriger Sergeant, der die C- 5A trotz ihrer von Kinderkrankheiten gezeichneten Geschichte liebte.

»Captain, was ist denn das für ein Ding auf der Ladefläche?«

»Ein DSRV, Sergeant, ein Tiefsee-Rettungsfahrzeug.«

»Auf dem Heck steht *Avalon,* Sir.«

»Gut, es hat einen Namen. Es ist eine Art Rettungsboot für U-Boote, das taucht und die Mannschaft herausholt, wenn etwas schief geht.«

»Aha.« Der Sergeant dachte nach. Er hatte in seiner Galaxy schon Panzer, Hubschrauber und einmal sogar ein ganzes Bataillon Soldaten befördert, aber noch nie ein Schiff. Ein Schiff musste es nämlich sein, sagte er sich, wenn es einen Namen hatte. Die Galaxy wurde mit allem fertig. »Wohin schaffen wir es, Sir?«

»Zum Luftstützpunkt der Marine in Norfolk.« Der Pilot sah dem Verzurren der Ladung aufmerksam zu. Ein Dutzend Seile waren bereits befestigt worden. Wenn sie alle angebracht waren, würde man sie spannen, um auch die geringste Verschiebung zu verhindern. »Der Flug dauert fünf Stunden und vierzig Minuten. Wir kommen mit unserem eigenen Treibstoffvorrat aus, weil wir die Jet-Strömung im Rücken haben. Das Wetter soll bis zur Küste gut bleiben. Wir ruhen uns einen Tag lang aus und kommen Montag früh zurück.«

»Das geht ja flott bei euch«, meinte der ranghöchste Marineoffizier, Lieutenant Ames, der sich zu ihnen gesellt hatte.

»Jawohl, Lieutenant, in zwanzig Minuten sind wir soweit.« Der Pilot sah auf die Uhr. »Zur vollen Stunde starten wir.«

»Nur keine Hast, Captain. Wenn dieses Ungetüm sich verschiebt, ist unser Tag im Eimer. Wo bringe ich meine Leute unter?«

»Oberes Deck im Bug. Hinter dem Flugdeck ist Platz für fünfzehn Mann.« Lieutenant Ames wusste das auch, schwieg aber. Er war mit seinem DSRV mehrmals über den Atlantik und einmal über den Pazifik geflogen, jedes Mal in einer anderen C-5.

»Darf man fragen, worum es geht?« erkundigte sich der Pilot.

»Weiß ich auch nicht«, erwiderte Ames. »Meine Maschine und ich werden in Norfolk gebraucht.«

»Mit diesem Winzling wollen Sie tauchen?«, fragte der Lademeister.

»Dafür werde ich bezahlt. Ich war schon auf fünfzehnhundert Meter.« Ames musterte sein Gerät liebevoll.

»In fünfzehnhundert Meter Tiefe, Sir? Ist da nicht der Wasserdruck gefährlich hoch?«

»Schon, aber so spektakulär auch wieder nicht. In der *Trieste* bin ich schon auf sechstausend Meter getaucht. Ist ziemlich interessant da unten. Man bekommt alle möglichen seltsamen Fische zu sehen.« Ames war zwar ein voll qualifizierter U-Boot-Fahrer, aber seine Liebe galt der Forschung. Er war graduierter Ozeanograph und hatte auf allen Tieftauchbooten der Navy gedient, abgesehen von dem atomgetriebenen NR-1.

»Sie stechen mit dem Ding da doch nicht etwa allein in See?«, fragte der Pilot.

»Nein, normalerweise arbeiten wir von einem U-Boot-Rettungsschiff aus, der *Pigeon* oder der *Ortolan.* Wir können auch von einem normalen Unterseeboot aus operieren. Die Einrichtung, die Sie da auf dem Anhänger sehen, ist die Anlegemanschette. Das DSRV setzt sich auf dem Rücken des U-Boots am hinteren Rettungsschacht fest, und das U-Boot trägt es an seinen Einsatzort.«

»Hat Ihre Mission etwas mit dem Zirkus an der Ostküste zu tun?«

»Kann gut sein, aber offiziell haben wir noch nichts erfahren. In den Zeitungen steht, die Russen hätten ein U-Boot verloren. Wenn das stimmt, tauchen wir vielleicht hinab, um uns den Havaristen anzusehen und Überlebende zu retten. Wir haben Platz für zwanzig bis fünfundzwanzig Mann pro Fahrt, und unsere Anlegemanschette passt auch auf russische Boote.« Ames zog eine Braue hoch. »Wir sind auf alles vorbereitet.«

Nordatlantik

Die YAK-36 Forger war vor einer halben Stunde von der *Kiew* gestartet und hatte erst mit dem Kreiselkompass und dann mit dem Radar ortenden ESM-Gerät, das sich in einer Kapsel unter dem stummligen Seitenruder befand, navigiert. Kapitänleutnant Wiktor Schawrows Auftrag war nicht einfach. Er sollte sich dem amerikanischen Radarüberwachungsflugzeug vom Typ E-3A Sentry nähern, das seine Flotte nun schon seit drei Tagen beschattete. Das AWACS hatte sich bewusst außerhalb der Reichweite der Luftabwehrraketen gehalten, war aber so nahe herangegangen, dass es jedes Manöver der Flotte und jedes Funksignal an seine Befehlsstelle weitermelden konnte.

Schawrows Mission war, etwas zu unternehmen. Schießen konnte er selbstverständlich nicht. Dies hatte Admiral Stralbo von der *Kirow* in seinem Befehl deutlich klargemacht. Unter den Flügeln aber hatte er zwei Hitze suchende Luftkampfraketen vom Typ Atoll, die er dem Gegner vorführen wollte. Er und sein Admiral wollten ihnen eine Lektion erteilen: Die sowjetische Marine duldete keine Schnüffler in ihrer Nähe; und ein Unfall konnte schließlich immer mal passieren. Diese Mission war Schawrow die Mühe wert.

Und anstrengen musste er sich in der Tat. Um nicht von den Radargeräten des AWACS erfasst zu werden, musste er so langsam und tief wie möglich fliegen, knapp zwanzig Meter über dem rauen Atlantik; auf diese Weise verlor er sich in der Seereflexion. Seine Geschwindigkeit betrug nur zweihundert Knoten. So sparte er Treibstoff, was auch nötig war, da er bei dieser Mission an die Grenze seiner Reichweite herangehen musste. Der Flug war rau, weil die Maschine von Turbulenzen über den Brechern gebeutelt wurde. Tief hängender Dunst reduzierte die Sichtweite auf wenige Kilometer. Umso besser, dachte er. Er war für diesen Auftrag ausgewählt worden, weil er einer der wenigen sowjetischen Piloten mit Tiefflugerfahrung war. Schawrow war nicht aus eigener Entscheidung Marineflieger geworden. Angefangen hatte er als Pilot von Kampfhubschraubern bei Fronteinsätzen in Afghanistan und war nach einem blutigen Lehrjahr auf einen Jäger aufgestiegen. Schawrow war Experte im Fliegen auf Baumwipfelhöhe, einer Fertigkeit, die er bei der Jagd auf Guerillas notwendigerweise erworben hatte. Die Marine hatte von seinem Können erfahren und ihn angefordert, ohne ihn erst zu fragen.

Schawrow war noch nie gegen die Amerikaner geflogen, nur gegen die Waffen, die sie den afghanischen Banditen lieferten. Diese Waffen hatten gute Freunde von ihm getötet, und jene, die einen Absturz überlebt hatten, waren von den Afghanen auf grässliche Weise hingeschlachtet worden. Es würde ihm wohl tun, den Imperialisten höchstpersönlich eine Lektion zu erteilen.

Das Radarsignal wurde stärker. Ein Tonbandgerät unter seinem Schleudersitz zeichnete konstant das Radarsignal der amerikanischen Maschine auf, damit die Wissenschaftler einen Weg finden konnten, das fliegende Auge der Amerikaner zu stören und zu blenden. Schließlich handelte es sich nur um eine modifizierte Boeing 707, eine aufgemotzte Passagiermaschine und bestimmt kein würdiger Gegenspieler für ein Fliegeras. Schawrow schaute auf die Karte. Er musste sein Ziel bald finden. Dann überprüfte er seinen Treibstoffvorrat. Seinen letzten Flügeltank hatte er vor wenigen Minuten abgeworfen und verfügte nun nur noch über den Inhalt seiner Innentanks. Die Triebwerke fraßen Treibstoff, und er rechnete damit, bei der

Landung auf seinem Schiff nur noch einen Vorrat für fünf oder zehn Minuten Flugzeit an Bord zu haben. Dies beunruhigte ihn nicht, denn er hatte bereits über hundert Trägerlandungen hinter sich.

Dort! Sein scharfes Auge sah, wie sich bei ein Uhr hoch die Sonne auf etwas spiegelte. Schawrow zog den Steuerknüppel ein wenig zurück und beschleunigte sanft, zog seine Forger in den Steigflug. Wenig später war er auf tausend Meter. Nun konnte er die Sentry sehen, deren blauer Anstrich mit dem dunkler werdenden Himmel verschmolz. Er näherte sich seinem Ziel von hinten, und wenn er Glück hatte, würde ihn das Leitwerk von dem Suchstrahl der rotierenden Radarantenne abschirmen. Perfekt! Er beabsichtigte, ein paar Mal an der Sentry vorbeizuzischen, der Besatzung seine Atoll-Raketen zu zeigen, und dann –

Schawrow kam langsam zu Bewusstsein, dass er einen Flügelmann hatte.

Genauer gesagt, zwei.

Links und rechts hingen in fünfzig Meter Entfernung zwei amerikanische F-15-Eagle-Jäger. Ein behelmter Pilot schaute zu ihm herüber.

»YAK-106. YAK-106, bitte melden.« Die Stimme in seinem SSB (Seitenband)-Radio sprach in fehlerfreiem Russisch. Schawrow meldete sich nicht. Sie hatten seine Nummer vom Triebwerk abgelesen, ehe er sie überhaupt entdeckt hatte.

»106, 106, Sie nähern sich Sentry. Bitte identifizieren Sie sich und Ihre Absichten. Wir werden ein bisschen nervös, wenn plötzlich ein Jäger in der Gegend herumstreunt, und sind Ihnen deshalb seit hundert Kilometern gefolgt. Zu dritt.«

Zu dritt? Schawrow wandte den Kopf. Eine dritte F-15 mit vier Sparrow-Raketen lag fünfzig Meter hinter seinem Schwanz.

»Unsere Männer gratulieren, weil Sie so schön tief und langsam geflogen sind, 106.«

Leutnant Schawrow bebte vor Zorn, als er die Viertausend-Meter-Marke passierte und noch immer etwa achttausend Meter von dem amerikanischen AWACS entfernt war. Die US-Jäger mussten sich im Dunst hinter ihm versteckt haben und von der Sentry auf ihn eingewiesen worden sein. Er fluchte und behielt seinen Kurs bei. Diesem verdammten AWACS würde er es zeigen!

»106, bitte abdrehen.« Die Stimme war kühl und emotionslos, doch vielleicht eine Spur ironisch. »106, wenn Sie nicht abdrehen, müssen wir Ihre Mission als feindselig betrachten. Bedenken Sie das bitte, 106.«

Schawrow schaute nach rechts. Die F-15 drehte ab, ebenso die zu seiner Linken. War das eine freundliche Geste, erwartete man nun, dass er sich revanchierte? Oder machten sie nur Platz, damit die Maschine hinter ihm – er vergewisserte sich, dass sie noch da war – feuern konnte? Noch eine Minute, dann war er im Feuerbereich. Schawrow war kein Feigling, aber auch kein Narr. Er zog seinen Jäger einige Grad nach rechts.

»Schönen Dank, 106«, sagte die Stimme. »Wir haben nämlich ein paar Operatoren an Bord, die noch in der Ausbildung sind, darunter zwei Frauen, die wir nicht gleich auf dem ersten Flug erschrecken wollen.« Plötzlich wurde es Schawrow zu viel. Er drückte auf den Radioknopf am Steuerknüppel.

»Soll ich Ihnen mal sagen, was Sie mit Ihren Weibern anfangen können, Yankee?«

»106, Sie sind *nekulturnij«*, erwiderte die Stimme leise. »Der lange Anflug übers Wasser hat Sie vielleicht nervös gemacht. Außerdem muss Ihnen bald der Treibstoff ausgehen. Ekliger Tag zum Fliegen bei diesem andauernd umschlagenden Wind. Soll ich Ihnen mal Ihre Position geben? Over.«

»Negativ, Yankee!«

»Ihr Kurs zurück zur *Kiew* ist genau eins-acht-fünf. So hoch im Norden kann man nämlich einem Magnetkompass nicht ganz trauen. Ihre Entfernung zur *Kiew* beträgt 318,6 Meilen. Achtung – von Südwesten zieht rasch eine Kaltfront heran. In ein paar Stunden wird es in der Luft recht ungemütlich. Brauchen Sie eine Eskorte zurück zur *Kiew*?«

»Arschloch!«, zischte Schawrow, stellte das Radio ab und machte sich Vorwürfe wegen Mangels an Disziplin. Er hatte sich von dem Amerikaner in seinem Stolz treffen lassen.

»106, wir haben Ihren letzten Spruch nicht verstanden. Zwei meiner Eagles werden Sie heimbegleiten. Schönen Tag, Genosse. Sentry November. Out.«

Der amerikanische Leutnant sah seinen Colonel an. »Beinahe wäre ich herausgeplatzt!«, sagte er und trank einen Schluck Coke aus einem Plastikbecher. »Der hat sich wahrhaftig eingebildet, er könnte sich unbemerkt an uns heranmachen.«

»Falls es Ihnen entgangen sein sollte«, grollte der Colonel, »noch eine Meile, und wir wären in Reichweite seiner Atoll-Raketen gewesen. Und schießen dürfen wir erst, wenn er eine auf uns losgelassen hat – das könnte uns den Tag verderben. Sie haben ihn aber fein gestriezt, Lieutenant.«

»War mir ein Vergnügen, Sir.« Der Operator schaute auf seinen Schirm. »Na also, er fliegt heim zu Muttern und hat Cobra 3 und 4 auf sechs. Der wird ganz schön sauer sein, wenn er heimkommt – falls überhaupt. Trotz Flügeltanks muss er mit seinem Treibstoff ziemlich bald am Ende sein.« Er dachte kurz nach. »Colonel, warum schnappen wir uns nicht einfach den Piloten, wenn sie das noch einmal versuchen?«

»Wozu brauchen wir eine Forger? Gut, die Navy wird wohl gerne mit einem spielen, weil sie nicht soviel russisches Gerät bekommt. Aber die Forger ist nur ein Haufen Schrott.«

Schawrow war versucht, seine Triebwerke auf Höchstleistung zu bringen, beherrschte sich aber. Er hatte schon genug Schwächen gezeigt. Außerdem kam seine YAK nur im Sturzflug über Mach 1 hinaus. Die Eagles schafften das im Steigflug und hatten mehr als genug Treibstoff. Er sah, dass sie beide FAST-Pack-Tanks trugen, mit denen sie ganze Ozeane überqueren konnten. Zum Teufel mit den Amerikanern und ihrer Arroganz! Zum Teufel mit seinem Offizier vom Nachrichtendienst, der ihm weisgemacht hatte, er könne sich an die Sentry heranschleichen! Sollten sie doch mit Luftkampfraketen bestückte Backfire-Bomber auf diesen überzüchteten Kasten loslassen. Die würden zur Stelle sein, ehe die Jäger reagieren konnten.

Fünf Minuten später landete er auf der *Kiew,* noch immer blass vor Wut. Sowie die Keile vor die Räder gelegt worden waren, sprang er aufs Deck und stürmte zum Kommandanten seiner Staffel.

Kreml

Moskaus U-Bahn-System war zu Recht berühmt. Für ein Almosen brachte einen das moderne, sichere, prunkvoll ausgestattete System fast an jede Stelle der Stadt. Und im Kriegsfall dienten die Tunnel den Bürgern von Moskau als Luftschutzräume. Diese Idee stammte von Nikita Chruschtschow, der Stalin bei Baubeginn in den dreißiger Jahren vorgeschlagen hatte, das Schienennetz tief zu verlegen. Chruschtschow war seiner Zeit weit voraus gewesen; Kernwaffen existierten damals nur in der Theorie, und an Kernverschmelzung oder gar Wasserstoffbomben dachte kaum jemand.

An einer Nebenstrecke der Linie, die den Swerdlow-Platz mit dem alten Flughafen verbindet und in der Nähe des Kremls verläuft, war ein Tunnel vorgetrieben und dann mit einer zehn Meter starken Wand aus Stahl und Beton versiegelt worden. Den hundert Meter langen Tunnelabschnitt hatte man durch zwei Aufzugschächte mit dem Kreml verbunden und im Lauf der Zeit zu einer Kommandozentrale für den Notfall ausgebaut, von der aus das Politbüro im Krisenfall das sowjetische Imperium regieren konnte. Durch den Tunnel erreichte man auch ungesehen einen kleinen Flugplatz, von dem aus die Mitglieder des Politbüros zu ihrer letzten Redoute tief unter dem Granitberg bei Schiguli geflogen werden konnten. Die Existenz dieser beiden Kommandoposten war im Westen kein Geheimnis –

dazu existierten sie schon zu lange –, aber das KGB meldete zuversichtlich, keine Waffe aus den westlichen Arsenalen könne die dicken Felsschichten durchschlagen.

Für Admiral Jurij Iljitsch Padorin war dies im Augenblick nur ein schwacher Trost. Er saß am Ende eines zehn Meter langen Konferenztisches und war schutzlos den grimmen Blicken von zehn Männern ausgesetzt – den Mitgliedern des Politbüros, die allein über das Schicksal seines Landes entschieden. Links von ihm saß weiter oben am Tisch Admiral Sergej Gorschkow, der sich geschickt von der Angelegenheit distanziert und sogar einen Brief vorgelegt hatte, in dem er von der Ernennung Ramius' zum Kommandanten von *Roter Oktober* abriet. Padorin hatte als Chef der politischen Hauptverwaltung mit Erfolg die Versetzung von Ramius verhindert und darauf hingewiesen, dass Gorschkows Kandidat für *Roter Oktober* gelegentlich mit seinem Parteibeitrag im Rückstand war und sich bei politischen Versammlungen nicht oft genug zu Wort meldete. In Wirklichkeit war Gorschkows Kandidat ein weniger fähiger Offizier als Ramius, den er gerne in seinem Stab gehabt hätte.

Andrej Narmonow, Generalsekretär der KPdSU und Präsident der Sowjetunion, fasste Padorin ins Auge. Seine Miene gab, wie es seine Art war, nichts preis. Narmonow war ein typischer Apparatschik, der zuerst als Fabrikdirektor von sich reden gemacht hatte – ein Mann, der sein Soll vorzeitig erfüllte. Er war stetig aufgestiegen und hatte sich seine eigenen Talente und die anderer zunutze gemacht, hatte jene, die zählten, belohnt und den Rest ignoriert. Gefestigt war seine Position als Generalsekretär der Partei nicht; sie hing noch immer von der Zustimmung seiner Kollegen im Politbüro ab.

Narmonows dunkle Augen waren vom Zigarettenqualm gerötet. Die Entlüftungsanlage in diesem Raum hatte nie richtig funktioniert. Der Generalsekretär sah Padorin vom anderen Ende des Tisches aus verkniffen an und legte sich eine Erklärung zurecht, die diese zehn alten, leidenschaftslosen Männer zufrieden stellte.

»Genosse Admiral«, begann er kalt, »wir haben vom Genossen Gorschkow gehört, welche Chancen bestehen, dieses U-Boot zu finden und zu zerstören, bevor seine Offiziere dieses unvorstellbare Verbrechen begehen können. Wir sind alles andere als zufrieden. Und unzufrieden sind wir auch mit der unglaublichen Fehlentscheidung, diesem Verräter das Kommando auf unserem wertvollsten Schiff zu geben. Von Ihnen, Genosse, würde ich gerne wissen, was aus dem Politoffizier an Bord geworden ist, und welche Sicherheitsmaßnahmen Ihre Stelle getroffen hatte, um eine solche Infamie zu verhindern.«

In Narmonows Stimme schwang keine Furcht mit, aber Padorin wusste, was der Mann empfand. Die Verantwortung für die »unglaubliche Fehlentscheidung« mochte dem Generalsekretär von Mitgliedern des Politbüros, die einen anderen an seiner Stelle sehen wollten, zugeschoben werden – es sei denn, es gelang ihm, sich davon zu distanzieren. Das wiederum konnte Padorin den Kopf kosten.

Padorin hatte sich seit Tagen auf diese Sitzung vorbereitet. Der Körper des Stalingradkämpfers mochte schwach geworden sein, aber sein Verstand war noch scharf. Padorin war entschlossen, sich seinem Schicksal mit Würde zu stellen. »Genosse Generalsekretär«, begann er, »der Politoffizier an Bord von *Roter Oktober* war Kapitän Iwan Jurijewitsch Putin, ein gutes und treues Parteimitglied. Ich kann mir nicht vorstellen –«

»Genosse Padorin«, unterbrach Verteidigungsminister Bulgakow, »es steht wohl außer Zweifel, dass Sie sich den unglaublichen Verrat dieses Ramius nicht vorstellen konnten. Erwarten Sie etwa, dass wir nun Ihrem Urteil über Putin glauben?«

»Und am beunruhigendsten ist die Toleranz, die man diesem Abtrünnigen bei der politischen Hauptverwaltung entgegengebracht hat«, fügte Michail Alexandrow, der Parteiideologe, hinzu. »Angesichts des Personenkults, den er ganz unverhohlen um sich errichtete, finde ich das höchst erstaunlich. Die schon fast kriminelle Bereitwilligkeit, mit der Sie über diese offene Abweichung von der Parteilinie hinweggesehen haben, weckt Zweifel an Ihrem Urteilsvermögen.«

»Genossen, ich muss gestehen, einen schweren Irrtum begangen zu haben, als ich Ramius' Ernennung zum Kommandanten billigte und ihm gestattete, sich die meisten hohen Offiziere für *Roter Oktober* selbst auszusuchen. Andererseits aber wurde schon vor Jahren beschlossen, dies so zu halten, Offiziere über Jahre hinweg auf demselben Schiff dienen zu lassen und dem Kapitän weit reichenden Einfluss auf ihre Karrieren zu gewähren. Dies ist eine Frage der Einsatzbereitschaft, nicht der Politik.«

»Das haben wir bereits erörtert«, versetzte Narmonow. »Es trifft die Schuld an diesem Skandal wohl nicht nur einen Mann.« Gorschkow rührte sich nicht, aber der Wink war klar: der Versuch, seine Mitschuld abzuwälzen, war gescheitert.

»Genosse Generalsekretär«, wandte Gorschkow ein, »wenn unsere Marine erfolgreich –«

»Erfolgreich?«, fragte Alexandrow. »Dieser Litauer hält mit seinen Offizieren *erfolgreich* unsere gesamte Flotte zum Narren, während unsere restlichen Schiffe ziellos herumirren wie frisch kastrierte Bullen.«

»Die nahe liegendste Erklärung ist, dass Putin ermordet wurde«, fuhr Padorin fort. »Er war der einzige Offizier mit Familie.«

»Ein weiterer Punkt, Admiral«, griff Narmonow das Thema auf. »Wie kommt es, dass alle diese Männer unverheiratet sind? Fiel Ihnen das denn nicht auf? Muss denn das Politbüro alles beaufsichtigen? Können Sie denn nicht selbständig denken?«

Als ob das erwartet würde, dachte Padorin. »Genosse Generalsekretär, die meisten unserer U-Boot-Kommandanten ziehen junge, ledige Offiziere vor. Der Dienst auf See ist hart und Ledige sind weniger Ablenkungen ausgesetzt. Außerdem ist jeder hohe Offizier an Bord Parteimitglied. Mit gutem Leumund. Es lässt sich nicht abstreiten, dass Ramius Hochverrat begangen hat, aber er muss mehr gute Männer, als in diesem Raum sitzen, hinters Licht geführt haben.«

»Wohl wahr«, bemerkte Alexandrow. »Und wie kommen wir aus diesem Schlamassel heraus?«

Padorin holte tief Luft. Auf diesen Augenblick hatte er gewartet. »Genossen, wir haben einen weiteren Mann an Bord von *Roter Oktober.* Weder Ramius noch Putin wissen, dass er ein Agent der politischen Hauptverwaltung ist.«

»Was?«, rief Gorschkow. »Warum habe ich davon nichts erfahren?«

»Die erste kluge Entscheidung, von der ich heute höre«, meinte Alexandrow lächelnd. »Sprechen Sie weiter.«

»Der Betreffende ist als Mannschaftsgrad getarnt und berichtet unter Umgehung aller Dienstwege direkt an unser Büro. Er heißt Igor Loginow und ist vierundzwanzig, ein –«

»*Vierundzwanzig!*«, brüllte Narmonow. »Sie betrauen ein halbes Kind mit einer solchen Aufgabe?«

»Genosse, es ist Loginows Auftrag, sich unter die Mannschaft zu mischen, ihren Gesprächen zu lauschen, mögliche Verräter, Spione und Saboteure zu identifizieren. In Wirklichkeit sieht er sogar noch jünger als vierundzwanzig aus. Da er zusammen mit jungen Männern dient, muss er selbst jung sein. Er hat die Marinehochschule für Politoffiziere absolviert und war an der GRU-Akademie. Sein Vater ist Arkadij Iwanowitsch Loginow, Chef der Lenin-Hütte in Kasan. Viele der hier Anwesenden müssen ihn kennen.« Narmonow nickte und zeigte sich leicht interessiert. »Für solche Aufträge wird nur ausgewählt, wer zur Elite gehört. Ich habe diesen Jungen persönlich kennen gelernt und geprüft. Seine Akte ist einwandfrei, er ist ohne Zweifel ein Patriot.«

»Ich kenne seinen Vater«, bestätigte Narmonow. »Arkadij Iwanowitsch ist ein ehrenwerter Mann, der mehrere gute Söhne großgezogen hat. Wie lautet der Befehl des Jungen?«

»Wie ich bereits sagte, Genosse Generalsekretär, unter normalen Umständen hat er die Mannschaft zu überwachen und zu melden, was er sieht. Das tut er bereits seit zwei Jahren, und zwar vorzüglich. Er erstattet nicht dem Politoffizier an Bord Bericht, sondern der Verwaltung in Moskau oder einem meiner Vertreter. Nur im äußersten Notfall darf er sich an den Politoffizier wenden. Wenn Putin also noch lebt – was ich nicht annehme, Genossen –, müsste er Mitverschwörer sein, und in diesem Fall würde Loginow sich ihm nicht offenbaren. Im höchsten Notfall hat er Befehl, das Schiff zu zerstören.«

»Ist das denn möglich?«, fragte Narmonow. »Gorschkow?«

»Genossen, alle unsere Schiffe haben Sprengsätze zur Selbstversenkung an Bord.«

»Welche unglücklicherweise meist nicht scharf sind und nur vom Kapitän aktiviert werden können«, warf Padorin ein. »Seit dem Zwischenfall auf der *Storoschewoj* mussten wir von der Hauptverwaltung mit der Möglichkeit einer Wiederholung rechnen, die auf einem Raketen-U-Boot eine besonders große Gefahr darstellen würde.«

»Aha«, bemerkte Narmonow, »er ist also Raketentechniker.«

»Nein, Genosse, er ist Koch«, erwiderte Padorin.

»Ist ja großartig!« Narmonow schlug die Hände überm Kopf zusammen. »Unser Agent kocht den ganzen Tag lang Kartoffeln!« Seine hoffnungsvolle Miene war im Nu spürbarem Zorn gewichen.

»Genosse Generalsekretär, seine Tarnung ist besser, als Sie sich vorstellen mögen.« Padorin verzog keine Miene. »Auf *Roter Oktober* befinden sich Offiziersunterkünfte und Kombüse achtern. Die Mannschaft ist im Bug untergebracht und isst auch dort. Dazwischen liegt der Raketenraum. Als Koch pendelt unser Mann viele Male am Tag zwischen beiden Unterkünften und kann sich so überall aufhalten, ohne Argwohn zu erregen. Der Gefrierraum grenzt an das untere Raketendeck an. Es ist nicht unser Plan, ihn die Sprengsätze zur Selbstversenkung zünden zu lassen, da diese vom Kapitän entschärft worden sein könnten. Genossen, diese Maßnahmen sind gründlich durchdacht.«

»Weiter«, grunzte Narmonow.

»Wie Genosse Gorschkow bereits erklärte, hat *Roter Oktober* sechsundzwanzig Raketen an Bord. Sie haben Feststofftreibsätze, und eine ist mit einer Selbstzerstörungseinrichtung ausgerüstet.«

»Was soll das?«, fragte Narmonow verdutzt.

Bis zu diesem Punkt hatten die teilnehmenden Militärs, allesamt nicht Mitglieder des Politbüros, geschwiegen. Padorin war überrascht, als General W. M. Wischenkow, Kommandeur der strategischen Raketenstreitkräfte, das Wort ergriff. »Genossen, dieses Detail wurde vor Jahren von meiner Stelle ausgearbeitet. Wie Sie wissen, sind unsere Raketen bei Testflügen mit einem so genannten Sicherheitspaket ausgestattet, mit dem sie zerstört werden können, falls sie vom Kurs abkommen. Bereits in Dienst gestellte Raketen haben es aber gewöhnlich nicht an Bord. Der Grund liegt auf der Hand – es könnte dem Gegner gelingen, sie im Flug zur Explosion zu bringen.«

»Unser junger Genosse wird also die Rakete in die Luft jagen. Was wird aus den Kernsprengköpfen?«, fragte Narmonow.

»Genosse Generalsekretär«, fuhr Wischenkow fort, »die Kernsprengköpfe werden von Beschleunigungsmessern scharf gemacht und können daher erst dann explodieren, wenn die Rakete ihre vorprogrammierte Geschwindigkeit erreicht hat. Die Amerikaner benutzen das gleiche System, und aus demselben Grund: um Sabotage zu verhüten. Diese Sicherheitssysteme sind absolut zuverlässig. Man könnte einen Sprengkopf vom Moskauer Fernsehturm werfen, ohne dass er beim Aufprall explodiert.«

»Und bei einer Feststoffrakete zündet die Selbstzerstörungseinrichtung alle drei Stufen gleichzeitig«, ergänzte Padorin.

»Und die Rakete startet einfach?«, fragte Alexandrow.

»Nein, Genosse. Vielleicht die dritte Stufe, falls sie die Luke des Raketenschachts durchbrechen könnte. Dies würde den Raketenraum fluten und das Boot zum Sinken bringen. Doch schon in einer der beiden ersten Stufen steckt genug thermische Energie, um das ganze Boot in einen Brei aus geschmolzenem Stahl zu verwandeln. Loginow wird die Alarmanlage an der Raketenluke außer Betrieb setzen, das Sicherheitspaket aktivieren, einen Zeitschalter in Gang setzen – und fliehen.«

»Er bleibt also nicht auf dem Boot?«, fragte Narmonow.

»Genosse Generalsekretär«, erklärte Padorin, »man kann von einem jungen Mann nicht verlangen, dass er mit offenen Augen in den Tod geht. Wenn wir ihm nicht wenigstens eine Gelegenheit zur Flucht geben, könnte menschliche Schwäche ihn versagen lassen.«

»Klingt vernünftig«, meinte Narmonow. »Gorschkow, wir werden alle Anstrengungen unternehmen, um diesen jungen Mann zu retten.«

»Vorausgesetzt, er ist wirklich zuverlässig«, schränkte Alexandrow ein.

»Genosse, ich weiß, dass mein Leben davon abhängt«, sagte Padorin. Er bekam keine Antwort, aber die Hälfte der Anwesenden nickte ihm zu.

Weißes Haus

Arbatow betrat um zehn Minuten vor fünf das Oval Office. Der Präsident und Dr. Pelt erwarteten ihn bereits.

»Setzen Sie sich zu uns, Alex. Kaffee?« Der Präsident wies auf ein Tablett auf seinem Schreibtisch.

»Nein, danke, Mr. President. Darf ich fragen –«

»Ich glaube, wir haben Ihr U-Boot gefunden, Alex«, antwortete Pelt. »Wir sehen gerade Meldungen durch, die eben erst eingegangen sind.«

»Darf ich fragen, wo es ist?«, fragte der Botschafter mit ausdruckslosem Gesicht.

»Rund dreihundert Meilen nordöstlich von Norfolk. Die exakte Position konnte noch nicht festgestellt werden. Eines unserer Schiffe nahm eine Unterwasserexplosion wahr – Moment, das stimmt nicht. Sie wurde auf einem Schiff aufgezeichnet, und als die Mannschaft Stunden später die Bänder auswertete, glaubte sie, ein Unterseeboot explodieren und sinken zu hören. Tut mir Leid, Alex«, sagte Pelt. »Ich hätte dieses Zeug nicht ohne Dolmetscher durchlesen sollen. Hat bei Ihnen die Marine auch ihren eigenen Jargon?«

»Offiziere wollen halt von Zivilisten nicht verstanden werden«, meinte Arbatow.

»Wie auch immer, unsere Schiffe und Flugzeuge suchen nun das Gebiet ab.«

Der Präsident sah auf. »Alex, ich habe vor wenigen Minuten mit dem Chef unserer Marineoperationen, Dan Foster, gesprochen. Die Überlebenschancen sind seiner Ansicht nach nur gering. Das Meer ist dort über dreihundert Meter tief, und Sie wissen ja, wie die Witterung ist. Der Unfall muss sich am Rand des Kontinentalschelfs ereignet haben.«

»Beim Norfolk Canyon, Sir«, fügte Pelt hinzu.

»Auf jeden Fall«, fuhr der Präsident fort, »führen wir eine gründliche Suchaktion durch. Die Marine setzt kompliziertes und leistungsfähiges Rettungsgerät ein. Sobald das U-Boot geortet ist, lassen wir jemanden hinabtauchen und nach etwaigen Überlebenden Ausschau halten. Wie ich von Dan Foster hörte, besteht die Chance, dass es welche geben könnte, falls die Innenwände noch intakt sind. Kritisch ist nur die Luftversorgung, meint er. Ich fürchte, dass die Zeit gegen uns arbeitet.« Der Präsident machte eine kurze Pause und fuhr dann fort: »Ach ja, Mr. Ambassador, was hatte Ihr U-Boot eigentlich dort verloren?«

»Das kann ich nicht sagen, Mr. President.«

»Wir hoffen doch, dass es kein strategisches Boot war«, schaltete sich Dr. Pelt ein. »Es existiert ein Abkommen, sie fünfhundert Meilen von den Küsten fern zu halten. Unsere Rettungsmannschaften werden das Wrack selbstverständlich inspizieren. Falls sich herausstellen sollte, dass es in der Tat ein Raketen-U-Boot war –«

»Ich nehme von Ihrem Standpunkt Kenntnis. Das Boot liegt aber trotzdem in internationalen Gewässern.«

Der Präsident wandte sich um. »Das Schwarze Meer und der Golf von Finnland fallen ebenso in die Kategorie,

Alex«, sagte er leise und ließ die Erklärung kurz im Raum stehen. »Ich hoffe aufrichtig, dass wir uns nicht wieder auf solche Situationen zubewegen. Alex, haben wir es mit einem strategischen Boot zu tun?«

»Ich kann das wirklich nicht beurteilen, Mr. President. Jedenfalls hoffe ich es nicht.«

Dem Präsidenten entging Arbatows vorsichtige Formulierung nicht. Er fragte sich, ob die Russen wohl eingestehen würden, dass einer ihrer Kapitäne seinen Befehl missachtet hatte. Nein, wahrscheinlich redeten sie sich mit einem Navigationsirrtum heraus.

»Gut. In diesem Fall werden wir unsere eigene Such- und Rettungsaktion durchführen und bald genug wissen, mit was für einem Boot wir es zu tun haben.« Der Präsident sah plötzlich beklommen aus. »Falls wir Leichen finden sollten, werden Sie sie doch sicher nach Russland überführt haben wollen.«

»Dazu hat man mir keine Instruktionen gegeben«, erwiderte der Botschafter wahrheitsgemäß. Er war überrumpelt worden.

»Man hat mir viel zu detailliert dargelegt, was bei einem solchen Unfall mit einem Menschen geschieht. Offenbar wird man vom Wasserdruck zerquetscht und bietet keinen schönen Anblick. Dennoch verdienen Ihre Männer auch im Tod eine würdevolle Behandlung«, meinte der Präsident.

Arbatow gab sich geschlagen. »Falls es Ihnen möglich wäre, wüsste das sowjetische Volk diese humanitäre Geste zu schätzen.«

»Wir tun unser Bestes.«

Und zum Besten der Amerikaner gehörte, wie sich Arbatow entsann, ein Schiff namens *Glomar Explorer.* Dieses berüchtigte Forschungsschiff war vom CIA eigens gebaut worden, um ein sowjetisches Raketen-U-Boot der *Golf*-Klasse vom Grund des Pazifik zu heben. Die *Glomar Explorer* wartete nun eingemottet auf die nächste solche Gelegenheit. Und die Sowjetunion würde eine derartige Operation wenige hundert Meilen vor der US-Küste und dreihundert Meilen vom größten Marinestützpunkt der Vereinigten Staaten entfernt nicht verhindern können.

»Ich verlasse mich darauf, dass die einschlägigen völkerrechtlichen Bestimmungen eingehalten werden, meine Herren. Hiermit meine ich die Überreste des Bootes und seiner Besatzung.«

»Selbstverständlich, Alex. Wir werden uns auf jeden Fall ans Völkerrecht halten«, versprach der Präsident. »In allen Punkten.« Und was wir erwischen, dachte er, schaffen wir in den nächsten Hafen, Norfolk, und übergeben es der Treuhandstelle für Schiffswracks, einer überlasteten Bundesbehörde. Falls die Sowjets etwas zurückhaben wollen, können sie ein Verfahren beim Seegericht anstrengen, das heißt beim Bundesgericht erster Instanz in Norfolk. Wenn ihrem Begehren stattgegeben wird, bekommen sie ihr rechtmäßiges Eigentum natürlich zurück – aber erst, nachdem der Wert des Bergungsgutes ermittelt und der US-Navy eine angemessene Entschädigung, deren Höhe das Gericht festzusetzen hat, gezahlt worden ist. Bedauerlicherweise herrschte bei dem fraglichen Gericht ein solcher Arbeitsstau, dass ein Verhandlungstermin erst nach etwa einem Jahr zu bekommen war.

Arbatow wusste, dass der Präsident das groteske amerikanische Rechtssystem zu seinem Vorteil manipulieren und dabei unablässig beteuern würde, jeglicher Eingriff des Präsidenten in die Arbeit der Gerichte sei verfassungswidrig.

Pelt schaute auf die Uhr. Es war Zeit für die nächste Überraschung. Er musste das taktische Geschick des Präsidenten bewundern. Das Telefon klingelte und Pelt hob sofort ab.

»Hier Dr. Pelt. Wirklich, Admiral – wo? Nur einer? Ah, ich verstehe ... Norfolk? Vielen Dank, Admiral, vorzüglich. Ich werde den Präsidenten sofort unterrichten. Bitte halten Sie uns auf dem Laufenden.« Pelt drehte sich um. »Wir haben einen Überlebenden!«

»Einen Überlebenden von dem vermissten U-Boot?« Der Präsident stand auf.

»Ja, einen russischen Matrosen. Ein Hubschrauber nahm ihn vor einer Stunde auf und man fliegt ihn nun ins Krankenhaus des Marinestützpunkts Norfolk. Man fand ihn 290 Meilen nordöstlich von Norfolk. Wie ich höre, ist er in schlechter Verfassung, aber im Krankenhaus steht alles für ihn bereit.«

Der Präsident ging an seinen Schreibtisch und griff zum Hörer. »Grace, verbinden Sie mich mit Dan Foster – Admiral, hier spricht der Präsident. Wann trifft der Gerettete in Norfolk ein? Erst in zwei Stunden?« Er verzog das Gesicht. »Admiral, rufen Sie das Krankenhaus an und richten Sie aus, es sei mein spezieller Wunsch, dass für den Mann alles Menschenmögliche getan wird. Man soll ihn behandeln, als wäre er mein eigener Sohn. Ist das klar? Gut. Ich erwarte stündlich Meldung über seinen Zustand. Ich erwarte, dass sich unsere besten Ärzte um ihn kümmern. Danke, Admiral.« Er legte auf. »Großartig!«

»Vielleicht waren wir zu pessimistisch, Alex«, fiel Pelt ein.

»Dürfen wir unseren Mann besuchen?«, fragte Arbatow sofort.

»Aber sicher«, antwortete der Präsident. »Haben Sie einen Arzt in der Botschaft?«

»Ja, Mr. President.«

»Schicken Sie ihn nach Norfolk. Wir werden ihm jede Gefälligkeit erweisen. Dafür sorge ich persönlich. Jeff, geht die Suche nach weiteren Überlebenden weiter?«

»Ja, Mr. President. Gegenwärtig suchen zwölf Flugzeuge das Gebiet ab, und zwei Schiffe sind unterwegs.«

»Vorzüglich!« Der Präsident klatschte begeistert in die Hände. »Wenn wir jetzt noch weitere Überlebende finden, können wir Ihrem Land vielleicht ein Weihnachtsgeschenk machen, Alex. Sie haben mein Wort, dass wir tun, was wir können.«

»Wie liebenswürdig von Ihnen, Mr. President. Ich werde die gute Nachricht sofort nach Moskau weitermelden.«

»Immer langsam, Alex.« Der Präsident hob die Hand. »Darauf sollten wir erst einen Schluck trinken.«

Zehnter Tag

Sonntag, 12. Dezember

Sosus Control

Im Sosus-Lageraum in Norfolk wurde die Situation zunehmend schwieriger, weil die Vereinigten Staaten schlichtweg nicht über die Technologie verfügten, um U-Boote in den Tiefseebecken zu überwachen. Die Sosus-Sensoren waren hauptsächlich in seichten Meerengen und auf unterseeischen Bergketten und Anhöhen ausgelegt. Die Strategie der NATO war das direkte Resultat dieser technologischen Grenzen. Im Fall eines Konflikts mit der Sowjetunion sollte die Sosus-Barriere in den Meerengen zwischen Grönland und Island bzw. Island und Großbritannien als eine Art Stolperdraht dienen. Alliierte U-Boote und Anti-U-Boot-Flugzeuge hatten dann die Aufgabe, feindliche Unterseeboote auszumachen, zu attackieren und zu versenken, ehe sie die Barriere kreuzen konnten.

Da aber nicht zu erwarten war, dass die Barriere mehr als die Hälfte der angreifenden U-Boote aufhalten würde, musste man mit jenen, die durchkamen, auf andere Weise fertig werden. Die Ozeanbecken waren einfach zu groß und zu tief – die Durchschnittstiefe betrug über dreitausend Meter – um sie so mit Sensoren zu belegen wie die seichten Engstellen. Diese Tatsache bedeutete Nachteile für beide Seiten. Aufgabe der NATO würde die Offenhaltung der transatlantischen Schifffahrtswege sein, und von den Sowjets konnte man erwarten, dass sie versuchen würden, sie abzuschneiden. U-Boote mussten sich auf dem riesigen Ozean verteilen, um alle Geleitzugrouten möglichst abzudecken. Waren die Sosus-Barrieren erst einmal durchbrochen, würde die NATO große, von Zerstörern, Hubschraubern und Flugzeugen umringte Konvois zusammenstellen. Die Eskorten sollten dann versuchen, um den Konvoi eine rund hundert Meilen messende

»Schutzblase« zu bilden. Feindliche U-Boote durfte es in dieser Blase nicht geben; sowie sie in sie eindrangen, wurden sie gejagt und versenkt – oder nur so lange vertrieben, bis der Geleitzug außer Reichweite war. SOSUS hatte also den Zweck, ein riesiges, fest umrissenes Seegebiet zu neutralisieren, während die Tiefseestrategie auf Mobilität basierte, der Idee einer beweglichen Schutzzone für die kriegswichtige Nordatlantikschifffahrt.

Eine einleuchtende Strategie, die aber nur unter echten Einsatzbedingungen auf die Probe gestellt werden konnte und in der gegenwärtigen Situation ziemlich nutzlos war. Seit alle sowjetischen *Alfas* und *Victors* bereits vor der amerikanischen Küste waren und die letzten *Charlies, Echos* und *November* gerade ihre Stationen erreichten, war die große Display-Wand, die Commander Quentin anstarrte, nicht mehr mit kleinen roten Punkten übersät, sondern mit großen Kreisen. Jeder Punkt oder Kreis markierte die Position eines russischen U-Boots. Ein Kreis stand für eine geschätzte Position, die errechnet worden war unter Berücksichtigung der Fahrt, die das betreffende Boot machen konnte, ohne durch übermäßige Geräuschentwicklung von einem der zahlreichen Sensoren geortet zu werden. Manche Kreise hatten einen Durchmesser von zehn Meilen, manche sogar von fünfzig; hier mussten Seegebiete von zweihundert bis fünftausend Quadratkilometern abgesucht werden, wenn man das U-Boot wieder ausfindig machen wollte.

Die Jagd nach den U-Booten war hauptsächlich die Aufgabe der P-3C *Orion.* Jede *Orion* trug Sonar-Bojen, die aktive und passive Sonareinrichtungen enthielten und vom Flugzeug abgeworfen wurden. Wenn eine Sonar-Boje einen Kontakt ausmachte, meldete sie diesen über Funk an das Mutterflugzeug und versenkte sich dann selbst, um nicht in Feindeshand zu geraten. Sonar-Bojen hatten relativ schwache Batterien und daher eine nur geringe Sendereichweite. Ärger noch war, dass sie nur in beschränkter Anzahl zur Verfügung standen. Da die Bestände alarmierend schnell abnahmen, würde man ihren Einsatz bald einschränken müssen. Jede P-3C war mit FLIRs, vorwärts gerichteten Infrarotsensoren zur Identifizierung der Wärmesignatur eines U-Bootes, und mit MADs ausgerüstet, Magnetanomalie-Detektoren, die die von einem großen Brocken Metall wie einem U-Boot ausgelöste Störung im Magnetfeld der Erde ausmachten. MAD-Anlagen konnten solche Störungen aber nur innerhalb einer zwölfhundert Meter breiten Schneise feststellen, und das Flugzeug musste tief fliegen, was den Treibstoffverbrauch erhöhte und die Sichtweite der Mannschaft beschränkte. Die Nutzungsgrenzen des FLIR-Systems waren ähnlich.

Quentin beugte sich vor. Ein Kreis hatte sich gerade in einen Punkt verwandelt. Von einer P-3C war soeben eine kleine Sprengladung abgeworfen worden, deren Druckwellen von einem Jagd-U-Boot der Echo-Klasse abgeprallt und im Flugzeug analysiert worden waren. Position: fünfhundert Meilen südlich der Grand Banks. Fast eine Stunde lang befand sich dieses *Echo* im Feuerbereich; sein Name war auf einen Mark-46-Torpedo der *Orion* gemalt worden.

Quentin trank einen Schluck Kaffee. Wenn es zu einem Krieg kommen sollte, mochte er so beginnen. Ganz plötzlich würden alle feindlichen U-Boote anhalten, vielleicht so wie dieses; nicht, um sich mitten im Ozean an Konvois heranzustehlen, sondern um in Küstennähe zu lauern. Dann waren alle amerikanischen Sensoren am falschen Platz. Erst einmal zum Stillstand gekommen, würden aus den Punkten immer größere Kreise werden, was die Auffindung aller Boote noch schwieriger machte. Mit stehenden Maschinen bildeten sie tödliche Fallen für die vorbeifahrenden Frachter und Kriegsschiffe, die lebensnotwendigen Nachschub nach Europa brachten. U-Boote gleichen Krebs, der Krankheit, die er gerade erst besiegt hatte. Diese unsichtbaren, bösartigen Boote setzten sich an einer Stelle fest und infizierten sie, ließen die roten Geschwüre auf seinem Schirm wachsen, bis sie von Flugzeugen attackiert wurden, die er von diesem Raum aus steuerte. Vorerst aber durfte er nicht angreifen, sondern nur beobachten.

»Pk Est 1 Stunde – Run«, gab er in seinen Computer ein.

»23«, kam sofort die Antwort.

Quentin grunzte. Vor vierundzwanzig Stunden hatte die PK-Zahl der möglichen Versenkungen vierzig betragen – also eine Stunde nach Feuerbefehl vierzig denkbare Versenkungen. Nun betrug der Wert nur noch etwa die Hälfte, und selbst diese Zahl durfte man nicht zu ernst nehmen, da sie unter der Annahme, dass alles klappte, ermittelt worden war. Bald würde sie unter zehn liegen, vermutete Quentin. Nicht mit eingerechnet waren Versenkungen durch eigene U-Boote, die die Russen verfolgten und strikte Anweisungen hatten, ihre Positionen nicht preiszugeben. Die *Sturgeons*, *Permits* und die Boote der *Los-Angeles*-Klasse pirschten sich nach ihren eigenen Regeln an. Es gelang ihm nie ganz, in ihnen Freunde zu sehen. Während seiner zwanzigjährigen Dienstzeit bei der Marine hatten ihm U-Boote immer als Feinde gegolten – *alle* U-Boote.

Bomber B-52

Die Besatzung des Bombers wusste genau, wo die Russen waren. Sentrys der Navy und Orions der Air Force beschatteten sie nun seit Tagen, und gestern war von der *Kiew* ein bewaffneter Jäger auf eine Sentry losgelassen worden. Ob er mit dem Befehl zum Angriff geflogen war, ließ sich nicht beurteilen, aber es hatte sich auf jeden Fall um eine Provokation gehandelt.

Vor vier Stunden war die aus vierzehn Maschinen bestehende Staffel in Plattsburg, New York, gestartet. Jedes Flugzeug war voll getankt und hatte zwölf Raketen an Bord, die weniger wogen als seine normale Bombenlast, was den Aktionsradius vergrößerte.

Was auch erforderlich war, denn die Russen auszumachen, war eine Sache, sie anzugreifen und zu treffen, eine andere. Der Kampfauftrag war im Konzept simpel, in der Ausführung aber diffizil. Wie man bei Einsätzen über Hanoi gelernt hatte – bei denen die B-52 immer wieder Treffer von Luftabwehrraketen einstecken mussten –, greift man ein stark verteidigtes Ziel am besten aus allen Himmelsrichtungen zugleich an. Die eine Hälfte der Staffel flog das Ziel direkt an, die andere musste eine Kurve fliegen und sich außer Reichweite des feindlichen Radars halten; entscheidend war, dass alle auf ein Stichwort hin abdrehten.

Die B-52-Maschinen hatten diesen Schwenk vor fünf Minuten auf ein Kommando von der die Mission unterstützenden Sentry hin ausgeführt. Der Pilot hatte sich einen besonderen Effekt einfallen lassen: Er flog auf einer internationalen Luftverkehrsroute auf den sowjetischen Verband zu. Nach dem Schwenk hatte er sein Funkgerät auf die im Zivilluftverkehr gebräuchlichen Frequenzen umgeschaltet. Nun lag er fünfzig Meilen hinter einer zivilen 747, dreißig Meilen vor einer anderen, und auf sowjetischen Radarschirmen sahen alle drei Boeing-Erzeugnisse gleich aus – harmlos.

Es herrschte noch Dunkelheit, und nichts wies darauf hin, dass die Russen im Alarmzustand waren. Ihren Jägern wurde nachgesagt, dass sie nur unter Sichtflugverhältnissen einsatzfähig waren, und der Pilot konnte sich vorstellen, dass Nachtstarts und -landungen auf einem Träger riskant waren, besonders bei schlechtem Wetter.

»Skipper«, rief der für die elektronische Kriegführung verantwortliche Offizier über die Bordsprechanlage, »wir empfangen L- und S-Band-Emissionen. Die Russen sind dort, wo wir sie erwartet haben.«

»Roger. Sind sie so stark, dass wir erfasst werden können?«

»Ja, aber man glaubt wahrscheinlich, wir flögen für PanAm. Bisher noch kein Feuerleitstrahl, nur routinemäßige Luftraumkontrolle.«

»Distanz zum Ziel?«

»Eins-drei-null Meilen.«

Es war fast soweit. Alle B-52 würden gleichzeitig in den einhundertfünfundzwanzig Meilen messenden Kreis eindringen.

»Alles bereit?«

»Roger.«

Der Pilot entspannte sich noch eine Minute lang und wartete auf das Signal von der Sentry.

»FLASHLIGHT, FLASHLIGHT, FLASHLIGHT«, kam das Signal über den digitalen Kanal.

»Fertig! Zeigen wir ihnen, dass wir hier sind«, befahl der Kommandant.

»Jawohl.« Der Elektronikoffizier nahm die durchsichtige Kunststoffabdeckung von dem Gerät, mit dem die Störeinrichtungen der Maschine gesteuert wurden. Zuerst schaltete er die Stromversorgung ein und musste einige Sekunden warten, bis die Schaltkreise warm geworden waren, denn die Elektronik der B-52 stammte aus den frühen siebziger Jahren und war überholt. Man konnte jedoch gut an ihr lernen, und der Lieutenant hoffte, bald auf den neuen Bomber B-1B umzusteigen, der inzwischen bei Rockwell in Kalifornien in Serie gegangen war. Seit zehn Minuten hatten die ESM-Gondeln unter der Nase und den Flügelspitzen die sowjetischen Radarsignale aufgefangen, die exakten Frequenzen, Impulsfolgen und Signaturen der verschiedenen Sender aufgezeichnet. Der Lieutenant, der erst vor kurzem als Klassenbester von der Schule für elektronische Kriegführung abgegangen war, hatte noch nicht viel praktische Erfahrung. Nach kurzem Nachdenken wählte er aus einer Reihe von Optionen einen Störmodus aus.

Nikolajew

In hundertfünfundzwanzig Meilen Entfernung saß auf dem Zerstörer der *Kara*-Klasse *Nikolajew* ein *Mitschman* am Radarschirm und untersuchte mehrere Blips, die einen Kreis um seinen Verband zu bilden schienen. Im Nu waren zwanzig Geisterflecken erschienen, die sich träge in verschiedene Richtungen bewegten. Er gab Alarm, der kurz darauf von einem Kollegen wiederholt wurde. Der wachhabende Offizier kam an den Schirm geeilt.

Bei seinem Eintreffen hatte sich der Störmodus verändert. Sechs Linien rotierten wie die Speichen eines Rades langsam um eine Mittelachse.

»Signal auswerten!«, befahl der Offizier.

Nun erschienen Kleckse, Linien und Funken.

»Mehr als eine Maschine, Genosse.« Der *Mitschman* versuchte durch hastige Frequenzänderungen ein klareres Bild zu bekommen.

»Angriffswarnung!«, schrie ein anderer *Mitschman.* Sein ESM-Empfänger hatte gerade das Signal eines Suchradargeräts vom Typ, der zur Zielerfassung für Luft-Boden-Raketen benutzt wird, aufgenommen.

Bomber B-52

»Wir haben feste Ziele«, meldete der Bordwaffenoffizier. »Die ersten drei sind erfasst.«

»Roger«, erwiderte der Pilot. »Noch zehn Sekunden draufhalten.«

»Zehn Sekunden«, bestätigte der Offizier. »Unterbreche – jetzt.«

»Gut, Stören einstellen.«

»EMC-Systeme aus.«

Nikolajew

»Zielerfassung durch Radar eingestellt«, meldete der Offizier im Gefechtsinformationszentrum dem Kapitän des Raketenkreuzers, der gerade von der Brücke gekommen war. »Es wird auch nicht mehr gestört.« Ringsum eilte die Mannschaft der *Nikolajew* auf ihre Gefechtsstationen.

»Was hat das zu bedeuten?«, fragte der Kapitän. Aus heiterem Himmel war sein Kreuzer bedroht worden – und nun sollte alles plötzlich wieder in Ordnung sein?

»Mindestens acht feindliche Flugzeuge in Kreisformation um uns herum.«

Der Kapitän schaute auf den nun normal anzeigenden S-Band-Schirm des Suchradars. Zu sehen waren zahlreiche Blips, die vorwiegend Zivilmaschinen darstellten. Die restlichen, die einen Halbkreis bildeten, mussten Feinde sein.

»Könnten sie Raketen abgefeuert haben?«

»Nein, Genosse Kapitän, das hätten wir festgestellt. Sie

störten unser Suchradar dreißig Sekunden lang und illuminierten uns für zwanzig Sekunden mit ihren Suchsystemen. Dann stellten sie alle elektronischen Maßnahmen ein.«

»Sie provozieren uns also und tun dann so, als sei nichts gewesen?«, grollte der Kapitän. »Wann kommen sie in Reichweite unserer Flugabwehrraketen?«

»Wir können diese Maschine und die beiden anderen hier in vier Minuten treffen, sofern sie nicht den Kurs ändern.«

»Illuminieren Sie sie mit unserem Luftzielradar. Zeigen Sie es den Kerlen.«

Der Offizier gab die entsprechenden Anweisungen und fragte sich, wer hier wem etwas zeigte. Zweitausend Fuß über den B-52-Bombern schwebte eine EC-135, deren Sensoren alle Signale von dem sowjetischen Kreuzer aufzeichneten und auseinander nahmen, um sie später um so wirkungsvoller stören zu können. Die Experten hatten zum ersten Mal Gelegenheit, das Leitsystem der neuen SA-N-8-Rakete genauer in Augenschein zu nehmen.

Zwei F-14 Tomcat

Die Codenummer mit der vorgestellten Doppelnull am Rumpf identifizierte die Tomcat als persönliche Maschine des Staffelkommandanten; das schwarze Pik-As am Doppelleitwerk bezeichnete die Staffel, Fighting 41, *The Black Aces*. Der Pilot war Commander Robby Jackson, sein Rufzeichen lautete Pik 1.

Jackson war zusammen mit einer zweiten Maschine im Einsatz und bekam seine Anweisungen von einer der E-2C Hawkeye der Kennedy. Die E-2C, eine kleinere Version der AWACS der Air Force, glich der Grumman Greyhound. Sie hatte zwei Turboprop-Triebwerke und einen Radardom, der sie aussehen ließ, als säße ihr ein UFO im Nacken. Das Wetter war schlecht, wie üblich, sollte sich aber nach Westen hin bessern. Jackson und sein Flügelmann, Lieutenant Bud Sanchez, flogen durch dichte Wolkenbänke und in weniger dichter Formation, um unter den herrschenden Sichtverhältnissen keine Kollision heraufzubeschwören. Jeder Tomcat-Jäger hatte zwei Mann Besatzung und kostete über dreißig Millionen Dollar.

Die F-14, ein Allwetter-Abfangjäger, hat transozeanischen Aktionsradius, erreicht Mach 2 und ist mit einer computergesteuerten Radarzielanlage für ihre weit reichenden Phoenix-Luftkampfraketen ausgerüstet, die sechs verschiedene Ziele gleichzeitig erfassen und angreifen kann. Die beiden Jäger trugen nun je zwei Phoenix und dazu ein Paar Sidewinder unter den Flügeln. Abgesehen hatten sie es auf eine Gruppe von YAK-36-Forger-Kampfflugzeugen, Pseudo-Senkrechtstartern, die von der *Kiew* aus operierten. Nachdem die Sentry am Vortag vom Iwan belästigt worden war, hatte dieser nun beschlossen, dichter an den *Kennedy*-Verband heranzugehen, zweifellos gesteuert von Daten eines Aufklärungssatelliten. Sowjetische Flugzeuge waren bis auf fünfzig Meilen an die *Kennedy* herangekommen, und Washington hatte entschieden, dass Iwan nun doch ein bisschen zu aufdringlich wurde. Admiral Painter bekam Erlaubnis, sich auf freundschaftliche Weise zu revanchieren.

Jackson war sicher, das zusammen mit Sanchez zu schaffen, selbst wenn sie in der Minderheit waren. Kein sowjetisches Flugzeug konnte es mit der Tomcat aufnehmen, und erst recht nicht die Forger.

»Pik 1, Ihr Ziel ist nun an zwölf, Distanz zwanzig Meilen«, meldete die Stimme von Brummer 1, der Hawkeye, die hundert Meilen hinter ihnen flog. Jackson gab keine Antwort.

»Hast du was, Chris?«, fragte er seinen Radaroffizier, Lieutenant Commander Christiansen.

»Hin und wieder mal einen Blitz, aber nichts Handfestes.« Sie spürten den Forgern nur mit passiven Systemen nach, in diesem Fall mit einem Infrarotsensor.

Jackson erwog, ihre Ziele mit seinem starken Feuerleitradar zu illuminieren. Die ESM-Anlagen der Forger würden sofort ansprechen und den Piloten verkünden, dass ihr Todesurteil schon ausgestellt, aber noch nicht unterschrieben war. »Was macht die *Kiew?*«

»Nichts. Der ganze Verband ist unter totaler EMCON.«

»Clever«, kommentierte Jackson. Er vermutete, dass sich die Russen seit dem Scheinangriff der B-52-Bomber auf die *Kirow-Nikolajew*-Gruppe etwas besser vorsahen. Es ist allgemein nicht bekannt, dass Kriegsschiffe oft überhaupt keinen Gebrauch von ihren Radarsystemen machen – eine Schutzmaßnahme, die als EMCON (Emission Control) bekannt ist. Der Grund war, dass ein Radarstrahl schon aus einem Mehrfachen der Entfernung, in der er ein Echo an den Empfänger zurücksenden konnte, feststellbar war und so dem Gegner mehr verriet als der Bedienungsmannschaft. »Meinst du, diese Kerlchen finden allein heim?«

»Wenn nicht, weißt du ja, wem es zugeschoben wird.« Christiansen lachte in sich hinein.

»Roger«, stimmte Jackson zu.

»Ah, ich habe sie mit Infrarot erfasst. Die Wolken scheinen sich aufzulösen.« Christiansen konzentrierte sich auf seine Instrumente und nahm die Außenwelt nicht wahr.

»Pik 1, hier Brummer 1. Ihr Ziel ist an zwölf, auf Ihrer Höhe, Distanz nun zehn Meilen.« Diese Meldung kam über eine gesicherte Funkverbindung.

Nicht schlecht, sagte sich Jackson, wir fangen die Wärmesignatur der Forger selbst in dieser Erbsensuppe auf – besonders, wenn man ihre kleinen, ineffizienten Triebwerke berücksichtigt.

»Radar ist eingeschaltet worden, Skipper«, erklärte Christiansen. »*Kiew* sucht den Luftraum auf dem S-Band ab. Sie haben uns bestimmt.«

»Gut.« Jackson betätigte den Mikrophonschalter. »Pik 2, Ziele illuminieren – jetzt!«

»Roger«, bestätigte Sanchez. Verstecken war nun sinnlos.

Beide Jäger aktivierten ihre leistungsfähigen AN/AWG-9-Radargetäte. Zwei Minuten bis zum Abfangen.

Die Radarsignale wurden von den ESM-Geräten unter den Seitenrudern der Forger empfangen, lösten in den

Kopfhörern der Piloten einen Warnton aus und ließen an den Instrumentenbrettern ein rotes Licht aufflammen.

Eisvogel-Schwarm

»Eisvogel-Schwarm, hier *Kiew*«, rief der für die Flugoperationen des Trägers verantwortliche Offizier. »Zwei amerikanische Jäger kommen von hinten mit hoher Geschwindigkeit auf Sie zu.«

»Verstanden.« Der russische Schwarmführer schaute in den Rückspiegel. Er hoffte, dass sich eine Konfrontation vermeiden ließ. Sein Befehl lautete, nichts zu unternehmen, wenn nicht auf ihn geschossen wurde. Sein Schwarm war gerade in klares Wetter gekommen. Schade, in den Wolken hätte er sich sicherer gefühlt.

Der Pilot von Eisvogel 3, Leutnant Schawrow, entschärfte seine vier Atoll-Raketen. Diesmal nicht, Yankee, dachte er.

Zwei Tomcat

»Noch eine Minute, Pik 1. Sie müssten jetzt jeden Augenblick Sichtkontakt bekommen«, meldete Brummer 1.

»Roger – und da sind sie!« Jackson und Sanchez kamen aus den Wolken. Die Forger lagen nur wenige Meilen vor ihnen, und die vierhundert Stundenkilometer höhere Geschwindigkeit der Tomcat ließ die Distanz rasch schrumpfen.

»Pik 2, auf ›Los‹ Nachbrenner einschalten. Drei, zwei, eins – los!«

Beide Piloten schoben die Leistungshebel nach vorne und schalteten die Nachbrenner ein, die Kerosin in den Austrittskanal der neuen F-110-Triebwerke spritzten. Beide Maschinen beschleunigten ruckartig und durchbrachen rasch die Schallmauer.

Eisvogel-Schwarm

»Eisvogel, Achtung, die Amerikaner haben beschleunigt«, warnte *Kiew*.

Eisvogel 4 drehte sich um. Eine Meile hinter sich machte er die Tomcat aus, zwei pfeilförmige Schemen, die schwarze Rauchfahnen hinter sich herzogen. Auf einer Kabinenhaube blitzte ein Sonnenstrahl, und das sah genau aus wie das Flammen…

»Sie greifen an!«

»Was?« Der Schwarmführer schaute wieder in den Spiegel. »Negativ, negativ – Formation halten!«

Die Tomcat jagten dicht über den Schwarm hinweg, und ihre Lärmschleppe klang wie eine Serie von Explosionen. Schawrow folgte seinen im Gefecht geschärften Instinkten, riss den Steuerknüppel zurück und feuerte seine vier Raketen auf die wegfliegenden amerikanischen Jäger ab.

»Drei, was machen Sie da?«, schrie der russische Schwarmführer.

»Wir sind angegriffen worden, haben Sie das nicht gehört?« protestierte Schawrow.

Zwei Tomcat

»Verflucht! Pik, Sie haben vier Atoll am Hals«, meldete der Controller in der Hawkeye.

»Zwei, nach rechts abdrehen«, befahl Jackson. »Chris, Gegenmaßnahmen aktivieren.« Jackson riss seine Maschine in einem heftigen Ausweichmanöver nach links. Sanchez drehte nach rechts ab.

Auf seinem Platz hinter Jackson legte der Radaroffizier Schalter um und aktivierte die Verteidigungssysteme des Flugzeuges. Als die Maschine eine Rolle vollführte, warf sie eine Reihe von Magnesiumbrandsätzen und Ballons ab, um Infrarot- oder Radarsensoren der verfolgenden Raketen irrezuführen. Alle vier Atoll hatten sich Jacksons Jäger zum Ziel gewählt.

»Pik 2 ist klar, Pik 2 ist klar. Pik 1, Sie haben immer noch vier Vögel hinter sich«, rief die Stimme aus der Hawkeye.

»Roger.« Jackson war von seiner eigenen Gelassenheit überrascht. Die Tomcat flog gut dreizehnhundert Stundenkilometer und beschleunigte weiter. Er fragte sich, wie groß die Reichweite der Atoll war. Die Warnlampe des rückwärtigen Radarsystems flammte auf.

»Zwei, setz ihnen nach!«, befahl Jackson.

»Roger.« Sanchez zog die Maschine hoch, flog einen Turm und stieß auf die sich entfernenden sowjetischen Jäger hinab.

Nach Jacksons Ausweichmanöver verloren zwei Raketen ihr Ziel und flogen weiter ins Blaue. Eine dritte, von einem Magnesiumbrandsatz getäuscht, explodierte. Die vierte aber hatte mit ihrem Infrarotsensor das rot glühende Ausstoßrohr von Pik 1 erfasst und hielt direkt darauf zu. Sie traf Pik 1 am Ansatz des rechten Seitenruders.

Bei dem Aufprall geriet der Jäger völlig außer Kontrolle. Der größte Teil der Explosionswirkung verpuffte, als die Rakete die Boron-Verkleidung durchschlug und wieder ins Freie jagte. Das Ruder wurde total weggesprengt, zusammen mit dem rechten Höhenleitwerk. Das linke Seitenruder wurde schwer von Splittern durchlöchert, die auch durch das Kabinendach fetzten und Christiansens Helm trafen. Sofort gingen die Feuerwarnleuchten für das rechte Triebwerk an.

Jackson hörte den Knall im Kopfhörer. Er stellte alle Schalter für das rechte Triebwerk ab und setzte die Feuerlöschanlage ein. Dann nahm er die Leistung des linken Triebwerks, das noch mit Nachbrennern arbeitete, drastisch zurück. Inzwischen war die Tomcat ins Trudeln geraten. Die Schwenkflügel gingen in Langsamflugstellung. Nun versuchte Jackson rasch, die Maschine mit den Querrudern wieder in normale Fluglage zu bringen. Seine Höhe betrug viertausend Fuß. Viel Zeit blieb ihm nicht.

»Komm schon, Kleine«, lockte er. Ein rascher Leistungsstoß gab ihm die aerodynamische Kontrolle zurück, und der ehemalige Testpilot riss den Jäger in Normallage – etwas zu heftig. Die Tomcat vollführte zwei Rollen, ehe er wieder horizontal flog. »Na also! Alles klar, Chris?«

Stille. Umdrehen konnte er sich nicht; es waren noch immer vier Feindflugzeuge in der Nähe.

»Pik 2, hier Führer.«

»Roger.« Sanchez hatte die vier Forger aufs Korn genommen. Sie hatten gerade auf seinen Kommandanten geschossen.

E-2 C Hawkeye

Der Controller in Brummer 1 schaltete schnell. Die Forger hielten Formation und aus dem Funkgerät kam erregtes russisches Geschnatter.

»Pik 2, hier Brummer 1, abdrehen, ich wiederhole, abdrehen. Nicht schießen, ich wiederhole, nicht schießen. Bitte bestätigen. Pik 2, Pik 1 ist an neun, zweitausend Fuß unter Ihnen.« Der Offizier fluchte und sah einen seiner Mitarbeiter an.

»Das ging zu schnell, Sir, aber ich hab die Russen auf Band. Genau bekam ich es nicht mit, aber auf der *Kiew* scheint man sauer zu sein.«

»Da stehen sie nicht allein«, grollte der Controller und fragte sich, ob seine Entscheidung, Pik 2 zurückzurufen, korrekt gewesen war. Wohl gefühlt hatte er sich nicht dabei.

Zwei Tomcat

Sanchez warf verblüfft den Kopf zurück. »Roger, ich drehe ab.« Er schaltete das Mikrophon aus. »Verflucht noch mal!« Er riss den Steuerknüppel zurück und flog wütend einen Looping. »Skipper, wo sind Sie?«

Sanchez steuerte seinen Jäger unter den Jacksons und flog langsam einen Kreis, um die sichtbaren Schäden zu inspizieren.

»Das Feuer ist aus, Skipper. Rechts sind Seiten- und Höhenleitwerk weg. Linkes Seitenruder – Pest. Da kann ich glatt durchgucken, aber es sollte halten. He, Moment – Chris ist zusammengesackt, Skipper. Können Sie ihn ansprechen?«

»Negativ, hab ich schon versucht. Fliegen wir heim.«

Am liebsten hätte Sanchez die Forger vom Himmel geholt, was ihm mit seinen vier Raketen ein leichtes gewesen wäre. Aber er war wie die meisten Piloten hoch diszipliniert.

»Roger.«

»Pik 1 hier Brummer 1. Melden Sie Ihre Kondition. Over.«

»Brummer 1, wir schaffen es, wenn sonst nichts abfällt. Lassen Sie Ärzte bereitstellen. Chris ist verwundet. Wie schwer, kann ich nicht sagen.«

Für den Rückflug zur *Kennedy* brauchten sie eine Stunde. Jacksons Jäger flog schlecht und wollte in keiner Fluglage auf Kurs bleiben. Immer wieder musste der Pilot die Trimmung korrigieren. Sanchez meldete, dass sich auf dem hinteren Sitz etwas bewegte. Vielleicht ist nur die Bordsprechanlage ausgefallen, dachte Jackson hoffnungsvoll.

Sanchez wurde angewiesen, als erster zu landen, damit das Deck für Commander Jackson klar war. Beim Landeanflug wurde die Tomcat plötzlich unstabil. Der Pilot kämpfte mit den Hebeln, setzte die Maschine hart auf und blieb an Landefangseil zwei hängen. Das rechte Fahrwerk knickte ab, und der dreißig Millionen teure Jäger rutschte seitwärts in ein Notauffangnetz. Hundert Männer mit Löschgerät jagten aus allen Richtungen auf ihn zu.

Die Nothydraulik öffnete das Kabinendach. Jackson schnallte sich ab und schaute nach seinem Freund.

Chris lebte noch. Ein Liter Blut schien die Brust seiner Kombination durchtränkt zu haben, und als der erste Sanitäter Chris den Helm abnahm, sah Jackson, dass er noch immer aus einer Kopfwunde blutete. Der zweite Sanitäter stieß Jackson weg und legte dem Verwundeten einen Halskragen an. Christiansen wurde behutsam angehoben und auf eine Bahre gelegt, deren Träger davonhasteten. Jackson zögerte kurz, ehe er ihnen folgte.

Marinelazarett Norfolk

Captain Randall Tait vom Sanitätskorps der Marine, neuer Chefarzt des medizinischen Zentrums der Navy in Bethesda, war nach Norfolk geflogen worden, um sich mit den

Russen zu treffen. Tait sah jünger aus als fünfundvierzig, denn sein volles schwarzes Haar zeigte noch keine Spur von Grau.

»Guten Morgen, meine Herren. Ich bin Dr. Tait.« Man gab sich die Hände, und der Lieutenant, der sie hergeleitet hatte, ging zurück zum Aufzug.

»Dr. Iwanow«, stellte sich der Kleinere vor. »Ich bin der Botschaftsarzt.«

»Hauptmann Smirnow.« Tait wusste, dass er der stellvertretende Marineattache war, ein Geheimdienstoffizier. Auf dem Hubschrauberflug hierher war Tait von einem Geheimdienstoffizier aus dem Pentagon aufgeklärt worden, der nun in der Kantine Kaffee trank.

»Wassilij Petschkin. Ich bin zweiter Sekretär bei der Botschaft.« Dies war ein hoher KGB-Offizier, ein »legaler« Spion mit diplomatischer Immunität. »Können wir unseren Mann sehen?«

»Aber sicher. Würden Sie mir bitte folgen?« Tait führte sie durch einen Korridor. Er war nun schon seit zwanzig Stunden auf den Beinen.

Die Intensivstation nahm das ganze Geschoss ein, denn das Lazarett war für Kriegsverhältnisse geplant worden. In Zimmer vier lag ein fast völlig vermummter Mann. Sein Gesicht bedeckte eine Sauerstoffmaske und zu sehen war nur ein weizenblonder Wuschelkopf. Der Rest seines Körpers war dick verbunden. Er hing an einem Tropf. Am Fußende des Bettes stand eine Schwester, schaute auf die EKG-Anzeige über dem Kopf des Patienten und machte eine Eintragung auf seinem Krankenblatt. Jenseits des Bettes stand eine Maschine, deren Funktion nicht auf den ersten Blick deutlich wurde. Der Patient war bewusstlos.

»Wie ist sein Zustand?«, fragte Iwanow.

»Kritisch«, erwiderte Talt. »Es ist ein Wunder, dass er überhaupt noch am Leben ist. Er muss mindestens zwölf, wenn nicht zwanzig Stunden im Wasser gewesen sein und steht noch unter schwerer Schockeinwirkung. Selbst wenn man berücksichtigt, dass er einen Schutzanzug trug, ist sein Überleben angesichts der hier herrschenden Luft- und

Wassertemperaturen ein Wunder. Bei der Einlieferung war seine Körpertemperatur 28,8.« Tait schüttelte den Kopf. »Die Literatur berichtet von schwereren Unterkühlungsfällen, aber dieser ist der Schlimmste, der mir bisher untergekommen ist.«

»Ihre Prognose?« Iwanow sah sich im Raum um.

Tait zuckte die Achseln. »Schwer zu sagen. Nicht gerade günstig. Allerdings ist er von Grund auf gesund. Man kann das von hier aus nicht beurteilen, aber er ist in erstklassiger körperlicher Verfassung, als wäre er Leichtathlet. Besonders sein Herz ist sehr kräftig; das hat ihn wahrscheinlich am Leben gehalten. Die Unterkühlung haben wir inzwischen im Griff. Der Haken ist nur, dass bei Unterkühlung so viel gleichzeitig schief gehen kann. Wir haben getrennte, aber doch miteinander in Beziehung stehende Schlachten gegen mehrere Feinde zu führen, um sie an der Überwindung seines Abwehrsystems zu hindern. Am gefährlichsten ist zur Zeit noch der Schock. Den behandeln wir wie üblich mit Elektrolyten, aber der Patient wird trotzdem noch mehrere Tage lang zwischen Leben und –«

Tait sah auf. Ein jüngerer Mann in Weiß kam auf sie zu. Er hatte eine Metalltafel in der Hand.

»Meine Herren, dies ist Lieutenant Dr. Jameson, der behandelnde Arzt, der Ihren Mann aufnahm. Was liegt vor, Jamie?«

»Böse Nachrichten. Die Speichelprobe weist auf Lungenentzündung hin. Schlimmer noch, sein Blutbild will sich nicht bessern, und die Anzahl der weißen Blutkörperchen *sinkt.*«

»Das hat uns gerade noch gefehlt.« Tait lehnte sich an den Rahmen des Sichtfensters und stieß eine leise Verwünschung aus.

»Hier ist der Ausdruck des Blutanalysators«, sagte Jameson.

»Darf ich das einmal sehen?«, fragte Iwanow und kam näher.

»Gerne.« Tait nahm den Ausdruck und hielt ihn hoch,

sodass alle ihn sehen konnten. Iwanow, der noch nie mit einem Analysator mit Computerauswertung gearbeitet hatte, brauchte einige Zeit, um sich zu orientieren.

»Das sieht nicht gut aus.«

»Ganz und gar nicht«, stimmte Tait zu.

»Wir müssen sofort auf die Lungenentzündung losgehen«, sagte Jameson. »Bei diesem jungen Mann geht zu viel schief. Wenn sich diese Lungenentzündung ausbreitet –« Er schüttelte den Kopf.

»Keflin?«, fragte Tait.

»Ja.« Jameson nahm eine Ampulle aus der Tasche. »Die höchste Dosis, die er verträgt. Vermutlich hatte er schon eine leichte Lungenentzündung, ehe er ins Wasser geriet. Wie ich höre, sind in Russland Penicillin resistente Stämme aufgetaucht.« Jameson schaute zu Iwanow. »Sie benutzen doch vorwiegend Penicillin, nicht wahr?«

»Korrekt. Keflin, was ist das?«

»Ein synthetisches Antibiotikum, das auch gegen resistente Stämme wirkt.«

»Geben Sie das gleich, Jamie«, befahl Tait.

Jameson betrat den Raum, injizierte das Medikament in eine 100-cc-Infusionsflasche und hängte diese an den Ständer.

»Meine Herren, ich möchte hier nochmals klarstellen, dass wir Ihrem Mann die beste Pflege zukommen lassen. Nichts wird ihm vorenthalten. Wenn es irgendwie menschenmöglich ist, werden wir ihn retten. Aber versprechen kann ich nichts.«

Das sahen die Sowjets ein. »Hat er etwas gesagt?«, fragte Petschkin beiläufig.

»Seit ich hier bin, nicht. Jamie sagte, er sei beim Aufwärmen halb zu Bewusstsein gekommen und habe ein paar Minuten lang vor sich hingeredet. Selbstverständlich ließen wir ein Tonband laufen, das später von einem Russisch sprechenden Offizier abgehört wurde. Es ging um ein braunäugiges Mädchen, wahrscheinlich seine Freundin. Was er sagte, war völlig zusammenhanglos. Ein Patient in seinem Zustand hat keine Ahnung, was vorgeht.«

»Können wir uns das Band anhören?«, fragte Petschkin.

»Aber sicher. Ich lasse es hochschicken.«

Jameson kam wieder aus dem Krankenzimmer. »Das wär's. Alle sechs Stunden tausend Milligramm Keflin. Hoffentlich spricht er darauf an.«

»Wie sehen seine Hände und Füße aus?«, fragte Smirnow. Offenbar wusste der Hauptmann über Erfrierungen Bescheid.

»Vorerst Nebensache«, erwiderte Jameson. »Wir haben ihm Finger und Zehen in Watte gewickelt, um Gewebsverluste durch Erweichung zu verhindern. Wenn er die nächsten Tage überlebt, wird er wohl Pusteln bekommen, aber das ist unser geringstes Problem. Wissen Sie übrigens, wie der Mann heißt?« Petschkins Kopf fuhr herum. »Er hatte bei der Einlieferung nämlich keine Erkennungsmarke um. Nichts an seinen Kleidern wies auf den Namen des Bootes hin. Keine Brieftasche, kein Ausweis, noch nicht einmal Münzen in der Hosentasche. Mir wäre wohler, wenn Sie sein Krankenblatt zeigen könnten. Ich wüsste gerne, ob er Allergien oder chronische Beschwerden hat. Wir wollen doch vermeiden, dass eine allergische Reaktion auf bestimmte Medikamente ihn in einen Schockzustand versetzt.«

»Was hatte er an?«, fragte Smirnow.

»Einen Schutzanzug aus Gummi«, antwortete Jameson. »Die Männer, die ihn fanden, zogen ihn zum Glück nicht aus. Ich schnitt ihm nach der Aufnahme den Anzug vom Leib. Darunter trug er Hemd und Hosen. Er hatte ein Taschentuch, aber keine Erkennungsmarke bei sich.«

»Sonderbar«, versetzte Smirnow. »Wie fanden Sie ihn?«

»Wie ich höre, war das ein reiner Glücksfall. Der Hubschrauber einer Fregatte flog ein Seegebiet ab, und die Besatzung sah ihn im Wasser treiben. Da man kein Rettungsgerät an Bord hatte, markierte man die Stelle mit roter Farbe und kehrte zum Schiff zurück. Dort meldete sich ein Bootsmann freiwillig. Man lud ihn mit einem Rettungsfloß und flog ihn zurück, während die Fregatte mit voller Kraft nach Süden lief. Der Bootsmann warf das Floß ins Wasser, sprang hinterher – und landete darauf. Pech, er brach sich beide Beine, zog aber trotzdem Ihren Matrosen aufs Floß. Eine Stunde später wurden sie von der Fregatte aufgenommen und dann sofort hierhergeflogen.«

»Wie geht es Ihrem Mann?«

»Der ist versorgt. Das linke Bein war ein glatter Bruch, aber am rechten hat er eine komplizierte Fraktur«, fuhr Jameson fort. »In ein paar Monaten wird er wieder laufen können.«

Die Russen glaubten, dass die Erkennungsmarke ihres Mannes absichtlich entfernt worden war. Jameson und Tait hegten den Verdacht, dass der Mann sie selbst weggeworfen hatte, weil er überzulaufen hoffte. Er hatte einen roten Striemen am Hals gehabt, der vermuten ließ, dass die Marke abgerissen worden war.

»Wenn es erlaubt ist«, sagte Smirnow, »würde ich Ihren Bootsmann gerne besuchen, um ihm zu danken.«

»Stattgegeben, Hauptmann«, sagte Tait und nickte. »Das wäre sehr freundlich von Ihnen.«

»Er muss ein tapferer Mann sein.«

»Nur ein Seemann, der seine Arbeit tat. Ihre Leute würden bestimmt auch so handeln. Wir mögen unsere Differenzen haben, meine Herren, aber die See kümmert das wenig. Sie tötet uns, ganz gleich, welche Flagge wir führen.«

Petschkin schaute durch das Sichtfenster und versuchte, das Gesicht des Patienten auszumachen. »Dürfen wir seine Kleider und Sachen sehen?«, fragte er.

»Gewiss, aber davon werden Sie auch nicht klüger. Er ist Koch. Mehr wissen wir nicht«, sagte Jameson.

»Ein Koch?« Petschkin drehte sich um.

»Der Offizier, der sich das Tonband anhörte, war vom Geheimdienst. Er sah eine dreistellige Nummer auf dem Hemd des Patienten und meinte, es müsse sich um einen Koch handeln.«

»Dr. Iwanow, möchten Sie hinzugezogen werden?«, fragte Tait.

»Wenn das gestattet ist.«

»Jawohl.«

»Wann wird er entlassen?«, fragte Petschkin. »Wann können wir mit ihm reden?«

»Entlassen?«, schnappte Jameson. »Dieses Krankenhaus verlässt er innerhalb der nächsten vier Wochen nur im Sarg. Wann er wieder zu Bewusstsein kommt, weiß kein Mensch. Dieser junge Mann ist schwer krank.«

»Wir müssen aber mit ihm reden!«, protestierte der KGB-Agent.

Tait schaute den Mann scharf an. »Mr. Petschkin, ich verstehe Ihr Bedürfnis, mit dem Mann zu reden, aber im Augenblick ist er mein Patient. Wir werden nichts zulassen, was seine Behandlung stört. Ich bekam Anweisung, hierherzufliegen und den Fall zu übernehmen. Wie ich höre, kam der Befehl aus dem Weißen Haus. Dr. Jameson und Dr. Iwanow werden mir assistieren, aber für den Patienten bin nun ich allein verantwortlich, und es ist meine Aufgabe, dafür zu sorgen, dass er dieses Haus gesund verlässt. Alles andere ist Nebensache. Wir werden Ihnen jede Gefälligkeit erweisen, aber was hier geschieht, bestimme ich.« Tait machte eine Pause. »Wenn Sie hier abwechselnd Wache halten wollen, soll mir das recht sein. Aber Sie müssen sich an die Vorschriften halten. Sie waschen sich, ziehen sterile Kleidung an und folgen den Anweisungen des Pflegepersonals. Einverstanden?«

Petschkin nickte. Amerikanische Ärzte halten sich wohl für Götter, dachte er.

Jameson, der sich wieder in den Ausdruck des Blutanalysators vertieft und die Gardinenpredigt überhört hatte, fragte nun: »Können Sie mir sagen, auf was für einer Art U-Boot er war?«

»Nein«, erwiderte Petschkin sofort.

»Warum fragen Sie, Jamie?«, sagte Tait.

»Der Mangel an weißen Blutkörperchen und andere Symptome könnten durch radioaktive Bestrahlung ausgelöst worden sein. Die Unterkühlung hat vielleicht die typischen Symptome verschleiert.« Jameson wandte sich jäh an die Russen. »Meine Herren, wir müssen wissen, ob er auf einem Atom-U-Boot war.«

»Jawohl«, erwiderte Smirnow, »er war auf einem Unterseeboot mit Nuklearantrieb.«

»Jamie, schicken Sie seine Kleidung zur Radiologie«, befahl Tait. »Lassen Sie Knöpfe, Reißverschluss, alles Metallische auf Strahlenverseuchung prüfen.«

»Wird gemacht.« Jameson entfernte sich, um die Sachen des Patienten zu holen.

»Dürfen wir den Befund sehen?«, fragte Smirnow.

»Meinetwegen.« Was sind das nur für Menschen, sagte sich Tait. Der Mann war also auf einem Atom-U-Boot gewesen. Warum hatten sie das nicht gleich gesagt? Wollten sie denn nicht, dass er wieder gesund wurde?

Auch Petschkin gab sich seinen Gedanken hin. Wussten die Amerikaner denn nicht, dass er von einem nuklearen U-Boot kam? Natürlich – sie hatten Smirnow dazu gebracht, damit herauszuplatzen. Die Amerikaner waren clever, das musste er ihnen lassen. Und er sollte in einer Stunde in der Botschaft Meldung erstatten – worüber? Wie sollte er wissen, wer der Matrose war?

Marinewerft Norfolk

USS Ethan Allen hatte ihre Schuldigkeit getan, seit ihrer Indienststellung 1961 über zwanzig Jahre lang Polaris-Raketen durch die Weltmeere getragen und die Russen das Fürchten gelehrt. Nun konnte *Ethan Allen* gehen. Ihre Raketenrohre waren schon vor Monaten mit Ballast gefüllt und versiegelt worden, und man hatte alle Wartungsarbeiten aufs Allernotwendigste beschränkt, während die Bürokraten im Pentagon über ihre Zukunft stritten. Man hatte erwogen, sie für miniaturisierte Cruise Missiles umzurüsten wie die neuen russischen Oscars, dann aber den Plan aus Kostengründen fallen gelassen. *Ethan Allen* war technisch überholt. Die Hülle des S-5-W-Reaktors und die inneren Installationen waren von zahllosen Neutronen bombardiert und, wie kürzlich eine Materialprüfung ergeben hatte, dabei gefährlich brüchig geworden. Die Lebenserwartung des Systems betrug nur noch drei Jahre. Ein neuer Reaktor käme zu teuer. *Ethan Allen* war am Ende.

Das Wartungspersonal setzte sich aus Mitgliedern der letzten Besatzung zusammen, vorwiegend alte Seebären kurz vor der Pensionierung und ein paar Jungs, die Instandsetzungsfertigkeiten erwerben sollten.

Admiral Gallery war früh am Morgen an Bord gekommen. Das fanden die Bootsleute nicht sonderlich bemerkenswert, denn er war vor langer Zeit *Ethan Allens* erster Skipper gewesen, und Admirale schienen immer ihre ersten Schiffe zu besuchen – bevor sie verschrottet wurden. Gallery hatte einige der dienstälteren Bootsleute wiedererkannt und sie gefragt, ob das Boot noch einen Funken Leben in sich habe. Ja, hatten sie einstimmig erklärt. Der Admiral hatte das Innere vom Bug bis zum Heck inspiziert und war stehen geblieben, um mit knorrigen, arthritischen Fingern über das Periskop zu fahren, an dem er früher den seltenen ›Angriff‹ gegen ein Schiff, das sein U-Boot jagte, geleitet hatte – nur zur Übung. Drei Jahre lang hatte er *Ethan Allen* kommandiert.

Gallery wusste, dass sie es schaffen würde. Für sein Boot hätte er sich zwar ein schöneres Ende gewünscht, aber Kriegsschiffe fanden selten einen würdigen Tod. *Ethan Allen* erfüllte mit ihrem Tod wenigstens noch einen Zweck, sagte sich Gallery auf dem Rückweg zu COMSUBLANT.

Zwei Stunden später fuhr am Liegeplatz von *Ethan Allen* ein Lastwagen vor. Dem Steuermannsmaat an Deck fiel auf, dass er von dem Luftstützpunkt der Marine in Oceania kam. Komisch, dachte er. Noch sonderbarer war, dass der Offizier, der ausstieg, weder Delphine noch Schwingen trug. Der Offizier veranlasste, dass ein Arbeitstrupp vier lange, geschossförmige Gegenstände vom Lastwagen ins U-Boot schaffte. Sie waren so groß, dass sie kaum durch die Torpedoladeluken gingen, und es dauerte eine Weile, bis sie an Ort und Stelle waren. Anschließend kamen Laderoste aus Kunststoff und Metallbänder zur Befestigung. Diese Zylinder sehen wie Bomben aus, dachte sich der Bordelektriker, aber dazu sind sie zu leicht. Eine Stunde später erschien ein Tanklaster. Das U-Boot wurde geräumt und sorgfältig gelüftet. Dann zogen drei Männer Schläuche zu jedem Zylinder. Als sie mit der Befüllung fertig waren, lüfteten sie den Rumpf erneut aus und ließen bei den Zylindern Gasdetektoren stehen. Inzwischen wurde die Umgebung von bewaffneten Marineinfanteristen bewacht, die dafür sorgten, dass niemand sah, was auf *Ethan Allen* vorging.

Als das Laden bzw. Füllen abgeschlossen war, ging ein Stabsbootsmann nach unten, sah sich die Zylinder näher an und schrieb sich ihre Bezeichnung PPB-76A/J67I3 auf. Ein Kollege schlug in einem Katalog nach und machte eine unangenehme Entdeckung – Pave Pat Blue 76 war eine Bombe, zwar nicht so stark wie die Kernsprengköpfe, die *Ethan Allen* einst getragen hatte, aber doch gefährlich genug, wie die Besatzung fand. Die Leuchte, die Rauchererlaubnis signalisierte, blieb dunkel, obwohl niemand einen entsprechenden Befehl gegeben hatte.

Kurz darauf kam Gallery zurück und nahm sich jeden Bootsmann einzeln vor. Die jungen Leute wurden mit ihren Sachen an Land geschickt und der Ermahnung, sie hätten an Bord der *Ethan Allen* nichts Außergewöhnliches gesehen, gehört oder gemerkt. Das Boot würde auf Befehl von oben auf See versenkt werden. Das sei alles. Und wer das verriet, könne sich auf eine zwanzigjährige Dienstzeit in Alaska gefasst machen.

Bei Sonnenuntergang erschienen die Offiziere, der Rangniedrigste war ein Lieutenant Commander. Zwei Captains mit vier Ärmelstreifen kümmerten sich um den Reaktor, zwei andere um die Navigation, zwei Commander übernahmen die Elektronik. Der Rest verteilte sich, um die vielfältigen Aufgaben zu übernehmen, die auf einem U-Boot anfallen. Alle waren ehemalige U-Boot-Fahrer, die nun auf Stabsposten saßen, wo ihre kurze Abwesenheit nicht zu sehr auffallen würde, alle waren für hohe Geheimhaltungsstufen zugelassen – und alle genossen die Aussicht auf diesen Einsatz – was er auch sein würde.

USS Ethan Allen trat ihre letzte Fahrt um 23.45 Uhr an. Kein Schlepper brauchte sie von der Liegestelle zu bugsieren. Der Skipper manövrierte sie mit leisen Kommandos zum Maschinenraum so elegant frei, dass sein im Dienst ergrauter Steuermann nur Bewunderung empfinden konnte. »Kein Schlepper, nichts«, berichtete er später seinem Kojennachbarn. »Der Alte kennt sich aus.« Eine Stunde später waren sie tauchbereit, zehn Minuten darauf außer Sicht. Tief unten und auf Kurs eins-eins-null machte sich die kleine Rumpfmannschaft an die anstrengende Bedienung des alten Raketen-U-Bootes. *Ethan Allen* sprach vorzüglich an, ging auf zwölf Knoten, und ihre alte Maschinerie machte kaum ein Geräusch.

Elfter Tag

Montag, 13. Dezember

A-10 Thunderbolt
Das macht mehr Spaß als in einer DC-9, dachte Major Andy Richardson. Er hatte über zehntausend Flugstunden in der DC-9 hinter sich, aber nur knapp sechshundert in seinem Erdkampfflugzeug A-10 Thunderbolt II. Von beiden zweimotorigen Maschinen zog er die kleinere vor. Richardson gehörte zur 175. Kampfstaffel der Nationalgarde Maryland. Normalerweise operierte sein Geschwader von einem kleinen Militärflugplatz östlich von Baltimore aus. Vor zwei Tagen aber, nachdem seine Einheit einberufen worden war, hatte man die 175. und sechs andere Reservegeschwader zum Luftwaffenstützpunkt Loring in Maine verlegt. Sein Schwarm war um Mitternacht gestartet, vor einer halben Stunde in der Luft betankt worden, tausend Meilen vor der Atlantikküste. Und nun jagte Richardsons aus vier Maschinen bestehender Schwarm mit über sechshundert Stundenkilometern in dreißig Meter Höhe über das schwarze Wasser.

Hundert Meilen hinter den vier Kampfflugzeugen folgten in dreißigtausend Fuß Höhe neunzig Flugzeuge in einer Formation, die die Sowjets eine Alpha-Attacke befürchten lassen musste – den massierten Einsatz bewaffneter taktischer Kampfflugzeuge. Das stimmte auch – war aber ein Täuschungsmanöver. Den entscheidenden Einsatz flogen die vier Thunderbolts.

Richardson liebte die A-10. Die Männer, die sie flogen, nannten sie das Warzenschwein oder schlicht ›die Sau‹. Fast allen Kampfflugzeugen waren wegen der im Gefecht erforderlichen Eigenschaften Tempo und Wendigkeit schnittige Linien verliehen worden. Nicht aber der Sau, dem vielleicht hässlichsten Flugzeug, das je für die US Air Force gebaut worden war. Ihre beiden Turboprop-Motoren hingen wie nachträglich angeklebt unter dem altmodisch wirkenden Doppelleitwerk. Ihre klobigen Tragflächen wiesen nicht die geringste Pfeilung auf und waren abgeknickt, um Raum für das plumpe Fahrwerk zu machen. Aus den Flügelunterseiten ragten zahlreiche Halterungen für Waffensysteme heraus, und der Rumpf war um die Hauptwaffe der Maschine herumgebaut worden – die Maschinenkanone GAU-8, Kaliber 30, eigens für den Einsatz gegen russische Panzer entworfen. Für die heutige Mission hatte Richardsons Schwarm eine volle Ladung Uranpatronen für die Avenger-Kanonen und zwei Flächenbomben vom Typ Rockeye an Bord, auch Letztere zum Einsatz gegen Panzer bestimmt. Unter dem Rumpf hing eine LANTIRN-Kapsel, die ein Infrarot-System für die Tiefflugnavigation und Zielsuche bei Nacht enthielt; an allen Waffenbefestigungspunkten außer einem hingen Außentanks.

Geschwader 175 war als erstes der Nationalgarde mit LANTIRN ausgerüstet worden. Es handelte sich um eine Anzahl elektronischer und optischer Systeme, die es dem Piloten ermöglichten, auch bei Nacht und im Tiefflug Ziele auszumachen. Das System erzeugte ein HUD (heads-up display) auf der Windschutzscheibe des Kampfflugzeugs, machte praktisch die Nacht zum Tag und einen Einsatz etwas weniger riskant. Neben der LANTIRN-Kapsel hing ein kleineres Objekt, das heute Nacht eingesetzt werden sollte.

Richardson störten die Gefahren der Mission nicht – im Gegenteil, er genoss sie. Zwei seiner Kameraden flogen wie er Passagiermaschinen, der dritte versprühte aus der Luft Schädlingsbekämpfungsmittel – alles gute Flieger mit viel Tiefflugerfahrung.

Die Einsatzbesprechung, geleitet von einem Marineoffizier, hatte über eine Stunde gedauert. Sie sollten der sowjetischen Marine einen Besuch abstatten. Richardson hatte in der Zeitung gelesen, dass die Russen etwas im Schilde führten, und sich über den Beinahe-Abschuss eines Tomcat-Jägers durch eine schäbige Forger geärgert. Es wunderte ihn, dass ausgerechnet die Navy den Auftrag bekam, den Russen die passende Antwort zu geben. Fast alle Flugzeuge der Saratoga standen in Loring neben den B-52 bereit: A-6E Intruder und F-18 Hornet; dicht daneben Fahrzeuge mit den Waffen. Er vermutete, dass seine Mission nur der Auftakt war, der heikle Part. Während die Sowjets wie gebannt auf die Alpha-Attacke starrten, die außerhalb der Reichweite ihrer Luftabwehrraketen schwebte, würden seine vier Maschinen unter Radardeckung auf das Flaggschiff, die nukleargetriebene *Kirow*, losfliegen, um eine Botschaft zu überbringen.

Überraschend war, dass man für diese Mission Männer der Nationalgarde ausgewählt hatte. An der Ostküste waren inzwischen über tausend Kampfflugzeuge mobilisiert worden, fast ein Drittel von ihnen Reserve. Richardson vermutete, dass dies ein Teil der Botschaft war. Ein sehr schwieriger taktischer Einsatz wurde von Reservefliegern ausgeführt, während die regulären Geschwader an den Startbahnen von Loring, McGuire, Dover, Pease und anderen Luftstützpunkten von Virginia bis Maine bereitstanden, aufgetankt und mit Einsatzbefehlen versehen. Fast tausend Flugzeuge! Richardson lächelte. Für diese Streitmacht gab es nicht genug Ziele.

»Ausputzer 1, hier Sentry-Delta. Ziel Richtung null-vier-acht, Distanz fünfzig Meilen. Kurs eins-acht-fünf, Fahrt zwanzig.«

Richardson bestätigte den Funkspruch, der über eine chiffrierte Verbindung einging, nicht. Sein Schwarm war unter EMCON, da jedes elektronische Signal die Sowjets alarmieren konnte. Selbst ein Zielradar war abgeschaltet, nur die Infrarot- und TV-Sensoren arbeiteten.

Er lächelte vor sich hin. Das machte mehr Spaß als der Flug mit seiner DC-9 von Washington nach Providence und Hartford und zurück. Richardson, ehemals Jagdpilot der Air Force, war vor acht Jahren ausgeschieden, weil ihn die bessere Bezahlung und der flotte Lebensstil eines Airline-Piloten lockte.

Soweit er wusste, hatte die Sau noch nie einen Kampfauftrag über See gehabt. Auch das gehörte zur Botschaft. Ohne Zweifel würde sie sich bewähren, denn ihre für den Einsatz gegen Panzer bestimmte Munition würde dünnwandige Zerstörer oder Fregatten aufreißen. Nur schade, dass diesmal nicht Ernst gemacht wurde. Es war an der Zeit, dass jemand dem Iwan eine Lektion erteilte.

An seinem S-Band-Radarempfänger flammte ein Warnlicht auf; vermutlich Oberflächen-Suchradar, noch nicht stark genug, um ihn zu erfassen. Die Sowjets verfügten nicht über Radarflugzeuge, und die Reichweite der Geräte auf ihren Schiffen wurde von der Erdkrümmung begrenzt. Der Strahl ging knapp über ihn hinweg; er empfing nur den unscharfen Rand. Sie hätten sich der Entdeckung noch erfolgreicher entziehen können, wenn sie in fünfzehn anstatt dreißig Meter Höhe geflogen wären, aber das hatte man ihnen untersagt.

»Ausputzer-Schwarm, hier Sentry-Delta. Verteilen und anfliegen«, kam der Befehl vom AWACS.

Die Thunderbolts, die in enger Formation geflogen waren, lösten sich voneinander und gingen in eine breitgestreute Angriffsformation. Richardson sah auf seine Digitaluhr. Noch vier Minuten, der Ausputzer-Schwarm flog genau nach Plan an. Die Phantom und Corsair hinter ihnen würden nun Kurs auf die Sowjets nehmen, um deren Aufmerksamkeit auf sich zu lenken. Bald musste er sie zu sehen bekommen.

Das HUD zeigte kleine Erhebungen auf dem projizierten Horizont – der äußere Ring der Zerstörer, der *Udalois* und *Sowremennis.* Bei der Einsatzbesprechung hatte ihm der Marineoffizier Silhouetten und Bilder dieser Kriegsschiffe gezeigt.

»Piep!«, machte sein Warnempfänger. Der Strahl eines X-Band-Raketenleitradars hatte gerade seine Maschine gestreift, verloren und suchte nun wieder Kontakt aufzunehmen. Richardson knipste seine ECM (elektronische Gegenmaßnahmen)-Systeme an. Die Zerstörer waren nun nur noch fünf Meilen entfernt. Noch vierzig Sekunden. Schlaft weiter, Genossen, dachte er.

Er begann radikale Manöver auszuführen, zog die Maschine hoch, nach links und rechts, wieder nach unten, ohne erkennbares System. Das Ganze war nur ein Spiel, aber warum den Sowjets in die Hände arbeiten? Im Ernstfall würden die Säue hinter einem Schwarm von Anti-Radar-Raketen angerast kommen, begleitet von Maschinen vom Typ Wild Weasel, die versuchen würden, feindliche Raketenleitsysteme auszuschalten. Jetzt ging alles sehr schnell. Vor ihm ragte ein Zerstörer auf, und er zog den Knüppel etwas nach rechts, um das Hindernis im Abstand von einer halben Meile zu umfliegen. Noch zwei Meilen bis zur *Kirow* – achtzehn Sekunden.

Das HUD-System zeigte ein intensiviertes Bild. Der pyramidenförmige Aufbau der *Kirow* aus Schornstein, Gittermast und Radarantenne füllte sein Gesichtsfeld aus. Überall auf dem Schlachtkreuzer konnte er Signallichter blinken sehen. Richardson zog die Maschine ein wenig nach rechts. Sie sollten das Schiff in dreihundert Meter Entfernung passieren, nicht mehr und nicht weniger. Seine Sau würde am Bug vorbeisausen, die anderen an Heck und beiden Seiten. Er wollte nicht zu viel riskieren. Der Major überzeugte sich davon, dass die Hebel für Bomben und Kanone gesichert waren. Nur für den Fall, dass man sich hinreißen ließ. – Im Ernstfall würde er jetzt seine Kanone abfeuern, und ein Strom massiver Geschosse würde die leichte Panzerung der vorderen Raketenmagazine auf der *Kirow* durchschlagen, die Luftabwehrraketen und Cruise Missiles explodieren und die Aufbauten wie Zeitungspapier zerfetzen lassen.

Fünfhundert Meter vorm Ziel streckte der Captain den Arm aus und machte die Leuchtbombenkapsel neben dem LANTIRN scharf.

Los! Er legte den Schalter um, und ein halbes Dutzend Magnesiumbrandsätze wurden an Fallschirmen abgeworfen. Binnen weniger Sekunden folgten die anderen Ausputzer-Maschinen seinem Beispiel. Jäh war die *Kirow* in grelles Licht getaucht. Richardson zog den Steuerknüppel zurück und entfernte sich im Steigflug von dem Schlachtkreuzer. Obwohl vom Magnesiumlicht geblendet, konnte er doch die eleganten Linien des sowjetischen Kriegsschiffes erkennen, auf dessen Deck die Männer herumrannten wie Ameisen.

Wenn wir es ernst gemeint hätten, wärt ihr jetzt alle tot – kapiert?

Richardson schaltete sein Funkgerät ein. »Ausputzer 1 an Sentry-Delta«, sagte er über einen offenen Kanal. »Robin Hood, wiederhole, Robin Hood. Ausputzer-Schwarm, hier Ausputzer 1. Formiert euch. Wir fliegen heim.«

»Ausputzer-Schwarm, hier Sentry-Delta. Großartig!«, antwortete der Controller. »Ich weise darauf hin, dass *Kirow* zwei Forger in der Luft hat, dreißig Meilen östlich, die auf Sie zuhalten. Die werden aufdrehen müssen, wenn sie euch noch erwischen wollen. Ich behalte sie im Auge und melde mich wieder. Out.«

Richardson rechnete rasch im Kopf nach. Vermutlich konnten sie ihn nicht einholen, und wenn doch, bekamen sie es mit zwölf Phantom vom 107. Abfangjäger-Geschwader zu tun, die über ihnen Patrouille flogen.

»Pest noch mal, Eins«, rief Ausputzer 4, der Schädlingsbekämpfer. »Diese Affen haben vielleicht geglotzt! Denen haben wir's aber gezeigt, was?«

»Passt auf die Forger auf«, warnte Richardson, grinste aber unter seiner Sauerstoffmaske breit.

»Die sollen nur kommen«, versetzte Ausputzer 4. »Wenn mir so ein Arsch zu nahe kommt, war das sein letzter Fehler!« Vier war für Richardsons Geschmack zu aggressiv, aber der Mann verstand seine Sau zu reiten.

»Ausputzer-Schwarm, hier Sentry-Delta. Die Forger haben abgedreht. Alles klar. Out.«

»Roger, out. Fein, Jungs. Machen wir's uns bequem und segeln wir heim. Schätze, dass wir uns für diesen Monat unser Geld verdient haben.« Richardson vergewisserte sich, dass er auf einer offenen Frequenz sendete. »Meine Damen und Herren, hier spricht Captain Barry Friendly«, sagte er in dem Tonfall, den er in seiner DC-9 vor der Landung anschlug, »ich hoffe, dass Sie einen guten Flug hatten. Warzenschwein-Air dankt Ihnen für Ihr Vertrauen und hofft, Sie bald wieder begrüßen zu dürfen.«

Kirow

Auf der *Kirow* hastete Admiral Stralbo vom Gefechtsinformationsstand auf die Brücke – zu spät. Die tief anfliegenden Angreifer waren erst vor einer Minute von einem Zerstörer des äußeren Schutzrings erfasst worden. Die Leuchtbomben lagen bereits hinter dem Schlachtkreuzer und brannten teils noch im Wasser. Die Mannschaft auf der Brücke war sichtlich außer Fassung geraten.

»Sechzig bis siebzig Sekunden vor ihrem Eintreffen, Genosse Admiral«, meldete der Flaggkapitän, »verfolgten wir mit Radar die hoch anfliegende Angriffsformation, und diese vier – wir nehmen an, dass es vier waren – jagten unter unserem Suchstrahl auf uns zu. Trotz ihrer Störmaßnahmen hatte unser Raketenleitradar zwei von ihnen erfasst.«

Stralbo runzelte die Stirn. Das genügte längst nicht. Bei einem ernst gemeinten Angriff wäre die *Kirow* zumindest schwer beschädigt worden. Für einen atomgetriebenen Kreuzer opferten die Amerikaner gerne zwei Kampfflugzeuge. Wenn alle ihre Flugzeuge so tollkühn angriffen –

»Die Arroganz dieser Amerikaner ist unglaublich!«, fluchte der Politoffizier.

»Es war unklug, sie zu provozieren«, bemerkte Stralbo säuerlich. »Ich war auf so etwas gefasst, aber eher von der *Kennedy.*«

»Das war keine Provokation, sondern ein Pilotenirrtum«, erwiderte der Politoffizier.

»Von wegen, Wassilij. Und dieser kleine Zwischenfall, war das vielleicht ein Irrtum? Man hat uns gerade zu verstehen gegeben, dass wir uns ohne ausreichende Luftunterstützung fünfzehnhundert Kilometer vor der amerikanischen Küste befinden und dass fünfhundert Jäger nur darauf warten, auf uns loszugehen. Gleichzeitig umschleicht uns im Osten die *Kennedy* wie ein tollwütiger Wolf. Wir befinden uns in einer unangenehmen Lage.«

»So frech können die Amerikaner doch nicht werden.«

»Sind Sie da ganz sicher, Genosse Politoffizier? Was, wenn einem ihrer Piloten ein ›Irrtum‹ unterläuft? Wenn er einen unserer Zerstörer versenkt? Und wenn sich der amerikanische Präsident über den Heißen Draht in Moskau entschuldigt, ehe wir den Zwischenfall überhaupt melden können? Man wird schwören, es habe sich um einen Unfall gehandelt, und versprechen, den schuldigen Piloten zu bestrafen – was dann? Halten Sie denn die Imperialisten so dicht vor ihrer eigenen Küste für berechenbar? Ich nicht. Meiner Ansicht nach warten sie auf den geringsten Vorwand, um auf uns loszugehen. Kommen Sie mit in meine Kajüte. Wir müssen das besprechen.«

Die beiden Männer gingen nach achtern. Stralbos Kajüte war spartanisch. Der einzige Wandschmuck bestand aus einem Bild, das Lenin bei einer Ansprache vor Roten Garden zeigte.

»Wassilij, wie lautet unser Befehl?«, fragte Stralbo.

»Unsere Unterseeboote zu unterstützen, ihnen bei der Suche –«

»Genau. Wir sollen Unterstützung leisten und keine offensiven Operationen durchführen. Wir sind den Amerikanern hier nicht willkommen. Objektiv gesehen verstehe ich das. Unsere Raketen stellen eine Bedrohung dar.«

»Laut Befehl sollen wir sie nicht bedrohen«, wandte der Politoffizier ein. »Warum sollten wir ihre Heimat angreifen wollen?«

»Und die Imperialisten wissen natürlich genau, dass wir nur friedliebende Sozialisten sind. Wassilij, sie sind unsere Feinde! Selbstverständlich trauen sie uns nicht. Selbstverständlich *warten* sie nur darauf, uns anzugreifen, sobald wir ihnen den geringsten Vorwand bieten. Sie mischen sich bereits in unsere Suchaktion ein und tun so, als würden sie mithelfen. Sie wollen uns schlicht nicht hier sehen, und wenn wir uns von ihren aggressiven Akten provozieren lassen, tappen wir in ihre Falle.« Der Admiral starrte auf seinen Schreibtisch. »Nun, das wird sich ändern. Ich werde der Flotte befehlen, alles, was auch nur im

Geringsten aggressiv wirken könnte, einzustellen. Alle Luftoperationen außer normalen Patrouillenflügen haben ab sofort ein Ende. Wir werden die gegnerischen Flottenverbände nicht mehr belästigen und Radar nur noch zu Navigationszwecken benutzen.«

»Und?«

»Wir werden uns unseren Stolz verkneifen und uns lammfromm verhalten. Und auf keinerlei Provokation reagieren.«

»Das könnte uns als Feigheit ausgelegt werden, Genosse Admiral.«

Darauf war Stralbo vorbereitet. »Wassilij, verstehen Sie denn nicht? Diese Scheinangriffe sind Erfolge für die Amerikaner. Sie zwingen uns, unsere neuesten und geheimsten Verteidigungsanlagen zu aktivieren, damit sie Informationen über unsere Radar- und Feuerleitsysteme sammeln können. Sie studieren die Leistungsfähigkeit unserer Jäger und Hubschrauber, die Manövrierbarkeit unserer Schiffe und vor allem unsere Befehlsstruktur und ihre Effizienz. Damit ist jetzt Schluss. Unsere Hauptaufgabe ist zu wichtig. Wenn wir weiter provoziert werden, verhalten wir uns so, als sei unsere Mission tatsächlich friedlich – das ist sie auch, was die Amerikaner angeht – und erheben Protest. Damit stempeln wir sie zum Aggressor. Und wenn sie ihre Provokationen fortsetzen, unternehmen wir nichts und studieren nur ihre Taktiken, ohne ihnen etwas dafür zu geben. Oder wollen Sie, dass wir uns an der Erfüllung unseres Auftrags hindern lassen?«

Der Politoffizier erklärte sich murrend einverstanden. Wenn sie versagten, würde der Vorwurf der Feigheit vor dem Feinde nebensächlich sein. Fanden sie aber das abtrünnige U-Boot, waren sie Helden, ganz gleich, was sonst geschehen sein mochte.

USS Dallas

Wie lange tu ich jetzt schon Dienst?, fragte sich Jones. Der Sonar-Mann hätte auf den Knopf an seiner Digitaluhr drücken und nachsehen können, wollte sich aber nicht noch mehr deprimieren lassen. Du musstest mit deinem großen Mundwerk dem Skipper große Versprechungen machen, fluchte er in sich hinein. Er hatte das U-Boot über eine Distanz von zwanzig Meilen ausgemacht und gerade eben noch hören können – und der verdammte Atlantik war dreitausend Meilen breit, mindestens sechzigmal der Radius seines Lauschbereiches. Nun brauchte er mehr als nur Glück.

Dallas durchstreifte ein Gebiet östlich der Grand Banks. Jedes Boot, das Rote Route Eins genommen hatte, pflegte diese Gegend zu durchfahren. Sie machten fünf Knoten Fahrt, hatten das BQR-15-Sonar im Schlepptau und alle möglichen Kontakte gehabt. Zuerst war die Hälfte aller U-Boote der sowjetischen Marine vorbeigefahren, viele von amerikanischen Booten verfolgt. Ein *Alfa*, keine dreitausend Meter entfernt, hatte über vierzig Knoten gemacht und einen solchen Lärm vollführt, dass Jones den Lautstärkeregler seines Verstärkers fast ganz zudrehen musste, um sich nicht das Gehör zu ruinieren. Schade, dass sie nicht schießen durften. Die Zielkennung wäre so einfach gewesen, dass ein Kind sie mit dem Rechenschieber hätte lösen können. Anschließend waren die *Victors* angerauscht gekommen, gefolgt von *Charlies* und zuletzt den Booten der *November*-Klasse. Jones hatte Überwasserschiffe weit im Westen abgehört, die sich durch die groben Seen kämpften und dabei alle möglichen Geräusche erzeugten.

Seit zwei Tagen versuchten sie nun, dieses ganz bestimmte Ziel zu erfassen, und Jones hatte sich nur gelegentlich einmal eine Stunde Schlaf gönnen können. Na ja, dafür wirst du halt bezahlt, sagte er sich trübsinnig. Er machte so etwas nicht zum ersten Mal mit, war aber stets froh, wenn die Schinderei vorbei war.

Die Batterie von Sonar-Sensoren war am Ende eines dreihundert Meter langen Stahlseils befestigt. Die ›Walangel‹, wie Jones sie bezeichnete, war nicht nur ihre empfindlichste Sonar-Einrichtung, sondern schützte *Dallas* auch vor Verfolgern. Normales Sonar auf einem U-Boot wirkt nach allen Seiten, aber nicht im Kielwasser – einem

Gebiet, das man den Kegel des Schweigens nannte. Das BQR-15 brachte da Abhilfe. Mit seiner Hilfe hatte Jones vielfältige Signale empfangen, immer wieder U-Boote und Schiffe, aber auch gelegentlich tief fliegende Maschinen. Einmal, während einer Übung vor Florida, vernahm Jones Geräusche, die er sich nicht erklären konnte, bis der Skipper das Periskop ausfahren ließ und tauchende Pelikane entdeckte. Bei den Bermudas waren sie einmal auf sich paarende Buckelwale gestoßen, die einen höchst imponierenden Lärm machten.

Von der Oberfläche drang beträchtlicher Lärm herunter, der überwiegend von den Signalprozessoren weggefiltert wurde. Jones trennte die Geräte alle paar Minuten von seinem Kanal, um sich den Schall rein anzuhören und sicherzustellen, dass nicht zu viel herausgefiltert wurde. Maschinen waren stumpfsinnig; Jones fragte sich, ob das anomale Signal nicht teilweise in den Chips des SAPS-Rechners verloren ging. Das war der Haken bei Computern oder eher Programmen: Man gab der Maschine einen Befehl, und sie führte ihn am falschen Objekt aus. Jones erstellte zum Zeitvertreib gerne selbst Programme. Studienfreunde von ihm schrieben Programme für Computerfirmen; einer verdiente bei Sierra On-Line Systems ein Heidengeld.

Jones, du träumst schon wieder, wies er sich zurecht. Es war nicht einfach, stundenlang auf nichts zu hören. Wäre nicht übel, meinte er, wenn Sonar-Leute im Dienst lesen dürften, dachte aber nicht daran, einen entsprechenden Vorschlag zu machen. Mr. Thompson mochte da mitmachen, aber der Skipper und die hohen Offiziere hatten an Reaktoren gearbeitet und folgten der üblichen eisernen Regel: Alle Instrumente sind dauernd mit absoluter Konzentration im Auge zu behalten. Für sonderlich klug hielt Jones das nicht. Sonar-Männer waren ein anderer Schlag; sie brannten zu schnell aus. Um dies zu verhindern, hatte Jones seine Musikbänder und Computerspiele.

Jones beugte sich vor, drückte sich die Ohrmuscheln des Kopfhörers fest an den Schädel. Er riss ein Blatt, auf das er

Männchen gemalt hatte, aus seinem Block und trug auf der nächsten Seite die Uhrzeit ein. Dann verstellte er die Lautstärkeregler, die ohnehin schon am oberen Ende der Skala standen, und schaltete die Prozessoren aus. Die Kakophonie des Oberflächenlärms ließ ihm fast den Schädel platzen. Jones ertrug das eine Minute lang und filterte den ärgsten Hochfrequenzlärm mit den manuellen Dämpfern heraus. Aha!, sagte Jones sich, vielleicht spielt mir der SAPS einen kleinen Streich – aber das lässt sich noch nicht sagen.

»Mr. Thompson«, sagte Jones leise, ohne sich umzudrehen, »könnten Sie den Skipper bitten, etwas nach Osten abzudrehen und ein, zwei Knoten langsamer zu fahren?«

Thompson ging in den Korridor, um die Bitte weiterzugeben. Binnen fünfzehn Sekunden ging ein neuer Befehl an Steuermann und Maschinenraum. Zehn Sekunden später stand Mancuso im Sonar-Raum.

Der Skipper hatte Blut und Wasser geschwitzt. Vor zwei Tagen war offenkundig geworden, dass ihr ehemaliger Kontakt sich nicht wie erwartet verhalten, nicht die Route befahren oder sein Tempo nicht herabgesetzt hatte. Commander Mancuso hatte sich verschätzt – lag er auch mit dem Kurs des Gastes falsch? Und was, wenn ihr Freund die Route nicht befahren hatte? Auf diese Frage hatte Jones schon lange eine Antwort. Es musste ein strategisches Boot sein. Die Skipper von Raketen-U-Booten fahren niemals schnell.

Jones saß wie üblich über seinen Tisch gekrümmt und bat mit erhobener Hand um Ruhe, als das geschleppte Sonar einen exakten Ost-West-Azimut erreichte. Seine Zigarette verqualmte vergessen im Aschenbecher. Im Sonar-Raum lief permanent ein Spulentonbandgerät, dessen Bänder stündlich ausgetauscht und zwecks späterer Analyse an Land aufbewahrt wurden. Daneben stand ein zweites Gerät, das auf der *Dallas* zur nochmaligen Überprüfung von Kontakten benutzt wurde. Jones streckte den Arm aus und schaltete es ein. Dann drehte er sich um und entdeckte seinen Kapitän, der neugierig auf ihn herabsah. Jones lächelte müde. »Na also«, meinte er.

Mancuso wies auf den Lautsprecher. Jones schüttelte den Kopf. »Noch zu schwach, Skipper. Ich kann es selbst kaum hören. Ungefähr nördlich, glaube ich, aber das lässt sich erst nach einer Weile bestimmen.« Mancuso betrachtete den Signalstärkemesser, auf den Jones klopfte. Der Zeiger stand knapp über null. Alle fünf Sekunden schlug er ein wenig aus. Jones machte sich hastig Notizen. »Die verdammten SAPS-Filter löschen das teilweise! Wir brauchen sauberere Verstärker und bessere manuelle Filter!!!«, kritzelte er.

»Es wird lauter, Skipper.« Jones lehnte sich zurück und steckte eine Zigarette an. »Er kommt auf uns zu. Richtung drei-fünf-null, vielleicht eher drei-fünf-drei. Noch immer ziemlich schwach, aber das ist unser Mann. Wir haben ihn.« Jones fand, dass er sich die Impertinenz leisten konnte. Ein bisschen Toleranz hatte er sich schon verdient. »Was tun wir, Sir – warten oder jagen?«

»Warten. Wir gewinnen nichts, wenn wir ihn verscheuchen. Lassen wir ihn ruhig schön dicht herankommen und tun derweil so, als wären wir ein Loch im Wasser. Und dann hängen wir uns an ihn. Schicken Sie das Signal durch den BC-10 und sehen Sie im Handbuch nach, wie die algorithmischen Prozessoren zu umgehen sind. Ich will, dass dieser Kontakt analysiert wird, nicht interpretiert. Lassen Sie ihn alle zwei Minuten durchlaufen. Ich will diese Signatur aufgenommen haben, digitalisiert, vernagelt, verwurstet und verstümmelt. Ich will alles über dieses Boot wissen – Antriebsgeräusch, Reaktorlärm, was sonst noch. Ich will genau wissen, was das ist.«

»Ein russisches Boot, Sir«, merkte Jones an.

Mancuso grinste wölfisch. »Aber welches?«

»Aye, Käpt'n.« Jones hatte verstanden. Noch zwei Stunden Dienst, aber das Ende war in Sicht. Fast. Mancuso setzte sich, nahm sich einen Kopfhörer und nahm sich eine von Jones' Zigaretten. Seit einem Monat versuchte er das Rauchen aufzugeben. An Land wäre ihm das leichter gefallen.

HMS Invincible

Ryan trug nun eine Uniform der Royal Navy, wenn auch nur vorübergehend. Typisch für die Hast, mit der man ihn losgeschickt hatte, war, dass er nur über eine Uniform und zwei Hemden verfügte. Während seine Uniform gereinigt wurde, trug er englische Hosen und einen Pullover. Niemand weiß, dass ich hier bin, dachte er; man hat mich vergessen. Keine Nachricht vom Präsidenten – nicht, dass Ryan eine erwartet hätte –, und Painter und Davenport vergaßen nur zu gerne, dass er die *Kennedy* jemals betreten hatte. Greer und der Richter waren vermutlich längst mit etwas anderem befasst und amüsierten sich über Jack Ryan, der eine Vergnügungsfahrt auf Regierungskosten genoss.

Von einer Vergnügungsfahrt war nicht zu reden. Jack hatte zu seinem Leidwesen wieder entdeckt, wie sehr er zur Seekrankheit neigte. Die *Invincible* wartete vor Massachusetts auf die russischen Überwasserverbände und machte entschlossen Jagd auf rote U-Boote in der Umgebung. Sie fuhr weite Kreise auf einem Meer, das sich nicht beruhigen wollte. Jeder hatte alle Hände voll zu tun – außer ihm. Die Piloten starteten zweimal am Tag oder öfter, um mit landgestützten Maschinen der Air Force und Navy zu üben. Die Schiffe exerzierten Überwassertaktiken. Beim Frühstück hatte Admiral White angemerkt, das Ganze entwickele sich zu einer netten kleinen Verlängerung von FLINKER DELPHIN. Ryan war nur ungern überflüssig. Alle waren natürlich höflich zu ihm – mehr noch, die Gastfreundschaft war fast überwältigend. Er hatte Zugang zum Befehlszentrum, und wenn die Briten U-Boote jagten, bekam er alles so genau erklärt, dass er tatsächlich die Hälfte verstand.

Im Augenblick saß er allein in Whites Kajüte, die inzwischen zu seinem Heim an Bord geworden war. Ritter hatte ihm fürsorglich eine CIA-Studie in die Tasche gelegt. Das dreihundert Seiten lange Dokument mit dem Titel ›Verlorene Söhne: Ein psychologisches Profil des Ostblock-Defektors‹ war von einer Arbeitsgruppe von Psychologen und Psychiatern verfasst worden, die für den CIA und andere Nachrichtendienste arbeiteten und mithalfen, Überläufer in die amerikanische Gesellschaft zu integrieren – und, da war er sicher, für den CIA potentielle Deserteure aufspürten.

Ryan fand die Lektüre recht interessant. Er hatte noch nie darüber nachgedacht, was einen Überläufer motiviert, und war einfach von der Annahme ausgegangen, dass sich hinter dem Eisernen Vorhang genug abspielt, was einen vernünftigen Menschen zur Flucht in den Westen treiben kann. So einfach aber war das nicht, wie er beim Lesen erkannte. Jeder, der rüberkam, war ein Fall für sich. Einer mochte gegen das kommunistische Unrechtssystem aufbegehren und sich nach Rede- und Religionsfreiheit und freier Selbstentfaltung sehnen, aber ein anderer wollte vielleicht nur schlicht reich werden; da man ihm eingetrichtert hatte, wie raffgierig die Kapitalisten die Massen ausbeuten, war er zu dem Schluss gekommen, dass das Ausbeuterdasein seine Vorzüge hatte. Ryan fand das interessant, aber zynisch.

Ein anderer Typ Überläufer war der Heuchler, der als Desinformant beim CIA eingeschmuggelt wurde. Auf solche Charaktere war allerdings nie Verlass, denn sie konnten sich letztendlich zu echten Überläufern mausern oder umgedreht werden. Amerika war für jemanden, der an das graue Leben in der Sowjetunion gewöhnt war, eine verführerische Alternative. Die meisten Desinformanten aber waren gefährliche Feinde. Aus diesem Grunde vertraute man einem Überläufer nie. Wer einmal das Land gewechselt hatte, konnte das wieder tun. Selbst Idealisten plagten Zweifel, Gewissensbisse, weil sie ihr Vaterland im Stich gelassen hatten. In einer Fußnote merkte ein Arzt an, die schwerste Strafe sei für Alexander Solschenizyn das Exil gewesen.

Der Rest des Dokumentes befasste sich mit dem Problem der sozialen Integration. Nicht wenige sowjetische Überläufer hatten nach einigen Jahren Selbstmord begangen. Manchen war es einfach nicht gelungen, mit der Freiheit fertig zu werden, ähnlich Langzeithäftlingen, die sich nach der Entlassung nicht in der Gesellschaft zurechtfinden und eine Straftat begehen, um wieder in den reglementierten Anstaltsalltag zurückkehren zu können. Der CIA hatte im Lauf der Jahre eine Prozedur zur Lösung dieses Problems entwickelt, und eine Kurve im Anhang zeigte, dass die Zahl der schwer Unangepassten drastisch gefallen war.

Nachdem Ryan das Dokument ein zweites Mal durchgelesen hatte, kam er zu dem Schluss, dass jeder Überläufer als Individuum behandelt werden musste – von einem einfühlsamen Führungsoffizier, der Zeit und Neigung hatte, sich ordentlich um ihn zu kümmern. Ryan hoffte, auf diesem Gebiet nicht zu versagen.

Marinelazarett Norfolk
Tait fühlte sich wohler. Dr. Jameson hatte ihn abgelöst und ihm Gelegenheit gegeben, sich im Ärztezimmer für fünf Stunden auf die Couch zu legen. Zu mehr Schlaf an einem Stück schien es bei ihm nie zu reichen, aber er war danach so ausgeruht, dass er dem Pflegepersonal fast aufgekratzt vorkam.

»Liegt schon ein Befund über die Bestrahlung vor, Jamie?«

In der Radiologie hatte man Initiative gezeigt. »Sie haben einen Nukleoniker von einem U-Boot-Tender kommen und die Kleidung sondieren lassen. Unter Umständen war der Patient zwanzig Grad ausgesetzt; nicht genug für eindeutige Symptome. Vielleicht hat ihm die Schwester die Blutprobe am Handrücken entnommen. Seine Extremitäten könnten noch unter mangelnder Durchblutung gelitten haben, womit der Mangel an weißen Blutkörperchen erklärt wäre.«

»Wie geht es ihm ansonsten?«

»Besser. Nicht viel, aber er macht sich. Ich glaube, das Keflin beginnt zu wirken.« Jameson schlug eine Tabelle auf. »Die Zahl der weißen Blutkörperchen nimmt zu. Vor zwei Stunden gab ich ihm eine Transfusion. Das Blutbild wird langsam wieder normal. Blutdruck 100/65, Puls 94, Temperatur 38,2, fluktuiert allerdings. Sein Herz klingt sehr gut. Ich glaube, er schafft es, sofern nichts Unvorhergesehenes auftritt.« Jameson rief sich ins Gedächtnis, dass das Unvorhergesehene bei schweren Fällen von Unterkühlung bis zu einem Monat auf sich warten lassen konnte.

Tait sah sich die Tabelle an. Vor Jahren war er selbst so wie Jameson gewesen – ein intelligenter junger Arzt, der sicher war, alle Welt heilen zu können. Schade nur, dass einem dieses Selbstvertrauen mit zunehmender Erfahrung verloren ging – ihm war das in Vietnam passiert. Jamie hatte aber Recht; der Zustand des Patienten hatte sich so weit gebessert, dass seine Chancen deutlich gestiegen waren.

»Was treiben die Russen?«, fragte Tait.

»Im Augenblick hat Petschkin Wache. Als er an der Reihe war und sich steriles Zeug anzog, ließ er diesen Hauptmann Smirnow seine Kleider halten, als hätte er Angst, wir würden sie stehlen.«

Tait erklärte Jameson, dass Petschkin KGB-Agent war.

»Ehrlich? Vielleicht hat er eine Pistole versteckt.« Jameson lachte. »Da soll er sich lieber vorsehen. Wir haben nämlich drei Marinesoldaten zu Gast.«

»Weshalb das denn?«, fragte Tait.

»Oh, das habe ich ganz vergessen. Ein Reporter fand heraus, dass hier ein Russe liegt, und versuchte, sich bis auf die Station durchzumogeln, aber eine Schwester stoppte ihn. Admiral Blackburn hörte davon und bekam einen Tobsuchtsanfall. Nun ist die ganze Station abgeriegelt. Warum ist das eigentlich alles so geheim?«

»Keine Ahnung. Was halten Sie von diesem Petschkin?«

»Schwer zu sagen. Ich habe bisher noch keine Russen kennen gelernt. Sehr freundlich sehen sie jedenfalls nicht aus. Sie bewachen den Patienten, als hätten sie Angst, wir könnten uns mit ihm davonmachen.«

»Vielleicht wollen sie vermeiden, dass wir mithören, wenn er etwas sagt?«, spekulierte Tait. »Haben Sie das Gefühl, dass ihnen nicht besonders an seiner Genesung liegt?

Warum haben sie uns nicht gleich gesagt, von was für einem U-Boot er kam?«

Jameson dachte nach. »Nein, das finde ich unwahrscheinlich. Die Russen gelten als Geheimniskrämer. Und immerhin ist Smirnow doch damit herausgerückt.«

»Legen Sie sich ein wenig hin, Jamie.«

»Aye, Captain.« Jameson entfernte sich.

Wir fragten sie, von welchem Typ U-Boot er kam, sann der Captain, und meinten damit, ob es atomgetrieben ist oder nicht. Wenn sie nun annahmen, wir wollten uns nach einem strategischen Boot erkundigen? Damit wäre allerhand erklärt. Ein Raketen-U-Boot direkt vor unserer Küste, und dieser Riesenzirkus im Nordatlantik, kurz vor Weihnachten. Wenn sie zuschlagen wollen, dann jetzt. Er ging den Korridor entlang. Eine Schwester verließ das Zimmer, um eine Blutprobe zum Laboratorium zu bringen. Dies tat sie stündlich und ließ Petschkin jedes Mal ein paar Minuten lang mit dem Patienten allein.

Tait ging um die Ecke und sah durch die Scheibe Petschkin, der am Bett saß und seinen bewusstlosen Landsmann beobachtete. Er hatte einen grünen OP-Kittel an. Dieses Kleidungsstück war umkehrbar und hatte links und rechts Taschen, damit der Chirurg beim Anziehen keine wertvolle Zeit verlor. Petschkin fasste unter den Kittel.

»Um Himmels willen!« Tait rannte um die Ecke und stieß die Pendeltür auf. Petschkin guckte verblüfft, als der Arzt ihm Zigarette und Feuerzeug aus der Hand schlug, und dann empört, als er vom Stuhl gerissen und in Richtung Tür geschleudert wurde. Tait war schmächtiger als der Russe, brachte es aber in seinem jähen Energieausbruch fertig, den Mann aus dem Zimmer zu werfen. »Wache!«, brüllte er.

»Was hat das zu bedeuten?«, schnauzte Petschkin. Tait hielt ihn umklammert. Fußtritte hallten durch den Korridor.

»Was ist los, Sir?« Ein atemloser Corporal der Marineinfanterie kam auf dem glatten Fliesenboden schlitternd zum Stehen. Er hatte einen Colt vom Kaliber 45 in der Hand.

»Dieser Mann hat gerade versucht, meinen Patienten umzubringen!«

»*Was!?*« Petschkin war puterrot geworden.

»Corporal, Ihr Posten ist von jetzt an vor dieser Tür. Wenn dieser Mann versucht, das Zimmer zu betreten, werden Sie ihn mit allen Mitteln daran hindern. Verstanden?«

»Aye, aye, Sir!« Der Corporal sah den Russen scharf an. »Würden Sie sich bitte von der Tür entfernen, Sir?«

»Was hat diese Ungeheuerlichkeit zu bedeuten?«

»Sir, bitte entfernen Sie sich sofort von der Tür!« Der Corporal steckte seine Pistole zurück ins Halfter.

»Was geht hier vor?« Das war Iwanow, der klug genug war, seine Frage aus sicherer Entfernung zu stellen.

Tait rang um Fassung. »Doktor, wollen Sie, dass Ihr Matrose überlebt oder nicht?«

»Selbstverständlich wollen wir, dass er überlebt. Was soll diese Frage?«

»Warum hat Ihr Genosse Petschkin dann gerade versucht, ihn umzubringen?«

»Das stimmt überhaupt nicht!«, brüllte Petschkin.

»Was hat er genau getan?«, fragte Iwanow.

Ehe Tait antworten konnte, sagte Petschkin rasch etwas auf Russisch und ging dann zu Englisch über. »Ich griff nur nach einer Zigarette. Ich will niemanden töten. Und ich habe auch keine Waffe.«

»Steht hier nicht überall ›Rauchen verboten‹? Sie saßen in einem Zimmer der Intensivstation bei einem Patienten, der hundert Prozent Sauerstoff atmet, dessen Bettzeug mit Sauerstoff durchtränkt ist, und Sie wollten Ihr verdammtes Feuerzeug anknipsen! Klar, Sie hätten selber Verbrennungen abbekommen, und es hätte wie ein Unfall ausgesehen –, aber der Junge wäre hin gewesen! Ich weiß, wer Sie sind, Petschkin, und für so dumm halte ich Sie nicht. Raus aus meiner Station!«

Die Schwester, die alles mit angesehen hatte, ging in das Zimmer des Patienten und kam mit einer Packung, zwei losen Zigaretten und einem Wegwerffeuerzeug zurück.

Petschkin war blass geworden. »Dr. Tait, ich kann Ihnen versichern, dass ich nichts dergleichen vorhatte. Was wäre denn passiert?«

»Genosse Petschkin«, sagte Iwanow langsam auf Englisch, »es hätte eine Explosion und einen Brand gegeben. Offenes Feuer gehört nicht in die Nähe von Sauerstoff.«

»*Nitschewo!*« Endlich wurde Petschkin klar, was er angerichtet hatte. Er hatte gewartet, bis die Schwester fort war – Pflegepersonal ließ einen ja nie rauchen, wenn man fragte. Von Krankenpflege hatte er keinen blassen Schimmer, und als KGB-Mann war er es gewohnt, zu machen, was er wollte. Nun wandte er sich auf Russisch an Iwanow. Der sowjetische Doktor musterte ihn wie ein strenger Vater, der sich die Ausreden eines Kindes anhört. Seine Antwort fiel lebhaft aus.

Tait begann sich zu fragen, ob er nicht zu heftig reagiert hatte – wer rauchte, war ohnehin schon ein Idiot.

»Dr. Tait«, sagte Petschkin endlich, »ich schwöre, dass ich vom Sauerstoff keine Ahnung hatte. Das war dumm von mir.«

»Schwester!« Tait drehte sich um. »Ich wünsche, dass dieser Patient von nun an unter ständiger Aufsicht unseres Personals bleibt. Lassen Sie die Blutproben von einem Sanitäter abholen. Und wenn Sie austreten müssen, rufen Sie erst eine Ablösung.«

»Jawohl, Dr. Tait.«

»Und Sie nehmen sich zusammen, Mr. Petschkin. Noch ein Verstoß gegen die Vorschriften, und Sie verschwinden ein für alle Mal von meiner Station. Haben Sie mich verstanden?«

»Ich werde Ihren Anweisungen folgen, Doktor. Und ich möchte mich entschuldigen.«

»Und Sie bleiben hier stehen«, sagte Tait zu dem Marinesoldaten. Er entfernte sich und schüttelte ärgerlich den Kopf. Er war wütend auf den Russen und etwas verlegen. Mit dem Aufzug fuhr er zum ersten Stock und suchte fünf Minuten lang nach dem Geheimdienstoffizier, der ihn auf dem Herflug begleitet hatte. Schließlich fand er ihn in einem Tagesraum beim Pac Man. Sie besprachen sich im leeren Büro des Verwaltungschefs.

»Glauben Sie denn wirklich, er wollte ihn umbringen?«, fragte der Commander ungläubig.

»Was sollte ich denn sonst davon halten?«, herrschte Tait.

»Ich halte das für Fahrlässigkeit, nicht mehr. Den Russen ist mehr am Überleben des Patienten gelegen als Ihnen. Sie wollen nämlich, dass er redet.«

»Woher wissen Sie das?«

»Petschkin ruft stündlich bei der Botschaft an. Selbstverständlich haben wir die Leitung angezapft.«

»Und wenn das nur ein Trick ist?«

»Wenn er so gut schauspielert, gehört er nach Hollywood. Halten Sie nur den Jungen am Leben, Dr. Tait, und überlassen Sie den Rest uns. Gute Idee, den Marinesoldaten in der Nähe zu postieren. Der bringt sie aus dem Konzept. Und das kann nie schaden. So, und wann kommt Ihr Patient wohl zu sich?«

»Kann ich nicht sagen. Er hat noch leichtes Fieber und ist sehr schwach. Was wollen die Russen denn von ihm wissen?«

»Von welchem U-Boot er kommt. Petschkins KGB-Kollege hat das am Telefon ausgeplaudert – schlampig! Der Fall muss sie ganz schön aufregen.«

»Wissen wir denn, was für ein Boot es war?«

»Aber sicher«, erwiderte der Geheimdienstoffizier lächelnd.

»Was geht hier eigentlich vor?«

»Darf ich leider nicht sagen, Doktor.« Der Commander lächelte wissend, tappte aber in Wirklichkeit genauso im Dunkeln wie alle anderen.

Marinewerft Norfolk

Ein Werftkran senkte die *Avalon* auf ihre Ablaufbühne an *USS Scamp* ab. Auf dem Turm des U-Bootes stand der Kapitän und sah ungeduldig zu. Er war gezwungen worden, die Jagd auf zwei *Victors* abzubrechen, was ihm missfiel.

Der Skipper des Jagd-U-Boots hatte erst vor ein paar Wochen eine Übung mit dem Tiefsee-Rettungsfahrzeug durchgeführt und nun Besseres zu tun, als für dieses nutzlose Spielzeug ›Mutter Wal‹ zu spielen. Zudem verringerte das Miniunterseeboot auf dem Heck seine Höchstgeschwindigkeit um zehn Knoten. Und es waren vier zusätzliche Männer unterzubringen und durchzufüttern. So groß war *Scamp* nun auch wieder nicht.

Zumindest würde sich die Verpflegung bessern. *Scamp* war seit fünf Wochen auf See gewesen, als der Rückruf einging. Nun stand ein Lastwagen am Kai und füllte ihren Kühlraum mit frischem Gemüse. Immer nur Bohnensalat wird rasch monoton. Heute Abend würde es Salat, Tomaten und statt Konservenmais frischen geben. Dies änderte aber nichts an der Tatsache, dass draußen auf See die Russen ungehindert herumfuhren und ihm Kummer machten.

»Alles klar?«, rief der Captain hinunter zum gerundeten Achterdeck.

»Ja, Captain. Alles klar«, gab Lieutenant Ames zurück.

»Maschinenraum!«, rief der Kapitän über die Bordsprechanlage. »Seien Sie in zehn Minuten klar zum Auslaufen.«

»Wir sind schon bereit, Skipper.«

Roter Oktober

»Sehen Sie sich das einmal an, Swijadow«, sagte Melechin. »Ich will Ihnen zeigen, wie ein Saboteur denkt.«

Der Leutnant kam zu ihm hinüber. Der Chefingenieur wies auf ein Inspektionsventil am Wärmetauscher. Ehe er eine Erklärung abgab, ging er an die Bordsprechanlage.

»Genosse Kapitän, ich habe das Leck gefunden und bitte um Erlaubnis, den Reaktor für eine Stunde stillzulegen. Die Raupe kann mit Batteriestrom laufen.«

»In Ordnung, Genosse Chefingenieur«, sagte Ramius. »Stattgegeben.«

Melechin wandte sich an den stellvertretenden Ingenieur. »Legen Sie den Reaktor still und schalten Sie die Raupe auf Batteriestrom um.«

»Sofort, Genosse.« Der Offizier begann Hebel zu betätigen.

Die langwierige Suche nach dem Leck war für alle eine Strapaze gewesen. Nachdem die sabotierten Geigerzähler von Melechin und Borodin repariert worden waren, hatte man die gesamte Reaktoranlage inspiziert, eine teuflisch knifflige Aufgabe. Ein großes Dampfleck kam nicht infrage, denn ein solches wäre Swijadow gleichsam mit einem Besenstiel suchen gegangen – schon der Druck eines kleinen Lecks konnte einen Arm abtrennen. Sie nahmen an, dass sie es mit winzigen Lecks im Niederdruckteil des Systems zu tun hatten. Aber wo? Es war diese Ungewissheit, die sie alle geplagt hatte.

Die Überprüfung durch Chefingenieur und stellvertretenden Kommandanten hatte acht Stunden in Anspruch genommen. Während dieses Zeitraums blieb der Reaktor still, was die Stromversorgung drastisch reduzierte. Nur die Notbeleuchtung und die Raupenmotoren wurden gespeist. Selbst die Luftreinigungsanlage lief nur mit halber Kraft, was die Mannschaft murren ließ.

Der Haken war, dass Melechin die undichte Stelle trotzdem nicht gefunden hatte. Und als am Tag zuvor die Filmstreifen der Dosimeter entwickelt wurden, waren sie weiß geblieben. Wie war das möglich?

»Genosse Swijadow, was sehen Sie hier?«, Melechin wies auf das Ventil.

»Ein Wasserprüfventil.« Dieses Ventil wurde nur im Hafen geöffnet, wenn der Reaktor kalt war, um das Kühlsystem durchzuspülen und auf ungewöhnlich hohe Strahlenverseuchung zu prüfen. Es hatte ganz und gar nichts Bemerkenswertes an sich – nur ein großes Ventil mit Handrad. Sein nach unten weisender Auslauf war verschraubt, nicht geschweißt, da er nicht mit dem Drucksystem in Verbindung stand.

»Eine große Rohrzange, bitte, Leutnant.« Melechin zieht die Lektion hinaus, dachte Swijadow. Wenn er einem etwas Wichtiges beibringen wollte, ging er besonders methodisch vor. Der Leutnant kam mit einer langen Rohrzange zurück. Der Chefingenieur wartete, bis der Reaktor stillgelegt war, prüfte dann zweimal das Manometer, um sich zu überzeugen, dass in den Rohren kein Druck mehr herrschte. Dann setzte er die Rohrzange an und löste das Fitting.

»Wie Sie sehen, Genosse Leutnant, ist das Rohr mit dem eigentlichen Ventilkörper verschraubt. Kann das zulässig sein?«

»Das Rohr hat Außengewinde, Genosse. Den Druck nimmt das Ventil auf. Das Fitting mit Schraubverbindung dient nur zur Entleerung und ist nicht Teil des Druckkreislaufs.«

»Richtig. Eine Schraubverbindung würde dem Gesamtdruck der Anlage nicht standhalten.« Melechin schraubte das Fitting mit der Hand ab. Es war perfekt gefräst, und das Gewinde noch so glänzend, wie es die Fabrik verlassen hatte. »So, und hier haben wir die Sabotage.«

»Ich sehe nichts, Genosse Chefingenieur.«

»Jemand hat sich das ganz genau ausgedacht, Genosse Leutnant.« In Melechins Stimme schwangen Bewunderung und Zorn mit. »Bei Normaldruck, also bei Marschfahrt, herrscht im System ein Druck von achtzig Kilogramm pro Quadratzentimeter, nicht wahr?«

»Ja, Genosse, und bei Volllast steigt der Druck um neunzig Prozent an.«

»Wir fahren aber nur selten mit Höchstgeschwindigkeit. Was wir hier vor uns haben, ist ein blindes Ende des Dampfkreislaufs. So, und hier hat jemand ein kleines Loch gebohrt, dessen Durchmesser noch nicht einmal einen Millimeter beträgt.« Melechin beugte sich vor, um es persönlich in Augenschein zu nehmen. Swijadow war froh, Distanz halten zu können. »Weniger als einen Millimeter. Der Saboteur baute das Fitting aus, bohrte ein Loch und setzte es wieder ein. Das winzige Loch lässt eine minimale Dampfmenge entweichen, aber nur sehr langsam. Nach oben kann der Dampf nicht, weil das Fitting an diesem Flansch sitzt. Sehen Sie sich diesen Sitz an – perfekt! Nach oben kann der Dampf also nicht entweichen. Er kann sich nur seinen Weg nach unten suchen, im Kreis herum durch die Gewinderillen, bis er endlich im Auslauf austritt. Viel ist das nicht, aber genug, um diesen Raum geringfügig zu kontaminieren.« Melechin schaute auf. »Sehr geschickt gemacht. Der Verantwortliche wusste genau, wie dieses System funktioniert. Als wir anfangs die Leistung verringerten, um nach dem Leck zu suchen, reichte der Restdruck im Kreislauf nicht aus, um den Dampf durchs Gewinde zu pressen, und deshalb fanden wir das Leck auch nicht. Nur bei Normalleistung ist der Druck hoch genug – aber wenn man nach einer undichten Stelle sucht, fährt man normalerweise die Anlage herunter. Und wer weiß, was geschehen wäre, wenn wir auf Volllast gegangen wären?« Melechin schüttelte anerkennend den Kopf. »Jemand war teuflisch schlau. Hoffentlich begegne ich ihm bald. Wenn ich ihn zu Gesicht bekomme, nehme ich mir eine große Zange –« Melechin senkte die Stimme zu einem Flüstern, »– und zerquetsche ihm die Eier! Genosse, bringen Sie mir den kleinen Schweißtrafo. In ein paar Minuten habe ich das repariert.«

Kapitän Ersten Ranges Melechin hielt Wort. Er überließ die Arbeit keinem anderen. Für seinen Reaktor war er allein verantwortlich. Swijadow war das recht. Melechin verschloss das Leck mit einem winzigen Tropfen geschmolzenen Edelstahls und feilte dann die Schweißstelle mit Goldschmiedewerkzeug glatt, um das Gewinde nicht zu beschädigen. Anschließend pinselte er eine Gummidichtmasse auf und baute das Fitting wieder ein. Swijadow schaute auf die Armbanduhr: Die ganze Prozedur hatte achtundzwanzig Minuten gedauert. Wie man ihm schon in Leningrad gesagt hatte, war Melechin der beste U-Boot-Ingenieur.

»Statischer Drucktest, acht Kilogramm«, befahl Melechin dem Ingenieur.

Der Reaktor wurde wieder aktiviert. Fünf Minuten später war der Druck auf seinen Normalwert gebracht worden. Melechin hielt zehn Minuten lang einen Geigerzähler unter den Auslauf – aber das Instrument blieb selbst auf

Stufe zwei stumm. Er ging ans Telefon, um dem Kapitän zu melden, dass das Leck abgedichtet war.

Melechin rief die Mannschaftsgrade zurück in den Raum und ließ sie das Werkzeug wegräumen.

»Haben Sie gesehen, wie man so etwas macht, Leutnant?«

»Ja, Genosse. Reichte dieses Leck aus, um unsere Strahlenverseuchung hervorzurufen?«

»Offensichtlich ja.«

Swijadow machte sich seine eigenen Gedanken. Der Reaktorraum war ein Labyrinth von Rohren und Armaturen. Dieser Sabotageakt konnte nicht viel Zeit in Anspruch genommen haben. Waren in dem System noch weitere Zeitbomben versteckt?

»Schauen Sie nicht so todernst, Genosse«, meinte Melechin. »Ja, auch ich habe erwogen, dass nicht nur ein Fitting sabotiert sein könnte. Wenn wir in Kuba sind, führen wir bei Volllast einen statischen Drucktest durch und prüfen das ganze System. Fürs Erste bleiben wir bei der Zwei-Stunden-Wache. Es besteht die Möglichkeit, dass ein Besatzungsmitglied der Saboteur ist. Ich will nicht, dass sich jemand zu lange hier aufhält und weiteres Unheil stiftet. Behalten Sie die Mannschaft im Auge.«

Zwölfter Tag

Dienstag, 14. Dezember

USS Dallas

»Irrer Iwan!«, rief Jones so laut, dass man ihn im Angriffszentrum hören konnte. »Dreht nach Steuerbord ab!«

»Skipper!«, unterstützte Thompson die Warnung.

»Maschinen Stopp!«, befahl Mancuso rasch. »Absolute Stille im Boot!«

Tausend Meter voraus hatte der Kontakt der *Dallas* plötzlich eine radikale Rechtswendung begonnen; nicht zum ersten Mal, seit er erfasst worden war. Er hatte dieses Manöver ungefähr alle zwei Stunden vorgenommen, aber nicht mit solcher Regelmäßigkeit, dass *Dallas* nach einem bestimmten Schema fahren konnte. Wer dieses russische Boot steuert, versteht sich auf sein Geschäft, dachte Mancuso. Das sowjetische Raketen-U-Boot fuhr einen Kreis, damit sein Bugsonar einen etwaigen Verfolger aufspüren konnte, der sich in dem ›Kegel des Schweigens‹ in seinem Kielwasser verborgen hatte.

Maßnahmen gegen dieses Manöver waren nicht nur heikel, sondern auch gefährlich, besonders, wenn man handelte wie Mancuso. Wenn ein U-Boot scharf abdreht, schwingt wie bei jedem anderen Schiff auch das Heck nach außen. *Roter Oktober* bildete während der ersten Hälfte der Wendung eine Stahlbarriere direkt in der Bahn der *Dallas*, und deren Bremsweg war bei 7000 Tonnen Gewicht sehr lang.

Die genaue Zahl der Kollisionen zwischen russischen und amerikanischen U-Booten war ein streng gehütetes Geheimnis. Dass welche stattgefunden hatten, stand außer Zweifel. Eine charakteristische Taktik, mit deren Hilfe sich russische Boote die Amerikaner vom Leib hielten, war ein stilvolles Wendemanöver, das bei der US-Navy ›Irrer Iwan‹ hieß.

Während der ersten Stunde der Verfolgung hatte Mancuso mit Bedacht Distanz gehalten. Das russische Boot drehte nicht scharf ab, sondern manövrierte ohne Hast und schien dabei in Schräglage zu gehen wie ein Flugzeug. Mancuso vermutete, dass der russische Skipper nicht seine ganze Manövrierfähigkeit einsetzte, was klug war, denn er hielt mit seinen Leistungsreserven zurück, um gegebenenfalls eine Überraschung parat zu haben. Diese Umstände erlaubten es der *Dallas*, dichtauf zu folgen, und gaben Mancuso Gelegenheit, die Fahrt drastisch zu vermindern und sein Boot weiterdriften zu lassen, bis es knapp das Heck des Russen verfehlte. Er beherrschte diese Technik immer besser – ein bisschen zu gut, wie seine Offiziere tuschelten. Beim letzten Mal waren sie nur noch hundertfünfzig Meter von den Schrauben des Russen entfernt gewesen. Der große Wendekreis des Kontakts führte ihn rund um die *Dallas* herum.

Der gefährlichste Teil dieses Manövers war die Vermeidung einer Kollision, aber das war noch nicht alles, denn *Dallas* durfte sich nicht von den passiven Sonar-Systemen ihrer Beute erfassen lassen. Aus diesem Grund mussten die Ingenieure die Leistung des S6G-Reaktors auf ein Minimum reduzieren. Zum Glück kam der Reaktor bei so geringer Kraftabgabe ohne Kühlmittelpumpe aus, da bei dieser Einstellung der Kreislauf durch Konvektion in Gang gehalten wurde. Als die Dampfturbinen angehalten wurden, verstummten alle Antriebsgeräusche. Außerdem hatte im Boot absolute Stille zu herrschen. Alles, was irgendwelchen Lärm erzeugen konnte, war verboten, und die Mannschaft nahm das so ernst, dass selbst ganz normale Unterhaltungen in der Messe in gedämpftem Ton geführt wurden.

»Fahrt verringert sich«, meldete Lieutenant Goodman. Mancuso entschied, dass diesmal keine Kollisionsgefahr bestand, und ging nach achtern in den Sonar-Raum.

»Ziel fährt immer noch eine Rechtskurve«, meldete Jones leise. »Sollte nun klar sein. Distanz zum Heck zweihundert Meter, vielleicht auch weniger – ja, wir sind klar,

Richtung ändert sich rascher. Fahrt und Maschinengeräusch konstant. Langsame Rechtskurve.« Jones sah seinen Skipper aus dem Augenwinkel an und riskierte eine Bemerkung. »Skipper, dieser Mann ist ganz schön selbstsicher.«

»Wieso?«, fragte Mancuso, obwohl er die Antwort wusste.

»Captain, er verringert die Fahrt nicht so, wie wir das tun, und wir drehen viel schärfer ab. Es kommt mir fast so vor, als täte er das aus Gewohnheit. Sieht so aus, als hätte er es eilig und glaubte nicht, dass ihn jemand – Moment. Ah, er hat gerade eine Kehrtwendung gemacht und ist jetzt an Steuerbord, Distanz eine halbe Meile ... Fährt immer noch langsam einen Kreis. Sir, wenn er weiß, dass jemand hinter ihm ist, nimmt er das mit Gelassenheit hin. Was meinen Sie, Laval?«

Sonar-Mann Laval schüttelte den Kopf. »Er weiß nicht, dass wir hier sind.« Mehr wollte Laval nicht sagen. Er hielt Mancusos Verfolgungstaktik für leichtsinnig. Gut, der Mann hatte Mumm, so mit einer *688* zu spielen, aber wenn nur eine Kleinigkeit schief ging, konnte er den Rest seiner Karriere am Schreibtisch absitzen.

»Passiert uns an Steuerbord. Pingt nicht.« Jones griff nach dem Taschenrechner. »Sir, bei diesem Winkel und dieser Geschwindigkeit müsste er rund tausend Meter entfernt sein. Glauben Sie, dass das neue Treibsystem die Wirksamkeit seines Ruders beeinträchtigt?«

»Denkbar.« Mancuso setzte sich einen Kopfhörer auf und stöpselte ihn ein.

Das Geräusch hatte sich nicht verändert. Ein Zischen, und alle vier oder fünf Sekunden ein seltsames, tiefes Dröhnen. Über diese kurze Entfernung konnte er auch das Gurgeln und Pochen der Reaktorpumpe hören. Ein scharfes Geräusch – vermutlich ein Koch, der eine Pfanne auf den Herd stellte. Sehr leise ging es auf diesem Boot nicht zu. Mancuso lächelte. Er kam sich so nahe bei diesem Feind – nein, ein Feind war er eigentlich nicht – wie ein Fassadenkletterer vor, der seine Opfer belauscht. Unter günstigeren akustischen Verhältnissen hätte er Unterhaltungen mithören können, aber nicht deutlich genug, um zu verstehen, was gesagt wurde.

»Er passiert uns achtern, fährt immer noch im Kreis. Sein Wendekreis muss gut tausend Meter betragen«, merkte Mancuso an.

»So ungefähr, Captain«, stimmte Jones zu.

»Seinen vollen Rudereinschlag kann er kaum benutzen. Sie haben Recht, Jones – er benimmt sich sehr lässig. Hm, die Russen sind angeblich übervorsichtig. Dieser Knabe hier aber nicht.« Umso besser, dachte Mancuso.

Wenn der Russe die *Dallas* überhaupt hörte, dann jetzt, wo sein Bugsonar fast direkt auf sie gerichtet war. Mancuso setzte den Kopfhörer ab und lauschte. In seinem Boot war es still wie in einer Gruft. Die Losung ›Irrer Iwan‹ war ausgegeben worden, und die Mannschaft hatte sofort reagiert. Wie belohnte man eine ganze Crew? Mancuso wusste, dass er sie hart hernahm, manchmal zu hart, aber wenn es darauf ankam, leistete sie etwas.

»Jetzt an Backbord«, sagte Jones. »Genau auf gleicher Höhe, Fahrt unverändert, Kurs vielleicht etwas gerader, Distanz rund elfhundert.«

Der Sonar-Mann zog ein Taschentuch hervor und trocknete sich die Handflächen.

Der Junge ist nervös, aber man merkt ihm nichts an, dachte der Kapitän. Jedes einzelne Besatzungsmitglied benahm sich wie ein Profi.

»Er hat uns passiert. Backbord voraus, fährt wieder geradeaus. Wetten, dass er wieder seinen alten Kurs eins-neun-null einschlägt?« Jones sah grinsend auf. »Wir haben's wieder mal geschafft, Skipper.«

»Fein. Gut gemacht, Leute.« Mancuso ging zurück ins Angriffszentrum, wo er mit Neugier erwartet wurde. *Dallas* lag reglos im Wasser und sank wegen leicht negativem Trimm langsam.

»Werfen wir die Maschinen wieder an. Langsam auf dreizehn Knoten gehen.« Wenige Sekunden später setzte ein kaum vernehmbares Geräusch ein, als die Reaktorleistung gesteigert wurde. Kurz darauf zuckte der Zeiger des Fahrtmessers. *Dallas* bewegte sich wieder.

»Achtung, hier spricht der Kapitän«, sagte Mancuso. »Er hat erneut einen Kreis um uns gefahren, ohne uns zu hören. Gut gemacht, Leute. Jetzt können wir alle wieder atmen – Mr. Goodman, hängen wir uns wieder an ihn.«

»Aye, Skipper. Ruder fünf Grad Backbord.«

»Fünf Grad Backbord, aye«, bestätigte der Rudergänger und drehte dabei am Ruder. Zehn Minuten später fuhr *Dallas* wieder dicht hinter dem Kontakt her.

Ins Feuerleitgerät wurden Zielkoordinaten eingegeben. Im Ernstfall bliebe den Mark-48-Torpedos kaum Zeit zum Scharfmachen, ehe sie nach neunundzwanzig Sekunden ihr Ziel trafen.

Moskau, Verteidigungsministerium

»Wie geht's, Mischa?«

Michail Semjonowitsch Filitow sah von einem Aktenstoß auf. Er sah noch rot und fiebrig aus. Dimitrij Bulgakow, der Verteidigungsminister, sorgte sich um seinen alten Freund. Er hätte auf den Rat seiner Ärzte hören und noch ein paar Tage im Krankenhaus bleiben sollen. Aber auf einen Rat hatte Mischa nie gehört, sondern nur auf Befehle.

»Mir geht's gut, Dimitrij. Wenn man aus dem Krankenhaus kommt, fühlt man sich immer gut – selbst als Leiche.« Filitow lächelte.

»Gesund siehst du aber nicht aus«, bemerkte Bulgakow.

»Pah! In unserem Alter sieht man nie gesund aus. Ein Glas, Genosse Verteidigungsminister?« Filltow holte eine Flasche Wodka aus der Schreibtischschublade.

»Mein Freund, du trinkst zu viel«, tadelte Bulgakow.

»Von wegen, ich trinke nicht genug. Ein bisschen mehr Frostschutz, und ich hätte mir letzte Woche keine Erkältung geholt.« Er füllte zwei Wassergläser zur Hälfte und hielt seinem Gast eines hin. »Hier, Dimitrij, draußen ist's saukalt.«

Beide Männer setzten die Gläser an, tranken einen Schluck und stießen ein wohliges ›Ah‹ aus.

»Siehst du, es geht mir schon besser.« Filltow lachte heiser. »Sag mal, was ist aus diesem Litauer Abtrünnigen geworden?«

»Das wissen wir nicht genau«, sagte Bulgakow.

»Immer noch nicht? Kannst du mir jetzt verraten, was in seinem Brief stand?«

Bulgakow genehmigte sich noch einen Schluck, ehe er berichtete. Als er geendet hatte, beugte sich Filitow entsetzt über seinen Schreibtisch. »Das kann doch nicht wahr sein! Und man hat ihn immer noch nicht gefunden? Wie viele hat das den Kopf gekostet?«

»Admiral Korow ist tot. Er wurde vom KGB verhaftet und starb kurz darauf an einer Gehirnblutung.«

»Vom Kaliber neun«, merkte Filitow kalt an. »Wie oft habe ich das gepredigt? Wozu brauchen wir eine Marine? Können wir sie gegen die Chinesen einsetzen? Oder gegen die NATO-Armeen, die uns bedrohen? Nein! Was kosten uns Gorschkows flotte Kähne und was springt für uns heraus? Nichts! Und jetzt kommt ihm auch noch ein U-Boot abhanden, das die ganze verfluchte Flotte nicht auftreiben kann. Zum Glück lebt Stalin nicht mehr.«

Bulgakow stimmte ihm zu. Er konnte sich noch gut an das Schicksal von Leuten erinnern, die keinen vollen Erfolg zu melden hatten. »Auf jeden Fall scheint Padorin seine Haut gerettet zu haben. Es ist ein zusätzliches Überwachungselement auf dem Boot.«

»Padorin!« Filitow griff zum Glas. »Dieser Eunuch! Dem bin ich nur dreimal begegnet. Selbst für einen Kommissar ein fader Sack. Lacht nie, selbst wenn er trinkt. Schöner Russe. Warum hält Gorschkow sich so viele alte Böcke?«

Bulgakow lächelte in sein Glas. »Aus dem gleichen Grund wie ich, Mischa.« Beide lachten.

»Und wie will der Genosse Padorin unsere Geheimnisse und seinen Kopf retten? Mit einer Zeitmaschine?«

Bulgakow erklärte seinem alten Freund, was Padorin geplant hatte.

Es gab nur wenige Männer, mit denen sich der Verteidigungsminister so unbefangen unterhalten konnte. Filitow war Oberst bei der Panzertruppe gewesen und trug noch immer stolz die Uniform. Seine erste Feindberührung hatte er am vierten Tag des Großen Vaterländischen Krieges gehabt. Leutnant Filitow war südöstlich mit einem Rudel Panzer des Typs T-34/76 auf den Feind getroffen. Seine erste Begegnung mit Guderians Panzern hatte er überlebt, sich geordnet zurückgezogen und dabei tagelang Widerstand geleistet, bis er in den riesigen Kessel bei Minsk geraten war. Aus dieser Falle war er ausgebrochen wie später aus dem Kessel von Wjasma und hatte ein Bataillon an der Spitze des Gegenstoßes vor Moskau kommandiert. Im Jahr 1942 hatte Filitow an der gescheiterten Offensive gegen Charkow teilgenommen, entkam aber erneut, diesmal zu Fuß. Später in diesem Jahr führte er den Vorstoß, der die italienische Armee an Stalingrads Flanke zerschlug und die Deutschen abschnitt. Dabei war er zweimal verwundet worden. Filitow galt als fähiger Offizier, der auch Glück hatte. Aus war es mit diesem Glück bei Kursk, wo er gegen die SS-Division ›Das Reich‹ kämpfte. Filitow hatte seine Männer in eine heftige Panzerschlacht geführt und war mit seinem Fahrzeug in einen Hinterhalt von 8,8-Geschützen geraten. Dass er überhaupt überlebt hatte, war ein Wunder. Noch immer trug seine Brust die Narben aus dem brennenden Panzer und seinen rechten Arm konnte er kaum gebrauchen. Dies reichte aus, um den angriffslustigen Kommandeur, der drei goldene Sterne, ›Held der Sowjetunion‹ und ein Dutzend anderer Auszeichnungen trug, in die Etappe zu versetzen.

Nach monatelangem Krankenhausaufenthalt wurde er Vertreter der Roten Armee in den Rüstungsfabriken, die nach Osten hin zum Ural verlegt worden waren. Filitow, ein geborener Organisator, fuhr mit Fabrikdirektoren Schlitten, um die Produktion zu rationalisieren, und beschwatzte die Ingenieure so lange, bis sie die kleinen, aber oft entscheidenden Veränderungen vornahmen, die Panzerbesatzungen retteten und Schlachten gewinnen halfen.

In diesen Fabriken lernten sie sich zum ersten Mal kennen – der narbenbedeckte Gefechtsveteran und der bärbeißige Apparatschik, der von Stalin den Befehl erhalten hatte, genug Waffen herzustellen, damit die Invasoren aus dem Land geworfen werden konnten. Nach einigen Zusammenstößen erkannte der junge Bulgakow, dass Filitow furchtlos war und sich nicht duckte, wenn es um Fragen der Qualität oder Kampfkraft ging.

Filitow, der in der Parteihierarchie nie hoch aufgestiegen war, versorgte seinen Chef mit wertvollen Informationen aus der Produktion. Er beschäftigte sich noch immer mit Panzerentwicklung und -herstellung und steuerte oft zusammen mit einem Trupp ausgesuchter Veteranen ein aufs Geratewohl ausgesuchtes Modell oder einen Prototyp über eine Teststrecke, um sich persönlich davon zu überzeugen, dass sie auch ordentlich funktionierten.

»Du glaubst also, dass das hinhaut, was Padorins Mann vorhat, Dimitrij Fedorowitsch«, meinte Filitow. »Kann ein Mann allein ein U-Boot zerstören? Du kennst dich mit Raketen aus. Ich nicht.«

»Gewiss. In der Rakete steckt genug Energie, um das Boot zum Schmelzen zu bringen.«

»Und was wird aus unserem Mann?«, fragte Filitow. Als alter Frontsoldat sorgte er sich um einen tapferen Mann allein im Feindgebiet.

»Wir werden natürlich unser Bestes tun, aber viel Hoffnung besteht nicht.«

»Dimitrij, er muss gerettet werden! Du vergisst, dass solche jungen Männer einen Wert haben, der über ihre Taten hinausgeht, dass sie mehr sind als nur Maschinen, die ihre Pflicht tun, sondern Vorbilder für unsere anderen jungen Offiziere. Lebendig sind sie so viel wert wie hundert neue Panzer oder Schiffe. Im Feld ist das so, Genosse. Wir haben das vergessen – und schau dir bloß an, was uns in Afghanistan passiert ist!«

»Du hast Recht, mein Freund. Aber wie sollen wir ihn – nur wenige hundert Kilometer vor der amerikanischen Küste – retten?«

»Gorschkow prahlt doch immer so mit seiner Marine

herum. Lass ihn das übernehmen.« Filitow schenkte sich noch ein Glas ein.

USS Dallas

Genau vierundzwanzig Stunden, nachdem *Roter Oktober* wieder geortet worden war, rief Mancuso seine hohen Offiziere zu einer Besprechung in die Messe. Die Lage hatte sich inzwischen etwas beruhigt. Es war Mancuso sogar gelungen, zweimal vier Stunden zu schlafen; danach fühlte er sich wieder einigermaßen menschlich. Sie hatten nun Zeit gehabt, sich ein akkurates akustisches Bild von ihrer Beute zu machen, und der Computer verfeinerte eine Klassifizierung der Signatur, die binnen Wochen den anderen Jagd-U-Booten der Flotte zur Verfügung gestellt werden würde. Bei der Verfolgung war es ihnen gelungen, ein exaktes Modell der Schallcharakteristiken des Antriebssystems zu erstellen, und da sie alle zwei Stunden umfahren wurden, hatten sie eine recht genaue Vorstellung von der Größe des Bootes und den Daten seines Reaktors.

Der stellvertretende Kommandant, Wally Chambers, spielte mit einem Bleistift. »Jones hat Recht. Es handelt sich um die gleiche Maschine wie auf den *Oscars* und *Typhoons.* Sie ist leiser, aber im Großen und Ganzen in der Signatur identisch. Die Frage ist nur: Was treibt sie an? Es hört sich so an, als seien die Schrauben verkleidet. Eine Art Schottel-Propeller vielleicht oder ein Tunnel-Antrieb. Haben wir so etwas nicht selbst einmal versucht?«

»Das ist schon lange her«, sagte Lieutenant Butler, der Ingenieur. »Ich habe in der Ausbildung einmal davon gehört. Aus irgendwelchen Gründen funktionierte es nicht richtig, verringerte aber auf jeden Fall drastisch die Antriebsgeräusche. Aber dieses Dröhnen – das ist eindeutig eine Harmonische, aber welcher Art? Ohne dieses Dröhnen hätten wir das Boot nie erfasst.«

»Mag sein«, meinte Mancuso. »Jones sagt, die Signalprozessoren tendieren zum Herausfiltern dieses Geräusches. Kommt mir fast so vor, als wüssten die Sowjets, was das SAPS leistet, und hätten ein System entwickelt, das es schlägt. Aber das kann ich nur schwer glauben.« In diesem Punkt waren sich alle einig. Jeder kannte das Funktionsprinzip des SAPS, aber es gab im ganzen Land wohl kaum fünfzig Leute, die seine Wirkungsweise in allen Einzelheiten zu erklären in der Lage waren.

»Wir sind uns also einig, dass es ein strategisches Boot ist?«, fragte Mancuso.

Butler nickte. »Dieser Reaktor passt nie im Leben in den Rumpf eines Jagd-Bootes. Außerdem verhält es sich wie ein strategisches Boot.«

»Könnte ein *Oscar* sein«, bemerkte Chambers.

»Unwahrscheinlich. Was hat ein *Oscar* so weit südlich verloren? *Oscars* sind zum Einsatz gegen Überwasserschiffe bestimmt. Nein, unser Freund fährt ein Raketen-U-Boot. Das wird schon anhand seiner Geschwindigkeit deutlich«, ließ sich Lieutenant Mannion vernehmen. »Die Frage ist nur: Was hat er im Zusammenhang mit der sowjetischen Aktivität vor? Will er sich an unsere Küste heranschleichen, nur um zu sehen, ob er durchkommt? Das käme nicht zum ersten Mal vor und der ganze Flottenzirkus stellte eine vorzügliche Ablenkung dar.«

Sie erwogen diese Möglichkeit. Der Trick war bereits früher von beiden Seiten versucht worden. Kürzlich erst, 1978, war ein sowjetisches Raketen-U-Boot der *Yankee*-Klasse bis ans Kontinentalschelf vor der Küste von Neuengland herangekommen, offenbar in der Absicht herauszufinden, ob die Vereinigten Staaten es ausmachen konnten oder nicht. Die US-Navy hatte Erfolg gehabt und dann nur mit der Frage kämpfen müssen, ob sie reagieren und den Sowjets einen Wink geben sollte oder nicht.

»Überlassen wir die strategischen Fragen den Leuten an Land«, entschied Mancuso. »Geben wir das durch. Lieutenant Mannion, sagen Sie dem Wachhabenden, er soll in zwanzig Minuten auf Periskoptiefe gehen. Wir wollen versuchen, uns fort- und wieder anzuschleichen, ohne dass unser Freund es merkt.« Mancuso runzelte die Stirn. Einfach war das nie.

Eine halbe Stunde später sendete die *Dallas* ihren Funkspruch.

COMSUBLANT

»Wumms!«, brummte Gallery in sich hinein. Er ging in sein Arbeitszimmer und schloss sorgfältig die Tür, ehe er an das Verzerrertelefon nach Washington trat.

»Sam, hier Vince. Passen Sie auf: *Dallas* meldet, dass sie ein russisches Raketen-U-Boot mit einem neuartigen leisen Antriebssystem verfolgt – sechshundert Meilen südöstlich der Grand Banks, Kurs eins-neun-vier, Fahrt dreizehn Knoten.«

»Donnerwetter! Ist das Mancuso?«, sagte Dodge.

»Jawohl, mein Ziehsohn Bartolomeo Vito Mancuso«, bestätigte Gallery. Wegen seines Alters war es nicht einfach gewesen, ihm das Kommando auf der *Dallas* zu verschaffen. Gallery hatte sich sehr für ihn eingesetzt. »Hab ich's nicht gesagt, Sam? Der Junge ist Klasse.«

»Verdammt, haben Sie gesehen, wie nahe sie dem *Kiew*-Verband sind?« Dodge warf einen Blick auf seine taktische Anzeige.

»Ja, es sieht knapp aus«, stimmte Gallery zu. »Aber die *Invincible* ist nicht zu weit weg, und ich habe auch *Pogy* da draußen stationiert. Die aktivierten wir, als wir *Scamp* zurückriefen. *Dallas* wird wahrscheinlich Hilfe brauchen. Die Frage ist nur, wie auffällig wir uns verhalten wollen.«

»Nicht sehr. Vince, ich muss das erst mit Dan Foster besprechen.«

»Gut, aber ich muss *Dallas* in fünfundzwanzig Minuten antworten. Sie wissen ja, was auf dem Spiel steht. Mancuso musste den Kontakt fahren lassen, um uns zu erreichen, und sich dann heimlich wieder auf seine Fährte setzen. Beeilen Sie sich, Sam.«

»Wird gemacht, Vince.« Dodge drückte auf einen Knopf an seinem Telefon. »Hier Admiral Dodge. Ich muss sofort mit Admiral Foster sprechen.«

Pentagon
»Verdammt! Zwischen *Kiew* und *Kirow.* Reizend.« Lieutenant General Harris nahm ein U-Boot-Modell aus Holz, das *Roter Oktober* repräsentieren sollte. Es trug den ›Jolly Roger‹, die Piratenflagge, die ein Unterseeboot bei der Rückkehr von erfolgreicher Feindfahrt setzt. Harris hatte einen eigenartigen Sinn für Humor. »Der Präsident meint also, wir könnten das Boot behalten, wenn alles klappt?«, fragte er.

»Wenn wir es zur rechten Zeit an den rechten Ort bringen, ja«, sagte General Hilton. »Kann *Dallas* sich mit ihm in Verbindung setzen?«

»Immer langsam, Admiral.« Foster schüttelte den Kopf. »Bringen wir erst einmal *Pogy* und *Invincible* an Ort und Stelle und überlegen wir uns dann, wie wir den Russen warnen können. Seinem Kurs nach zu urteilen, hält er direkt auf Norfolk zu. Der Bursche hat wirklich Mumm. Wenn es ganz haarig wird, können wir ihn immer noch in den Hafen eskortieren.«

»Dann müssen wir aber das Boot zurückgeben«, wandte Admiral Dodge ein.

»Wir brauchen eine Rückzugsposition, Sam. Wenn wir ihn nicht warnen können, müssen wir versuchen, ihn mitten in einem Verband durchzubringen, um den Iwan so am Schießen zu hindern.«

»Seerecht ist Ihre Spezialität, nicht meine«, kommentierte General Barnes, der Generalstabschef der Luftwaffe. »Aber meiner Auffassung nach könnte man das als Piraterie oder Kriegshandlung bezeichnen. Ist denn die Übung nicht schon kompliziert genug?«

»Sehr richtig, General«, sagte Foster.

»Meine Herren, wir müssen das genau abwägen. Weisen wir fürs erste *Dallas* an, den Burschen weiter zu verfolgen«, schlug Harris vor. »Und jede Änderung von Kurs und Geschwindigkeit zu melden. Dazu bleiben uns rund fünfzehn Minuten. Anschließend stellen wir ihnen *Pogy* und *Invincible* in den Weg. Das können wir sofort erledigen.«

»Gut, Eddie.« Hilton wandte sich an Admiral Foster. »Wenn Sie einverstanden sind, gehen wir so vor.«

»Sam, lassen Sie den Funkspruch los«, befahl Foster.

»Aye aye.« Dodge ging ans Telefon und wies Admiral Gallery an, folgenden Spruch zu senden:

Z141030ZDEZ
TOP SECRET
VON: COMSUBLANT
AN: USS DALLAS
A. USS DALLAS Z140925ZDEZ
1. VERFOLGUNG FORTSETZEN. KURS- ODER FAHRTAENDERUNGEN MELDEN. HILFE UNTERWEGS.
2. ELF SENDUNG ›G‹ KENNZEICHNET BLITZMELDUNG EINSATZBEFEHL FÜR SIE.
3. OPERATIONSGEBIET UNBESCHRAENKT. BRAVO ZULU DALLAS WEITER SO. VADM GALLERY.

»So, dann sehen wir uns das mal an«, meinte Harris. »Was die Russen da treiben, hat ja von Anfang an keinen Sinn gemacht.«

»Wie meinen Sie das, Eddie?«, fragte Hilton.

»Zuerst einmal die Zusammensetzung ihrer Verbände. Die Hälfte ihrer Überwasserschiffe sind nur gegen Flugzeuge und Schiffe wirksam, kaum gegen U-Boote. Und warum überhaupt die *Kirow* mitnehmen? Gut, sie macht als Flaggschiff etwas her, aber da hätte die *Kiew* auch ausgereicht.«

»Darüber haben wir uns schon unterhalten«, bemerkte Foster. »Sie haben sich die Liste ihrer schnellen Einheiten angesehen und alles mitgenommen, was Dampf machen kann. Für ihre U-Boote gilt das Gleiche – sie sind zur Hälfte für die Jagd auf Überwasserschiffe eingerichtet und gegen U-Boote nur beschränkt einsatzfähig. Der Grund, Eddie, ist, dass Gorschkow jede verfügbare Plattform hierherschaffen wollte. Ein halb taugliches Schiff ist besser als gar keins. Wer weiß, vielleicht hat eine der alten *Echos* Glück. Dem alten Sergej zittern wahrscheinlich die Knie.«

»Trotzdem – sie haben sich zu drei Verbänden formiert, jeder mit Kapazitäten gegen Flugzeuge und Schiffe, aber ihre Anti-U-Boot-Einheiten sind dünn gesät. Sonderbar finde ich auch, dass sie keine Anti-U-Boot-Flugzeuge von Kuba aus operieren lassen«, betonte Harris.

»Damit wären sie enttarnt. Nach einem verunglückten Unterseeboot sucht man doch nicht mit Flugzeugen. Gut, den Russen könnte das in den Sinn kommen, aber wenn sie von Kuba aus ein Geschwader Bear-Bomber loslassen, platzt dem Präsidenten der Kragen«, sagte Foster. »Wir würden ihnen dermaßen auf den Pelz rücken, dass sie überhaupt nichts zuwege brächten. Für uns wäre dies nur eine technische Operation, aber bei den Russen spielt ja immer der politische Faktor mit.«

»Fein, aber das ist immer noch keine Erklärung. Ihre Anti-U-Boot-Schiffe und -Hubschrauber pingen wie wild drauflos. So mag man nach einem verunglückten U-Boot suchen, aber *Roter Oktober* ist doch wohl noch intakt, oder?«

»Ich komme da nicht ganz mit, Eddie«, meinte Hilton.

»Wie würden Sie denn unter den gegebenen Umständen nach einem vermissten U-Boot suchen?«, fragte Harris Foster.

»Auf diese Weise jedenfalls nicht«, erwiderte Foster nach kurzem Nachdenken. »Wenn man von der Oberfläche aus Aktiv-Sonar einsetzt, vergrämt man das Boot, ehe man einen eindeutigen Kontakt hat. Strategische Boote sind mit Passiv-Sonar voll gestopft. Unser Freund würde sie von weitem kommen hören und sich schleunigst verziehen. Sie haben Recht, Eddie. Das ist nur ein Täuschungsmanöver.«

»Was haben sie dann mit ihren Überwasserschiffen vor?«, fragte Barnes verwirrt.

»Laut sowjetischer Marinedoktrin sollen Überwasserschiffe die U-Boot-Operationen unterstützen«, erklärte Harris. »Gorschkow ist ein ordentlicher und manchmal sehr einfallsreicher Taktiker. Vor Jahren schon schrieb er, dass U-Boote nur dann nutzbringend eingesetzt werden können, wenn sie von Überwasser- oder Lufteinheiten direkt oder indirekt unterstützt werden. Flugzeuge können sie so weit von ihren Heimatbasen nicht einsetzen, es sei denn, sie benutzen Basen auf Kuba. Und es ist bestenfalls schwierig, im offenen Meer nach einem Boot zu suchen, das unentdeckt bleiben will.

Andererseits wissen sie, wohin *Roter Oktober* unterwegs ist, nämlich zu einer begrenzten Anzahl fest umrissener Gebiete, die von achtundfünfzig U-Booten überwacht werden. Aufgabe der Überwasserverbände ist daher nicht die Teilnahme an der Jagd selbst – obwohl auch diese gerne zuschlagen würden, wenn sich die Gelegenheit böte. Nein, ihre Schiffe sollen uns an der Störung ihrer U-Boote hindern, indem sie genau überwachen, was wir tun.« Harris legte eine kurze Pause ein. »Nicht dumm. Wir müssen sie nämlich decken. Und da sie eine ›Rettungsaktion‹ durchführen, müssen wir mehr oder weniger auf das reagieren, was sie selbst tun, drauflos orten zum Beispiel, was bedeutet, dass sie unsere Anti-U-Boot-Verfahren für ihre eigenen Zwecke und gegen uns verwenden können. Wir spielen ihnen direkt in die Hände.«

»Wieso?«, fragte Barnes.

»Wir sind verpflichtet, uns an der Suchaktion zu beteiligen. Sollten wir ihr Boot finden, sind sie nahe genug, um zu orten und zu feuern – und was können wir dagegen unternehmen? Nichts.

Sie hoffen also, dass ihre U-Boote orten und schießen. Eine Erfassung durch Überwasserschiffe wäre reine Glückssache, und so etwas plant man nicht ein. Hauptaufgabe der Überwassereinheiten ist es also, die U-Boote zu decken und unsere Verbände von ihnen wegzulocken. In zweiter Linie können sie als Treiber fungieren, die das Wild auf die Schützen zuscheuchen – und wir pingen und helfen ihnen auch noch dabei.« Harris schüttelte in widerwilliger Bewunderung den Kopf. »Nicht so schlecht, was? *Roter Oktober* hört sie kommen, läuft rascher auf den erwählten Hafen zu und direkt in eine Falle. Dan, wie stehen ihre Chancen, das Boot auf dem Weg nach Norfolk zu erwischen?«

Foster sah auf die Seekarte. Vor jedem Kriegshafen von Maine bis Florida lauerten russische U-Boote. »Sie haben mehr U-Boote als wir Häfen. Wir wissen nun, dass dieser Bursche geschnappt werden kann und dass der Seeraum vor den Häfen begrenzt ist, selbst außerhalb der Hoheitsgewässer – Sie haben Recht, Eddie. Ihre Chancen, ihn zu versenken, stehen gut. Unsere Überwasserverbände sind zu weit entfernt, um das zu verhindern. Unsere U-Boote wissen nicht, was sich tut, wir haben Anweisung, sie auch nicht zu informieren, und wie sollten wir denn auch eingreifen? Auf die russischen Boote feuern, ehe sie schießen können – und einen Krieg anfangen?« Foster atmete vernehmlich aus. »Wir müssen ihn warnen.«

»Wie?«, fragte Hilton.

»Über Sonar oder die Gertrude vielleicht?«, schlug Harris vor.

Admiral Dodge schüttelte den Kopf. »Das hört man durch die Hülle. Wenn wir weiterhin von der Voraussetzung ausgehen wollen, dass nur die Offiziere beteiligt sind, müssen wir verhindern, dass die Mannschaft erfährt, was gespielt wird, denn die Konsequenzen wären unabsehbar. Meinen Sie, wir könnten sie mit der *Nimitz* und der *America* von der Küste abdrängen? Die beiden Träger sind so nahe, dass sie bald an der Operation teilnehmen. Verflucht! Wäre doch schade, wenn der Mann so kurz vorm Ziel und vor unserer Küste versenkt würde.«

»Keine Chance«, sagte Harris. »Seit dem Scheinangriff auf die *Kirow* waren sie viel zu friedlich. Wetten, dass sie sich mit Bedacht so verhalten? Sie wissen, dass sie uns mit so vielen Schiffen vor unserer Küste zwangsläufig provozieren müssen, und tun daher den ersten Schritt. Wir erhöhen den Einsatz – und sie werfen einfach die Karten hin und geben das Spiel auf. Von nun an haben wir den schwarzen Peter in der Hand, wenn wir Druck auf sie ausüben. Die Russen inszenieren schließlich nur eine Rettungsaktion und bedrohen niemanden. Heute früh meldete die *Washington Post,* im Marinelazarett läge ein russischer Überlebender. Wie auch immer, günstig ist, dass die Sowjets die Geschwindigkeit des Bootes falsch eingeschätzt haben. Diese beiden Verbände werden es links und rechts überholen und dank ihres um sieben Knoten höheren Tempos weit hinter sich lassen.«

»Sollen wir den Überwasserverbänden denn gar keine Aufmerksamkeit mehr schenken?«, fragte Maxwell.

»Nein, das wäre ein Fehler«, meinte Hilton. »Damit gäben wir nur zu verstehen, dass wir ihnen ihre Legende nicht mehr abkaufen. Die Überwasserverbände müssen nach wie vor gedeckt werden, denn sie stellen eine Bedrohung dar, ob sie sich nun friedlich verhalten oder nicht.«

»Wir können so tun, als gäben wir die *Invincible* frei. Da *Nimitz* und *America* bald zu unseren Kräften stoßen, können wir sie ruhig heimschicken. Wenn *Invincible* mit ihren Begleitschiffen *Roter Oktober* passiert, können wir sie zu unserem Vorteil einsetzen. Wir verlegen *Invincible* seewärts der feindlichen Überwasserverbände, als sei sie auf der Heimfahrt, und stellen sie *Roter Oktober* in den Weg. Bleibt nur noch die Frage, wie wir mit dem Boot Verbindung aufnehmen. Wie wir unsere Einheiten an Ort und Stelle bringen, sehe ich inzwischen, Gentlemen, aber diese Hürde müssen wir noch nehmen. Sind wir uns vorerst also einig, *Invincible* und *Pogy* zum Abfangen in Stellung zu bringen?«

HMS Invincible

»Wie weit ist er noch von uns entfernt?«, fragte Ryan.

»Zweihundert Meilen. Wir können in zehn Stunden dort sein.« Captain Hunter markierte die Position auf der Seekarte. »*USS Pogy* läuft von Osten her auf die Stelle zu und sollte sich eine Stunde nach uns mit *Dallas* treffen. Damit liegen wir hundert Meilen östlich dieses Überwasserverbandes, wenn *Roter Oktober* eintrifft. Zum Donner, *Kiew* und *Kirow* keilen ihn von Osten und Westen her ein.«

»Ob der Kapitän des Bootes das wohl weiß?« Ryan sah sich die Karte an und schätzte die Distanz ab.

»Kaum. Er fährt tief, und sein Passiv-Sonar ist nicht so empfindlich wie unsere Anlagen. Auch der Seegang wirkt sich störend aus. Ein Zwanzig-Knoten-Wind an der Oberfläche kann selbst in dieser Tiefe einen verheerenden Effekt auf das Sonar haben.«

»Wir müssen ihn warnen.« Admiral White betrachtete sich eine Eilbotschaft. »Und zwar, wie hier steht, ›ohne Einsatz akustischer Geräte‹.«

»Und wie sollen wir das fertig bringen? Funkwellen reichen nicht so tief hinunter«, konstatierte Ryan. »Das weiß selbst ich. Mein Gott, der Mann hat viertausend Meilen zurückgelegt und soll kurz vorm Ziel versenkt werden.«

»Wie nimmt man mit einem U-Boot Verbindung auf?«

Commander Barclay hob den Kopf. »Gentlemen, wir wollen nicht mit einem U-Boot kommunizieren, sondern mit einem Mann.«

»Was haben Sie im Sinn?«, fragte Hunter.

»Was wissen wir über Marko Ramius?« Barclay machte schmale Augen.

»Er ist ein Draufgänger, ein typischer U-Boot-Fahrer, der sich einbildet, er könnte auf dem Wasser wandeln«, bemerkte Captain Carstairs.

»Und vorwiegend auf Jagd-U-Booten gedient hat«, fügte Barclay hinzu. »Er hat gewettet, sich unerkannt in einen amerikanischen Hafen schleichen zu können. Wenn wir ihn warnen wollen, müssen wir erst sein Selbstvertrauen erschüttern.«

»Erst müssen wir mit ihm reden«, wandte Ryan scharf ein.

»Das werden wir auch tun«, erwiderte Barclay, dessen Gedanken nun Form angenommen hatten, mit einem Lächeln. »Er ist ein ehemaliger *Jagd*-U-Boot-Kommandant und denkt immer noch wie ein Jäger, der seine Feinde angreift. Auf welche Weise tut das ein U-Boot-Kommandant?«

»Nun?«, fragte Ryan ungeduldig.

Barclays Vorschlag war nahe liegend. Nachdem sie eine Stunde lang über seine Idee diskutiert hatten, gab Ryan sie mit der Bitte um Genehmigung über Funk nach Washington weiter. Es folgte ein rascher Austausch technischer Informationen. *Invincible* musste sich bei Tageslicht mit dem U-Boot treffen, und da hierfür die Zeit nicht ausreichte, wurde die Operation um zwölf Stunden verschoben. *USS Pogy* stieß zum Verband der *Invincible* und fungierte zwanzig Meilen weiter östlich als Sonar-Wachposten. Eine Stunde vor Mitternacht funkte der ELF-Sender in Nordmichigan ein Kürzel: ›G.‹ Zwanzig Minuten später kam Dallas an die Oberfläche, um den Befehl zu empfangen.

Dreizehnter Tag

Mittwoch, 15. Dezember

USS Dallas
»Irrer Iwan!«, rief Jones wieder einmal. »Dreht nach Backbord ab!«

»Alles Stopp!«, befahl Mancuso, der einen Funkspruch in der Hand hielt, den er seit Stunden immer wieder kopfschüttelnd durchgelesen hatte.

»Alles Stopp, Sir«, erwiderte der Rudergänger.

»Volle Kraft zurück.«

»Volle Kraft zurück, Sir.« Der Rudergänger stellte den Befehl am Maschinentelegraphen ein und wandte sich mit fragender Miene um.

Überall in der *Dallas* hörte die Mannschaft Lärm, viel zu viel Lärm, als sich Schnüffelventile öffneten und Dampf auf die Rückwärtsschaufeln der Turbine strömen ließen, bis sich die Schraube verkehrt herum drehte. Dies erzeugte Vibrationen und achtern Kavitationslärm.

»Ruder hart Steuerbord.«

»Ruder hart Steuerbord, aye.«

»Skipper, hier Sonar. Wir machen eine Menge Kavitationslärm«, meldete sich Jones über die Bordsprechanlage.

»Verstanden, Sonar!«, versetzte Mancuso scharf.

»Fahrt nur noch vier Knoten«, meldete Lieutenant Goodman.

»Ruder mittschiffs, Maschinen Stopp.«

»Ruder mittschiffs, Maschinen Stopp, aye«, wiederholte der Rudergänger sofort, um nicht vom Kapitän angebrüllt zu werden. »Ruder mittschiffs, Sir.«

»Heiliger Strohsack!«, stöhnte Jones im Sonar-Raum. »Was hat der Skipper denn jetzt verzapft?«

Mancuso war eine Sekunde später im Sonar-Raum.

»Er dreht noch immer nach Backbord ab, Käpt'n, und liegt wegen unseres Manövers hinter uns«, bemerkte Jones so neutral wie möglich. Mancuso fand, dass das fast vorwurfsvoll klang.

»Wir stecken auf, Jones«, sagte Mancuso kühl.

Du bist hier der Boss, dachte Jones und verkniff sich jede weitere Bemerkung. Der Captain sah aus, als wollte er jemandem den Kopf abreißen, und Jones hatte gerade eine Monatsration Toleranz aufgebraucht. Er steckte seinen Kopfhörer auf den Empfänger des Schlepp-Sonars um.

»Maschinenlärm legt sich, Sir. Er fährt langsamer.« Jones legte eine Pause ein, ehe er die nächste Meldung wagte. »Sir, wir müssen annehmen, dass er uns gehört hat.«

»Das sollte er auch«, grollte Mancuso.

Roter Oktober

»Käpt'n, ein feindliches U-Boot!«, sagte der *Mitschman* aufgeregt.

»Ein Feind?«, fragte Ramius.

»Ein Amerikaner. Er hat uns wohl verfolgt und musste abbremsen, um bei unserem Manöver eine Kollision zu vermeiden. Eindeutig ein Amerikaner, an Backbord, Distanz unter einem Kilometer.« Er reichte Ramius seinen Kopfhörer.

»Ein *688*«, sagte Ramius zu Borodin. »Verflucht! Er muss uns im Lauf der letzten zwei Stunden zufällig erwischt haben. Pech!«

USS Dallas

»Okay, Jones, tasten Sie ihn ab.« Mancuso gab persönlich den Befehl, das Aktiv-Sonar einzusetzen. *Dallas* war langsam herumgedriftet und nun zum Stillstand gekommen.

Jones, der noch übers passive System den Reaktorgeräuschen des Kontakts lauschte, zögerte kurz. Dann streckte er den Arm aus und schaltete die Stromversorgung der aktiven Wandler des BQQ-5 im Bug ein.

Ping! Eine Wellenfront aus Schallenergie wurde auf das Ziel losgelassen.

Pong! Die Welle wurde vom Stahlrumpf reflektiert und kehrte zur *Dallas* zurück.

»Distanz zum Ziel 960 Meter«, sagte Jones. Der Rückimpuls wurde von dem BC-10-Rechner verarbeitet, bis grobe Umrisse zu erkennen waren. »Zielkonfiguration übereinstimmend mit strategischem Boot der *Typhoon*-Klasse. Siebzig Grad Backbord voraus. Kein Doppler-Effekt. Er liegt still.« Sechs weitere Sonar-Signale bestätigten dies.

»Pingen einstellen«, wies Mancuso an. Ein schwacher Trost war, dass er den Kontakt richtig eingeschätzt hatte.

Jones stellte das aktive System ab. Wozu war das gut?, fragte er sich. Fehlt bloß noch, dass ich dem Kontakt die Nummer am Bug ablese.

Roter Oktober

Alle Mann wussten nun, dass sie erfasst worden waren. Der Sonar-Schall war wie ein Peitschenhieb durch den Rumpf gefahren. Dieses Geräusch hörte kein U-Boot-Fahrer gern. Als ob wir nicht schon genug Ärger mit dem Reaktor hätten, dachte Ramius. Vielleicht kann ich mir das zunutze machen –

HMS Invincible

»Den Zeitfaktor haben wir fein hingekriegt«, sagte Admiral White.

»Glück«, bemerkte Ryan.

»Glück gehört auch dazu, Jack.«

HMS *Bristol* hatte die von den beiden U-Booten verursachten Geräusche als Erste aufgefangen, obwohl sie über eine Entfernung von fünf Meilen kaum wahrnehmbar waren. Das Irrer-Iwan-Manöver hatte drei Meilen entfernt geendet, und den drei Schiffen waren dank der aktiven Sonar-Emissionen der *Dallas* recht akkurate Positionsbestimmungen ermöglicht worden.

»Es sind zwei Hubschrauber unterwegs, Sir«, meldete Captain Hunter. »In einer Minute oder so werden sie auf Station sein.«

»Signalisieren Sie *Bristol* und *Fife*, sie sollen sich luvwärts von uns halten. Ich will *Invincible* zwischen ihnen und dem Kontakt haben.«

»Aye aye, Sir.« Hunter gab den Befehl an den Kommunikationsraum weiter. Die Männer auf den Zerstörern würden diesen Befehl sonderbar finden. Seit wann wurden Zerstörer von einem Träger geschützt?

Wenige Sekunden später schwebten zwei Sea-King-Hubschrauber fünfzehn Meter über der Wasseroberfläche und senkten an Stahlkabeln Sonar-Geräte ab. Diese Anlagen waren weniger leistungsfähig als die auf Schiffen, und ihre Signale hatten unverwechselbare Eigentümlichkeiten. Die von ihnen gesammelten Daten gingen über eine digitale Funkverbindung an die *Invincible.*

USS Dallas

»Engländer«, sagte Jones sofort. »Hubschrauberdisloziertes Gerät, vermutlich Modell 195. Demnach ist das große Schiff im Süden ein britischer Baby-Träger mit zwei Zerstörern, Sir.«

Mancuso nickte. »HMS *Invincible.* Sie nahm auf unserer Seite des Teichs an FLINKER DELPHIN teil. Die beste Anti-U-Boot-Einheit, über die die Briten verfügen.«

»Der Dicke kommt auf uns zu, Sir, Fahrt zehn Knoten. Die Hubschrauber – es sind zwei – haben uns und den Kontakt erfasst. Ansonsten kann ich keine anderen U-Boote hören.«

HMS Invincible

»Positiver Sonar-Kontakt«, drang es aus dem Lautsprecher. »Zwei U-Boote. Zwei Meilen von *Invincible* entfernt, Richtung null-zwei-null.«

»So, und jetzt wird's knifflig«, sagte Admiral White.

Ryan und die vier eingeweihten Offiziere der Royal Navy standen auf der Flaggbrücke, als *Invincible* langsam nach Norden lief und von dem direkten Kurs zu den beiden Kontakten leicht nach links abwich. Alle suchten das Kontaktgebiet mit starken Ferngläsern ab.

»Denn mal zu, Kapitän Ramius«, sagte Ryan leise. »Sollst doch so eine Kanone sein. Beweise es!«

Roter Oktober
Ramius war wieder im Kontrollraum und studierte mit finsterer Miene die Karte. Dass ihm aus Zufall eine amerikanische *Los Angeles* in die Quere gekommen war, ging ja noch an, aber er war in einen kleinen Einsatzverband hineingelaufen, einen englischen obendrein. Wie das? Vermutlich eine Übung. Amerikaner und Briten arbeiteten oft zusammen, und es war sein Pech, mitten in eine solche Übung geraten zu sein. Nun musste er ihnen entwischen, ehe er seinen Plan weiter ausführte. Das war einfach. Wirklich? Ein Jagd-U-Boot, ein Träger und zwei Zerstörer hatten es auf ihn abgesehen. Was sonst noch? Das musste er genau wissen, wenn er sie alle abhängen wollte. Ein Ausweichmanöver würde den größten Teil des Tages in Anspruch nehmen. Zuerst aber musste er erfahren, mit wem er es aufzunehmen hatte. Gleichzeitig gab er ihnen zu verstehen, dass er selbstsicher war und *sie* jagen konnte, wenn er nur wollte.

»Borodin, gehen Sie auf Periskoptiefe. Alle Mann auf Gefechtsstation.«

HMS Invincible
»Komm hoch, Marko«, drängte Barclay. »Wir haben eine Nachricht für dich.«

»Hubschrauber meldet, dass Kontakt auftaucht«, kam es aus dem Lautsprecher.

»So ist's recht!«, Ryan hieb auf die Reling.

White ging ans Telefon. »Rufen Sie einen Hubschrauber ab.«

Die Entfernung zu *Roter Oktober* betrug nun nur noch anderthalb Meilen. Ein Sea King stieg auf, begann zu kreisen und holte den Sonar-Wandler ein.

»Kontakt in hundertfünfzig Meter Tiefe, taucht langsam auf.«

Roter Oktober
Borodin ließ die Trimmtanks langsam leeren. Das Raketen-U-Boot erhöhte seine Geschwindigkeit auf vier Knoten

und wurde nun überwiegend von der Wirkung der Tiefenruder nach oben getragen. Der *Starpom* tauchte mit Bedacht langsam auf, und Ramius ließ sein Boot direkt auf die *Invincible* zulaufen.

HMS Invincible

»Hunter, können Sie noch morsen?«, fragte Admiral White.

»Ich glaube schon, Admiral«, antwortete Hunter. Alle begannen die Erregung zu spüren. Was für eine Chance!

Ryan schluckte krampfhaft. Im Lauf der vergangenen zwei Stunden, seit die *Invincible* still in der schweren Dünung gelegen hatte, war seine Seekrankheit schlimmer geworden. Die Tabletten vom Schiffsarzt hatten geholfen, aber die Erregung machte die Übelkeit noch ärger. Er stand auf der Flaggbrücke vierundzwanzig Meter hoch überm Wasser. Was soll's, dachte er, wenn ich kotzen muss, ist wenigstens nichts im Weg.

USS Dallas

»Rumpfexpansionsgeräusche, Sir«, sagte Jones. »Ich glaube, sie tauchen auf.«

»Sie tauchen auf?«, versetzte Mancuso verwundert und dachte kurz nach. »Ja, klar – das ist ein Draufgänger, der erst wissen will, mit wem er es zu tun hat, ehe er versucht, sich dünne zu machen. Wetten, dass er nicht weiß, dass wir ihn seit zwei Tagen verfolgt haben?« Der Captain ging nach vorn ins Angriffszentrum.

»Sieht so aus, als ginge er an die Oberfläche, Skipper«, meinte Mannion. »Ganz schön blöd.« Mannion hielt nicht viel von U-Boot-Kapitänen, die sich zu sehr auf ihre Periskope verließen. Zu viele guckten sich zu lange die Welt an. War das eine Reaktion auf die Enge in den Booten, das Bedürfnis, sich davon zu überzeugen, dass die Welt noch existierte und dass die Instrumente korrekt anzeigten? Sehr menschlich, dachte Mannion, aber auch recht gefährlich …

»Tauchen wir auch auf, Skipper?«

»Ja, aber ganz sachte.«

HMS Invincible
Der Himmel war zur Hälfte mit weißen Schäfchenwolken bedeckt, deren graue Unterseiten Regen ankündigten. Von Südwest her wehte ein Zwanzig-Knoten-Wind, und die zwei Meter hohen Seen trugen Schaumkronen. Ryan sah *Bristol* und *Fife* luvwärts ihre Stationen halten. Ohne Zweifel kommentierten ihre Kapitäne diese Disposition mit ein paar saftigen Kraftausdrücken. Die amerikanischen Begleitschiffe waren am Vortag abberufen worden und liefen nun auf die *New Jersey* zu.

White war inzwischen wieder am Telefon. »Commander, verständigen Sie mich sofort, wenn Sie vom Zielgebiet ein Radarecho bekommen. Richten Sie jede verfügbare Antenne auf diese Stelle. Und ich möchte sofort erfahren, wenn von diesem Gebiet Sonar-Signale ausgehen – genau. Tiefe des Ziels? Wie Sie wollen. Rufen Sie den zweiten Hubschrauber zurück. Beide sollen luvwärts Position nehmen.«

Sie waren sich einig, dass die Nachricht am besten durch Signallampe übermittelt wurde, da sie nur auf direkter Sichtlinie entziffert werden konnte. Hunter trat mit einem Bogen, den Ryan ihm gegeben hatte, ans Blinklicht. Die normalerweise hier Dienst habenden Unteroffiziere und Signalgasten waren abkommandiert worden.

Roter Oktober
»Dreißig Meter, Genosse Kapitän«, meldete Borodin. Im Kontrollraum war eine Gefechtswache aufgestellt worden.

»Periskop«, sagte Ramius gelassen. Das geölte Stahlrohr wurde von seiner Hydraulik zischend ausgefahren. Der Kapitän reichte einem Junioroffizier seine Mütze, beugte sich vor und schaute ins Okular. »Aha, drei gegnerische Schiffe. HMS Invincible. ›Unbesiegbar‹ – was für ein arroganter Name!«, höhnte er seinen Zuhörern zuliebe. »Und zwei Begleitschiffe – *Bristol* und ein Kreuzer der *County*-Klasse.«

Ramius entdeckte es nicht sofort. Er suchte rundum den Horizont nach weiteren Schiffen oder Flugzeugen ab. Doch dann fiel ihm das Blinklicht auf. Rasch versuchte er, es zu entziffern. Erst nach einer Welle ging ihm auf, dass es direkt auf ihn gerichtet war.

> AAA AAA AAA ROTER OKTOBER ROTER OKTOBER VERSTEHEN SIE MICH VERSTEHEN SIE MICH BITTE GEBEN SIE EIN SIGNAL MIT AKTIV SONAR WENN SIE VERSTEHEN BITTE GEBEN SIE EIN SIGNAL MIT AKTIV SONAR WENN SIE MICH VERSTEHEN AAA AAA AAA ROTER OKTOBER ROTER OKTOBER VERSTEHEN SIE MICH VERSTEHEN SIE MICH

Der Blinkspruch wurde unablässig wiederholt. Anfangs glaubte Ramius, das etwas ungelenke Signal sei für das amerikanische U-Boot bestimmt. Dann aber, als er es im Kopf übersetzte, wurden seine Knöchel an den Griffen des Periskops weiß.

»Borodin«, sagte er, nachdem er den Spruch zum vierten Mal entziffert hatte, »stellen wir übungshalber die Zielkoordinaten für *Invincible* fest. Verflucht, der Entfernungsmesser am Periskop klemmt. Pingen Sie einmal, Genosse. Nur ein einziges Mal, zur Entfernungsbestimmung.«

Ping!

HMS Invincible

»Ein Ping vom Kontaktgebiet, Sir. Klingt russisch«, drang es aus dem Lautsprecher.

White griff nach dem Hörer. »Danke. Halten Sie uns auf dem Laufenden.« Er legte wieder auf. »Nun, Gentlemen …«

»Er hat reagiert!«, schrie Ryan. »Rasch, senden Sie den Rest!«

»Sofort.« Hunter grinste wie ein Geistesgestörter.

> ROTER OKTOBER ROTER OKTOBER IHRE GESAMTE FLOTTE JAGT SIE IHRE GESAMTE FLOTTE JAGT SIE ZAHLREICHE SCHIFFE BLOCKIEREN IHREN WEG ZAHLREICHE JAGD U BOOTE WERDEN SIE ANGREIFEN WIEDERHOLE ZAHLREICHE JAGD U

BOOTE WERDEN SIE ANGREIFEN FAHREN SIE ZU TREFFPUNKT 33N 75W UNSERE SCHIFFE ERWARTEN SIE DORT GEBEN SIE BITTE ZUM ZEICHEN IHRES EINVERSTÄNDNISSES EIN SONAR SIGNAL

Roter Oktober

»Distanz zum Ziel, Borodin?«, fragte Ramius und wünschte sich mehr Zeit. Das Signal wurde laufend wiederholt.

»Zweitausend Meter, Genosse Kapitän. Ein schönes, dickes Ziel, wenn wir nur –« Die Stimme des *Starpom* verlor sich, als er die Miene seines Kommandanten sah.

Sie kennen unseren Namen, dachte Ramius, *sie wissen, wie wir heißen! Wie ist das möglich? Sie wussten genau, wo wir zu finden waren! Wie haben die Amerikaner das fertig gebracht? Wie lange hat uns das Los-Angeles-Boot schon verfolgt? Entscheide dich – du musst dich entscheiden!*

»Genosse, pingen Sie das Ziel noch einmal an.«

HMS Invincible

»Noch ein Ping, Admiral.«

»Danke.« White sah Ryan an. »Nun, Jack, es hat den Anschein, als hätten Sie mit Ihrer Vermutung richtig gelegen. Nicht übel.«

»Von wegen nicht übel, Euer Lordschaft! Irre!« Ryan warf begeistert die Arme hoch. Seine Seekrankheit war vergessen. Dann beruhigte er sich wieder. »Verzeihung, Admiral. Wir haben jetzt einiges zu tun.«

USS Dallas

Ihre gesamte Flotte jagt Sie ... Fahren Sie zu Treffpunkt 33N 75W. Was geht hier vor?, fragte sich Mancuso, der das Ende des zweiten Blinkspruchs mitbekommen hatte.

»Skipper, hier Sonar. Rumpfgeräusche vom Kontakt. Er taucht ab. Maschinenlärm wird lauter.«

»Periskop einfahren.« Mancuso ging ans Telefon. »Verstanden, Sonar. Sonst noch etwas, Jones?«

»Nein, Sir. Die Hubschrauber sind fort, und von den Schiffen kommen keine Emissionen. Was läuft hier, Sir?«

»Keine Ahnung.« Mancuso schüttelte den Kopf. Mannion befahl einen Kurs und nahm die Verfolgung von *Roter Oktober* wieder auf. Was, zum Teufel, geht hier vor?, fragte sich der Captain. Warum signalisiert ein britischer Träger an ein russisches U-Boot und warum schickte man es zu einem Treffpunkt vor der Küste von North und South Carolina? Wessen U-Boote blockieren ihm den Weg? Das kann doch nicht wahr sein. Ausgeschlossen! So was gibt's doch nicht –

HMS Invincible
Ryan stand im Kommunikationsraum. »KASPAR AN OLYMPUS«, tippte er in das Chiffriergerät ein, das man ihm beim CIA mitgegeben hatte. »HABE HEUTE AUF MEINER MANDOLINE GESPIELT. KLANG GANZ NETT. PLANE EIN KLEINES KONZERT AM ÜBLICHEN ORT. RECHNE MIT GUTEN KRITIKEN. ERWARTE INSTRUKTIONEN.« Noch vor kurzem hatte Ryan über die Codewörter lachen müssen. Jetzt lachte er aus einem ganz anderen Grund.

Weißes Haus
»Ryan rechnet also damit, dass die Mission erfolgreich verläuft«, bemerkte Pelt. »Es geht zwar alles nach Plan, aber die Codegruppe für garantierten Erfolg hat er nicht gesendet.«

Der Präsident machte es sich bequem. »Der Mann ist ehrlich. Es kann immer etwas schief gehen. Sie müssen aber zugeben, dass es im Augenblick gut aussieht.«

»Den Plan der Generalstabschefs finde ich einfach wahnwitzig, Sir.«

»Mag sein, aber Sie versuchen jetzt schon seit Tagen, eine Schwachstelle zu finden – ohne Erfolg. Warten Sie nur ab. Bald sehen wir klarer.«

HMS Invincible
»OLYMPUS AN KASPAR. ICH MAG ALTMODISCHE MANDOLINENMUSIK. KONZERT KANN STATTFINDEN«, lautete die Antwort aus Washington.

Ryan lehnte sich genüsslich zurück und trank einen Schluck Brandy. »Sehr gut. Wie es mit dem Plan wohl weitergeht?«

»Ich nehme an, dass Washington uns informieren wird. Im Augenblick aber«, meinte Admiral White, »müssen wir zurück nach Westen laufen, um uns zwischen *Roter Oktober* und die sowjetische Flotte zu setzen.«

Tiefsee-Rettungsfahrzeug Avalon
Lieutenant Ames betrachtete sich die Szene durch das winzige Bullauge im Bug der *Avalon.* Die *Alfa* lag auf der linken Seite und war offenbar heftig mit dem Heck voran auf den Grund aufgeschlagen. Eine Schaufel der Schraube war abgebrochen, das untere Ruderblatt geknickt. Das gesamte Heck mochte verzogen sein, doch das ließ sich unter den schlechten Sichtverhältnissen in dieser Tiefe schwer beurteilen.

»Langsam voraus«, sagte er und betätigte Bedienungshebel. Hinter ihm überwachten ein Leutnant und ein Obermaat die Instrumente und waren zum Ausfahren des Schwenkarms bereit, der eine Fernsehkamera und Flutlichter trug. Mit ihrer Hilfe hatte man ein weiteres Gesichtsfeld als durch die Bullaugen. Das DSRV kroch mit einem Knoten Fahrt vorwärts. Die Sichtweite betrug trotz der Millionen Kerzen starken Bugscheinwerfer keine zwanzig Meter. Der Meeresgrund war an dieser Stelle ein tückischer, mit Felsblöcken übersäter Schlickhang. Es hatte den Anschein, dass die *Alfa* nur von ihrem Turm, der sich wie ein Keil in den Grund gebohrt hatte, am weiteren Abgleiten gehindert worden war.

»Mein Gott!« Der Obermaat hatte es als erster entdeckt. Im Rumpf der *Alfa* war ein Riss. Aber war das wirklich ein Riss?

»Reaktorunfall«, sagte Ames leidenschaftslos. »Etwas hat sich durch den Rumpf gefressen. Zum Teufel, dabei ist er aus Titanium! Von innen heraus durchgebrannt. Dort ist eine zweite Schmelzstelle. Die ist größer, scheint fast einen Meter Durchmesser zu haben. An der Unfallursache kann kein Zweifel bestehen. Zwei Abteilungen sind leck.« Ames sah hinüber auf den Tiefenmesser: 573 Meter. »Kommt das alles auf Band?«

»Aye, Skipper«, antwortete der Leutnant. »Scheußlicher Tod. Die armen Schweine.«

»Kommt drauf an, was sie vorhatten.« Ames manövrierte die *Avalon* um den Bug des gesunkenen U-Bootes herum, steuerte mit Hilfe der schwenkbaren Schrauben und veränderte leicht die Trimmung, bis das Rettungsfahrzeug über dem Havaristen schwebte. »Sehen Sie irgendwelche Anzeichen für einen Rumpfriss?«

»Nein«, erwiderte der Leutnant, »nur die beiden Brandlöcher. Was ist da wohl passiert?«

»Ein echtes China-Syndrom. Irgendwann musste es ja passieren.« Ames schüttelte den Kopf. Bei der Navy wurde eines immer wieder gepredigt: Reaktorsicherheit. »Bringen Sie den Wandler an den Rumpf. Mal sehen, ob noch jemand am Leben ist.«

»Aye.« Der Leutnant ging an die Bedienung für den Schwenkarm, während Ames sich bemühte, die *Avalon* an Ort und Stelle zu halten. Einfach war keine dieser beiden Aufgaben, denn das DSRV schwebte knapp überm Turm. Wenn es überhaupt Überlebende gab, mussten sie sich im Kontrollraum oder im Bug befinden. Achtern war der Havarist total geflutet.

»Ich habe Kontakt.«

Alle drei Männer lauschten angestrengt und hoffnungsvoll.

»Vielleicht schlafen sie.« Der Obermaat schaltete das Ortungs-Sonar ein. Hochfrequenzwellen schwangen durch beide Boote. Der Lärm hätte Tote aufwecken können, bewirkte aber keine Reaktion. Der Sauerstoffvorrat der *Politowski* war am Tag zuvor zur Neige gegangen.

»Das wär's dann wohl«, sagte Ames leise. Er steuerte die Avalon nach oben und hielt nach einer Abwurfstelle für eine Sonar-Boje Ausschau. Inzwischen zog der Leutnant den Arm ein. Wenn das Wetter an der Oberfläche besser war, würden sie zurückkommen. Die Navy konnte sich die Gelegenheit, ein Boot der *Alfa*-Klasse zu inspizieren, nicht entgehen lassen, und die *Glomar Explorer* lag ungenutzt irgendwo an der Westküste. Ames hielt es nicht für ausgeschlossen, dass man sie reaktivierte.

CIA-Zentrale

»CARDINAL arbeitet noch für uns«, sagte Moore zu Ritter.

»Dem Himmel sei gedankt.« Ritter setzte sich.

»Es ist eine Meldung von ihm unterwegs. Diesmal brachte er sie auf die übliche Weise auf den Weg und riskierte nichts. Mag sein, dass er es im Krankenhaus mit der Angst zu tun bekam. Ich habe angeboten, ihn herauszuholen.«

»Schon wieder?«

»Bob, wir müssen ihm die Möglichkeit geben.«

»Ich weiß. Schließlich habe ich mich vor ein paar Jahren selbst erboten, ihn aus Russland herausschmuggeln zu lassen. Der Alte will einfach nicht aufhören. Sie wissen ja, dass manche Leute süchtig nach Gefahr sind. Vielleicht hat er seinen Hass noch nicht abreagiert. – Senator Donaldson hat mich angerufen.« Donaldson war der Vorsitzende des Sonderausschusses für Geheimdienstangelegenheiten.

»So?«

»Er will von uns wissen, was vorgeht, nimmt uns die Legende von einer Rettungsoperation nicht ab und glaubt, dass mehr dahintersteckt.«

Richter Moore lehnte sich zurück. »Wer hat ihm das wohl eingeblasen?«

»Keine Ahnung. Ich finde, wir sollten ihm einmal auf den Zahn fühlen. Es wird langsam Zeit und die Gelegenheit ist günstig.«

Die beiden hohen Beamten diskutierten den Fall eine Stunde lang. Bevor Ritter zum Kapitol aufbrach, ließ er sich seinen Plan vom Präsidenten genehmigen.

Washington

Donaldson ließ Ritter fünfzehn Minuten lang im Vorzimmer warten und las derweil Zeitung. Er wollte Ritter in seine Schranken weisen. Bemerkungen des DDO über undichte Stellen im Kongress hatten den Senator aus Connecticut an einer empfindlichen Stelle getroffen, und er fand es an der Zeit, diesen Verwaltungsbeamten einmal den Unterschied zwischen ihnen und den gewählten Volksvertretern klarzumachen.

»Tut mir Leid, dass ich Sie warten lassen musste, Mr. Ritter.« Donaldson blieb sitzen und streckte auch die Hand nicht aus.

»Macht nichts, Sir. Ich nutzte die Gelegenheit, mal in ein Nachrichtenmagazin zu schauen. Bei meinem Arbeitspensum komme ich nicht oft dazu«, stichelte Ritter.

»So, und was treiben die Sowjets?«

»Senator, ehe ich auf dieses Thema komme, muss ich Ihnen sagen, dass diese Besprechung mit dem Präsidenten abgesprochen wurde. Die Informationen sind ausschließlich für Sie bestimmt, Sir. So lautet die Anweisung aus dem Weißen Haus.«

»Ich sitze nicht allein im Ausschuss, Mr. Ritter.«

»Sir, ich kann diese Information nur preisgeben, wenn ich Ihr Ehrenwort habe«, meinte Ritter mit einem Lächeln. »So lauten meine Anweisungen. Ich arbeite für die Exekutive, Senator, und bekomme meine Weisungen vom Präsidenten.« Ritter hoffte, dass das Tonbandgerät in seiner Tasche das alles aufzeichnete.

»Einverstanden«, sagte Donaldson zögernd. Einerseits ärgerte er sich über die lächerlichen Restriktionen, andererseits fühlte er sich geschmeichelt, weil er eingeweiht wurde. »Weiter.«

»Offen gesagt, wissen wir nicht ganz genau, was vorgeht«, sagte Ritter.

»Wie bitte? Sie verpflichten mich zur Verschwiegenheit, damit ich niemandem verrate, dass man beim CIA im Dunkeln tappt?«

»Ich sagte, wir wissen nicht *genau*, was sich abspielt. Es sieht so aus, als habe jemand dem Stab der sowjetischen Nordflotte einen Streich gespielt. Ich kann es nicht mit Sicherheit sagen, aber wir glauben, dass es die Polen waren.«

»Wieso die Polen?«

»Genau weiß ich das auch nicht, aber Franzosen und Israelis haben gute Verbindungen zu den Polen. Außerdem herrscht eine lang währende Auseinandersetzung zwischen Polen und Sowjets. Mit einiger Sicherheit kann ich sagen, dass dies nicht das Werk eines westlichen Nachrichtendienstes ist.«

»Und was wird nun gespielt?«, herrschte Donaldson.

»Unserer Vermutung nach hat jemand eine, wenn nicht gar drei Fälschungen in Umlauf gesetzt, um bei der sowjetischen Marine Verwirrung zu stiften – doch was immer es auch war, es ist außer Kontrolle geraten. Den Israelis zufolge ist eine Menge Leute verzweifelt bemüht, sich den Rücken freizuhalten. Man könnte annehmen, dass man erst den Einsatzbefehl eines U-Bootes geändert und dann einen Brief von seinem Kapitän gefälscht hat, in dem der Abschuss der Raketen angedroht wird. Erstaunlich ist nur, dass die Russen darauf hereinfielen.« Ritter runzelte die Stirn. »Mag sein, dass wir das Ganze falsch interpretiert haben. Fest steht nur, dass jemand, vermutlich die Polen, den Russen einen bösen Streich gespielt hat.«

»Aber wir spielen dabei doch nicht, oder?«, fragte Donaldson anzüglich.

»Ausgeschlossen, Sir! Wenn wir so etwas versuchten, könnten sich die Russen revanchieren. So etwas kann einen Krieg auslösen, und Sie wissen genau, dass der Präsident es nie zulassen würde.«

»Und wenn jemand beim CIA sich nicht um den Präsidenten schert?«

»In meiner Abteilung wäre das unvorstellbar! Das würde mich den Kopf kosten. Glauben Sie wirklich, wir könnten eine solche Operation durchführen und erfolgreich tarnen? Schön wär's, Senator.«

»Warum ist es den Polen gelungen?«

»Wir hören schon seit einiger Zeit von einer Dissidentengruppe im polnischen Geheimdienst, die den Sowjets nicht besonders grün ist. Dafür gäbe es mehrere Gründe. Zuerst einmal die Erbfeindschaft – die Russen scheinen zu vergessen, dass die Polen die Nation dem Kommunismus voranstellen. Meiner Schätzung nach hat es etwas mit dem Papstbesuch zu tun, von der Verhängung des Ausnahmezustands ganz zu schweigen. Der Papst hat Polen aufgewertet und Dinge für sein Land getan, die selbst die Anerkennung von Parteimitgliedern finden. Und dann kam der Iwan und brachte das Land unter die Knute – wundert es Sie noch, dass die Polen wütend sind? Und was ihre Fähigkeiten betrifft – man scheint zu vergessen, wie hervorragend der polnische Geheimdienst schon immer war. Die Polen sind auf diesem Gebiet genauso tüchtig wie die Israelis, und zwar aus demselben Grund: sie haben Feinde im Osten und im Westen. In einer solchen Situation wachsen gute Agenten heran. Wir wissen mit Sicherheit, dass sie zahlreiche Leute in der Sowjetunion haben, meist Gastarbeiter, die Narmonows Wirtschaftshilfe abgelten. Viele polnische Ingenieure arbeiten auf sowjetischen Werften. Die Polen haben viele Schiffe für die russische Handelsmarine gebaut. Ihre Werften sind leistungsfähiger, und in letzter Zeit haben sie sowjetischen Werften technische Entwicklungshilfe geleistet, besonders auf dem Gebiet der Qualitätskontrolle.«

»Der polnische Geheimdienst hat den Sowjets also einen Streich gespielt«, summierte Donaldson. »War Gorschkow nicht einer der Falken, der auf Einmarsch in Polen drängte?«

»Gewiss, aber er ist nur aus Zufall Opfer dieses Verwirrspiels geworden, dessen Zweck die Bloßstellung Moskaus ist. Die Tatsache, dass das Ziel der Attacke die sowjetische Marine ist, muss als nebensächlich gelten. Absicht der Aktion ist, bei den Oberkommandos der sowjetischen Streitkräfte Verwirrung zu stiften, und die befinden sich in Moskau. Wenn ich nur wüsste, was wirklich vorgeht! Den wenigen vorliegenden Informationen nach zu urteilen, ist diese Operation ein Meisterstück. Wir versuchen, das Rätsel zu lösen, und die Briten, Franzosen und Israelis ebenfalls – Benny Herzog von Mossad spielt angeblich verrückt. Tricks dieser Art lassen die Israelis regelmäßig auf ihre Nachbarn los. Offiziell behaupten sie, nicht mehr zu wissen, als sie uns mitgeteilt haben. Vielleicht stimmt das auch. Vielleicht haben sie die Polen technisch unterstützt – schwer zu sagen. Fest steht, dass die sowjetische Marine eine Bedrohung für Israel darstellt. Wir brauchen mehr Zeit. Die israelische Connection sieht mir im Augenblick noch zu eindeutig aus.«

»Sie wissen also nicht, was vorgeht, sondern kennen nur den Hintergrund.«

»Senator, das ist nicht so einfach. Geben Sie uns ein bisschen Zeit. Im Augenblick wollen wir vielleicht gar nicht so genau informiert sein. Fest steht, dass jemand der sowjetischen Marine eine kolossale Desinformation verkauft hat, anfangs wohl in der Absicht, sie ein wenig durcheinander zu bringen. Inzwischen aber ist die Angelegenheit außer Kontrolle geraten. Wie oder weshalb das so kam, wissen wir nicht. Sie können sich aber darauf verlassen, dass der Verantwortliche bemüht ist, seine Spuren zu verwischen.« Ritter sorgte dafür, dass der Senator ihn genau verstand. »Wenn die Sowjets herausfinden, wer dahintersteckt, werden sie sehr unangenehm reagieren – darauf können Sie sich verlassen. In ein paar Wochen wissen wir mehr. Die Israelis sind uns einiges schuldig und werden uns früher oder später einweihen.«

»Gegen zwei F-15 und ein Rudel Panzer«, bemerkte Donaldson sarkastisch.

»Für uns ein guter Handel.«

»Wozu die Geheimniskrämerei, wenn wir nichts damit zu tun haben?«

»Senator, Sie haben mir Ihr Wort gegeben«, erinnerte Ritter. »Würden uns die Sowjets abnehmen, dass wir nicht beteiligt sind, wenn hier etwas durchsickert? Nie! Wir versuchen, die Methoden der Geheimdienste zu zivilisieren. Wir sind zwar immer noch Gegner, aber der Dauerkonflikt zwischen den Nachrichtendiensten kommt auf die Dauer zu teuer und ist für beide Seiten gefährlich. Und außerdem: Wenn wir je die ganze Wahrheit herausfinden, könnten wir sie womöglich zu unserem Vorteil verwenden.«

»Diese Gründe widersprechen sich.«

Ritter lächelte. »Geheimdienste spielen nach sonderbaren Regeln. Wenn wir herausfinden, wer dahintersteckt, können wir das ausspielen. Auf jeden Fall, Senator, haben Sie mir Ihr Wort gegeben. Ich werde das dem Präsidenten melden.«

»Wie Sie wollen.« Donaldson erhob sich. Die Audienz war zu Ende. »Ich verlasse mich darauf, dass Sie uns über weitere Entwicklungen informieren.«

»Dazu sind wir verpflichtet, Sir.« Ritter stand auf.

»Allerdings. Danke für Ihren Besuch.« Sie gaben sich nicht die Hand.

Ritter trat in den Korridor, ohne durchs Vorzimmer zu gehen. Gegen seine Gewohnheit wandte er sich zur Treppe und nicht zum Aufzug. Mit einem bisschen Glück hatte er gerade eine alte Rechnung beglichen. Draußen wartete sein Wagen. Er wies seinen Fahrer an, zum FBI-Gebäude zu fahren.

»Keine CIA-Operation?«, fragte Henderson, der Assistent des Senators, der ins Zimmer getreten war.

»Nein, ich nehme ihm das ab«, sagte Donaldson. »Für so ein Täuschungsmanöver ist er nicht schlau genug.«

»Warum feuert ihn der Präsident eigentlich nicht?«, kommentierte Henderson. »Na, vielleicht ist es besser, wenn auf seinem Posten ein inkompetenter Mann sitzt.« Der Senator pflichtete ihm bei.

Nachdem er in sein Arbeitszimmer zurückgekehrt war, verstellte Henderson die Jalousie an seinem Fenster, obwohl die Sonne auf der anderen Seite des Gebäudes stand. Eine Stunde später schaute der Fahrer eines Black-&-White-Taxis zum Fenster auf.

Henderson blieb an diesem Abend lange im Büro. Das Hart-Haus war fast leer, da die Weihnachtsferien des Kongresses schon begonnen hatten. Donaldson war noch hier, weil er als Vorsitzender des Geheimdienstausschusses mehr zu tun hatte, als ihm um diese Jahreszeit lieb war. Henderson fuhr mit dem Aufzug zur Empfangshalle im

Erdgeschoss; er sah aus wie der typische Assistent eines Senators – grauer Dreiteiler, teurer Aktenkoffer, piekfein frisiert, unbeschwerter Schritt. Ein Black-&-White-Taxi kam um die Ecke und hielt an, um einen Fahrgast aussteigen zu lassen. Henderson stieg ein.

»Watergate«, sagte er. Zu reden begann er erst ein paar Straßen weiter.

Henderson hatte eine bescheidene Einzimmerwohnung im Watergate-Komplex; ein Sachverhalt, den er komisch fand. Am Ziel gab er dem Fahrer kein Trinkgeld. Als er schon zum Hauseingang unterwegs war, stieg eine Frau ins Taxi. Am frühen Abend haben Taxifahrer in Washington viel zu tun.

»Georgetown University, bitte«, sagte die hübsche junge Frau mit kastanienbraunem Haar und einem Stoß Bücher unterm Arm.

»Abendkurs?«, erkundigte sich der Fahrer und sah in den Rückspiegel.

»Nein, eine Prüfung«, erwiderte das Mädchen etwas beklommen. »In Psychologie.«

»Mit Gemütsruhe kommt man am besten durchs Examen«, riet der Fahrer.

Special-Agent Hazel Loomis rückte ihren Bücherstoß zurecht. Ihre Handtasche fiel zu Boden. »Mist!« Sie beugte sich vor, um sie aufzuheben, und griff dabei nach einem Minitonbandgerät, das unter dem Fahrersitz lag.

Die Fahrt zur Universität dauerte fünfzehn Minuten. Der Fahrpreis betrug 3,85 Dollar. Hazel Loomis gab dem Mann einen Fünf-Dollar-Schein und meinte, er könne den Rest behalten. Dann überquerte sie den Campus und bestieg einen Ford, der sie geradewegs zum J.-Edgar-Hoover-Building brachte. Die Vorbereitung dieser Aktion hatte so viel Arbeit gemacht – und am Ende war es so einfach gewesen!

Pentagon

»Gentlemen, Sie sind hergebeten worden, weil Sie Geheimdienstoffiziere sind, die über ausreichende Kenntnisse in U-Boot-Technik und Russisch verfügen«, sagte Davenport zu vier Offizieren, die in seinem Arbeitszimmer saßen. »Ich brauche Männer mit Ihren Qualifikationen. Dieser Auftrag geht nur an Freiwillige, da er ziemlich gefährlich ist. Andererseits kann ich Ihnen sagen, dass es sich um einen Traumjob für einen Geheimdienstoffizier handelt – aber es ist ein Traum, von dem Sie niemandem etwas erzählen dürfen. Das ist uns ja allen nicht neu, oder?« Davenport gestattete sich ein seltenes Lächeln. »Wie es so schön heißt: Wenn Sie einsteigen wollen, gut, wenn nicht, können Sie jetzt gehen, und es wird kein weiteres Wort darüber verloren. Ich verlange allerhand von Ihnen.«

Selbstverständlich ging niemand; die Männer, die man hierher bestellt hatte, waren keine Drückeberger.

»Danke, Gentlemen. Sie werden Ihren Entschluss nicht bereuen.« Davenport stand auf und gab jedem einen großen braunen Umschlag. »Sie werden bald Gelegenheit bekommen, ein sowjetisches Raketen-U-Boot zu inspizieren – von innen.« Vier Augenpaare blinzelten ungläubig.

33N 7SW

USS Ethan Allen war nun seit über dreißig Stunden auf Station und fuhr in sechzig Meter Tiefe langsam einen Kreis von fünf Meilen Durchmesser. Es bestand kein Grund zur Eile. Das U-Boot machte gerade genug Fahrt, um manövrierfähig zu bleiben, und sein Reaktor erzeugte nur zehn Prozent der Nennleistung. Der altgediente Steuermannsmaat half in der Kombüse aus.

»Das mache ich zum ersten Mal auf einem U-Boot«, bemerkte einer der Offiziere der *Ethan Allen*, der als Smutje fungierte, beim Anrühren eines Omeletts.

Der Steuermannsmaat seufzte unhörbar. Sie hätten mit einem richtigen Koch auslaufen sollen, aber ihrer war zu jung gewesen. Jeder Mannschaftsgrad an Bord hatte mindestens zwanzig Jahre Dienstzeit hinter sich. Die Maate waren allesamt Techniker, abgesehen vom Steuermannsmaat, der allenfalls einen Toaster bedienen konnte, wenn er einen guten Tag hatte.

»Kochen Sie daheim oft, Sir?«

»Ein bisschen. Meine Eltern hatten früher einmal ein Restaurant. Dies ist Mutters Cajun-Omelett, Originalrezept aus dem Mississippi-Delta. Schade, dass wir keinen Barsch haben, den könnte ich mit Zitrone hübsch herrichten. Angeln Sie?«

»Nein, Sir.« Unter der kleinen Besatzung von Offizieren und altgedienten Maaten ging es formlos zu, aber der Steuermannsmaat war an Disziplin und Rangunterschiede gewöhnt. »Commander, darf ich fragen, was wir eigentlich treiben?«

»Das wüsste ich selbst gerne. Sieht so aus, als warteten wir auf etwas.«

»Aber auf was, Sir?«

»Keine Ahnung. Würden Sie mir bitte die Schinkenwürfel reichen? Und sehen Sie doch bitte im Backofen nach dem Brot. Es sollte soweit sein.«

USS New Jersey

Commander Eaton war perplex. Sein Kampfverband lag zwanzig Meilen südlich der Russen. Wenn es nicht Nacht gewesen wäre, hätte er von seiner Flaggbrücke aus die turmhohen Aufbauten der *Kirow* am Horizont sehen können. Kirows Eskorten liefen dem Schlachtkreuzer in gerader Linie voraus und suchten mit Sonar nach einem U-Boot.

Seit dem Scheinangriff der Air Force hatten sich die Sowjets lammfromm verhalten, was, gelinde gesagt, uncharakteristisch war. Die *New Jersey* und ihre Begleitschiffe hatten den russischen Verband unter ständiger Beobachtung, und obendrein hielten zwei Sentry-Maschinen Wache. Seit der russischen Umgruppierung war Eaton für die *Kirow*-Gruppe verantwortlich. Das war ihm nicht unlieb. Die Gefechtstürme waren eingeschwenkt, aber die Geschütze mit Acht-Zoll-Granaten geladen und die Feuerleitstellen voll bemannt. Dreißig Meilen weiter südlich lag die *Tarawa*, deren bewaffnete Harrier bereitstanden und binnen fünf Minuten starten konnten. Die Russen mussten das wissen, obwohl sich ihre Anti-U-Boot-Hubschrauber seit zwei Tagen an kein amerikanisches Schiff mehr herangewagt hatten. Die Bear- und Backfire-Bomber, die auf ihren Pendelflügen zwischen Russland und Kuba vorbeikamen, hatten bestimmt gemeldet, was sie sahen. Die amerikanischen Schiffe fuhren in breiter Angriffsformation, und die Raketen auf der *New Jersey* und ihren Eskorten wurden unablässig mit Daten von den Sensoren gefüttert. Doch die Russen ignorierten den Verband einfach. Ihre elektronischen Emissionen stammten nur vom Navigationsradar. Seltsam.

Die *Nimitz* war nun nach einer fünftausend Meilen langen Eilfahrt vom Südatlantik in Reichweite ihrer Kampfflugzeuge; der Träger lag mit seinen atomgetriebenen Eskorten *California, Bainbridge* und *Truxton* nur noch vierhundert Meilen entfernt im Süden; und die *America* befand sich fünfhundert Meilen weiter östlich. Nun hatten sich die Russen mit der Bedrohung durch drei Trägergeschwader in ihrem Rücken und Hunderten von landgestützten Air-Force-Maschinen auseinander zu setzen, die allmählich von Stützpunkt zu Stützpunkt nach Süden verlegt wurden. Waren sie deshalb so gefügig?

Die Backfire-Bomber wurden von Island aus den ganzen Weg lang beschattet, erst von den Tomcat des *Saratoga*-Geschwaders, dann von in Maine stationierten Phantoms der Air Force, die sie dann an F-15 Eagles und Falcons weitergaben. Es konnte kein Zweifel bestehen, dass die Vereinigten Staaten es ernst meinten, obwohl sie die Russen nicht mehr aktiv belästigten. Eaton war das recht. Mit Störmanövern war nichts mehr zu gewinnen, und wenn es sein musste, konnte er seinen Kampfverband binnen zwei Minuten in den Kriegszustand versetzen.

Watergate-Apartments

»Entschuldigung, ich bin gerade erst ein paar Türen weiter eingezogen, und mein Telefon ist noch nicht angeschlossen. Dürfte ich mal Ihres benutzen?«

Henderson brauchte nicht erst lange zu überlegen. Einssechzig oder so, kastanienbraunes Haar, graue Augen, akzeptable Figur, ein strahlendes Lächeln, modische Kleidung. »Aber sicher! Willkommen im Watergate. Nur herein.«

»Nett von Ihnen. Ich heiße Hazel Loomis. Meine Freunde nennen mich Sissy.« Sie streckte die Hand aus.

»Peter Henderson. Der Apparat steht in der Küche. Hier entlang.« Das sah viel versprechend aus. Er hatte gerade erst eine längere Beziehung zu einer von Donaldsons Sekretärinnen abgebrochen. Leicht war es ihnen beiden nicht gefallen.

»Hoffentlich störe ich Sie nicht. Es ist doch sonst niemand hier?«

»Nein, nur ich und der Fernseher. Sind Sie neu in Washington? Das Nachtleben ist längst nicht so lebhaft, wie man sagt. Wo arbeiten Sie? Sie sind doch ledig, oder?«

»Ja. Ich arbeite bei DARPA als Programmiererin. Viel darf ich darüber nicht sagen.«

Das sieht ja immer besser aus, dachte Henderson. »Hier, das Telefon.«

Loomis sah sich rasch um, als schätzte sie die Arbeit des Innenarchitekten ab. Sie griff in ihre Handtasche und reichte Henderson einen Zehner. Henderson lachte.

»Der erste Anruf ist umsonst. Und glauben Sie mir, Sie können bei mir so oft telefonieren, wie Sie wollen.«

»Hab ich's doch gewusst«, meinte sie beim Wählen, »dass es hier lockerer zugeht als in Laurel. Hallo Kathy? Hier Sissy. Ich bin gerade eingezogen, aber mein Telefon ist noch nicht angeschlossen – Ach, ein netter Mann hat mich an sein Telefon gelassen – gut, treffen wir uns morgen zum Mittagessen. Tschüs, Kathy.«

Loomis schaute sich um. »Wer hat Ihre Wohnung eingerichtet?«

»Ich selbst. Ich habe in Harvard ein paar Semester Kunst studiert und kenne einige gute Geschäfte in Georgetown. Wenn man sich auskennt, findet man da feine Gelegenheiten.«

»Wenn doch meine Wohnung auch so schön aussähe! Darf ich mich mal bei Ihnen umsehen?«

»Klar – fangen wir mit dem Schlafzimmer an?« Henderson lachte, um ihr zu verstehen zu geben, dass er keine unlauteren Absichten hatte – das konnte warten. Bei der Besichtigung, die mehrere Minuten dauerte, überzeugte sich Hazel Loomis davon, dass in der Tat nur sie beide in der Wohnung waren. Eine Minute darauf klopfte es an die Tür. Henderson brummte irgendwas, als er aufmachen ging.

»Peter Henderson?« Der Mann, der diese Frage stellte, trug einen Straßenanzug. Henderson hatte Jeans und ein Sporthemd an.

»Ja?« Henderson wich zurück und wusste, was es geschlagen hatte. Das nächste Ereignis aber überraschte ihn.

»Sie sind verhaftet, Mr. Henderson«, sagte Hazel Loomis und hielt ihren Dienstausweis hoch. »Wegen Spionage. Sie haben das Recht, Schweigen zu wahren, Sie haben das Recht, mit einem Anwalt zu sprechen. Wenn Sie auf Ihr Schweigerecht verzichten, kann alles, was Sie sagen, aufgezeichnet und gegen Sie verwandt werden. Wenn Sie keinen Anwalt haben oder sich keinen leisten können, werden wir dafür sorgen, dass Ihnen einer bestellt wird. Sind Sie sich über Ihre Rechte im Klaren, Mr. Henderson?« Es war Hazel Loomis' erster Spionagefall. Fünf Jahre lang war sie auf Fallen für Bankräuber spezialisiert gewesen und hatte oft als Kassiererin gearbeitet – mit einem Magnum-Revolver, Kaliber .357, in der Kassenschublade. »Möchten Sie auf diese Rechte verzichten?«

»Nein, das möchte ich nicht«, stieß Henderson heiser hervor.

»Oh, doch«, bemerkte der Inspektor. »Und ob.« Er wandte sich an die drei Agenten, die ihn begleiteten. »Nehmen Sie die Wohnung auseinander, aber sauber, meine Herren, und leise. Wir wollen niemanden aufwecken. Und Sie, Mr. Henderson, kommen mit uns. Erst können Sie sich umziehen. Es liegt an Ihnen, ob wir es auf die angenehme oder unangenehme Art machen. Wenn Sie uns unterstützen, bleiben die Handschellen in der Tasche. Unternehmen Sie keinen Fluchtversuch – Sie würden es nämlich bereuen.« Der Inspektor war seit zwanzig Jahren beim

FBI und hatte noch nie im Zorn die Dienstwaffe gezogen. Hazel Loomis hingegen hatte bereits zwei Männer erschossen. Der Inspektor, ein FBI-Mann vom alten Schlag, fragte sich, was Mr. Hoover wohl davon gehalten hätte, vom neuen Direktor ganz zu schweigen.

Roter Oktober

Ramius und Kamarow besprachen sich mehrere Minuten lang über der Seekarte, zeichneten verschiedene Kurse ein, ehe sie sich auf einen einigten. Dann ging der Kapitän ins achterliche Schott und nahm den Telefonhörer ab.

»Genosse Melechin«, befahl er und wartete einige Sekunden lang. »Genosse, hier spricht der Kapitän. Weitere Schwierigkeiten mit dem Reaktorsystem?«

»Nein, Genosse Kapitän.«

»Sehr gut. Sehen Sie zu, dass es noch zwei Tage lang hält.« Ramius legte auf. Es waren noch dreißig Minuten bis zur nächsten Wache.

Melechin und Kirill Surzpoi, der Zweite Ingenieur, hatten im Maschinenraum Dienst. Melechin überwachte die Turbinen, Surzpoi kümmerte sich um die Reaktorsysteme. Jedem standen ein *Mitschman* und drei Matrosen zur Seite. Die Ingenieure hatten auf dieser Fahrt alle Hände voll zu tun gehabt. Es schien, als sei jedes Anzeige- und Kontrollinstrument im Maschinenraum inspiziert worden, und viele hatten die beiden Offiziere von Grund auf neu gebaut, unterstützt von Walentin Bugajew, dem Elektronikoffizier und Bordgenie, der auch die politische Schulung der Besatzung übernommen hatte. Von allen Männern auf dem Boot war die Maschinenraumcrew am meisten außer Fassung geraten. Es war allgemein bekannt, dass der Reaktorraum verseucht war – auf einem U-Boot lässt sich kein Geheimnis lange hüten. Zu ihrer Entlastung standen hin und wieder gewöhnliche Matrosen im Maschinenraum Wache. Der Kapitän bezeichnete dies als gute Gelegenheit zu interdisziplinärer Ausbildung, auf die er schwor. Die Mannschaft sah darin nur eine Möglichkeit, sich eine Strahlenvergiftung zu holen. Die Disziplin wurde selbstverständlich gewahrt – teils, weil die Männer ihren Offizieren vertrauten, hauptsächlich aber, weil sie wussten, was passierte, wenn sie ihre Befehle nicht auf der Stelle und mit Begeisterung ausführten.

»Genosse Melechin«, rief Surzpoi, »Druckfluktuationen im Hauptkreislauf, Instrument Nr. 6.«

»Ich komme.« Melechin eilte zu ihm und stieß den *Mitschman* beiseite, als er die Hauptbedienungstafel erreicht hatte. »Noch mehr defekte Instrumente! Die anderen zeigen Normalwerte an. Kein Grund zur Sorge«, sagte der Chefingenieur gleichgültig und so laut, dass alle es hören konnten. Die ganze Wache sah, wie der Chefingenieur Surzpoi etwas zuflüsterte. Der Jüngere schüttelte langsam den Kopf, als beide einige Hebel bedienten.

Ein lauter Zweiton-Summer ertönte, ein rotierendes rotes Warnlicht flammte auf.

»Schnellschluss!«, befahl Melechin.

»Schnellschluss betätigt.« Surzpoi drückte auf den Notschalter.

»Männer, verzieht euch ins Vorschiff«, ordnete Melechin dann an. Niemand zögerte. »He, Sie da nicht – Sie schalten die Raupe auf Batteriestrom um, aber schnell!«

Der Maat hastete zurück, um die entsprechenden Schalthebel umzulegen, und verfluchte den neuen Befehl. Er brauchte vierzig Sekunden.

»Erledigt, Genosse!«

»Raus!«

Der Maat verließ als letzter den Raum und stellte sicher, dass die Luken fest verschlossen waren, ehe er in den Kontrollraum eilte.

»Was gibt's?«, fragte Ramius ruhig.

»Strahlungsalarm im Wärmetauscherraum!«

»Gehen Sie nach vorne und duschen Sie mit dem Rest Ihrer Wache. Und reißen Sie sich zusammen.« Ramius legte dem *Mitschman* beruhigend eine Hand auf den Arm. »So etwas passiert uns nicht zum ersten Mal. Sie sind ein ausgebildeter Mann. Die Mannschaft erwartet, dass Sie ihr ein Vorbild sind.«

Ramius griff zum Telefon. Es dauerte eine Weile, bis am anderen Ende abgehoben wurde. »Was ist passiert, Genosse?« Die Männer im Kontrollraum sahen ihrem Kapitän gebannt beim Zuhören zu. Sie mussten seine Gelassenheit bewundern. Überall im Boot war Strahlungsalarm gegeben worden. »Hm, die Batterieladung reicht nur noch für wenige Stunden, Genosse. Wir müssen auf Schnorcheltiefe gehen. Machen Sie den Diesel bereit. Ja.« Er legte auf.

»Genossen, bitte herhören.« Ramius hatte seine Stimme völlig unter Kontrolle. »Im Steuersystem des Reaktors hat es eine unbedeutende Funktionsstörung gegeben. Der Alarm wurde nicht von einem schweren Strahlungsleck, sondern durch das Versagen des Steuerantriebs ausgelöst. Genossen Melechin und Surzpoi führten mit Erfolg einen Schnellschluss durch, aber da wir den Reaktor ohne Steuerstäbe nicht betreiben können, müssen wir unsere Fahrt mit Dieselkraft fortsetzen. Um jeglicher *möglichen V*erseuchung entgegenzuwirken, haben wir die Reaktorräume hermetisch abgeschlossen und werden sie beim Schnorcheln entlüften. Kamarow, bedienen Sie achtern das Belüftungssystem. Ich übernehme hier.«

»Ja, Genosse Kapitän!«, sagte Kamarow.

Ramius nahm das Mikrofon und informierte die Besatzung. Im Bug murrten die Männer, das Wort »unbedeutend« würde zu oft gebraucht, ein Atom-U-Boot laufe nicht mit Dieselantrieb, und »Belüftung« sei doch wohl ein Witz.

Nach der knappen Bekanntmachung ließ Ramius sein U-Boot langsam steigen.

USS Dallas

»Jetzt blick ich aber nicht mehr durch«, meinte Jones kopfschüttelnd. »Keine Reaktorgeräusche mehr, Pumpen fast stumm, aber er fährt mit unverminderter Geschwindigkeit weiter, Skipper. Mit Batterien, vermute ich.«

»Muss ein gewaltiges Batteriesystem sein, das ein so großes Boot so schnell antreibt«, bemerkte Mancuso.

»Ich habe vor ein paar Stunden ein bisschen herumgerechnet.« Jones hielt seinen Block hoch. »Dies basiert auf dem *Typhoon*-Rumpf, der schön schnittig ist. Die Werte sind also wahrscheinlich zu niedrig.«

»Wo haben Sie denn das gelernt, Jones?«

»Die Hydrodynamik hat Mr. Thompson nachgeschlagen. Die elektrische Seite ist recht simpel. Vielleicht hat der Russe etwas Exotisches – Treibstoffzellen oder so. Wenn nicht, wenn er mit gewöhnlichen Batterien fährt, hat er genug Saft im System, um alle Autos in Los Angeles anzulassen.«

Mancuso schüttelte den Kopf. »Aber nicht auf ewig.«

Jones hob die Hand. »Rumpfknarren – hört sich so an, als ginge er etwas höher.«

Roter Oktober

»Schnorchel ausfahren.« Ramius blickte durchs Periskop und überzeugte sich davon, dass der Befehl ausgeführt worden war. »Hm, keine anderen Schiffe in Sicht. Gut. Wir scheinen die Imperialisten abgehängt zu haben. ESM-Antenne ausfahren. Stellen wir sicher, dass uns keine feindlichen Flugzeuge mit Radar nachspüren.«

»Alles klar, Käpt'n.« Bugajew saß an der ESM-Konsole. »Keine Radarsignale, noch nicht einmal von Passagierflugzeugen.«

»Wir sind den Ratten also entkommen.« Ramius griff nach dem Hörer. »Melechin, entlüften Sie den Maschinenraum und lassen Sie den Diesel an.« Eine Minute später spürten alle an Bord, wie die mächtige Dieselmaschine mit Batteriekraft durchgedreht wurde. Hierbei wurde die ›verseuchte‹ Luft aus dem Reaktorraum gesaugt, nach draußen geblasen und über den Schnorchel durch frische Seeluft ersetzt.

Die Maschine wurde zwei Minuten lang durchgedreht, und überall im Boot warteten die Männer auf das tiefe Grummeln, das bedeutete, dass sie angesprungen war und Strom für die Elektromotoren zu erzeugen begann. Die Maschine startete aber nicht. Nach dreißig Sekunden wurde der Starter abgestellt. Im Kontrollraum summte das Telefon. Ramius nahm ab.

»Was ist mit dem Diesel los, Genosse Chefingenieur?«, fragte der Kapitän scharf. »Ah, ich verstehe. Ich schicke Ihnen Männer – so? Warten Sie.« Ramius sah sich verkniffen um. »Swijadow, wer kennt sich mit Dieselmotoren aus?«

»Ich bin auf einer LPG aufgewachsen«, sagte Bugajew, »und habe schon als Junge an Traktormotoren herumgebastelt.«

»Es stellt sich aber ein weiteres Problem –«

Bugajew nickte. »Ich weiß, Genosse Kapitän, aber ohne den Diesel kommen wir nicht weiter.«

»Das vergesse ich Ihnen nicht, Genosse«, sagte Ramius leise.

»Laden Sie mich auf Kuba zu einem Glas Rum ein, Genosse.« Bugajew lächelte tapfer. »Und ich würde dort auch gerne eine Genossin kennen lernen.«

»Soll ich mitkommen, Genosse?«, fragte Swijadow besorgt. Er hatte gerade seine Wache angetreten und war am Eingang zum Reaktorraum von fliehenden Besatzungsmitgliedern beiseite gestoßen worden.

»Stellen wir erst einmal das Ausmaß des Schadens fest«, meinte Bugajew mit einem Blick auf Ramius.

»Ja, es besteht kein Grund zur Hast. Bugajew, Sie erstatten mir in zehn Minuten Bericht.«

»Jawohl, Genosse Kapitän.«

»Swijadow, Sie übernehmen den Posten des Leutnants.« Ramius wies auf die ESM-Konsole. »Bei dieser Gelegenheit können Sie etwas dazulernen.«

Der Leutnant tat wie befohlen. Der Kapitän kam ihm sehr geistesabwesend vor. So hatte er ihn noch nie erlebt.

Vierzehnter Tag

Donnerstag, 16. Dezember

Super Stallion

Sie flogen mit vierhundert Stundenkilometern sechshundert Meter über dem dunklen Meer. Der Hubschrauber, ein Super Stallion, war schon betagt. Er war gegen Ende des Vietnamkriegs gebaut worden und zuerst im Hafen von Haiphong zur Minenräumung eingesetzt worden. Nun hatte der große Sikorski andere Aufgaben, vorwiegend Schwertransporte über lange Strecken. In den drei Turbinen oben am Rumpf steckte genug Kraft, um einen Zug Soldaten mitsamt Gefechtsausrüstung und Waffen über große Distanzen zu tragen.

Heute trug der Super Stallion neben der dreiköpfigen Besatzung vier Passagiere und zusätzlichen Treibstoff in Außentanks. Die Passagiere saßen in der hinteren Ecke des Laderaums und versuchten, sich über den Turbinenlärm hinweg zu unterhalten. Ihre Konversation war lebhaft. Die Geheimdienstoffiziere hatten das Gefahrenmoment der Mission abgetan – sinnlos, sich über dieses Thema zu verbreiten – und spekulierten, was ihnen auf einem leibhaftigen russischen U-Boot unter die Augen kommen würde. Sie malten sich wilde Geschichten aus und bedauerten schon jetzt, sie niemals zum Besten geben zu können. Die ganze Wahrheit würde bestenfalls ein halbes Dutzend Leute erfahren; der Rest bekam nur Einzelheiten zu wissen. Jeder sowjetische Agent, der herauszufinden versuchte, was der Zweck dieser Mission gewesen war, würde sich in einem Labyrinth mit kahlen Wänden finden.

Ihr Auftrag war genau umrissen. Der Hubschrauber hielt einen präzisen Kurs zur *Invincible;* von dort aus sollten sie mit einem Sea King der Royal Navy zur *USS Pigeon* fliegen. Dass sich der Super Stallion für ein paar Stunden vom Stützpunkt Oceania entfernt hatte, würde als Routineangelegenheit abgetan werden.

Die mit Höchstdrehzahl laufenden Turbinen des Hubschraubers fraßen Treibstoff. Der Super Stallion war nun vierhundert Meilen von der amerikanischen Küste entfernt und hatte noch achtzig Meilen zurückzulegen. Er flog die *Invincible* im Zickzackkurs an, um etwaige Radarbeobachter irrezuführen. Die Piloten waren müde. Vier Stunden in einem engen Cockpit ist eine lange Zeit, und militärisches Fluggerät ist nicht gerade für seinen Komfort berühmt. Die Instrumente leuchteten dunkelrot. Beide Männer schenkten dem künstlichen Horizont besondere Aufmerksamkeit, denn der Himmel war bedeckt und nahm ihnen jede Orientierungsmöglichkeit, und ein langer Flug über See konnte hypnotisch wirken. Ungewöhnlich war der Auftrag allerdings nicht. Die Piloten hatten schon viele solcher Flüge hinter sich und zeigten sich nur so besorgt wie ein guter Fahrer auf glatter Straße. Die Gefahr war real, aber nur Routinesache.

»Juliet 6, Ihr Ziel ist in Richtung null-acht-null, Distanz fünfundsiebzig Meilen«, meldete sich die Sentry.

»Glaubt der vielleicht, wir hätten uns verfranzt?«, bemerkte John Marcks, der Kommandant, über die Bordsprechanlage.

»Typisch Air Force«, erwiderte der Copilot. »Die kriegen beim Fliegen über See kalte Füße. Wenn die keine Straßen entlangfliegen können, verlieren sie die Orientierung.«

Gut einen Meter über und knapp hinter ihnen rasten die Turbinen mit mehreren tausend Umdrehungen pro Minute und trieben über ein Reduktionsgetriebe den siebenflügligen Hauptrotor an. Die Besatzung konnte nicht wissen, dass sich im Getriebegehäuse in der Nähe eines Schauglases für den Ölstand ein Haarriss bildete.

»Juliet 6, von Ihrem Ziel ist gerade ein Jäger aufgestiegen, der Sie eskortieren wird. Sie treffen ihn in acht Minuten. Er nähert sich von elf.«

»Das ist aber nett«, bemerkte Marcks.

Harrier

Lieutenant Parker flog den Harrier, der den Super Stallion zur *Invincible* begleiten sollte. Hinter ihm saß ein Oberleutnant zur See. Ihre eigentliche Aufgabe war, sich ein letztes Mal nach russischen U-Booten umzusehen, die den Anflug des Super Stallion bemerken und sonderbar finden mochten.

»Irgendetwas im Wasser?«, fragte Parker.

»Kein Schimmer.« Der Oberleutnant im Beobachtersitz bediente das FLIR-Gerät, das die Gebiete beidseits ihrer Flugbahn abtastete. Keiner der beiden wusste, was eigentlich vorging; aber sie hatten ausgiebige und falsche Vermutungen über den Grund angestellt, aus dem ihr Träger wie wild auf dem Meer herumkreuzte.

»Suchen Sie mal nach dem Hubschrauber«, meinte Parker.

»Augenblick – da. Knapp südlich von unserem Kurs.« Der Oberleutnant drückte auf einen Knopf und ließ das Bild auf dem Schirm des Piloten erscheinen. Die Infrarotdarstellung zeigte hauptsächlich die auf dem Hubschrauber gebündelten Turbinen, umgeben vom schwächeren, dunkelgrünen Leuchten der heißen Drehflügelspitzen.

»Harrier 2-0, hier Sentry Echo. Ihr Ziel ist an eins, Distanz zwanzig Meilen. Over.«

»Roger, wir haben es auf Infrarot. Danke. Out«, sagte Parker. »Nicht übel, diese AWACS.«

»Der Sikorski hat voll aufgedreht. Sehen Sie sich mal die Triebwerkssignatur an.«

Super Stallion

In diesem Augenblick brach das Getriebegehäuse. Sofort bildeten Gallonen von Schmieröl hinter dem Rotorwellenlager einen fettigen Nebel, und das Getriebe begann sich festzufressen. An der Instrumententafel flammte ein Warnlicht auf. Marcks und der Copilot stellten sofort alle drei Triebwerke ab, aber es war zu spät. Das Getriebe blockierte und wurde von der Kraft der drei Turbinen auseinander gerissen. Was nun geschah, kam einer Explosion gleich. Scharfkantige Metallbrocken fetzten durchs Cockpit des Hubschraubers, der vom Schwung des Rotors heftig herumgerissen wurde und rasch an Höhe verlor. Zwei Männer im Laderaum, die ihre Gurte gelöst hatten, wurden von ihren Sitzen nach vorne geschleudert.

»MAYDAY MAYDAY MAYDAY, hier Juliet 6«, rief der Copilot. Commander Marcks war über die Instrumente gesunken und hatte einen dunklen Fleck im Genick. »Wir stürzen ab, wir stürzen ab. MAYDAY MAYDAY MAYDAY.«

Der Copilot unternahm einen verzweifelten Versuch. Der Hauptrotor drehte sich, aber zu langsam. Sein automatischer Entkuppler, der ihn frei kreisen lassen und dem Piloten einen Bruchteil von Kontrolle geben sollte, hatte versagt. Bewegungen am Steuerknüppel blieben so gut wie wirkungslos und der Hubschrauber stürzte auf den schwarzen Ozean zu. Noch zwanzig Sekunden bis zum Aufschlag. Der Copilot kämpfte verzweifelt mit den Hebeln für Klappen- und Heckrotorverstellung, um die Maschine in die Horizontale zu bringen – was ihm auch gelang. Aber zu spät.

Harrier

Parker sah nicht zum ersten Mal Menschen sterben. Er hatte selbst eine Sidewinder-Rakete auf das Ausstoßrohr eines argentinischen Dagger-Jägers losgelassen und den Piloten getötet. Angenehm war das nicht gewesen. Dies aber war schlimmer. Vor seinen Augen explodierte der Triebwerkbuckel des Super Stallion Funken sprühend. Der Hubschrauber geriet zwar nicht in Brand, aber damit war den armen Teufeln auch nicht geholfen. Der Super Stallion schlug hart auf und brach mitten entzwei. Die vordere Hälfte sank sofort, das Heckteil dümpelte noch ein paar Sekunden im Wasser wie eine Badewanne, ehe es voll lief. Dem von dem FLIR-Gerät gelieferten Bild zufolge kam niemand heraus, ehe es sank.

»Sentry, Sentry, haben Sie das gesehen? Over.«

»Roger, Harrier. Wir veranlassen sofort eine Rettungsaktion. Können Sie kreisen?«

»Roger, wir bleiben an Ort und Stelle.« Parker prüfte den Kraftstoffstand. »Treibstoff für neun-null Minuten. Ich warte.« Parker zog den Jäger nach unten und schaltete die Landescheinwerfer ein. Gleichzeitig wurde ein TV-System mit hoch empfindlicher Kamera aktiviert. »Haben Sie das da gesehen, Leutnant?«

»Ja, etwas scheint sich zu bewegen.«

»Sentry, Sentry, wir haben einen möglichen Überlebenden im Wasser. *Invincible* soll sofort einen Sea King schicken. Ich gehe tiefer und forsche weiter nach. Melde mich wieder.«

»Roger, Harrier 2-0. Ihr Kapitän meldet, es steigt gerade ein Hubschrauber auf. Out.«

Nach fünfundzwanzig Minuten traf der Sea King der Royal Navy ein. Ein Sanitäter im Gummianzug sprang ab und legte dem einzigen Überlebenden einen Rettungskragen um. Es waren keine anderen Menschen zu sehen und auch keine Wrackteile, nur eine Kerosinlache, die in der Kälte nur langsam verdunstete. Ein zweiter Hubschrauber setzte die Suche fort, während der erste zum Träger zurückraste.

HMS Invincible

Ryan sah von der Brücke aus zu, wie die Sanitäter die Tragbahre wegbrachten. Kurz darauf erschien ein Besatzungsmitglied mit einer Aktentasche.

»Er hatte das bei sich, Sir. Er ist ein Lieutenant Commander namens Dwyer. Ein Bein und mehrere Rippen gebrochen. Es sieht nicht gut aus, Sir.«

»Danke.« White nahm ihm die Aktentasche ab. »Besteht Aussicht auf andere Überlebende?«

Der Matrose schüttelte den Kopf. »Kaum, Sir. Der Sikorski muss wie ein Stein gesunken sein.« Er schaute Ryan an. »Mein Beileid, Sir.«

Ryan nickte. »Danke.«

»Norfolk über Funk, Sir«, sagte ein Nachrichtenoffizier.

»Gehen wir, Jack.« Admiral White reichte ihm die Aktentasche und ging mit ihm in den Kommunikationsraum.

»Der Hubschrauber ist abgestürzt. Wir haben einen Überlebenden, der gerade versorgt wird«, sagte Ryan ins Mikrofon. Am anderen Ende herrschte für einen Augenblick Stille.

»Wer ist es?«

»Er heißt Dwyer und wurde sofort ins Schiffslazarett gebracht, Admiral. Sagen Sie in Washington Bescheid. Wir müssen umdisponieren.«

»Roger. Out«, sagte Admiral Blackburn.

»Was immer wir auch beschließen«, bemerkte Admiral White, »muss rasch durchgeführt werden. Wenn wir unseren Hubschrauber von der *Pigeon* vor Sonnenaufgang zurückhaben wollen, muss er in zwei Stunden starten.«

Ryan wusste genau, was das bedeutete. Es waren nur vier Männer auf See, die wussten, was vor sich ging, und sich nahe genug am Schauplatz befanden. Und er war unter ihnen der einzige Amerikaner. Die *Kennedy* war zu weit weg. Die *Nimitz* lag zwar in Reichweite, musste aber gegebenenfalls über Funk verständigt werden, und davon hielt man in Washington gar nichts. Die einzige Alternative war die Zusammenstellung und Entsendung eines zweiten Geheimdienstteams. Dazu reichte die Zeit nicht.

»Lassen wir die Aktentasche öffnen, Admiral. Ich muss den Plan sehen.« Auf dem Weg zu Whites Kajüte nahmen sie einen Maschinenmaat mit, der sich als vorzüglicher Schlosser entpuppte.

»Guter Gott!«, hauchte Ryan, als er die Papiere aus der Aktentasche durchlas. »Sehen Sie sich das an, Admiral.«

»Hm, sehr gewitzt«, meinte White nach einigen Minuten.

»Clever ist es schon«, versetzte Ryan. »Welches Genie hat sich das einfallen lassen? Und ich bin der Einzige, der es ausführen kann. Ich werde in Washington anfragen, ob ich ein paar Offiziere mitnehmen darf.«

Zehn Minuten später standen sie wieder im Kommunikationsraum. White ließ alle Männer hinausschicken. Dann sprach Ryan über den Verzerrerkanal.

»Ich kann Sie gut verstehen, Mr. President. Sie haben gehört, was mit dem Hubschrauber passiert ist.«

»Ja, Jack. Höchst bedauerlich. Sie müssen für uns einspringen.«

»Ja, Sir, damit hatte ich gerechnet.«

»Ich kann Sie nicht dazu zwingen, aber Sie wissen ja, worum es geht. Wollen Sie es übernehmen?«

Ryan kniff die Augen zu. »Ja.«

»Ich weiß das zu schätzen, Jack.«

Was Wunder! »Sir, mit Ihrer Genehmigung würde ich gerne einige britische Offiziere mitnehmen.«

»Nur einen«, sagte der Präsident.

»Sir, das reicht nicht.«

»Nur einen.«

»Sehr wohl, Sir. Wir fliegen in einer Stunde los.«

»Kennen Sie den Plan?«

»Ja, Sir. Der Überlebende hatte ihn bei sich. Ich habe ihn bereits durchgelesen.«

»Dann viel Glück, Jack.«

»Danke, Sir. Out.« Ryan schaltete den Satellitenkanal ab und wandte sich an White. »Da sehen Sie, was einem passiert, wenn man sich freiwillig meldet.«

»Angst?«, fragte White missbilligend.

»Und ob. Kann ich einen Offizier mitnehmen, wenn möglich einen, der Russisch kann?«

»Wir werden sehen. Kommen Sie mit.«

Fünf Minuten später erwarteten sie in Whites Kajüte vier Offiziere. Alle waren Leutnants und alle unter dreißig.

»Gentlemen«, begann der Admiral, »dies ist Commander Ryan. Er braucht einen Offizier, der ihn auf freiwilliger Basis bei einer wichtigen Mission unterstützt. Die Mission ist geheim und höchst ungewöhnlich und dürfte mit Gefahren verbunden sein. Ich habe Sie hierhergebeten, weil Sie Russisch können. Mehr kann ich Ihnen nicht verraten.«

»Sollen wir mit einem russischen U-Boot reden?«, meldete sich der Älteste forsch. »Dann bin ich Ihr Mann. Ich habe die Sprache studiert und auf HMS *Dreadnought* gedient.«

Ryan fragte sich, ob es vertretbar war, den Mann zu nehmen, ehe er wusste, worum es ging. Er nickte. White schickte die anderen fort.

»Ich bin Jack Ryan.« Er streckte die Hand aus.

»Owen Williams. Was sollen wir anstellen?«

»Das U-Boot heißt *Roter Oktober* –«

»Krasnij Oktjabr«, warf Williams lächelnd ein.

»– und ist im Begriff, zu den Vereinigten Staaten überzulaufen.«

»In der Tat? Deshalb also der ganze Zirkus. Nett vom Kapitän. Wie sicher können wir sein?«

Ryan brauchte einige Minuten, um Williams die Geheimdienstinformationen zu erklären. »Wir haben ihm durch Blinkspruch Anweisungen gegeben und er scheint soweit mitgespielt zu haben. Doch mit Sicherheit können wir das erst sagen, wenn wir an Bord sind. Überläufer überlegen es sich oft anders. Das kommt häufiger vor, als Sie sich denken. Wollen Sie immer noch mitmachen?«

»Soll ich mir eine solche Chance entgehen lassen? Wie kommen wir eigentlich an Bord, Commander?«

»Sagen Sie ruhig Jack zu mir. Und ich bin vom CIA, nicht von der Navy.« Ryan erklärte Williams den Plan.

»Großartig. Habe ich Zeit zum Packen?«

»Ich erwarte Sie in zehn Minuten zurück«, sagte White.

»Aye aye, Sir.« Williams stand stramm und ging dann.

White war am Telefon. »Schicken Sie Lieutenant Sinclair zu mir.« Admiral White erklärte, dass Sinclair der Kommandant des Marineinfanteriekommandos an Bord der *Invincible* war. »Mag sein, dass Sie noch einen Freund brauchen.«

Der andere Freund war eine automatische Pistole, Kaliber 9 mm, mit Ersatzmagazin und einem Schulterhalfter, das unter seiner Uniformjacke verschwand. Die Pläne wurden durch den Reißwolf geschickt und dann verbrannt.

White begleitete Ryan und Williams bis aufs Flugdeck.

Sie blieben in der Tür stehen und betrachteten sich den Sea King, dessen Triebwerke kreischend anliefen.

»Viel Glück, Owen.« White gab dem jungen Mann die Hand, der salutierte und sich entfernte.

»Schöne Grüße an Ihre Frau, Admiral.« Ryan ergriff Whites Hand.

»Fünfeinhalb Tage bis England. Wahrscheinlich sehen Sie sie früher als ich. Seien Sie vorsichtig, Jack.«

Ryan lächelte schief. »Immerhin basiert das Ganze auf meiner Analyse. Wenn sie korrekt war, wird das nur eine Lustpartie – vorausgesetzt, der Hubschrauber stürzt nicht mit mir ab.«

White sah ihn den Hubschrauber besteigen. Der Chef des Bodenpersonals schloss die Schiebetür und einen Moment später begannen die Triebwerke des Sea King mehr Leistung abzugeben. Der Hubschrauber hob schwankend ab, senkte dann die Nase und wandte sich im Steigflug in einer weiten Kurve nach Süden. Ohne Positionslichter war der dunkle Schemen rasch den Blicken entschwunden.

33N 7SW

Wenige Minuten nach Mitternacht trafen sich *Scamp* und *Ethan Allen.* Das Jagd-U-Boot setzte sich rund tausend Meter hinter das alte strategische Boot, und beide fuhren langsam einen weiten Kreis. In beiden Booten lauschten die Sonar-Leute den Geräuschen eines sich nähernden Schiffes mit Dieselantrieb – *USS Pigeon.* Drei Spielfiguren waren nun an Ort und Stelle. Drei fehlten noch.

Roter Oktober

»Es bleibt mir nichts anderes übrig«, sagte Melechin. »Ich muss am Diesel weiterarbeiten.«

»Lassen Sie uns mithelfen«, meinte Swijadow.

»Was verstehen Sie schon von Einspritzpumpen?«, fragte Melechin müde, aber gütig. »Nein, Genosse. Surzpoi, Bugajew und ich werden schon damit fertig. Es besteht kein Anlass, auch Sie der Strahlung auszusetzen. Ich melde mich in einer Stunde wieder.«

»Danke, Genosse.« Ramius schaltete den Lautsprecher ab. »Diese Fahrt steht unter einem ungünstigen Stern. Sabotage! So etwas habe ich in meiner ganzen Dienstzeit noch nicht erlebt. Wenn wir den Diesel nicht reparieren können – Wir haben nur noch für wenige Stunden Batteriestrom, und der Reaktor muss generalüberholt und einer Sicherheitsprüfung unterzogen werden. Ich schwöre, Genossen, wenn ich den Verantwortlichen erwische –«

»Sollen wir einen Notruf senden?«, fragte Iwanow.

»So dicht vor der amerikanischen Küste und womöglich mit einem imperialistischen U-Boot auf dem Hals? Was wir da wohl für Hilfe bekommen? Genossen, vielleicht ist unser Problem kein Zufall. Mag sein, dass wir eine Schachfigur in einem mörderischen Spiel sind.« Er schüttelte den Kopf. »Nein, wir können nicht riskieren, dass die Amerikaner unser Boot in die Hände bekommen.«

CIA-Zentrale

»Vielen Dank, Senator, dass Sie so kurzfristig kommen konnten. Tut mir Leid, Sie so früh wecken zu müssen.« Richter Moore empfing Donaldson an der Tür und führte ihn in sein weiträumiges Arbeitszimmer. »Sie kennen doch Direktor Jacobs?«

»Sicher, und was führt die Chefs von FBI und CIA zu so früher Stunde zusammen?«, fragte Donaldson lächelnd. Das musste interessant werden. Es machte Spaß, Vorsitzender des Sonderausschusses zu sein, denn man gehörte zu den Wenigen, die wirklich informiert waren.

Der Dritte im Raum, Ritter, half einer vierten Person aus einem Sessel, dessen hohe Rücklehne sie bisher verdeckt hatte. Es war Peter Henderson, wie Donaldson zu seiner Überraschung feststellte. Der Anzug seines Assistenten war zerknittert, als wäre er die ganze Nacht auf gewesen. Jäh war der Spaß verflogen.

»Natürlich kennen Sie Mr. Henderson«, meinte Richter Moore genüsslich.

»Was hat das zu bedeuten?«, fragte Donaldson kleinlauter, als die Anwesenden erwartet hatten.

»Senator, Sie haben mich angelogen«, sagte Ritter. »Sie haben mir versprochen, nichts von dem, was ich Ihnen gestern sagte, weiterzugeben. Dabei wussten Sie genau, dass Sie diesen Mann hier –«

»Ich habe kein Wort gesagt.«

»– dass Sie diesen Mann hier einweihen würden. Und dieser Mann hier erzählte es sofort einem Kollegen vom KGB«, fuhr Ritter fort.

Jacobs stellte seine Kaffeetasse ab. »Wir waren Mr. Henderson schon seit einiger Zeit auf der Spur, wussten aber nicht, wer sein Kontaktmann war. Manche Methoden sind so offensichtlich, dass man sie übersieht. Viele Leute in Washington lassen sich regelmäßig von einem Taxi abholen. Hendersons Kontaktmann war ein Taxifahrer, wie wir schließlich feststellten.«

»Und ertappt haben wir ihn über Sie, Senator«, erklärte Moore. »Vor ein paar Jahren hatten wir in Moskau einen vorzüglichen Agenten, einen Oberst bei den strategischen Raketenstreitkräften, der uns über fünf Jahre hinweg mit guten Informationen versorgte. Wir waren gerade im Begriff, ihn und seine Familie aus dem Land zu holen. Leider beging ich den Fehler, Ihrem Ausschuss seinen Namen preiszugeben. Eine Woche später war er verschwunden. Er wurde erschossen, seine Frau mit drei Töchtern nach Sibirien geschickt. Anfangs wussten wir nicht, wo die undichte Stelle war. Da außer Ihnen nur noch zwei andere Ihrer Kollegen infrage kamen, begannen wir einzelnen Ausschussmitgliedern Informationen zuzuspielen. Das dauerte sechs Monate, aber Ihr Name tauchte dreimal auf. Daraufhin ließen wir vom FBI Ihr Personal überprüfen.

Henderson berichtete als Redakteur einer linken Studentenzeitung an der Harvard University über die Demonstration auf dem Campus der Kent State University in Ohio, die von der Nationalgarde zusammengeschossen wurde. Scheußliche Geschichte. Verständlich, dass Henderson angewidert war. Unverzeihlich aber war seine Reaktion. Als er nach dem Studium für Sie zu arbeiten begann, erzählte er seinen alten Freunden aus der Radikalenzeit von seinem Job. Daraufhin wurde er von den Russen kontaktiert und um Material gebeten. Das war zur Zeit der Bombenangriffe auf Kambodscha, über die er sich sehr empörte. So begann er Informationen zu liefern, erst Unwichtiges, das man wenige Tage später in der *Washington Post* lesen konnte. So fängt es an. Sie hielten ihm einen Köder hin und er knabberte daran. Ein paar Jahre später zogen sie an der Leine, bis der Haken festsaß und Henderson nicht mehr zurück konnte. Wir wissen ja alle, wie das gemacht wird.

Gestern versteckten wir ein Tonbandgerät in seinem Taxi. Sie würden nicht glauben, wie einfach das war. Auch Agenten werden im Lauf der Zeit träge und leichtsinnig. Der langen Rede kurzer Sinn: Wir haben ein Band, auf dem Sie versprechen, die Informationen an niemanden weiterzugeben, und es liegt eine Kassette vor, auf der Henderson sie keine drei Stunden später einem uns als KGB-Mann bekannten Agenten verrät. Wir beschuldigen Henderson der nachrichtendienstlichen Tätigkeit und haben die Beweise, die zu seiner Verurteilung führen.«

»Davon wusste ich nichts«, sagte Donaldson.

»Das hatten wir auch nie angenommen«, meinte Ritter und lächelte.

Donaldson schaute seinen Assistenten an. »Was haben Sie dazu zu sagen?«

Henderson schwieg. Gerne hätte er gesagt, wie Leid es ihm tat, doch wie sollte er seine Gefühle ausdrücken – das schmutzige Gefühl, Agent einer fremden Macht zu sein im Kontrast zu dem Kitzel, eine ganze Legion von Regierungsagenten an der Nase herumzuführen? Bei der Festnahme waren diese Emotionen Furcht gewichen und Erleichterung, weil es endlich aus war.

»Mr. Henderson hat sich bereiterklärt, für uns zu arbeiten«, griff Jacobs hilfreich ein. »Das heißt, sobald Sie den Senat verlassen haben.«

»Was soll das heißen?«, fragte Donaldson.

»Wie lange sind Sie schon Senator? Dreizehn Jahre,

nicht wahr? Ursprünglich wurden Sie doch berufen, um für den Rest der Legislaturperiode den Sitz eines verstorbenen Senators einzunehmen, wenn ich mich recht erinnere«, sagte Moore.

»Wollen Sie von mir hören, was ich von Erpressung halte?«, warf der Senator ein.

»Erpressung?« Moore streckte die Hände aus. »Ich bitte Sie, Senator! Direktor Jacobs hat bereits erklärt, dass Sie gegen kein Gesetz verstoßen haben, und ich gebe Ihnen mein Wort, dass der CIA nichts verlauten lassen wird. Die Entscheidung, ob gegen Mr. Henderson Anklage erhoben wird oder nicht, liegt nicht bei uns, sondern beim Justizministerium. Ich kann mir schon die Schlagzeilen vorstellen: ›Senatsassistent Henderson wegen Spionage verurteilt – Senator Donaldson gibt Unwissen vor.‹«

Jacobs sprach nun weiter. »Senator, wurden Sie nicht schon seit Jahren gebeten, an der University of Connecticut Verwaltung zu lehren? Warum nehmen Sie den Ruf nicht an?«

»Ah, ich verstehe. Entweder gebe ich meinen Sitz auf, oder Henderson kommt ins Gefängnis. Was laden Sie mir da aufs Gewissen?«

»Fest steht, dass er nicht weiter für Sie arbeiten darf, und es besteht auch kein Zweifel, dass seine Entlassung nach so langer Dienstzeit auffallen muss. Sollten Sie aber beschließen, sich aus der Politik zurückzuziehen, wäre es nicht zu verwunderlich, wenn es ihm nicht gelänge, bei einem anderen Senator eine gleichwertige Stelle zu bekommen. Stattdessen besorgt er sich einen hübschen Posten beim Rechnungshof, wo er immer noch an alle möglichen Geheimnisse herankommt. Mit dem einen Unterschied«, meinte Ritter, »dass von nun an wir bestimmen, welche Informationen er weitergibt.«

»Spionage verjährt nicht«, erinnerte Jacobs.

»Wenn das die Sowjets herausbekommen«, setzte Donaldson an und schwieg. Im Grunde genommen war ihm das egal. Er scherte sich weder um Henderson noch um die Russen. Er musste seinen Ruf retten.

»Sie haben gewonnen, Richter.«

»Damit hatte ich gerechnet. Ich werde dem Präsidenten Bescheid sagen. Nett, dass Sie vorbeigekommen sind, Senator. Mr. Henderson wird heute etwas später zum Dienst erscheinen. Bemitleiden Sie ihn nicht zu sehr, Senator. Wenn er mitspielt, lassen wir ihn in ein paar Jahren vielleicht sogar laufen. Das käme nicht zum ersten Mal vor, aber er muss sich die Freiheit erst verdienen. Guten Tag, Senator.«

Henderson würde mitspielen, denn die Alternative war ein Leben im Hochsicherheitstrakt. Er hatte sich die Kassette mit der Unterhaltung im Taxi angehört und anschließend vor einem Gerichtsstenographen und einer Videokamera ein Geständnis abgelegt.

USS Pigeon

Der Flug zur *Pigeon* war zum Glück ereignislos verlaufen. Das Rettungsschiff mit dem Doppelrumpf hatte achtern eine kleine Hubschrauberlandeplattform, über der der Sea King kurz geschwebt hatte, um Ryan und Williams abspringen zu lassen. Sie wurden sofort auf die Brücke geführt. Der Hubschrauber flog zurück zur *Invincible.*

»Willkommen an Bord, Gentlemen«, sagte der Kapitän freundlich. »Aus Washington höre ich, dass Sie einen Befehl für mich überbringen. Kaffee?«

»Haben Sie vielleicht Tee?«, erkundigte sich Williams.

»Irgendwo wird sich schon welcher finden.«

»Wo können wir uns ungestört unterhalten?«, fragte Ryan.

USS Dallas

Die Offiziere der *Dallas* waren nun in den Plan eingeweiht. Auf einen weiteren ELF-Spruch hin war Mancuso in der Nacht kurz auf Antennentiefe gegangen, um eine lange Geheimmeldung zu empfangen, die er dann in seiner Kabine entschlüsselte. Dechiffrieren gehörte nicht zu Mancusos Stärken. Er quälte sich eine Stunde lang ab, während Chambers das U-Boot zurück auf die Spur des Kontakts steuerte. Ein Besatzungsmitglied, das an der Kabine des Kapitäns vorbeikam, hörte durch die Tür gedämpfte Verwünschungen. Als Mancuso wieder erschien, konnte er sich ein Grinsen nicht verkneifen. Ein raffinierter Pokerspieler war auch er nicht.

USS Pigeon
Die *Pigeon* war eines der beiden modernen U-Boot-Rettungsschiffe der Navy, die die Aufgabe hatten, ein gesunkenes Unterseeboot so rasch zu erreichen, dass die Mannschaft gerettet werden konnte. Sie hatte eine Reihe komplizierter Geräte an Bord, darunter ein DSRV. Dieses Rettungsfahrzeug, die *Mystic*, stand auf einer Ablaufbühne zwischen den beiden Rümpfen. *Pigeon* war zudem mit einem 3-D-Sonar niedriger Leistungsabgabe ausgestattet, das vorwiegend als Leitstrahlsender fungierte. Das Rettungsschiff fuhr wenige Meilen südlich von *Scamp* und *Ethan Allen* langsam Kreise. Zwanzig Meilen weiter nördlich hielten zwei Fregatten der *Perry*-Klasse in Zusammenarbeit mit drei Orion-Maschinen das Seegebiet von Eindringlingen frei.

»*Pigeon*, hier *Dallas*. Die Sendung ist eingetroffen. Out.«

Der Kapitän der *Pigeon* bestätigte den verschlüsselten Spruch.

»Commander, auf der *Invincible* ließen wir einen Offizier einen Blinkspruch senden. Können Sie blinken?«, fragte Ryan.

»Was für eine Frage! Bei diesem Unternehmen bin ich gerne dabei.«

Der Plan war an sich einfach. Fest stand, dass *Roter Oktober* überlaufen wollte. Es war sogar möglich, dass die gesamte Besatzung desertieren wollte, aber wenig wahrscheinlich. Man würde alle, die nach Russland zurückkehren wollten, von Bord holen und dann vorgeben, *Roter Oktober* habe sich selbst versenkt. Der Rest der Besatzung konnte das Boot nach Nordwesten in den Pamlico-Sund steuern und dort abwarten, bis die sowjetische Flotte in dem Glauben, *Roter Oktober* sei versenkt worden, die

Heimfahrt angetreten hatte. Was konnte dabei schief gehen? Tausend Dinge.

Roter Oktober
Ramius schaute durchs Periskop. Zu sehen war nur *USS Pigeon,* aber die ESM-Antenne fing Oberflächenradar im Norden auf, das von zwei Fregatten stammte, die am Horizont Wache hielten. Das war also der Plan. Er sah den Blinkspruch und übersetzte ihn im Kopf.

Marinelazarett Norfolk
»Vielen Dank, dass Sie gekommen sind.« Der Geheimdienstoffizier hatte das Dienstzimmer des stellvertretenden Verwaltungschefs der Klinik mit Beschlag belegt. »Wie ich höre, ist Ihr Patient zu Bewusstsein gekommen.«

»Ja, vor einer Stunde«, bestätigte Dr. Tait. »Er blieb ungefähr zwanzig Minuten wach. Inzwischen schläft er wieder.«

»Soll das bedeuten, dass er durchkommt?«

»Es ist ein positives Zeichen. Er sprach einigermaßen zusammenhängend und hat also keinen offenkundigen Gehirnschaden erlitten. Das erleichtert mich. Ich würde sagen, dass seine Chancen nun gut stehen, aber bei Unterkühlungsfällen kann es ganz plötzlich Komplikationen geben. Er ist schwer krank, daran hat sich nichts geändert.« Tait legte eine Pause ein. »Commander, ich wollte Sie etwas fragen: Warum freuen sich die Russen nicht?«

»Wie kommen Sie denn darauf?«

»Das ist kaum zu übersehen. Außerdem hat Jamie einen Russisch sprechenden Arzt gefunden, der sich nun mit um den Patienten kümmert.«

»Warum haben Sie mir davon nichts gesagt?«

»Die Russen wissen das auch nicht. Dies war eine fachliche Entscheidung, Commander. Ich finde es als Mediziner nur vernünftig, einen Kollegen hinzuzuziehen, der die Sprache des Patienten versteht.« Tait lächelte stolz, weil er sich einen Geheimdiensttrick hatte einfallen lassen, ohne gegen Berufsethos oder Marinevorschriften zu verstoßen. Er nahm eine Karteikarte aus der Tasche. »Der Patient heißt Andrei Katyskin, stammt aus Leningrad und ist, wie wir vermuteten, Koch. Sein Boot hieß *Politowski.*«

»Kompliment, Doktor.« Der Geheimdienstoffizier empfand Anerkennung für Taits Manöver, wunderte sich aber, weshalb Amateure so verdammt clever sein mussten, wenn sie sich in Dinge einmischten, die sie nichts angingen.

»Warum freuen sich die Russen dann nicht?« Tait bekam keine Antwort. »Und warum haben *Sie* denn keinen Mann hier oben sitzen? Sie wussten die ganze Zeit, von welchem Boot er kam und weshalb es sank. – Wenn die Russen also unbedingt erfahren wollten, von welchem Boot er kam, und wenn ihnen die Antwort nicht schmeckt – hat das zu bedeuten, dass ihnen *noch* ein Boot abhanden gekommen ist?«

CIA-Zentrale

Moore hob den Hörer. »James, kommen Sie sofort mit Bob herein!«

»Was gibt's, Arthur?«, fragte Greer eine Minute später.

»Das Neueste von CARDINAL.« Moore reichte den beiden Photokopien der Nachricht. »Wie rasch können wir das weitergeben?«

»So weit auf See? Mit dem Hubschrauber dauert das mindestens zwei Stunden. Das muss rascher hinausgehen«, drängte Greer.

»Wir dürfen CARDINAL unter keinen Umständen gefährden. Setzen Sie einen Spruch auf und lassen Sie ihn von Navy oder Air Force per Hand weitergeben.« Moore gab diese Anweisung nur ungern, hatte aber keine andere Wahl.

»Das dauert zu lange!«, wandte Greer laut ein.

»Mir ist Ryan auch sympathisch, James. Reden nützt nichts. Setzen Sie sich in Bewegung.«

Greer verließ fluchend das Zimmer.

Roter Oktober
»Genossen, Offiziere und Männer von *Roter Oktober,* hier spricht der Kapitän.« Ramius klang deprimiert. Unter der Mannschaft hatte sich vor einigen Stunden starke Unruhe zu verbreiten begonnen und jetzt war sie von einem offenen Aufruhr nicht mehr weit entfernt. »Unsere Anstrengungen, den Diesel zu reparieren, sind fehlgeschlagen. Unsere Batterien sind fast leer. Von Kuba können wir wegen der zu großen Entfernung keine Hilfe erwarten. Selbst die Luftreinigungsanlage kann mit dem verfügbaren Strom nur noch wenige Stunden lang betrieben werden. Es bleibt uns nichts anderes übrig, als das Boot aufzugeben.

Kein Zufall ist, dass sich jetzt ein amerikanisches Schiff in der Nähe befindet und uns so genannte Hilfe anbietet. Ich will euch verraten, was geschehen ist, Genossen. Ein imperialistischer Spion hat unser Boot sabotiert, und die Amerikaner haben erfahren, wie unser Befehl lautet. Sie erwarten uns, Genossen, in der Hoffnung, unser Boot in ihre schmutzigen Hände zu bekommen. Das wird ihnen nicht gelingen. Die Besatzung geht von Bord, aber *Roter Oktober* wird der Feind nicht bekommen. Ich bleibe mit den Offizieren zurück, um die Sprengladungen zur Selbstversenkung zu zünden. Das Meer ist hier fünftausend Meter tief. Alle, die keine Wache haben, versammeln sich in den Mannschaftsquartieren. Das wäre alles.«

Ramius sah sich im Kontrollraum um. »Genossen, wir haben verloren. Bugajew, geben Sie die entsprechende Meldung an Moskau und signalisieren Sie an das amerikanische Schiff. Anschließend tauchen wir auf hundert Meter ab. Wir dürfen dem Feind keine Gelegenheit geben, sich unseres Bootes zu bemächtigen. Ich übernehme alle Verantwortung für diese Schande. Merken Sie sich das, Genossen. Es ist allein meine Schuld.«

USS Pigeon
»Signal empfangen: ›SSS‹«, meldete der Funker.

»Schon mal auf einem U-Boot gewesen, Ryan?«, fragte Cook.

»Nein. Hoffentlich fühlt man sich da sicherer als im Flugzeug.« Ryan versuchte, es auf die leichte Schulter zu nehmen, hatte aber in Wirklichkeit eine Heidenangst.

»Gut, dann kommen Sie mit mir zur *Mystic*.«

Mystic

Das Tiefsee-Rettungsfahrzeug bestand aus drei zusammengeschweißten Kugeln, verkleidet mit Kesselblech, das den eigentlichen Druckkörper schützte. Ryan stieg als Erster durch die Luke, gefolgt von Williams. Sie suchten sich Sitzplätze und warteten ab. Die dreiköpfige Besatzung war bereits an der Arbeit.

Die *Mystic* war einsatzbereit. Auf ein Kommando hin wurde sie von den Winden der *Pigeon* ins ruhige Wasser abgesenkt. Ihre Elektromotoren arbeiteten fast geräuschlos, als sie tauchte. Das Sonar-System erfasste das russische U-Boot, das sich eine halbe Meile entfernt in hundert Meter Tiefe befand, sofort. Die Besatzung war auf eine normale Rettungsaktion vorbereitet worden und ging fachmännisch ans Werk. Binnen zehn Minuten schwebte die *Mystic* über dem Rettungsschacht des Raketen-U-Bootes.

Nachdem sie mit Hilfe der schwenkbaren Schrauben in Position gegangen war, prüfte ein Maat den korrekten Sitz der Anlegemanschette. Das Wasser in der Manschette zwischen *Mystic* und *Roter Oktober* entwich zischend in einen Niederdrucktank des DSRV. Zwischen den beiden Booten war eine dichte Verbindung hergestellt. Das restliche Wasser wurde ausgepumpt.

»So, jetzt sind Sie an der Reihe.« Der Lieutenant wies Ryan zu einer Luke im Boden des mittleren Rumpfsegments.

»Sieht so aus.« Ryan ging neben der Luke in die Knie und schlug einige Male mit der Hand dagegen. Keine Antwort. Er versuchte es mit einem Schraubenschlüssel. Einen Moment später wurde dreimal zurückgehämmert. Ryan drehte am Handrad der Luke. Als er den Deckel hochklappte, stellte er fest, dass ein zweiter bereits von unten geöffnet worden war. Die untere vertikale Luke war noch geschlossen. Ryan holte tief Luft und stieg die Leiter in den weiß gestrichenen Zylinder hinab. Williams folgte ihm. Unten klopfte Ryan an die Luke.

Roter Oktober
Sie wurde sofort geöffnet.

»Meine Herren, ich bin Commander Ryan, US-Navy. Können wir Ihnen behilflich sein?«

Der Mann, den er angesprochen hatte, war kleiner und kräftiger gebaut als er. Er hatte drei Sterne auf den Epauletten, zahlreiche Ordensbänder an der Brust und einen breiten Goldstreifen am Ärmel. Dies war also Marko Ramius –

»Sprechen Sie Russisch?«

»Nein, leider nicht. In welcher Art von Notlage befinden Sie sich?«

»Wir haben ein schweres Leck im Reaktor. Das Boot ist vom Reaktorraum bis zum Heck strahlenverseucht. Wir müssen von Bord gehen.«

Bei den Worten *Leck* und *Reaktor* überlief Ryan ein Schauer. Ihm fiel ein, wie sicher er sich seines Szenarios gewesen war – an Land, neunhundert Meilen von hier, in einem schönen warmen Büro, umgeben von Freunden. Die Blicke, die ihm die zwanzig Männer in diesem Raum zuwarfen, hätten töten können.

»Mein Gott. Gut, packen wir's an. Wir können jeweils fünfundzwanzig Mann von Bord nehmen.«

»Nicht so hastig, Commander Ryan. Was wird aus meinen Männern?«, fragte Ramius laut.

»Sie werden selbstverständlich als unsere Gäste behandelt. Wer ärztlicher Behandlung bedarf, bekommt sie auch. Alle werden so bald wie möglich in die Sowjetunion zurückgeschickt. Meinen Sie vielleicht, wir wollten sie ins Gefängnis stecken?«

Ramius grunzte und sprach auf Russisch mit seinen Leuten. Auf dem Flug von der *Invincible* hatten Ryan und Williams beschlossen, die Russischkenntnisse des letzteren vorerst für sich zu behalten. Williams trug inzwischen eine amerikanische Uniform.

»Dr. Petrow«, sagte Ramius, »Sie übernehmen die erste Gruppe. Halten Sie die Männer unter Kontrolle, Genosse. Niemand darf allein mit den Amerikanern sprechen, niemand darf sich allein aus der Gruppe entfernen. Sie haben sich korrekt zu verhalten, nicht mehr und nicht weniger.«

»Verstanden, Genosse Kapitän.«

Ryan sah zu, wie Petrow die Männer abzählte, die nun durch die Luke gingen und die Leiter erklommen. Nachdem fünfundzwanzig passiert hatten, schloss Williams erst die Luke der *Mystic* und dann die des Rettungsschachts von *Roter Oktober.* Ramius ließ sie von einem *Mitschman* auf Dichtigkeit prüfen. Sie hörten das DSRV ablegen und wegfahren.

Nun folgte ein peinliches Schweigen. Ryan und Williams standen in einer Ecke des Raumes, Ramius und seine Leute in der entgegengesetzten, was Ryan an die Tanzstunde erinnerte. Als ein Offizier Zigaretten hervorholte, versuchte er das Eis zu brechen.

»Kann ich eine haben?«

Borodin schüttelte eine Zigarette aus der Packung. Ryan nahm sie und Borodin gab ihm mit einem Streichholz Feuer.

»Danke. Eigentlich hatte ich ja das Rauchen aufgegeben, aber in einem getauchten U-Boot mit Reaktorschaden kann es nicht zu gefährlich sein, oder?« Begeistert war Ryan von seiner ersten russischen Zigarette nicht. Von dem groben schwarzen Tabak wurde ihm schwindlig, und der beißende Rauch mischte sich mit der dicken Luft, die nach Schweiß, Maschinenöl und Kohl stank.

»Wieso sind Sie hier?«, fragte Ramius.

»Wir liefen auf die Küste von Virginia zu. Dort sank letzte Woche ein russisches U-Boot.«

»Wirklich?« Ramius fand den Vorwand bewundernswert. »Ein sowjetisches U-Boot?«

»Ja, Kapitän. Ein Boot des Typs, den wir *Alfa* nennen.

Mehr weiß ich nicht. Unsere Marine nahm einen Überlebenden auf, der nun in Norfolk im Marinelazarett liegt. Darf ich fragen, wie Sie heißen?«

»Marko Alexandrowitsch Ramius.«

»John Ryan.« Jack streckte die Hand aus.

»Owen Williams.« Man schüttelte sich rundum die Hände.

»Haben Sie Familie, Commander Ryan?«, fragte Ramius.

»Ja, eine Frau, einen Sohn und eine Tochter. Und Sie?«

»Ich bin allein stehend.« Ramius wandte sich ab und sprach auf Russisch einen Unteroffizier an. »Sie übernehmen die nächste Gruppe. Haben Sie meine Anweisungen an den Doktor gehört?«

»Jawohl, Genosse Kapitän«, erwiderte der junge Mann.

Über sich hörten sie die Elektromotoren der *Mystic* surren. Kurz darauf wurde die Anlegemanschette mit einem metallischen Geräusch mit dem Rettungsschacht verbunden. *Mystic* war nur vierzig Minuten lang fort gewesen, aber Ryan war es wie eine Woche vorgekommen. Was, wenn die wirklich einen Reaktorschaden haben?, dachte Ryan.

USS Scamp

Zwei Meilen weiter war die *Scamp* nur wenige hundert Meter von der *Ethan Allen* zum Stehen gekommen. Beide U-Boote tauschten über das Gertrude-System Sprüche aus. Drei Stunden zuvor hatten die Sonar-Männer der *Scamp* drei vorbeifahrende U-Boote ausgemacht. *Pogy* und *Dallas* lagen nun zwischen *Roter Oktober* und den beiden anderen amerikanischen Unterseebooten und lauschten angestrengt auf irgendwelche Störungen, ein Schiff oder Boot, das in ihre Nähe kommen mochte. Die Übernahme fand zwar an einer Stelle statt, die weit genug von den küstennahen Handelsrouten der Frachter und Tanker entfernt war, doch es war nicht auszuschließen, dass ein Schiff von einem anderen Hafen zufällig auf sie stieß.

Roter Oktober
Als die dritte Gruppe von Besatzungsmitgliedern unter Leutnant Swijadow von Bord ging, entfernte sich ein Koch am Ende der Schlange unter dem Vorwand, noch seinen Kassettenrecorder holen zu wollen, für den er monatelang gespart hatte. Niemandem fiel auf, dass er nicht zurückkehrte, selbst Ramius nicht. Seine Besatzung, selbst die erfahrenen *Mitschmani*, konnte gar nicht schnell genug von Bord kommen. Nun war nur noch eine Gruppe übrig.

USS Pigeon
Auf der *Pigeon* wurden die sowjetischen Seeleute in die Mannschaftsmesse geführt. Die amerikanischen Matrosen beobachteten ihre russischen Kollegen aufmerksam, aber es wurde kein Wort gewechselt. Die Gäste fanden mit Kaffee, Speck, Spiegeleiern und Toast gedeckte Tische vor, was Petrow nur recht war, denn Männer, die schlingen wie die Wölfe, sind leicht zu beaufsichtigen. Unterstützt von einem jungen Offizier, der als Dolmetscher fungierte, bat er um mehr gebratenen Speck für seine Leute und bekam ihn auch – in rauen Mengen. Ein russischer Seemann konnte froh sein, wenn er einmal am Tag Fleisch zu sehen bekam. Die Köche hatten Anweisung, die Russen zu füttern, bis sie nicht mehr konnten. So waren sie beschäftigt, als ein Hubschrauber von Land mit zwanzig Mann an Bord eintraf. Einer eilte auf die Brücke.

Roter Oktober
»Letzte Gruppe«, murmelte Ryan in sich hinein. Die *Mystic* legte gerade wieder an und hatte für die letzte Fahrt eine Stunde gebraucht. Als die beiden Luken offen standen, kam der Lieutenant des DSRV nach unten.

»Die nächste Fahrt wird sich verzögern. Unsere Batterien sind so gut wie am Ende und erst in neunzig Minuten wieder geladen. Irgendwelche Probleme?«

»Wir richten uns nach Ihnen«, erwiderte Ramius, dolmetschte für seine Männer und vertraute Iwanow die nächste Gruppe an. »Die Offiziere bleiben hier bei mir. Wir haben zu tun.« Ramius gab dem jungen Unteroffizier die Hand. »Falls uns etwas zustoßen sollte, richten Sie in Moskau aus, dass wir unsere Pflicht getan haben.«

»Das werde ich tun, Genosse Kapitän«, erwiderte Iwanow.

Ryan sah den letzten Besatzungsmitgliedern nach. Die Luke des Rettungsschachts fiel zu, dann wurde die der *Mystic* geschlossen. Neunzig Minuten später legte das Mini-U-Boot klirrend ab. Er hörte das Surren der Elektromotoren rasch schwächer werden. Die grünen Schotte begannen ihn einzuengen. Er fand es im Flugzeug schon schlimm genug, aber dort lief man wenigstens nicht Gefahr, zerquetscht zu werden. Hier stand er, dreihundert Meilen vom Land entfernt, im größten U-Boot der Welt, das nur noch zehn Mann an Bord hatte, die es zu bedienen verstanden.

»Commander Ryan«, sagte Ramius und nahm Haltung an, »meine Offiziere und ich ersuchen um politisches Asyl in den Vereinigten Staaten – und wir haben Ihnen ein kleines Geschenk mitgebracht.« Er wies auf die Stahlwand des Bootes.

Ryan hatte sich seine Antwort schon zurechtgelegt. »Kapitän, ich habe die Ehre, im Namen des Präsidenten Ihrem Ersuchen stattzugeben. Willkommen in der freien Welt, meine Herren.«

Niemand merkte, dass die Bordsprechanlage eingeschaltet worden war, denn die Kontrollleuchte war schon vor Stunden außer Betrieb gesetzt worden. Zwei Räume weiter zum Bug hin lauschte der Koch und war froh, zurückgeblieben zu sein. Was tue ich jetzt?, fragte er sich. Meine Pflicht. Das war leicht gesagt – aber wusste er noch, was er zu tun hatte?

»Ich weiß wirklich nicht, wie ich Ihnen gratulieren soll.« Ryan gab allen noch einmal die Hand. »Sie haben es tatsächlich geschafft!«

»Commander Ryan, können Sie Russisch?«, fragte Kamarow.

»Leider nicht, aber Lieutenant Williams hier beherrscht Ihre Sprache. Eigentlich sollte eine Gruppe Russisch sprechender Offiziere an meiner Stelle hier sein, aber ihr Hubschrauber stürzte gestern ab.« Williams übersetzte.

»Und was wird jetzt?«

»In wenigen Minuten wird ein paar Meilen von hier ein strategisches U-Boot explodieren – eines von unseren, ein altes Modell. Ich nehme an, Sie haben Ihren Männern erzählt, dass Sie beabsichtigen, das Boot zu versenken. Hoffentlich gehe ich recht in dieser Vermutung.«

»Sollte ich ihnen die Wahrheit sagen und im Boot einen Krieg vom Zaun brechen?« Ramius lachte auf. »Keine Sorge, Ryan. Was nun?«

»Wenn alles glaubt, *Roter Oktober* sei gesunken, fahren wir nach Nordwesten ins Ocracoke Inlet und warten dort. *USS Dallas* und *USS Pogy* begleiten uns. Können diese wenigen Männer das Boot steuern?«

»Diese Männer werden mit jedem Schiff der Welt fertig«, erklärte Ramius zuerst auf Russisch. »Sie meinen also, dass die Mannschaft nicht erfahren wird, was aus uns geworden ist?«

»Ja. Von *Pigeon* aus wird eine unterseeische Explosion sichtbar sein. Niemand kann wissen, dass sie sich an der falschen Stelle ereignet. Ist Ihnen eigentlich klar, dass im Augenblick zahlreiche Schiffe Ihrer Marine vor unserer Küste operieren? Sobald sie sich entfernt haben, werden wir entscheiden, wo Ihr Geschenk endgültig aufbewahrt wird. Aber Sie sind selbstverständlich unsere Gäste. Viele unserer Leute werden mit Ihnen reden wollen. Ich kann Ihnen versichern, dass man Sie gut behandeln wird – besser, als Sie sich vorstellen können.«

Ryan war überzeugt, dass sie vom CIA eine beträchtliche Summe erhalten würden, verschwieg das aber, weil er sie nicht in ihrer Ehre beleidigen wollte. Er hatte zu seiner Überraschung erfahren, dass Überläufer nur selten Geld erwarten und so gut wie nie welches verlangten.

»Wie steht es mit unserer politischen Umerziehung?«, wollte Kamarow wissen.

Ryan lachte. »Leutnant, irgendwann wird man Ihnen erklären, wie unser Land funktioniert. Das dauert keine zwei Stunden. Anschließend können Sie uns sofort sagen, was wir Ihrer Ansicht nach falsch machen. Glauben Sie mir, es wird Ihnen hier gut gefallen, vielleicht besser als mir, denn ich habe noch nie in einem unfreien Land gelebt und weiß meine Heimat deshalb vielleicht nicht genug zu schätzen. Und nun möchte ich Sie nicht länger aufhalten. Sie haben bestimmt zu tun.«

»Genau«, meinte Ramius. »Kommen Sie mit, wir haben Beschäftigung für Sie.«

Ramius führte sie durch eine Reihe wasserdichter Luken nach achtern. Kurz darauf standen sie im Raketenraum, in dem sechsundzwanzig dunkelgrüne Röhren durch zwei Decks ragten. Dies war das Herz eines strategischen U-Bootes: Es enthielt über zweihundert Kernsprengköpfe. Ryan spürte die Bedrohung in diesem Raum so intensiv, dass sich ihm die Nackenhaare sträubten. Hier ging es nicht um abstrakte Strategien, dies war real. Das obere Deck, auf dem er stand, war eine Gräting, durch die er das untere, solide Deck sehen konnte. Nachdem sie diesen und zwei andere Räume durchschritten hatten, standen sie im Kontrollzentrum. Im Boot herrschte gespenstische Stille; Ryan begriff, weshalb Seeleute zum Aberglauben neigen.

»Sie sitzen hier«, sagte Ramius befehlsgewohnt und wies auf den Platz des Rudergängers an Backbord. Ryan sah eine Art Steuerknüppel, wie in einem Flugzeug, und zahlreiche Instrumente.

»Was soll ich tun?«, fragte er.

»Sie werden das Boot steuern, Commander. Haben Sie das noch nie getan?«

»Nein, Kapitän. Ich war noch nie in einem U-Boot.«

»Sie sind doch Marineoffizier.«

Ryan schüttelte den Kopf. »Nein, ich arbeite für den CIA.«

»CIA?«, zischte Ramius verächtlich.

»Ich weiß, ich weiß.« Ryan ließ den Kopf hängen. »Man

nennt uns die Kräfte der Finsternis, aber der Finsterling, den Sie nun vor sich sehen, wird wahrscheinlich vor Angst in die Hosen machen, ehe dieses Abenteuer ausgestanden ist. Ich arbeite nämlich normalerweise am Schreibtisch und wäre jetzt am liebsten bei meiner Familie. Wenn ich halbwegs bei Sinnen wäre, säße ich jetzt in Annapolis und arbeitete an meinen Büchern.«

»An welchen Büchern?«

»Ich bin Historiker, Kapitän, wurde aber vor Jahren vom CIA als Analytiker eingestellt. Wissen Sie, was das ist? Agenten schaffen Material heran, und ich werte es aus. In diesen Beruf bin ich nur aus Zufall geraten. Sie werden mir bestimmt nicht glauben, aber es ist die Wahrheit. Wie auch immer, ich schrieb früher marinegeschichtliche Bücher.«

»Nennen Sie mir die Titel«, befahl Ramius.

»Optionen und Entscheidungen, Verdammte Helden und im nächsten Jahr kommt *Der Seemann und Kämpfer* heraus, eine Biographie von Admiral Halsey. Mein erstes Buch behandelte die Seeschlacht im Golf von Leyte. Es wurde in *Morskoi Sbornik* besprochen. Sein Thema ist, wie taktische Entscheidungen unter Gefechtsbedingungen getroffen werden. In der Bibliothek Ihrer Marineakademie sollen zwölf Exemplare stehen.«

Nach einer Pause sagte Ramius: »Ja, das Buch kenne ich, habe es teilweise gelesen. Sie irren, Ryan. Halsey handelte töricht.«

»Sie werden in unserem Land gut zurechtkommen, Kapitän Ramius, wenn Sie sich schon jetzt als Buchkritiker profilieren. Kapitän Borodin, darf ich Sie um eine Zigarette bitten?« Borodin warf ihm eine volle Packung und eine Schachtel Streichhölzer zu. Die Zigarette schmeckte gräulich.

USS Avalon

Die vierte Rückkehr der *Mystic* war für *Ethan Allen* und *Scamp* das entscheidende Signal. *Avalon* löste sich von ihrer Verankerung und fuhr zu dem nur wenige hundert

Meter entfernten alten Raketen-U-Boot, dessen Kapitän seine Männer bereits im Torpedoraum versammelt hatte. Alle Luken im Boot waren geöffnet worden. Ein Offizier kam nach vorne zu seinen Kameraden und zog ein schwarzes Kabel hinter sich her, das mit den Bomben verbunden war. Er schloss es an einen Zeitzünder an.

»Alles klar, Captain.«

Roter Oktober

Ryan sah zu, wie Ramius seine Männer auf ihre Posten beorderte, die meisten nach achtern, um die Maschinen zu bedienen. Ramius war höflich genug, seine Befehle auf Englisch zu geben und dann für jene, die die Sprache nicht beherrschten, auf Russisch zu wiederholen.

»Kamarow und Williams, Sie schließen alle Luken im Vorschiff«, ordnete Ramius an und wandte sich dann erklärend an Ryan. »Falls etwas schief geht, haben wir nicht genug Männer, um Reparaturen vorzunehmen. Aus diesem Grund versiegeln wir das ganze Boot.«

Das leuchtete Ryan ein. Er war nun mit Ramius im Kontrollraum allein.

»Wann fahren wir los?«, fragte Ramius.

»Sowie Sie bereit sind. Wir müssen Ocracoke Inlet bei Flut erreichen, ungefähr acht Minuten nach Mitternacht. Schaffen wir das?«

Ramius sah sich die Seekarte an. »Mit Leichtigkeit.«

Kamarow führte Williams durch den Kommunikationsraum nach vorne. Sie ließen die wasserdichte Schotttür offen und gingen weiter in den Raketenraum. Dort kletterten sie eine Leiter hinunter aufs untere Raketendeck und wandten sich dann zum vorderen Schott des Raketenraums. Durch eine Luke erreichten sie einen Lagerraum und prüften jeden Durchgang auf Dichtigkeit. Im Bug erklommen sie eine Leiter zum Torpedoraum, verschraubten hinter sich die Luke und gingen dann durch den Torpedolagerraum und die Mannschaftsunterkünfte zurück nach achtern. Beide Männer fühlten sich in diesem Boot ohne Besatzung unbehaglich und ließen sich Zeit. Williams sah sich aufmerksam um und stellte Kamarow immer wieder Fragen. Der Leutnant gab bereitwillig in seiner Muttersprache Antwort. Beide waren kompetente Offiziere, die zugleich eine romantische Neigung zu ihrem Beruf erfüllte. Williams zeigte sich von *Roter Oktober* sehr beeindruckt und sprach das auch mehrere Male aus.

Williams war mit seinen Komplimenten noch nicht am Ende, als sie die Luke zum oberen Raketendeck öffneten. Während er sie noch hinter Kamarow durchquerte, fiel ihm ein, dass sie die helle Deckenbeleuchtung im Raketenraum hatten brennen lassen. Oder?

Ryan versuchte sich zu entspannen, brachte es aber nicht fertig. Sein Sitz war unbequem. Achtern hatte die Mannschaft begonnen, den Reaktor anzufahren. Ramius sprach übers Bordtelefon mit seinem Chefingenieur. Gleich darauf wurde das Geräusch des Kühlmittelkreislaufs lauter, denn der Reaktor begann nun Dampf für die Turboalternatoren zu erzeugen.

Ryan fuhr auf. Es war, als hätte er das Geräusch gespürt, ehe er es vernahm. An seinem Nacken kroch eine Gänsehaut hoch, ehe sein Verstand ihm sagte, was der Ton zu bedeuten hatte.

»Was war denn das?«, fragte er wider Willen.

»Wie bitte?« Ramius stand drei Meter von ihm entfernt, und die Motoren des Raupenantriebs hatten nun zu laufen begonnen. Ein merkwürdiges Dröhnen hallte durch den Rumpf.

»Ich habe einen Schuss gehört – nein, mehrere Schüsse.«

Ramius kam auf ihn zu und sah amüsiert aus. »Sie haben den Raupenantrieb gehört und sind, wie Sie sagten, zum ersten Mal auf einem U-Boot. Anfangs ist es immer unangenehm. Selbst mir ging das so.«

Ryan stand auf. »Mag sein, Kapitän, aber ich weiß, wie ein Schuss klingt.« Er knöpfte seine Jacke auf und zog die Pistole hervor.

»Das geben Sie bitte mir.« Ramius streckte die Hand aus. »In meinem Boot dulde ich keine Waffen.«

»Wo sind Williams und Kamarow?« Ryan war unsicher geworden.

Ramius hob die Schultern. »Eigentlich sollten sie zurück sein, aber das Boot ist halt groß.«

»Ich sehe vorne nach.«

»Sie bleiben auf Ihrem Posten!«, befahl Ramius.

»Kapitän, ich habe gerade etwas gehört, das wie Schüsse klang, und ich werde im Vorschiff nach dem Rechten sehen. Ist schon einmal auf Sie geschossen worden? Ich weiß, wie das ist, und habe noch heute die Narben an der Schulter. Bitte übernehmen Sie das Steuer, Kapitän Ramius.«

Ramius hob ein Telefon ab und drückte auf einen Knopf. Er sprach kurz auf Russisch und legte dann wieder auf. »Ich werde Ihnen beweisen, dass es auf meinem Boot keine Gespenster gibt.« Er wies auf die Pistole. »Und Sie behaupten, kein Spion zu sein?«

»Was Sie glauben, Kapitän, ist Ihre Sache. Das ist eine lange Geschichte, die ich Ihnen eines Tages mal erzählen werde.« Ryan wartete auf die Ablösung, die Ramius offenbar gerufen hatte. Der Tunnelantrieb dröhnte so laut, dass man sich im Boot wie im Innern einer Trommel fühlte.

Ein Offizier, dessen Namen Ryan entfallen war, kam in den Kontrollraum. Ramius machte eine Bemerkung, die dem Mann ein Lächeln entlockte, das jäh verschwand, als er die Pistole in Ryans Hand entdeckte.

»Wenn Sie gestatten, Kapitän?« Ryan wies nach vorne.

»Nur zu, Ryan.«

Die wasserdichte Tür zwischen Kontrollraum und Funkerkabine war offen gelassen worden. Ryan betrat vorsichtig den Raum und sah sich nach beiden Seiten um. Alles klar. Er ging weiter zur Tür des Raketenraumes, die verriegelt war. Sie war einszwanzig hoch und vierzig Zentimeter breit. Ihre Schwelle befand sich dreißig Zentimeter überm Deck. Ryan drehte das Handrad, das den Verschluss betätigte. Es war gut geölt, ebenso die Angeln.

Langsam zog er die Tür auf und lugte um die Lukenkimmung.

»Verdammt«, flüsterte Ryan und winkte den Kapitän näher. Der gut sechzig Meter lange Raketenraum war nur von sechs schwachen Lampen erleuchtet. Hatte hier nicht vor kurzem die helle Deckenbeleuchtung gebrannt? Am anderen Ende leuchtete ein heller Lichtfleck, und vor der Luke lagen zwei reglose Gestalten auf der Gräting. Das Licht, das Ryan sah, flackerte neben einem Raketenabschussrohr.

»Gespenster, Kapitän?«, wisperte er.

»Das ist Kamarow«, sagte Ramius und fluchte unterdrückt.

Ryan zog den Schieber an seiner FM Automatic zurück, um sich davon zu überzeugen, dass eine Patrone in der Kammer war. Dann schlüpfte er aus den Schuhen.

»Lassen Sie mich das übernehmen.«

Ryan betrat den Raketenraum.

Der Raum nahm fast ein Drittel der Gesamtlänge des U-Bootes ein und war zwei Decks hoch. Das untere Deck bestand aus Stahlplatten, das obere aus Metallgittern. ›Sherwood-Forest‹ nannte man einen solchen Raum in amerikanischen U-Booten, treffend genug, denn die knapp zwei Meter dicken, dunkelgrün gestrichenen Raketenabschussrohre sahen wie die Stämme mächtiger Bäume aus. Er zog die Luke hinter sich zu und wandte sich nach rechts.

Das Licht schien von dem entferntesten Abschussrohr an Steuerbord zu kommen, und zwar vom oberen Deck. Ryan lauschte. Dort tat sich etwas. Er hörte ein leises Rascheln, und das Licht bewegte sich, als stammte es von einer Arbeits- oder Taschenlampe. Der Schall pflanzte sich zwischen den glatten Stahlplatten des Rumpfes gut fort.

»Verdammt!«, zischte er. »Warum ausgerechnet ich?« Er musste an dreizehn Abschussrohren vorbei, um diese Lichtquelle zu erreichen, das heißt sechzig Meter überwinden.

Er schlich sich um das erste Rohr herum, Pistole in

Hüfthöhe in der rechten Hand. Die linke ließ er am kalten Metall des Rohrs entlanggleiten. Schon begann seine Handfläche am Pistolenknauf zu schwitzen. Er gelangte zwischen das erste und zweite Rohr, überzeugte sich, dass an Backbord niemand war, und machte sich bereit, weiter vorzugehen. Noch zwölf Rohre.

Die Deckgräting war aus drei Millimeter starkem Rundstahl zusammengeschweißt. Schon nach wenigen Metern taten ihm darauf die Füße weh. Behutsam umrundete er das nächste Rohr. Jemand packte ihn an der Schulter. Ryan zuckte zusammen und fuhr herum. Ramius. Der wollte etwas sagen, aber Ryan legte einen Finger auf die Lippen und schüttelte den Kopf. Ramius nickte und bedeutete ihm seine Absicht, innenbords vorzudringen. Ryan war einverstanden. Nächstes Rohr.

Ryan sah eingeprägte Aufschriften auf den Abschussrohren. Es waren kyrillische Lettern, die er nicht lesen konnte. Er schlich um das nächste Rohr, spielte nervös am Pistolenknauf, verspürte das Bedürfnis, sich den Schweiß aus den Augen zu wischen. Hier war nichts; die Backbordseite war sicher. Nächstes Rohr –

Es dauerte fünf Minuten, bis er den Raum zur Hälfte durchmessen und die Lücke zwischen sechstem und siebtem Abschussrohr erreicht hatte. Das Geräusch von vorne war nun deutlicher zu vernehmen. Das Licht bewegte sich eindeutig. Nicht viel, aber der Schatten um Rohr eins huschte leicht hin und her. Es musste sich um eine Arbeitslampe handeln, die von einer Steckdose gespeist wurde, oder wie das auf einem Schiff sonst hieß. Was ging da vor? Arbeitete jemand an einer Rakete? Waren da mehr Männer als einer? Warum hatte Ramius seine Männer nicht abzählen lassen, ehe er sie ins DSRV gehen ließ?

Warum nicht, du Arsch?, fluchte Ryan. Noch sechs Rohre.

Am nächsten Rohr gab er Ramius durch Gesten zu verstehen, dass sie es wahrscheinlich mit nur einem Mann zu tun hatten. Ramius nickte knapp, denn zu diesem Schluss war er bereits selbst gekommen. Erst jetzt fiel ihm auf, dass

Ryan keine Schuhe anhatte, und da er das für eine gute Idee hielt, hob er den linken Fuß, um dem Beispiel zu folgen. Mit steifen Fingern zerrte er am Schuh, der ihm entglitt und geräuschvoll auf der Gräting landete. Ryan wurde von dem Lärm zwischen zwei Rohren überrascht, ohne Deckung. Er erstarrte. Das Licht am Ende bewegte sich, blieb dann auf einen Punkt gerichtet. Ryan spurtete nach links und lugte um das Rohr herum. Er sah ein halbes Gesicht – und einen Blitz.

Er hörte den Schuss und verzerrte das Gesicht, als die Kugel das hintere Schott traf. Dann ging er wieder in Deckung.

»Ich gehe auf die andere Seite«, flüsterte Ramius.

»Warten Sie auf mein Kommando.« Ryan packte Ramius am Oberarm und schlich mit gezückter Pistole zurück zur Steuerbordseite des Rohrs. Wieder sah er das Gesicht, und diesmal feuerte er als Erster, obwohl er wusste, dass er vorbeischießen würde. Im gleichen Augenblick stieß er Ramius nach links. Der Kapitän hastete zur anderen Seite und duckte sich hinter ein Abschussrohr.

»Wir haben Sie in der Falle«, sagte Ryan laut.

»Sie haben überhaupt nichts.« Die Stimme klang sehr jung und verängstigt.

»Was machen Sie da?«, fragte Ryan.

»Was glaubst du wohl, was ich hier mache, Yankee?« Diesmal tat der Spott seine Wirkung.

Wahrscheinlich versucht er, einen Kernsprengkopf scharf zu machen, sagte sich Ryan. Welch angenehme Vorstellung.

»Dann müssen Sie doch auch sterben«, sagte Ryan. War nicht auch die Polizei bemüht, mit Terroristen oder Geiselnehmern zu verhandeln? Hatte nicht ein Polizeiexperte aus New York einmal im Fernsehen gesagt, »wir versuchen, sie zu Tode zu langweilen«? Der Mann hatte sich aber auf Kriminelle bezogen. Mit wem hatte Ryan es zu tun? Mit einem Matrosen, der zurückgeblieben war? Einem KGB-Agenten? Einem GRU-Agenten, als Besatzungsmitglied getarnt?

»Dann sterbe ich halt«, sagte der Mann lakonisch. Das Licht bewegte sich. Offenbar ging er wieder an die Arbeit.

Ryan feuerte beim Umrunden des Rohrs zweimal. Noch vier. Seine Kugeln trafen das vordere Schott und erzeugten nur Lärm. Es bestand die entfernte Möglichkeit, dass ein Querschläger – nein. Ein Blick nach links verriet ihm, dass Ramius mit ihm auf gleicher Höhe war, sich an der Backbordseite der Rohre hielt. Ramius war unbewaffnet. Warum hatte er sich keine Pistole besorgt?

Ryan holte tief Luft und sprang um das nächste Rohr herum. Darauf hatte der Mann nur gewartet. Ryan warf sich aufs Deck, und die Kugel pfiff über ihn hinweg. Was nun?

»Wer sind Sie?«, fragte Ryan, ging auf die Knie und lehnte sich gegen das Rohr, um wieder zu Atem zu kommen.

»Ein sowjetischer Patriot. Sie sind ein Feind meines Landes und sollen dieses Boot nicht bekommen.«

Er redet zu viel, entschied Ryan. »Haben Sie einen Namen?«

»Mein Name tut nichts zur Sache.«

»Eine Familie?«

»Meine Eltern werden stolz auf mich sein.«

Eindeutig ein GRU-Agent. Nicht der Politoffizier, dafür war sein Englisch zu gut. Großartig – er hatte es mit einem ausgebildeten Agenten und Patrioten zu tun. Keinem Fanatiker, sondern einem Mann, der nur seine Pflicht tat. Er mochte eine Heidenangst haben, aber er würde tun, was zu tun war.

Und das ganze verdammte Boot in die Luft jagen, mit mir an Bord.

Dennoch wusste Ryan, dass er im Vorteil war. Der andere Mann hatte eine Aufgabe zu erledigen. Ryan brauchte ihn nur auf- oder davon abzuhalten. Er schlich zur Steuerbordseite und schaute nur aus dem rechten Auge um die Ecke. Im achterlichen Teil des Raumes herrschte völlige Dunkelheit – ein weiterer Vorteil. Sein Gegner konnte Ryan längst nicht so gut sehen wie er ihn.

»Sie brauchen nicht zu sterben, mein Freund. Werfen Sie nur die Waffe weg –« Und was dann? Würde er im Gefängnis landen oder schlicht verschwinden? Moskau durfte nicht erfahren, dass die Amerikaner das U-Boot gekapert hatten.

»Und der CIA lässt mich am Leben, was?«, spottete die Stimme brüchig. »Ich bin doch nicht dumm. Wenn ich schon sterben muss, soll mein Tod auch einen Sinn haben.«

Dann ging das Licht aus. Auf diesen Augenblick hatte Ryan schon gewartet. Bedeutete dies, dass der Mann mit seiner Arbeit fertig war? Wenn das der Fall war, konnten sie im Nu tot sein. Vielleicht hatte der Mann aber auch nur erkannt, wie verletzlich ihn die Lampe machte. Ausgebildeter Agent hin und her, er war trotzdem ein verängstigtes Bürschchen, das ebenso viel zu verlieren hatte wie Ryan. Verflucht, dachte Ryan, wenn ich ihn nicht bald erwische, sehe ich meine Familie nie wieder.

»Sind Sie noch da, Kapitän?«, rief Ryan.

»Ja.« Das musste dem GRU-Agenten Kummer machen. Ryan hoffte, dass die Anwesenheit des Kapitäns den Mann dazu bewegen würde, sich mehr auf die Backbordseite seines Rohres zurückzuziehen. Ryan duckte sich und spurtete um die Backbordseite seines Rohrs herum. Ramius folgte seinem Beispiel. Es wurde ein Schuss auf ihn abgegeben, aber Ryan konnte hören, dass er ihn verfehlte.

Nun musste Ryan innehalten, sich verschnaufen. Er atmete viel zu hastig.

»Denk nach!«, befahl er sich. Dann rief er:

»Vielleicht kommen wir zu einer Übereinkunft.«

»Klar, wir können ausmachen, in welches Ohr die Kugel kommt.«

«Vielleicht würden Sie gern amerikanischer Bürger werden.«

»Und was wird aus meinen Eltern, Yankee?«

»Vielleicht können wir sie herausholen«, antwortete Ryan von der Steuerbordseite seines Rohrs her und bewegte sich dabei nach links. Wieder machte er einen Satz. Nun trennten ihn nur noch zwei Abschussrohre von seinem Freund von der GRU, der wahrscheinlich versuchte, die Zündmechanismen der Kernsprengköpfe kurzzuschließen und eine halbe Kubikmeile Ozean in Plasma zu verwandeln.

»Komm nur, Yankee, sterben wir alle zusammen.«

Ryan dachte rasch nach. Er konnte sich nicht mehr erinnern, wie viele Patronen er abgefeuert hatte, aber das Magazin enthielt dreizehn. Der Rest musste reichen. Das Ersatzmagazin war überflüssig. Er konnte es in die eine Richtung werfen und sich selbst in die andere bewegen, den Gegner ablenken. Ob das klappte? Verflucht, im Film funktionierte das immer. Fest stand, dass er mit Nichtstun nicht weiter kam.

Ryan nahm die Pistole in die linke Hand und holte mit der rechten das Ersatzmagazin aus der Jackentasche. Mit den Zähnen hielt er das Magazin fest, während er die Waffe wieder in die rechte Hand nahm. Ein kümmerlicher Taschenspielertrick. – Er nahm das Magazin in die linke Hand. Gut, alles klar. Er musste das Magazin nach links werfen und sich nach rechts wenden. Würde das funktionieren? Viel Zeit blieb ihm nicht.

Kaum hatte er sich seinen Plan zurechtgelegt, da tat Ramius den ersten Schritt. Aus dem Augenwinkel sah er den Kapitän auf das vordere Schott zulaufen. Ramius machte einen Satz zum Schott hin und knipste einen Lichtschalter an. Der GRU-Agent gab einen Schuss auf ihn ab. Ryan schleuderte das Magazin und stürmte vorwärts. Der Agent wandte sich um, um zu sehen, was das Geräusch bedeutete.

Als Ryan die Lücke zwischen den beiden letzten Abschussrohren durchflog, sah er Ramius fallen. Ryan hechtete an Raketenrohr eins vorbei, landete auf der linken Körperseite und ignorierte den brennenden Schmerz im Arm, als er sich herumrollte und sein Ziel ins Visier nahm. Der Mann fuhr herum, aber Ryan drückte rasch hintereinander sechsmal ab. Zwei Schüsse trafen. Der Agent wurde vom Deck gehoben und von der Wucht des Aufpralls herumgeschleudert. Die Pistole fiel ihm aus der Hand, als er schlaff zu Boden sank.

Ryan zitterte so stark, dass er nicht sofort aufstehen konnte. Mit der Pistole, die er noch fest in der Hand hatte, zielte er auf die Brust seines Opfers. Er atmete schwer, sein Herz raste. Ryan machte den Mund zu und versuchte, ein paar Mal zu schlucken; sein Mund war knochentrocken. Langsam kam er auf die Knie. Der Agent lebte noch, lag mit offenen Augen auf dem Rücken und atmete schwer. Ryan musste sich mit den Händen aufstützen, ehe er auf die Beine kam.

Der Mann war zweimal getroffen worden, einmal links oben in die Brust, und die zweite Kugel war tiefer eingeschlagen, dort, wo sich Leber und Milz befinden. Die untere Wunde war ein großer roter Fleck, auf den der Verletzte die Hände presste. Er war höchstens Anfang zwanzig. Seine klaren blauen Augen starrten zur Decke und er schien etwas sagen zu wollen. Das Gesicht des Jungen war schmerzverzerrt. Er bewegte die Lippen, brachte aber nur ein unverständliches Gurgeln heraus.

»Kapitän Ramius«, rief Ryan, »sind Sie in Ordnung?«

»Ich bin verwundet, aber nicht lebensgefährlich, Ryan. Wer ist der Mann?«

»Wie soll ich das wissen?«

Die blauen Augen starrten Jack Ryan an. Wer immer der Mann auch sein mochte, er wusste, dass ihm der Tod bevorstand. Der gequälte Ausdruck in seinem Gesicht wich tiefer Trauer. Er wollte noch etwas sagen. Rosa Schaum erschien an seinen Mundwinkeln. Lungenschuss. Ryan ging näher heran, trat die Pistole weg und kniete sich neben ihn.

»Wir hätten zu einer Übereinkunft kommen können«, sagte er leise.

Der Agent versuchte etwas zu sagen, aber Ryan verstand ihn nicht. Eine Verwünschung, einen Ruf nach seiner Mutter, etwas Heldenhaftes? Jack würde es nie erfahren. Ein letztes Mal weitete Schmerz die Augen. Ein letzter Atemzug zischte durch die Schaumblasen, die Hände überm Bauch wurden schlaff. Ryan tastete am Hals nach einem Puls und fand keinen.

»Tut mir Leid.« Ryan streckte die Hand aus und drückte seinem Opfer die Augen zu. Warum tat es ihm Leid? Auf seiner Stirn erschienen winzige Schweißtropfen, und die Kraft, die er beim Kampf verbraucht hatte, fehlte ihm jetzt. Jäh überkam ihn Übelkeit. Er fiel auf alle viere und erbrach sich heftig. Er musste eine Minute lang würgen bis nur noch Galle kam. Ryan spuckte mehrere Male aus, um den ärgsten Geschmack loszuwerden, ehe er aufstand.

Vom Stress und dem Adrenalinstoß benommen, schüttelte er ein paar Mal den Kopf und starrte den Toten an. Es war Zeit, zur Wirklichkeit zurückzukehren.

Ramius war in den Oberschenkel getroffen worden und blutete stark. Er presste beide Hände auf die Wunde, die aber nicht zu ernst aussah – wäre die Oberschenkelarterie durchtrennt worden, müsste der Kapitän schon tot sein.

Lieutenant Williams hatte Schusswunden am Kopf und in der Brust. Die Kopfverletzung war nur ein Streifschuss, aber der Einschuss in der Brust, dicht beim Herzen, machte ein saugendes Geräusch. Kamarow hatte Pech gehabt. Eine Kugel war in seine Nasenspitze eingedrungen und hatte ihm beim Austreten den Hinterkopf zerschmettert.

»Verdammt, warum ist uns niemand zu Hilfe gekommen?«, fluchte Ryan.

»Die Luken waren geschlossen, Mr. Ryan. Hier, gehen Sie an dieses Gerät.«

Ryan sah in die Richtung, in die Ramius wies, und entdeckte die Bordsprechanlage. »Welcher Knopf?« Ramius hielt zwei Finger hoch. »Kontrollraum, hier Ryan. Ich brauche Hilfe. Der Kapitän ist angeschossen worden.«

Die Antwort kam in erregtem Russisch, und Ramius musste brüllen, um sich verständlich zu machen. Ryan sah sich das Raketenabschussrohr an. Eine Öffnung zum Abschussrohr stand offen. Dahinter war eine kleinere Luke, die offensichtlich zur eigentlichen Rakete führte. Auch sie war offen.

»Was hat er da gemacht? Versuchte er, die Sprengköpfe zur Detonation zu bringen?«

»Unmöglich«, stieß Ramius hervor, der offensichtlich

große Schmerzen hatte. »Die Atomsprengköpfe sind speziell gesichert und können nicht einfach so zur Explosion gebracht werden.«

»Was wollte er dann?« Ryan ging zum Abschussrohr, an dessen Basis eine Gummiblase lag. »Was ist das?« Er wog den Gegenstand in der Hand. Er bestand aus Gummi oder mit Gummi imprägniertem Gewebe, war mit einem Rahmen aus Metall oder Kunststoff verstärkt und hatte an einer Ecke ein Metallventil und ein Mundstück.

»Wie nennt man so etwas – ein Rettungsgerät? Es hätte ihm aber nichts genützt, weil es höchstens für fünfzig Meter gut ist. Wir sind viel zu tief. Er hantierte an der Rakete herum und hatte eine Rettungsblase, um aus dem Boot zu entkommen«, meinte Ryan. »Heiliger Strohsack! Ein Zeitschalter!« Er bückte sich, hob die Werkstattlampe auf, knipste sie an, trat dann einen Schritt zurück und schaute in das Abschussrohr. »Kapitän, was ist da drin?«

»Diese Kammer enthält den Computer, der die Rakete steuert. Die Luke ist für den Offizier, der sie bedient.« Ramius atmete stoßweise.

Ryan schaute in die Luke. Er fand einen Wirrwarr bunter Kabel und ihm unbekannter Schaltungen. In der Erwartung, eine tickende Schaltuhr und ein paar Stangen Dynamit zu finden, stocherte er in den Leitungen herum, fand aber nichts.

Was nun? Der Mann hatte etwas im Schilde geführt – aber was? War er damit zu Ende gekommen? Wie sollte Ryan das beurteilen? Eine Stimme in ihm trieb ihn zum Handeln, eine andere warnte ihn.

Ryan nahm den Gummigriff der Lampe zwischen die Zähne und langte mit beiden Händen in die Kammer, packte zwei Bündel Kabel und zerrte. Nur wenige lösten sich. Er gab ein Bündel frei und konzentrierte sich auf das andere. Ein Brocken Kunststoff, verbunden mit Kabelspaghetti, kam los. Er wiederholte die Prozedur mit dem anderen Bündel, schrie auf, weil er einen Schlag bekommen hatte – und wartete dann eine Ewigkeit auf die Explosion. Nichts geschah. Nun zerrte er weitere Drähte heraus. Binnen einer knappen Minute holte er alle sichtbaren Kabel und ein halbes Dutzend Schaltungen aus dem Fach. Anschließend zerschlug er mit der Lampe alle Elemente, die zerbrechlich aussahen, bis die Lenkanlage der Spielzeugtruhe seines Sohnes glich – ein Haufen nutzloser Einzelteile.

Er hörte Männer in den Raum hasten. Borodin erschien als Erster. Ramius winkte ihn zu Ryan und dem toten Agenten.

»Sudez?«, meinte Borodin verwundert. »Sudez?« Er sah Ryan an. »Das war ein Koch.«

Ryan hob die Pistole auf. »Hier haben Sie sein Küchengerät. Ich glaube, er war GRU-Agent. Er versuchte, uns alle hochzujagen. Kapitän Ramius, wie wäre es, wenn wir diese Rakete abschössen – uns das verfluchte Ding einfach vom Hals schafften?«

»Gute Idee.« Ramius' Stimme war nun ein heiseres Flüstern. »Schließen Sie die Inspektionsluke, dann feuern wir vom Kontrollraum aus ab.«

Ryan fegte mit der Hand den Schrott beiseite, bis sich die Luke schließen ließ. Mit der Luke des Abschussrohrs hatte er größere Schwierigkeiten, da sie druckfest und daher viel dicker war und von zwei Schnappriegeln zugehalten wurde. Ryan schlug sie dreimal zu. Zweimal sprang sie wieder auf, klinkte aber beim dritten Mal ein.

Borodin und ein anderer Offizier trugen Williams nach achtern. Jemand band Ramius' verletztes Bein mit einem Gürtel ab. Ryan half ihm beim Aufstehen und stützte ihn beim Gehen. Jedes Mal, wenn Ramius sein linkes Bein bewegen musste, ächzte er vor Schmerzen.

»Sie waren leichtsinnig, Kapitän«, meinte Ryan.

»Dies ist mein Boot – und ich mag die Dunkelheit nicht. Es war alles meine Schuld. Ich hätte die Mannschaft sorgfältig zählen sollen, als sie von Bord ging.«

Sie erreichten eine wasserdichte Luke. »Ich gehe vor«, sagte Ryan und half dann Ramius rückwärts hindurch. Der Gürtel hatte sich gelöst, und die Wunde begann wieder zu bluten.

»Schließen Sie die Luke«, befahl Ramius.

Sie ließ sich leicht zudrücken. Ryan gab dem Handrad drei Umdrehungen und griff dann dem Kapitän wieder unter den Arm. Nach sechs Metern waren sie im Kontrollraum. Der Leutnant am Ruder war aschgrau.

Ryan setzte den Kapitän auf einen Stuhl an Backbord. »Haben Sie ein Messer?«

Ramius griff in die Hosentasche und zog ein Klappmesser und einen weiteren Gegenstand heraus. »Hier, der Schlüssel für die Sprengköpfe. Ohne ihn können sie nicht scharf gemacht werden. Behalten Sie ihn.« Er rang sich ein Lächeln ab. Immerhin war es Putins Schlüssel gewesen.

Ryan hängte sich ihn um den Hals, öffnete das Messer und schnitt dem Kapitän die Hosen auf. Die Kugel hatte den Oberschenkelmuskel glatt durchschlagen. Er drückte sein sauberes Taschentuch auf die Einschusswunde. Ramius reichte ihm ein weiteres Taschentuch, das Ryan auf die Stelle drückte, an der das Geschoss ausgetreten war. Dann wickelte er den Gürtel um beide Verbände und zog ihn so stramm wie möglich an.

»Meine Frau würde Zeter und Mordio schreien, wenn sie das sähe, aber für den Augenblick muss es genügen.«

»Ihre Frau?«, fragte Ramius.

»Sie ist Ärztin, Chirurgin. Als ich angeschossen wurde, leistete sie mir so erste Hilfe.« Ramius' Unterschenkel wurde blass. Der Gürtel saß zu eng, aber Ryan wollte ihn noch nicht lockern. »So, was machen wir mit der Rakete?«

Ramius gab dem Rudergänger einen Befehl, der ihn über die Bordsprechanlage weiterleitete. Kurz darauf betraten drei Offiziere den Kontrollraum. Die Fahrt wurde auf fünf Knoten herabgesetzt, was einige Minuten in Anspruch nahm. Ryan machte sich wegen der Rakete Sorgen und hoffte, die Schaltung, die der Agent eingebaut hatte, auch zerstört zu haben. Jeder der drei Offiziere nahm einen Schlüssel vom Hals. Ramius folgte ihrem Beispiel und reichte Ryan seinen zweiten Schlüssel. Dann wies er zur Steuerbordseite des Raumes.

»Raketenkontrolle.«

Dort befanden sich fünf Instrumentenbretter mit je sechsundzwanzig Leuchten in drei Reihen und einem Schlüsselloch.

»Ryan, stecken Sie Ihren Schlüssel in Nummer eins.« Jack folgte, die anderen Offiziere traten ebenfalls an ihre Plätze. Ein rotes Warnlicht flammte auf, ein Summer ertönte.

Das Instrumentenbrett des Raketenoffiziers war am kompliziertesten. Der Mann betätigte einen Schalter, um das Abschussrohr zu fluten und Luke 1 zu öffnen. Die roten Kontrollleuchten an der Konsole begannen zu blinken.

»Drehen Sie Ihren Schlüssel um, Ryan«, sagte Ramius.

»Wird damit die Rakete abgefeuert?« Mein Gott, was wird dann?, fragte sich Ryan.

»Nein, nein. Die Rakete müsste erst vom Raketenoffizier scharf gemacht werden. Dieser Schlüssel lässt nur die Gasladung explodieren.«

Konnte Ryan ihm vertrauen? Gewiss, er schien ein anständiger Kerl zu sein, aber sagte er auch die Wahrheit?

»Los!«, befahl Ramius. Ryan drehte zugleich mit den anderen den Schlüssel um. Das gelbe Licht über dem roten flammte auf. Das grüne blieb dunkel.

Roter Oktober bebte, als die SS-N-20 Nummer eins durch Gasdruck nach oben ausgestoßen wurde. Es klang wie die Druckluftbremse eines Lastwagens. Die drei Offiziere zogen ihre Schlüssel heraus. Gleich darauf schloss der Raketenoffizier die Luke des Abschussrohrs.

USS Dallas

»Was, zum Teufel –?«, rief Jones. »Skipper, das Ziel hat gerade ein Rohr geflutet – ein Abschussrohr? Guter Gott!« Auf eigene Faust setzte Jones das Unter-Eis-Sonar in Betrieb und ließ es Hochfrequenztöne ausstoßen.

»Was, zum Teufel, treiben Sie da?«, herrschte Thompson ihn an. Eine Sekunde später tauchte Mancuso auf.

»Was hat das zu bedeuten?«, schnappte der Captain. Jones wies auf seinen Schirm.

»Das U-Boot hat gerade eine Rakete losgelassen, Sir.

Schauen Sie, Captain, zwei Ziele. Sie hängt allerdings nur im Wasser. Der Treibsatz ist nicht gezündet worden. Mein Gott!«

Roter Oktober
Schwimmt sie?, fragte sich Ryan.

Sie schwamm nicht. Die Seahawk-Rakete wurde vom Gasdruck nach oben und leicht nach Steuerbord getrieben. Fünfzehn Meter überm Deck von *Roter Oktober* verlor sie an Schwung, denn die Luke zum Lenksystem, die Ryan geschlossen hatte, war nicht ganz dicht. Wasser füllte die Abteilung und flutete den »Bus«, den Raum in der Nase des Geschosses, der die Sprengköpfe enthielt. Da die Rakete ohnehin negativen Auftrieb hatte, ließ das zusätzliche Gewicht in der Spitze sie umkippen. Die kopflastige Trimmung gab ihr eine exzentrische Bahn, und während *Roter Oktober* sich entfernte, spiralte sie wie ein geflügelter Ahornsamen zum Grund. In dreitausend Meter Tiefe zerquetschte der Wasserdruck die Hülle des Busses mit den Sprengköpfen, doch der Rest der Rakete blieb bis zum Meeresboden intakt.

USS Ethan Allen
Nun funktionierte an Bord nur noch der Zeitzünder. Er war auf dreißig Minuten eingestellt worden, um der Besatzung ausreichend Zeit zum Überwechseln auf die *Scamp* zu geben, die sich nun mit zehn Knoten Fahrt entfernte. Der alte Reaktor war stillgelegt worden und nun eiskalt. Nur noch ein paar Notleuchten glühten, gespeist vom restlichen Batteriestrom. Der Zeitzünder hatte drei voneinander unabhängige Schaltungen, die im Abstand von einer Millisekunde ein Signal zu den Bomben sandten.

Man hatte vier Pave-Pat-Blue-Bomben auf die *Ethan Allen* gebracht. Pave Pat Blue war eine Treibstoff-Luft-Bombe, deren Brisanz rund fünfmal größer war als die eines gewöhnlichen chemischen Sprengstoffes. Jede Bombe war mit zwei Gasauslassventilen ausgestattet, und von diesen acht Ventilen versagte nur eines. Als sie geöffnet wurden, dehnte sich das unter Druck stehende Propan in den Zylindern heftig aus. Im Nu verdreifachte sich der Druck im Rumpf des alten U-Bootes, das mit einem explosiven Gas-Luft-Gemisch gefüllt wurde. *Ethan Allen* enthielt nun gleichmäßig in ihrem Innern verteilt das Aquivalent von fünfundzwanzig Tonnen TNT.

Die Zündkapseln gingen fast gleichzeitig los, und das Ergebnis war verheerend: *Ethan Allens* starker Stahlrumpf barst wie ein Luftballon. Der totalen Zerstörung entging nur die Reaktorhülle, die aus den zerfetzten Wrackteilen rasch auf den Grund sank. Der Rumpf selbst wurde in ein Dutzend von der Wucht der Explosion abenteuerlich verformter Stücke gerissen. Geräte und Instrumente aus dem Innern bildeten eine Metallwolke, die sich auf dem Weg zum fünf Kilometer tiefen sandigen Meeresboden über eine weite Fläche ausbreitete.

USS Dallas

»Verfluchte Pest!« Jones riss sich den Kopfhörer herunter und gähnte, um die Ohren frei zu bekommen. Automatische Begrenzer im Sonarsystem hatten seine Ohren vor der vollen Wucht der Explosion geschützt, aber es war doch noch so viel Schallenergie übertragen worden, dass er das Gefühl hatte, mit einem Vorschlaghammer traktiert worden zu sein. Alle Mann an Bord hatten die Detonation gehört.

»Alle Mann Achtung, hier spricht der Captain. Es besteht kein Grund zur Sorge. Mehr kann ich nicht sagen.«

»Skipper!«, stieß Mannion entgeistert hervor.

»Kümmern wir uns wieder um unseren Kontakt.«

»Aye, Captain.« Mannion warf seinem Kommandanten einen neugierigen Blick zu.

Weißes Haus

»Hat die Nachricht ihn noch rechtzeitig erreicht?«, fragte der Präsident.

»Nein, Sir.« Moore ließ sich in einen Sessel sinken. »Der

Hubschrauber traf ein paar Minuten zu spät ein. Mag sein, dass wir uns unnötige Sorgen machen. Man sollte doch erwarten, dass der Kapitän genug Verstand hatte, alle außer seinen Leuten von Bord zu schaffen. Selbstverständlich machen wir uns Gedanken, können aber nichts tun.«

»Richter Moore, ich habe ihn persönlich darum gebeten. Ich selbst.«

Willkommen in der realen Welt, Mr. President, dachte Moore. Der Präsident konnte von Glück sagen, noch keine Männer in den Tod geschickt zu haben. Der Gedanke daran war leichter als die eigentliche Ausführung, sann Moore. Er hatte als Berufungsrichter oft Todesurteile bestätigen müssen, was ihm nicht leicht gefallen war – selbst nicht bei Männern, die ihre Strafe verdient hatten.

»Wir können nur abwarten, Mr. President. Die Quelle dieser Information ist wichtiger als jede individuelle Operation.«

»Nun gut. Wie steht der Fall Donaldson?«

»Der Senator ist mit Ihrem Vorschlag einverstanden. Dieser Aspekt der Operation hat sich sehr günstig entwickelt.«

»Glauben Sie wirklich, dass die Russen uns das abkaufen?«, fragte Pelt.

»Wir haben ein paar hübsche Köder ausgelegt und zupfen bald ein wenig an der Leine, um sie aufmerksam zu machen. In ein, zwei Tagen werden wir sehen, ob sie anbeißen. Henderson ist einer ihrer Staragenten – Codename Cassius –, und anhand ihrer Reaktion werden wir sehen, welche Art von Desinformation wir über ihn weitergeben können. Mag sein, dass er sich als sehr nützlich erweist, aber wir müssen gut auf ihn aufpassen. Unsere Kollegen vom KGB gehen sehr resolut mit Doppelagenten um.«

»Lassen Sie ihn erst laufen, wenn er sich die Freiheit verdient hat«, meinte der Präsident kalt.

»Keine Sorge, Mr. President.« Moore lächelte. »Mr. Henderson gehört uns mit Haut und Haaren.«

Fünfzehnter Tag

Freitag, 17. Dezember

Ocracoke Inlet
Die Nacht war mondlos. Der aus drei Einheiten bestehende Verband fuhr mit fünf Knoten in den Meeresarm ein, kurz vor Mitternacht, um die Flut auszunutzen. *Pogy* führte die Formation an, da sie den geringsten Tiefgang hatte, und *Dallas* folgte *Roter Oktober.* Die Küstenwachstationen an beiden Ufern waren von Marineoffizieren besetzt, die die dort normalerweise arbeitenden Männer ›abgelöst‹ hatten.

Ryan war auf den Turm gelassen worden, eine Geste von Ramius, für die er sehr dankbar war. Nach achtzehn Stunden in *Roter Oktober* hatte Jack Platzangst bekommen und freute sich nun, wieder die Welt zu sehen – auch wenn sie sich nur als finstere Leere darbot. *Pogy* zeigte nur ein schwaches rotes Licht, das verschwand, wenn man genauer hinsah. Ryan konnte federartige Schaumkronen und Sterne ausmachen, die hinter den Wolken Verstecken spielten. Es wehte ein steifer Westwind.

Borodin steuerte das U-Boot mit strengen, einsilbigen Befehlen durch einen Kanal, der alle paar Monate ausgebaggert werden musste, obwohl im Norden ein riesiger Wellenbrecher gebaut worden war. Das Boot lag ruhig im Wasser, da die einen Meter hoch gehende kabbelige See ihm mit seinen 32 000 Tonnen nichts anhaben konnte. Ryan war dafür dankbar. Das schwarze Wasser wurde ruhiger, und als sie geschützteres Gewässer erreichten, kam ein Schlauchboot auf sie zugejagt.

»Ahoi, *Roter Oktober!*«, drang eine Stimme aus der Finsternis. Ryan konnte den grauen, rautenförmigen Umriss des Boots kaum ausmachen. Es lief vor einem winzigen Schaumfleck her, den der Außenbordmotor aufrührte.

»Darf ich antworten, Kapitän Borodin?«, fragte Ryan.

Der Offizier nickte. »Hier Ryan. Wir haben zwei Verletzte an Bord. Einer ist in schlechter Verfassung. Wir brauchen sofort einen Arzt mit Assistenten für eine Notoperation. Haben Sie mich verstanden?«

»Ja, zwei Verletzte, und Sie brauchen einen Arzt. Okay, wir lassen sofort einen Doktor einfliegen, *Oktober. Dallas* und *Pogy* haben Sanitäter an Bord. Wollen Sie die haben?«

»Auf der Stelle!«, rief Ryan zurück.

»Wird gemacht. Folgen Sie *Pogy* noch zwei Meilen weit und warten Sie dann.« Das Boot beschleunigte, wendete und verschwand in der Dunkelheit.

»Gott sei gedankt«, hauchte Ryan.

»Sind Sie – religiös?«, fragte Borodin.

»Aber sicher.« Diese Frage hätte Ryan nicht überraschen sollen. »An irgendetwas muss man schließlich glauben.«

Borodin reagierte darauf nicht. Er sprach einen Befehl ins Brücken-Mikrofon und es wurde eine leichte Kursänderung vorgenommen.

USS Dallas

Eine halbe Meile hinter *Roter Oktober* spähte Mancuso auf dem Turm durch ein Nachtsichtgerät. Neben ihm stand Mannion und starrte angestrengt in die Finsternis.

»Unglaublich!«, flüsterte Mancuso.

»Kann man wohl sagen, Skipper«, bestätigte Mannion fröstelnd. »Ich traue meinen Augen nicht. Da kommt das Schlauchboot.« Mannion reichte dem Commander ein Sprechfunkgerät, das bei Anlegemanövern benutzt wurde.

»Empfangen Sie?«

»Hier Mancuso.«

»Wenn unser Freund anhält, schicken Sie bitte zehn Ihrer Männer an Bord, einschließlich Ihres Sanitäters. *Roter Oktober* meldet zwei Verletzte, die versorgt werden müssen. Suchen Sie gute Leute aus, Commander, sie werden für die Bedienung des Bootes gebraucht. Und sorgen Sie dafür, dass es Männer sind, die den Mund halten können.«

»Verstanden. Neun Männer und der Sanitäter. Ende.«

Mancuso sah dem Schlauchboot nach, das zur *Pogy* jagte. »Wollen Sie mitkommen, Pat?«

»Und ob, Sir. Gehen Sie rüber?«, fragte Mannion.

Mancuso überlegte. »Glauben Sie nicht auch, dass Chambers einen Tag lang allein mit *Dallas* fertig wird?«

An Land hatte ein Marineoffizier Telefonverbindung mit dem Stützpunkt Norfolk. In der Küstenwachstation drängten sich Offiziere. Neben dem Telefon stand ein Gerät, mit dessen Hilfe sie verschlüsselt mit CINCLANT kommunizieren konnten. Sie waren erst seit zwei Stunden hier und mussten sich bald wieder entfernen, da keine außergewöhnlichen Aktivitäten auffallen durften. Draußen standen ein Admiral und zwei Captains und betrachteten die dunklen Schemen durch Nachtsichtgeräte.

Cherry Point, North Carolina

Commander Ed Noyes ruhte sich im Ärztezimmer des Fliegerhorstes des US-Marinekorps in Cherry Point, North Carolina, aus. Der Chirurg, der auch Pilot war, hatte die nächsten drei Nächte Dienst, damit er sich über Weihnachten vier Tage freinehmen konnte. Die Nacht war ereignislos verlaufen. Das sollte sich ändern.

»Doc?«

Noyes sah auf und entdeckte einen Captain der Marineinfanterie in MP-Uniform. Unfallopfer wurden oft von der Militärpolizei eingeliefert. Noyes legte seine Fachzeitschrift hin.

»Hallo, Jerry. Ein Fall?«

»Doc, ich soll Sie bitten, alles, was Sie für eine Notoperation brauchen, zusammenzupacken. Sie haben zwei Minuten, dann bringe ich Sie zum Flugplatz.«

»Was für eine Operation?« Noyes stand auf.

»Das hat man mir nicht gesagt, Sir. Sie sollen allein irgendwo hinfliegen. Der Befehl kam von ganz oben. Mehr weiß ich nicht.«

»Jerry, ich muss aber wissen, um welche Art von Operation es geht, damit ich entscheiden kann, was ich mitnehme.«

»Dann nehmen Sie halt alles mit, Sir. Ich muss Sie zu Ihrem Hubschrauber bringen.«

Noyes fluchte und ging in die Unfallstation. Dort warteten zwei weitere Marinesoldaten. Er reichte ihnen vier sterile Instrumentensätze, überlegte, ob er Medikamente brauchte, schnappte sich eine größere Auswahl und gab noch zwei Einheiten Blutplasma dazu. Der Captain half ihm in den Mantel und führte ihn hinaus zu einem wartenden Jeep. Fünf Minuten später fuhren sie bei einem Sea Stallion vor, dessen Triebwerke bereits liefen.

»Was gibt's?«, fragte er in der Maschine einen Oberst vom Nachrichtendienst.

»Wir fliegen hinaus auf den Sund«, erklärte der Colonel, »und setzen Sie auf einem U-Boot ab, das Verletzte an Bord hat. Zwei Sanitäter werden Ihnen assistieren. Mehr weiß ich nicht.«

Der Stallion hob sofort ab. Noyes war oft genug mit diesem Typ geflogen. Er hatte dreihundert Flugstunden in Hubschraubern und zweihundert in Flugzeugen hinter sich. Der Arzt hatte zu spät im Leben entdeckt, dass er die Fliegerei ebenso attraktiv fand wie die Medizin. Der Sea Stallion flog, wie er feststellte, nicht mit Dienst-, sondern mit Höchstgeschwindigkeit.

Pamlico-Sund

Die *Pogy* hielt ungefähr zu dem Zeitpunkt an, zu dem der Hubschrauber Cherry Point verließ. *Roter Oktober* nahm eine Kursänderung nach Steuerbord vor und stoppte parallel zu ihr. *Dallas* folgte ihrem Beispiel. Eine Minute später erschien das Schlauchboot längsseits der *Dallas* und fuhr dann langsam auf *Roter Oktober* zu, mit Männern schwer beladen.

»Ahoi, *Roter Oktober!*«

Diesmal antwortete Borodin. Er sprach mit einem starken Akzent, aber man verstand ihn. »Wer da?«

»Hier Bart Mancuso, Kommandant von *USS Dallas.* Ich habe unseren Sanitäter und einige Männer bei mir. Bitte um Genehmigung, an Bord kommen zu dürfen, Sir.«

Ryan bemerkte, dass der *Starpom* eine Grimasse zog. Zum ersten Mal sah sich Borodin den Konsequenzen der Situation gegenübergestellt und es war nur zu verständlich, dass er sie nicht ohne Widerstand akzeptierte.

»Genehmigung – ja.«

Das Schlauchboot legte behutsam an. Ein Mann sprang mit einer Leine an Bord, um es festzumachen. Zehn Mann kletterten nach und nach auf das U-Boot. Einer löste sich von der Gruppe und stieg auf den Turm.

»Kapitän? Ich bin Bart Mancuso. Ich höre, Sie haben Verletzte an Bord.«

»Ja.« Borodin nickte. »Der Kapitän und ein britischer Offizier, beide mit Schusswunden.«

»Schusswunden?«, fragte Mancuso überrascht.

»Darum kümmern wir uns später«, sagte Ryan scharf dazwischen. »Sehen wir erst einmal zu, dass unser Arzt sie versorgt.«

»Sicher. Wo ist die Luke?«

Borodin sprach ins Brückenmikrofon. Kurz darauf wurde am Fuß des Turms ein Lichtkreis sichtbar.

»Wir haben keinen Mediziner dabei, sondern nur einen Sanitäter, der aber ziemlich gut ist. In ein paar Minuten wird der Sanitäter der *Pogy* eintreffen. Wer sind Sie übrigens?«

»Ein Spion«, merkte Borodin ironisch an.

»Jack Ryan.«

»Und Sie, Sir?«

»Kapitän Zweiten Ranges Wassilij Borodin. Ich bin der Erste Offizier. Kommen Sie mit nach unten, Commander. Entschuldigen Sie, aber wir sind alle übermüdet.«

»Das geht nicht nur Ihnen so.« Auf dem Turm war nicht viel Platz. Mancuso setzte sich auf die Brückenkimmung. »Ich wollte Ihnen nur sagen, wie schwer es uns fiel, Sie zu verfolgen. Ich muss Ihnen zu Ihrem Können gratulieren.«

Das Kompliment rief nicht die erwartete Reaktion hervor. »Sie waren in der Lage, uns zu verfolgen?«, fragte Borodin ungläubig. »Wie denn?«

»Mit Hilfe eines Spezialisten. Ich habe ihn mitgebracht.«

»Und was unternehmen wir jetzt?«

»Ich habe Anweisung, auf den Arzt zu warten und dann zu tauchen. Anschließend warten wir auf weitere Anweisungen. Das kann ein, zwei Tage dauern. Danach bringen wir Sie an einen sicheren Platz, wo ich Sie höchstpersönlich zur besten italienischen Mahlzeit einladen werde, die Ihnen je vor die Augen gekommen ist.« Mancuso grinste. »Gibt es in Russland italienische Gerichte?«

»Nein, und wenn Sie an gutes Essen gewöhnt sind, wird es Ihnen auf *Roter Oktober* nicht besonders gefallen.«

»Vielleicht kann ich das regeln. Wie viele Männer haben Sie an Bord?«

»Zwölf. Zehn Russen, den Engländer und den Spion.« Borodin bedachte Ryan mit einem schwachen Lächeln.

»Gut.« Mancuso holte ein Sprechfunkgerät aus der Tasche. »Hier Mancuso.«

»Ja, Skipper?«, antwortete Chambers.

»Lassen Sie für unsere Freunde etwas zu essen herrichten. Je sechs Gänge für fünfundzwanzig Mann. Schicken Sie einen Koch mit. Ich will diesen Leuten etwas Ordentliches bieten. Verstanden?«

»Aye aye, Skipper.«

»Sollten wir nicht nach unten gehen?«, schlug Ryan vor. Alle waren einverstanden. Es wurde langsam kalt.

Unten fanden Borodin, Ryan und Mancuso die Amerikaner auf der einen und die Russen auf der anderen Seite des Kontrollraums vor – es hatte sich nichts geändert. Der amerikanische Kapitän brach das Eis.

»Kapitän Borodin, hier ist der Mann, der Sie gefunden hat. Jones, kommen Sie mal rüber.«

»Leicht war es gerade nicht, Sir«, sagte Jones. »Kann ich an die Arbeit gehen? Darf ich mich in Ihrem Sonar-Raum umsehen?«

»Bugajew.« Borodin winkte den Elektronikoffizier herüber. Der Kapitänleutnant führte Jones nach achtern.

Jones warf einen Blick auf die Geräte und murmelte

schließlich: »Schrott.« Alle Abdeckplatten waren mit Kühlschlitzen versehen. Benutzte man etwa noch Röhren? Jones nahm einen Schraubenzieher aus der Tasche, um genauer nachzusehen.

»Sprechen Sie Englisch?«, fragte Jones Bugajew.

»Ja, ein wenig.«

»Kann ich bitte die Schaltpläne sehen?«

Bugajew blinzelte ungläubig. Kein Mannschaftsgrad oder gar *Mitschman* hatte je so ein Ansinnen gestellt. Er nahm das Dossier mit den Diagrammen vom Regal.

Jones verglich die Codenummer auf dem Gerät, das er sich ansehen wollte, mit dem Inhaltsverzeichnis des Dossiers. Beim Entfalten des Schaltbilds stellte er erleichtert fest, dass auch hier wie überall auf der Welt ein Widerstand in Ohm angegeben wurde. Er fuhr mit dem Zeigefinger über den Plan und nahm dann die Abdeckung ab.

»Maximaler Megaschrott!« Jones war so verwundert, dass er automatisch in den Jargon von Silicon Valley verfiel.

»Entschuldigen Sie, was bedeutet ›Megaschrott‹?«

»Ach, das ist nur so ein Ausdruck, den wir in der Marine verwenden. Wie er auf Russisch heißt, weiß ich leider nicht.« Jones unterdrückte ein Grinsen und wandte sich wieder dem Schaltplan zu. »Dieses Hochfrequenzgerät da, benutzen Sie das für Minen und ähnliches?«

Nun war Bugajew schockiert. »Sind Sie an sowjetischen Geräten ausgebildet worden?«

»Nein, aber ich habe allerhand darüber gehört.« Lag das nicht auf der Hand? wunderte sich Jones. »Wozu soll es sonst gut sein? Ein solches FM-Gerät benutzt man nur für Minen, unterm Eis und beim Anlegen, nicht wahr?«

»Korrekt.«

»Haben Sie eine ›Gertrude‹?«

»Was ist das?«

»Ein Unterwassertelefon, um sich mit anderen U-Booten zu verständigen.« Hatte dieser Bursche denn von nichts eine Ahnung?

»Ah, wir haben auch so eins, aber es ist im Kontrollraum und funktioniert im Augenblick nicht.«

»Aha.« Jones schaute wieder auf das Diagramm. »Wenn wir einen Modulator an diesen Kasten hängen, haben wir eine ›Gertrude‹. Könnte nützlich sein. Hätte Ihr Kapitän was dagegen?«

»Ich will ihn fragen.« Er erwartete, dass Jones zurückblieb, aber der folgte ihm in den Kontrollraum. Bugajew trug Borodin den Vorschlag vor, während Jones mit Mancuso sprach.

»Sie haben ein kleines FM-Gerät, das wie die alten Gertruden in der Sonar-Schule aussieht. Bei uns liegt ein Modulator im Ersatzteillager, den ich wahrscheinlich in einer halben Stunde anschließen könnte«, sagte der Sonar-Mann.

»Sind Sie einverstanden, Kapitän Borodin?«, fragte Mancuso.

Borodin fand, dass man ihm zu viel zumutete, aber die Idee leuchtete ihm ein. »Meinetwegen, lassen Sie Ihren Mann heran.«

»Skipper, wie lange bleiben wir hier an Bord?«, fragte Jones.

»Ein, zwei Tage. Wieso?«

»Sir, diesem Boot mangelt es an Komfort. Wie wär's, wenn ich einen Fernseher und einen Videorecorder besorgte? Da hätten sie etwas zu gucken und könnten sich ein Bild von den USA machen.«

Mancuso lachte. »Gut, nehmen wir das Gerät aus der Offiziersmesse.«

Kurz darauf brachte das Schlauchboot den Sanitäter der *Pogy*, und Jones fuhr zurück zur *Dallas*. Nach und nach begannen sich die Offiziere zu unterhalten. Zwei Russen versuchten mit Mannion ins Gespräch zu kommen und musterten neugierig sein Haar. Sie hatten noch nie einen leibhaftigen Schwarzen zu Gesicht bekommen.

»Kapitän Borodin, ich habe Befehl, etwas aus dem Kontrollraum zu entfernen, das dieses Boot identifiziert.« Mancuso wies auf einen Tiefenmesser. »Kann ich das haben? Meine Leute bauen Ihnen ein Ersatzinstrument ein.« Er hatte entdeckt, dass der Tiefenmesser eine Seriennummer hatte.

»Zu welchem Zweck?«

»Keine Ahnung, aber Befehl ist Befehl.«

Das sah Borodin ein.

Mancuso gab einem seiner Stabsbootsleute den Auftrag. Der Mann zog einen so genannten Engländer aus der Tasche und löste die Mutter, mit der das Instrument befestigt war.

»Der Anzeigebereich ist etwas größer als bei unseren Instrumenten, Skipper, aber ich kann ihn justieren und das Zifferblatt von Hand ändern.«

Mancuso reichte ihm sein Funkgerät. »Rufen Sie Jones. Er soll einen Tiefenmesser mitbringen.«

»Aye, Captain.«

Der Sea Stallion versuchte nicht zu landen, obwohl der Pilot sich dazu versucht fühlte, denn das Deck war fast groß genug. Der Hubschrauber schwebte zwei Meter über dem Raketendeck, und der Arzt sprang in die Arme von zwei Matrosen. Gleich darauf wurden ihm seine Instrumente nachgeworfen. Der Colonel blieb im Laderaum der Maschine und schloss die Schiebetür. Der Vogel drehte sich langsam, um zurückzufliegen. Sein gewaltiger Rotor ließ das Wasser des Pamlico-Sunds gischten.

»Habe ich das richtig gesehen?«, fragte der Pilot über die Sprechanlage.

»Da stimmt etwas nicht«, bestätigte der Copilot verwundert. »Ich dachte, strategische U-Boote hätten die Raketen hinter dem Turm. Hier aber sind sie davor, oder? War das nicht das Ruder, das da hinter dem Turm aus dem Wasser ragte? Komisch.«

»Das ist ein *russisches* Boot!«, rief der Pilot.

»Was?« Aber es war zu spät, um noch einmal hinzusehen; sie waren schon zwei Meilen entfernt. »Das waren aber unsere Leute an Deck – und keine Russen.«

»Mein Gott!«, murmelte der Major verblüfft. Und er

durfte niemandem davon erzählen. Der Oberst vom Nachrichtendienst hatte das eindeutig klargestellt: »Sie hören nichts, Sie sehen nichts, Sie denken nichts, und wehe, wenn Sie auch nur einen Ton sagen.«

»Ich bin Dr. Noyes«, stellte sich der Commander Mancuso im Kontrollraum vor. Er war noch nie auf einem U-Boot gewesen und fand sich in einem Raum voller Instrumente, in einer fremden Sprache beschriftet. »Was ist das für ein Boot?«

»Krasnij Oktjabr«, sagte Borodin und kam auf ihn zu. Er hatte einen glänzenden roten Stern an der Mütze.

»Was geht hier vor?«, fragte Noyes.

»Doc, hinten warten zwei Patienten auf Sie.« Ryan nahm ihn am Arm. »Warum kümmern Sie sich nicht erst um sie?«

Noyes folgte ihm zum Lazarett. »Was geht hier vor?«, beharrte er, wenngleich leiser.

»Die Russen haben ein U-Boot verloren, das jetzt uns gehört«, erklärte Ryan, »und wenn Sie auch nur ein Wort –«

»Ich verstehe, aber ich glaube Ihnen nicht.«

»Ist auch nicht notwendig. Worauf sind Sie spezialisiert?«

»Thorax-Chirurgie.«

»Gut«, meinte Ryan beim Eintreten ins Lazarett, »hier haben wir nämlich einen Pneumothorax, der Sie dringend braucht.«

Williams lag nackt auf dem Tisch. Ein Matrose kam mit einem Arm voller Instrumente und Medikamente herein und legte alles auf Petrows Tisch. Der Medizinschrank von *Roter Oktober* hatte gefrorenes Blutplasma enthalten, und die beiden Sanitäter hatten Williams bereits an zwei Einheiten gehängt und seine Lunge dräniert.

»Jemand hat einen Neun-Millimeter-Schlauch in den Thorax des Patienten eingeführt«, erklärte ein Sanitäter, nachdem er sich selbst und seinen Kollegen vorgestellt hatte. »Wie ich höre, wurde mit der Dränage vor zehn Stunden begonnen. Der Kopf sieht schlimmer aus, als er ist. Rechte Pupille ein wenig geschwollen. Aber die Brustverletzung ist ernst, Sir. Hören Sie einmal hin.«

»Werte?« Noyes nahm sein Stethoskop aus der Tasche.

»Puls 110 und schwach, Blutdruck 80/40.«

Noyes horchte Williams' Brust ab und runzelte die Stirn. »Herz ist verlagert. Linker Pneumothorax. Er muss einen Liter Flüssigkeit da drin haben und bewegt sich auf ein Kongestionsversagen zu.« Noyes wandte sich an Ryan. »Sie gehen jetzt besser. Ich muss operieren.«

»Geben Sie sich Mühe. Er ist ein guter Mann.«

»Sind sie das nicht alle?«, versetzte Noyes und zog sich die Jacke aus. »Dann mal zu.«

Ryan entfernte sich und ging in die Kapitänskajüte. Ramius hatte ein Schmerzmittel bekommen und schlief. Offenbar war er von einem Sanitäter versorgt worden. Wenn Noyes mit Williams fertig war, konnte er sich um ihn kümmern. Ryan ging zum Kontrollraum.

Borodin stellte zu seinem Missvergnügen fest, dass ihm die Kontrolle entglitt. Andererseits war er aber auch erleichtert, denn die zwei Wochen konstanter Anspannung hatten den Offizier stärker mitgenommen, als er erwartet hatte. Die augenblickliche Situation war unangenehm – die Amerikaner versuchten nett zu sein, waren aber so verflucht überwältigend. Ein Pluspunkt war, dass den Offizieren von *Roter Oktober* keine Gefahr drohte.

Zwanzig Minuten später kehrte das Schlauchboot zurück. Zwei Matrosen gingen an Deck, um einige hundert Kilo tiefgefrorene Lebensmittel zu entladen, und halfen dann Jones mit seinen elektronischen Geräten. Es dauerte eine Weile, bis alles verstaut war, und die Seeleute, die den Proviant in den Kühlraum getragen hatten, kamen entsetzt zurück, denn sie waren dort auf zwei Leichen gestoßen, knochenhart gefroren.

»Ich hab alles, Skipper«, meldete Jones und reichte dem Stabsboots-Mann den Tiefenmesser.

»Was hat das alles zu bedeuten?«, fragte Borodin.

»Kapitän Borodin, hier ist der Modulator, mit dem ich eine Gertrude bauen kann.« Jones hielt einen kleinen Kasten hoch. »Und da habe ich einen kleinen Farbfernseher, einen Videorecorder und ein paar Filme. Der Skipper meinte, Sie sollten sich ein wenig entspannen und uns ein bisschen kennen lernen.«

»Filme?« Borodin schüttelte den Kopf. »Kinofilme?«

»Sicher.« Mancuso lachte in sich hinein. »Was haben Sie mitgebracht, Jones?«

»E.T., Krieg der Sterne und zwei John Waynes.« Jones hatte eindeutig mit Bedacht erwogen, mit welchen Aspekten Amerikas er die Russen konfrontieren wollte. Mancuso warf ihm einen sarkastischen Seitenblick zu.

»Entschuldigen Sie, Kapitän Borodin. Der Filmgeschmack meines Mannes ist beschränkt.«

Im Augenblick hätte Borodin sich auch mit einem Eisenstein-Film zufrieden gegeben. Die Übermüdung machte sich stark bemerkbar.

Der Koch eilte mit einem Arm voller Lebensmittel nach achtern. »In ein paar Minuten gibt es Kaffee«, sagte er auf dem Weg zur Kombüse zu Borodin.

»Ich hätte gerne etwas zu essen. Wir haben den ganzen Tag nichts zu uns genommen«, erklärte Borodin.

»Essen!«, rief Mancuso nach hinten.

»Aye, Skipper. Ich muss mich nur erst in dieser Kombüse hier zurechtfinden.«

Mannion schaute auf die Armbanduhr. »Zwanzig Minuten, Sir.«

»Haben wir alles Nötige an Bord?«

»Jawohl, Sir.«

Jones überbrückte den Impulsgenerator und schloss den Modulator an, was ihm leichter fiel, als er erwartet hatte. Er hatte auch ein Funkmikrophon von der Dallas mitgebracht, das er nun mit dem Sonar-Gerät verband, ehe er den Strom einschaltete. Nun musste er abwarten, bis die Anlage warm geworden war. Seit seiner Kindheit, als er mit seinem Vater Fernseher reparieren ging, hatte er nicht mehr so viele Röhren gesehen.

»*Dallas*, hier Jones, hören Sie mich?«

»Aye.« Die Antwort klang kratzig wie ein Taxiradio.

»Danke. Ende.« Er schaltete ab. »Es funktioniert. Das war kinderleicht, was?«

Und dieser Mann ist noch nicht einmal Offizier, dachte Bugajew, der Elektronikoffizier von *Roter Oktober.* Und nicht an sowjetischem Gerät ausgebildet! Der Gedanke, dass es sich bei diesem Gerät um die Kopie eines überholten amerikanischen FM-Systems handelte, kam ihm erst gar nicht. »Wie lange sind Sie schon Sonar-Mann?«

»Dreieinhalb Jahre, Sir. Seit ich vom College flog.«

»Und das alles haben Sie in drei Jahren gelernt?«, fragte der Offizier.

Jones zuckte die Achseln. »Nichts dran, Sir. Ich habe schon als Kind an Radios herumgebastelt. Hätten Sie etwas dagegen, wenn ich ein Band auflegte?«

Jones hatte besonders nett sein wollen und außer vier Bach-Kassetten auch eine mit Tschaikowsky mitgebracht. Jones hörte gerne Musik, wenn er Schaltbilder studierte. Der junge Sonar-Mann war im siebten Himmel. Drei Jahre lang hatte er die russischen Geräte abgehört – und nun standen sie ihm zusammen mit ihren Schaltplänen zur Verfügung. Bugajew schaute verdutzt zu, wie Jones' Finger zu den Klängen der Nussknacker-Suite über die Seiten der Handbücher tanzten.

»Zeit zum Tauchen, Sir«, sagte Mannion im Kontrollraum.

»Gut. Mit Ihrer Erlaubnis, Kapitän Borodin, werde ich bei der Betätigung der Ventile helfen. Alle Luken sind dicht.« Mancuso stellte fest, dass das Taucharmaturenbrett die gleichen optischen Anzeigen aufwies wie auf amerikanischen Booten.

Mancuso zog ein letztes Mal Bilanz. Butler und seine vier dienstältesten Maate kümmerten sich achtern um den Reaktor. Alles in allem sah es recht gut aus. Unangenehm mochte es nur werden, wenn die Offiziere von *Roter Oktober* es sich doch noch anders überlegten. *Dallas* sollte das Boot aus diesem Grund konstant mit Sonar überwachen. Fuhr das Boot plötzlich los, konnte *Dallas* es dank höherer Geschwindigkeit überholen und die Fahrtrinne blockieren.

»Soweit ich es beurteilen kann, Kapitän, ist alles klar zum Tauchen«, sagte Mancuso.

Borodin nickte und gab Tauchalarm – über einen Summer, genau wie auf amerikanischen Booten. Mancuso, Mannion und ein russischer Offizier betätigten die komplexen Ventilbedienungen. *Roter Oktober* begann langsam abzutauchen. Fünf Minuten später setzte das Boot mit einundzwanzig Meter Wasser überm Turm auf dem Grund auf.

Weißes Haus

Pelt telefonierte um drei Uhr früh mit der sowjetischen Botschaft. »Alex, hier Jeffrey Pelt.«

»Wie geht's, Dr. Pelt? Ich möchte mich im Namen des russischen Volkes für Ihre Bemühungen bei der Rettung unseres Matrosen bedanken. Vor wenigen Minuten erfuhr ich, dass er nun bei Bewusstsein ist und voll genesen wird.«

»Ja, das habe ich auch gerade gehört. Wie heißt er übrigens?« Pelt fragte sich, ob er den Botschafter aus dem Bett geholt hatte. Seine Stimme klang nicht danach.

»Andrej Katyskin, ein Maat aus Leningrad.«

»Gut, Alex. Man hat mich gerade informiert, dass *USS Pigeon* vor der Küste von North Carolina fast die gesamte Mannschaft eines weiteren sowjetischen U-Bootes gerettet hat. Sein Name war anscheinend *Roter Oktober.* Soweit die guten Nachrichten. Nun zu den schlechten: Das Boot explodierte und sank, ehe wir sie alle von Bord holen konnten. Fast alle russischen und zwei unserer Offiziere kamen um.«

»Wann war das?«

»Gestern, in den frühen Morgenstunden. Ich bedaure die Verzögerung, aber die *Pigeon* bekam wegen der Explosion unter Wasser Probleme mit ihrem Funkgerät.«

»Und wo sind die Männer jetzt?«

»*Pigeon* ist unterwegs nach Charleston in South Carolina. Von dort aus lassen wir Ihre Mannschaft direkt nach Washington fliegen.«

»Und Sie sind sicher, dass das U-Boot explodiert ist?«

»Ja. Einem Besatzungsmitglied zufolge gab es einen schweren Reaktorunfall. Zum Glück war *Pigeon* zur Stelle. Sie lief auf die Küste von Virginia zu, um nach dem Wrack des anderen Bootes zu suchen, das Sie verloren haben. Es hat den Anschein, als bedürfte Ihre Marine der Überholung, Alex«, merkte Pelt an.

»Ich werde das an Moskau weitergeben, Dr. Pelt«, erwiderte Arbatow trocken. »Können Sie uns sagen, wo sich der Unfall ereignete?«

»Ich kann Ihnen noch mehr bieten. Eines unserer Schiffe bringt ein tieftauchendes Forschungs-U-Boot dorthin, das nach dem Wrack suchen soll. Wenn Sie wollen, kann Ihre Marine einen Mann nach Norfolk fliegen. Wir bringen ihn dann hinaus, damit er sich vor Ort informieren kann. Recht so?«

»Sie haben zwei Offiziere verloren?« Arbatow war von dem Angebot so überrascht, dass er Zeit zu gewinnen versuchte.

»Ja, beide waren Mitglieder des Rettungsteams. Immerhin haben wir hundert Mann von Bord genommen, Alex«, sagte Pelt defensiv. »Das war keine Kleinigkeit.«

»Gewiss nicht, Dr. Pelt. Ich muss nach Moskau kabeln und um Instruktionen bitten. Ich melde mich wieder. Bleiben Sie im Büro?«

»Ja, Alex. Wiederhören.« Er legte auf und sah den Präsidenten an. »Habe ich bestanden, Boss?«

»Mit der Aufrichtigkeit hapert es noch ein wenig, Jeff.« Der Präsident lag im Morgenmantel überm Schlafanzug ausgestreckt in einem Ledersessel. »Ob sie wohl anbeißen?«

»Und ob. Sie wollen bestimmt genau wissen, ob das Boot zerstört ist oder nicht. Die Frage ist nur: Können wir sie hinters Licht führen?«

»Foster zufolge schon. Es klingt plausibel genug.«

»Hm. Wir haben das Boot also«, meinte Pelt.

»Sieht so aus. Entweder war diese Geschichte vom GRU-Agenten eine Ente, oder er ging mit den anderen von

Bord. Diesen Kapitän Ramius muss ich unbedingt kennen lernen. Was für ein Kerl! Täuscht einfach einen Reaktorunfall vor, dass alles fluchtartig das Boot verlässt.«

Pentagon

Skip Tyler war im Arbeitszimmer des Kommandanten der Navy bemüht, sich in einem Sessel zu entspannen. Von der Küstenwachstation Ocracoke Inlet aus war mit einer speziellen Nachtvideokamera ein Band aufgenommen worden, das man per Hubschrauber nach Cherry Point und von dort aus mit einem Phantom-Jäger zur Andrews Air Base geflogen hatte. Nun war es in Händen eines Kuriers, dessen Wagen gerade am Haupteingang des Pentagons vorfuhr.

»Ich habe ein Paket persönlich an Admiral Foster abzuliefern«, meldete kurz darauf ein Lieutenant. Fosters Sekretär zeigte ihm die Tür.

»Guten Morgen, Sir. Dies ist für Sie.« Der Lieutenant reichte Foster die verpackte Kassette.

»Danke. Abtreten.«

Foster schob die Kassette in den Recorder über seinem Fernseher. Wenige Sekunden darauf erschien ein Bild.

Tyler stand neben Foster, als es scharf wurde. »Jawoll, da haben wir's.«

»Allerdings«, stimmte Foster zu.

Das Bild war nur als miserabel zu bezeichnen. Die Nachtkamera erzeugte ein ziemlich unscharfes Bild, weil sie alles vorhandene Licht gleichwertig verstärkte. Hierbei gingen viele Details verloren. Sie sahen aber genug: ein sehr großes Raketen-U-Boot, dessen Turm viel weiter hinten saß als bei westlichen Typen. Neben *Roter Oktober* nahmen sich *Dallas* und *Pogy* zwergenhaft aus. Im Lauf der nächsten fünfzehn Minuten starrten sie schweigend auf den Bildschirm. Abgesehen von der wackligen Handkamera war das, was sich dort abspielte, so unterhaltsam wie ein Testbild.

»Nun«, meinte Foster, als das Band abgelaufen war, »da haben wir also ein russisches Raketen-U-Boot.«

»Nicht übel, was?« Tyler grinste.

»Skip, Ihnen stand doch das Kommando auf der *Los Angeles* zu, nicht wahr?«

»Ja, Sir.«

»Wir sind Ihnen etwas schuldig, Commander, eine ganze Menge sogar. Ich habe mich gestern einmal erkundigt und festgestellt, dass ein im Dienst verletzter Offizier nur dann in den Ruhestand geschickt wird, wenn er eindeutig dienstunfähig ist. Wir hatten schon einige Kommandanten, denen ein Bein fehlte. Ich werde mich persönlich beim Präsidenten für Sie verwenden, Sohn. Sie müssen ein Jahr lang hart arbeiten, bis Sie wieder im Trott sind, aber wenn Ihnen noch an dem Kommando liegt, sorge ich dafür, dass Sie es auch bekommen.«

Daraufhin musste Tyler sich erst einmal setzen. Das bedeutete eine neue Prothese, die er schon seit Monaten erwogen hatte, und ein paar Wochen Gewöhnungszeit. Dann ein gutes Jahr, um seine Kenntnisse aufzufrischen, ehe er wieder zur See fuhr. – Er schüttelte den Kopf. »Vielen Dank, Admiral. Sie wissen, wie sehr mir daran liegt, aber ich muss ablehnen. Ich habe inzwischen ein neues Leben mit anderen Verpflichtungen und nähme nur jemandem die Stelle weg. Ich mache Ihnen einen Vorschlag: Wenn ich mir in Ruhe das russische Boot ansehen darf, sind wir quitt.«

»Das garantiere ich Ihnen.« Foster hatte auf diese Reaktion gehofft, sie sogar erwartet. Aus Tyler hätte ein Admiral werden können, wenn nicht das Bein gewesen wäre. Aber wer nannte das Leben schon fair?

Roter Oktober

»Sie scheinen ja alles fest im Griff zu haben«, bemerkte Ryan. »Haben Sie etwas dagegen, wenn ich mich ein bisschen hinlege, Kapitän Borodin?«

»Bestimmt nicht. Gehen Sie in Dr. Petrows Kabine.«

Auf dem Weg dorthin schaute Ryan in Ramius' Kajüte und fand eine Flasche Wodka. Er nahm sie mit und legte sich in Petrows Koje, die weder breit noch weich war. Ryan war das inzwischen gleich. Er trank einen tiefen Schluck und war binnen fünf Minuten eingeschlafen.

USS Sea Cliff
Das Luftreinigungssystem funktioniert nicht richtig, dachte Lieutenant Sven Johnsen. Die *Sea Cliff* hatte gerade dreitausend Meter Tiefe erreicht und an eine Reparatur war erst an der Oberfläche zu denken. Gefährlich war das nicht – das Tauchboot war wie die Raumfähre nach dem Redundanzprinzip gebaut –, sondern nur lästig.

»So tief unten war ich noch nie«, sagte Kapitän Igor Kaganowitsch im Plauderton. Ihn hierherzubringen war nicht einfach gewesen. Erst war ein Helix-Hubschrauber von der *Kiew* zur *Tarawa* erforderlich gewesen, dann ein Sea King der US-Navy nach Norfolk. Ein weiterer Helikopter hatte ihn zu *USS Austin* gebracht, die mit zwanzig Knoten Fahrt auf 33N 75W zuhielt. *Austin* hatte ein breites, flaches Achterdeck, auf dem sie gewöhnlich Landungsfahrzeuge transportierte, aber heute war ihre Ladung die *Sea Cliff* gewesen, ein Drei-Mann-Tauchboot, das ein Flugzeug aus Wood Hole in Massachusetts gebracht hatte.

»Man muss sich erst daran gewöhnen«, stimmte Johnsen zu, »aber im Grund macht es keinen Unterschied, ob man hundertfünfzig oder dreitausend Meter tief ist. Wenn die Hülle reißt, ist man so oder so tot, nur dass hier unten weniger übrig bleibt.«

»Welch angenehmer Gedanke, Sir. Nur weiter so«, kommentierte Maschinenmaat Erster Klasse Jesse Overton. »Am Sonar noch alles klar?«

»Ja, Jess.« Johnsen arbeitete seit zwei Jahren mit dem Maat auf der *Sea Cliff*, ihrem »Baby«, wie sie ihr kleines, robustes Tauchboot zärtlich nannten, das vorwiegend zu Forschungszwecken, aber auch bei der Aufstellung und Reparatur von Sosus-Sensoren benutzt wurde. Strenge Brückendisziplin konnte sich in dem Drei-Mann-Boot kaum entwickeln. Overton war weder gebildet noch sprachgewandt, manövrierte aber das Mini-U-Boot mit unerreichtem Geschick.

»Das Luftsystem ist wieder mal im Arsch«, bemerkte Johnsen.

»Ja, es müssen neue Filter rein. Wollte ich nächste Woche machen. Heute früh fand ich die Notschaltung für die Steuerung wichtiger.«

»Da muss ich Ihnen Recht geben. Lässt sie sich gut führen?«

»Wie 'ne Jungfrau.« Overtons grinsendes Gesicht spiegelte sich in dem dicken Acrylbullauge vor dem Führersitz. Die *Sea Cliff* ließ sich wegen ihrer sperrigen Form nur schwer manövrieren; sie schien zu wollen, aber nicht zu können. »Wie groß ist das Zielgebiet?«

»Ganz schön weit. *Pigeon* sagt, nach der Explosion sei der Schrott meilenweit geflogen.«

»Kann ich mir vorstellen. Er ist fünftausend Meter gesunken und die Trümmer wurden von der Strömung verteilt.«

»Das U-Boot hieß *Roter Oktober,* Kapitän? Ein Jagd-Boot der *Victor*-Klasse, sagten Sie?«

»Das ist Ihre Bezeichnung für die Klasse«, versetzte Kaganowitsch.

»Wie sagen Sie denn dazu?«, fragte Johnsen. Er bekam keine Antwort. Was soll's? dachte er.

»Aktiviere Ortungs-Sonar.« Johnsen schaltete mehrere Systeme ein und der Schall des unterm Rumpf montierten Hochfrequenz-Sonars pulsierte durch die *Sea Cliff.* »Ah, hier ist der Grund.« Auf dem gelben Schirm wurde in Weiß der Meeresboden sichtbar.

»Steht was hoch, Sir?«, fragte Overton.

»Heute nicht, Jess.«

Als sie vor einem Jahr in dieser Gegend operiert hatten, waren sie beinahe vom Wrack eines 1942 von einem deutschen U-Boot versenkten Liberty-Schiffes aufgespießt worden. Dessen Rumpf, von einem massiven Felsbrocken gestützt, hatte fast vertikal aufgeragt. Die Beinahe-Kollision, die mit Sicherheit tödlich ausgegangen wäre, hatte beide Männer zu größerer Vorsicht ermahnt.

»Ah, jetzt kommen deutliche Echos herein. Direkt vor

uns, fächerförmig ausgebreitet. Noch hundertfünfzig Meter zum Grund.«

»Gut.«

»Moment, da haben wir einen großen Brocken, rund zehn Meter lang, knapp drei Meter dick, hundert Meter entfernt. Sehen wir uns den erst einmal an.«

»Kurs Backbord, Scheinwerfer an.«

Ein halbes Dutzend greller Scheinwerfer flammte auf und hüllte das Boot in eine Sphäre aus Licht. Weiter als zehn Meter drang das Licht in dieser Tiefe nicht vor.

»Da ist der Grund, Mr. Johnsen, wie Sie gesagt haben.« Overton fing das Boot, das mit Maschinenkraft getaucht war, ab und prüfte den Auftrieb. »Gut, praktisch neutral. Die Strömung frisst Batteriestrom.«

»Wie stark ist sie?«

»Anderthalb bis zwei Knoten, hängt von den Grundkonturen ab. Wie im letzten Jahr. Länger als eine Stunde können wir uns hier unten nicht halten.«

Johnsen stimmte zu. Noch immer rätselten die Ozeanographen an dieser Tiefseeströmung herum, die von Zeit zu Zeit scheinbar grundlos die Richtung wechselte.

»Da ist was, etwas Glänzendes auf dem Grund, gleich rechts vorn. Soll ich es schnappen?«

»Wenn Sie können«, sagte Johnsen.

Auf den drei TV-Monitoren der *Sea Cliff*, deren Kameras nach vorne und in einem Winkel von fünfundvierzig Grad nach links und rechts gerichtet waren, war nichts zu entdecken.

»Los geht's.« Overton legte die rechte Hand auf das Bedienungselement des Greifarms. Dies war seine Spezialität.

»Erkennen Sie, was es ist?«, fragte Johnsen, der an der Fernsehanlage herumdrehte.

»Eine Art Instrument. Stellen Sie doch bitte Scheinwerfer eins ab, Sir. Der blendet mich.«

»Moment.« Johnsen beugte sich vor und legte den entsprechenden Schalter um. Dieses Flutlicht gehörte zur Bugkamera, deren Bildschirm sofort dunkel wurde.

»Fein, Baby, schön ruhig jetzt –« Der Maat bediente mit der linken Hand die Steuerung der schwenkbaren Propeller und hatte die rechte in dem handschuhähnlichen Steuerelement des Greifarms. Er war nun der Einzige, der den Gegenstand sehen konnte. Overton grinste sein Spiegelbild an und bewegte rasch die rechte Hand.

»Und geschnappt!«, rief er. Der Greifarm packte einen Tiefenmesser, den ein Taucher vorm Auslaufen mit einem Magneten am Bug der *Sea Cliff* befestigt hatte. »Sie können wieder Licht machen, Sir.«

Overton bugsierte seinen Fang vor die Bugkamera. »Sehen Sie, was das ist?«

»Sieht wie ein Tiefenmesser aus, stammt aber nicht von uns«, kommentierte Johnsen. »Erkennen Sie etwas, Kapitän?«

»*Da«*, sagte Kaganowitsch sofort, seufzte laut und bemühte sich um einen betrübten Tonfall. »Das ist eines von unseren Instrumenten. Ich kann zwar die Seriennummer nicht lesen, aber es gehört eindeutig uns.«

»Legen Sie das in den Korb, Jess«, befahl Johnsen.

»Aye.« Overton legte die Armatur in einen am Bug befestigten Drahtkorb und brachte dann den Greifarm in Ruhelage. »Wir rühren Schlick auf. Gehen wir ein bisschen höher.« Er erhöhte die Propellerdrehzahl und steuerte die *Sea Cliff* sechs Meter über Grund.

»Schon besser. Sehen Sie die Strömung, Mr. Johnsen? Gut zwei Knoten. Müssen unsere Tauchzeit verkürzen.« Die Strömung wirbelte die Schlickwolke rasch nach Backbord. »Wo ist der große Brocken?«

»Direkt vor uns, rund hundert Meter entfernt. Den müssen wir uns unbedingt ansehen.«

»Gut. Wir fahren vorwärts – da ist etwas, das wie ein Metzgermesser aussieht. Brauchen wir das?«

»Nein, fahren wir weiter.«

»Gut. Abstand?«

»Sechzig Meter. Objekt müsste bald in Sicht kommen.«

Die beiden Offiziere sahen es auf dem Bildschirm, Overton zur gleichen Zeit durchs Bullauge. Anfangs war es nur ein Schemen, der verblasste und dann schärfer wiederkehrte.

Overton reagierte als erster. »Mann!«

Es war über zehn Meter lang und rund. Sie näherten sich seinem rückwärtigen Ende, sahen einen Kreis und darin vier Schubdüsen, die ein wenig hervorstanden.

»Eine Rakete, Skipper, eine russische Rakete!«

»Halten Sie Position, Jess.«

»Aye aye.« Overton nahm die Propellersteuerung zurück.

»Sagten Sie nicht, es handelte sich um ein *Victor*?«, fragte Johnsen den Russen.

»Muss mich geirrt haben.« Kaganowitschs Mund zuckte.

»Sehen wir uns das mal genauer an, Jess.«

Sea Cliff fuhr neben die Rakete. Sie erkannten die kyrillische Beschriftung deutlich, waren aber zu weit entfernt, um die Seriennummer lesen zu können. Welcher Fund für die Navy: eine SS-N-20 Seahawk mit acht Sprengköpfen zu je fünfhundert Kilotonnen.

Kaganowitsch merkte sich die Kennzeichnung der Rakete sorgfältig. Über die Seahawk war er erst kurz vorm Start von der Kiew informiert worden, denn als Offizier vom Nachrichtendienst kannte er sich mit amerikanischen Waffen besser aus als mit sowjetischen.

Wie günstig, dachte er. Die Amerikaner ließen ihn in einem ihrer modernsten Forschungsboote mitfahren, dessen Inneres er sich bereits genau eingeprägt hatte, und erledigten seinen Auftrag – nun stand fest, dass *Roter Oktober* gesunken war. Nun brauchte er diese Information nur noch an Admiral Stralbo auf der *Kirow* weiterzugeben und dann konnte die Flotte die amerikanische Küste verlassen. Sollten die Yankees doch einmal ins Norwegische Meer kommen und dort ihre hässlichen Spiele wagen. Mal sehen, wer dort oben gewann!

»Position halten. Markieren Sie das Ding.«

»Aye.« Overton drückte einen Knopf und warf einen Sonar-Antwortsender ab, der nur auf ein verschlüsseltes amerikanisches Sonar-Signal reagierte und ihnen den Weg zurück zur Rakete weisen würde. Später würden sie das Geschoss mit einer Trosse an die Oberfläche hieven lassen.

»Es handelt sich um Eigentum der Sowjetunion«, sagte Kaganowitsch scharf. »Es liegt in internationalem Gewässer und gehört meinem Land.«

»Scheiß drauf! Holt es euch doch selbst!«, fuhr ihn der Matrose an. Kaganowitsch hielt ihn für einen verkleideten Offizier. Wie konnte sich ein Mannschaftsgrad eine solche Ausdrucksweise erlauben? »Verzeihung, Mr. Johnsen«, sagte Overton.

»Wir kommen zurück«, meinte Johnsen.

»Die heben Sie nie«, wandte Kaganowitsch ein. »Die ist viel zu schwer.«

»Wer weiß?« Johnsen lächelte.

Kaganowitsch ließ die Amerikaner den kleinen Sieg genießen, denn es hätte sehr viel schlimmer ausgehen können. »Sollen wir nach weiteren Wrackteilen suchen?«

»Nein, wir tauchen besser auf«, entschied Johnsen.

»Aber Ihr Befehl –«

»Mein Befehl lautete: Suchen Sie nach den Überresten eines Jagd-U-Boots der Victor-Klasse. Gefunden haben wir das Grab eines strategischen Bootes. Sie haben uns belogen, Kapitän, und von nun an hat es mit der Höflichkeit ein Ende. Sie haben vermutlich, was Sie wollen. Später kommen wir zurück und holen uns, was wir wollen.« Johnsen legte den Hebel um, der den Eisenballast freigab. Die Metallplatte fiel auf den Meeresboden und gab der *Sea Cliff* fünfhundert Kilo Auftrieb. Nun mussten sie auftauchen, ob sie wollten oder nicht.

»Fahren wir heim, Jess.«

»Aye aye, Skipper.«

Auf der Fahrt zur Oberfläche herrschte Schweigen.

USS Austin

Eine Stunde später erklomm Kaganowitsch die Brücke der *Austin*, um wie abgemacht einen Spruch an die *Kirow* zu senden. Der sowjetische Offizier gab eine Reihe von Codewörtern und die Seriennummer des Tiefenmessers durch. Der Spruch wurde sofort bestätigt.

Overton und Johnsen sahen den Russen mit dem Instrument in der Hand seinen Hubschrauber besteigen.

»Fieser Typ, dieser *Keptin Kackanowitsch*, was, Mr. Johnsen? Den haben wir ganz schön geleimt.«

Roter Oktober

Nach sechs Stunden wachte Ryan zu Klängen auf, die ihm irgendwie bekannt vorkamen. Er blieb kurz in der Koje liegen und versuchte sie zu identifizieren, ehe er in die Schuhe schlüpfte und nach vorne in die Offiziersmesse ging.

Es war das Titelmotiv aus *E. T.* Als er die Messe betrat, glitt gerade der Nachspann über den 33-cm-Schirm des Geräts auf dem Tisch. Fast alle Russen und drei Amerikaner hatten sich den Film angesehen. Die Russen wischten sich die Augen. Jack holte sich eine Tasse Kaffee und setzte sich an den Tisch.

»Hat es Ihnen gefallen?«

»Es war großartig!«, erklärte Borodin.

Lieutenant Mannion lachte leise. »Die Kassette lief schon zum zweiten Mal.«

Ein Russe begann rasch in seiner Muttersprache zu reden. Borodin dolmetschte. »Er möchte wissen, ob alle amerikanischen Kinder so – undiszipliniert sind.«

Ryan lachte. »Ich war anders, aber der Film spielt in Kalifornien, wo die Leute alle ein bisschen spinnen. Nein, in Wirklichkeit benehmen sich die Kinder nicht so, wenigstens meine beiden nicht. Andererseits erziehen wir unsere Kinder wohl zu mehr Selbständigkeit als russische Eltern.«

Borodin übersetzte und gab dann die Antwort wieder. »Es sind also nicht alle amerikanischen Kinder solche – Hooligans?«

»Manche schon. Perfekt ist Amerika nicht, meine Herren. Wir machen eine Menge Fehler.« Ryan hatte entschieden, nach Möglichkeit die Wahrheit zu sagen.

Wieder dolmetschte Borodin. Die Männer in der Runde sahen misstrauisch drein.

»Ich habe ihnen gesagt, dass es ein Film für Kinder ist, den man nicht zu ernst nehmen sollte. Stimmt das?«

»Jawohl, Sir«, sagte Mancuso, der gerade hereingekommen war. »Es ist nur ein Kinderfilm, aber ich habe ihn mir trotzdem fünfmal angesehen. Ah, da sind Sie ja wieder, Ryan. Ich muss wohl Jones noch einen Belobigungsbrief schreiben. Das war eine vorzügliche Idee.« Er wies auf den Fernseher. »Gut, dass sich die Leute ein bisschen entspannen können. Ernst wird es noch früh genug.«

Noyes kam herein. »Wie geht es Williams?«, fragte Ryan.

»Der kommt durch.« Noyes füllte seine Tasse. »Ich habe dreieinhalb Stunden an ihm operiert. Die Kopfverletzung war nur oberflächlich, die Brustwunde aber ernst. Die Kugel verfehlte den Herzbeutel nur um ein Haar. Kapitän Borodin, wer leistete diesem Mann erste Hilfe?«

Der *Starpom* wies auf einen Leutnant. »Er kann kein Englisch.«

»Sie können ihm sagen, dass Williams ihm sein Leben verdankt. Die Brustdränage war entscheidend. Ohne sie wäre er gestorben.«

»Sind Sie sicher, dass er durchkommt?«, beharrte Ryan.

»Fraglos, Ryan. Er wird sich noch eine Zeit lang miserabel fühlen, und es wäre mir lieber, wenn er in einer richtigen Klinik läge, aber ansonsten habe ich alles unter Kontrolle.«

»Und Kapitän Ramius?«, erkundigte sich Borodin.

»Kein Problem. Der schläft noch. Ich habe ihn sorgfältig zusammengeflickt. Fragen Sie diesen Mann, wer ihn in Erster Hilfe ausgebildet hat.«

Borodin folgte. »Er liest gern medizinische Fachbücher, sagt er.«

»Wie alt ist er?«

»Vierundzwanzig.«

»Richten Sie ihm aus, dass ich ihm beim Einstieg helfe, wenn er Medizin studieren will.«

Der junge Offizier freute sich und wollte wissen, wie viel ein Arzt in Amerika verdiente.

»Ich bin bei den Streitkräften und trage deshalb weniger heim – achtundvierzigtausend im Jahr, inklusive Flugzulage.« Die Russen machten große Augen. »Mit einer eigenen Praxis verdiente ich sehr viel mehr.«

»In der Sowjetunion bekommt ein Arzt nicht mehr als ein Fabrikarbeiter«, meinte Borodin.

»Vielleicht taugen Ihre Mediziner deshalb auch nicht viel«, bemerkte Noyes taktlos.

»Wann kann der Kapitän wieder das Kommando übernehmen?«, fragte Borodin.

»Heute muss er noch im Bett bleiben, aber morgen kann er langsam wieder aufstehen. Keine Sorge, er macht sich wieder. Er ist noch vom Blutverlust geschwächt, wird aber voll genesen.« Noyes gab diese Erklärung ab, als zitierte er ein Naturgesetz. Selbstvertrauen, das schon an Arroganz grenzt, ist für Chirurgen typisch.

»Wir danken Ihnen, Doktor«, sagte Borodin.

Noyes zuckte die Achseln. »Dafür werde ich bezahlt. Darf ich nun mal eine Frage stellen? Was geht hier eigentlich vor?«

Borodin lachte und übersetzte seinen Kameraden die Frage. »Wir wollen alle amerikanische Bürger werden.«

»Und das U-Boot haben Sie einfach mitgebracht? Donnerwetter. Wahrscheinlich darf ich das niemandem verraten.«

»Korrekt.« Ryan lächelte.

»Schade.« Noyes murmelte vor sich hin und wandte sich zurück zum Lazarett.

Moskau

»Sie haben uns also einen Erfolg zu melden, Genosse?«, fragte Narmonow.

»Jawohl, Genosse Generalsekretär.« Gorschkow nickte und sah in dem unterirdischen Befehlsstand in die Runde. Alle Mitglieder des inneren Kreises waren anwesend, dazu die Befehlshaber der Teilstreitkräfte und der Chef des

KGB. »Der Nachrichtendienstoffizier von Admiral Stralbos Flotte, Hauptmann Kaganowitsch, bekam von den Amerikanern Erlaubnis, sich die Wrackteile von einem Tiefsee-Tauchboot aus anzusehen. Geborgen wurde ein Tiefenmesser, der anhand der Seriennummer als eindeutig von *Roter Oktober* stammend identifiziert werden konnte. Außerdem inspizierte Kaganowitsch eine Rakete, die anscheinend weggesprengt wurde. *Roter Oktober* ist vernichtet. Unser Auftrag ist erfüllt.«

»Glückssache, Admiral, nicht Ihr Verdienst«, betonte Michail Alexandrow. »Ihre Flotte hat versagt. Sie sollte das U-Boot *orten* und zerstören. Genosse Gerasimow hat Neuigkeiten für Sie.«

Nikolai Gerasimow war der neue KGB-Chef. Er hatte seinen Bericht schon unter den politischen Mitgliedern der Runde zirkulieren lassen und brannte nun darauf, ihn den stolzierenden Pfauen in Uniform unter die Nase zu reiben. Das KGB hatte mit ihnen nämlich eine Rechnung zu begleichen. Gerasimow fasste kurz den Inhalt des Reports zusammen, den er von Agent Cassius erhalten hatte.

»Ausgeschlossen!«, schnappte Gorschkow.

»Mag sein«, gestand Gerasimow verbindlich zu. »Es ist gut möglich, dass es sich um eine geschickte Desinformation handelt. Unsere Agenten gehen der Sache inzwischen nach. Allerdings existieren einige interessante Details, die diese Hypothese stützen. Gestatten Sie, dass ich näher auf sie eingehe, Admiral.

Erstens, warum ließen die Amerikaner unseren Mann auf eines ihrer modernsten Forschungs-Tauchboote? Zweitens, warum unterstützten sie uns, retteten unseren Mann von der *Politowski* und gewährten uns auch noch Zugang zu ihm? Aus Menschenfreundlichkeit wohl kaum. Drittens, zu dem Zeitpunkt, zu dem sie diesen Mann aufnahmen, belästigten ihre Luft- und Marineeinheiten unsere Flotte auf eklatante und aggressive Weise. Dies aber fand jäh ein Ende, und einen Tag später überschlugen sie sich fast, um uns bei unserer ›Rettungsaktion‹ zu unterstützen.«

»Der Grund ist Admiral Stralbos weise und mutige Entscheidung, nicht auf ihre Provokationen zu reagieren«, erwiderte Gorschkow.

Gerasimow nickte höflich. »Mag sein. Der Entschluss des Admirals war intelligent. Andererseits ist es aber auch möglich, dass den Amerikanern um diese Zeit die Informationen zugingen, die Cassius an uns weitergab. Es ist auch denkbar, dass die Amerikaner unsere Reaktion fürchteten, wir sollten den Verdacht schöpfen, dass es sich bei der ganzen Angelegenheit um eine CIA-Operation handelte. Inzwischen wissen wir, dass mehrere westliche Geheimdienste den Anlass für diese Flottenoperation zu ermitteln versuchen.

Wir haben im Lauf der letzten Tage selbst einige Erkundigungen eingezogen und festgestellt«, Gerasimow konsultierte seine Unterlagen, »dass auf der U-Boot-Werft Polyarniji neunundzwanzig polnische Ingenieure beschäftigt sind, dass Post und Nachrichten sehr lasch behandelt werden und dass Kapitän Ramius nicht wie in seinem angeblichen Brief angekündigt nach New York fuhr, sondern tausend Kilometer weiter südlich lag, als sein Boot zerstört wurde.«

»Ramius versuchte offensichtlich, uns in die Irre zu führen«, wandte Gorschkow ein. »Aus diesem Grund deckte unsere Flotte alle amerikanischen Häfen ab.«

»Ohne ihn zu finden«, stellte Alexandrow leise fest. »Weiter, Genosse.«

Gerasimow fuhr fort. »Ich möchte nun nicht behaupten, dass diese Geschichte wahr oder zu diesem Zeitpunkt auch nur wahrscheinlich ist«, erklärte er in distanziertem Tonfall, »aber sie wird von so vielen Indizien gestützt, dass ich eine eingehende Untersuchung der Affäre durch das KGB empfehlen muss.«

»Die Sicherheit auf meinen Werften ist Angelegenheit von Marine und GRU«, erhob Gorschkow Einspruch.

»Das ändert sich ab sofort.« Narmonow verkündete den Beschluss, den man vor zwei Stunden gefasst hatte. »Das KGB wird diesen schimpflichen Skandal in zwei Richtungen untersuchen. Eine Gruppe beschäftigt sich mit den Informationen unseres Agenten in Washington. Die andere geht von der Voraussetzung aus, dass Kapitän Ramius' angeblicher Brief tatsächlich echt war. Sollte es sich um eine verräterische Verschwörung gehandelt haben, war das nur möglich, weil Ramius unter den geltenden Vorschriften und Praktiken in der Lage war, sich selbst seine Offiziere auszusuchen. Das KGB wird uns berichten, ob die Fortsetzung der Praxis, Kapitänen weitgehend Einfluss auf die Karrieren ihrer Offiziere zu geben, wünschenswert ist. Unsere erste Reformmaßnahme wird die häufigere Versetzung von einem Schiff aufs andere sein. Wenn Offiziere zu lange an einer Stelle dienen, könnten sie vergessen, wem sie die Treue geschworen haben.«

»Ihr Vorschlag ruiniert die Schlagkraft meiner Marine!« Gorschkow schlug auf den Tisch. Das war ein Fehler.

»Der Marine des Volkes«, korrigierte Alexandrow. »Oder der Partei. Und was Sie betrifft, Genosse Padorin –«, fuhr er fort.

»Ja, Genosse?« Padorin sah keinen Ausweg. Bei Ramius' Bestallung hatte die politische Hauptverwaltung das letzte Wort gehabt. War Ramius tatsächlich ein Verräter, wurde Padorin wegen einer groben Fehlentscheidung verdammt, doch wenn man Ramius nur als Schachfigur benutzt hatte, mussten sich Padorin und Gorschkow eine überhastete Reaktion vorwerfen lassen.

Auf Alexandrows Stichwort hin ergriff Narmonow das Wort. »Genosse Admiral, wir sind der Auffassung, dass Ihre geheimen Vorkehrungen zur Sicherung des U-Bootes *Roter Oktober* erfolgreich waren – es sei denn, der Kapitän war schuldlos und versenkte das Schiff mit seinen Offizieren und den Amerikanern, die es zweifellos zu stehlen versuchten. Wie auch immer, es hat den Anschein, dass das Boot nicht in Feindeshand gefallen ist.«

Padorin blinzelte ungläubig. Sein Herz schlug heftig, er spürte Stiche in der Brust. Ließ man ihn laufen? Warum? Erst nach einer Welle begriff er. Immerhin war er der Politoffizier. Wenn die Partei bestrebt war, die Flotte wieder unter politische Kontrolle zu bringen, konnte es sich das Politbüro nicht leisten, den Vertreter der Partei beim Oberkommando abzusetzen. Das machte ihn zum Vasallen dieser Männer, besonders Alexandrows, aber Padorin kam zu dem Schluss, dass er damit leben konnte.

Gorschkows Position war nun höchst wacklig. Padorin war sicher, dass die russische Flotte bald einen neuen Kommandanten bekommen würde, einen Mann, der nicht einflussreich genug war, um am Politbüro vorbei Politik zu machen. Gorschkow war einfach zu mächtig geworden.

»Genosse Gerasimow«, fuhr Narmonow fort, »wird mit der Sicherheitsabteilung Ihrer Stelle Ihre Verfahren überprüfen und Verbesserungen vorschlagen.«

Nun war Padorin also der Spion des KGB beim Oberkommando. Nun, er hatte noch seinen Kopf, seine Datscha und in zwei Jahren seine Pension. Padorin war mehr als zufrieden.

Sechzehnter Tag

Samstag, 18. Dezember

Ostküste

USS Pigeon erreichte um vier Uhr früh ihre Anlegestelle in Charleston. Mit der sowjetischen Crew, die in der Mannschaftsmesse untergebracht worden war, hatte man alle Hände voll zu tun. So sehr sich die russischen Offiziere auch bemühten, Kontakte zwischen ihren Schutzbefohlenen und den amerikanischen Rettern zu verhindern, es gelang ihnen doch nicht, denn die Gäste waren auf der *Pigeon* mit gutem Navy-Essen voll gestopft worden, und die nächste Toilette war einige Meter entfernt. Auf dem Weg dorthin und zurück trafen die Männer von *Roter Oktober* auf amerikanische Seeleute, teils verkleidete Russisch sprechende Offiziere, teils eigens eingeflogene Mannschaftsgrade mit entsprechenden Sprachkenntnissen. Die Tatsache, dass sie auf einem angeblich feindlichen Schiff von freundlichen, Russisch sprechenden Leuten begrüßt wurden, fanden viele junge Wehrpflichtige einfach überwältigend. Ihre Kommentare wurden von versteckten Tonbandgeräten aufgezeichnet und sollten später in Washington ausgewertet werden. Petrow und die drei Unteroffiziere hatten das nicht gleich gemerkt, doch als der Groschen endlich gefallen war, eskortierten sie ihre Männer zum Austreten wie fürsorgliche Eltern. Nicht verhindern konnten sie jedoch, dass ein Geheimdienstmann in der Uniform eines Bootsmanns politisches Asyl anbot: Wer wollte, konnte in den Vereinigten Staaten bleiben. Diese Nachricht verbreitete sich wie ein Lauffeuer unter der Besatzung.

Als die amerikanische Crew ihre Mahlzeit einnahm, konnten die russischen Offiziere Kontakte kaum unterbinden, obwohl sie so eifrig die Tische in der Messe abpatrouillierten, dass sie selber nicht zum Essen kamen. Zur Überraschung ihrer amerikanischen Kollegen sahen sie sich gezwungen, wiederholte Einladungen in die Offiziersmesse der *Pigeon* abzulehnen.

Pigeon legte behutsam an. Als die Gangway herabgelassen wurde, stimmte eine Kapelle an Land russische und amerikanische Weisen an. Angesichts der Tageszeit hatten die Russen mit einer stillen Begrüßung gerechnet. Das war ein Irrtum. Kaum hatte der erste sowjetische Offizier die Gangway betreten, da wurde er auch schon von fünfzig grellen Scheinwerfern geblendet und mit den lauten Fragen der Fernsehreporter konfrontiert. Da die Russen noch nie den westlichen Medien ausgesetzt gewesen waren, führte der Zusammenprall der Kulturen zu einem totalen Chaos. Reporter pickten sich die Offiziere heraus, verstellten ihnen den Weg, ohne sich um die Proteste der Marinesoldaten zu kümmern, die für Ordnung sorgen sollten. Die Offiziere gaben vor, kein Wort Englisch zu verstehen, mussten aber feststellen, dass ein findiger Reporter einen Russischprofessor mitgebracht hatte. Petrow rang sich vor einem halben Dutzend Kameras politisch halbwegs vertretbare Plattitüden ab und wünschte sich, das Ganze möge nur ein böser Traum sein. Erst nach einer Stunde saßen alle russischen Seeleute in den drei Bussen, die sie zum Flugplatz bringen sollten. Dort wiederholte sich die Szene. Die Air Force hatte eine Transportmaschine vom Typ VC-135 geschickt, aber ehe die Russen einsteigen konnten, mussten sie sich erneut durch die Pressemeute drängen.

Ein Dutzend Offiziere der Air Force wies ihnen Plätze zu und gab Zigaretten und Spirituosen in Miniaturflaschen aus. Als die Maschine zwanzigtausend Fuß erreicht hatte, war die Atmosphäre an Bord schon viel gelöster. Über die Lautsprecheranlage meldete sich ein Offizier und erklärte, wie es nun weitergehen sollte. Zuerst stand allen eine ärztliche Untersuchung bevor. Am nächsten Tag würde die Sowjetunion eine Maschine schicken, aber man hoffte, dass sie ihren Aufenthalt um ein, zwei Tage verlängern könnten, um amerikanische Gastfreundschaft kennen zu lernen.

Die Maschine nahm beim Landeanflug zur Edwards Air Force Base eine Route über Washingtons Vororte. Ein Dolmetscher erklärte, dass sie über Mittelklasse-Häuser flögen, die ganz normalen Industriearbeitern und Regierungsbeamten gehörten. Am Boden warteten drei weitere Busse, die nicht über die Umgehungsstraße, sondern direkt durchs Stadtzentrum fuhren. Amerikanische Offiziere in den Bussen entschuldigten sich wegen der Verkehrsstauungen und erzählten den Passagieren, dass jede amerikanische Familie ein Auto besaß, manche sogar zwei oder mehr. Auf der Fahrt durch Washingtons Südostviertel fiel den Russen auf, dass auch Schwarze Autos hatten und dass es kaum Parkplätze gab. Sie sahen Jogger und schwatzten angeregt miteinander, als die Busse durch die feineren Viertel der Stadt in Richtung Bethesda fuhren.

In Bethesda wurden sie von weiteren Fernsehcrews und freundlichen Ärzten der US-Navy empfangen, die sie zur Untersuchung in die Klinik führten.

Dort warteten zehn Bedienstete der sowjetischen Botschaft, die sich fragten, wie die Gruppe unter Kontrolle zu bringen war, aber aus politischen Gründen keinen Einspruch gegen die Aufmerksamkeit erheben konnten, die ihren Männern im Geist der Entspannung zuteil wurde. Jeder Mann wurde rasch und gründlich untersucht, besonders auf Strahlenverseuchung. Auf dem Weg zum Behandlungszimmer fand sich jedes Besatzungsmitglied kurz allein mit einem Marineoffizier, der sich höflich erkundigte, ob der Mann in den Vereinigten Staaten zu bleiben wünsche. Allerdings müsste jeder, der einen solchen Entschluss fasste, seine Absicht in Gegenwart eines Vertreters der sowjetischen Botschaft erklären. Wer dazu bereit sei, dürfe im Lande bleiben. Zum Entsetzen der Botschaftsangehörigen kamen vier Mann zu dieser Entscheidung, die einer nach einer Konfrontation mit dem Marineattache wieder zurücknahm. Die Amerikaner hatten alle Besprechungen auf Videoband aufgenommen, um eventuelle Vorwürfe der Einschüchterung abwehren zu können.

Als die ärztlichen Untersuchungen abgeschlossen waren – zum Glück waren die Strahlungsdosen nur gering – verköstigte man die Männer erneut und wies ihnen Schlafquartiere zu.

Washington

»Guten Morgen, Mr. Ambassador«, sagte der Präsident. Arbatow stellte fest, dass Dr. Pelt diesmal wieder neben dem großen Antikschreibtisch stand.

»Mr. President, ich bin hier, um gegen die versuchte Entführung unserer Matrosen durch die Regierung der Vereinigten Staaten zu protestieren.«

»Mr. Ambassador«, gab der Präsident scharf zurück, »die erwähnten Männer lebten nicht mehr, wenn wir nicht gewesen wären. Bei ihrer Rettung verloren wir zwei gute Offiziere. Man sollte erwarten, dass Sie uns Ihre Anerkennung und den Hinterbliebenen Ihr Beileid aussprechen.«

»Meine Regierung hat die heldenhaften Bemühungen Ihrer beiden Offiziere zur Kenntnis genommen und möchte Ihnen den Dank des sowjetischen Volkes für die Rettungsaktion aussprechen. Dennoch, Gentlemen, ist mit Absicht versucht worden, einige unserer Männer zum Landesverrat zu überreden.«

»Mr. Ambassador, als Ihr Trawler im vergangenen Jahr die Besatzung unseres Patrouillenflugzeugs rettete, boten Ihre Streitkräfte unseren Männern Geld, Frauen und andere Anreize, wenn sie Informationen preisgaben oder in Wladiwostok blieben. Sie wissen ja, was in solchen Fällen gespielt wird. Im vorliegenden Fall erklärten wir jedem Offizier und Mannschaftsgrad, dass er in Amerika bleiben könnte, wenn er wollte. Es wurde keinerlei Druck ausgeübt. Wir boten weder Geld noch Frauen an. Wir kaufen keine Menschen und kidnappen tun wir sie erst recht nicht. Kidnapper stecke ich ins Gefängnis, einen habe ich sogar hinrichten lassen. Erheben Sie bitte solche Anschuldigungen nicht wieder«, schloss der Präsident selbstgerecht.

»Meine Regierung besteht darauf, dass alle Männer zurück in ihre Heimat geschickt werden«, beharrte Arbatow.

»Mr. Ambassador, in den Vereinigten Staaten steht jedermann unter dem Schutz des Gesetzes, ganz gleich, welcher Nationalität er ist oder auf welche Weise er einreiste. Dieses Thema ist nun abgeschlossen. So, und nun habe ich eine Frage an Sie: Was hatte ein Raketen-U-Boot dreihundert Meilen vor der amerikanischen Küste verloren?«

»Ein Raketen-U-Boot, Mr. President?«

Pelt nahm eine Fotografie vom Schreibtisch des Präsidenten und reichte sie Arbatow. Das Bild stammte von dem auf der *Sea Cliff* aufgezeichneten Videoband und zeigte die seegestützte ballistische Rakete vom Typ SS-N-20 Seahawk.

»Das U-Boot heißt – hieß *Roter Oktober*«, sagte Pelt. »Es explodierte und sank dreihundert Meilen vor der Küste von South Carolina. Alex, zwischen unseren Ländern besteht ein Abkommen, demzufolge kein solches Boot sich der Küste der Gegenseite um weniger als fünfhundert Meilen nähern darf. Wir hätten gerne gewusst, was Ihr U-Boot dort tat. Dies ist eine von Ihren Raketen, Mr. Ambassador, und das U-Boot hatte neunzehn weitere an Bord.« Pelt gab die Anzahl der Geschosse mit Absicht falsch an. »Und die Regierung der Vereinigten Staaten möchte die Sowjetunion fragen, wie das Boot unter Verletzung unseres Abkommens an diese Stelle kam.«

»Es muss sich um das gesunkene U-Boot handeln.«

»Mr. Ambassador«, erklärte der Präsident leise, »das Boot sank erst am Donnerstag, sieben Tage, nachdem Sie uns von ihm berichtet hatten. Kurz gesagt, Mr. Ambassador, Ihre Erklärung vom letzten Freitag steht im Widerspruch zu den Fakten.«

»Welche Anschuldigung wollen Sie erheben?«

»Gar keine, Alex«, meinte der Präsident milde. »Wenn unser Abkommen nicht mehr gilt, dann gilt es eben nicht mehr. Wenn ich mich recht entsinne, berührten wir diese Möglichkeit schon vergangene Woche. Das amerikanische Volk wird heute Abend die Fakten wissen wollen. Sie kennen unser Land gut genug und werden sich die öffentliche Reaktion vorstellen können. Ich verlange eine Erklärung.

Für den Augenblick aber sehe ich keinen weiteren Anlass für die Anwesenheit Ihrer Flotte vor unserer Küste. Die ›Rettungsaktion‹ ist erfolgreich abgeschlossen, und ein weiteres Verbleiben der sowjetischen Flotte kann nur eine Provokation bedeuten. Ich möchte Sie und Ihre Regierung bitten, sich vorzustellen, was meine Militärs mir im Augenblick raten – oder, wenn Sie das vorziehen, was Ihre Kommandanten Generalsekretär Narmonow erzählen würden, wenn die Lage umgekehrt wäre. Ich verlange eine Erklärung. Ohne sie bleiben mir nur wenige Schlussfolgerungen, mit denen ich mich lieber nicht befasse. Leiten Sie diese Botschaft an Ihre Regierung weiter und richten Sie aus, dass wir ohnehin bald erfahren werden, was sich wirklich zugetragen hat, da sich einige Ihrer Männer zum Hierbleiben entschieden haben. Guten Tag.«

Arbatow verließ das Oval Office und wandte sich nach links zum Westausgang. Sein Chauffeur wartete bei seinem Cadillac und hielt ihm den Schlag auf.

»Nun?«, fragte er und wartete ab, bis er sich in den Verkehr auf der Pennsylvania Avenue einfädeln konnte.

»Nun, die Audienz verlief erwartungsgemäß. Jetzt wissen wir mit Sicherheit, weshalb sie versuchen, unsere Männer zu kidnappen«, erwiderte Arbatow.

»Und warum, Genosse Botschafter?«, hakte der Fahrer, Chef der Abteilung politischer Nachrichtendienst in der Botschaft, nach.

»Der Präsident hat uns praktisch beschuldigt, das Boot unter Verletzung des Geheimabkommens von 1979 mit Absicht vor ihre Küste geschickt zu haben. Man hält unsere Männer fest, um sie zu verhören und herauszufinden, wie der Einsatzbefehl des U-Bootes lautete. Wie lange wird der CIA dazu brauchen? Einen Tag? Zwei?« Arbatow schüttelte erbost den Kopf. »Vermutlich kennt man ihn schon längst. Der Präsident lädt Moskau außerdem ein, sich vorzustellen, was ihm die Hitzköpfe im Pentagon raten. Oder befehlen. Leicht zu erraten, nicht wahr? Sie werden sagen, wir hätten einen nuklearen Überraschungsangriff geprobt – oder gar führen wollen! Als ob wir uns nicht angestrengter um friedliche Koexistenz bemühten als sie!«

»Kann man ihnen einen Vorwurf machen, Genosse?«, fragte der Fahrer, der im Kopf schon seinen Bericht an die Moskauer KGB-Zentrale formulierte.

»Außerdem sagte er, unsere Flotte hätte vor ihrer Küste nichts mehr verloren.«

»Wie drückte er sich aus? War das eine Forderung?«

»Seine Ausdrucksweise war mild, milder, als ich erwartet hatte. Das macht mir Kummer. Ich glaube, die Amerikaner planen etwas. Wer mit dem Säbel rasselt, macht Lärm; wer ihn zieht, nicht. Er verlangt eine Erklärung für die ganze Affäre. Was soll ich ihm sagen? Was hat sich eigentlich zugetragen?«

»Das erfahren wir wahrscheinlich nie.« Der hohe Geheimdienstoffizier kannte die Geschichte wohl – die ursprüngliche, unglaubliche Version, derzufolge Marine und GRU sich einen so unvorstellbaren Schnitzer geleistet hatten. Die Story von Agent Cassius, die der Fahrer persönlich nach Moskau weitergeleitet hatte, war kaum weniger wahnwitzig. Fest stand eines: Sollte der CIA das Oberkommando der Nordflotte infiltriert haben, würde er das herausfinden, dessen war er sicher. Fast war ihm an dieser Möglichkeit gelegen, denn dann wäre die GRU für das Desaster verantwortlich und stünde in Misskredit, nachdem sie vor Jahren vom Prestigeverlust des KGB profitiert hatte. Wenn er die Situation korrekt einschätzte, ließ das Politbüro zur Zeit das KGB auf GRU und Militär los. Auf jeden Fall aber würde seine Organisation herausbekommen, was sich zugetragen hatte, und wenn sie ihren Rivalen dabei Schaden zufügte, war das umso besser.

Nachdem sich die Tür hinter dem sowjetischen Botschafter geschlossen hatte, machte Dr. Pelt eine Seitentür des Oval Office auf. Richter Moore kam herein.

»Mr. President, im Schrank habe ich mich schon lange nicht mehr verstecken müssen.«

»Glauben Sie wirklich, dass das hinhaut?«, fragte Pelt.

»Inzwischen ja.« Moore machte es sich auf einem Ledersessel bequem.

»Richter, ist diese Operation nicht ein bisschen zu komplex?«, fragte Pelt.

»Das ist doch gerade das Schönste an der Sache, Dr. Pelt: Mit der Operation haben wir überhaupt nichts zu tun. Die Arbeit erledigen die Russen für uns. Sicher, wir lassen unsere Leute in Osteuropa herumschnüffeln und eine Menge Fragen stellen. Sir Basil wird unserem Beispiel folgen. Die Israelis und Franzosen sind schon dabei, weil wir uns bei ihnen nach dem verschollenen U-Boot erkundigt haben. Das KGB wird bald genug dahinter kommen und sich fragen, weshalb die vier wichtigsten westlichen Geheimdienste alle dieselben Fragen stellen, anstatt sich in ihre Schneckenhäuser zurückzuziehen, wie zu erwarten stünde, wenn es unsere Operation gewesen wäre.

Man muss sich das Dilemma vorstellen, in dem die Sowjets nun stecken, denn sie haben die Wahl zwischen zwei gleichermaßen unattraktiven Szenarien. Einerseits können sie von der Annahme ausgehen, dass einer ihrer vertrauenswürdigsten Offiziere Hochverrat begangen hat. Andererseits mögen sie die Geschichte glauben, die wir ihnen über Henderson zugespielt haben – angenehm ist auch die nicht, aber von einer Reihe von Indizien gestützt, wie zum Beispiel unserem Versuch, die Besatzung zum Überlaufen zu bewegen. Sie haben ja gehört, wie wütend sie darüber sind. Die heftige Reaktion des Präsidenten auf die Tatsache, dass es sich um ein strategisches Boot handelte, ist ein weiterer Hinweis, der Hendersons Geschichte stützt.«

»Und wofür werden sie sich entscheiden?«, fragte der Präsident.

»Das, Sir, ist vorwiegend eine psychologische Frage. Vor die Wahl gestellt zwischen dem kollektiven Hochverrat von zehn Männern und einer von außen gesteuerten Verschwörung, geben sie meiner Ansicht nach der letzteren Möglichkeit den Vorzug. Wenn sie annehmen, dass es sich tatsächlich um eine Desertion handelte, müssten sie ihre eigenen Werte in Frage stellen – und wer tut das schon gern?« Moore machte eine grandiose Geste. »Die zweite Alternative bedeutet zwar, dass ihr Sicherheitssystem von Außenseitern verletzt worden ist, aber man ist halt lieber ein Opfer, als sich mit den inneren Widersprüchen seines politischen Systems auseinander zu setzen. Zudem wird das KGB die Untersuchung führen.«

»Wieso?«, fragte Pelt, von Moores Ränkespiel gebannt.

»Die GRU ist auf jeden Fall verantwortlich, ob nun Hochverrat begangen oder das Oberkommando der Marine infiltriert wurde. Das KGB wird also versuchen, den rivalisierenden Dienst auseinander zu nehmen. Aus der Perspektive des KGB gesehen, stellt Außensteuerung die weitaus attraktivere Alternative dar, denn sie rechtfertigt eine größere Operation. Wenn es ihnen gelingt, Hendersons Geschichte zu bestätigen und das Politbüro von ihrem Wahrheitsgehalt zu überzeugen, stehen sie gut da.«

»Das KGB kann also Hendersons Geschichte bestätigen?«

»Und ob! Wenn ein Geheimdienst lange genug nach etwas sucht, findet er es auch, ob es nun existiert oder nicht. Wir haben diesem Ramius mehr zu verdanken, als er ahnt. Eine solche Gelegenheit bietet sich in einer Generation nur einmal. Wir können nur gewinnen.«

»Doch das KGB geht gestärkt aus der Affäre hervor«, bemerkte Pelt. »Ist das wünschenswert?«

Moore hob die Schultern. »Das musste früher oder später zwangsläufig passieren. Breschnew gab den Militärs zu viel Prestige, Andropow starb zu früh, um dem KGB Zeit zum Konsolidieren der neuen Machtposition zu geben. Nun ist es wieder dran.« Moore machte eine Pause. »Es sind nur noch ein paar Kleinigkeiten zu erledigen.«

»Zum Beispiel?«, fragte der Präsident.

»In einem Monat oder so wird Henderson durchsickern lassen, dass wir *Roter Oktober* schon seit Island verfolgt hatten.«

»Zu welchem Zweck?«, wandte Pelt ein. »Dann wissen sie doch, dass wir gelogen haben, dass die ganze Aufregung um das U-Boot nur gespielt war.«

»Nicht unbedingt, Dr. Pelt«, meinte Moore. »Ein strategisches Boot so dicht vor unserer Küste ist nach wie vor eine Verletzung des Abkommens, und von ihrer Warte aus gesehen, können wir auch nicht wissen, was das Boot dort tat – bis wir die zurückbleibenden Besatzungsmitglieder verhören, von denen wir wahrscheinlich nur wenig erfahren, was von Wert ist. Die Sowjets werden damit rechnen, dass wir in dieser Angelegenheit nicht die ganze Wahrheit gesagt haben. Für sie ist die Tatsache, dass wir ihr Boot verfolgten und jederzeit hätten zerstören können, der gewünschte Beweis für unsere Doppelzüngigkeit. Wir werden auch behaupten, dass *Dallas* den Reaktorzwischenfall über Sonar mithörte, womit die Nähe unserer Rettungsschiffe erklärt wäre. Sie wissen oder vermuten, dass wir ihnen etwas vorenthalten haben. Unser Vorgehen vernebelt, womit wir in Wirklichkeit hinterm Berg halten. ›Fleisch für die Wölfe‹, sagen die Russen dazu. Die Gegenseite wird eine groß angelegte Aktion starten, um unsere Operation zu infiltrieren, aber nichts finden. Wirklich Bescheid wissen beim CIA nur Greer, Ritter und ich. Unsere Agenten haben den Auftrag, *herauszufinden*, was sich tat, und nur das kann durchsickern.«

»Und Henderson? Und wer von unseren Leuten weiß, was aus dem U-Boot geworden ist?«

»Wenn Henderson etwas verrät, besiegelt er sein eigenes Ende. Das KGB geht brutal mit Doppelagenten um und wird nicht glauben, dass wir ihn mit Spielmaterial versorgt haben. Er weiß Bescheid und wird ohnehin scharf von uns überwacht. Wie viele von unseren Leuten über das U-Boot Bescheid wissen? Hundert vielleicht, und es werden noch ein paar mehr werden – aber vergessen Sie nicht, diese Leute nehmen an, dass vor unserer Küste zwei gesunkene sowjetische U-Boote liegen. Taucht Gerät aus russischen Booten in unseren Laboratorien auf, wird man glauben, dass es vom Meeresgrund geborgen wurde. Selbstverständlich aktivieren wir zu diesem Zweck die *Glomar Explorer*. Die Gegenseite würde misstrauisch, wenn wir das nicht täten. Enttäuschen wir sie also nicht. Früher oder später kommen sie vielleicht doch noch dahinter, aber bis dahin liegt der ausgeschlachtete Rumpf längst auf dem Grund.«

»Es lässt sich also nicht auf ewig geheim halten?«, fragte Pelt.

»Ewig, das ist eine lange Zeit. Wir müssen auf die Eventualität vorbereitet sein. Kurzfristig ist das Geheimnis sicher, da nur hundert Leute eingeweiht sind. In mindestens einem Jahr, wahrscheinlich erst in zwei oder drei, mögen die Russen genug Daten angehäuft haben und vermuten, was sich wirklich zugetragen hat, aber bis dahin sind fast alle Beweisstücke verschwunden. Und wäre dem KGB überhaupt daran gelegen, eine solche Entdeckung zu melden?« Moore nahm eine Zigarre aus seinem Ledertui. »Wie ich schon sagte, Ramius hat uns phantastische Möglichkeiten eröffnet, auf mehreren Ebenen. Und dabei brauchen wir noch nicht einmal viel zu tun. Die Russen leisten die Beinarbeit und suchen nach etwas, das nicht existiert.«

»Und was wird aus den Überläufern, Richter?«, fragte der Präsident.

»Um die kümmern wir uns, Mr. President. Über die Gastfreundschaft des CIA hat sich noch kaum jemand beschwert. Es wird ein paar Monate dauern, bis wir alles aus ihnen herausgeholt und sie gleichzeitig auf das Leben in Amerika vorbereitet haben. Sie bekommen neue Namen, werden umerzogen, wenn nötig zum kosmetischen Chirurgen geschickt und brauchen dann für den Rest ihres Lebens keinen Schlag mehr zu tun – es sei denn, sie wollen arbeiten. Fast alle Überläufer entscheiden sich so. Ich nehme an, dass die Navy für sie als bezahlte Berater in der Abteilung U-Boot-Kriegführung Verwendung findet.«

»Ich würde sie gerne persönlich kennen lernen«, sagte der Präsident impulsiv.

»Das ließe sich arrangieren, Sir, aber diskret«, dämpfte Moore.

»Camp David sollte sicher genug sein. Und, Richter, ich wünsche, dass man sich um Ryan kümmert.«

»Selbstverständlich, Sir. Der Mann hat bei uns gute Aussichten.«

Tjuratam, Sowjetunion

Roter Oktober hatte lange vor Sonnenaufgang Tauchbefehl bekommen, weil achthundert Kilometer über der Erde Albatros 8 in einer Umlaufbahn war. Der massive Satellit, der die Größe eines Überlandbusses hatte und vor elf Monaten vom Kosmodrom Tjuratam aus gestartet worden war, diente ausschließlich zur Überwachung der Meere.

Albatros 8 zog um 11:31 Uhr Ortszeit überm Pamlico-Sund vorbei. Ein Bordcomputer war programmiert, entlang des gesamten sichtbaren Horizonts Wärmequellen auszumachen, zu analysieren und sich auf jede Signatur zu konzentrieren, die seinen Ortungsparametern entsprach. Als er weiter seinem Orbit folgte und Einheiten der US-Flotte überflog, wurden die Störsender der *New Jersey* nach oben gerichtet, um seine Signale durcheinander zu bringen. Die Bandgeräte in dem Satelliten zeichneten das auf, denn die Störversuche konnten den sowjetischen Operatoren einiges über die elektronische Kriegführung der Amerikaner verraten. Als Albatros 8 über den Nordpol zog, fing seine Parabolantenne die Trägerfrequenz eines anderen »Vogels« auf, des Nachrichtensatelliten Iskra.

Nachdem der Aufklärungssatellit seinen in einer höheren Umlaufbahn befindlichen Vetter ausgemacht hatte, übertrug eine Laser-Verbindung den Inhalt der Bänder. Iskra funkte die Daten sofort an die Bodenstation in Tjuratam. Das Signal wurde auch von einer fünfzehn Meter messenden Parabolantenne in Westchina empfangen, die die Nationale Sicherheitsbehörde der USA gemeinsam mit den Chinesen betrieb. Die Amerikaner übertrugen die Daten über ihren eigenen Nachrichtensatelliten zur NSA-Zentrale in Fort Meade, Maryland. Fast zur gleichen Zeit wurde so das digitale Signal von zwei Expertenteams begutachtet – fünftausend Meilen voneinander entfernt.

»Klares Wetter!«, rief ein Techniker. »Ausgerechnet jetzt kriegen wir klares Wetter!«

»Nutzen Sie es aus, Genosse.« Sein Kollege an der nächsten Konsole betrachtete sich Daten von einem geosynchronen Wettersatelliten, der die westliche Hemisphäre überwachte. Es kann von großem strategischem Nutzen sein, wenn man das Wetter über feindlichem Territorium kennt. »Da zieht schon wieder eine Kaltfront auf die amerikanische Küste zu. Ihr Winter war genauso hart wie unserer. Hoffentlich haben sie ihn genossen.«

»Und unsere Männer auf See müssen leiden.« Der Techniker erinnerte sich an seine Schwarzmeerkreuzfahrt vom letzten Sommer, auf der er scheußlich seekrank geworden war. »Oho! Was haben wir denn da?«

»Ja, Genosse?« Der wachhabende Oberst kam rasch herüber.

»Schauen Sie, Genosse Oberst.« Der Techniker fuhr mit dem Zeigefinger über den Bildschirm. »Dies ist der Pamlico-Sund an der Ostküste der Vereinigten Staaten. Dort, Genosse.« Das Infrarotbild des Wassers auf dem Schirm war schwarz, doch als der Techniker am Gerät Einstellungen vornahm, wurde es grün und wies zwei weiße Flecken auf, einer größer als der andere. Zweimal spaltete sich der größere Fleck. Die weißen Stellen bedeuteten, dass das Wasser dort ein halbes Grad wärmer war als normal. Der Temperaturunterschied blieb nicht konstant, bewies aber, dass das Wasser an dieser Stelle aufgewärmt wurde.

»Vielleicht Sonnenwärme?«, fragte der Oberst.

»Nein, Genosse, bei klarem Himmel wird die ganze Gegend gleichmäßig aufgeheizt«, erklärte der Techniker leise. Er senkte immer die Stimme, wenn er glaubte, auf etwas gestoßen zu sein. »Das sind zwei U-Boote, vielleicht auch drei, etwa dreißig Meter unter der Oberfläche.«

»Sind Sie sicher?«

Der Techniker legte einen Schalter um und ließ das Radarbild auf dem Schirm erscheinen. Es zeigte nur das cordsamtähnliche Streifenmuster kleiner Wellen.

»An der Oberfläche ist nichts, das diese Wärme erzeugt, Genosse Oberst. Die Wärmequelle muss sich also unter Wasser befinden. Sich paarende Wale scheiden um diese

Jahreszeit aus. Es kann sich nur um ein Atom-U-Boot handeln, vielleicht auch zwei oder drei. Ich vermute, dass das Auftauchen unserer Flotte den Amerikanern eine solche Angst einjagte, dass ihre Raketen-U-Boote Schutz suchten. Der Stützpunkt ihrer strategischen Boote liegt nur wenige hundert Kilometer weiter südlich. Mag sein, dass sich ein Boot der *Ohio*-Klasse hier versteckt hat und von einem Jagd-Boot geschützt wird.«

»Dann wird es sich bald wieder herauswagen. Man hat unsere Flotte zurückberufen.«

»Schade, wir hätten das Boot verfolgen können. Dies ist eine seltene Chance, Genosse.«

»Allerdings. Gut gemacht, Genosse.« Zehn Minuten später wurden die Daten nach Moskau übertragen.

Oberkommando der Marine, Moskau

»Wir werden diese Gelegenheit nutzen, Genosse«, sagte Gorschkow. »Wir ziehen unsere Flotte zwar im Augenblick ab, werden aber einige U-Boote zurücklassen, um elektronische Daten zu sammeln. Ein paar übersehen die Amerikaner bei der Umdisponierung bestimmt.«

»Gut möglich«, meinte der Chef des Flotteneinsatzstabs.

»Das *Ohio*-Boot wird nach Süden laufen, vermutlich zum U-Boot-Stützpunkt Charleston. Oder nach Norfolk im Norden. Unsere *Konowalow* liegt vor Norfolk, *Schabilikow* bei Charleston. Beide sollen ihre Positionen noch ein paar Tage lang halten. Wir müssen den Politikern zeigen, dass wir eine richtige Marine haben. Die Ortung und Verfolgung des *Ohio*-Bootes wäre ein Anfang.«

»Ich lasse die Order in fünfzehn Minuten hinausgehen, Genosse.« Der Stabschef war von der Idee angetan. Was Gorschkow über die Sitzung des Politbüros berichtet hatte, gefiel ihm gar nicht, doch wenn Sergej bald gehen musste, hatte er gute Chancen, sein Nachfolger zu werden.

USS New Jersey

Der Funkspruch mit dem Codenamen RED ROCKET war erst vor einem Augenblick in Eatons Hand gelangt: Von

Moskau aus war gerade ein längerer Einsatzbefehl über Satellit an die sowjetische Flotte ergangen. Nun sitzen die Russen aber in der Tinte, dachte der Commodore. Um sie herum lagen drei Kampfverbände, gruppiert um die Träger *Kennedy, America* und *Nimitz,* befehligt von Joshua Painter. Zur Verstärkung seines Überwasserverbandes war Eaton auch die *Tarawa* zugeteilt worden. Eaton richtete sein Fernglas auf die *Kirow* und musste den Russen lassen, dass sie attraktive Schiffe zu bauen verstanden.

»Commander, machen Sie den Verband klar zum Gefecht.«

»Aye.« Der Offizier griff nach dem Mikrophon. »Blaue Jungs, hier Blauer König. Orange. Orange ausführen. Out.«

Eaton brauchte nur vier Sekunden zu warten, bis auf der *New Jersey* das Alarmsignal ertönte. Die Männer rannten zu ihren Geschützen.

»Distanz zur *Kirow?*«

»Siebenunddreißigtausendsechshundert Meter, Sir. Wir haben hin und wieder ganz klammheimlich mit dem Laser nachgemessen. Ziel erfasst, Sir«, meldete der Commodore. »Die Geschütze in den Türmen sind noch geladen, und die Zielkoordinaten werden alle dreißig Sekunden korrigiert.«

Neben Eatons Platz auf der Flaggbrücke summte ein Telefon.

»Eaton.«

»Alle Stationen bemannt und bereit, Sir«, meldete der Kapitän des Schlachtschiffes. Eaton sah auf seine Stoppuhr.

»Gut gemacht, Captain. Die Männer sind vorzüglich gedrillt.«

Im Gefechtsinformationszentrum der *New Jersey* gaben Digitalanzeigen den exakten Abstand zum Hauptmast der *Kirow* an. Das feindliche Flaggschiff ist immer das erste Ziel. Die Frage war nur, wie viele Treffer die *Kirow* einstecken konnte und was sie versenken würde – die Granaten oder die Tomahawk-Raketen. Entscheidend war, wie der

Geschützoffizier schon seit Tagen predigte, dass sie die *Kirow* erwischten, ehe Flugzeuge eingreifen konnten. Die *New Jersey* hatte noch nie ein Schiff versenkt. Vierzig Jahre, das war eine lange Wartezeit.

»Sie drehen ab«, meldete der Offizier.

»Erst mal sehen, wie weit.«

Beim Eingang des Funkspruchs war der *Kirow*-Verband auf Westkurs gewesen. Nun aber drehten alle Schiffe in der kreisförmigen Formation gleichzeitig nach Steuerbord ab.

Eaton setzte das Fernglas ab. »Sie fahren heim. Informieren wir Washington und lassen wir unsere Männer noch eine Weile auf Gefechtsstation.«

Dulles International Airport, Washington

Die Sowjets konnten ihre Männer nicht schnell genug aus den Vereinigten Staaten holen. Eine Iljuschin IL-62 wurde aus dem Liniendienst genommen und direkt von Moskau nach Washington geschickt. Sie setzte bei Sonnenuntergang auf. Das viermotorige Flugzeug, eine Kopie der britischen VC-10, rollte zum Auftanken zum entferntesten Wartungspunkt. Außer einigen anderen Passagieren, die nicht ausstiegen, um sich die Beine zu vertreten, war eine zweite Flugbesatzung mitgekommen, damit die Maschine sofort wieder zurückfliegen konnte. Zwei Busse brachten die Mannschaft von *Roter Oktober* vom zwei Meilen entfernten Abfertigungsgebäude zu der wartenden Iljuschin.

Die vier Offiziere, neun *Mitschmani* und die Mannschaftsgrade wurden beim Einsteigen in Gruppen aufgeteilt und entsprechend in der Kabine untergebracht. Jeder Offizier und *Mitschman* wurde von einem KGB-Mann empfangen, und das Verhör begann schon, als die Maschine zur Startbahn rollte. Als die Iljuschin ihre Dienstflughöhe erreicht hatte, fragten sich die meisten Besatzungsmitglieder, weshalb sie nicht in Amerika geblieben waren. Kein sowjetischer Bürger erregt gerne die Aufmerksamkeit der Geheimpolizei, und die Verhöre waren ausgesprochen unangenehm.

»Legte Kapitän Ramius ein ungewöhnliches Verhalten an den Tag?«, fragte ein KGB-Major Dr. Petrow.

»Eindeutig nicht!«, antwortete Petrow rasch und abwehrend. »Wissen Sie denn nicht, dass unser Boot sabotiert wurde? Unser Glück, dass wir mit dem Leben davongekommen sind.«

»Sabotiert? Wo denn?«

»Im Reaktorsystem. Sie sollten nicht mich fragen, denn ich bin kein Ingenieur, aber ich war derjenige, der die Lecks entdeckte. Man hatte sich nicht nur am Reaktor zu schaffen, sondern auch alle Strahlungsmessgeräte unbrauchbar gemacht. Das sah ich mit eigenen Augen. Chefingenieur Melechin musste mehrere erst reparieren, um das Leck im Reaktor ausmachen zu können. Swijadow wird Ihnen genauer Auskunft geben, denn er war dabei.«

Der KGB-Offizier machte sich Notizen. »Und was hatte das Boot so dicht vor der amerikanischen Küste zu suchen?«

»Was soll das heißen? Wissen Sie denn nicht, wie unser Befehl lautete?«

»Wie lautete er denn, Genosse?« Der KGB-Mann sah Petrow hart in die Augen.

Der Arzt gab die Anweisung wieder und schloss dann: »Ich habe das Papier selbst gesehen. Es wurde auch wie üblich ausgehängt.«

»Wessen Unterschrift trug es?«

»Admiral Korows natürlich.«

»Kam Ihnen dieser Befehl nicht etwas seltsam vor?«

»Ziehen Sie Ihre Befehle in Zweifel, Major?« Petrow bewies Rückgrat. »Ich nicht.«

»Was geschah mit Ihrem Politoffizier?«

An einer anderen Stelle berichtete Iwanow, wie *Roter Oktober* von britischen und amerikanischen Schiffen geortet worden war. »Doch Kapitän Ramius entwischte ihnen geschickt! Wir wären ihnen entkommen, wenn nicht dieser dumme Reaktorunfall gewesen wäre. Sie müssen unbedingt herausfinden, wer uns das angetan hat, Genosse Hauptmann. Ich möchte den Schuldigen sterben sehen.«

Der KGB-Offizier blieb ungerührt. »Und mit welchen Worten verabschiedete sich der Kapitän von Ihnen?«

»Er befahl mir, meine Gruppe unter Kontrolle zu halten, sie nicht häufiger als erforderlich mit Amerikanern sprechen zu lassen, und fügte hinzu, die Amerikaner würden unser Boot niemals in die Hände bekommen.« Iwanow kamen die Tränen, als er an seinen Kapitän und das Boot dachte. Er war ein stolzer und privilegierter junger Sowjetmensch, Sohn eines hohen Parteifunktionärs. »Genosse, Sie und Ihre Kollegen müssen die Verbrecher finden, die uns das angetan haben.«

»Sehr geschickt gemacht«, erklärte Swijadow zwei Meter weiter. »Selbst Genosse Melechin fand es erst beim dritten Anlauf. Ich war selbst dabei«, fügte er hinzu und vergaß, dass das gar nicht stimmte. In allen Einzelheiten legte er dar, wie das Fitting sabotiert worden war. »Den Grund des letzten Zwischenfalls kenne ich nicht, weil meine Wache zu diesem Zeitpunkt gerade erst begann. Melechin, Surzpoi und Bugajew versuchten stundenlang, unsere Notstromaggregate in Gang zu bringen.« Er schüttelte den Kopf. »Ich wollte ihnen helfen, aber Kapitän Ramius verbot es mir. Ich versuchte es trotzdem, aber Genosse Petrow schickte mich fort.«

Nach zwei Flugstunden trafen sich die Vernehmungsbeamten des KGB zu einer Besprechung.

»Wenn dieser Kapitän schauspielerte, war er verdammt gut«, fasste der für die Vernehmungen zuständige Oberst zusammen. »Seine Anweisungen an die Besatzung sind untadelig. Der Einsatzbefehl wurde verlesen und wie üblich ausgehängt.«

»Aber wer von diesen Männern kannte Korows Unterschrift? Und bei Korow selbst können wir uns ja wohl kaum erkundigen«, sagte ein Major. Zur allgemeinen Enttäuschung war der Kommandant der Nordflotte nach zweistündigem Verhör in der Lubijanka an einer Gehirnblutung gestorben. »Sie könnte auch gefälscht worden sein. Verfügen wir überhaupt über einen geheimen U-Boot-Stützpunkt auf Kuba? Und wie kam der Politoffizier zu Tode?«

»Der Arzt ist überzeugt, dass es ein Unfall war«, antwortete ein anderer Major. »Der Kapitän glaubte, er hätte sich nur den Kopf angeschlagen, aber in Wirklichkeit brach er sich das Genick. Ich finde, sie hätten über Funk um Instruktionen bitten sollen.«

»Der Einsatzbefehl verlangte totale Funkstille«, meinte der Oberst. »Ich habe mich erkundigt. Das ist auf Raketen-U-Booten ganz normal. Konnte dieser Ramius Judo oder Karate? Ist es möglich, dass er den Politoffizier ermordete?«

»Nicht ausgeschlossen«, sagte der Major, der Petrow verhört hatte, nachdenklich. »Er war zwar in diesen Sportarten nicht ausgebildet, aber ein Hals bricht leicht.«

Der Oberst wusste nicht, ob er zustimmen sollte. »Hatte die Mannschaft den Verdacht, dass eine Desertion geplant war?« Alle schüttelten den Kopf. »Ging sonst alles auf dem Boot seinen normalen Gang?«

»Ja, Genosse Oberst«, erklärte ein junger Hauptmann. »Iwanow, der überlebende Navigator, sagte aus, dass Ramius sich der Ortung durch imperialistische Über- und Unterwasserverbände zwölf Stunden lang brillant entzog. Bisher habe ich noch nicht den geringsten Hinweis, dass Hochverrat im Spiel war.«

»Bisher« – alle wussten, dass die Matrosen einige Wochen lang in der Lubijanka ausgequetscht würden.

»Nun gut«, meinte der Oberst, »vorerst hat sich also noch kein Beweis für Hochverrat der Offiziere gefunden. Ich hatte es nicht anders erwartet. Genossen, setzen Sie die Vernehmung bis zur Landung in Moskau auf sanftere Art fort. Die Männer sollen sich entspannen.«

Nach und nach wurde die Atmosphäre in der Maschine angenehmer. Man servierte Wodka, um den Männern die Zungen zu lösen und sie zu kameradschaftlichem Zusammensein mit den KGB-Offizieren zu ermuntern, die Wasser tranken. Die Besatzung wusste, dass man sie für eine Weile inhaftieren würde, nahm das aber mit erstaunlichem Gleichmut hin. Über Wochen hinweg würde das KGB jeden Vorfall auf *Roter Oktober* rekonstruieren, vom Auslaufen bis zu dem Augenblick, in dem der letzte Mann die

Mystic betrat. Andere Teams versuchten bereits überall auf der Welt die Frage zu klären, ob der Verlust von *Roter Oktober* auf ein Komplott des CIA oder eines anderen Geheimdienstes zurückzuführen war. Das KGB würde die Antwort erfahren, und der Oberst gewann langsam den Eindruck, dass diese Seeleute sie nicht geben konnten.

Roter Oktober
Noyes gestattete Ramius, die fünf Meter vom Lazarett zur Messe unter Aufsicht zu Fuß zurückzulegen. Der Patient sah nicht gut aus, was zum Teil aber an der Tatsache lag, dass er sich wie alle anderen an Bord seit Tagen nicht rasiert und gewaschen hatte. Borodin und Mancuso halfen ihm auf seinen Platz am Kopfende des Tisches.

»Nun, Ryan, wie geht's Ihnen heute?«

»Danke, gut, Kapitän Ramius.« Ryan lächelte ihm zu. In Wirklichkeit war er überaus erleichtert, für ein paar Stunden abgeschaltet und die Führung des Bootes Männern überlassen zu haben, die sich darauf verstanden. Er zählte zwar die Stunden, die er noch auf *Roter Oktober* verbringen musste, war aber zum ersten Mal seit zwei Wochen weder seekrank noch von Ängsten geplagt. »Was macht Ihr Bein, Sir?«

»Ziemlich schmerzhaft. Habe ich Ihnen eigentlich gesagt, dass ich Ihnen mein Leben verdanke wie alle anderen hier auch?«

»Es ging auch um meines«, gab Ryan etwas verlegen zurück.

»Guten Morgen, Sir!« Der Koch kam herein. »Darf ich Ihnen ein Frühstück machen, Kapitän Ramius?«

»Gerne, ich bin sehr hungrig.«

»Gut! Einmal Navy-Frühstück. Ich braue Ihnen auch frischen Kaffee.« Er schnappte die Kanne und verschwand im Durchgang. Wenig später kam er mit dem Kaffee und einem Gedeck für Ramius zurück. »Frühstück ist in zehn Minuten fertig, Sir.«

Ramius schenkte sich eine Tasse ein. Auf der Untertasse lag ein kleiner Beutel. »Was ist denn das?«

»Milchpulver für Ihren Kaffee, Kapitän«, erklärte Mancuso lachend.

Ramius riss den Beutel auf und schaute sich den Inhalt misstrauisch an, ehe er ihn in die Tasse schüttete und umrührte.

»Wann fahren wir los?«

»Morgen«, antwortete Mancuso. Dallas ging in regelmäßigen Zeitabständen auf Periskoptiefe, um Befehle zu empfangen, die dann per Gertrude an *Roter Oktober* weitergeleitet wurden. »Vor ein paar Stunden erfuhren wir, dass die russische Flotte sich auf Nordostkurs in Richtung Heimat befindet. Bis zum Sonnenuntergang wissen wir mehr. Unsere Leute behalten sie genau im Auge.«

»Wohin fahren wir?«

»Wo wollten Sie eigentlich hin?«, wollte Ryan wissen. »Was genau stand in Ihrem Brief?«

»Woher wissen Sie, dass ich einen Brief schrieb?«

»Ich weiß Bescheid. Mehr kann ich nicht sagen.«

»Ich machte Onkel Jurij weis, wir führen nach New York, um den Vereinigten Staaten unser Boot zum Geschenk zu machen.«

»Sie fuhren aber nicht nach New York«, wandte Mancuso ein.

»Selbstverständlich nicht. Ich wollte nach Norfolk. Warum einen Zivilhafen anlaufen, wenn ein Marinestützpunkt so nahe ist? Sollte ich Padorin vielleicht die Wahrheit sagen?« Ramius schüttelte den Kopf. »Warum? Ihre Küste ist lang.«

Lieber Admiral Padorin, ich fahre jetzt nach New York – Kein Wunder, dass die Russen verrückt gespielt hatten, dachte Ryan.

»Fahren wir nach Norfolk oder nach Charleston?«, fragte Ramius.

»Nach Norfolk, glaube ich«, erwiderte Mancuso.

»Wussten Sie denn nicht, dass man Ihnen die ganze Flotte hinterherschicken würde?«, fragte Ryan. »Warum mussten Sie überhaupt einen Brief schreiben?«

»Um ihnen Bescheid zu sagen, mehr nicht«, antwortete

Ramius. »Ich erwartete nicht, dass es jemandem gelingen würde, uns aufzuspüren. Da haben Sie uns eine Überraschung bereitet.«

Der amerikanische Skipper verkniff sich ein Lächeln. »Wir orteten Sie vor Island. Sie hatten mehr Glück, als Sie ahnen. Wenn wir England pünktlich verlassen hätten, wären wir fünfzehn Meilen näher an der Küste gewesen und hätten Sie glatt erwischt. Ich will nicht prahlen, Kapitän, aber unsere Sonar-Geräte und -Männer sind erstklassig. Später stelle ich Ihnen den Mann vor, der Sie als erster ortete. Im Augenblick arbeitet er mit Ihrem Mann Bugajew.«

»Nur ein *Starschina*«, merkte Borodin an.

»Kein Offizier?«, fragte Ramius erstaunt.

»Nein, aber ein vorzüglicher Operator«, meinte Mancuso. Wer stellte schon einen Offizier ans Sonar?

Der Koch kam zurück. Seiner Vorstellung nach bestand ein Marinefrühstück aus einer dicken Scheibe Schinken mit zwei Spiegeleiern, einem Berg Keksen, vier Scheiben Toast und einem Glas Apfelgelee. »Sagen Sie Bescheid, wenn Sie mehr wollen, Sir«, meinte der Koch.

»Soll das ein normales Frühstück sein?«, fragte Ramius Mancuso.

»Nichts Ungewöhnliches dran. Ich persönlich ziehe Waffeln vor. In Amerika frühstückt man reichlich.« Ramius langte zu. Nach zwei Fastentagen und dem Blutverlust hatte sein Körper eine kräftige Mahlzeit nötig.

Siebzehnter Tag

Sonntag, 19. Dezember

Roter Oktober
»Noch acht Stunden«, flüsterte Ryan vor sich hin. Eine achtstündige Fahrt nach Norfolk. Auf eigenen Wunsch bediente er wieder Steuer und Tiefenruder, denn dies war die einzige Funktion, die er erfüllen konnte, und er wollte etwas zu tun haben. Die Besatzung von *Roter Oktober* war noch immer viel zu klein. Fast alle Amerikaner halfen an Reaktor und Maschinen aus. Im Kontrollraum standen nur Mancuso, Ramius und Ryan. Bugajew, unterstützt von Jones, saß nicht weit entfernt am Sonar, und die Sanitäter kümmerten sich im Lazarett um Williams. Der Koch huschte mit belegten Broten und Kaffee hin und her.

Ramius saß auf der Reling des Periskopsockels. Die Beinverletzung blutete nicht mehr, musste aber schmerzhafter sein, als der Mann zugab, da er die Überwachung der Instrumente und die Navigation Mancuso überließ.

»Ruder mittschiffs«, befahl Mancuso.

»Mittschiffs.« Ryan stellte das Ruder auf Mitte und warf einen Blick auf den Ruderlagenanzeiger. »Ruder mittschiffs, Kurs eins-zwei-null.«

Mancuso studierte die Seekarte und runzelte die Stirn. Die Tatsache, dass man ihn so salopp gezwungen hatte, dieses Monstrum zu lotsen, machte ihn nervös. »Hier muss man vorsichtig sein. Die Küstendrift von Süden her schwemmt Sandbänke auf, und die Fahrrinne muss alle paar Monate ausgebaggert werden. Die Stürme haben wahrscheinlich noch mehr Unheil angerichtet.« Er trat ans Periskop.

»Ich habe gehört, dass es hier tückisch ist«, meinte Ramius.

»Das ist der Friedhof des Atlantik«, bestätigte Mancuso. »Auf den vorgelagerten Sandbänken sind schon viele

Schiffe gestrandet. Witterungs- und Strömungsverhältnisse sind miserabel. Die Deutschen hatten hier im letzten Krieg allerhand zu beißen. Auf Ihren Seekarten ist nichts eingezeichnet, aber hier liegen Hunderte von Wracks auf dem Grund.« Er kehrte an den Kartentisch zurück. »Auf jeden Fall umfahren wir dieses Gebiet und wenden uns erst hier nach Norden.«

»Gut. Sie kennen sich in Ihren Gewässern besser aus«, stimmte Ramius zu.

Sie fuhren in einer losen Dreierformation. *Dallas* übernahm die Führung, *Pogy* bildete die Nachhut. Alle drei Boote liefen teilweise getaucht mit fast überspülten Decks und hatten keine Turmwachen aufgestellt. Sichtnavigation wurde mit Hilfe des Periskops durchgeführt. Alle Radar- und Elektroniksysteme waren abgestellt. Alle drei Boote waren unter EMCON. Ryan warf einen Blick auf den Kartentisch. Sie hatten den Sund zwar hinter sich gelassen, doch die Seekarte zeigte noch meilenweit Sandbänke.

Auch *Roter Oktobers* Raupe wurde nicht benutzt. Das Antriebssystem entsprach fast genau Skip Tylers Prophezeiung. Die Tunnel enthielten zwei Gruppen von Schaufelrädern, ein Paar ein Drittel der Gesamtlänge hinterm Bug, drei weitere knapp hinter mittschiffs. Mancuso und seine Ingenieure hatten sich die Baupläne mit großem Interesse angesehen und eingehend die Vor- und Nachteile des Konzepts diskutiert. Ramius hatte nicht glauben wollen, dass er so früh geortet worden war, bis Mancuso Jones anwies, seine Privatkarte zu holen, auf die der geschätzte Kurs von *Roter Oktober* bei Island eingetragen war. Als Ramius das sah, entschuldigte er sich fast.

»Ihr Sonar muss besser sein, als wir erwartet hatten«, grummelte Ramius im Kontrollraum.

»Es ist nicht übel«, räumte Mancuso ein, »aber Jones ist besser – der begabteste Sonar-Mann, den ich je hatte.«

»So jung und so klug.«

»Wir bekommen viele junge Männer dieses Schlages.« Mancuso lächelte. »Natürlich weniger, als uns lieb wäre, aber unsere Jungs melden sich alle freiwillig und wissen, wo sie einsteigen. Wir sind wählerisch, doch wen wir angenommen haben, den bilden wir aus, bis ihm der Kopf raucht.«

»Skipper, hier Sonar. *Dallas* taucht, Sir.«

»Gut.« Mancuso steckte sich auf dem Weg zur Bordsprechanlage eine Zigarette an und rief den Maschinenraum. »Richten Sie Mannion aus, dass wir ihn hier vorne brauchen. In ein paar Minuten tauchen wir.« Er legte auf und ging zurück an die Karte.

»Sie behalten Ihre Leute also länger als drei Jahre?«, fragte Ramius.

»Sicher. Sonst schickten wir sie ja weg, wenn sie gerade ihren vollen Ausbildungsstand erreicht haben.«

Warum gab es solche Leute nicht in der Sowjetmarine? dachte Ramius. Die Antwort kannte er nur zu gut. Die Amerikaner verpflegten ihre Männer anständig, gaben ihnen eine ordentliche Messe, entlohnten sie anständig, ließen sie Verantwortung übernehmen – kurz, wendeten jene Methoden an, für die er zwanzig Jahre lang gekämpft hatte.

»Brauchen Sie mich an den Taucharmaturen?«, sagte Mannion, der gerade hereinkam.

»Ja, Pat, in zwei, drei Minuten tauchen wir.«

Mannion warf auf dem Weg zu den Armaturen einen kurzen Blick auf die Seekarte.

Ramius hinkte an den Kartentisch. »In Russland erzählte man uns, dass bei Ihnen alle Offiziere Mitglieder der herrschenden Klasse sind und dass die Mannschaftsgrade zur Arbeiterklasse gehören.«

Mannion fuhr über die zahlreichen Hebel für die Tauchventile. »Das ist korrekt, Sir. Unsere Offiziere entstammen der Oberklasse. Gucken Sie bloß mich an«, erklärte er mit ausdruckslosem Gesicht. Mannions Haut war tiefschwarz, und sein Akzent verriet, dass er aus der Bronx stammte.

»Aber Sie sind doch ein Neger«, wandte Ramius, der den Witz nicht verstanden hatte, ein.

»Klar, wir sind ein echtes Minoritäten-Boot.« Mancuso

schaute wieder durchs Periskop. »Der Skipper ist italienischer Abstammung, der Navigator schwarz, und der Sonar-Mann ein Spinner.«

»Das hab ich aber gehört, Sir!«, rief Jones in den Durchgang, anstatt die Sprechanlage zu benutzen. »Gertrude-Spruch von *Dallas*. Alles klar. Man erwartet uns. Das war vorerst der letzte Gertrude-Spruch.«

»Aye. Endlich haben wir die Sandbänke hinter uns und können tauchen, wenn Sie wollen, Kapitän Ramius«, sagte Mancuso.

»Genosse Mannion, blasen Sie die Ballasttanks aus«, befahl Ramius.

»Aye aye, Sir.« Der Lieutenant legte die oberste Hebelreihe der Hydraulik um.

Ryan verzog das Gesicht. Der entstehende Lärm erinnerte ihn an eine Million Toilettenspülungen gleichzeitig.

»Ryan, Tiefenruder fünf Grad abwärts«, wies Ramius an.

»Fünf Grad abwärts, aye.« Ryan stieß den Knüppel von sich weg. »Tiefenruder fünf Grad abwärts.«

»Boot taucht langsam ab«, bemerkte Mannion, der sich das handgeschriebene Zifferblatt des Tiefenmessers betrachtete. »Liegt wohl an der Größe.«

»Mag sein.« Mancuso sah den Zeiger zwanzig Meter erreichen.

»Tiefenruder auf null«, sagte Ramius.

»Tiefenruder auf null, aye.« Ryan zog den Knüppel zurück. Das U-Boot reagierte nur langsam und kam erst nach dreißig Sekunden in die Horizontale. Ryan hatte erwartet, dass U-Boote so rasch ansprechen wie Flugzeuge.

»Geben Sie ein bisschen Auftrieb, Pat, gerade genug, um uns mit zwei Grad Anstellung waagrecht zu halten«, sagte Mancuso.

»Gut.« Mannion sah stirnrunzelnd auf den Tiefenmesser. Die Ballasttanks waren nun geflutet und das Ausbalancieren musste jetzt mit Hilfe der kleineren Trimmtanks vorgenommen werden. Mannion brauchte fünf Minuten, um das Boot abzufangen.

»Tut mir Leid, aber das Boot ist zu groß, um schneller auf Korrekturen anzusprechen«, sagte er verlegen.

Ramius war beeindruckt, aber zu verärgert, um sich etwas anmerken zu lassen. Er hatte erwartet, dass der amerikanische Offizier länger brauchen würde. Es war schon erstaunlich, wie der Mann ein fremdes U-Boot beim ersten Versuch so geschickt trimmte.

»Gut, gehen wir auf Nordkurs«, meinte Mancuso. Die letzte auf der Karte verzeichnete Sandbank lag zwei Meilen hinter ihnen. »Empfehle Kurs null-null-acht, Kapitän.«

»Ryan, Ruder zehn Grad Backbord«, befahl Ramius. »Kurs null-null-acht.«

»Vorsicht, Ryan. Das Boot dreht langsam ab, aber am Ende müssen Sie gegensteuern.«

»Gut.«

»Kapitän, haben Sie Probleme mit dem Ruder?«, fragte Mancuso. »Bei der Verfolgung fiel uns Ihr großer Wendekreis auf.«

»Nur, wenn die Raupe läuft. Die Strömung aus den Tunnels trifft das Ruder und lässt es flattern, wenn man es zu weit einschlägt. Das liegt am – wie sagt man? – Zusammenfluss aus den beiden Tunnels.«

»Tritt dieser Effekt auch auf, wenn die Schrauben laufen?«, erkundigte sich Mannion.

»Nein, nur beim Raupenantrieb.«

Mancuso fand das unangenehm, aber nebensächlich. Der Plan war simpel und direkt. Die drei Boote sollten geradewegs nach Norfolk fahren. Die beiden amerikanischen Jagd-Boote hatten den Auftrag, hin und wieder mit dreißig Knoten vorzusprinten und zu erkunden, ob alles klar war, während *Roter Oktober* mit konstanten zwanzig Knoten folgte.

Ryan begann Ruder nachzulassen, als der Bug herumschwang. Trotz fünf Grad Gegenruder bewegte er sich über den beabsichtigten Kurs hinaus. Der Tochterkompass klickte bei jedem Drittelgrad vorwurfsvoll, bis er bei Kurs null-null-eins zur Ruhe kam. Erst nach zwei weiteren Minuten hatte Ryan das Boot auf richtigem Kurs.

»Verzeihung. Wir sind jetzt endlich auf null-null-acht«, meldete er schließlich.

Ramius war nachsichtig. »Sie lernen schnell, Ryan. Vielleicht wird eines Tages aus Ihnen noch ein richtiger Seemann.«

»Nein, danke. Eins habe ich auf dieser Fahrt gelernt: Ihr Männer müsst euch euer Geld hart verdienen.«

W. K. Konowalow

Tupolew fuhr zurück nach Westen. Alle Schiffe der Flotte waren angewiesen worden, mit zwanzig Knoten zu ihren Heimathäfen zurückzukehren – nur nicht sein *Alfa* und ein weiteres Schwesterboot. Nun lief er auf entgegengesetztem Kurs und machte fünf Knoten Fahrt, die höchstmögliche Geschwindigkeit, bei der sich die Geräuschentwicklung in Grenzen hielt. Zweck der Übung war, das Boot zurückzuhalten, ohne dass die Amerikaner es merkten. Es war also eine *Ohio* unterwegs nach Norfolk oder Charleston. Tupolew plante, still Kreise zu fahren und zu lauschen. *Roter Oktober* war vernichtet. Das hatte er seinem Einsatzbefehl entnommen. Tupolew schüttelte den Kopf. Wie hatte Marko so etwas tun können? Was der Grund auch gewesen sein mochte, er hatte seinen Verrat mit dem Leben bezahlt.

Pentagon

»Mir wäre es lieber, wenn wir mehr Luftunterstützung hätten«, meinte Admiral Foster und lehnte sich an die Wand.

»Ja, Sir, aber das wäre zu auffällig«, gab General Harris zu bedenken.

Zwei P-3B-Maschinen suchten inzwischen die küstennahen Gewässer zwischen Kap Hatteras und Kap Charles ab, scheinbar routinemäßig. Die meisten anderen Orions operierten weit draußen auf See. Die sowjetische Flotte war bereits vierhundert Meilen von der Küste entfernt. Ihre drei Überwasserverbände hatten sich wieder vereinigt und wurden von ihren U-Booten umringt. *Kennedy,*

America und *Nimitz* lagen fünfhundert Meilen weiter östlich, und der *New-Jersey*-Verband fiel zurück. Die Russen sollten auf dem Heimweg genau beobachtet werden. Aufgabe der Träger-Verbände war es, ihnen bis Island zu folgen, einen diskreten Abstand zu wahren und Luftverbände knapp an der Grenze ihres Radarbereichs zu halten, um ihnen zu verstehen zu geben, dass sie den Vereinigten Staaten nicht gleichgültig waren. Auf Island stationierte Maschinen sollten sie dann bis zu ihren Heimathäfen beschatten.

HMS *Invincible* war inzwischen ausgeschieden und auf halbem Weg nach England. Amerikanische Jagd-U-Boote nahmen wieder ihre normalen Patrouillen auf, und es hieß, dass kein sowjetisches U-Boot mehr vor der Küste verblieb, obwohl die Daten hierzu noch lückenhaft waren. Die Russen hatten sich in losen Rudeln entfernt und dabei so viel Lärm gemacht, dass es den Orions, denen überdies die Sonar-Bojen knapp wurden, schwer fiel, die Übersicht zu behalten. Insgesamt aber war die Operation vorüber.

»Fliegen Sie nach Norfolk, Admiral?« fragte Harris.

»Ich dachte, ich setze mich einmal mit CINCLANT zu einer Nachbesprechung zusammen«, sagte Foster.

»Aye aye, Sir, und viel Vergnügen«, meinte Harris lachend.

USS New Jersey

Sie liefen mit zwölf Knoten und nahmen von Zerstörern Treibstoff auf. Commodore Eaton stand im Kartenraum. Es war vorbei und zum Glück war nichts passiert. Die Russen waren hundert Meilen vor ihm, zwar noch in Reichweite der Tomahawk-Raketen, aber weit jenseits des Feuerbereichs der Geschütze. Im Großen und Ganzen war Eaton zufrieden. Sein Verband hatte erfolgreich mit der *Tarawa* operiert, die nun auf Mayport in Florida zuhielt. Er hoffte, bald wieder an einer solchen Übung teilnehmen zu können, denn es war schon lange her, dass einem Flaggoffizier auf einem Schlachtschiff ein Träger unterstanden hatte. Die *Kirow* war von ihnen konstant überwacht worden. Bei einem Gefecht wären sie mit dem Iwan fertig geworden, davon war Eaton überzeugt. Wichtiger noch, der Iwan wusste das ebenfalls. Nun wartete Eaton nur noch auf den Befehl zur Rückkehr nach Norfolk. Seine Männer hatten sich einen Weihnachtsurlaub verdient. Viele waren altgedient und fast jeder hatte Familie.

Roter Oktober

Ping. Jones schrieb die Uhrzeit auf seinen Block und rief: »Kapitän, da kam gerade ein Ping von *Pogy*.«

Pogy fuhr nun zehn Meilen vor *Oktober* und *Dallas* her. Dem Plan zufolge sollte sie vorauseilen, zehn Minuten lang lauschen und dann mit einem Signal des Aktiv-Sonars den anderen Booten signalisieren, dass die zehn Meilen bis zur *Pogy* und die zwanzig Meilen vor ihr klar waren. Anschließend ließ *Pogy* sich treiben, um das zu bestätigen. Eine Meile östlich von *Roter Oktober* ging dann *Dallas* auf Höchstgeschwindigkeit, um sich zehn Meilen vor *Pogy* zu setzen und dort zu horchen.

Jones stellte Experimente mit dem russischen Sonar an. Die aktiven Einheiten waren nicht übel, aber an die passiven wagte er erst gar nicht zu denken. Selbst als sie still im Pamlico-Sund gelegen hatten, war es ihm nicht gelungen, eines der beiden amerikanischen U-Boote auszumachen. Sie hatten zwar auch stillgelegen und mit ihren Reaktoren nur Generatoren angetrieben, waren aber nur eine Meile entfernt gewesen. Zu seiner Enttäuschung war es ihm nicht gelungen, sie zu orten.

Bugajew, der ihm Gesellschaft leistete, war recht freundlich. Anfangs hatte er sich ein wenig unnahbar gegeben, war aber aufgetaut, als er mitbekam, wie der Skipper mit Jones umging.

Jones zündete sich eine Zigarette an. »Mögen Sie eine von meinen, Mr. Bugajew?« Er hielt dem Elektronikoffizier die Packung hin.

»Danke, Mr. Jones. Haben Sie studiert?« Der Leutnant nahm sich eine amerikanische Zigarette, um die zu bitten ihm sein Stolz verboten hatte. Langsam dämmerte ihm, dass dieser Mannschaftsgrad ihm technisch mindestens gewachsen war.

»Ja, Sir.« Es konnte nicht schaden, wenn man Offiziere mit »Sir« anredete, besonders, wenn sie ein bisschen beschränkt waren. »Am California Institute of Technology, fünf Semester, Durchschnittsnote eins, aber ich bin abgegangen.«

»Warum?«

Jones lächelte. »Tja, Sir, bei Cal Tech geht es ein bisschen irre zu. Ich spielte meinem Professor einen kleinen Streich. Als er mit einer Stroboskoplampe Hochgeschwindigkeitsfotografie demonstrieren wollte, schloss ich die Raumbeleuchtung an die Flip-Flop-Schaltung des Stroboskops an. Unglücklicherweise gab es in meiner Schaltung einen Kurzschluss, der zu einem kleinen Brand führte.« Der ein Laboratorium, über drei Monate angesammelte Daten und Instrumente im Wert von fünfzehntausend Dollar ruiniert hatte. »Deshalb bin ich geflogen.«

»Was studierten Sie?«

»Im Hauptfach Elektrotechnik, im Nebenfach Informatik. Hatte noch drei Semester vor mir. Die hole ich nach, mache meinen Doktor und gehe dann als Zivilist zurück zur Marine.«

»Warum sind Sie Sonar-Mann geworden?« Bugajew setzte sich. So hatte er noch nie mit einem Mannschaftsgrad gesprochen.

»Weil's Spaß macht, Sir! Wenn etwas läuft – ein Kriegsspiel, oder wenn wir ein anderes Boot verfolgen – bin ich der Skipper. Der Captain reagiert nur auf die Daten, die er von mir bekommt.«

»Und Sie mögen Ihren Kommandanten?«

»Klar! Er ist mein dritter und bisher bester. Wenn man seinen Job ordentlich tut, lässt er einen in Ruhe. Wenn man etwas zu sagen hat, hört er zu.«

»Sie wollen also zurück an die Universität. Wie können Sie sich das leisten? Ich höre, dass bei Ihnen nur die Söhne der herrschenden Klasse studieren.«

»Quatsch, Sir. Wer in Kalifornien helle genug ist,

kommt an. Was mich betrifft – ich habe mir etwas gespart und die Navy gibt mir etwas dazu. Das reicht bis zum Studienabschluss. Worin haben Sie Ihren Grad?«

»Ich bin auf eine Marineakademie gegangen, hätte aber gerne einen richtigen Grad in Elektronik«, meinte Bugajew und sprach seinen alten Traum aus.

»Kein Problem. Da kann ich Ihnen helfen. Wenn Sie gut genug für Cal Tech sind, sage ich Ihnen, an wen Sie sich wenden müssen. Kalifornien gefällt Ihnen bestimmt. Da lässt sich's leben.«

»Ich würde auch gerne an einem richtigen Computer arbeiten«, fuhr Bugajew sehnsüchtig fort.

Jones lachte leise. »Dann kaufen Sie sich doch einen.«

»Einen Computer *kaufen?*«

»Klar, auf der *Dallas* haben wir zwei kleine Apple stehen. Ein anständiges System kostet rund zweitausend Dollar. Viel billiger als ein Auto.«

»Ein Computer für zweitausend Dollar?« Bugajews Sehnsucht wich Misstrauen, weil er sicher war, dass Jones ihn auf den Arm nahm.

»Oder noch weniger. Für dreitausend bekommen Sie eine feine Anlage. Wenden Sie sich einfach an Apple, sagen Sie, wer Sie sind – wahrscheinlich bekommen Sie dann einen umsonst. Und wenn Sie keinen Apple wollen, gibt es Modelle von Commodore, Tandy, Atari und so weiter. Kommt darauf an, was Sie machen wollen. Apple hat schon eine Million verkauft. Gewiss, es sind kleine Geräte, aber trotzdem richtige Computer.«

»Von diesem Apple habe ich noch nie gehört.«

»Zwei junge Kerle haben die Firma vor ein paar Jahren gegründet und sind inzwischen Multimillionäre. Ich selbst habe keinen Apple, weil auf dem Boot nicht genug Platz ist, aber mein Bruder hat sich einen Personal-Computer geleistet, einen IBM-PC. Sie glauben mir wohl immer noch nicht?«

»Ein Werktätiger mit eigenem Computer? Unglaublich.« Bugajew drückte die Zigarette aus. Er fand, dass dem amerikanischen Tabak die Würze fehlte.

»Nun, Sir, dann erkundigen Sie sich anderswo. Wie ich sagte, gibt es auf der *Dallas* zwei Apple, nur für die Mannschaft. Selbstverständlich werden andere Computer für Feuerleitung, Navigation und Sonar benutzt. Die Apple benutzen wir meist für Computerspiele – die gefallen Ihnen bestimmt. ›Choplifter‹ macht irre Spaß. Und dann gibt es noch Lehrprogramme. Ehrlich, Mr. Bugajew, einen Computer bekommen Sie in fast jedem Einkaufszentrum.«

»Wie benutzen Sie einen Computer beim Sonar?«

»Das lässt sich nicht so auf die Schnelle erklären, Sir. Außerdem müsste ich erst den Skipper um Erlaubnis fragen.« Jones hatte fast vergessen, dass dieser Mann noch immer eine Art Feind war.

W. K. Konowalow

Das *Alfa* driftete fünfzig Meilen von Norfolk entfernt langsam an der Kante des Kontinentalsockels entlang. Tupolew ließ die Reaktorleistung auf fünf Prozent des Totalwerts verringern, gerade genug für die Stromerzeugung. Dadurch herrschte auf seinem Boot fast absolute Stille. Befehle wurden mündlich weitergegeben. Selbst Kochen war verboten, denn Töpfe auf Herdrosten machten Lärm. Bis auf weiteres ernährte sich die Mannschaft von Käsebroten. Wenn überhaupt gesprochen wurde, dann nur im Flüsterton. Jeder, der Lärm machte, zog die Aufmerksamkeit des Kapitäns auf sich, und jeder Mann an Bord wusste, was ihm dann blühte.

Sosus *Control*

Quentin studierte Daten, die über eine Digitalverbindung von den beiden Orions gesendet worden waren. Ein defektes Raketen-U-Boot, *USS Georgia*, war mit Turbinenschaden unterwegs nach Norfolk, eskortiert von zwei Jagd-U-Booten. Man hatte es wegen der russischen Aktivitäten auf See gelassen und brachte es nun in die Werft, wo es so rasch wie möglich repariert und dann wieder hinausgeschickt werden sollte. *Georgia* trug vierundzwanzig Trident-Raketen, einen bemerkenswerten Teil der amerikanischen Abschreckungswaffen. Nun, da die Russen fort waren, hatte ihre Reparatur Priorität. Obwohl anzunehmen war, dass man sie sicher in den Hafen bringen konnte, wollte Quentin die Orions erst prüfen lassen, ob in der allgemeinen Konfusion nicht doch ein sowjetisches U-Boot zurückgeblieben war.

Eine P-3B kreuzte fünfzig Meilen südöstlich von Norfolk in knapp dreihundert Meter Höhe überm Wasser. Das FLIR zeigte keine Wärmesignatur an der Wasseroberfläche, das MAD keine messbare Störung des Magnetfelds der Erde an, obwohl eine Maschine nur hundert Meter an dem *Alfa* vorbeiflog. *Konowalows* Rumpf bestand aus nichtmagnetischem Titanium. Auch eine Sonar-Boje, die sieben Meilen südlich abgeworfen wurde, fing das Reaktorgeräusch des Bootes nicht auf. Alle Daten wurden kontinuierlich nach Norfolk übertragen, wo Quentins Operatoren sie in den Computer eingaben. Augenblickliches Problem: Der Verbleib aller sowjetischen U-Boote war noch nicht geklärt.

Nun, dachte der Commander, kein Wunder. Einige Boote hatten sich die Gelegenheit zunutze gemacht und sich klammheimlich von ihren bekannten Stationen entfernt. Es bestand die Möglichkeit, hatte man ihm gemeldet, dass eines oder zwei noch immer draußen lauerten, aber handfeste Beweise gab es noch nicht. Er fragte sich, was man nun wohl bei CINCLANT trieb. Die Leute dort hatten einen freudigen, fast euphorischen Eindruck gemacht. Die Operation gegen die sowjetische Flotte war gut gelaufen und obendrein lag nun ein gesunkenes *Alfa* vor der Küste. Wann wurde die *Glomar Explorer* entmottet, um es zu heben? Er hoffte, dass er Gelegenheit bekommen würde, sich das Wrack anzusehen. Was für eine Chance!

Die derzeitige Lage nahm niemand sehr ernst. Wenn die *Georgia* tatsächlich mit Maschinenschaden ankam, würde sie so viel Lärm machen wie ein Walfräulein, das seine Unschuld verteidigt. Und wenn man sich bei CINCLANT Sorgen machte, hätte man die Entlausungsaktion nicht zwei P-3 mit Piloten der Reserve überlassen. Quentin griff zum Telefon, wählte CINCLANT an und meldete erneut, es bestünde kein Hinweis auf feindliche Aktivität.

Roter Oktober

Ryan schaute auf die Uhr. Fünf Stunden waren vergangen. Ein rascher Bück auf die Karte verriet ihm, dass die achtstündige Fahrzeit entweder zu optimistisch eingeschätzt worden war oder dass er etwas missverstanden hatte. *Roter Oktober* folgte der Kante des Kontinentalschelfs und würde sich bald nach Westen in Richtung Kap Charles wenden. Noch einmal vier Stunden? Ramius und Mancuso sahen übermüdet aus. Alle waren müde. Am erschöpftesten waren vermutlich die Männer im Maschinenraum – nein, eher der Koch, der wacker Kaffee und belegte Brote für alle schleppte. Besonders die Russen schienen großen Hunger zu haben.

USS Dallas/USS Pogy

Dallas überholte *Pogy* mit dreißig Knoten, preschte wieder vor und ließ *Roter Oktober* zurück. Lieutenant Commander Wally Chambers, der das Kommando hatte, fuhr nur ungern fünfunddreißig Minuten lang mit hoher Geschwindigkeit blind, auch wenn *Pogy* gemeldet hatte, es sei alles klar.

Pogy hörte sie passieren und legte sich quer, um *Roter Oktober* mit ihren Lateralsensoren abzutasten.

»Macht bei zwanzig Knoten ganz schön Krach«, sagte *Pogys* Sonar-Chief zu seinen Kollegen. »Mehr als *Dallas* bei dreißig.«

W. K. Konowalow

»Geräusch im Süden«, meldete der *Mitschman.*

»Was ist es genau?« Tupolew wartete schon seit Stunden an der Tür zum Sonar-Raum und machte den dort arbeitenden Männern das Leben schwer.

»Lässt sich noch nicht beurteilen, Genosse Kapitän. Die

Richtung ändert sich allerdings nicht, was bedeutet, dass die Schallquelle auf uns zuhält.«

Tupolew ging zurück in den Kontrollraum, wo er befahl, den Reaktor weiter herunterzufahren. Erst erwog er, ihn ganz abzustellen, aber Reaktoren hatten eine gewisse Anlaufzeit, und er konnte die Entfernung des Kontakts noch nicht beurteilen. Der Kapitän rauchte drei Zigaretten und ging dann erst zurück in den Sonar-Raum. Er wollte den *Mitschman* nicht zu nervös machen. Er war sein bester Sonar-Operator.

»Eine Schraube, Genosse Kapitän, Amerikaner, wahrscheinlich *Los-Angeles*-Klasse, Fahrt fünfunddreißig Knoten. Richtung hat sich im Lauf der letzten fünfzehn Minuten um nur zwei Grad geändert. Er wird uns dicht passieren und – Moment, er hat die Maschinen gestoppt.« Der vierzigjährige Stabsbootsmann presste sich den Kopfhörer an die Ohren. Er hörte den Kavitationslärm verklingen. »Er hält an und lauscht, Genosse Kapitän.«

Tupolew lächelte. »Der wird uns nicht hören, Genosse. Er prescht vor und horcht. Hören Sie noch etwas? Könnte er ein anderes Boot eskortieren?«

Der *Mitschman* lauschte und veränderte an seinem Instrumentenbrett eine Einstellung. »Kann sein … es herrscht aber eine Menge Oberflächenlärm, Genosse, und ich –« Er lächelte. »Hm, da ist ein Geräusch. Die erste Ortung war Richtung eins-sieben-eins, aber dieser neue Schall kommt aus eins-sieben-fünf. Sehr schwach, Genosse Kapitän, nur ein einziges Signal mit Aktiv-Sonar.«

»Aha.« Tupolew lehnte sich ans Schott. »Gut gemacht, Genosse. Jetzt brauchen wir nur Geduld zu haben.«

USS Dallas

Chief Laval erklärte das Gebiet für sicher. Die empfindlichen Sensoren des BQQ-5 hatten nichts aufgefangen und auch SAPS druckte einen negativen Befund aus. Chambers drehte das Boot ein wenig, damit das eine Ping die *Pogy* erreichte, die hinwiederum ein akustisches Signal zu *Roter Oktober* schicken würde, um sicherzustellen, dass es auch empfangen worden war. Die zehn Meilen vor ihnen waren also klar. *Pogy* fuhr mit dreißig Knoten los, gefolgt vom neuesten strategischen Boot der US-Navy.

W. K. Konowalow

»Noch zwei U-Boote, eines mit einer, eines mit zwei Schrauben, glaube ich. Immer noch schwach. Die eine Schraube dreht sich sehr viel schneller. Haben die Amerikaner überhaupt Doppelschraubenboote, Genosse Kapitän?«

»Ich glaube schon.« Ganz sicher war er nicht, denn der Unterschied der Signalcharakteristiken war nicht sehr ausgeprägt. Nun, bald wusste er mehr. *Konowalow* kroch mit zwei Knoten in hundertfünfzig Meter Tiefe. Was immer in der Nähe sein mochte, hielt direkt auf ihn zu. Fein, nun konnte er den Imperialisten doch noch eine Lektion erteilen.

Roter Oktober

»Könnte mich jemand am Ruder ablösen?«, fragte Ryan.

»Wollen Sie sich mal strecken?«, fragte Mancuso und trat zu ihm.

»Ja, und auch mal austreten. Nach dem vielen Kaffee platzt mir fast die Blase.«

»Ich springe für Sie ein.« Der amerikanische Kapitän setzte sich auf Ryans Platz. Jack begab sich zur nächsten Toilette. Nachdem er in den Kontrollraum zurückgekehrt war, machte er ein paar Kniebeugen, um die Durchblutung in seinen Beinen wieder in Gang zu bringen, und schaute dann kurz auf die Seekarte. Seltsam, die amerikanische Küste mit russischer Beschriftung zu sehen.

»Vielen Dank, Commander.«

»Gern geschehen.« Mancuso stand auf.

»Sie sind kein Seemann, Ryan.« Ramius hatte ihn wortlos beobachtet.

»Das habe ich auch nie behauptet«, gab Ryan gutmütig zurück. »Wie lange noch bis Norfolk?«

»Höchstens vier Stunden«, erklärte Mancuso. »Dem Plan

nach sollen wir nach Einbruch der Dunkelheit eintreffen. Irgendetwas erwartet uns dort und soll es uns ermöglichen, ungesehen einzulaufen, aber ich weiß nicht, was es ist.«

»Wir haben den Pamlico-Sund bei Tageslicht verlassen. Wenn uns nun jemand gesehen hat?«, fragte Ryan.

»Ich habe niemanden entdeckt, aber wenn jemand zuschaute, sah er nur drei U-Boot-Türme ohne Nummern.« Sie waren bei Tageslicht losgefahren, um eine Lücke in der sowjetischen Satellitenüberwachung auszunutzen.

Ryan steckte sich wieder eine Zigarette an. Seine Frau würde ihm wegen dem Rückfall die Hölle heiß machen, aber er war halt nervös. Auf dem Platz des Rudergängers hatte er nichts anderes zu tun, als ein halbes Dutzend Instrumente anzustarren. Das Boot war leichter in der Horizontalen zu halten, als er erwartet hatte, und die einzige scharfe Kurve, die er gefahren hatte, bewies, wie widerwillig es die Richtung änderte. Kein Wunder, dachte er, bei über dreißigtausend Tonnen.

USS Pogy/Roter Oktober

Pogy stürmte mit dreißig Knoten an *Dallas* vorbei und hielt erst zwanzig Minuten und elf Meilen später wieder an – drei Meilen vor *Konowalow,* dessen Mannschaft inzwischen kaum noch zu atmen wagte. Das Sonar der *Pogy* war zwar nicht mit dem neuen BC-10-/SAPS-Signalprozessor ausgerüstet, ansonsten aber auf dem neuesten Stand der Technik. Dass sie trotzdem nichts hörte, lag an der Tatsache, dass *Konowalow* kein Geräusch machte.

Roter Oktober passierte *Dallas* um fünfzehn Uhr, nachdem das letzte Alles-Klar-Signal eingegangen war. Die Mannschaft war müde und freute sich auf Norfolk, das sie zwei Stunden nach Sonnenuntergang erreichen sollten. Hoffentlich kann ich gleich nach London weiterfliegen, dachte Ryan, befürchtete aber, beim CIA in eine ausgedehnte Nachbesprechung zu geraten. Mancuso und die Männer der *Dallas* fragten sich, ob sie wohl ihre Familien zu sehen bekommen würden. Großen Hoffnungen gaben sie sich nicht hin.

»Auf jeden Fall ist es groß, sehr groß sogar, und wird bis auf fünf Kilometer an uns herankommen.«

»Ein *Ohio,* wie Moskau sagte«, kommentierte Tupolew befriedigt.

»Es klingt aber wie ein Doppelschraubenboot, Genosse Kapitän«, meinte ein *Mitschman.*

»Ein *Ohio* hat nur eine Schraube.«

»Ja, Genosse. Auf jeden Fall wird der Kontakt in zwanzig Minuten bei uns sein. Das andere Jagd-Boot fährt mit über dreißig Knoten. Wenn es seine Methode nicht ändert, wird es fünfzehn Kilometer über uns hinausschießen.«

»Und der andere Amerikaner?«

»Lässt sich ein paar Kilometer weiter seewärts treiben, so wie wir. Die genaue Distanz kann ich nicht bestimmen. Ich könnte zwar das Aktiv-Sonar benutzen, aber –«

»Die Konsequenzen sind mir klar«, sagte Tupolew knapp und ging zurück in den Kontrollraum.

»Maschine in Bereitschaft. Alle Mann auf Gefechtsstation?«

»Ja, Genosse Kapitän«, erwiderte der *Starpom.* »Wir haben exakte Zielkoordinaten für das amerikanische Jagd-U-Boot, denn es fährt mit Höchstgeschwindigkeit. Das andere, das stillliegt, ließe sich binnen Sekunden lokalisieren.«

»Zur Abwechslung ist einmal alles in Butter.« Tupolew grinste. »Sehen Sie nun, was wir fertig bringen, wenn die Umstände günstig sind?«

»Und was haben wir vor?«

»Wenn der Dicke uns passiert, hängen wir uns an ihn. Die Amerikaner haben lange genug ihre Spiele mit uns getrieben. Jetzt sind wir dran. Lassen Sie die Ingenieure die Reaktorleistung steigern. Wir brauchen bald volle Kraft.«

»Das macht aber Lärm, Genosse«, warnte der *Starpom.*

»Sicher, aber wir haben keine andere Wahl. Zehn Prozent Leistung. Das *Ohio* kann das unmöglich hören, und das stillliegende Jagd-Boot auch nicht.«

USS Pogy

»Wo kommt denn das her?« Chief Laval veränderte Einstellungen. »Hier Sonar. Ich habe einen Kontakt, Richtung zwei-drei-null.«

»Aye.« Commander Wood antwortete sofort. »Können Sie ihn klassifizieren?«

»Noch nicht, Sir. Ich fing ihn gerade erst auf. Sehr schwache Reaktor- und Dampfgeräusche. Die Reaktorsignatur lässt sich noch nicht ausmachen –« Er drehte den Lautstärkeregler auf Maximum. »Keiner von uns, Skipper. Hört sich an wie ein *Alfa*.«

»Das hat uns gerade noch gefehlt! Signalisieren Sie sofort an *Dallas!*«

Laval versuchte es, aber *Dallas* fuhr mit Höchstgeschwindigkeit und konnte die fünf rasch aufeinander folgenden Signale nicht hören. *Roter Oktober* war noch acht Meilen entfernt.

Roter Oktober

Jones kniff plötzlich die Augen zu. »Mr. Bugajew, richten Sie dem Skipper aus, dass ich gerade ein paar Peilsignale gehört habe.«

»Ein paar?«

»Mehr als zwei, aber ich konnte sie nicht zählen.«

USS Pogy

Commander Wood fällte seine Entscheidung. Die Sonar-Signale sollten schwach, aber gezielt gesendet werden, um die Chance, dass *Pogy* entdeckt wurde, minimal zu halten. *Dallas* hatte sie aber nicht aufgefangen.

»Volle Leistung, Chief. Jagen Sie zur *Dallas* rüber, mit allem, was wir haben.«

»Aye aye.« Der Chief stellte die Ausgangsregler auf volle Leistung. Erst nach einigen Sekunden war das System aufgewärmt und in der Lage, einen Hundert-Kilowatt-Stoß zu senden.

Ping Ping Ping Ping Ping

USS Dallas
»Verdammt noch mal!« rief Chief Laval. »Achtung, Gefahrensignal von *Pogy*!«

»Maschinen stopp!« befahl Chambers. »Ruhe im Boot.«

»Maschinen stopp.« Lieutenant Goodman gab den Befehl eine Sekunde später weiter. Achtern reduzierte die Reaktormannschaft den Dampfverbrauch, was die Temperatur im Reaktor ansteigen ließ. Hierdurch entwichen Neutronen aus den Brennstäben, und die Kernreaktion verlangsamte sich.

»Wenn wir auf vier Knoten runter sind, gehen Sie auf ein Drittel Fahrt«, sagte Chambers zum Wachoffizier, ehe er in den Sonar-Raum ging. »Mr. Laval, ich brauche sofort Daten.«

»Wir fahren noch zu schnell«, erwiderte Laval.

Roter Oktober
»Kapitän Ramius, ich finde, wir sollten die Fahrt verringern«, riet Mancuso.

Ramius war anderer Meinung. »Das Signal wurde nicht wiederholt.« Das zweite gezielte Signal hatte sie verfehlt, und *Dallas* hatte das Gefahrenzeichen nicht weitergegeben, weil sie noch zu schnell fuhr, um *Roter Oktober* orten zu können.

USS Pogy
»Sir, *Dallas* hat Leistung vermindert.«

Wood biss sich auf die Lippe. »Gut, orten wir den Kerl. Aktiv-Sonar, Chief, volle Leistung.« Er ging in den Kontrollraum. »Alle Mann auf Gefechtsstation.« Da auf der *Pogy* ohnehin erhöhte Alarmbereitschaft geherrscht hatte, waren die Stationen innerhalb von vierzig Sekunden bemannt. Der stellvertretende Kommandant, Lieutenant Commander Tom Reynolds, war Feuerleit-Koordinator. Sein Team aus Offizieren und Technikern wartete auf Daten für den Feuerleitcomputer Mark 117.

Der Sonar-Dom im Bug der *Pogy* jagte Schallenergie ins

Wasser. Fünfzehn Sekunden später erschien das erste Echo auf Chief Palmers Bildschirm.

»Hier Sonar. Wir haben einen positiven Kontakt, Richtung zwei-drei-vier, Distanz sechstausend Meter. Der Reaktorsignatur nach vermutlich ein *Alfa*.«

»Rasch, ich brauche Zielkoordinaten!«, drängte Wood.

»Aye.« Reynolds sah zu, wie die Daten eingegeben wurden, während ein anderes Team am Kartentisch die Koordinaten mit Papier und Bleistift erstellte. Ganz konnte man sich nicht auf den Computer verlassen. Die Daten erschienen auf dem Bildschirm. *Pogys* vier Torpedorohre waren mit einem Paar Anti-Schiff-Raketen vom Typ Harpoon und zwei Mark-48-Torpedos geladen. Im Augenblick waren nur die Torpedos von Nutzen. Mark 48 war der stärkste Torpedo im Arsenal – drahtgesteuert, mit Aktiv-Sonar zielsuchend, Geschwindigkeit über fünfzig Knoten, Sprengkopf 500 Kilo. »Skipper, wir haben Koordinaten für beide Fische. Laufzeit vier Minuten, fünfunddreißig Sekunden.«

»Sonar, Pingen einstellen«, befahl Wood.

»Aye aye. Eingestellt, Sir.« Palmer schaltete die Stromversorgung des Aktiv-Systems ab. »Elevations-Depressionswinkel des Ziels praktisch null, Sir. Es liegt ungefähr auf unserer Tiefe.«

»Gut, Sonar. Passen Sie gut auf ihn auf.« Wood kannte nun die genaue Position seines Ziels. Weiteres Peilen konnte nur seine eigene verraten.

USS Dallas

»*Pogy* peilte etwas mit Aktiv-Sonar an und bekam ein Echo, Richtung ungefähr eins-neun-eins«, sagte Chief Laval. »Da draußen liegt noch ein U-Boot. Was es ist, weiß ich nicht. Ich höre Reaktor- und Dampfgeräusche, die aber für eine Signatur nicht ausreichen.«

USS Pogy

»Das Raketen-U-Boot fährt noch«, meldete Chief Palmer.

»Skipper«, Reynolds sah von der Zeichnung auf, »sein Kurs bringt es zwischen uns und das Ziel.«

»Ist ja großartig. Ein Drittel voraus, Ruder zwanzig Grad Backbord.« Wood ging zum Sonar-Raum, während sein Befehl ausgeführt wurde. »Chief, wärmen Sie Ihre Anlage auf und machen Sie sich bereit, dem strategischen Boot ein starkes Signal zu senden.«

»Aye aye, Sir.« Palmer betätigte die Schalter. »Bereit, Sir.«

»Halten Sie direkt drauf. Diesmal muss er empfangen.«

Wood sah, wie sich der Richtungsanzeiger auf dem Bildschirm bewegte. *Pogy* drehte hart ab, doch für seine Bedürfnisse nicht schnell genug. *Roter Oktober* – nur er und Reynolds wussten, dass es sich um ein russisches Boot handelte – näherte sich zu rasch.

»Bereit, Sir.«

»Los.«

Palmer drückte auf den Knopf der Impulskontrolle.

Ping Ping Ping Ping Ping

Roter Oktober

»Skipper!«, schrie Jones. »Gefahrensignal!«

Mancuso sprang zum Maschinentelegraphen, ohne auf Ramius' Reaktion zu warten, und stellte ihn auf Stopp. Dann sah er Ramius an. »Verzeihung.«

»Schon gut.« Ramius sah mit finsterer Miene auf die Karte. Kurz darauf ging das Telefon. Er nahm ab und sagte kurz etwas auf Russisch. »Ich habe ihnen gesagt, dass wir ein Problem haben, aber noch nicht wissen, was es ist.«

»Wohl wahr.« Mancuso trat zu Ramius an den Kartentisch. Der Maschinenlärm wurde langsam schwächer, zu langsam für den Geschmack des Amerikaners. *Oktober* war für ein russisches Boot leise, ihm aber noch immer zu laut.

»Kann Ihr Sonar-Mann etwas feststellen?«, fragte Ramius.

»Mal sehen.« Mancuso machte ein paar Schritte nach achtern. »Jones, prüfen Sie mal nach, was da draußen los ist.«

»Aye, Skipper, aber mit diesem Gerät hier ist das nicht so einfach.« Er hatte die Sensoren bereits auf die beiden begleitenden Jagd-U-Boote ausgerichtet. Jones regelte den Kopfhörer ein und begann am Verstärker zu drehen. Keine Signalprozessoren, kein SAPS, und die Wandler waren keinen Pfifferling wert. Aber jetzt war keine Zeit zur Aufregung. Die russischen Systeme wurden elektromechanisch und nicht über Computer gesteuert, wie er es gewohnt war. Langsam und sorgfältig veränderte er die Einstellung der Gruppe von Richtsensoren im Bugdom. Seine linke Hand spielte mit der Zigarettenpackung. Bugajew, der neben ihm saß und auf dieselben Signale lauschte, hatte er vergessen.

USS Dallas
»Was wissen wir inzwischen?«, fragte Chambers.

»Eine Richtung, mehr nicht«, erwiderte Laval. »*Pogy* hat ihn genau geortet, aber unser Freund stellte die Maschine ab, nachdem er angepeilt wurde, und ich kann ihn nicht mehr hören.«

Chambers, ein junger, ambitionierter Offizier, war erst vor vier Monaten zum stellvertretenden Kommandanten befördert worden. Er wusste, wie wichtig diese Mission war. Von der Entscheidung, die er jetzt zu treffen hatte, hing die weitere Entwicklung seiner Karriere ab.

»Ließe er sich mit einem einzigen Ping lokalisieren?«

»Für Zielkoordinaten reicht das nicht, sagt uns aber wenigstens etwas.«

»Gut, versuchen Sie's.«

»Aye.« Laval betätigte das aktive System.

W. K. Konowalow
Tupolew zog eine Grimasse. Er hatte übereilt gehandelt, hätte warten sollen, bis sie vorbei waren – nun schwebten alle drei in seiner Nähe und waren fast zum Stillstand gekommen.

Die vier U-Boote machten gerade genug Fahrt, um ihre Tauchtiefe halten zu können. Das russische *Alfa* wies nach

Südosten, und alle vier lagen in einer grob trapezförmigen Gruppierung. *Pogy* und *Dallas* befanden sich nördlich von *Konowalow*, *Roter Oktober* südöstlich.

Roter Oktober
»Jemand hat den Fremden gerade angepeilt«, sagte Jones leise. »Richtung ungefähr Nordwest, aber ich kann ihn nicht deutlich genug hören. Ich schätze, dass er ziemlich nahe ist, Skipper.«

»Woher wissen Sie das, Jones?«, fragte Mancuso.

»Ich habe das Signal gehört – nur ein Ping zur Abstandsbestimmung. Es stammte von einem BQQ-5. Dann kam das Echo vom Zielobjekt. Die Ergebnisse meiner Berechnungen weichen voneinander ab, aber insgesamt würde ich sagen, dass er zwischen uns und unseren Booten liegt, leicht westlich versetzt. Genaueres kann ich nicht sagen, Sir.«

»Distanz zehn Kilometer, vielleicht auch weniger«, kommentierte Bugajew.

»Auch das ist fraglich, aber wenigstens ein Anhaltspunkt. Wir haben nicht genug Daten, Skipper.«

Mancuso nickte und kehrte zum Kontrollraum zurück.

»Was gibt's?«, fragte Ryan. Er hatte den Knüppel für die Tiefenruder ganz nach vorne geschoben, um Tiefe zu halten. Noch erkannte er nicht, was sich abspielte.

»In der Nähe liegt ein feindliches U-Boot.«

»Welche Informationen haben wir?«, fragte Ramius.

»Nur wenige. Kontakt im Nordwesten, Distanz unbekannt, aber wahrscheinlich nicht sehr groß. Ich bin sicher, dass es keines von unseren Booten ist, denn Norfolk meldete das Seegebiet als geräumt. Das lässt nur eine Möglichkeit offen. Driften wir?«

»Ja, driften wir«, echote Ramius, griff zum Telefon und gab einige Befehle.

Die Maschinen von *Roter Oktober* gaben gerade genug Kraft ab, um das Boot mit zwei Knoten Fahrt zu bewegen und steuerfähig zu halten, doch für die Einhaltung der Tauchtiefe reichte das nicht. Trotz voll angestellter Tiefenruder ging das Boot wegen seines leicht positiven Auftriebs pro Minute rund einen Meter höher.

USS Dallas

»Fahren wir zurück nach Süden. Mir missfällt, dass das *Alfa* unserem Freund näher ist als wir. Kurs Steuerbord, eins-acht-fünf, zwei Drittel Fahrt«, entschied Chambers schließlich.

»Aye aye«, sagte Goodman. »Steuermann, Ruder fünfzehn Grad Steuerbord, Kurs eins-acht-fünf. Zwei Drittel voraus.«

»Fünfzehn Grad Steuerbord, aye.« Der Steuermann griff ins Rad.

Die vier Torpedorohre der *Dallas* waren mit drei Mark 48 und einem Ködertorpedo geladen, einem kostspieligen MOSS (mobile submarine simulator). Einer ihrer Torpedos war auf das *Alfa* eingestellt, aber da die Zielkoordinaten noch vage waren, müsste er sich im Ernstfall seinen Weg teilweise selbst suchen. Die beiden Torpedos der *Pogy* waren genau programmiert.

Der Haken war nur, dass sie keine Feuererlaubnis hatten. Beide Jagd-U-Boote operierten nach normalen Regeln, durften nur in Notwehr feuern und *Roter Oktober* nur durch Bluff und List verteidigen. Blieb nur die Frage, ob man auf dem *Alfa* wusste, was *Roter Oktober* tatsächlich war.

W. K. Konowalow

»Steuern Sie auf die *Ohio* zu«, befahl Tupolew. »Fahrt auf drei Knoten steigern. Wir müssen geduldig sein, Genossen. Die Amerikaner wissen nun, wo wir sind, und werden uns nicht mehr anpeilen. Wir verlassen leise diese Position.«

Konowalows Bronzeschraube begann sich rascher zu drehen. Die Ingenieure schalteten einige nichtessentielle elektrische Systeme ab und steigerten so die Geschwindigkeit, ohne die Reaktorleistung erhöhen zu müssen.

USS Pogy
Auf der *Pogy*, dem nächstgelegenen Jagd-Boot, wurde der Kontakt schwächer und ließ die Richtungsbestimmung ungenauer werden. Commander Wood erwog, eine erneute Peilung mit Aktiv-Sonar zu wagen, entschied sich aber dagegen. Wenn er Aktiv-Sonar benutzte, verhielt er sich wie ein Polizist, der in einem dunklen Haus mit der Taschenlampe nach einem Einbrecher sucht. Sonar-Signale konnten seinem Ziel mehr verraten als ihm. In Fällen wie diesem beschränkte man sich auf die passiven Systeme.

Chief Palmer meldete, dass sie an Backbord von *Dallas* passiert wurden. Wood und Chambers verzichteten auf die Benutzung des Unterwassertelefons. Lärm konnten sie sich nun nicht leisten.

Roter Oktober
Sie krochen nun seit einer halben Stunde dahin. Ryan saß kettenrauchend auf seiner Station, hatte schweißnasse Handflächen und kämpfte um Selbstbeherrschung. Niemand hatte ihn auf diese Art von Gefecht vorbereitet – gefangen in einem Stahlrohr, blind und taub. Er wusste, dass da draußen ein sowjetisches U-Boot lag, und kannte dessen Order. Wenn sein Kapitän nun merkte, mit wem er es zu tun hatte? Er fand, dass Ramius und Mancuso sich verblüffend kühl gaben.

»Können Ihre U-Boote uns schützen?«, fragte Ramius.

»Indem sie auf einen Russen feuern?« Mancuso schüttelte den Kopf. »Nur, wenn er als Erster schießt – auf sie. Unter Normalbedingungen zählen wir nicht.«

»Wie bitte?« Ryan war wie vor den Kopf geschlagen.

»Wollen Sie vielleicht einen Krieg vom Zaum brechen?« Mancuso lächelte und schien die Situation amüsant zu finden. »Das passiert nämlich, wenn die Kriegsschiffe zweier Länder aufeinander zu schießen beginnen. Nein, Ryan, wir müssen uns mit List aus der Affäre ziehen.«

»Nur mit der Ruhe, Ryan«, fiel Ramius ein. »Das ist unser normales Spiel. Das Jagd-U-Boot versucht uns zu finden, und wir verstecken uns. Sagen Sie, Captain Mancuso, über welche Entfernung hörten Sie uns vor Island?«

»Ich habe mir Ihre Seekarte noch nicht genau angesehen, Kapitän Ramius«, erwiderte Mancuso nachdenklich. »Gut dreißig Kilometer.«

»Damals fuhren wir dreizehn Knoten – Lärm steigert sich rascher als die Geschwindigkeit. Ich glaube, wir können uns langsam nach Osten absetzen, ohne entdeckt zu werden, am besten mit der Raupe und sechs Knoten. Wie Sie ja wissen, ist sowjetisches Sonar nicht so empfindlich wie amerikanisches. Einverstanden, Captain?«

Mancuso nickte. »Es ist Ihr Boot, Sir. Darf ich aber Nordost vorschlagen? Dann lägen wir binnen einer knappen Stunde hinter unseren Jagd-Booten.«

»Ja.« Ramius hinkte an ein Instrumentenbrett, um die Tunnelluken zu öffnen, und ging dann ans Telefon. Eine Minute später liefen die Motoren der Raupe, und ihre Geschwindigkeit nahm zu.

»Ruder zehn Grad Steuerbord, Ryan«, befahl Mancuso. »Und nehmen Sie die Tiefenruder zurück.«

»Ruder zehn Grad Steuerbord, Tiefenruder zurück, Sir.« Ryan führte den Befehl gerne aus, weil er endlich etwas zu tun bekam.

»Ihr Kurs ist null-vier-null, Ryan«, sagte Mancuso vom Kartentisch her.

»Null-vier-null.« Von seinem Platz aus konnte Ryan das Wasser durch den Backbordtunnel rauschen hören. In regelmäßigen Abständen erklang ein seltsames Dröhnen. Der Fahrtmesser zeigte vier Knoten an.

»Angst, Ryan?« Ramius lachte in sich hinein.

Jack stieß insgeheim eine Verwünschung aus. Beim Wiederholen des Befehls hatte seine Stimme gezittert. »Ich bin etwas übermüdet.«

»Ich weiß, dass es Ihnen nicht leicht fällt. Für einen unausgebildeten Mann halten Sie sich ordentlich. Wir sind zwar spät dran, kommen aber bestimmt nach Norfolk – warten Sie nur ab. Waren Sie schon einmal auf einem strategischen Boot, Mancuso?«

»Sicher. Immer mit der Ruhe, Ryan. Die Situation ist für ein strategisches Boot ganz normal – jemand ist hinter ihm her, und es macht sich dünne.« Der amerikanische Kommandant sah von der Karte auf, wo er die mutmaßlichen Positionen der drei anderen Boote mit Münzen markiert hatte. Die Seekarte der Küstengewässer wies einige hochinteressante Eintragungen auf, zum Beispiel vorprogrammierte Raketenabschusspositionen. Beim Nachrichtendienst der Flotte würde das Panik auslösen. *Roter Oktober* fuhr nun mit sechs Knoten nach Nordosten. *Konowalow* lief mit drei in Richtung Südosten. *Pogy* war mit zwei nach Süden unterwegs, *Dallas* mit fünfzehn in die gleiche Himmelsrichtung. Alle vier Boote befanden sich nun in einem sechs Meilen messenden Kreis und hielten alle auf denselben Punkt zu.

W. K. Konowalow
Tupolew freute sich. Aus unerfindlichen Gründen taktierten die Amerikaner sehr verhalten. Es wäre klüger gewesen, dachte er, ein Jagd-Boot an mich heranzuführen und mich belästigen zu lassen, während das andere das strategische Boot aus der Gefahrenzone eskortierte. Er trank einen Schluck Tee und nahm sich ein belegtes Brot.

Seinem *Mitschman* am Sonar fiel ein sonderbares Geräusch auf, das nur ein paar Sekunden lang hörbar blieb und dann verklang. Entfernte seismische Verschiebungen, dachte er anfangs.

Roter Oktober
Da sie wegen der positiven Trimmung von *Roter Oktober* zu hoch geraten waren, stellte Ryan die Tiefenruder fünf Grad abwärts, um wieder auf hundert Meter zu kommen. Er hörte die beiden Kapitäne über das Fehlen einer Thermoklinalen reden. Mancuso erklärte, das sei in dieser Gegend ganz normal, besonders nach heftigen Stürmen. Beide fanden das bedauerlich, denn eine thermische Schicht hätte ihnen Schutz vor Entdeckung geboten.

Jones stand in der achterlichen Tür des Kontrollraums

und rieb sich die Ohren. Die russischen Kopfhörer waren unbequem. »Skipper, ich habe im Norden etwas ausgemacht, das auftaucht und wieder verschwindet. Noch keine exakte Peilung.«

»Russisch?«, fragte Mancuso.

»Lässt sich noch nicht sagen, Sir. Das Aktiv-Sonar ist nicht übel, aber mit dem passiven System kann ich so gut wie nichts anfangen. Wir sind praktisch blind.«

»Gut, melden Sie sich, wenn Sie etwas hören.«

»Aye aye, Captain. Gibt es hier Kaffee?«

»Ich lasse Ihnen eine Kanne bringen.«

»Danke, Sir.« Jones ging zurück an die Arbeit.

W. K. Konowalow

»Genosse Kapitän, ich habe einen Kontakt, kann ihn aber nicht identifizieren«, meldete der *Mitschman* übers Telefon.

Tupolew kam kauend in den Sonar-Raum. *Ohios* waren so selten von den Russen geortet worden – gerade dreimal, um genau zu sein, und jeweils nur für wenige Minuten –, dass niemand ein Gefühl für die Schallmerkmale der Klasse hatte.

Der *Mitschman* reichte dem Kapitän einen Kopfhörer. »Es kann ein paar Minuten dauern, Genosse, denn es taucht auf und verschwindet dann wieder.«

Die Küstengewässer der USA, wenngleich fast isothermisch, waren für Sonar nicht ganz ideal. Kleine Strömungen und Wirbel bildeten bewegliche »Wände«, die Schall aufs Geratewohl reflektierten oder bündelten. Tupolew setzte sich und lauschte geduldig. Erst nach fünf Minuten kam das Signal zurück.

Der *Mitschman* hob die Hand. »Da ist es wieder, Genosse.«

Der Kommandant wurde blass.

»Richtung?«

»Zu schwach und zu kurz für eine Peilung, aber ich schätze drei Grad Backbord oder Steuerbord voraus, zwischen eins-drei-sechs und eins-vier-zwei.«

Tupolew warf den Kopfhörer auf den Tisch und ging nach vorne, packte den Politoffizier am Arm und führte ihn rasch in die Offiziersmesse.

»Das ist *Roter Oktober!*«

»Ausgeschlossen. Das Flottenoberkommando meldete, die Versenkung sei durch Inspektion von Wrackteilen bestätigt worden.« Der Politoffizier schüttelte entschieden den Kopf.

»Man hat uns hereingelegt. Die akustische Signatur der Raupe ist einmalig und unverwechselbar, Genosse. Die Amerikaner haben unser Boot und es ist ganz in der Nähe. Wir müssen es zerstören.«

»Nein. Erst nehmen wir Verbindung mit Moskau auf und bitten um Instruktionen.«

Der Politoffizier war ein guter Kommunist, kam aber von einem Überwasserschiff und gehörte nicht auf ein U-Boot, fand Tupolew.

»Genosse Politoffizier, wir brauchen mehrere Minuten bis zur Oberfläche, zehn bis fünfzehn, um einen Spruch nach Moskau zu senden, mindestens weitere dreißig, bis Moskau reagiert, und dann wird es auch noch Empfangsbestätigung verlangen! Insgesamt eine Stunde, womöglich zwei oder drei. Bis dahin ist *Roter Oktober* weg. Unser ursprünglicher Befehl ist noch gültig. Wir haben nicht genug Zeit, uns mit Moskau in Verbindung zu setzen.«

»Und wenn Sie sich irren?«

»Ich irre mich nicht!«, zischte der Kapitän. »Ich werde meinen Kontaktbericht und meine Schlussfolgerung ins Logbuch eintragen. Und wenn Sie sich meiner Entscheidung widersetzen, kommt auch das ins Buch. Dann geht es um Ihren Kopf, nicht um meinen. Entscheiden Sie sich!«

»Sind Sie auch sicher?«

»Absolut sicher.«

»Gut.« Der Politoffizier wurde kleinlaut. »Wie wollen Sie vorgehen?«

»So rasch wie möglich, ehe die Amerikaner Gelegenheit

bekommen, uns zu versenken. Gehen Sie auf Ihre Station, Genosse.«

Die beiden gingen zurück in den Kontrollraum. *Konowalows* sechs Torpedorohre wurden mit drahtgelenkten Torpedos C 533 geladen. Nun brauchte man ihnen nur noch ein Ziel einzugeben.

»Sonar, Vorwärtspeilung mit allen aktiven Systemen!«, befahl der Kapitän.

Der *Mitschman* drückte auf den Knopf.

Roter Oktober

»Autsch.« Jones' Kopf fuhr herum. »Skipper, wir werden angepeilt. Von Backbord querab, vielleicht auch voraus. Kein amerikanisches Signal.«

USS Pogy

»Hier Sonar, das *Alfa* hat das strategische Boot! *Alfa* Richtung eins-neun-zwei.«

»Volle Kraft voraus«, befahl Wood sofort.

»Volle Kraft voraus, aye«, wiederholte Palmer.

Die Maschinen der *Pogy* erwachten zum Leben, und ihre Schraube wühlte das schwarze Wasser auf.

W. K. Konowalow

»Distanz siebentausendsechshundert Meter, Elevation null«, meldete der *Mitschman*. Dies war also das Boot, das sie erlegen sollten. Er hatte gerade einen Kopfhörer mit Kehlkopfmikrophon aufgesetzt, um Kapitän und Feuerleitoffizier direkt Meldung erstatten zu können.

Als Feuerleitoffizier fungierte der *Starpom*. Er gab die Daten rasch in den Computer ein. »Wir haben Zielkennung für Torpedo eins und zwei.«

»Fertig zum Abfeuern.«

»Flute Abschussrohre.« Der *Starpom* langte an dem Maat vorbei und legte die Schalter selbst um. »Äußere Torpedorohre offen.«

»Zielkoordinaten prüfen!«, schnappte Tupolew.

USS Pogy
Nur der Sonar-Chief der *Pogy* hörte das kurze Geräusch.
Palmer meldete es Commander Wood. »Hier Sonar, der *Alfa*-Kontakt hat gerade Rohre geflutet, Sir! Ziel liegt Richtung eins-sieben-neun.«

W. K. Konowalow
»Koordinaten bestätigt, Genosse Kapitän«, sagte der *Starpom*.
»Torpedo eins und zwei los!«, befahl Tupolew.
»Eins los – zwei los.« *Konowalow* erbebte zweimal, als die elektrisch angetriebenen Torpedos von Pressluft ausgestoßen wurden.

Roter Oktober
Jones hörte es als erster. »Schnelles Schraubengeräusch an Backbord«, sagte er laut und deutlich. »Torpedos an Backbord!«
»*Ryl nal jewa!*«, befahl Ramius automatisch.
»*Wie bitte?*«, fragte Ryan verdutzt.
»Ruder nach backbord!« Ramius hieb auf die Reling.
»Los schon, Ruder nach backbord!« rief Mancuso.
»Ruder hart backbord, aye.« Ryan drehte das Rad bis zum Anschlag und hielt es in dieser Stellung fest. Ramius befahl am Maschinentelegraphen Höchstgeschwindigkeit.

USS Pogy
»Zwei Fische im Wasser«, meldete Palmer. »Laufen von steuerbord nach backbord. Ich wiederhole: Zwei Torpedos von steuerbord nach backbord. Sie laufen auf das Raketen-Boot zu.«

USS Dallas
Auch auf *Dallas* wurden sie gehört. Chambers ordnete Höchstgeschwindigkeit und Kursänderung nach backbord an. Angesichts laufender Torpedos war sein Spielraum eingeschränkt, und er tat, was man ihm beigebracht hatte – er entfernte sich, und zwar schleunigst.

Roter Oktober
»Ich brauche einen Kurs!«, rief Ryan.

»Jones, geben Sie mir eine Richtung!«, brüllte Mancuso.

»Drei-zwei-null, Sir. Zwei Fische zu uns unterwegs«, gab Jones sofort zurück und drehte an Bedienungselementen, um die Peilung exakter zu machen. Schnitzer konnte sich jetzt niemand erlauben.

»Steuern Sie drei-zwei-null, Ryan«, befahl Ramius, »wenn wir so rasch abdrehen können.«

Wie nett, dachte Ryan und sah den Tochterkompass drei-fünf-sieben anzeigen. Er hatte das Ruder voll eingeschlagen und konnte die von der plötzlichen Leistungssteigerung der Raupe ausgelösten Vibrationen noch im Steuerrad spüren.

»Zwei Fische laufen auf uns zu, Richtung drei-zwei-null, ich wiederhole, Richtung konstant«, meldete Jones gelassener, als er sich fühlte. »Gleich knallt's, Männer –«

USS Pogy
Auf der taktischen Anzeige waren *Roter Oktober, Alfa* und die beiden Torpedos sichtbar. *Pogy* lag vier Meilen nördlich vom Brennpunkt des Geschehens.

»Können wir schießen?«, fragte der stellvertretende Kommandant.

»Auf das *Alfa?*« Wood schüttelte entschieden den Kopf. »Nein. Verdammt, und jetzt kommt's ohnehin nicht mehr drauf an.«

W. K. Konowalow
Die beiden C-533-Torpedos liefen mit einundvierzig Knoten recht langsam, damit sie über die Sonar-Systeme von *Konowalow* leichter zu lenken waren. Ihre Laufzeit sollte sechs Minuten betragen. Eine Minute war bereits verstrichen.

Roter Oktober
»Bin jetzt bei drei-vier-fünf, lasse Ruder nach«, meldete Ryan.

Mancuso war still geworden. Ramius wandte eine Taktik an, mit der er nicht gerade einverstanden war: Er lief den Torpedos entgegen. Hierdurch bot er ihnen zwar die geringste Angriffsfläche, aber auch die simpelste geometrische Kennung. Mancuso hoffte, dass Ramius die Charakteristiken und Leistung der russischen Torpedos kannte.

»Stetig auf drei-zwei-null, Kapitän«, sagte Ryan, der auf den Tochterkompass starrte, als käme es jetzt nur auf einen exakten Kurs an.

»Ryan, Tiefenruder voll anstellen, abwärts.«

»Abwärts voll.« Ryan schob den Knüppel bis zum Anschlag nach vorne. Er hatte entsetzliche Angst, wollte aber auf keinen Fall einen Fehler machen. Er musste von der Annahme ausgehen, dass die beiden Kommandanten wussten, was sie taten. Eines stand fest: Lenktorpedos ließen sich irreführen, besonders, wenn ihr Ziel dicht über Grund oder nahe der Oberfläche lag, wo die Impulse reflektiert wurden. *Roter Oktober* mochte sich in einem solchen »undurchsichtigen« Feld verlieren – vorausgesetzt, sie erreichten es rechtzeitig.

W. K. Konowalow

»Zielaspekt verändert, Genosse Kapitän«, sagte der *Mitschman.* »Ziel ist jetzt kleiner.«

Tupolew dachte nach. Er kannte die sowjetische Gefechtsdoktrin in- und auswendig und wusste auch, dass Ramius sie mitverfasst hatte. Marko tut jetzt, was er uns allen beigebracht hat, dachte Tupolew, wendet sich den Torpedos zu, um ihnen den geringstmöglichen Zielquerschnitt zu bieten, und taucht ab, um sich in einem Wirrwarr von Echos zu verlieren. »Achtung, Ziel versucht, in das Reflexionsfeld über Grund abzutauchen.«

»Jawohl, Genosse. Kann er den Meeresboden rasch genug erreichen?«, fragte der *Starporn.*

Tupolew versuchte, sich die Manövrierfähigkeit von *Roter Oktober* ins Gedächtnis zu rufen. »Nein, so schnell schafft er das nicht. Wir haben ihn.« Bedaure, alter Freund, aber ich kann nicht anders, dachte er.

Roter Oktober
Ryan fuhr jedes Mal zusammen, wenn das Peilsignal durch den Doppelrumpf peitschte. »Warum stören wir nicht?«, fragte er verzweifelt.

»Nur Geduld, Ryan«, sagte Ramius. Er war zwar noch nie mit scharfen Sprengköpfen konfrontiert gewesen, hatte dieses Problem aber schon hundertmal geübt. »Er soll erst einmal glauben, dass er uns hat.«

»Haben Sie Ködertorpedos an Bord?«, fragte Mancuso.

»Vier Stück, vorne im Torpedoraum, aber es fehlt uns die Bedienungsmannschaft.«

Beide Kapitäne verhielten sich bewusst kühl. Keiner wollte vor dem anderen zugeben, dass er Angst hatte.

»Skipper«, rief Jones, »zwei Fische, Richtung konstant drei-zwei-null – sie haben gerade ihre Zielsuchgeräte aktiviert. Ich wiederhole: Torpedos jetzt aktiv. Skipper, sie hören sich genau an wie unser Mark 48.«

Darauf hatte Ramius schon gewartet. »Ja, vor fünf Jahren erbeuteten wir Ihr Torpedo-Sonar, aber nicht den Antrieb. *Bugajew!*«

Bugajew hatte im Sonar-Raum gleich nach dem Abfeuern der Torpedos das akustische Störgerät in Betrieb gesetzt. Nun stellte er seine Störimpulse so ein, dass sie mit den Signalen der herannahenden Torpedos zeitlich zusammenfielen. Er sendete seine Impulse auf der gleichen Trägerfrequenz und im gleichen Takt. Indem er leicht verzerrte Echos sendete, erzeugte er »Geisterziele« – nicht zu viele, nicht zu weit entfernt, nur ein paar ganz in der Nähe, um vielleicht die Feuerleitung auf dem *Alfa* irrezuführen. Langsam betätigte er den Schalter und kaute an einer amerikanischen Zigarette.

W. K. Konowalow
»Verdammt! Er stört.« Der *Mitschman*, auf dessen Oszilloskop zwei neue Flecke erschienen waren, geriet zum ersten Mal außer Fassung. Dem verblassenden Fleck des Kontakts hatten sich nun zwei weitere hinzugesellt, einer

nördlich und nahe, einer südlich und weiter entfernt. »Kapitän, das Ziel benutzt sowjetisches Störgerät.«

»Na bitte«, sagte Tupolew, zum Politoffizier gewandt. »Seien Sie vorsichtig«, befahl er seinem *Starpom*.

Roter Oktober

»Ryan, Tiefenruder voll nach oben!«, rief Ramius.

»Voll nach oben«, wiederholte Ryan, riss sich den Knüppel an den Bauch und hoffte nur, dass Ramius wusste, was er tat.

»Jones, Laufzeit und Distanz.«

»Aye.« Dank ihrer Störversuche hatten sie nun ein Sonar-Bild auf dem Oszilloskop. »Zwei Fische, Richtung drei-zwei-null. Distanz Nummer eins zweitausend Meter, Nummer zwei zweitausenddreihundert – Nummer eins weist einen Depressionswinkel auf. Fisch Nummer eins geht tiefer, Sir.« Vielleicht ist dieser Bugajew doch nicht so beschränkt, dachte Jones.

USS Pogy

Der Skipper der *Pogy* war wütend. Die verdammten Vorschriften hinderten ihn am Eingreifen, es sei denn –

»Sonar, peilen Sie den Kerl mit voller Leistung an!«

Das BQQ-5 der *Pogy* ließ Schallenergiewellen auf das *Alfa* los. *Pogy* durfte nicht schießen, aber vielleicht wusste der Russe das nicht, und womöglich störte die Hochenergie-Peilung sein Zielsonar.

Roter Oktober

»Gleich knallt's – ein Fisch hat uns erfasst, Sir. Ich weiß aber nicht, welcher.« Jones schob sich eine Muschel vom Ohr und hob die Hand, um auch die andere wegzureißen. Das Zielsonar eines Torpedos hatte sie nun eingefangen. Übel. Wenn dieser Fisch sich wie ein Mark 48 verhielt – Jones wusste, dass dieses Modell nur selten sein Ziel verfehlte. Er hörte den Doppler-Effekt im Propellergeräusch, als ein Torpedo unter *Roter Oktober* vorbeilief. »Einer hat uns verfehlt, Sir. Nummer eins ist unter uns durchgelaufen. Nummer zwei hält auf uns zu, Peilintervalle werden kürzer.« Er klopfte Bugajew anerkennend auf die Schulter.

W. K. Konowalow

Der zweite Torpedo pflügte mit einundvierzig Knoten durchs Wasser. Berücksichtigte man die Fahrt, die *Roter Oktober* machte, so näherten sich die beiden Objekte einander mit rund fünfundfünfzig Knoten. Die Lenk- und Entscheidungsschleife war komplex. Da die Sowjets das computergesteuerte Zielsuchsystem des amerikanischen Mark 48 nicht kopieren konnten, ließen sie das Zielsuch-Sonar des Torpedos seine Daten über einen isolierten Draht zum abschießenden U-Boot zurückmelden. Der *Starpom* hatte dann die Wahl zwischen zwei Datengruppen für die Lenkung des Torpedos – die eine vom Bugsonar des Bootes, die andere vom Torpedo selbst. Der erste Fisch war von Geisterbildern, die der Störversuch auf seiner Sonar-Frequenz erzeugt hatte, angeführt worden. Zur Lenkung des zweiten benutzte der *Starpom* nun das niederfrequente Bugsonar. Dass der Erste zu tief gelaufen war, wusste er nun. Dies bedeutete, dass der mittlere Fleck das Ziel darstellte. Eine rasche Frequenzänderung, die der *Mitschman* vornahm, machte den Schirm kurz frei, ehe die Störfrequenz geändert wurde. Kühl und fachmännisch wies der *Starpom* den Torpedo an, das mittlere Ziel anzusteuern. Er ging genau auf Kurs.

Der mit zweihundertfünfzig Kilo Sprengstoff geladene Torpedo streifte das Ziel knapp hinter der Mitte, gerade vorm Kontrollraum. Eine Millisekunde später explodierte der Sprengkopf.

Roter Oktober

Ryan wurde von der Wucht der Explosion von seinem Sitz geschleudert und schlug sich am Deck den Kopf an. Er verlor kurz die Besinnung und kam mit dröhnenden Ohren in der Finsternis wieder zu sich. Der Druck der Explosion hatte in mehreren Schaltanlagen zu Kurzschlüssen geführt. Die rote Notbeleuchtung ging erst nach einigen Sekunden an. Achtern hatte sich Jones gerade noch rechtzeitig den Kopfhörer heruntergerissen, doch Bugajew, bis zuletzt bemüht, den herankommenden Torpedo zu täuschen, lag mit geplatztem Trommelfell am Boden und wand sich vor Schmerzen. Im Maschinenraum kamen die Männer wieder auf die Beine. Hier war die Beleuchtung angeblieben. Melechin sah sofort auf seine Instrumente, um das Ausmaß des Schadens festzustellen.

Die Explosion hatte sich an der äußeren Hülle ereignet, die nur aus dünnem Stahl bestand. Dahinter befand sich ein wassergefüllter Ballasttank, in wabenförmige Zellen aufgeteilt und gut zwei Meter dick. Hinter dem Tank lagen aufgestapelt schwere Pressluftflaschen. Dann kamen die Batterien von *Roter Oktober* und schließlich der innere Druckkörper. Der Torpedo war in der Mitte einer Stahlplatte der Außenhülle aufgeschlagen, gut einen Meter von den Schweißnähten entfernt. Die Gewalt der Explosion hatte ein vier Meter breites Loch gerissen, die Zellen im Ballasttank zerfetzt und ein halbes Dutzend Pressluftflaschen bersten lassen, aber damit war ihre Wucht schon zum größten Teil verpufft. Beschädigt worden waren nur noch dreißig große Nickel-Kadmium-Batterien, die von den sowjetischen Ingenieuren mit Absicht hier untergebracht worden waren. Gewiss, an dieser Stelle waren sie schwer zu warten und zu laden und, schlimmer noch, der Kontamination durch Seewasser ausgesetzt, doch man hatte diese Nachteile in Kauf genommen, da die Batterien eine zusätzliche Panzerung darstellten. *Roter Oktober* war von seinen Batterien gerettet worden. Ohne sie hätte die Wucht der Explosion direkt auf den Druckkörper gewirkt. So aber war sie von einem in Schichten arrangierten Schutzsystem stark reduziert worden, zu dem es im Westen kein Gegenstück gab. Zwar war eine Schweißnaht im Druckkörper geplatzt und ließ Wasser wie aus einem Hochdruckschlauch in die Funkerkabine sprühen, aber ansonsten hielt die innere Hülle dicht.

Im Kontrollraum war Ryan bald wieder an seinem Platz

und sah nach, ob seine Instrumente noch funktionierten. In der nächsten Abteilung zum Bug hin hörte er Wasser plätschern. Was tun? Bloß keine Panik, sagte er sich.

»Was mache ich jetzt?«

»Ah, Sie sind noch unter uns.« Mancusos Gesicht sah im roten Licht satanisch aus.

»Nein, ich bin tot. Was mache ich jetzt?«

»Ramius?« Mancuso sah den Kapitän eine Taschenlampe aus einem Halter am Schott nehmen.

»Zum Grund abtauchen.« Ramius ging ans Telefon und ließ die Maschinen stoppen. Melechin hatte den Befehl bereits gegeben.

Ryan schob den Knüppel von sich weg. Da sitz ich in einem lecken U-Boot, sagte er sich, und man befiehlt mir abzutauchen.

W. K. Konowalow

»Volltreffer, Genosse Kapitän«, meldete der *Mitschman.* »Er hat die Maschinen gestoppt. Ich höre den Rumpf knarren, er taucht.« Er gab einige Peilsignale, aber ohne Resultat. Die Explosion hatte im Wasser zu schweren Störungen geführt. Noch immer hallten Echos des Knalls durch die See. Trillionen von Luftblasen bildeten eine »sonifizierte« Zone um das Ziel und hüllten es ein. Seine Aktiv-Signale wurden von der Bläschenwolke zurückgeworfen, sein Passiv-Sonar beeinträchtigte das Nachgrummeln der Explosion. Mit Sicherheit konnte er nur sagen, dass ein Torpedo getroffen hatte, vermutlich der zweite.

USS Dallas

»Ein Punkt für die Mächte des Bösen«, sagte Laval. *Dallas* lief noch zu schnell, um ihr Sonar richtig einsetzen zu können, aber die Explosion war nicht zu überhören gewesen. Die ganze Mannschaft war zusammengefahren.

In der Angriffszentrale bestimmte Chambers ihre Position – zwei Meilen von der Stelle entfernt, an der sich *Roter Oktober* befunden hatte. Die anderen Männer behielten gleichmütig ihre Instrumente im Auge. Zehn ihrer Schiffskameraden waren gerade torpediert worden. Und der Feind lag auf der anderen Seite der Lärmbarriere.

»Geschwindigkeit auf ein Drittel herabsetzen«, wies Chambers an. Der Wachhabende bestätigte den Befehl.

»Sonar, ich brauche Daten«, sagte Chambers dann.

»Bin schon dabei.« Laval lauschte angestrengt. Nach einigen Minuten war die Fahrt der *Dallas* auf unter zehn Knoten gesunken. »Hier Sonar. Das strategische Boot hat einen Treffer abbekommen. Seine Maschinen sind stumm, aber es klingt nicht so, als bräche es auseinander.«

»Hören Sie das *Alfa*?«

»Nein, Sir, im Wasser herrscht totales Chaos.«

Chambers zog eine Grimasse. »Geschätzte Distanz zum Ziel?«

»Rund neuntausend Meter, Sir«, erwiderte Lieutenant Goodman. »Es muss sich jenseits der sonifizierten Zone befinden.«

»Tauchen Sie auf zweihundert Meter ab.« Der Tauchoffizier gab den Befehl an den Rudergänger weiter.

»Aufgepasst: Wir tauchen jetzt. Die Störzone der Explosion wird ziemlich stationär bleiben. Wenn sie sich überhaupt bewegt, dann nach oben. Gut, tauchen wir unter ihr hindurch«, meinte Chambers. »Zuerst müssen wir das Raketen-Boot finden, entweder unter der Störzone oder auf Grund. Wenn es auf Grund liegt, der hier nur dreihundert Meter tief ist, könnte die Mannschaft noch am Leben sein. Auf jeden Fall aber müssen wir uns zwischen das Boot und das *Alfa* setzen.« Und, dachte er weiter, wenn das *Alfa* schießt, versenke ich es, zum Teufel mit den Vorschriften. Wir müssen diesen Kerl provozieren. Aber wie? Und wo ist *Roter Oktober?*

Roter Oktober

Sie tauchten rascher als erwartet, denn die Explosion hatte auch einen Trimmtank aufgerissen und so ihren Auftrieb verringert.

Das Leck in der Funkerkabine war ernst, aber Melechin hatte sofort Gegenmaßnahmen ergriffen. Jede Abteilung hatte ihre eigene elektrische Lenzpumpe. Die Pumpe in der Funkerkabine, unterstützt von einer Hauptzonenpumpe, die ebenfalls in Betrieb genommen worden war, wurde knapp mit der Flut fertig. Dass die Funkgeräte zerstört waren, kümmerte niemanden; man beabsichtigte nicht, irgendwelche Sprüche zu senden.

»Ryan, Tiefenruder voll anstellen, Ruder hart steuerbord«, sagte Ramius.

Ryan bestätigte den Befehl. »Schlagen wir auf den Grund auf?«, fügte er dann hinzu.

»Besser nicht«, bemerkte Mancuso. »Das Leck könnte größer werden.«

Roter Oktobers Tauchkurs flachte ab und führte das Boot im Bogen nach Osten unter die sonifizierte Zone, die Ramius zwischen sich und das *Alfa* bringen wollte. Mancuso schöpfte Hoffnung: Vielleicht überlebten sie doch noch. In diesem Fall wollte er sich die Pläne des Bootes genauer ansehen.

USS Dallas

»Sonar, zwei schwache Peilsignale zum strategischen Boot.«

»Aye.« Laval nahm die entsprechenden Einstellungen vor und sendete die Signale. »Da! Ich hab's! Richtung zwei-null-drei, Distanz zweitausend Meter. Es liegt nicht auf Grund, Sir.«

»Ruder fünfzehn Grad backbord, Kurs zwei-null-drei«, befahl Chambers. »Laval, was hören Sie?«

»Pumpengeräusche, Sir … es scheint ein wenig Fahrt zu machen. Richtung jetzt zwei-null-eins. Ich hab es auf dem Passiv-Sonar, Sir.«

»Thompson, zeichnen Sie den Kurs des strategischen Boots ein. Mr. Kinter, ist das MOSS noch klar?«

»Aye aye«, erwiderte der Torpedooffizier.

W. K. Konowalow

»Haben wir ihn versenkt?«, fragte der Politoffizier.

»Höchstwahrscheinlich«, versetzte Tupolew. »Fahren

wir heran und überzeugen uns davon. Langsam voraus.«

USS Pogy

Pogy war nun knapp zweitausend Meter von *Konowalow* entfernt und belegte den Russen gnadenlos mit Peilsignalen.

»Er nimmt Fahrt auf, Sir. Das Passiv-Sonar erfasst ihn«, sagte Chief Palmer.

»Gut, Pingen einstellen«, erwiderte Wood.

»Aye, Pingen eingestellt.«

»Zielkennung?«

»Exakt«, antwortete Reynolds. »Laufzeit eine Minute, achtzehn Sekunden. Beide Fische sind klar.«

»Ein Drittel Fahrt voraus.« *Pogy* fuhr langsamer, und ihr Kommandant suchte nach einem plausiblen Vorwand zur Feuereröffnung.

Roter Oktober

»Skipper, wir sind gerade von einem unserer Sonargeräte angepeilt worden, Richtung Nordnordost. Leistung gering, kann nicht weit sein.«

»Können Sie die Quelle über Gertrude ansprechen?«

»Jawohl, Sir!«

»Kapitän Ramius, kann ich mit meinem Boot Verbindung aufnehmen?«, fragte Mancuso. Die Antwort fiel positiv aus.

»Jones, rufen Sie sofort hinüber.«

»Aye. Laval, hier Jones. Hören Sie mich?« Jones sah stirnrunzelnd den Lautsprecher an. »Laval, bitte melden.«

USS Dallas

»Hier Sonar. Ich habe Jones an der Gertrude.«

Chambers nahm im Kontrollraum den Hörer des Unterwassertelefons ab. »Jones, hier Chambers. Wie sieht es bei Ihnen aus?«

Mancuso nahm seinem Mann das Mikrophon aus der Hand. »Wally, hier Bart. Wir haben mittschiffs einen erwischt, aber der Kahn hält. Können Sie Störmaßnahmen ergreifen?«

»Aye aye! Fangen sofort an. Out.« Chambers legte auf. »Goodman, fluten Sie das MOSS-Rohr. Wir laufen hinter dem MOSS her. Sowie das *Alfa* darauf feuert, versenken wir es. Programmieren Sie zweitausend Meter Geradeausfahrt und dann eine Kursänderung nach Süden.«

»Erledigt. Luke offen, Sir.«

»Feuer!«

»MOSS frei, Sir.«

Der Köder lief mit zwanzig Knoten zwei Minuten lang voraus, um von *Dallas* klarzukommen, und verlangsamte dann seine Fahrt. Es handelte sich um einen Torpedo, dessen Nase einen leistungsstarken Sonar-Wandler enthielt, der mit einem Tonbandgerät gekoppelt war und die Geräusche eines U-Bootes der *688*-Klasse sendete. Alle vier Minuten ging es von lautem zu leisem Betrieb über. *Dallas* folgte dem Köder in zweitausend Meter Entfernung und in größerer Tiefe.

Konowalow näherte sich vorsichtig der Wand aus Luftblasen, von Norden her gefolgt von *Pogy*.

»Na los, du Arsch, schieß auf den Köder«, sagte Chambers leise. Die Mannschaft im Kontrollraum hörte ihn und nickte grimmig ihre Zustimmung.

Roter Oktober

Ramius kam zu dem Schluss, dass die sonifizierte Zone nun zwischen ihm und dem *Alfa* liegen musste. Er ließ die Maschinen wieder anlaufen und befahl einen Nordostkurs.

W. K. Konowalow

»Ruder zehn Grad backbord«, wies Tupolew leise an. »Wir umfahren die Störzone von Norden her und stellen dann auf dem Rückweg fest, ob er noch lebt. Erst müssen wir aus diesem Lärm heraus.«

»Noch immer nichts«, meldete der *Mitschman*. »Kein Grundaufprall, kein Hinweis auf Zusammenbruch unter

Druck. – Neuer Kontakt, Richtung eins-sieben-zehn – ein anderes Geräusch, Genosse Kapitän, klingt wie ein Amerikaner. Eine Schraube.«

»Auf welchem Kurs?«

»Fährt nach Süden, glaube ich. Ja, Südkurs – der Schall verändert sich. Eindeutig Amerikaner.«

»Ein amerikanisches Boot hat einen Köder losgelassen. Den ignorieren wir.«

»Ignorieren?«, fragte der Politoffizier verständnislos.

»Genosse, wenn Sie auf Nordkurs torpediert worden wären, würden Sie sich dann nach Süden wenden? Sie vielleicht – aber Marko nicht. Das wäre zu nahe liegend. Der Amerikaner ließ einen Köder los, um uns von Marko wegzulocken. Nein, Marko fährt bestimmt nach Norden oder Nordosten. Wenn *Roter Oktober* gesunken wäre, hätten sie keinen Köder gestartet. Nun wissen wir, dass er noch lebt, aber aktionsunfähig ist. Wir finden ihn und geben ihm den Rest«, erklärte Tupolew gelassen, aber ganz im Bann der Jagd auf *Roter Oktober.* Nun konnte er beweisen, dass er der neue Meister war.

»Aber die Amerikaner –«

»Schießen nicht, Genosse«, sagte der Kapitän mit einem dünnen Lächeln. »Wenn sie Erlaubnis zum Feuern hätten, wären wir schon längst von dem Boot im Norden erledigt worden. Ohne Genehmigung dürfen sie nicht schießen. Sie müssen sie erst einholen, so wie wir – aber wir haben den Feuerbefehl bereits und sind daher im Vorteil. Wir sind nun an der Stelle, an der ihn der Torpedo traf. Wenn wir die Störzone hinter uns haben, finden wir ihn wieder.«

Roter Oktober

Die Raupe war nicht mehr zu gebrauchen, weil der Torpedotreffer einen Tunnel zerfetzt hatte. *Roter Oktober* lief nun mit sechs Knoten, angetrieben von den Schrauben, die mehr Lärm machten.

»Ruder hart backbord, auf Gegenkurs gehen«, befahl Ramius.

»Wie bitte?«, fragte Mancuso erstaunt.

»Denken Sie mal nach, Mancuso«, meinte Ramius und überzeugte sich davon, dass Ryan den Befehl auch ausführte. »Was ist bisher geschehen? Moskau hat einem Jagd-U-Boot befohlen zurückzubleiben. Ihre Kapitäne kenne ich alle. Sie sind allesamt jung und aggressiv. Dieser Mann muss wissen, dass wir noch intakt sind und sucht uns jetzt. Aus diesem Grund schleichen wir uns zurück wie ein Fuchs und lassen ihn an uns vorbeifahren.«

Ryan spürte, dass dieser Plan Mancuso missfiel.

»Schießen können wir nicht. Ihre Männer dürfen nicht feuern«, fuhr Ramius fort. »Entkommen können wir ihm nicht, denn er ist schneller als wir. Verstecken geht auch nicht – sein Sonar ist besser. Er wird nach Osten laufen, uns dank seiner höheren Geschwindigkeit festnageln und dann mit Sonar orten. Unser bester Fluchtweg führt nach Westen, denn damit rechnet er nicht.«

Mancuso konnte dem Vorhaben noch immer nichts abgewinnen, musste aber gestehen, dass es schlau war. Viel zu schlau. Er warf einen Blick auf die Seekarte. Nun, sein Boot war es schließlich nicht.

USS Dallas

»Der Kerl ist glatt vorbeigerauscht. Entweder hat er den Köder ignoriert oder überhört. Er liegt nun gleichauf. Bald können wir uns hinter ihn setzen«, meldete Laval.

Chambers stieß einen unterdrückten Fluch aus. »Soweit diese schöne Idee. Ruder fünfzehn Grad steuerbord.« Wenigstens war *Dallas* nicht gehört worden. Das Boot sprang rasch an. »Hängen wir uns an ihn.«

USS Pogy

Pogy lag dem *Alfa* nun an backbord voraus, hatte *Dallas* mit Sonar erfasst und ihre Kursänderung festgestellt. Commander Wood war schlicht ratlos. Die einfachste Lösung wäre nun ein Torpedo gewesen, aber das kam nicht infrage. Er erwog, auf eigene Faust zu feuern. Immerhin jagte das *Alfa* Amerikaner. – Doch er durfte sich nicht von seinem Instinkt leiten lassen. Die Pflicht ging vor.

W. K. Konowalow
»Kontakt voraus«, sagte der *Mitschman* ins Mikrophon. »Fährt langsam, Schraubenantrieb. Richtung null-vier-vier, Distanz unbekannt.«

»Ist das *Roter Oktober?*«, fragte Tupolew.

»Lässt sich nicht sagen, Genosse Kapitän. Es könnte ein Amerikaner sein. Er hält auf uns zu.«

»Verdammt!« Tupolew sah sich im Kontrollraum um. Waren sie an *Roter Oktober* vorbeigefahren? War das Boot bereits versenkt?

USS Dallas
»Weiß er, dass wir hier sind, Laval?«, fragte Chambers im Sonar-Raum. »Ausgeschlossen, Sir. Wir liegen direkt hinter ihm. Moment –« Der Chief runzelte die Stirn. »Ein weiterer Kontakt, jenseits des *Alfa.* Das muss unser Freund sein. Mein Gott! Er scheint auf uns zuzuhalten. Fährt mit Schrauben, nicht mit diesem komischen Tunnelding.«

»Distanz zum *Alfa?*«

»Knapp dreitausend Meter, Sir.«

»Zwei Drittel Fahrt voraus! Ruder zehn Grad backbord!«, befahl Chambers. »Laval, peilen Sie ihn an, aber mit dem Unter-Eis-Sonar. Mag sein, dass er das nicht erkennt und uns für das strategische Boot hält.«

W. K. Konowalow
»Hochfrequenz-Signal von achtern«, rief der *Mitschman.* »Hört sich nicht nach amerikanischem Sonar an, Genosse.«

Nun war Tupolew verwirrt. War da seewärts ein Amerikaner? Das Boot an backbord voraus war eindeutig amerikanisch. Nein, es musste *Roter Oktober* sein. Marko war ein alter Fuchs. Er war still liegen geblieben und hatte sie vorbeigelassen, damit er auf sie schießen konnte.

»Volle Kraft voraus, Ruder hart backbord!«

Roter Oktober
»Kontakt!«, rief Jones. »Direkt voraus. Moment – ein *Alfa!* Scheint abzudrehen. Skipper, er ist so nahe, dass

ich getrennte Signale von Maschine und Schraube bekomme.«

»Kapitän Ramius –«, sagte Mancuso. Die beiden Kommandanten sahen einander an und schienen sich telepathisch zu verständigen. Ramius nickte.

»Jones, pingen Sie den Kerl an.« Mancuso eilte nach achtern.

»Aye.« Alle Systeme standen unter Strom. Jones ließ einen einzigen Impuls zur Distanzbestimmung los. »Abstand fünfzehnhundert Meter, Elevationswinkel null, Sir. Er ist auf unserer Höhe.«

»Mancuso, Ihr Mann soll uns laufend Richtung und Distanz melden.« Ramius riss heftig am Maschinentelegraphen.

W. K. Konowalow

»Ein Signal mit Aktiv-Sonar an steuerbord, Distanz unbekannt, Richtung null-vier-null. Das seewärts gelegene Ziel hat uns gerade angepeilt«, sagte der *Mitschman.*

»Distanz?«, fragte Tupolew.

»Der Kontakt liegt so weit querab, dass ich ihn zu verlieren beginne.«

Eines der beiden Boote war *Roter Oktober* – aber welches? Tupolew konnte keinen Schuss auf ein amerikanisches Boot riskieren.

»Koordination des Ziels voraus?«

»Nicht sehr exakt«, erwiderte der *Starpom.* »Es manövriert und nimmt Fahrt auf.«

Der *Mitschman* konzentrierte sich auf das Ziel im Westen.

»Genosse Kapitän, das Ziel voraus ist ein Amerikaner.«

»Welches?«, brüllte Tupolew.

»Ziele West und Nordwest Amerikaner. Ziel im Osten unbekannt.«

»Ruder hart backbord!«

Der Rudergänger bestätigte den Befehl und hielt das Ruder fest.

»Das Ziel liegt hinter uns. Wir müssen es erfassen und

beim Wenden feuern. Verflucht, wir machen zu viel Fahrt. Auf ein Drittel reduzieren.«

Normalerweise wendete *Konowalow* rasch, doch die Verminderung der Maschinenleistung ließ seine Schraube wie eine Bremse wirken. Tupolew hatte aber die richtige Entscheidung getroffen. Er musste seine Torpedorohre ungefähr auf das Ziel richten und die Fahrt vermindern, damit sein Sonar ihm akkurate Zielkoordinaten geben konnte.

Roter Oktober

»Das *Alfa* wendet weiter, nun von links nach rechts – Antriebsgeräusche haben nachgelassen«, sagte Jones, der auf den Schirm starrte und im Kopf hastig Kurs, Fahrt und Distanz berechnete. »Abstand nun zwölfhundert Meter. Er fährt noch immer eine Kurve.«

Jones stellte das Aktiv-Sonar auf Automatik. »Mal sehen, wo er am Ende seiner Kurve ankommt, Sir. Wenn er klug ist, verzieht er sich schnellstens nach Süden.«

»Hoffentlich nicht!«, rief Mancuso aus dem Durchgang. »Kurs halten!«

Ryan fragte sich, ob der nächste Torpedo sie töten würde.

»Wir liegen ihm nun an backbord querab, vielleicht sogar an backbord voraus.« Jones schaute auf. »Er schafft es. Hier kommen die Impulse von seinem Bugsonar.«

Roter Oktober beschleunigte auf achtzehn Knoten.

W. K. Konowalow

»Ich hab ihn«, sagte der *Mitschman.* »Distanz tausend Meter, Richtung null-vier-fünf, Elevation null.«

»Koordinaten einstellen«, befahl Tupolew seinem *Starpom.*

»Wir müssen genau draufhalten. Der Bug schwingt zu rasch herum«, antwortete der Offizier und stellte rasch die Zielkoordinaten ein. Die beiden U-Boote rasten nun mit über vierzig Knoten aufeinander zu. »Rohr fünf geflutet. Luke offen. Torpedo klar!«

»Torpedo los!«

Der *Starpom* drückte auf den Knopf.

Roter Oktober

»Distanz nun neunhundert Meter – Schraubengeräusch direkt voraus! Ein Fisch läuft exakt auf uns zu!«

»Unwichtig. Konzentrieren Sie sich auf das *Alfa.*«

»Aye, *Alfa* ist Richtung zwei-zwei-fünf, richtet sich aus. Wir sollten ein wenig Ruder nach backbord geben, Sir.«

»Ryan, fünf Grad backbord, Kurs zwei-zwei-fünf.«

»Der Fisch kommt rasch auf uns zu, Sir«, meldete sich Jones.

»Scheiß drauf! Wo ist das *Alfa?*«

»Aye. Richtung noch zwei-zwei-fünf. Der Fisch ebenso.«

Angesichts der kombinierten Geschwindigkeit verringerte sich der Abstand zwischen den beiden Booten rasch. Zwar lief der Torpedo noch schneller auf *Roter Oktober* zu, hatte aber eine eingebaute Sicherheitsvorrichtung, die den Sprengkopf erst tausend Meter vom abfeuernden Boot entfernt scharfmachte, um Selbstversenkungen zu verhindern. Wenn *Roter Oktober* also rasch genug an das *Alfa* herankam, konnte ihm der Torpedo nichts anhaben.

Roter Oktober machte nun über zwanzig Knoten Fahrt.

»Distanz zum *Alfa* nun siebenhundertfünfzig Meter, Richtung zwei-zwei-fünf. Und der Torpedo kommt in ein paar Sekunden an, Sir.« Jones starrte auf den Schirm und zog eine schmerzliche Grimasse.

Klonk!

Der Torpedo traf den gewölbten Bug von *Roter Oktober* in der Mitte. Die Sicherheitseinrichtung hätte den Sprengkopf erst nach weiteren hundert Metern entschärft. Er zerbrach beim Aufprall in drei Stücke, die von dem weiter beschleunigenden Raketen-U-Boot beiseite geschleudert wurden.

»Ein Blindgänger!« Jones lachte erleichtert auf. »Ziel noch immer zwei-zwei-fünf, Distanz siebenhundert Meter.«

W. K. Konowalow
»Keine Explosion?«, wunderte sich Tupolew.

»Verdammt, die Sicherheitseinrichtung!«, rief der *Starpom.* Er hatte den Torpedo zu hastig bereitgemacht.

»Wo ist das Ziel?«

»Richtung null-vier-fünf, Genosse. Nähert sich rasch«, erwiderte der *Mitschman.*

Tupolew wurde blass. »Ruder hart backbord, volle Kraft voraus!«

Roter Oktober
»Ziel dreht nach backbord ab«, rief Jones. »Richtung nun zwei-drei-null. Wir brauchen etwas Ruder nach steuerbord, Sir.«

»Ryan, Ruder fünf Grad steuerbord.«

»Ruder fünf Grad steuerbord«, wiederholte Ryan.

»Nein, zehn Grad steuerbord«, widerrief Ramius seinen Befehl. Er hatte den Kurs mit Papier und Bleistift verfolgt und kannte das *Alfa.*

»Zehn Grad steuerbord«, meldete Ryan.

»Praktisch Feldeffekt, Distanz vierhundert Meter, Richtung zwei-zwei-fünf zur Zielmitte«, sagte Jones hastig. »Distanz – dreihundert Meter. Elevation null, wir sind auf gleicher Höhe mit dem Ziel. Können es nicht verfehlen, Skipper.«

»Wir rammen!«, rief Mancuso.

»Festhalten!« Ramius hatte vergessen, Kollisionsalarm zu geben. Erst Sekunden vor dem Aufprall zerrte er am Hebel.

Roter Oktober rammte *Konowalow* in einem Winkel von dreißig Grad knapp achtern der Mitte. Die Wucht der Kollision riss *Konowalows* Titanium-Druckkörper auf und zerknitterte den Bug von *Roter Oktober* wie eine Bierdose.

Ryan hatte sich nicht fest genug abgestemmt und wurde mit dem Gesicht gegen das Instrumentenbrett geschleudert. Achtern fiel Williams aus dem Bett, aber Noyes fing ihn auf, ehe sein Kopf auf den Boden schlug. Jones' Sonar-System wurde total zerstört. Das Raketen-U-Boot bäumte sich auf, schrammte mit dem Kiel über das Deck des kleineren *Alfa* und wurde von seinem Schwung nach vorne und oben getragen.

W. K. Konowalow
Auf *Konowalow* waren alle Luken wasserdicht verschlossen gewesen, aber das nützte nicht viel. Zwei Abteilungen wurden leckgeschlagen und kurz darauf barst wegen der Deformation des Rumpfes das Schott zwischen Kontrollraum und achterlichen Abteilungen. Tupolew sah nur noch von Steuerbord einen weißen Schaumvorhang auf sich zukommen. Die Reibung des Kiels von *Roter Oktober* rollte das *Alfa* nach Backbord, bis es auf dem Kopf stand. Überall im Rumpf wirbelten Männer und Geräte umher wie Würfel im Becher. Die Hälfte der Mannschaft ertrank bereits. An diesem Punkt endete der Kontakt mit *Roter Oktober* und *Konowalows* geflutete Abteilungen ließen das Boot mit dem Heck voran auf den Grund sinken. Der Politoffizier riss noch an einem Hebel, der eine Funkboje freigeben sollte, aber das war nutzlos: Das Boot stand auf dem Kopf, und die Leine verhedderte sich am Turm. Das Grab von *W. K. Konowalow* markierten nur Luftblasen.

Roter Oktober
»Leben wir noch?« Ryans Gesicht war blutüberströmt.
»Auftauchen! Tiefenruder anstellen!«, schrie Ramius.
»Voll angestellt.« Ryan zog mit der linken Hand am Knüppel und hielt die rechte auf die Platzwunden.
»Schäden?«, fragte Ramius auf Russisch.
»Reaktor intakt«, meldete Melechin sofort. »Sieht so aus, als wäre der Torpedoraum geflutet. Ich habe Pressluft hineingelassen und die Pumpe in Betrieb gesetzt. Schlage vor, dass wir auftauchen und uns den Schaden ansehen.«
»*Da!*« Ramius hinkte an die Taucharmaturen und leerte alle Tanks.

USS Dallas
»Mein Gott«, sagte Laval, »da hat es eine Kollision gegeben. Ich höre einen Rumpf sinken und zerbrechen, einen anderen auftauchen. Kann aber nicht sagen, wer was ist, Sir. Beide Maschinen stehen still.«

»Schnell auf Periskoptiefe!«, befahl Chambers.

Roter Oktober
Um 04:54 Uhr kam *Roter Oktober* siebenundvierzig Meilen südöstlich von Norfolk an die Oberfläche. Zum Glück war kein anderes Schiff in Sicht.

»Sonar ist im Eimer, Skipper.« Jones schaltete die Geräte ab. »Kaputt, zerquetscht. Nur noch ein paar lächerliche laterale Horchgeräte übrig. Nichts Aktives, noch nicht einmal die Gertrude.«

»Gut gemacht, Jones. Gehen Sie nach vorn.«

Jones zog seine letzte Zigarette aus der Packung. »Gern geschehen, Skipper – aber ich steige nächsten Sommer aus, darauf können Sie sich verlassen.«

Bugajew folgte ihm, von der Torpedoexplosion noch immer taub und benommen.

Roter Oktober kam mit tief liegendem Bug und zwanzig Grad Schlagseite an die Oberfläche.

USS Dallas
»Puh«, stöhnte Chambers und griff zum Mikrophon. »Hier Commander Chambers. Sie haben das *Alfa* versenkt! Wir tauchen nun auf. Lösch- und Rettungstrupps, bitte bereithalten.«

Roter Oktober
»Sind Sie immer so ein miserabler Fahrer, Commander?«, merkte Jones an und wischte Ryan mit seinem Taschentuch das Blut vom Gesicht. »Das sieht böse aus.«

»Keine Sorge«, gab Ryan zurück, »unangenehm wird es erst, wenn es nicht mehr blutet.«

»Kapitän Ramius, kann ich auf den Turm gehen und mit meinem Boot Verbindung aufnehmen?«, fragte Mancuso.

»Ja, wir können Hilfe brauchen.«

Mancuso schlüpfte in seine Jacke und sah nach, ob sein Sprechfunkgerät noch in der Tasche steckte. Dreißig Sekunden später stand er auf dem Turm. Oberfläche und Himmel waren ihm noch nie so schön vorgekommen. Als er den Horizont abzusuchen begann, tauchte *Dallas* auf.

»*Dallas,* hier Mancuso.«

»Skipper, hier Chambers. Alles klar?«

»Ja, aber wir brauchen Hilfe. Der Bug ist eingedrückt, und mittschiffs haben wir einen Torpedo abbekommen.«

»Das sehe ich selbst, Bart. Gucken Sie mal runter.«

»Guter Gott!« Das zackige Loch war zur Hälfte unter der Wasserlinie, und der Bug des Bootes lag tief. Mancuso war erstaunt, dass *Roter Oktober* überhaupt noch schwimmfähig blieb.

»Wally, lassen Sie das Floß zu Wasser und kommen Sie rüber.«

»Schon unterwegs. Lösch- und Rettungstrupps stehen bereit, und – ah, da kommt unser Freund.«

Dreihundert Meter vor *Roter Oktober* erschien *Pogy* an der Oberfläche.

»*Pogy* meldet ›alles klar‹. Außer uns niemand hier. Haben wir das nicht schon mal gehört?« Chambers lachte trocken. »Melden wir uns über Funk?«

»Sehen wir erst einmal, ob wir allein zurechtkommen.«

Dallas lief auf *Roter Oktober* zu. Wenige Minuten später kämpften sich zehn Mann im Floß über die kabbelige See. Bisher war auf der *Dallas* nur eine Hand voll Männer eingeweiht gewesen. Nun wussten alle Bescheid.

Der Schaden war nicht so ernst, wie sie befürchtet hatten. Der Torpedoraum war nicht geflutet – ein beschädigter Sensor hatte falsche Werte gemeldet. Die vorderen Ballasttanks waren leckgeschlagen, aber das Boot war so groß, dass sein Bug nur zweieinhalb Meter tiefer lag. Die Schlagseite war lediglich lästig. Nach zwei Stunden war das Leck in der Funkerkabine abgedichtet, und

Ramius, Melechin und Mancuso kamen nach längerer Diskussion zu dem Schluss, dass sie tauchen konnten, sofern sie nicht tiefer als dreißig Meter gingen und langsam fuhren. In Norfolk würden sie allerdings mit Verspätung ankommen.

Achtzehnter Tag

Montag, 20. Dezember

Roter Oktober

Ryan stand wieder auf dem Turm – mit Erlaubnis von Ramius, der fand, dass er es verdient hatte. Mancuso leistete ihnen Gesellschaft. Inzwischen hatte eine amerikanische Crew den Kontrollraum übernommen, und die Mannschaft im Maschinenraum war auf Normalstärke gebracht worden. Das Leck in der Funkerkabine war nicht völlig abzudichten, lag aber über der Wasserlinie. Die Schlagseite hatte sich auf fünfzehn Grad verringert, nachdem der Raum leer gepumpt worden war. Die Tieflage des Buges glich man durch Entleeren der intakten Ballasttanks teilweise aus. Der verformte Bug gab dem Unterseeboot ein deutlich asymmetrisches Kielwasser, das in der mondlosen Nacht kaum zu sehen war. *Dallas* und *Pogy* waren achtern noch getaucht und spürten nach weiteren Störenfrieden vor der Einfahrt zwischen Kap Henry und Kap Charles.

Weiter hinter ihnen lief ein Flüssiggastanker auf die Passage zu, die von der Küstenwacht geschlossen worden war, um dieser schwimmenden Bombe ungestörte Durchfahrt bis zum Gasterminal Cove Point in Maryland zu gestatten – so hieß es jedenfalls. Ryan fragte sich, mit welchen Mitteln die Navy den Skipper bewogen hatte, Maschinenschaden vorzutäuschen oder seine Ankunft sonst wie zu verzögern. *Roter Oktober* hatte nämlich sechs Stunden Verspätung. Bei der Marine musste man sich schwere Sorgen gemacht haben, bis das Boot vor vierzig Minuten aufgetaucht und sofort von einer kreisenden Orion ausgemacht worden war.

Rote und grüne Bojen tanzten auf den Wellen und blinkten ihnen zu. Voraus konnte er die Lichter des Brückentunnels über die Chesapeake Bay sehen, aber keine

Autoscheinwerfer. Vermutlich hatte der CIA einen »Unfall« inszeniert, um die Straße zu sperren.

»Da kommt ein Schlepper.« Mancuso wies in die Finsternis.

Der amerikanische Kapitän musste überaus gute Augen haben. Ryan sah das Schiff erst eine Minute später durchs Fernglas. Es war nur ein Schatten, dunkler als die Nacht, rund eine Meile entfernt.

»*Sceptre,* hier Schlepper *Paducah.* Empfangen Sie mich? Over.«

Mancuso zog das Sprechfunkgerät aus der Tasche. »*Paducah,* hier *Sceptre.* Guten Morgen, Sir.« Er bemühte sich um einen britischen Akzent.

»Bitte folgen Sie uns, Captain.«

»Vorzüglich, *Paducah.* Machen wir. Out.«

HMS *Sceptre* war ein englisches Jagd-U-Boot, das in atlantischen Gewässern stationiert war, sodass sein Eintreffen vor Norfolk in diesem Fall nicht ungewöhnlich war. Offenbar befürchtete man bei der Marine, das Auftauchen eines fremden U-Boots könne Agenten misstrauisch machen; deshalb hatte man *Roter Oktober* für den letzten Teil der Fahrt diesen Decknamen gegeben.

Der Schlepper kam bis auf fünfhundert Meter an sie heran, wendete dann und übernahm mit fünf Knoten die Führung.

Wenig später bog er in die Hauptrinne ein, passierte die von einem hohen Kran überragte *Saratoga* und hielt auf die Marinewerft zu. Bis auf *Roter Oktober* und den Schlepper war der Kanal völlig leer. Ryan fragte sich, ob *Paducah* eine normale Mannschaft hatte oder ob sich ihre Crew aus Admiralen zusammensetzte.

Norfolk, Virginia

Zwanzig Minuten später waren sie am Ziel. Dock 8-10 war ein eigens für die Wartung und Instandsetzung von Raketen-U-Booten der *Ohio*-Klasse neu erbautes Trockendock, zweihundertfünfzig Meter lang und überdacht, damit Spionagesatelliten nicht sehen konnten, ob es belegt war oder nicht. Es befand sich im Hochsicherheitsbereich des Stützpunkts, und man musste mehrere von bewaffneten Marinesoldaten bemannte Kontrollen passieren, ehe man an es herankam, geschweige denn hinein.

»Maschinen Stopp«, befahl Mancuso.

»Maschinen Stopp, aye.«

Nach zweihundert Metern kam *Roter Oktober* zum Stillstand. *Paducah* kam an Steuerbord, um den Bug herumzubugsieren. Beide Kapitäne hätten es vorgezogen, mit eigener Kraft ins Dock zu fahren, doch das Boot ließ sich wegen des beschädigten Bugs nur schwer manövrieren. Der dieselgetriebene Schlepper brauchte fünf Minuten, um den Bug so auszurichten, dass er in den wassergefüllten Betonkasten wies. Ramius gab persönlich den Befehl an den Maschinenraum, zum letzten Mal auf diesem Boot. *Roter Oktober* fuhr langsam an und glitt unter das breite Dach. Mancuso beorderte seine Männer an Deck, um die Leinen aufzufangen, die ihnen von einer Hand voll Matrosen vom Dockrand zugeworfen wurden. Das U-Boot kam genau in der Mitte des Docks zur Ruhe. Schon schloss sich das Docktor und eine riesige Persenning wurde vor die Öffnung gezogen. Erst als sie verzurrt war, ging die Deckenbeleuchtung an. Plötzlich begannen rund dreißig Offiziere zu brüllen wie Football-Fans. Es fehlte nur noch die Blechmusik.

»Maschinen abstellen«, sagte Ramius auf Russisch zu seinen Leuten im Maschinenraum und fuhr dann etwas traurig auf Englisch fort: »Da wären wir also.«

Ein Laufkran kam auf sie zu und senkte die Gangway aufs Raketendeck vorm Turm ab. Kaum lag sie an Ort und Stelle, liefen – oder rannten – zwei Offiziere mit Goldtressen bis hoch zu den Ellbogen darüber. Einer der beiden war Dan Foster.

Der Operationschef der Marine blieb am Ende der Gangway stehen, salutierte und schaute dann zum Turm auf. »Bitte an Bord kommen zu dürfen, Sir.«

»Gestattet«, erwiderte Ramius vernehmlich.

Foster sprang an Deck und kletterte hastig über die Außenleiter auf den Turm, was ihm wegen der Schlagseite nicht leicht fiel. Foster war außer Atem, als er oben ankam.

»Kapitän Ramius, ich bin Dan Foster.« Mancuso half dem Admiral über die Brückenkimmung. Auf dem Turm wurde es auf einmal sehr eng. Der amerikanische Admiral und der russische Kapitän gaben sich die Hände. Anschließend begrüßte Foster Mancuso. Ryan kam zuletzt dran.

»Ihre Uniform sieht ein bisschen ramponiert aus, Ryan. Und Ihr Gesicht auch.«

»Tja, wir hatten ein paar kleine Missgeschicke«, meinte Ryan sarkastisch.

»So sieht es aus. Was ist passiert?«

Ryan hatte genug und ging wortlos nach unten. Die Männer im Kontrollraum grinsten einander an, schwiegen aber. Ryan stieg durch die Luke mit seinen Sachen an Deck. Er kämpfte sich gegen einen stetigen Menschenstrom über die Gangway an Land. Niemand nahm von ihm Notiz. Zwei Sanitäter trugen eine Bahre an Bord, und Ryan beschloss, abzuwarten, bis Williams herausgebracht wurde. Der britische Offizier, der erst vor drei Stunden zu Bewusstsein gekommen war, hatte alles verpasst. Beim Warten rauchte Ryan seine letzte russische Zigarette. Nun kam Williams, auf die Bahre geschnallt, gefolgt von Noyes und den beiden Sanitätern der U-Boote.

»Wie fühlen Sie sich?« Ryan ging neben der Bahre her auf den Krankenwagen zu.

»Knapp am Leben«, meinte Williams, der blass und spitz aussah. »Und Sie?«

»Ich bin froh, dass ich wieder festen Boden unter den Füßen habe.«

»Und mein Patient wird bald ein Krankenhausbett unter sich haben. Auf Wiedersehen, Ryan«, sagte der Arzt energisch. »Denn mal zu, Leute.« Die Sanitäter schoben die Bahre in den Krankenwagen, der gleich darauf durch ein breites Tor verschwand.

»Sind Sie Commander Ryan?«, fragte ein Sergeant der Marineinfanterie, nachdem er salutiert hatte.

Ryan erwiderte den Gruß. »Ja.«

»Ein Wagen steht für Sie bereit, Sir. Würden Sie mir bitte folgen?«

Ein grauer Chevy der Marine brachte ihn zum Luftstützpunkt der Marineflieger in Norfolk. Dort bestieg Ryan einen Hubschrauber. Während des fünfunddreißig Minuten langen Fluges zur Andrews Air Force Base hockte Ryan allein im Laderaum und starrte ins Leere. Nach der Landung wurde er von einem weiteren Auto abgeholt und direkt nach Langley gefahren.

CIA-Zentrale

Es war vier Uhr früh, als Ryan endlich Greers Arbeitszimmer betrat, wo er von dem Admiral, Moore und Ritter erwartet wurde. Der Admiral reichte ihm ein Glas Whisky. Die drei Männer schüttelten ihm die Hand.

»Setzen Sie sich«, sagte Moore.

»Verdammt gut gemacht.« Greer lächelte.

»Danke.« Ryan nahm einen tiefen Schluck. »Und jetzt?«

»Jetzt kommt die Nachbesprechung«, antwortete Greer.

»Kommt nicht in Frage, Sir. Ich fliege sofort heim.«

Greers Augen funkelten, als er einen Flugschein aus der Jackentasche zog und Ryan zuwarf. »Sie sind für den ersten Flug nach London gebucht, ab Dulles Airport 7:05. Und Sie sollten sich waschen, umziehen und Ihre Ski-Barbie besorgen.«

Ryan leerte sein Glas. Der Whisky ließ seine Augen tränen, aber ein Husten konnte er sich gerade noch verkneifen.

»Ihre Uniform sieht ziemlich strapaziert aus«, bemerkte Ritter.

»Ich selbst auch«, versetzte Ryan, langte unter seine Jacke und zog die automatische Pistole heraus. »Selbst die habe ich benutzen müssen.«

»Der GRU-Agent? Ging der denn nicht mit dem Rest der Mannschaft von Bord?«, fragte Moore.

»Sie wussten Bescheid? Und haben keinen Ton gesagt? Das ist doch die Höhe!«

»Immer mit der Ruhe, Sohn«, besänftigte Moore. »Unser Bote hat den Anschluss um eine halbe Stunde verpasst. Pech, aber Sie haben es geschafft. Nur das zählt.«

Ryan war zu müde für einen Tobsuchtsanfall. Greer nahm sich ein Tonbandgerät und einen Block voller Fragen.

»Williams, der britische Offizier, ist in schlechter Verfassung«, sagte Ryan zwei Stunden später, »aber der Arzt meint, dass er es schafft. Das U-Boot ist stark ramponiert – es hat einen eingedrückten Bug und ein hübsches Loch, wo uns der Torpedo traf. Zum Glück bauten die Russen ihr *Typhoon* massiv. Und auf dem *Alfa* könnte es Überlebende gegeben haben –«

»Pech«, meinte Moore.

Ryan nickte langsam. »Dachte ich mir's doch. Ich kann aber den Gedanken nicht ertragen, Menschen so einfach sterben zu lassen.«

»Wir finden ihn auch nicht gerade schön«, sagte Richter Moore. »Aber wenn wir jemanden retten, war alles, was wir – und Sie – durchgestanden haben, umsonst. Wollen Sie das?«

»Die Chancen stehen ohnehin tausend zu eins«, warf Greer ein.

»Ach, ich weiß nicht«, sagte Ryan, leerte sein drittes Glas und begann die Wirkung zu spüren. Er hatte erwartet, dass Moore wenig Interesse an einer Suchaktion nach Überlebenden des *Alfa* zeigen würde. Greer aber überraschte ihn. Hatte der alte Seebär über dieser Affäre den Ehrenkodex der See vergessen? »Ich weiß es einfach nicht.«

»Das ist wie im Krieg, Ryan«, sagte Ritter freundlicher als gewöhnlich. »Sie haben sich gut geschlagen.«

»Gut geschlagen hat sich im Krieg, wer heil nach Hause kommt.« Ryan stand auf. »Und genau das, Gentlemen, gedenke ich jetzt zu tun.«

»Ihre Sachen sind im Waschraum.« Greer sah auf die Uhr. »Sie haben noch Zeit zum Rasieren.«

»Oh, das hätte ich beinahe vergessen.« Ryan nahm sich

einen Schlüssel vom Hals und reichte ihn Greer. »Sieht harmlos aus, nicht wahr? Damit können Sie fünfzig Millionen Menschen umbringen. ›Mein Name ist Ozymandias, König der Könige! Seht meine Werke, ihr Mächtigen, und verzagt!‹« Wenn ich Shelley zitiere, muss ich wohl besoffen sein, sagte sich Ryan auf dem Weg zum Waschraum.

Sie sahen ihm nach. Greer schaltete das Tonbandgerät ab und schaute sich den Schlüssel in seiner Hand an. »Wollen Sie ihn immer noch dem Präsidenten vorführen?«

»Lieber nicht«, meinte Moore, »der Junge ist halb voll, was ich ihm nicht verübeln kann. Morgen oder übermorgen schicken wir ein Team zu ihm nach London für den Rest der Nachbesprechung.«

»Gut.« Greer schaute in sein leeres Glas. »Ein bisschen früh am Tag für so was, oder?«

Moore leerte sein drittes. »Mag sein. Der Tag gab uns aber einen Anlass zum Feiern – dabei ist die Sonne noch nicht einmal aufgegangen. Gehn wir, Bob. Wir haben eine Menge zu tun.«

Marinewerft Norfolk

Mancuso und seine Männer gingen vor der Morgendämmerung an Bord der *Paducah* und wurden zurück zur *Dallas* gebracht. Das Jagd-U-Boot der *688*-Klasse fuhr sofort los und war bei Sonnenaufgang untergetaucht. *Pogy*, die auf See geblieben war, fuhr ohne ihren Sanitäter weiter. Beide U-Boote hatten Order, weitere dreißig Tage auf See zu bleiben, um ihren Besatzungen Gelegenheit zu geben, zu vergessen, was sie gehört und gesehen hatten.

Roter Oktober lag einsam im Trockendock, das nun geleert wurde, bewacht von zwanzig bewaffneten Marinesoldaten. Dies war im 8-10-Dock nicht ungewöhnlich. Schon machte sich eine ausgewählte Gruppe von Ingenieuren und Technikern an die Inspektion. Als Erstes wurden Chiffrebücher und -maschinen von Bord genommen und zur Nationalen Sicherheitsbehörde in Fort Meade gebracht.

Ramius, seine Offiziere und ihre Habseligkeiten transportierte man per Bus zu dem Flugplatz, von dem Ryans Hubschrauber gestartet war. Eine Stunde später waren sie in einem sicheren CIA-Haus im Mittelgebirge südlich von Charlottesville, Virginia. Alle gingen sofort ins Bett – bis auf zwei Männer, die sich fasziniert ein TV-Programm betrachteten.

Dulles International Airport
Ryan versäumte die Morgendämmerung. Er bestieg eine Boeing 747 der TWA, die pünktlich um 7:05 Uhr startete. Der Himmel war bedeckt, und als die Maschine die Wolkendecke durchstieß und in die Sonne kam, tat Ryan, was ihm bislang noch nie gelungen war: Er schlief im Flugzeug ein.